CB143046

O Vampiro-Rei

Vol. 2

André Vianco

O Vampiro-Rei

Vol. 2

4ª Reimpressão - Novembro/2008

novo século

Copyright © 2005 by Novo Século
Mediante contrato firmado com o autor

Direção Geral *Nilda Campos Vasconcelos*
Supervisão Editorial *Silvia Segóvia*
Editoração Eletrônica *Sergio Gzeschnik*
Capa *Christian Pinkovai*
Revisão *Ruy Cintra Paiva*
Carla Montagner

Dados Internacionais de Catalogação na Publicação (CIP)
(Câmara Brasileira do Livro, SP, Brasil)

Vianco, André
O Vampiro-Rei : volume 2 / André Vianco. – Osasco, SP : Novo Século Editora, 2005.

1. Ficção brasileira I. Título.

05-7333 CDD-869.93

Índice para catálogo sistemático:

1. Ficção : Literatura Brasileira 869.93

2007
Proibida a reprodução total ou parcial.
Os infratores serão processados na forma da lei.
Direitos exclusivos para a língua portuguesa cedidos à
Novo Século Editora Ltda.
Av. Aurora Soares Barbosa, 405 – 2º andar – Osasco – SP – CEP 06023-010
Fone (11) 3699-7107
www.novoseculo.com.br
editor@novoseculo.com.br

Dedico esta obra aos meus tios Cida e Armando e Vanda e Álvaro.

Este livro também é dedicado a todos os corajosos escritores de fantasia do Brasil. Aos publicados, aos adormecidos, aos resguardados, aos ainda por descobrir seu talento e coragem, aos bons, aos ruins, aos que ainda nascerão, aos que aprenderão a ler e escrever, aos que já passaram para o outro lado do manto e a todos que tiram da cabeça e põem no papel aventuras, lágrimas, risos e fantasia.

Agradeço, de coração, a todos os leitores que continuam a propagar a magia. Beijos e abraços.

André Vianco

Capítulo 39

Há mais de um minuto o mestre tinha desaparecido da frente de seus olhos, deixando-o só naquele salão mórbido do templo da bruxa. Ainda com a boca suja do sangue que acabara de tomar dos bichos-vampiros, Lúcio mantinha-a aberta, escancarada. A energia de seu rei continuava ali, cercando-o, imobilizando-o feito feitiço. Não podia crer no que seus ouvidos de vampiro tinham acabado de escutar. Cantarzo tinha deixado o templo em uma jornada de libertação. Era a vez dos vampiros. A vez dos vampiros juntarem trinta daqueles seres temidos. Trinta bentos. Trinta guerreiros de luz e trazê-los para a ilha de Marajó. Lúcio sentiu mais uma vez os pêlos de seu corpo eriçarem-se e o impulso de correr ao encalço de seu mestre criador. Conteve-se. As ordens de Cantarzo ainda ecoavam em seu ouvido. Cantarzo tinha-lhe pedido que ficasse guardando o templo e que ficasse de olho na bruxa. Tereza, a dona daquele rincão, deveria ser vigiada. O que se esconderia naquela ordem de seu mestre? Ficar de olhos na bruxa. Será que o vampiro-rei não confiava na mulher? Por quê? Lúcio arqueou as sobrancelhas e olhou para os vampiros-bichos deformados. Talvez fosse aquela a resposta. A bruxa deformava os vampiros. Fazia deles o que bem entendia. Aqueles seres medonhos, de olhos tapados, eram um bom motivo. O lacaio coçou o queixo e andou pelo salão sagrado e olhou para a grande pedra retangular de sacrifícios. Tinha gostado tanto de Tereza. Passou a mão pelo pescoço rememorando o primeiro encontro. Apesar de ter sido arrastado, acorrentado para dentro dos domínios da bruxa, não podia culpá-la. Fora ele quem atirara primeiro. E depois de estar com ela, sentiu confiança. A mulher era poderosa e soube de imediato que tinha meios para cumprir o pedido de seu mestre. De despertar o vampiro-rei. Benito é quem fora o tolo, fugindo feito cão com o rabo entre as pernas. Lúcio franziu o cenho. Para onde teria ido o fujão? Deu de ombros e avançou ao encontro da escadaria curva da sala mística. Tinha de encontrar Tereza e ficar de olho nela. Era o desejo de seu rei.

Capítulo 40

Assim que o sol se pôs, Cantarzo, o vampiro-rei, despertou. Já distante da ilha, rumando ao sul, cruzava as matas protegidas pela noite, indo ao encontro da sua primeira meta, seguindo os pedaços revelados pelas alcoviteiras. Tinha viajado a noite anterior em velocidade espetacular. Mesmo tendo despendido tanta energia, naquele novo anoitecer, sentia-se com forças para cruzar o mundo. Tinha curtido um prazer enorme na jornada. O sono que durara meses e o retirara da noite e da caçada parecia ter durado séculos e o deixado com baterias novinhas em folha. Como tinha saudades da noite e do vento batendo no rosto quando saltava do topo de um jequitibá e cruzava quarenta, cinqüenta metros até alcançar outro galho de árvore e lançar-se a outro salto! Só lhe faltava asas para voar como anjo noturno.

Impulsionado pelas lembranças da conversa com a bruxa e movido pela urgência da missão, Cantarzo correu na direção de um eucalipto. Tomou velocidade e saltou contra seu robusto caule e com duas fincadas de suas garras afiadas atravessou a copa da árvore e alcançou um galho mais fino, no cume do vegetal. Num movimento rápido, lançou-se para a árvore seguinte. Caminhar e saltar entre as árvores da floresta era a melhor ferramenta de caçada. Os humanos eram sempre surpreendidos no momento certo, na hora certa.

Cantarzo percorreu quatro horas de mata fechada até chegar a um penhasco. As árvores acabavam quase na fenda, faltando vinte metros para arremessar um desavisado garganta abaixo. O vampiro olhou a abertura. *Elas* tinham mostrado aquele trecho do trajeto. Um rio havia esculpido aquela fenda na pedra passando entre as paredes e arrancando grama a grama o calcário. Milhões de anos depois aquela fenda tinha mais de cem metros de profundidade e no topo a boca de pedra abria cerca de sessenta metros. Lá embaixo, na sua parte mais estreita não existia mais rio, mas sim um riacho fino e silencioso que corria mata abaixo querendo buscar o mar. O vampiro-rei sorriu. Sabia que não estava longe do homem ferreiro que faria sua espada de matar bentos. Bastava seguir aquelas águas mansas por duas dezenas de quilômetros e se acercaria do sítio.

Obstinado, o vampiro tomou pouco menos de uma hora para cruzar a distância e chegar onde o penhasco e a montanha morriam, deixando correr livre e vagaroso o riacho serpenteante. Era ali a casa do ferreiro. O vampiro inspirou fundo o ar daquela região. O mar não estava tão longe, mais vinte ou trinta quilômetros, no máximo. Era sábio aquele ferreiro. Nenhum covil nas cercanias, nenhuma fortificação por perto. O homem tinha escolhido um lugar para viver em paz. O vampiro cheirou mais fundo, aprumou o corpo esguio e definido, mais uma vez, e com seus olhos de enxergar a noite aproximou-se do casebre. Parou. Farejava mais coisas. Aguardente. Uma mulher. Excremento. Cantarzo moveu-se muito vagarosamente, cuidadoso. Três cães dormindo. Um acordado, com o focinho para cima farejando o ar. O vampiro, apesar de conhecer sua qualidade de ser inodoro aos cães, preferiu não arriscar a surpresa e mudou a posição, ficando contra o vento. Não queria aqueles bichos ladrando em seu ouvido e despertando o homem a quem viera recrutar. Olhou pacientemente o local. Ao redor do casebre havia um terreiro largo. Cantarzo correu sem fazer ruído, bateu o pé num tanque de lavar roupas e saltou para cima do casebre. Silenciosamente arrancou algumas telhas do topo da casa. Estava em cima do quarto do ferreiro. O homem dormia pesadamente ao lado de uma mulher. Ao lado da cama dos dois, um berço e uma criança com cerca de dez meses de vida, que se movimentava calmamente, brincando com as perninhas para o ar. Certamente um adormecido que ao despertar fora resgatado pelo casal. Cantarzo ergueu os olhos. Se não havia ali fortificações nem covis de vampiros, onde haveria adormecidos? Perscrutou a floresta escura. Provavelmente haveria uma cidade abandonada não muito longe dali. O vampiro olhou para trás. Duas corujas grandes e gordas voavam em sua direção. As aves pousaram cada uma numa ponta do telhado. Giravam suas cabeças buscando por presas pequenas que eventualmente corressem pelo terreiro à frente do casebre. As corujas viraram seus olhos brilhantes e cheios de luz da noite para o vampiro. Cantarzo fitou-as quieto por um instante. Levantou-se e saltou para o lado da casa. Viu a vinte metros outra construção. Caminhou silencioso para lá. Lugar velho, as telhas faltavam aqui e ali, deixando a fraca luz da lua entrar. Andou entre dois fornos e ferramentas enferrujadas jogadas ao chão. Era meio porcalhão aquele ferreiro. Meneou a cabeça e deu de ombros. Era este homem que as alcoviteiras mostravam. Então ele deveria servir. Viu a bigorna onde o homem deveria malhar o ferro. Tocou o forno. Tão frio quanto seu corpo de vampiro. Aquele homem deveria estar inativo há muito tempo. Seus olhos encontraram bandeirolas penduradas nos batentes do telhado. Eram estranhas. Estreitas e com ideogramas japoneses descendo em seu comprimento. Mais uma vez balançou a cabeça e deixou a forja, caminhando em direção à mata.

✠ ✠ ✠ ✠ ✠ ✠

Venâncio acordou com um raio de luz batendo em seu rosto. Virou-se incomodado na cama, ainda cheio de sono.

— Maria, fecha a janela! Tô com sono, diacho! Logo hoje que o nenê me deixou dormir você quer me arrancar cedo do colchão!

A mulher despertou com a ralhação do marido. Também apertou os olhos quando a luz do sol acertou-os em cheio. Olhou para o berço. O nenê ressonava gostoso. A mulher sorriu enternecida e olhou para a janela. Ué?! Coisa estranha! A janela estava fechada como havia ficado a noite toda por conta da pernilongaiada que proliferava solta, vinda do riacho. Olhou para cima com dificuldade por culpa da claridade. A luz estava entrando pelo teto!

Depois de muita amolação da mulher, Venâncio foi até a forja buscar a escada de madeira. Tinha certeza de que algum animal quebrara as telhas. Tá certo que Maria tinha certa razão naquele alvoroço. Se fossem animais, onde estavam os cacos que deveriam ter estourado no chão? Nada de cacos. Nada de telhas caídas. Venâncio bateu a madeira nos fundos da casa ao lado do tanque de Maria lavar roupas. Subiu rapidamente e estranhou logo de cara. As telhas que faltavam estavam lá em cima, colocadas de lado. Não conhecia nenhum bicho que fizesse aquilo. Havia muitos macacos naquelas matas, carvoeiro, aranha, e até os temidos kongs já tinham aparecido por ali... mas nenhum deles faria aquilo. A abertura dava bem em cima de sua cama. Alguém tinha subido ali e tirado aquelas telhas com todo o cuidado e espiado para dentro de sua casa.

Maria assustou-se quando viu Venâncio passando atarantado e praguejando.

— Calma, homem! Vai acordar o menino!

Venâncio foi até o guarda-roupas e tirou de lá um rifle. Voltou para o terreiro à frente da casa e parou repentinamente. Apontou para um bando de araras que azaradamente cruzavam o céu à sua frente. Puxou o gatilho e a explosão ribombou, o eco reverberando pela garganta de rochas adentro. As galinhas que ciscavam no terreiro correram assustadas, cacarejando e levantando penas para todos os lados, junto com os cães de Venâncio, que primeiro correram procurando um buraco, depois voltaram ladrando nervosamente. Por sorte, nenhuma arara foi abatida graças à pontaria destreinada do ferreiro.

— Credo, Venâncio! — gritou Maria, vindo do tanque para a frente da casa. — Vai à puta que o pariu! — continuou furiosa.

A mulher entrou na casa e acudiu o bebê que começara a chorar dentro do chiqueirinho.

— Só queria ver se isso aqui ainda tá funcionando.

— Modo de quê, homem de Deus?

— As telhas em cima de nossa casa...

— Que é que tem, homem? Desembucha! Tá me deixando com as tripas emboladas.

— Alguém buliu nelas pra ficar espiando pra dentro de nosso lar.

Maria benzeu-se.

— Não brinca com isso, Venâncio. Não fala isso que me dá calafrio.

— Tô lhe dizendo, mulher.

— A gente tá aqui há mais de vinte anos e nunca ninguém desceu o rabo até nosso canto. Nem gente nem cria ruim. A gente só vê pessoa quando ruma para o forte de Belém.

— Agora alguém veio dar aqui e tá caçando confusão. Tá caçando confusão.

Maria andou pelo terreiro com a mão na cabeça. A mulher tinha um jeito rude mas era muito bonita. Apesar da idade passada dos quarenta, tinha o corpo bem desenhado e uma pele negra vistosa. Os cabelos eram bem encaracolados e guardados em um lenço branco encardido, tecido igual ao de sua saia longa, leve e solta.

Venâncio também era um homem de traços bonitos e corpo de homem forte. Não era muito alto, tendo cerca de um metro e noventa. O negro tinha os braços fortes e acostumados ao trabalho pesado. O rosto era redondo e os cabelos não viam uma tesoura há bastante tempo.

— E se for aquela tal da bruxa, Venâncio? E se for? Dizem que ela pega bebês para beber o sangue. E se for?

Venâncio olhou para o filho adotivo no colo de Maria. Os cachos louros brilhavam com a luz do sol.

— Eu ponho a desgraçada pra correr, Maria. Te juro que ponho.

A mulher abraçou o bebê forte. Tão forte que a criança começou a chorar novamente.

— Ela nunca veio aqui. Nunca veio peidar no meu terreiro. Por que viria? A modo de que ficaria espiando pelas telhas? — perguntou-se o homem, rodeando a casa, impaciente.

Venâncio baixou a arma e olhou para os cachorros. Dois deles abanavam o rabo ao seu redor, ladravam e vinham cheirar o cano da arma. O ferreiro olhou para os animais. Primeiro sorriu achando graça da desconfiança dos bichos, com medo do rifle. Depois seu olhar começou a ir de um para outro e depois em redor do terreiro.

— Que foi agora? — questionou a esposa, percebendo a cisma no marido.

— Tá faltando um. Tá faltando o Mike.

A mulher começou a assobiar e a chamar pelo cão. Nem sinal.

Venâncio entrou no casebre e deixou o rifle pendurado por uma tira no ombro, enquanto apanhava um objeto da parede.

Ao ver o marido no terreiro novamente, Maria estacou. Venâncio só pegava a espada quando estava furioso. Benzeu-se mais uma vez, enquanto via o homem andando ligeiro, seguido pela dupla de cachorros, em direção ao matagal.

— Virgem Santa, Tiquinho! O pai tá com o diabo no corpo.

Capítulo 41

Quando a noite ia alta, Cantarzo repetiu a operação. Num instante estava no telhado do casebre. Tinha vindo muito mais cedo do que na noite passada e desta feita o bom ferreiro não escaparia de uma longa e persuasiva conversa. O vampiro-rei removeu a primeira telha e quando pousou a mão na segunda algo deu errado. Estilhaços de cerâmica subiram para o seu rosto junto com uma explosão. Cantarzo recuou e, no afã de livrar-se daqueles cacos, desequilibrou-se, rolando telhado abaixo e caindo sobre o tanque de cimento que foi feito em mil pedaços. As telhas continuaram voando junto com explosões repetidas. O ferreiro safado estava atirando. Filho duma mãe! Estava atirando contra ele!

Venâncio descarregou o rifle e sentou-se na cama, recarregando a arma bala por bala através de um orifício de alimentação lateral.

Maria rezava um pai-nosso repetido num canto do quarto, abaixada e segurando o bebê que começara o choro.

Venâncio fez um sinal de silêncio para a mulher e reergueu o rifle para o teto. Ficou olhando pelos buracos, mas nada via a não ser as estrelas no alto. Seu coração estava para sair pela garganta.

— Eu vi o safado, Maria. Eu vi.

— Cê acertou ele, Venâncio?

— Acertei.

O ferreiro andou pelo quarto sempre com o rifle para o teto. Os cães ladravam furiosos. Venâncio ouviu alguma coisa. Escutou os dois cães correndo para trás da casa. Latidos nervosos. Um ganido sofrido. Venâncio correu para a porta do quarto e atravessou a sala. Saiu para a varanda e pulou para o terreiro com a arma apontada para a frente. Viu o labrador Faísca passar correndo em direção à forja. Venâncio, respirando com dificuldade, correu para o fundo da casa. Estava com medo. Com medo e com doze balas no rifle. Preparou-se para atirar. Chegou aos fundos da casa. Arrastando os pés, encontrou o tanque espatifado. Via cacos de telha esparramados até onde a vista alcançava. Nada de invasor. Nada de cachorro. Venâncio andou pelo terreno. A luz da lua deixava-o ver quase todo o terreiro. Ficou olhando para as árvores e para os lados. Sua espada repousava às costas ao melhor estilo japonês. A bainha negra e prateada descia seu costado quase até o fim da espinha. Espada de lâmina longa. Respirou fundo, fazendo mira com o rifle para onde quer que os olhos fossem. Tinha certeza de que tinha acertado o filho da mãe. Tinha certeza. De repente seus olhos pararam num jatobá frondoso. Seu sangue gelou nas veias. Teve a impressão, assim de relance, de ter visto uma luz vermelha descer entre os galhos da árvore e sumir no mato alto. O ferreiro engoliu saliva. Já tinha visto aquilo uma ou duas vezes quando ainda vivia numa fortificação. Olhos de vampiro. Correu de volta para a casa, trancou a porta da sala e ainda passou a barra de madeira como reforço. Tinha sido só impressão, mesmo assim seria melhor voltar lá pra fora só depois de amanhecer.

— O que foi, Venâncio? Achou o diabo? Cê tá branco que nem o Tiquinho.

— ...

Venâncio ficou mudo. Rifle erguido. Olhava para o telhado parcialmente destruído e para a porta. Tinha sido só impressão.

— Que foi, homem?

— Acho que é um deles. Um noturno.

— Vira essa boca pra lá, homem.

— Vai rezando que eu vou mirando — disse o homem, apontando a arma para o telhado aberto.

— Ai, Venâncio!

— Silêncio! — gritou o homem. — Careço de muito silêncio pra lidar com essa coisa. Cala o bico! Cala o bico!

Lá fora tudo estava quieto. O ferreiro continuou com a arma apontada para as ripas de madeira que sustentavam o que tinha sobrado do telhado. Quando seu peito já se aquietava, ouviram aquele estrondo terrível. No segundo seguinte, a porta do quarto voou do batente indo quebrar contra a parede.

O ferreiro até que foi rápido em apontar a arma para a porta. Puxou o dedo e a arma espocou lançando o projétil contra o invasor. O bicho grunhiu nervoso e o quarto encheu-se de uma luminosidade vermelha sinistra. Venâncio engatilhou a bala seguinte, mas, antes que pudesse fazer o novo disparo, a criatura saltou sobre ele arrancando o rifle de suas mãos.

Cantarzo torceu o cano da arma e agarrou o ferreiro pelo pescoço, tomando cuidado para não danificar sua garganta. Abriu a boca para xingar o ignorante, quando recebeu uma pancada na cabeça que o fez largar o homem. Cantarzo cambaleou para o lado e antes que recobrasse o equilíbrio tomou outro golpe indo ao chão. O vampiro estava surpreso com a coragem e com a força da mulher que empunhava um cano de ferro.

Venâncio não perdeu tempo. Desembainhou a katana e partiu para cima do vampiro. Contudo, refeito da surpresa, Cantarzo moveu-se com rapidez, desviando-se por duas vezes dos golpes velozes e perigosos da lâmina prateada. Girou no chão e socou a mulher que bateu contra a parede do quarto. O bebê chorava, criando uma trilha sonora irritante. O vampiro-rei segurou o cano de ferro junto com a mão da humana, mantendo-a presa e ao seu alcance. O ferreiro veio furioso de encontro ao noturno. O vampiro amparou o golpe de espada com o cano de ferro e chutou o homem no abdômen, seu segundo golpe atingiu o cano nos dedos do espadachim e fez com que a lâmina voasse para longe. No instante seguinte, homem e mulher estavam de bruços no chão do quarto tomado por seus gemidos e pelo choro alto do bebê.

— Não me mate! Não me mate! — gritava a mulher. — Temos um filho pra criar!

O vampiro-rei recompôs seu garbo, deixando o peito largo estufado e olhando de cima para baixo para os dois humanos derrubados. Bufou irritado, colocando os cabelos trançados no lugar. Cantarzo balançava a cabeça indignado. Como poderia estar tendo tanto trabalho com dois vermezinhos feito aqueles? Dois caipiras! E quando se defrontasse com Lucas e seus guerreiros? Não poderia ser tão disperso. Tão fácil de se acertar. Era um guerreiro-rei, não um amador. Torcia a boca consternado.

A mulher rastejou sob o olhar firme do vampiro, dirigindo-se ao seu nenê. Tomou a criança nos braços e tentou acalmá-la.

— Não nos mate, senhor. Não nos mate. Somos três coitados que vivem aqui longe de tudo. Não bulimos com ninguém. Não faça mal ao meu filho nem à minha mulher — suplicou o negro.

Cantarzo inspirou fundo. O cheiro do medo era inebriante. Contudo não deveria perder o foco, deveria prevalecer a razão acima do ódio. Tinha ido até ali por uma missão. Por mais aporrinhado que pudesse estar, aquele homem era a razão de seu deslocamento. A visão das alcoviteiras tinha dito que aquele sujeito lhe seria de valor. O vampiro-rei limpou os cacos de cerâmica agarrados em sua roupa. Olhou de novo para o homem no chão e sorriu. As alcoviteiras lhe tinham dado a pista certa. Aquele homem era especial. Não era um chucro qualquer. Era um chucro muito especial.

— É você o ferreiro?

Venâncio ergueu os olhos. A luz fraca da luz da lua descia pelas telhas quebradas e revelava parcialmente a face do invasor. Era um vampiro, disso não tinha mais dúvidas. Também não sobrara questão sobre ter atingido ou não o invasor com o primeiro disparo. Parte do pescoço e do maxilar do vampiro estavam queimados pelo tiro do rifle.

Cacos de telha tinham entrado em seu queixo e embaixo de sua orelha. A pele branca do demônio contrastando com o desenho das veias negras que serpenteavam em suas mãos e rosto dava medo.

— É você o ferreiro? — repetiu a fera, nervosa.

— Sim. Sou ferreiro e mestre-espadeiro, sim, senhor. Mas há muito tempo eu...

— Cala-te!

Cantarzo andou pelo quarto. Viviam com pouco, dava para saber de primeira impressão. Eram gente simples. Gente como ele gostava. Inspirou mais uma vez. Um cheiro perigoso chegou às suas narinas. Olhou para Maria. O nariz da mulher sangrava.

— Sai, mulher. Sai e vai pro mato. Só volta quando eu tiver ido embora.

— Mas...

— Vai, mulher! Vai e leva este lourinho. Tem sangue no teu nariz e vai ser difícil não enfiar meus dentes no teu pescoço, se ficar do meu lado. Esse cheiro... esse perfume... — disse o vampiro, caminhando para perto da negra. — Depois de tomar o teu, talvez eu queira um pouco mais — finalizou, estendendo um dedo na direção do bebê e tocando com sua unha pontuda a bochecha da criança.

Maria afastou Tiquinho e calou-se. Balançava o bebê, tentando acalmá-lo. Passou a mão na narina, limpando o local. O sangue pingou quente. Olhou para a barriga e para as pernas. A saia já tinha recebido três marcas.

— Venâncio!

— Vai, Maria. Não ouviu o que ele disse? Corre pro mato!

A mulher abraçou o filho e disparou pela porta do quarto sem olhar para trás.

Vampiro e ferreiro ficaram quietos ouvindo os latidos de Faísca afastarem-se, acompanhando Maria para a mata.

Cantarzo tirou algumas peças de roupa suja de cima de uma cadeira de pau pregado e sentou-se diante do ferreiro. Baixou seu rosto para mais perto do homem que ainda estava no chão, apoiado nos cotovelos. Ergueu os olhos para uma das paredes. Aquela não era de tijolos. Era de madeira. Seis espadas embainhadas, de diferentes formatos e tamanhos eram a única decoração do casebre.

— Mestre-espadeiro... — balbuciou o vampiro. — Disso nada sabia... Contaram-me de um ferreiro.

Venâncio ficou estático. A respiração acelerada junto com o coração batendo feito doido. Os dentes da criatura eram incrivelmente compridos e afiados. Não queria terminar com uma mordida daquele ser em seu pescoço.

— Vim até você a mando de peixe-grande — começou o vampiro. — Já que imploraste por tua vida, não farei mal a ti nem à tua família se me servir a contento.

— Te servir?

— Sim.

Guardaram silêncio um instante. Venâncio ergueu a cabeça para a aterrorizante criatura. Fitou-o por um longo momento e meneou a cabeça, parecendo pensar e avaliar, lutar com lembranças e palavras que lhe vinham à cabeça. Por fim disparou:

— Você é o homem das couraças e da espada?

Cantarzo fechou a boca e a expressão.

— Que sabe sobre essas coisas?

O homem rastejou, afastando-se do vampiro.

— Onde vai?

Venâncio ficou de joelhos e correu para um canto do quarto.

Cantarzo caminhou até ele decidido a golpeá-lo. Parou quando olhou sobre o ombro do ferreiro. Ele tirava algumas tábuas da parte de baixo do guarda-roupas. Depois, com dificuldade, puxou uma grande caixa retangular.

O negro abraçou a caixa e colocou-se de pé. Parecia ter carinho pelo objeto. Cantarzo abriu mais os olhos e sorriu, deixando seus dentes longos expostos.

Venâncio caminhou até a sala sob a vigilância do vampiro e depôs o objeto sobre uma mesa de ferro. Tentou desatar os nós que amarravam a caixa e como a dificuldade só aumentava, correu para a cozinha para apanhar uma faca. Assombrou-se quando retornou e viu os nós caírem ao passar das unhas do vampiro sobre as cordas. Venâncio baixou a faca e colocou-a sobre a mesa. Tirou os restos das cordas de cima da madeira e destampou a caixa.

Cantarzo sorriu novamente. A caixa guardava uma espada longa e brilhante. Aos olhos do vampiro a peça lembrava o estilo japonês, assemelhando-se a uma katana com a qual tinha sido atacado pelo humano.

— É feita com o melhor aço de nossa terra, senhor.

— Por que não é feita de prata?

O negro sorriu antes de responder.

— Para quê? Se o senhor souber usá-la vai saber do que eu estou falando.

Cantarzo empunhou a arma e ergueu-a. Quase não podia perceber seu peso. Girou-a no ar, fazendo-a zunir. Gostava de espadas.

— Venha. Tenho mais pra te mostrar.

O vampiro seguiu o ferreiro até a forja. Viu Venâncio movendo-se com agilidade em torno de uma grande mesa de madeira grossa. O ferreiro cortou as cordas que prendiam uma capa de couro que cobria todo o tampo. Descobriu com rapidez e revelou aos olhos do vampiro duas couraças torácicas negras como o manto da noite. Venâncio apanhou a de menor proporção e dirigiu-se a Cantarzo. Sem pedir licença ou se incomodar com a proximidade do vampiro, colou a frente da couraça negra sobre o peito da criatura.

— Perfeita! Essa é do senhor.

Cantarzo olhou para o tampo da mesa e viu a maior, com quase o dobro do tamanho da sua.

— E aquela? De quem é?

— Não sei, senhor. Não sei. Achei que o dono dela viria com o senhor.

— Como sabia dessas coisas? Por que fez essa espada e esse peito de ferro?

O negro levantou os ombros e passou a mão nos cabelos encaracolados e despenteados.

— Eu sei lá! Eu via isso na minha cabeça toda noite. Só tive descanso quando comecei a fazer e terminei. Mas foi há tanto tempo que eu nem pensei que teria utilidade. Curiosamente a espada mantive polida e afiada como a unha do capeta... sem saber para quem e quando teria serventia.

— Mesmo assim guardou.

— Guardei e zelei. Alguma coisa dizia para esse cabra aqui que isso teria serventia mais dia menos dia.

Cantarzo depôs a frente de seu peito de aço negro na mesa e tocou-o com a mão. A peça era belíssima, cheia de ornamentos desenhados no metal maciço. Era pesada e certamente a proteção livraria seu coração seco das espadas prateadas dos bentos.

— Esteja certo de que terão serventia, ferreiro. Honrarei sua habilidade. Honrarei seu trabalho.

Venâncio mirou aquela estranha figura. Não tinha certeza, pois a luz ali na forja era fraca, oriunda do reflexo lunar, mas tinha a impressão de que o rosto do vampiro estava menos ferido do que quando o fitou a primeira vez. Os cortes apresentavam-se mais fechados e já quase não via cacos de cerâmica fincados na pele.

— Avisa tua mulher que pode voltar para casa. Vou retirar-me e refletir. Não torno cá essa noite.

Cantarzo levava a espada embainhada em sua mão, caminhando em direção à floresta.

Venâncio correu até o terreiro no encalço do vampiro.

— Senhor?

Cantarzo virou-se e encarou o ferreiro de pele negra. Apesar dele ser alto e magro, era forte, com braços bem-feitos e músculos firmes.

— Diz, ferreiro.

— Quem é o senhor?

Cantarzo sorriu.

— Fez minha arma e minha armadura e não sabe quem eu sou?

O ferreiro balançou a cabeça negativamente, baixando o queixo.

— Sou Cantarzo. O vampiro-rei.

O noturno virou-se mais uma vez e de novo foi incomodado pelo ferreiro.

— Senhor?

Cantarzo tornou-se mudo dessa vez, apenas encarando o mortal.

Venâncio deu dois passos à frente e, erguendo os ombros, perguntou:

— Devo continuar? Devo fazer as outras armas?

— ...

— O senhor trará os outros, não trará?

Cantarzo, mesmo sem entender ao certo o que aquela conversa significava, meneou positivamente a cabeça.

— Trarei, ferreiro. Trarei. Faça as armas que tiver de fazer.

— Deve voltar mais noites, senhor.

— ...

— Se me permitir. Apesar de ser eu apenas um mestre-espadeiro e ferreiro, poderei lhe ensinar um pouco sobre katana. E desculpe-me se te aborrece, devo alertar que preparar todo o material vai demorar. As espadas dos guardas serão diferentes da tua. Faço-as rápido, mas são muitas. Vai demorar.

Cantarzo aquiesceu novamente. Virou-se e partiu silencioso. Seu primeiro objetivo tinha sido cumprido. Tinha agora de concentrar-se na segunda busca. Encontrar os bentos.

Capítulo 42

Na noite seguinte, o vampiro-rei viu uma imagem formando-se em sua mente. Sentiu uma tonteira. Detestava aquela invasão repentina. Tirava seu foco. Tirava seu sossego. Eram *elas.* As alcoviteiras dando palpites. Mostrando as coisas que haveriam de suceder. Mostravam uma direção. Homens rudes e destemidos que teimavam em varar a noite. Gente que não se incomodava com vampiros. Viu o rosto de dois ao menos, mas de alguma forma as alcoviteiras deixavam claro que eles eram mais. O vampiro-rei tinha um rumo. Um caco de futuro cravando em sua testa. Para dar seqüência à sua saga mística, teria de atendê-las. Teria de encontrá-los. Cantarzo, trajando a couraça negra e trazendo a espada atada à bainha, amarrada às suas costas, voava pela noite, tendo as árvores como estrada, rumando para Belém. A imagem formada em sua cabeça mostrava a rodovia que ia paralelamente ao seu caminho. O vampiro parou com os pés num grosso galho de ipê-roxo, afundando o solado das botas em grossa camada de liquens e apoiou-se em seu tronco. Olhou para baixo, para o asfalto que serpenteava através da mata. A visão mostrava colunas de luz. O vampiro tomou o rumo do asfalto e buscou uma árvore ainda mais alta. Viu longe, muito longe, colunas de luz vindo pela estrada. Eram seis veículos. Seis veículos que cruzariam seu caminho. Vinham de Belém ou Nova Belém. O vampiro olhou para o céu escuro salpicado de estrelas. Sorriu, sendo fisgado por uma lembrança. A Bíblia. A lembrança surgiu quando pensou em Belém... mais precisamente em estar rumando para Belém. Não tinha estrela-guia mostrando o caminho, mas existiam elas, as alcoviteiras. Não levava nem mirra nem outros presentes e duvidava que acabasse numa manjedoura. Ele era um rei, um rei mago sem dúvida alguma, mas não atendia pelos nomes de Melchior nem Gaspar nem Baltazar. Atendia por Cantarzo. Olhou novamente para as colunas de luz. Aquelas, sim, eram suas guias. Seus cometas. Mas, ao contrário dos reis magos, não precisaria persegui-las. Elas vinham serelepes e inadvertidas em sua direção.

Cantarzo desceu até a rodovia. Não via as luzes das máquinas, mas já podia ouvir seus motores, distantes, cadentes, vindo ao seu encontro. O vampiro olhou para a margem da rodovia. Uma árvore alta e de tronco liso pendia para o caminho asfaltado. Cantarzo tirou a espada das costas e aproximou-se. Agora descobriria quão certas as alcoviteiras estariam. Se derrubasse a árvore sem grande esforço, saberia que o ferreiro Venâncio era de grande valia. Ergueu a arma cortante e com uma passada única e diagonal cruzou o caule do grande vegetal. A princípio a árvore não moveu uma folha. Cantarzo abriu um sorriso largo. Sabia que aquilo era bom. Passados poucos segundos o tronco começou a vibrar e ranger e então tombou com estardalhaço no meio da pista. O vampiro-rei embainhou a katana, postou-se em cima do obstáculo e ali decidiu aguardar.

✠ ✠ ✠ ✠ ✠ ✠

Caranguejeira tomou mais um gole de cachaça. A passagem por Nova Belém tinha sido proveitosa. Coçou sua barba por fazer e afundou mais o chapéu de palha na cabeça. Conseguira entregar bastante material de valor para a fortificação que, em troca, abastecera os carros de seu bando de caçadores de memória com alimentos salgados, doces, munição e uma caixa de cachaça Ypioca. As famílias felizes, quando reviam antigos álbuns de fotografias, não poupavam gentilezas para com esses desbravadores dos velhos centros.

O comboio liderado por Caranguejeira se deslocava à noite. Faziam isso, mesmo antes da Noite dos Milagres, pois aqueles carros-fortes eram impenetráveis e rendiam boa guarida na hora do aperto. Também eram bons de mira, contando bastante com esse fator, sempre traziam uma reserva de balas de prata e reagiam bem a fortuitos ataques vampirescos. Caranguejeira dizia ao bando que aquilo fazia o sangue correr mais rápido e tirar as coisas ruins das veias. O chefe do bando tamborilava no volante, sorrindo e rememorando justamente uma dessas trocas de tiros e dentadas quando as luzes do farol subitamente revelaram o frondoso tronco de árvore cruzado na estrada. Caranguejeira arregalou os olhos. Em cima do tronco um vampiro, em pé, aguardava a aproximação dos carros.

— Mas, que porra é essa? — perguntou-se surpreso, enfiando o pé no freio.

Caranguejeira acompanhou pelo retrovisor os outros veículos também freando. Não demorou até que a voz de Ernestinho, que vinha no último dos veículos e não via a árvore atravessada na pista chegasse pelo rádio PX indagando pela parada abrupta.

Caranguejeira acionou seu comunicador e disse:

— Todo mundo esperto. Tem um vampiro no meio da estrada. Ele derrubou uma árvore pra bloquear o caminho.

Dois carros-fortes que paravam atrás do de Caranguejeira desviaram e pararam ao lado do líder formando um trio blindado. O líder dizia que isso intimidava os adversários.

Caranguejeira deixou os olhos no vampiro. Era um ser alto e ombros largos. Tinha os cabelos longos amarrados em tiras de couro. O estranho naquela criatura era aquela couraça de ferro negro fazendo dele uma caricatura de bento.

— Bicho esperto — balbuciou Caranguejeira, sendo ouvido pelo rádio pelos seus parceiros.

O líder dos caçadores de memória apanhou o fuzil que ia ao seu lado no banco da frente e passou o cano por um orifício na frente do veículo. Puxou o gatilho. As balas salpicaram o tronco de árvore e ele corrigiu a mira na direção do vampiro. Folhas e lascas de madeira foram pelos ares sendo iluminadas pelos faróis dos três veículos. Caranguejeira olhou para os amigos nos outros carros-fortes. A voz de um deles chegou pelo rádio.

— *Cê pegou ele?*

Caranguejeira mexeu nervosamente na aba do velho chapéu de palha, enquanto seus olhos continuaram na árvore. O tronco ia rente ao asfalto e não dava para ver do outro lado. Alguma coisa lhe dizia que o maldito tinha desaparecido antes das balas crivarem seu corpo. Aquele noturno era um daqueles... um vampiro especial. Poderia dar mais trabalho, mas seria pego. Balançou a cabeça afirmativamente para si mesmo, enquanto colocava o fuzil no banco ao seu lado. Ficou espiando mais um instante. Abriu a porta com uma pistola em punho. Só balas banhadas em prata, até a boca. Saiu com cuidado, empunhando uma lanterna na outra mão. Um vento frio cortava a rodovia. Para os lados, era tudo escuridão. Andou até a árvore caída. Não era a primeira vez que fazia aquilo. Apesar das bestas noturnas serem dotadas de poderes do inferno, confiava na sua munição prateada. Já tinha sido erguido pelo pescoço meia dúzia de vezes, mas muito vampiro por aí tinha ganhado uma janela na nuca quando ele disparara com o cano enfiado na boca dos malditos sanguessugas. Caranguejeira examinou o tronco. Ia dar um trabalho do cão tirar aquele trem da estrada. Ainda bem que sempre vinham com moto-serras na bagagem. Conduziu a luz da lanterna por baixo do caule. Ele não estava do outro lado. Estranho. Virou a luz para a mata à beira da estrada. Talvez ele se tivesse assustado com o barulho do fuzil e fugido. Esquisito... aquele não tinha cara de fujão, ainda mais com aquele peito de ferro negro. Não era um daqueles selvagens que agiam feito feras descerebradas. Era um dos espertos. Aquele ali pensava. Era um caçador. Um perigoso caçador. Apontou a lanterna para o tronco novamente. A ponta da árvore embrenhava-se mata adentro, já a base larga e pesada jazia no acostamento. Sabia o que fazer. Se ele ainda estivesse vivo, era só procurar pelo par de brasas vermelhas. Foi até a beira da estrada. Examinava a ponta cortada reta, como se tivesse sido decepada por um instrumento longo e num golpe só... que arma teria feito aquilo? Impressionante. Um *flash* de memória brilhou diante de seus olhos fazendo seus pêlos arrepiarem. Reviu o rosto pálido do vampiro, seus cabelos longos e presos em várias fitas de couro. Na lembrança rápida, Caranguejeira viu um cabo surgindo na nuca da criatura. Quando disparou, o bicho virou-se rápido como um gato. O cabelo trançado nas fitas de couro espalharam-se. Seria possível? Via algo nas costas do esquivo vampiro. Uma espada! Virou-se arisco erguendo a pistola. O filho duma mãe tinha uma espada, uma proteção no peito e não tava pra brincadeira! Que era aquilo? Vampiro de espada e tórax de ferro? Treco esquisito. O coração de Caranguejeira começou a bombear mais rápido. Adrenalina. Tinha visto muita coisa naqueles anos de loucura, mas nenhum vampiro com peito de ferro. Ouviu a buzina do carro do Ernestinho. Tinha disparado, emitindo um alarido contínuo, como se o rapaz tivesse grudado a mão no volante. Correu na direção do seu carro-forte. Algo eclipsou a luz dos faróis do seu carro. Algo rápido, posto que a luz voltou num instante. Não conseguiu ver, mas era ele. Sabia! Correu de novo. Tomou um rodo e caiu estatelado no chão. A lanterna rolou pelo asfalto, a arma não. Caranguejeira, lançando as pernas para cima, colocou-se de pé num salto ágil e ergueu a pistola. A buzina disparada do Ernestinho. Os companheiros começaram a buzinar também. Estavam nervosos. Dois colegas dispararam na sua direção. Caranguejeira rodou sobre os pés, olhando para tudo que era lado. Nada encontrou. Seu chapéu de palha no asfalto, quase sumindo na escuridão. Sentiu a arma balançar na palma da mão. Continuou apontando. Ouviu um barulho de ferro tilintando aos seus pés e uma estranha leveza nos punhos. Um pedaço da pistola estava no chão. De olhos arregalados, percebeu que continuava empunhando a arma, mas o cano tinha sido cortado.

Ficou de costas para seu carro-forte, olhando atento para os lados. Cinco ou seis passos o separavam da porta. Foi arrastando o pé, olhando para a árvore caída no meio da estrada. Engoliu em seco. Aquele tipo de bicho não ia deixar barato. Tinha cortado a árvore e tinha parado seu bando de propósito. Seus pêlos eriçaram-se novamente. O vampiro estava em cima do tronco. Estava com a espada fulgurante em uma das mãos. Caranguejeira bateu as costas na porta do veículo. Podia entrar e se fechar lá dentro. Os carros estavam parados, com os motores ligados. O Ernestinho continuava com a mão colada na buzina. Caranguejeira cuspiu um "puta que lá merda" mental quando imaginou a cabeça do amigo caída sobre o volante. De alguma forma aquele filho da puta tinha conseguido matar o Ernesto.

— Pode ir ver. Eu não saio daqui até você voltar — soou a voz do vampiro.

O líder ficou um instante encarando o rosto frio da criatura. Algo de diabólico escapava daqueles olhos. O homem não sabia se o vampiro tinha acabado de ler sua mente ou se fora uma coincidência "daquelas". Caranguejeira arrastou mais dois passos para trás. Enfiou a mão pela porta e puxou o fuzil. Continuou indo de costas, sem perder o vampiro de vista. Quando chegou ao veículo do Ernestinho, encontrou a porta do carro-forte arrancada e jogada no asfalto. O parceiro estava como previra. Morto e caído sobre o volante, acionando incessantemente a buzina. Aproximou-se e tirou a cabeça do parceiro do meio do volante, recostando-o no banco. Não havia sangramento, mas percebia um extenso inchaço abaixo da orelha esquerda do rapaz.

— Miserável!

Caranguejeira apontou o fuzil para a frente, mas antes de atirar a arma lhe foi tirada das mãos e sua nuca bateu contra a couraça de aço do carro-forte.

— Vo... você matou... uhh... você matou ele! — queixou-se o homem.

— Você e seu bando foram colocados em meu caminho. Vendo seus veículos, eu bem sei o porquê.

Cantarzo olhou para o lado. Quatro homens armados apontavam rifles em sua direção.

— Gasp. Me larga ou tu vai acordar no inferno brilhando de tanta prata que vai colar no teu couro.

Os olhos do vampiro brilharam num vermelho intenso e seus dentes aguçados vazaram através de um sorriso desafiador.

— Além de boa mira, seus homens vão precisar ser rápidos no gatilho.

O vampiro baixou o líder dos motoristas e colocou-o em sua frente, fechando temporariamente a linha de tiro.

— Sou um guerreiro melhor que vocês, humanos. Não duraria dois minutos a resistência de seu bando.

Caranguejeira tentou passar a mão pelo pescoço machucado, mas o braço do vampiro passava por baixo de seu queixo, mantendo-o preso. O líder do bando sorriu, para surpresa dos parceiros. Nunca um filho da mãe dum vampiro tinha conseguido deixá-lo com medo de verdade, era a primeira vez.

— No entanto, de nada me valeriam mortos.

Cantarzo soltou rapidamente o homem e, com a mão espalmada, empurrou-o de encontro ao bando armado, desaparecendo da vista dos homens no mesmo instante.

Caranguejeira caiu de joelhos e bateu o rosto no chão. Estava ficando irritado com aquele camarada.

— Vejo que vocês carregam tesouros — reverberou a voz do vampiro, vinda acima de suas cabeças.

Os homens, assustados, ergueram as armas para cima dos carros, procurando o estranho.

— Parem com essa merda — falou Caranguejeira. — Se ele quiser' ele mata nóis tudo.

Os homens baixaram as armas.

— Está interessado no quê, vampiro?

— Em seus carros. Serão bem pagos.

— Quem disse que vou trabalhar pra você?

— Quem disse? Eu disse — soou a voz de Cantarzo, agora bem mais perto, arrogante, imperativa.

— Não costumo trabalhar pra quem apaga meus irmãos.

— Apaga?

— É, palhaço. Não trabalho pra quem mata minha gente.

— Salutar... — respondeu Cantarzo, lacônico.

Caranguejeira deu um salto e virou-se. O vampiro estava ali, às suas costas. Agora de frente, fitou os olhos vermelhos do bicho. Sentiu um frio da espinha mas lutou para não demonstrar o medo. Sabia que o medo era o aroma predileto daqueles filhos duma figa.

— Não mato quem trabalha pra mim — continuou o vampiro. — Seu amigo não está morto. Está tirando um cochilo forçado.

— Quem é você?

Os homens ficaram em silêncio observando o vampiro caminhar lentamente, aproximando-se ainda mais de Caranguejeira.

— Sou Cantarzo. O vampiro-rei.

Eles continuaram calados. A figura era estranha. Talvez o pobre do vampiro tivesse caído de cabeça de uma árvore muito alta e tivesse ficado com o miolo mole.

Caranguejeira, o mais próximo do vampiro, ao contrário dos amigos, retomara o autocontrole e ouvira com seriedade aquela apresentação. Olhou nos olhos vermelhos da criatura. A convicção de que o monstro precisava de algo que viesse de seu bando crescia. Não seria a primeira vez que prestaria um ou dois favores a um noturno. Já tinha feito aquilo antes. Quando se vive na estrada não se pode dar ao luxo de recusar trabalho. Olhou para a espada embainhada amarrada nas costas do bicho.

— Por que anda com espada e tem uma armadura como os bentos?

— Porque um novo tempo chegou depois da Noite dos Milagres. Agora é a vez dos vampiros darem o troco. Os humanos que se juntarem ao meu exército serão poupados. Para vocês que me servirão, será reservado bom lugar, misericórdia, respeito e uma boa paga.

— Meu bando tem carros-fortes, o que quer que transportemos?

— Vou para Belém, caçar Rios de Sangue. Trarei novos bentos que porventura tenham despertado e estejam soltos na mata, perdidos e desavisados do novo mundo. Preciso deles vivos e seguros. Serão transportados em seus caminhões blindados.

— Com o que vai pagar nosso trampo? Nóis é unido e cobra caro.

— Com vida longa e prosperidade. Farei de vocês senhores de muitas terras. Serão donos da escória que me servirá.

Caranguejeira passou a mão pela cabeça e depois coçou a barba rala. Tinha certeza de que o vampiro sabia que ele não tinha escolha. Era pegar ou morrer. Olhou demoradamente para seus homens e ergueu os ombros.

— Negócio fechado, vampiro. Quando partimos?

— Agora.

O líder olhou para os homens mais uma vez e suspirou fundo. Coçou a testa.

— Vamos, cambada. Temos um novo chefe por enquanto. Se ele cumprir o que prometeu, estamos feitos.

Caranguejeira virou-se para o vampiro-rei e encarou-o por um instante.

— Tu pode ser o rei dos noturnos, velho. Mas eu sou o rei do meu bando. Cê pode ter cara feia e mandar no nosso negócio até recolhermos tudo o que você quer, mas não encosta mais tuas unhas pontudas nos manos nem nos meus carros. Se quer cooperação, respeite meu bando.

Cantarzo franziu o cenho e olhou para Caranguejeira de cima abaixo. Olhou também para os homens que cercavam o líder com armas empunhadas e caras amarradas. Podia exterminar todos ali naquele mesmo instante. Mas era dever dele, como rei, ser mais leniente naquela hora aguda. Precisava de peças para montar o quebra-cabeças das alcoviteiras. Era seu dever de rei para com os seus. Aprumou o corpo impondo seu garbo respeitável e encarou friamente aqueles homens por mais um instante.

— Considerarei teu pedido como parte da barganha. Concederei a você e a seus homens integridade física de agora para a frente. Mas não abuse, humano, nem com sua língua nem com seus pensamentos. Estarei sempre por perto. Seja dia seja noite. Uma falta tua ou do teu grupo me dará o direito à retaliação, à educação. Muitas faltas, muito castigo. É um aviso.

Sem esperar resposta, Cantarzo andou até o carro forte, apanhou a pesada porta do chão e bateu-a com força, prendendo-a ao veículo com o impacto. Sem olhar para trás ou se preocupar mais com aqueles homens, saltou para o topo do carro de Ernestinho.

— Sigam para o norte. Sigam para Macapá — ordenou antes de desaparecer na floresta negra.

Capítulo 43

Lucas despertou bem cedo. Ficou deitado olhando para o rosto de Ana por mais de dez minutos. Pensava em muitas coisas enquanto sua mão acariciava a barriga pronunciada. Seu rosto preocupado suavizou-se quando sentiu o chute da criança movendo-se no ventre da mulher. O filho estava chegando. Ana tinha visto em uma ultrasonografia semana passada o sexo do bebê. Teriam um menino. As únicas discussões que tinham ultimamente giravam em torno do nome do bebê. E eram essas conversas sempre bem animadas e cheias de graça. Enquanto Ana era simplista, buscando um nome comum, como Pedro ou Antônio, Lucas fazia brincadeira dizendo que seu filho teria nome de protagonista de novela mexicana. Estava em dúvida entre Otávio Armando ou Alberto Orlando. Alberto Orlando tinha uma vantagenzinha tímida. Lucas abriu um sorriso e beijou a barriga de Ana e depois os lábios da mulher.

— Meu Lucas — murmurou a esposa, enterrando os dedos nos cabelos do amado.

— Minha Ana.

Ela apertou os olhos e virou-se, continuando a dormir.

Lucas abriu um baú de madeira ao lado de seu guarda-roupas. Sua indumentária de bento estava toda lá. As roupas estavam limpas e livres do cheiro azedo que os dias de jornada faziam impregnar na trama. Já habituado ao que se tornara praticamente um ritual, Lucas colocou primeiro as calças negras que colaram à sua musculatura e prenderam-se ao seu calcanhar em alças. Colocou uma camiseta branca, leve e de mangas longas. Por cima, o surrado colete de couro com golas altas, que eram amarradas em tiras de couro. Era a única peça de que não gostava de todo o traje. Era quente e difícil de vestir, posto que vinham com ilhoses às costas e precisava fazer malabarismo para dar bom aperto sem a ajuda de ninguém. Calçou meias grossas e marrons-escuras calçando em seguida seu par de coturnos. Colocou o saiote verde-escuro, quase negro, e, por cima do colete, vestiu sua cota de malha de prata. Atou a bainha à cintura e retirou a espada, examinando a lâmina. Uma passagem pelo ferreiro faria bem à sua preciosa ferramenta. Embainhou a espada suavemente e dobrou-se para tirar as duas partes de sua couraça prateada de dentro do baú. Deixou a casa carregando o peito de prata pendurado no ombro, com a capa vermelha presa ao interior da peça metálica. Tomaria café com os soldados no refeitório comunitário depois de passar no Magal. Rumou em direção à forja e de vista soube que encontraria o responsável no seu trabalho, posto que as colunas de fumaça dos fornos subiam riscando o céu de São Vítor. O trigésimo guerreiro caminhou vagarosamente cerca de meia hora. Ouvia galos cantando e pelo arame da grande granja comum viu cerca de vinte frangos esgueirando-se e fugindo por um buraco. Sorriu mais uma vez, porque não durou um minuto essa fuga. Duas mulheres abriram uma portinhola e fizeram um cerco, tangendo com gritos e balançar de braços o grupo fugitivo de volta ao galinheiro. Viu uma cadela seguida de quatro filhotes cruzando calmamente o campo de futebol. Meses depois do grande ataque do Carnaval, São Vítor parecia ter voltado à normalidade finalmente. Contudo, não descia pela garganta de Lucas essa nova trégua. Tinha sido uma noite quente. Sentia alguma coisa espetando sua cabeça. Uma coisa ruim. Desde muito não via nem mais ouvia o velho Bispo. O espectro do bom velho profeta nunca mais lhe falara sobre as coisas vindouras e sentia falta disso. Mesmo assim, sabia de forma concreta que os bichos da noite tramavam. Por mais que fizessem expedições ao mato e ao sertão não encontravam traço dos miseráveis. Desde o desaparecimento de Franjinha, nenhum dos assistentes do CLBI conseguiu recolocar TUPÃ em funcionamento, mantendo as fortificações desprovidas de sua valiosa e arrasadora intervenção. Além do poderoso facho de luz, faziam falta as varreduras eventuais do sistema de satélites que tentava localizar os noturnos com antecedência. Estavam às cegas, e os malditos vampiros tinham desaparecido feito milagre. Evaporado. A população, erroneamente, alimentava mais uma vez a displicência. Muitos cruzavam os portões de São Vítor durante a noite como se os vampiros não fossem mais problema, como se nunca mais fossem cruzar com as feras das trevas. Muitos pareciam considerar os vampiros como coisa do passado. No entanto, Lucas, nas repetidas reuniões do Conselho de Segurança, exigia que todas as fortificações se empenhassem em vasculhar as redondezas e lançar patrulhas a longas distâncias. Os vampiros não podiam simplesmente ter desaparecido, dragados por encanto e virado fumaça. O guerreiro sentia cheiro de tempestade. Cheiro de sangue pútrido. Aquela horrenda noite de Carnaval tinha sido somente uma amostra do que estava por vir.

Foi mordido por essas considerações que Lucas chegou à forja. O som do martelar da marreta no metal sobre a bigorna e do vaivém dos homens ganhava volume a cada passo, como se seus sentidos voltassem de um campo distante. O trigésimo guerreiro parou sob o telhado da forja e, vendo Magal, tomou sua direção. O ferreiro não se havia dado conta da presença de Lucas. Apanhou com um tipo de pinça longa um retângulo metálico vermelho-vivo e foi para fora da forja. Lucas seguiu-o. O homem deitou aquele metal incandescente numa prancha longa e começou a malhá-lo com um martelo pesado. Lucas aproximou-se. Ia abrir a boca para falar com Magal quando parou. Seus olhos encontraram um jardim estranho. Ficaram parados. Tridentes espetados no chão gramado ao redor da forja enfileiravam-se formando desenhos geométricos, parecendo arbustos secos. O céu claro e azul ficou escuro. Lucas sentiu um vento fantasmagórico, morno e fétido soprar seu rosto. Ouviu um guincho animalesco, como o de uma ave raivosa e pronta para pregar-lhe as garras no couro cabeludo. Uma coluna de fogo ziguezagueou em sua direção. Viu vultos espectrais erguendo aqueles tridentes. Um monstro. Mortandade. Fogo e fumaça.

— Lucas! — gritou pela terceira vez Magal.

— Anh?

— Você tá legal? Parece que viu um fantasma, bicho.

Lucas piscou algumas vezes. Sentiu a mão leve. Tinha deixado o peito de prata escorregar dos ombros e cair no chão de terra sem sequer ter percebido. Gotas de suor frio desciam pelas têmporas.

— Que são aquelas coisas? — perguntou o bento, apontando para os tridentes.

— O Vicentão não te falou, não? Eu sonhei com essas bodegas aí.

— Sonhou?

— É. Coisa estranha. Fiz um molde e mandei ver. O Vicentão gostou da arma. Venha ver.

Lucas lembrou-se de ver Vicente lutando com um tridente daqueles na última vez que defenderam os muros de São Vítor. Ao que se lembrava, o grandalhão não tinha gostado tanto assim da arma.

Magal colocou o martelo sobre a prancha de madeira e levou Lucas até os tridentes. Como fez com bento Vicente, apanhou uma peça e mostrou suas particularidades.

— Ela é pesada porque é de aço muito resistente. Dá pra furar uma chapa de ferro, se agarrar firme na haste.

Lucas aproximou-se das peças. Eram altas, com cerca de um metro e oitenta.

— Veja.

Lucas assistiu o forte ferreiro manejar uma delas. Empunhou como se golpeasse algum inimigo.

— Dá pra você lutar de longe. E também dá pra lançar. Precisa treinar, porque não é fácil. Mas dá pra castigar legal com essa bagaça.

O ferreiro correu alguns metros e arremessou o tridente para cima. A peça subiu e, por conta da ponta pesada, começou a embicar para baixo. Foi um belo arremesso. O tridente percorreu trinta metros indo fincar num tronco de madeira que servia de alvo.

— Fantástico — disse Lucas, aplaudindo a exibição do ferreiro.

Magal arrancou outro do gramado e começou a desrosquear a peça.

— Vê isso.

Magal dividiu a arma como fizera para Vicente.

— Assim dá pra levar no lombo do cavalo.

— Pra que serve?

— Já falei pro Vicentão. A serventia é com vocês. Vocês é que vão pro mato e pra noite combater esses bichos malditos. Não sei pra que servirão...

— Se fossem de prata... talvez desse pra fincar uns malditos nas árvores na hora da contenda.

— Mas eu não sonhei com prata. Sonhei com aço.

— Tá certo, Magal. Tá certo.

— Por que veio tão cedo ver este ferreiro?

— Quero que dê uma olhada na minha beleza — falou Lucas, tirando a espada da bainha.— Veja o que você pode fazer.

O ferreiro examinou os gumes da espada.

— Xá comigo, Lucas. Isso aqui é moleza. Me dá seu peito também. Vou desamassar essas porradas que tu levou.

Lucas tirou a capa vermelha do interior da couraça e estendeu a proteção para o ferreiro.

— Dou uma polida na espada. Vai ficar tinindo. Xá comigo.

Lucas riu do jeitão de Magal. Olhou para a forja e viu os trabalhadores absortos em seus afazeres. Fossem outros tempos e não haveria tanta gente, e certamente os que ali se encontrassem parariam para saudar o bento.

— Está tudo corrido aqui. Tudo diferente.

— Conforme você mesmo previu, meu amigo. Desde a Noite dos Milagres, o trabalho só cresce com encomendas de peitos de prata.

Nossos estoques só não acabaram porque o Conselho pôs mãos à obra e correu muitas fortificações trazendo toda a prata que os soldados conseguiram juntar.

— Eu vi a fila de doações o mês passado.

— Temo que logo não possamos mais atender a tantos pedidos: banhar munição; forjar espadas e couraças... isso consome um material danado.

Lucas aquiesceu.

— Vou dar um jeito nisso, Magal. Chegará logo o dia em que não precisaremos mais temer esses malditos e que a prata voltará a nos servir de adornos e não de armas.

— Deus te ouça, Lucas! Deus te ouça!

Capítulo 44

Ernestinho passava a mão na cabeça, indo da testa até a orelha. Com o passar dos dias o galo tinha desaparecido, mas sempre que baixava muito a testa as coisas começavam a girar e o cérebro parecia pesar uma tonelada, doendo à beça. O sol brilhava alto no céu e o resto dos amigos banhava-se num riacho de águas cristalinas. Quem visse o Caranguejeira sem camiseta, de cuecas, dentro d'água, saberia de chofre a razão de tão bizarro apelido. O Tony Ramos perto dele pareceria careca.

Ernestinho levantou-se da pedra onde estivera sentado o tempo todo. As costas lhe doíam. Olhou para o céu ralo de nuvens. Adorava as horas de sol. Passara a apreciá-las mais ainda depois que Caranguejeira fez conchavo com aquele demônio. Detestava aquele bicho. Quando a noite chegava, não dava uma hora e o desgraçado já aparecia feito assombração. E sempre lhe encarava com ar debochado. Tinha vontade de pegar aquele vampiro-rei dormindo e enfiar-lhe um punhal de prata no coração. Mas o Caranguejeira não deixava ninguém levantar um dedo contra o noturno. O líder tinha dito que a vida de peregrinação estava acabando, que se aquele bandido-vampiro estivesse falando a verdade, depois que juntassem bentos novos as coisas iam mudar outra vez no mundo. "O Sol brilha para todos", tinha escutado o vampiro falar. Aquela espada dele dava calafrios. Tinha sido afiada no rego do capeta. Se marcar, cortava até pedra. Bicho ruim. Dava frio na barriga só de vê-lo de costas; quando o via de frente então, congelava. Os olhos dele pareciam bolas de vidro que acendiam vermelhas quando se irritava. Não era um gigante, mas tinha os ombros largos e garbo imponente. Dava medo de chegar perto. E aqueles cabelos trançados naquelas tiras de couro?! Todo mundo do bando tinha comentado que aquilo parecia coisa de maricas, mas ninguém fora machão para fazer troça com o rei. Nem o Caranguejeira.

Ernestinho tentou parar de pensar no maldito novo chefe e abaixou-se para apanhar um seixo. A cabeça doeu de novo. Era impossível esquecer o desgraçado. Arremessou a pedra na direção do riacho e, sem querer, acertou as costas de Tadeu. O parceiro ralhou por meio minuto, lançando duas dúzias de impropérios ao vento. Ernestinho, rindo, virou-se e foi olhar seu carro-forte. Apesar da recomendação contrária, tinha deixado as portas abertas dos dois carros que levavam a carga do vampiro-rei. Caranguejeira ordenara que ficassem fechadas à chave. Contudo, o rapaz não achava certo submeter a carga a tamanho castigo. Já que estavam fadados às garras e à morte sob o jugo de Cantarzo, enquanto estivessem sob sua custódia o rapaz tentaria aliviar a dor e o sofrimento. Aqueles carros-fechados debaixo daquele sol ardido viravam fornos. Se deixasse tudo fechado, eles seriam assados vivos.

O rapaz olhou através da porta e sentiu-se mal. A mulher benta estava com as mãos amarradas para trás e fitava-o com os olhos cheios de lágrimas. Era uma recém-desperta. Deveria estar assustada, cheia de medo, sem entender nada da vida. Quando adormecera, o mundo era outro, poderia até a vir gostar dessa nova realidade um dia se não tivesse caído nas garras de Cantarzo. Como gostar dum mundo que te amarra e te faz cativa logo que desperta? Ernestinho continuou encarando a moça como que hipnotizado por suas lágrimas. Ela começou a prantear, aumentando o volume de choro e de grunhidos por baixo da mordaça. Mais dois homens estavam junto dela no compartimento do carro-forte, estes estavam virados para os fundos, não tinham visto o motorista. O rapaz subiu no caminhão e, ligeiramente, abaixou a mordaça com medo de que a moça sufocasse, tamanho seu desespero. Ela ficou mais de um minuto só chorando e ganindo feito bicho.

Ernestinho desceu e andou até a frente do carro. Parecia que ninguém no bando tinha dado por sua falta e continuavam com a algazarra à beira do rio como se tivessem parado para um recreio no meio de uma viagem inocente. Ernestinho passou a mão nos cabelos. Não era possível que só ele estivesse sentindo aquele nó na garganta. Nunca fora santo, sabia disso. Mas também não era um assassino. Entrara no bando do Caranguejeira para levar uma vida diferente daquela dentro dos muros. Adorava dar tiros em vampiros, mas em gente... em bentos?! Isso não. Sabia que não seria ele que mataria aqueles infelizes. Apesar do vampiro-rei ter sido claro em dizer que precisava deles vivos, sabia que aquele "vivos" significava pouco tempo. Tinha ouvido uns cochichos entre os amigos. Eles seriam mortos. Todos. Então se sentia com o dedo no gatilho. Sentia-se responsável pela morte daqueles cinco infelizes. O rapaz voltou até a porta do carro-forte. A mulher estava com os olhos espremidos e, apesar das convulsões que seu abdome fazia notar, parecia, na medida do possível, mais calma.

— Como é seu nome, moça?

A mulher continuou chorando. Quando apertou os olhos com força, mais um punhado de lágrimas rolou pelo rosto. Ela era bonita, tinha sardas próximas ao nariz e os olhos eram castanho-claros.

— Eu não lembro meu nome... — respondeu no meio de mais choramingo.

— Se acalma, moça. Eu não quero seu mal.

— Então me solta! Meu braço tá doendo. Eu acho que estou doente.

— Não tá doente. Ninguém fica doente por aqui.

— Onde estou?

— Boa pergunta. — Ernestinho fez uma pausa para calcular. — Estamos a uns duzentos quilômetros de Macapá.

— Tão longe?

— Ao norte. Nosso outro chefe que nos mandou pra cá. Você foi a última que pegamos desse lado. Estamos voltando para Marajó.

A mulher voltou a chorar.

— Se acalma.

— Onde tá minha família, moço? Me solta daqui. Eu tenho uma filhinha de dois anos... ai meu Deus.

— Como é seu nome?

— Já falei que não lembro, que eu tô doente!

— Calma.

Ernestinho viu os dois homens às costas da mulher se contorcerem, como se quisessem se virar, se livrar da mordaça para gritar, para fazer perguntas ou morder quem chegasse perto. Ernestinho tinha visto como eles ficavam transtornados quando o vampiro se aproximava. Só um deles conseguia manter o controle. Os outros quatro debatiam-se insanamente e mais de duas vezes chegaram a conseguir a arrebentar as cordas que amarravam seus pulsos e tornozelos. Até o momento, tinham cinco cativos no total, aqueles três e mais dois no caminhão do Barão. O vampiro saía pela mata na noite e voltava com eles desmaiados, carregando-os em suas costas. A moça tinha sido a última captura depois de noites e noites em espera. Quando o vampiro voltou com ela, ordenou ao Caranguejeira que voltassem pelo caminho que tinham feito. Caranguejeira não deixara claro as intenções do cliente, mas mencionara alguma coisa fantástica. Uma bruxa que residia na ilha. Já tinha ouvido lendas a respeito. Rodar nas estradas rendia muita história para contar. E agora com aquele cria ruim dos infernos indo naquela direção, podia ser verdade essa parada de bruxa. Ernestinho olhou de novo para os prisioneiros. Sentiu um nó na garganta e começou a falar para tentar acalmá-los.

— Olha, gente. Vai ficar tudo bem. Vocês têm de ter paciência. Logo esse sofrimento acaba.

O pranto da mulher voltou a encher o carro-forte. Ernestinho subiu e voltou a tapar a boca dela com a mordaça de pano. Desceu apressado do carro e recostou-se na lataria com as mãos no rosto. Aquilo era demais para a sua cabeça. Já tinha participado de muita tramóia com o Caranguejeira, mas aquilo era demais. Aquelas pessoas estavam perdidas, era quase a mesma coisa que maltratar criança, maltratar um incapaz. Os três que estavam no carro-forte tinham sido encontrados vagueando perto de velhos Rios de Sangue. O vampiro tinha conduzido o bando de Caranguejeira até aquelas áreas desconhecidas e pouco visitadas até mesmo por aqueles que moravam perto de Macapá. Sabia que quando os cativos fossem levados à ilha de Marajó seriam entregues à tal de Tereza, a bruxa. Ernestinho não tinha ouvido com todas as letras, mas sabia que quando lá chegassem seria o fim para aquele trio e para o casal no carro-forte do Barão. O rapaz afastou-se dos carros e dos amigos. Vagueou pelo asfalto maltratado e sentou-se embaixo de uma árvore de copa imensa. A sombra era fria e a paisagem propiciaria à maioria das pessoas paz de espírito. No entanto, Ernestinho estava longe de se render à bonança agradável e acolhedora. O rapaz baixou a cabeça e secou duas lágrimas com o dorso das mãos.

Capítulo 45

O vento batia forte nas copas das árvores. Raquel estava no topo de um eucalipto. Em seu rosto branco como leite, enteado por artérias e veias negro-azuladas, era chocante a presença marcante do tapa-olho no lado direito pouco suavizada pelos fios vermelhos alaranjados feito cobre de seus cabelos longos, lisos e ruivos. A melhor caçadora daquelas bandas. Talvez fosse melhor dizer, a pior caçadora daquelas bandas. Isso dependia da perspectiva de quem assistia seus movimentos na noite. Se era um irmão ou se era a caça.

Raquel saltou do alto do eucalipto. Por um breve momento, chegou a parecer um anjo perdido, caindo para a terra. A vampira agarrou-se a um galho e reduziu a velocidade da descida. Seus coturnos deslizaram raspando no caule grosso e antigo de outra árvore. Ao chegar ao chão, abriu seu casaco negro e expôs o colete e suas duas metralhadoras. Olhou ao redor, fungando o ar da noite. Cheiro de gente. Cheiro de medo. Estavam perto. Raquel olhou para o chão. Vinham a pé. Para onde iriam? Por que se arriscar na mata durante a noite? Os passos dos humanos tinham marcado o caminho, pegadas na terra fofa e talos de mato amassado. Como pretendiam fugir se deixavam rastros tão sutis quanto os de um elefante? Raquel sorriu com o canto do lábio. Três. Pelo tamanho do pé, um deles deveria ser uma mulher. Logo, uma mulher e dois homens. Comida suficiente para ela e Gérson. A vampira ruiva subiu em outra árvore e avançou em silêncio, atravessando de uma árvore para outra. A floresta parecia adormecida. Mas não sua caça. Tinha o cheiro do medo. O cheiro delicioso do medo. Raquel subiu mais um pouco. Lá estavam eles. Os três.

Dois dormindo. Um acordado. Insone, vigilante. Com medo da noite. Com medo da floresta escura. Enleado em pensamentos tristes e de morte. Raquel inspirou fundo. Pobres coitados. A fortificação mais próxima estava a menos de três quilômetros. Inexperientes. Se tivessem persistido na marcha, encontrariam os muros. Estariam protegidos. Não salvos. Mas melhor protegidos. Raquel começou a descida lenta.

Freitas tinha-se oferecido para vigiar. Nando e Iolanda dormiam exaustos. Tinham andado o dia inteiro. Coisa repetida nos últimos sete dias. Tinham conseguido carona para a cidade natal que decidiram visitar depois da Noite dos Milagres. Os milagres trazidos por Lucas tinham trazido também esperança. Foram procurar notícias de parentes desaparecidos, fotografias, documentos que aquecessem as lembranças. Tudo que tinham encontrado fora um punhado de cinzas frias. Há muito tempo a cidade tinha sido queimada. Nenhum dos três sabia disso. A alegria murchara no trio. Restava a longa jornada de volta para casa. Um caminho longo e incerto. Ao encontrar uma árvore tombada no meio da estrada, desviaram-se para a floresta. Não porque não pudessem transpor o obstáculo. Não era isso. Iam a pé. Mas a árvore tombada indicava perigo. Vampiros caçando. Sentiram o ânimo esfriar de vez. Não viam sinais de vampiros desde a noite da grande afronta do exército noturno. Desde então nenhum bicho, nenhuma criatura da noite. Parecia que tinham desaparecido, num piscar de olhos. Mas a seiva naquela tora ainda estava fresca. A árvore tinha sido derrubada na madrugada em que a encontraram. Por isso trataram de abandonar o leito de asfalto e arriscar-se mata adentro. O grande erro. Estavam perdidos. Estavam com sede e cansados de tanto andar. Apesar dele ter insistido para continuarem caminhando aquela noite, Nando e Iolanda não agüentaram o cansaço. Freitas, sem o menor pingo de sono e vontade de dormir, disse que vigiaria. Que avisaria caso algo saísse errado. Era isso que iria fazer, se tivesse tempo. Mas, quando seus olhos se ergueram e encontraram o olho vermelho da vampira, foi tarde demais. Não houve grito nem lamento, nem choro nem correria. Freitas perdeu os sentidos com as garras de Raquel apertando seu pescoço.

Raquel arrastou o primeiro cadáver para dentro da gruta. Gérson, seu irmão-companheiro não se moveu. Raquel aproximou-se e cortou a garganta do humano. Levantou-o pelos calcanhares, deixando o sangue escorrer da ferida para a boca do parceiro de caçadas. Deixou uma generosa porção banhar a ferida feita a prata no peito do amigo. Gérson abriu os olhos e continuou estático. Sorveu a refeição. Minutos mais tarde, Raquel preparava o segundo "jantar" de seu parceiro.

Raquel ficou olhando compadecida para Gérson. O vampiro tinha tornado a selar as pálpebras e movia lentamente os lábios. A caçadora fechou uma expressão de raiva e angústia. Anaquias tinha acabado covardemente com ele. Tinha acabado com a força vital de seu amigo. Gérson continuava definhando. Não importava quanto sangue despejasse em sua garganta. Parecia apenas adiar o inevitável. O caçador não era nem sombra do colosso que já fora. Os ossos de sua face começavam a destacar-se sob a pele. Ia ficando cadavérico. Raquel virou o rosto e tomou a direção da saída da gruta. Tinha ainda muitas horas de escuridão.

— Raquel... — sussurrou o ferido.

A vampira olhou para o amigo, com o olho espantado.

— Eu não consigo mais, Raquel. Eu não consigo...

A ruiva aproximou-se, chutando pedriscos do chão da gruta.

— Acabe com isso... Raquel. Não me deixe sofrer desse jeito...

— Calma, Gérson. Calma, valente. Sê forte nessa hora. Eu vou dar um jeito.

Gérson virou o rosto para o lado com grande dificuldade.

— Eu... eu... — seus olhos se fecharam.

A vampira afastou-se lentamente, andando de costas, encarando o rosto encovado do amigo.

Os olhos de Gérson abriram-se novamente.

— Raquel...

A vampira continuou encarando-o.

— Obrigado!

A voz de Gérson ficou grossa no agradecimento, relembrando por um segundo a força que o vampiro tinha.

Uma lágrima escapou de cada olho da vampira. Do lado esquerdo descia um fio cristalino e puro, carregado de pesar, saudade e companheirismo. Do lado direito descia um fio negro e condensado, cheio de ódio, maldição e desejo de vingança. Anaquias pagaria caro. Só poderia dever além da conta. Fosse outro vampiro, Raquel não levaria aquilo tão a ferro e fogo. A vida de um caçador era assim, recheada de morte e danação. Mas Anaquias era um do grupo, círculo fechado de caçadores que ela tinha selecionado como parceiros. Ele não podia voltar-se como um escorpião contra seus próprios parceiros da noite. Não podia dar ouvidos àquela baboseira de rei. Se fosse Cantarzo... aquele estúpido era patético a esse ponto. Um enxerido aparecido. Mas, Anaquias... ele não podia ter feito o que fez. Doía-lhe ver Anaquias, o pateta, cheio de poder e cobiça fazendo o que bem queria contra os seus. Aos olhos da vampira, Anaquias não estava construindo um exército. Estava construindo uma armadilha que dragaria milhares de irmãos de uma só vez. E ela, se tivesse a chance, seria o estopim da desgraça. Queria Anaquias rastejando e implorando aos seus pés.

Capítulo 46

Há cerca de quatro noites o maldito rei noturno não visitava o comboio de carros-fortes. A bem da verdade, Caranguejeira tinha era gostado daquela brecha. O bicho presunçoso desagradava o bando quando chegava. Parecia uma granada sem pino andando de lá pra cá, exalando perigo. Os homens tinham medo de Cantarzo. Caranguejeira não admitia para não perder o moral, mas também se borrava ao imaginar o que faria aquele bizarro guerreiro caso as coisas não corressem como o planejado.

Mas as férias inesperadas acabaram quando a nova noite entrou. Tinham parado o carro-forte na clareira que o vampiro-rei tinha ordenado. Era ali que teriam de esperar.

O acampamento foi instalado por volta das dezoito horas, quando os últimos raios de luz morriam no horizonte. O calor era cortado por uma brisa gostosa que anunciava chuva.

Ernestinho tamborilava no volante. Uma música das velhas repetia-se em sua cabeça. Um sonzinho da Pitty. Coisa boa. Uma música que tinha estourado antes da Noite Maldita. Ficou sentado no carro-forte mais de meia hora. Olhou para seus passageiros. A mulher dormia exausta. O homem magro encarava seus olhos. Apesar de ter dado boa ração de frutas para os cativos nos últimos dias, ainda estavam magros de dar dó. O motorista olhou para os companheiros. O Barão já tinha acendido uma fogueira. Isso significava rango.

— Tá com fome, cara?

O magricela balançou a cabeça afirmativamente.

— Morrendo.

Ernestinho sorriu para o homem, simpático.

— O Barão já acendeu o fogo. Logo deve colocar uns baratos na panela. Acho que vai fritar uns ovos que achou hoje de manhã e fazer um cozido de frango. Um monte de galinha perdida no meio do mato não se encontra todo dia.

— Galinha? Então eu não quero. Eu gosto é de bife à parmegiana — debochou o cativo.

Ernestinho sorriu de novo, achando graça na brincadeira. Aquele na sua frente era o mais antigo dos capturados. O primeiro que Cantarzo tinha trazido. O homem do meio estava calado. Quieto e de olhos bem abertos. Parecia atormentado pelos pensamentos. Ernestinho chegou a pensar em amordaçá-lo. Parecia que ia começar a gritar a qualquer instante.

— Não esquenta com o meu chapa calado, não. Ele tá lembrando umas coisas do passado. Por isso tá com essa cara. Fica falando que isso é um pesadelo e que vai acordar a qualquer instante.

— Antes fosse — arrematou o motorista, deixando o carro.

Mais tarde, quando o caldo do ensopado de galinha borbulhava, Ernestinho foi o primeiro a chegar à beira da fogueira. Agora era o Branco que comandava as panelas. Ernestinho aproximou-se com três pratos nas mãos. Branco soergueu as sobrancelhas, querendo saber para que tanta fome.

— É para os prisioneiros. A gente achou essas galinhas hoje, deixa eles comer também.

— Mas o Barão não fez cozido pras visitas, Ernestinho. Cê tá ficando de peito molenga, hein, garoto.

— Vai regular?

Branco olhou para os companheiros de comboio. Barão balançou a cabeça negativamente.

— Vai caçar jabuticaba praqueles fedorentos. O rango é do comboio.

Ernestinho largou os pratos e ficou só com um.

— E pro teu velho? Tem galinha?

— Cê é da casa, Ernestinho. Não precisa pedir.

— Então capricha.

Branco encheu duas grandes colheres com arroz, depois feijão, dois ovos cozidos e suculentos pedaços de galinha e cenouras. O prato de Ernestinho estava transbordando caldo.

Ernestinho, para surpresa do bando, sentou na mesa armada e reuniu cinco pratos. Diante dos olhares curiosos de Caranguejeira e de todo o resto, começou a dividir a comida nos cinco recipientes. Deu um pouco para cada, mas para quem não ia comer nada, já era alguma coisa. A cena do rapaz dividindo os dois ovos cozidos em cinco pedaços despertou o riso em alguns dos camaradas. Terminou avaliando a quantidade em cada prato, chegando a passar um pedaço de frango de cá pra lá para deixar a divisão mais justa. Quando apanhava dois pratos e saía da mesa de armar, Branco se colocou no seu caminho. Todos prenderam a respiração por um breve segundo.

— Espera aí, Ernestinho — começou o homem. — Seu prato já tá vazio.

Foi a vez do rapaz soerguer as sobrancelhas.

— Se já terminou, pode repetir. Dá lá teu prato.

Enquanto Ernestinho sorria para Branco, o resto dos homens caíram na risada.

Branco tornou a lotar o prato do rapaz com comida e esse, para novo espanto, tornou a dividir o alimento, deixando uma minguada porção em seu próprio prato.

Depois, cada um dos camaradas que passavam pelas panelas do cozinheiro iam até a mesa e escolhiam um pedacinho de galinha cozida e deixavam num dos pratos, reforçando a refeição dos cativos.

Caranguejeira, assistindo aquilo, meneou a cabeça positivamente. Estava contente por ver aquela demonstração de consideração de seus homens para com aquele outro de seu grupo. Eram um bando de rudes sem eira nem beira, mas de bom coração no fim das contas.

Finalmente Ernestinho levantou carregando dois pratos. Foi até seu carro-forte e invadiu o compartimento de carga com aqueles pratos odoríferos. O cheiro do ensopado estava encantador. Os olhos do magrelo e do de olho esbugalhado convergiram para a refeição.

— Toma. Eu vou buscar o dela e já volto — disse o rapaz, enquanto soltava os braços do magrela primeiro. — Enquanto eu busco o da garota, tu acorda ela e vai soltando os braços deles.

Ernestinho saía novamente quando foi agarrado repentinamente na altura do punho pelo magricela. Assustado, Ernestinho puxou com um solavanco e acabou derrubando o homem no assoalho do veículo.

— Eu... eu... só queria... dizer...

Ernestinho acalmou-se e decompôs seus músculos tensos. Compadeceu-se da imagem do homem fraco e debilitado deitado e tentando falar.

— ... eu só queria... dizer obrigado.

Ernestinho aquiesceu e afastou-se do veículo. Apanhou mais dois pratos, mais cheios agora do que quando saiu e virou-se para o carro-forte mais uma vez. Dessa vez, congelou o movimento enquanto o sangue também gelava nas veias. Em cima de seu carro-forte estava Cantarzo, o vampiro-rei, com mais dois bentos novos capturados sobre os ombros.

Cantarzo soltou as vítimas em cima do carro-forte e pulou para a clareira parando na frente de Ernestinho. Aproximou-se do rapaz e levou a mão ao cabo da katana. Num átimo de segundo os pratos foram divididos ao meio com a comida e os restos do metal vertendo ao chão.

— Está alimentando essa escória? — perguntou aos berros. — Está alimentando esses cães?

Ernestinho, queixo-duro e altivo, meneou a cabeça positivamente, visivelmente carregado de nervosismo.

Cantarzo embainhou num giro seguro a sua lâmina.

— O que quer? Que fiquem fortes e fujam? Que fiquem fortes e me agridam?

— Está com medo, vampiro-rei?

Ernestinho arregalou os olhos depois de responder. O vampiro desapareceu de sua visão. Depois veio o estrondo. Sentiu um golpe forte nas costelas à direita. Não conseguiu ficar no lugar, voando como boneco de pano para o lado, caindo sobre as panelas ferventes e queimando o braço e ombro nas labaredas ainda acesas. O rapaz virou rapidamente para o lado.

Antes que o vampiro o alcançasse novamente, as armas do grupo foram engatilhadas.

O vampiro olhou para os homens antes de adverti-los.

— Pensei que já tivesse demonstrado o quanto é inútil essa bravata de vossa parte.

Cantarzo sustentou os olhares dos homens armados.

— Abaixem essas merdas antes que eu perca minha postura e acabe de uma vez por todas com esse bando. Vocês só continuam vivos porque preciso desses caminhões. Continuam vivos porque prestam um serviço para o novo rei desse mundo. Se se tornarem mimados e desobedientes, deixarão de existir.

Ernestinho levantou-se calado. Olhou para os amigos e fez sinal para baixarem as armas.

— Estou bem. Estou bem.

Cantarzo, ignorando os armados, voltou andando até o carro-forte e, de um pulo só, subiu ao teto do veículo. Tornou a colocar os novos capturados nos ombros e desceu a clareira. Depôs os corpos aos pés de Caranguejeira. Eram um homem e uma mulher. A mulher de pele bem morena e cabelos pretos escorridos. O homem era de porte mediano e, igual a todos os outros, de compleição raquítica, cadavérica.

— Cuide deles. Não alimentem esses cães. Quero-os vivos, mas não autônomos. Não quero que um só escape. Você entendeu?

Caranguejeira meneou a cabeça positivamente.

— Continuem subindo. Eu sei onde encontrar mais.

Capítulo 47

Os dias se foram passando para o bando de Caranguejeira. As estradas perderam o gosto de aventura que sempre tiveram para o bando. Estavam atrelados e presos às vontades do vampiro. A cada amanhecer, experimentavam um sentimento de alívio. Sabiam que, ao menos durante o decurso do sol no firmamento, aquele demônio com espada oriental e couraça negra não visitaria o bando e nem continuaria com suas provocações. Mesmo assim não se sentiam libertos. Como um homem pode sentir-se livre se um fantasma perambula a todo instante em sua alma?

Eram onze horas quando o bando de carros-fortes fez a primeira parada daquela manhã. Caranguejeira tinha escolhido um lugar ermo e aberto com um rio ao fundo de uma campina. Precisavam fazer um almoço reforçado, pois depois dali só parariam à margem do rio Amazonas para a travessia em balsa para a Ilha de Marajó.

Como em todas as outras paradas, designou Ernestinho para tomar conta dos cativos. O rapaz não questionou. Desceu da cabine do carro-forte e pegou um cigarro com um dos colegas. Antes de acendê-lo, tirou a camiseta, ficando só de bermudas.

— Aproveita que você vai ficar aí e encha os tanques dos cofrinhos, rapá — pediu o líder, enquanto estendia o próprio cigarro para que Ernestinho acendesse o seu.

O rapaz meneou a cabeça positivamente.

Caranguejeira desceu para descansar com os outros.

Ernestinho digitou a senha da porta de seu carro e entrou no compartimento traseiro. Os três reféns tinham conseguido sentar-se um ao lado do outro e ficaram olhando para ele.

— Bom dia, gente — cumprimentou sem encará-los, indo para o fundo do compartimento e apanhando um galão de álcool combustível.

Ernestinho desceu e, com a chave, abriu a entrada de combustível. Enfiou o cano do galão e ergueu o reservatório portátil. Deu duas tragadas, enquanto ouvia o álcool descer pelo gargalo. Estava amargurado e tomado por uma sensação ruim. Não tinha conseguido pregar o olho durante a noite. Desde a noite em que Cantarzo lhe proibira de alimentar os cativos, esse engulho se formava em seu estômago toda vez que tinha de encará-los. Naquela noite o vampiro tinha trazido mais dois. Duas noites depois trouxe mais gente. Agora estavam com três carros trazendo passageiros. Treze prisioneiros no total. Alguns deles tinham lembrado o nome, como Kelly, a garota de cabelos longos e negros, Fabiano, alto, de cabelos castanho-claros, Fabiano, negro de olhos grandes, Michel e Celso. Outros tinham recebido apelidos de letras, sendo chamados pelo rapaz de A, Bê, Cê, Dê... até que relembrassem seus nomes. Sabendo o nome ou não, continuavam sem previsão do final daquele inferno. Caranguejeira supunha que teriam de apanhar trinta bentos novos. Dizia que a sanha do vampiro-rei pelos bentos novos teria coisa a ver com a profecia do velho Bispo. Ernestinho não tinha certeza de nada. As semanas avançavam enquanto o jovem motorista ia sendo massacrado por sua própria consciência e cada vez mais perdia a vontade de continuar. Pela primeira vez a sensação de que Caranguejeira tinha escolhido errado pelo grupo entulhava seus pensamentos, tornando-se um verdadeiro mantra e obstáculo contra a obediência. Achava que o chefe já tinha sacado. Ele estava seco e com pouca conversa, respondendo de forma lacônica e desinteressada quando o rapaz lhe fazia alguma sugestão para melhor confortar as vítimas que eram arrastadas naquela jornada insana. Logo o líder que fora sempre festeiro e conversador com os camaradas de estrada! Ernestinho parou e refletiu mais um pouco. A verdade era que todos no bando estavam calados. Nos momentos de parada, na hora da descontração, uns conversavam e até brincavam e faziam piada com as coisas como sempre, mas aquela pressão invisível existia e era notória justamente quando estavam sozinhos nas cabinas dos carros-fortes cruzando o asfalto. Ninguém falava no rádio, ninguém pedia para parar aqui ou ali. Ficavam só aguardando os mandos de Caranguejeira. Ernestinho tirou o cigarro da boca e lançou a fumaça longe, para cima. Olhou para a campina. O fogo já estava aceso e a tralha para o almoço estava na grama. A maioria dos amigos estava refrescando-se no rio. Ernestinho desceu a campina ouvindo as conversas. Foi até as tralhas do almoço e pegou um canecão de lata salpicada de ferrugem. Levou-o até o rio e encheu-o com a água corrente gelada e cristalina. Levou-o à boca e tomou quase metade em grandes goles. Despejou o resto em sua cabeça e encheu mais uma vez. Voltou caminhando lentamente para o caminhão. A água fria escorrendo da cabeça para as costas refrescava o indolente mormaço. Olhou para Caranguejeira que dormitava debaixo de uma figueira carregada de frutos. Caminhou mais um pouco e parou na porta de carga do carro-forte. Deu uma última e longa tragada no cigarro, jogando-o no asfalto antes de entrar. O calor do lado de dentro era triste. Aproximou-se da mulher e fitou-a nos olhos.

— Vou tirar a mordaça de vocês, mas já sabem... pelo amor de Deus, não gritem, não dêem show senão eu cubro de novo.

A mulher e os homens menearam a cabeça, concordando.

Ernestinho baixou a mordaça da loira primeiro, a que tinha o apelido de A. Ficou olhando-a por um instante. Ela tinha uma boca bonita. A pele do rosto estava marcada e brotoejas espocavam do queixo para baixo. Provavelmente por culpa do calor excessivo e do maltrato das últimas semanas. Baixou também as mordaças dos homens. Estavam cheirando a suor, fedendo uma barbaridade. Chegou a cogitar pedir a Caranguejeira que deixasse que fossem desamarrados e que tomassem outro bom banho de rio. O líder só os liberava uma vez por dia para irem para o meio do mato sob a mira de rifle. O último banho, três semanas atrás, não tinha rendido resultados otimistas na cabeça do líder do bando. Tinha corrido pelo mato mais de meia hora atrás do bento varapau magricela. Caranguejeira não ia deixar que tomassem banho por bem. Só se inventasse alguma coisa. O rapaz apertou as pálpebras tentando ter uma iluminação, cavar um bom motivo para tirar de dois em dois os cativos e deixar que se refrescassem por cinco minutos na água fria do rio. Ernestinho voltou à realidade quando mirou os olhos da mulher que estavam fixos no canecão d'água. A sede era urgente.

O rapaz aproximou o recipiente da boca da mulher, que sorveu muitos goles terminando por engasgar. Enquanto ela se recuperava, passou para o homem do meio, colocando o canecão em sua boca. O último foi o que bebeu mais. Lembrava-se de que aquele tinha sido o primeiro novo bento capturado pelo vampiro, logo na primeira semana de caçada e também fora o responsável pela suspensão completa de boas ações para com os cativos. O varapau fujão do rio.

Ernestinho demorou-se olhando para os pobres escolhidos. Estavam todos magérrimos, mas o que parecia impossível vinha acontecendo especialmente com aquele cativo mais antigo. Ele estava ainda mais magro, a pele completamente colada nos ossos. Se os humanos ainda perecessem com as doenças, aquele ali certamente já teria sido colhido por alguma delas. Depois do antigo tomar boas goladas, o rapaz voltou a servir a mulher e a água chegou ao fim.

— Já lembrou seu nome, A?

A mulher meneou a cabeça negativamente.

— Você vai lembrar. Todo mundo lembra uma hora.

— Alan.

— O quê? — perguntou Ernestinho, surpreso com a voz rouca do cativo fujão vindo do fundo.

— Meu nome é Alan. Eu lembrei ontem. Lembrei que morava em Macapá. Ramo de informática. Lembrei até o meu *e-mail* e o nome da cadelinha poodle da minha mãe.

Ernestinho sorriu para Alan.

— Deixa a gente sair um pouco, cara. O calor tá bravo — pediu o Fabiano.

— Não vai dar, gente. Depois do que o Alan aprontou, o Caranguejeira tá seguindo à risca os pedidos do chefe. Manera, espera mais que já estamos chegando no fim do passeio.

Alan baixou a cabeça, parecia ter desmaiado. Em seguida, curvou-se para a frente e emitiu um ronco junto com tosse e acabou vomitando toda a água que tinha ingerido. Água demais de uma vez só.

— Ai, caralho! — ralhou o rapaz.

Ernestinho desceu do compartimento de carga. Estava arfando e o estômago tinha embrulhado com a cena. Recostou-se ao caminhão e colocou a mão nos olhos. Foi até o caminhão do Barão e digitou a senha para abertura. Um bafo quente escapou de dentro do caminhão. Os novos bentos ali acondicionados moveram as cabeças com grande moleza. Estavam suando em bicas. Esse inferno tinha de ter um fim. Tanto sofrimento para ainda por cima serem sacrificados quando chegassem à ilha! O rapaz pegou o galão de combustível do Barão e levou para seu caminhão. Além de toda a indignação e culpa, uma tremenda sensação de vergonha começava a tomar sua mente e impedir que olhasse aqueles pobres reféns nos olhos. Balançou a cabeça indeciso. Tinha começado uma coisa. Tinha de ter culhão para tomar a cabo. Era um homem, não um filho da mãe que abusava de gente incapaz. Fez o mesmo com os outros cinco veículos, levando um galão de cada vez. Voltou para o caminhão do Barão e tirou seu canivete do bolso da bermuda. Aproximou-se do primeiro bento e tirou-lhe a mordaça.

— Água... por favor, moço. Me dá água.

— Já vou descolar água pro senhor, mas tem de me ajudar. Vou te soltar e, pelo amor de Deus, fica quieto. Vamos para o meu caminhão que eu vou tirar vocês daqui.

O homem não esboçou reação alguma. Suas mãos tremiam, enquanto ele cortava os cordões que prendiam os pulsos. Ernestinho cortou também os cordões que vinham nos calcanhares do cativo. Passou para o seguinte e rapidamente desvencilhou o terceiro. Apanhou o primeiro e ajudou-o a descer.

— Esperem aí. Só posso levar um de cada vez.

Ernestinho estava preocupado com os parceiros. Eles jamais entenderiam sua escolha. Ninguém iria contra o Caranguejeira. Ninguém o encobertaria. Por sorte, os caminhões estavam enfileirados e a posição das portas de carga eram privilegiadas. Rapidamente levou o primeiro homem. Quando adentrou seu caminhão, o trio olhou-o com surpresa.

— Vou tirar vocês daqui. Acho que isso é o certo. Não agüento mais essa merda.

Sem aguardar resposta dos emudecidos cativos, correu de volta ao caminhão do Barão. Voltou com o segundo homem. Não sabia se todos iam caber ali, mas com toda certeza eles não reclamariam de aperto.

Ernestinho foi para os outros caminhões e conseguiu acomodar todos no seu. Treze passageiros no total. Podia subir no carro-forte e zarpar, mas com toda certeza seu Brinks azul e amarelo ia acusar o peso. O Graber envenenado do Caranguejeira iria alcançá-los num instante. Ernestinho teve um estalo e foi ao último carro. Chegando ao carro do Branco, tirou a chave do contato, fez o mesmo com os cinco carros-fortes. Arremessou os chaveiros no mato. Eles poderiam demorar para encontrar as chaves, o que daria algum tempo de vantagem. Entrou no seu Brinks e deu partida. Bateu com a mão no volante enraivecido. Olhou pelo vidro blindado. O pessoal que estava no rio parou e olhou para seu caminhão. Caranguejeira ainda estava deitado debaixo da figueira. O rapaz desceu do caminhão, correu até onde tinha arremessado as chaves e voltou correndo para seu acento. Jogou os cinco chaveiros no banco do passageiro e soltou o freio de mão, partindo com o carro-forte.

Branco, que começava a preparar o rango do almoço, ficou olhando para os amigos no rio.

— Que bicho mordeu ele? — perguntou Souza, um baixinho ruivo.

— Ele fugiu com os bentos — balbuciou Caranguejeira, ainda deitado debaixo da árvore e de olhos fechados, parecendo relaxado e balançando uma perna apoiada ao joelho.

Branco largou a panela e correu até o meio da estrada. O caminhão de Ernestinho estava longe, desaparecendo no alto da reta que se estendia à sua frente.

— Vamos atrás dele? — perguntou, olhando para o líder relaxado à sombra da figueira.

— Ele levou as chaves — falou o líder, cuspindo o talo de capim que estava nos lábios.

Branco rodeou o caminhão e foi até a cabine. O chaveiro não estava lá.

— Filho da puta.

— Fala pelo rádio com ele — recomendou Caranguejeira, finalmente sentando-se para poder olhar para o colega.

Branco acionou o PX.

— Tá com o miolo mole, moleque? O sol cozinhou teu cérebro?

O homem ficou encarando o autofalante ainda mudo do aparelho.

— A gente vai morrer aqui, palhaço. E tu vai acabar morto também — insistiu nas imprecações.

— *Morre nada, Branco. Vocês são macacos velhos. Quem tá condenado ao fio da espada é essa cambada aqui no meu caminhão. Eles não merecem, cara.*

Caranguejeira foi até a cabine do seu caminhão e acionou o PX.

— Onde você vai largar a chave pra nóis, guri?

— *Tô passando agora por aquele morro com a torre de pedra, tá lembrado dele?*

— Tô.

— *Acho que dá uns dois quilômetros até aqui. Acho que com mais dois quilômetros eu largo as chaves no meio do asfalto.*

— Cê sabe que o rei vai te pegar por causa disso, não sabe?

O rádio tornou a ficar mudo.

Caranguejeira baixou a cabeça e tocou o falante do PX na testa.

— Não importa o tanto que você vai andar, Ernestinho. Ele vai te pegar. Ele vai achar vocês.

— *Quando o cuzão aparecer, eu me viro. Câmbio e desligo.*

Caranguejeira meneou a cabeça negativamente. O cara estava ferrado. Não tinha jeito de segurar aquela bronca. Quando anoitecesse, Cantarzo surgiria e saberia das novas. Iria ficar no veneno. Iria caçar Ernestinho e tratá-lo feito porco selvagem. Talvez se eles alcançassem o cabeça dura antes do anoitecer...

— Ele levou o álcool também... — murmurou Branco, aproximando-se.

— Puta que la merda. O cabra fodeu nóis.

Caranguejeira começou a andar pelo asfalto.

— Vamo junto, Branco. Andar tanto sozinho é um saco.

— E o almoço? O pessoal tá esperando o rango.

— Foda-se o almoço. Eu quero é a chave do meu carro. Cinco quilômetros! É um filho de uma puta mesmo — reclamou o líder, prevendo o martírio da caminhada sob o sol escaldante.

Capítulo 48

A noite ia alta e entrava madrugada adentro. A vampira caminhava pelo solo de vegetação rasteira. Andava rápido. Sentia falta do vento cruzando o rosto quando saltava de árvore em árvore, situação em que podia viajar muito mais depressa. Era a primeira vez, depois de anos com seu grupo de caçadores, que a vampira ruiva partia para uma jornada solitária. Raquel caminhava ao lado de traços deixados no chão. Uma faixa larga, com cerca de sessenta metros, estava sulcada e com a vegetação esmagada, sinal de que uma grande peregrinação tinha recentemente passado por ali. Um verdadeiro êxodo acontecia. Êxodo de vampiros. O que planejaria agora aquele idiota do Anaquias? Tinha ficado no interior de uma gruta cuidando dos ferimentos de Gérson, na esperança de vê-lo em pé novamente, mas sua vigília lhe parecia cada vez mais vã. Raquel tinha passado dias e dias caçando nas proximidades de fortificações, trazendo gente viva para os dentes do vampiro. Lenta e sofregamente Gérson absorvia a comida fresca. Raquel entristecia-se vendo o parceiro. Sabia que o ferimento a prata aberto em seu peito jamais fecharia, tal qual sua própria ferida no olho direito. O pior é que o ferimento, onde se encontrava, deixaria Gérson debilitado para todo o sempre. Anaquias tinha aleijado o amigo. Via o gigante definhar noite após noite. Gérson sorvia cada vez menores porções de sangue, como se até as forças para dragar o alimento lhe faltassem. Se não conseguisse operar um verdadeiro milagre, a vampira sabia que o amigo deixaria de existir em breve. A única sorte é que a noção de brevidade para um vampiro era bem distinta da brevidade humana. Se um milagre não acontecesse, ela teria de inventá-lo. Gérson merecia um fim mais bravo, no meio de uma caçada sangrenta. Não podia acabar daquele jeito, aos poucos, sem honra nem armas nos punhos. Por conta de suas preocupações e cuidados com o valente parceiro da noite, tinha-lhe quase passado batida aquela peculiaridade. Tinha perdido tempo. A ruiva sabia disso. A noite, já tão lúgubre e solitária, tornara-se mais vazia ainda. Seus irmãos de raça não estavam nos covis nem nas tocas. Tinha ido a duas cavernas. Desertas. Inexplicavelmente desertas.

A vampira entrou no sulco aberto pelo passar de milhares de vampiros e abaixou-se para pegar um talo de erva rasteira. Levou até o nariz e cheirou. O odor transmitia um fio de frescor, suficiente para saber que se aproximava do bando que marchava. Olhou à sua volta. Onde os malditos estavam escondendo-se durante o dia? Ela, sozinha, não teria problemas para arranjar abrigo. Mas onde milhares de vampiros encontrariam toca escura? Isso intrigou ainda mais a caçadora, posto que ela não tardara a perceber a escassez de abrigos adequados para os de sua espécie naquele trecho do Brasil.

Raquel andou mais três horas, tendo apenas o brilho fraco da lua minguante como testemunha. Não ouviu um animal nem pássaro nem nada. A terra era de um silêncio avassalador e impressionante. Raquel virou-se e olhou ao redor. A paisagem desértica fez seu ânimo esmorecer. Sabia que se aproximava de Anaquias. Sabia que o grande devoto do tão clamado vampiro-rei tinha conseguido aquela façanha. Por todos os covis que passara naquele caminho que fazia há duas semanas, encontrava apenas galerias de cavernas e grutas vazias. E a cada centro vampírico alcançado, aquela impressionante faixa de terra batida ia enlarguecendo. Anaquias estava carregando-os para o sertão do Brasil. Qual seria o motivo daquilo? Por que isso acontecia de forma tão urgente e inusitada? Como o boboca do Anaquias conseguia inflar tanto aqueles corações mortos e selvagens e conseguir uma união jamais experimentada? Raquel sempre enxergava sua comunidade como quem está um patamar acima. Jamais conseguira reunir mais de cem vampiros para um ataque organizado. A grande maioria dos amaldiçoados agia de forma bestial, como se fossem bichos e só enxergassem as jugulares pulsantes de quem se escondia do outro lado dos muros. Eram poucos deles que pensavam, que tinham raciocínio lógico, que superavam a sede e o cheiro inebriante do medo para tecer estratégias na hora do ataque. A maioria empoleirava-se nas árvores e varria a distância, tentando lograr êxito em caçadas tolas que só rendiam frutos ao acaso. Ou então estes selvagens e primitivos se fartavam no sangue dos adormecidos. Bichos. Monstros irracionais que não traziam mais sombra da inteligência de quando eram também humanos. Ela e Cantarzo eram bem diferentes. O maldito era seu rival, mas sabia que o insolente a olhava de igual para igual. Cantarzo, sim, seria capaz de um movimento tão grandioso... mas, Anaquias! Era difícil crer que o caçador mediano que era tinha-se tornado um realizador, um general. Raquel parou um momento. Sorriu cismática. A grande realidade é que Anaquias não fazia aquilo sozinho. Se fossem verdades suas bravatas, haveria um ser superior comandando seus passos, haveria de fato um vampiro-rei. Aquela sensação a deixava empertigada, às vezes furiosa. Um vampiro-rei. Quem seria essa figura? Por que não existira desde o princípio? Mesmo contrariada, acabava reconhecendo que não haveria hora melhor para um líder surgir. Um ser capaz de botar aqueles milhares de noturnos em harmonia. Transformar aquela massa de monstros das trevas num exército capaz e avassalador. Quantas vezes não sonhara ela mesma com aquilo? Era ela, a caçadora mais ferina, que deveria estar ao lado do rei, não Anaquias. Raquel apertou o olho bom e balançou negativamente a cabeça. Não podia envenenar-se com aqueles pensamentos. Se um suposto rei havia escolhido Anaquias, não havia escolhido a ela, logo esse suposto líder era amigo de seu inimigo. Tinham contas a ajustar.

Imersa nessa torrente de pensamentos encadeados, a vampira, que trazia duas metralhadoras e explosivos sob suas vestes, voltou a andar, e acabou por encontrar uma grande área de chão batido. Reparou que se formava ali um grande círculo e a região com vegetação macetada extrapolava a larga faixa por onde os vampiros tinham caminhado. Raquel andou um bom tempo por aquele grande círculo, observando a tudo e tentando montar aquele quebra-cabeças em sua mente. Notou que o chão tinha marcas mais profundas em pequenos círculos. Estes menores tinham um raio de três metros aproximadamente. Era estranho. Encontrou também uma dúzia de buracos fundos e cheios d'água. Vampiros não bebem água. A ruiva levou a mão ao queixo e uma imagem se formou em sua cabeça. Cavalos e bois bebendo água. Era isso. Estavam fazendo uso de animais. Era bem possível, apesar de, em toda a sua andança, não ter encontrado traço de patas de cavalos marcando o solo. Andou por mais de cinco minutos sem conseguir dar toda a volta no contorno do círculo maior. Era muito grande aquela área. Espantosa. Andou mais, parando quando encontrou algo inesperado. Caminhou na direção do achado com o olho bom arregalado e surpreso. Oito vampiros estavam imóveis, com os braços sobre os olhos, transformados em estátuas de cinzas por culpa do contato com o sol. Raquel virou-se e olhou novamente para os pequenos círculos. Voltou o olho bom para as estátuas queimadas. Não fazia sentido. Eles tinham acampado ali. Milhares deles. Tinham-se amontoado, tinham feito daquele pedaço de chão um covil perigoso. Mas como teriam sobrevivido às horas de luz? Aqueles oito não tinham tido a mesma sorte, mas as marcas no chão e a continuação da larga faixa de solo pisado do outro lado indicava, que ao anoitecer, tinham desmanchado o acampamento, com rapidez, e partido dali para continuar a jornada. Raquel fitou os oito azarados e teve vontade de ouvir suas vozes. Queria que pudessem falar uma última vez e revelar o que queria e para onde iria Anaquias. Parou perto dos vampiros carbonizados e acocorou-se olhando-os detidamente. Faltavam-lhe os olhos nas órbitas. As cabeças estavam negras e o formato que restara era de seus crânios. As bocas escancaradas pareciam manter vivos os gritos da agonia final daqueles seres. Dentes longos. Vampiros.

Irmãos. Raquel levantou-se e retomou a caminhada sobre a trilha aberta. Um vento repentino cruzou o local. Seus longos cabelos vermelhos bailaram graciosamente com a lufada de ar. Ela apertou as metralhadoras contra seu corpo e continuou decidida. Precisava alcançá-los.

✠ ✠ ✠ ✠ ✠ ✠

A noite chegou novamente. Raquel abriu os olhos no fundo do buraco. Tinha-se afastado mais de dois quilômetros da estrada aberta pelos *romeiros*. Não tinha encontrado abrigo algum. Com a coronha de uma das metralhadoras, começou a cavar o barranco de terra fofa. Abriu um buraco estreito e profundo. Tapou a entrada com seu sobretudo esfarrapado e entocou-se no fundo do abrigo. Agora, passadas as horas de sol, rastejava para fora e colocava-se de pé.

A solitária vampira ruiva caminhou de volta ao grande rastro deixado por seus semelhantes. Essa noite não havia sinal da lua e nuvens grossas deixavam o brilho das estrelas cintilarem de vez em quando. Como nas noites anteriores, não escutava som de bicho nenhum nem tinha encontrado nenhum deles pelo caminho. Depois de uma hora e meia, chegou ao cume de um grande morro. Precisou das garras para subir as pedras íngremes e alcançar o largo patamar. Ficou satisfeita ao descobrir que a trilha continuava lá no alto. Levou mais uma hora até chegar ao final daquele platô de rocha. Uma chapada. Olhou para baixo. Era bem alto, uns setenta metros até o chão. Descer era sempre mais fácil. A vampira olhou para a frente. Seu olho esquerdo brilhou na escuridão transformando o breu em dia. Viu a continuação do rastro e, apesar da distância longa, teve quase certeza de enxergar um círculo semelhante ao que encontrara na noite anterior. Raquel saltou de cima do platô de rocha e bateu quinze metros para baixo emendando um segundo salto com um rodopio para a frente. Suas botas bateram na descida íngreme de terra e cascalhos e deslizou como se tivesse um skate debaixo dos pés. Deu um terceiro salto e alcançou o chão com graça e suavidade. Olhou para cima. A parede de rocha soltava um fino fio de poeira por onde tinha deslizado e mais nada. O som de pedrinhas descendo. Abriu um sorriso largo. Era bom ser vampira. Caminhou para onde começava novamente o trilho largo da marcha dos semelhantes. Em menos de dez minutos, atingiu a nova circunferência que, igual à da noite anterior, extravasava o trilho de caminhada, como se os irmãos da noite montassem um imenso acampamento em círculo. Igualmente aquela noite encontrou os poços escavados na terra. Uma imagem veio à sua mente. Longos postes de madeira subindo ao céu. Talvez aqueles buracos fossem preenchidos por certo tipo de escora que formaria algum abrigo do sol. A vampira meneou a cabeça negativamente. Não podia ser. Coisa desse tamanho seria monstruosa e demandaria horas para a montagem e desmontagem. Eles não conseguiriam cruzar distâncias tão longas tendo esse trabalho em vista. Raquel abaixou-se e cheirou as ervas. Jogou o resto no chão, abriu o sobretudo de couro e verificou as condições das metralhadoras. Raquel começou a correr sobre o trilho.

Capítulo 49

Ao anoitecer do dia em que Ernestinho tinha picado a mula, Caranguejeira e seu bando chegaram a uma bifurcação na estrada. A seta para a frente indicava Macapá e a da direita indicava Altamira. Caranguejeira ficou estacionado com os cinco caminhões restantes parados logo atrás. O maldito não respondia mais ao rádio e provavelmente, se fosse burro o bastante, teria escolhido a estrada que seguia para Altamira, afastando-se o máximo possível do objetivo do vampiro-rei. Mas o merdinha poderia ter ido mesmo para Macapá tentando despistá-los, voltando pelo caminho que já tinham feito, crendo que jamais fossem pensar na probabilidade daquela audácia.

Caranguejeira abriu a porta e desceu do carro, deixando a lanterna acesa e o motor funcionando. A noite sem lua estava escura pacas e o cricrilar dos insetos enchia a rodovia. O líder do comboio deu uma tragada longa no cigarro e soltou a fumaça que se foi com o vento morno da noite. Calor. O norte do Brasil era quente além da conta. Era suor descendo da testa noite e dia. Dois borrachudos picaram seu braço. O homem espantou os insetos e tornou a olhar para as placas.

Caranguejeira concentrou a visão no asfalto procurando algum indício. Marcas de pneu, de indecisão, qualquer traço que pudesse botá-lo no encalço de seu desertor. No caminho para Altamira viu apenas umas quatro gotas de óleo de motor. Talvez ele tivesse ficado parado ali, indeciso, tempo suficiente para que pingasse. Por outro lado, aquelas marcas poderiam ser bem velhas. Abaixou-se e passou o dedo sobre a mancha preta. Um pouco do óleo fresco veio em seu dedo.

Caranguejeira sorriu enquanto esfregava o indicador na camiseta. O sorriso foi embora logo em seguida, quando seu caminhão chacoalhou um pouco e o motor desligou. Era o fim do álcool.

— Essa merda agora.

Os outros caminhões estavam desligados. Os homens desciam para encontrar o chefe.

— Que foi? — perguntou Barão.

— Acabou o combustível. E o miserável levou tudo que a gente tinha.

— No último rateio todo mundo ficou com o mesmo tanto de combustível. O meu tá na reserva há mais de trinta quilômetros, logo pára.

— A gente não vai chegar a lugar nenhum assim. E o pior é que não conhecemos esses cantos. Vai demorar para achar combustível.

— Talvez seja melhor a gente chupar tudo que tem no tanque de cada e juntar num caminhão só. Pelo menos vamos poder procurar combustível... — sugeria Branco.

Os homens se entreolhavam quando ouviram um barulho surdo. Olharam para trás. Ficaram tensos. Cantarzo estava no topo do caminhão de Caranguejeira, olhando-os, mudo e duramente. Sentiam ondas de perigo sendo emanadas daquele corpo pálido, emitidas pelo cabo da espada que subia atrás da nuca da criatura, como se fosse uma antena do horror.

Caranguejeira engoliu em seco. Sabia que tinha chegado a pior hora. Sentia-se como quando tinha treze anos e chegava com um boletim lotado de notas vermelhas para entregar ao pai... só que o seu pai não andava por aí com uma katana daquelas.

Cantarzo olhou para os caminhões.

— Está faltando um.

Os homens continuaram mudos. Os que traziam armas levavam lentamente o dedo até o gatilho, cuidadosos e temerosos, tentando da melhor maneira estar prontos para um revide.

— Caranguejeira, não estou gostando dessa sensação. Onde está o sexto caminhão? — bradou o rei com os olhos faiscando.

— É o caminhão do cara que você apagou outro dia.

— Ah... o espertinho. O compadecido. Está faltando logo o dele. Isso não traz conforto para minha alma, lacaio. Onde ele está?! — perguntou o monstro, vociferando.

— Ele zarpou sem nóis. Ele desertou.

— Ah! Desde quando você elevou seu grupo a milícia? Desertores fogem de exércitos. É isso que temos aqui? Uma organização?

Caranguejeira baixou os olhos. Não por humildade ou submissão, mas com receio de que o vampiro lesse neles o ódio crescente que alojava em seu âmago.

O resto do bando olhava impressionado para a pele desbotada da criatura e para as veias negras que desenhavam rios em seu pescoço. Os olhos do bicho pareciam aptos a drenar seus rompantes de valentia e congelar suas almas.

— Só não me diga uma coisa, capitão Caranguejeira... — começou o vampiro-rei, saltando do teto do caminhão para o asfalto, parando na frente das lanternas acesas. — Não me diga que o garoto fugiu levando consigo meu tesouro. Minha preciosa carga.

O silêncio dos homens deu resposta ao vampiro. Seus olhos brilharam vermelhos e acenderam assustadoramente, tingindo com luminosidade rubra as paredes metálicas dos carros-fortes, a borda da mata marginal ao asfalto e os rostos humanos parados à sua volta. O monstro grunhiu ruidosamente expondo seus dentes pontiagudos.

Uma sucessão de "cla-clas" ouviu-se quando os homens destravaram os mecanismos de suas armas e apontaram para o vampiro.

Cantarzo voou para o lado e desapareceu na floresta escura. Seu par de brasas sanguinolentas e brilhantes afundou na escuridão e depois desapareceu. Os homens ergueram seus fuzis e carabinas na direção para a qual o ligeiro ser tinha tomado rumo. Depois viram uma sombra ressurgir, tão rápido que não tiveram tempo de reação alguma. Um a um viram suas armas sendo mutiladas, com pedaços dos canos de disparo batendo e quicando no asfalto.

Caranguejeira sentiu o pescoço dolorido e num instante estava fora do chão. Sabia o que era aquilo e detestava perceber que poderia acabar virando um hábito aquela sensação.

— Para onde ele foi?

As palavras escaparam afiadas da garganta do monstro, fluíram lentamente, singrando num manto de ódio absoluto.

— Aqui... arf... a estrada se divide. Não sei para onde ele foi...

Cantarzo olhou para a grande placa "Macapá-Altamira". Soltou Caranguejeira e caminhou até a bifurcação.

Branco, vendo o vampiro de costas, escorreu a mão até a cintura, como uma serpente silenciosa, e empunhou uma pistola mantendo a mão dissimuladamente debaixo da camiseta.

O vampiro-rei olhou para o chão. Andou pra lá e pra cá um instante. Suas botas estalavam no asfalto e pedriscos rangiam ao seu nervoso caminhar.

Caranguejeira olhou rapidamente para o dedo indicador direito, ainda sujo pelo óleo. Rezou para que o vampiro não encontrasse...

Cantarzo abaixou-se no asfalto e inspirou fundo. Olhou para a mancha de óleo. Havia um rastro por cima dela. Passou seu dedo e cheirou novamente. Uma imagem formou-se em sua cabeça. O rapaz no volante olhando para a placa. A indecisão. Fugira na direção de Altamira. A fortificação mais próxima estaria a quatrocentos quilômetros. Talvez estivesse no meio do caminho sem combustível. Não conseguiria alcançá-lo ainda esta noite, mas não escaparia de sua ira. Não permitiria que um reles mortal manchasse seu plano de conquista. Não tinha caçado por tantos dias e tantas noites para voltar até Tereza com as mãos abanando. Ao menos tinha aqueles três novos cativos. Estavam amarrados a uma árvore, na estrada, quarenta quilômetros para trás. Tinha abandonado o trio de novos bentos, encontrados juntos, à própria sorte depois que sentira uma lufada estranha no peito. Urgência em alcançar o comboio. Um alerta das filhas duma mãe. As alcoviteiras sussurravam em seu ouvido. "Algo vai mal. Algo vai mal." Cantarzo rangeu os dentes e seus caninos se pronunciaram ainda mais. Seu estômago ardia. Estava ficando faminto por causa do ódio queimando em seu interior. Aquilo não era bom para um rei. Um rei tinha de saber ser rei. Não podia demonstrar aquele tipo especial de fraqueza. Não podia perder o controle.

Caranguejeira viu o vampiro levantando-se e olhando diretamente em seus olhos. Estremeceu. Agora o vampiro fitava sua mão. Sabia que ele tinha descoberto a direção que Ernestinho tomara.

— Por que estão estacados aqui?

— Meu combustível acabou, vampiro. Não temos mais álcool.

— Ótimo. Pegue um caminhão e volte quarenta quilômetros no asfalto. Encontrará uma estrada de terra que vai para uma fazenda chamada "Setembro Deserto". Dois quilômetros de terra até encontrar uma árvore onde estão amarrados três bentos novos. Bentos homens. Vá armado. Estes estão acordados há coisa de dez dias. Não sabem nada do novo mundo, mas se alimentaram e estão, digamos, menos fracos que o bando que seu garoto surrupiou. Não quero ouvir desculpas e dizer que eles passaram a perna em você. Vá sozinho, vá rápido. O resto de vocês... espere-me aqui, nesse mesmo lugar. Vou buscar meus bentos. Não quero deixar pra trás semanas de trabalho.

Branco pensava em tirar a pistola da cintura e enfiar uma bala na cabeça daquele maldito presunçoso e metido à besta. Bastaria uma bala prateada bem no meio da nuca para que ele não ameaçasse mais ninguém. Estava tagarelando que nem uma velha reclamona. Se ia fazer alguma coisa, a hora era agora.

Cantarzo virou-se rapidamente e deixou sua mão descrever um arco à sua frente. Suas unhas afiadas encontraram carne e cartilagem. Cantarzo agarrou o homem antes que ele caísse. Seus cabelos trançados em tiras de couro valsaram cobrindo parte de seu rosto. A couraça negra em seu tórax brilhou fugazmente quando passou diante da luz dos faróis dos veículos.

Os amigos viram a pistola de Branco indo ao chão, ao mesmo tempo em que o amigo desaparecia diante de seus olhos. O vampiro movia-se velocidade assombrosa.

Caranguejeira e os demais se juntaram.

— Que tá acontecendo, cara? — perguntou Barão.

Caranguejeira olhava para as árvores. Olhavam para a escuridão.

Branco sentiu o ar da noite esfriar repentinamente. Estava sendo levado em velocidade assustadora para o topo de uma árvore. Frio. O mormaço tinha desaparecido tão rápido quanto sua coragem. Seus olhos conseguiram discernir as copas escuras, quase negras por conta da escuridão, unidas, formando um tapete gigante. Sentiu o pescoço doer e seu grito foi sufocado pelas garras do vampiro.

Cantarzo apoiava o tronco de seu corpo num galho robusto e o volumoso motorista fazia contrapeso, mantendo-o equilibrado. Sentiu o jato quente de sangue arterial sendo lançado para sua garganta. Estava com ódio consumindo suas entranhas, com ódio e fome. Sorveu com gana todo o líquido vital e desfez-se do corpo como quem joga uma embalagem vazia de comida congelada, uma casca indesejada. Ergueu seu rosto para o céu escuro e engoliu todo o sangue que ainda estava em sua boca. Ouviu o baque surdo do corpo estatelando-se contra o asfalto. Ergueu os olhos para as nuvens e soltou um urro animalesco. A sede arrefeceu, mas o desejo de vingança, esse não.

— O Branco já era — lamentou o mirrado Souza, olhando para as árvores submersas na escuridão.

— Vampiro desgraçado.

Junto com a injúria lançada pelo líder do bando, o corpo de Branco caiu do céu, como se tivesse sido arremessado do meio da mata. O homem bateu no asfalto e permaneceu caído, imóvel.

Souza foi o primeiro a acudir, enquanto os demais ficavam olhando para cima, procurando o assassino.

O homem, com um corte extenso no pescoço, começou a tremer nos braços do amigo.

— E... ele... me chupou, cara... e-eu... eu vou morrer... ele ... ele bebeu meu sangue. Tá tudo gelado... gelado... ge...

Souza tinha os olhos arregalados e as mãos ficaram trêmulas. Era a primeira vez que via um amigo de verdade naquela situação.

Branco levou a mão à ferida no pescoço. Mesmo tendo um corte tão grande, ele não sangrava. O homem estava pálido e mole. Branco apertou o corte e inspirou fundo.

Souza assistiu esse último movimento e então ouviu o ar escapar longamente dos pulmões do amigo. Branco pendeu a cabeça para o lado e não se mexeu mais, nunca mais.

Caranguejeira ajoelhou-se ao lado do cadáver exangue.

— Vampiro duma figa.

Capítulo 50

Tinha anoitecido há três horas. Os portões de Guarnição foram abertos.

Maciel, o líder dos soldados, ainda tentava convencer Ernestinho a ficar. O rapaz recusava. Tinha colocado provisões no carro-forte e mais combustível. Nenhum dos novos bentos tampouco quisera ficar. Sabiam que eram o principal objeto de caça do anunciado vampiro-rei e não estavam nem um pouco a fim de arriscar o pescoço permanecendo imóveis, queriam fugir. Ernestinho recomendou aos dois bentos de Guarnição, um veterano e um novo, que tomassem muito cuidado com Cantarzo, que o vampiro era uma fera na esgrima e que agia com impressionante selvageria.

Os bentos fizeram pouco, dizendo que Cantarzo encontraria seu fim caso transpusesse os muros da fortificação. A confiança dos guerreiros e soldados daquela cidadela inflava ainda mais quando lembravam que o próprio Ernestinho tinha dito que o vampiro viajava e caçava sozinho.

Numa última tentativa de evitar a partida daquele grupo de condenados, Maciel advertiu sobre as condições da estrada rumo ao sul. Os temporais do começo do ano tinham feito enchentes terríveis e muitos trechos do asfalto foram arrancados do chão pela passagem bruta da água e deslizamentos desenfreados de barro, tornando o tráfego, quando não perigoso, simplesmente impossível.

Mesmo assim o carro-forte partiu. Alan, o bento mais magro, o primeiro a ser encontrado por Cantarzo, ficou olhando para trás pelo visor, vendo as luzes de Guarnição afastarem-se e sumirem na estrada.

Daí veio a escuridão absoluta. Só podia ver alguma coisa quando ia até uma escotilha entre o compartimento de carga e a cabine. Via o clarão dos faróis riscando a noite e banhando com luminosidade as margens da estrada, valendo-se de potentes faróis de milha. Mata fechada. Não se lembrava daquela estrada, apesar de ter ido a Altamira de carro inúmeras vezes. Olhou um pouco para o lado através da escotilha. Ao lado de Ernestinho, sentados no banco da frente, iam a benta A, que em Guarnição tinha finalmente lembrado seu nome ao encontrar-se com uma xará chamada Renata, e iam também os bentos Celso e Fabiano. Isso tinha liberado um pouquinho mais de espaço na traseira do blindado. Todos os treze resgatados tinham ganhado roupas novas em Guarnição, alimento e uma melhor dimensão da inacreditável realidade do novo mundo. Alan pensava nessas coisas enquanto alisava sua carga, recebida das mãos de Maciel. Achava que de uma hora para outra acordaria em sua casa, ouvindo os latidos do Fígaro e o ralhar diuturno de sua velha mãe. Achava estar vivendo um pesadelo tremendo, daqueles horripilantes. Sentia saudade de seu Brasil velho de guerra. De viajar de catamarã e de barco rio Amazonas acima para ir assistir as festas do Caprichoso e do Garantido, assistir as notícias do Jornal Nacional com Willian Bonner e Fátima Bernardes. Ouvir música dos Paralamas e do Falamansa. Sonhar em conseguir um emprego em São Paulo e mudar completamente de vida. Tinha saudade de tudo isso. Tinha sido duro seu despertar naquele novo mundo. Tinha acordado no fundo escuro de um imenso galpão. Tinha visto mais dúzias e dúzias de pobres coitados largados à própria sorte, deitados, enfileirados ao seu lado. Do acordar até o primeiro movimento não saberia precisar quantas horas, quantos dias tinham-se passado. A dor de cabeça e na boca do estômago fora infernal. Sede, muita sede e depois fome... curiosamente uma fome leve, mais psicológica do que física. Não sentia a barriga roncar nem o cérebro gritar "Você tem de comer!", sentia vontade de comer algo, costume. Um pão de sal com manteiga e uma fatia de mortadela. Apoiou-se em cadeiras velhas e de ferragens tomadas pela ferrugem e só depois de algum tempo tinha conseguido colocar-se de pé. Era dia. Fios de luz entravam por pequenas fendas onde o tempo dera um jeito de perfurar as telhas do galpão. A construção era tão imensa que os raios pareciam perder força e luminosidade antes de chegar ao chão. Quando ficou de pé, sem apoio pela primeira vez, Alan sentiu os músculos das pernas e braços tremerem feito vara verde, seguiu-se então uma câimbra insuportável e uma tontura repentina que o levou ao chão de novo.

O homem tinha ficado caído, respirando, arfando e gemendo, até a câimbra e a tontura passarem. Terminado o enrijecimento dolorido, teimou levantar-se novamente. Gente, muita gente deitada no chão, uns com bocas escancaradas, outros de olhos abertos, todos cobertos por uma camada espessa de poeira e mistério tão surreais que era difícil crer no que seus olhos viam. Alan olhou para a própria pele e assustou-se com a finura dos braços. Estaria do outro lado da vida? Teria morrido e simplesmente surgido ali? Não tinha noção de quanto tempo estivera jogado naquele galpão, mas a julgar pelo estado de todos, estava ali há décadas. Desespero. Os pensamentos eram assustadores. Caminhou pelo galpão. Aos poucos, sentia o corpo enchendo-se miraculosamente de energia. Podia caminhar com maior firmeza, a tontura foi diminuindo e a visão ficando mais clara. Atravessou o mar de mortos-vivos impressionadíssimo com a quantidade de gente e o sortimento de sensações que emanavam cada vez que encarava um daqueles rostos sulcados. Passou a mão sobre a própria face. Também estava cadavérico. Não poderia gabar-se de nada. Fez uma pausa na caminhada, olhando para uma fileira de crianças ressequidas. Quantas teriam ali? Ao menos umas cinqüenta, separadas, inertes. Baixou a cabeça. Lembrava-se claramente que naquele momento tinha sido a primeira vez que chorara após o despertar.

Alan voltou ao presente, tão sombrio quanto as lembranças recentes. Via nove pessoas sentadas no chão do carro-forte, dividindo espaço com galões de álcool e sacos de frutas, arroz e carne de sol.

Trazia também um embrulho no colo. Era inacreditável, mas tinha recebido dos bons amigos de Guarnição três espadas feitas de prata e dois facões para defesa do grupo. Alan apalpou o cobertor velho que protegia as lâminas. Seu corpo balançava com o movimento do carro-forte que transpunha um trecho mais acidentado.

Com a monotonia da viagem, logo seus pensamentos voltaram a convergir para o passado próximo. Lembrou-se de quando deixou o galpão. Uma garoa fina cobria o céu à sua frente. Descobriu uma trilha na mata, de chão barrento e escorregadio. As gotículas frias grudaram em sua pele e em questão de minutos, com o acúmulo da água em seu corpo, placas barrentas começaram a desgrudar de seus membros e tórax como acontecia com a pele de uma cobra em descamação. Alan sorriu ao lembrar-se agora, dentro do caminhão, de um *flash* de memória que tinha acendido naquele exato momento em que fazia aquela analogia. Tinha lembrado do rosto de um senhor lhe dizendo que a pele era o maior órgão do corpo humano. A pele era um órgão. Nunca tinha encarado aquela cobertura amiga dessa forma. O maior órgão do corpo humano. Mas o que descamava de seu corpo não era sua pele, era a poeira que cobria seus braços, tronco e barriga, que amolecia ao contato com a água. Depois de cinco minutos de caminhada por aquela trilha curva, a garoa parou e Alan deu num regato e num canto de paisagem esplendorosa. Descobriu que não garoava próximo ao galpão ou em parte alguma. As gotículas eram oriundas de uma queda d'água que caía de um paredão de pedra de quinze metros de altura. O véu d'água era soprado pelo vento forte que fazia as gotículas minúsculas voarem dezenas de metros. Lembrava-se de ter visto grande sortimento de bandos de pássaros e escutado o chilrear de outras tantas espécies. Caminhou sem rumo até encontrar pés de bananeiras carregados de frutas maduras. Comeu-as vorazmente até fartar-se. O estômago revirou e botou tudo pra fora. Relutante, apanhou um cacho grande e passou a carregá-lo nas costas. Começou uma descida leve e, metros para baixo, encontrou um abacateiro.

Rachou duas frutas maduras e devorou-as. Arrancou um galho que prendia dois frutos e também tacou-o nas costas. Anoiteceu. Procurou proteção debaixo de uma árvore. Não conseguiu pregar os olhos. Tinha energia de sobra para continuar a caminhada. O problema era que não enxergava um passo à frente. Ficou deitado debaixo daquela árvore de flores multicoloridas e de perfume suave e extremamente agradável. Quando começou a "pescar" por conta da pasmaceira, arregalava os olhos ao ouvir os barulhos da mata. Diziam que em mata fechada daquele jeito tinha muita onça, pantera, cobras e aranhas de todo o tipo. Cismado, recostou-se ainda mais ao tronco da árvore. De repente aquele par de brasas dançando na escuridão foi-se aproximando. Quando deu por si, o bicho estava em cima dele. Alan gritou ao vislumbrar a face pálida do monstro colada ao seu rosto. Lembrava-se de um cheiro horrendo adentrar suas narinas e de um brilho amarelo tomar conta da noite. Não correu. Não entendia até agora como aquilo tinha sucedido. Ao invés de picar a mula, caíra na bobeira de avançar animalescamente contra a criatura. O cheiro ruim do bicho noturno lhe despertava um ódio ardente no peito, um desejo de ver um bicho morto como nunca antes tinha experimentado. Mas estava fraco e em poucos movimentos se viu dominado pela fera. Desacordou, e quando voltou à consciência estava amarrado no fundo de um carro-forte semelhante àquele em que ia agora.

Olhou para o rapaz moreno que estava na sua frente. Ele o estava encarando.

— Alan, você tava longe, hein, cara?

— Hã?

— Você tava viajando. Tava lembrando dele?

Alan compreendeu agora o que ele queria dizer.

— Estava. Estava pensando nele.

— Que coisa doida, não é não?

Alan apertou os olhos forçando a mente. O nome do moreno era Michel.

— E você, Michel? Como veio parar aqui?

— A mesma história dos outros, cara. Eu tava dormindo e acordei numa casa velha perdida no meio do mato. Tava eu, meu irmão mais velho, minhas duas irmãs mais novas, meu pai e minha mãe.

— Então você tava bem acompanhado.

Michel sorriu para Alan.

— É por isso que você queria tanto que o Ernestinho voltasse.

— É. Tava com medo daquele bicho ruim ir aprontar alguma coisa pros da minha família.

— Passou esse medo?

— De todo, não. Fico pensando neles. Só que o Ernestinho me falou um barato. A gente tem de encarar uma parada de cada vez. Se eu voltar agora, o vampiro-rei me pega. Tenho de bolar um jeito de acabar com esse sujeito para então eu poder voltar lá no rancho do pai e tirar eles tudo de lá. Vou levá-los para Guarnição. Gostei daquele lugar.

— Também gostei de lá — respondeu Alan, com sua voz rouca e grave. — Todo mundo parece gente boa. Gente de paz.

— E seus parentes?

Alan meneou a cabeça negativamente. Não tinha a menor idéia de onde sua família estava. Tinha ouvido alguém falar para Renata sobre um lugar chamado São Vítor, onde as informações eram mais organizadas, havia um banco de dados e um serviço de busca de parentes. Talvez se conseguisse entrar em contato com São Vítor via rádio pudesse inserir seu nome no banco de dados.

A monotonia fez o grupo adormecer.

Ernestinho olhou para os passageiros que vinham ao seu lado. Eles dormiam cansados. O rapaz mantinha os olhos na estrada. Só pararia para cochilar quando o sol chegasse. Não queria dar margem para o vampiro-rei alcançá-lo antes de levar todos para um lugar mais seguro. São Vítor seria uma boa pedida. Se o caminhão agüentasse sem a manutenção azeitada de Souza, talvez pudesse salvar a todos eles. Em São Vítor aquele vampiro duma figa não conseguiria deitar as mãos nos bentos.

A manhã chegou e os olhos do rapaz no volante pesavam. Tinha de descobrir qual deles lembrava como era dirigir um carro, só assim para seguirem sem parar. Avançar nas horas de sol era um coringa reservado aos humanos. Tinha de tocar em frente se quisesse desaparecer do alcance do coisa-ruim.

Ernestinho começou uma subida puxada. As mulheres ao seu lado começaram a conversar. Estavam com o semblante bem menos pesado do que há dois dias. Quando chegou ao topo do morro, Ernestinho afundou o acendedor de cigarros no painel e esperou que ele saltasse para que fumasse o primeiro do dia. Começou a descida e o caminhão ganhou velocidade. Naquele trecho o asfalto apresentava-se rachado em muitos pontos, obrigando o motorista a desviar de um buraco ou outro, às vezes tão repentino que fazia a turma da traseira sacolejar. À medida que prosseguiam na direção sul, os buracos ficavam maiores. O acendedor pulou e o rapaz puxou-o de seu compartimento levando a espiral incandescente até a ponta do cigarro, pendurado em sua boca. Deu tragadas sucessivas e baixou os olhos um instante para conferir se estava fazendo direito. O acendedor apagou-se e o cigarro não acendeu. Enfiou de novo o aparelho no compartimento e pressionou o botão. O caminhão entrou numa curva longa ainda na descida. Ernestinho estava com o acendedor na mão novamente. Desceu os olhos para o aparelho. Tragou. O cigarro acendeu dessa vez. Quando ergueu os olhos para a pista, o susto veio eriçando-lhe os cabelos. Enfiou o pé no freio sem dó e sem tempo pra reflexão. Primeiro o caminhão cantou pneus e mais uns metros à frente o som da frenagem sumiu quando a borracha derrapou na pista cheia de barro. O motorista perdeu o controle e o carro girou sobre o eixo duas vezes perdendo completamente a aderência com o chão. Bateu no *guard-rail* e voltou para o acostamento salvando-se de rolar numa ribanceira com mais de vinte metros. Quando o carro-forte finalmente estancou, os gritos das bentas que vinham na frente também pararam. Ernestinho tinha perdido o cigarro e o acendedor e seus olhos miravam a estrada. Abriu sua porta e desceu, enfiando os dedos nos cabelos e batendo as botas no chão tamanho seu descontentamento. Os homens que vinham na traseira do caminhão também desceram e ficaram consternados com o que viram.

Ernestinho agora sentia as pernas bambas em reflexo ao recente acidente. O sangue corria rápido nas veias e um zumbido nervoso espocava em seus tímpanos. Era a adrenalina que amolecia seus músculos. Chegou até à beira da deformidade no asfalto. Metade da pista tinha placas de piche erguidas quase a noventa graus e a outra metade estava rebaixada, formando um patamar mais baixo cerca de um metro. O motorista sentiu calafrios ao ver em sua cabeça o carro-forte não conseguindo frear e indo parar no fundo da vala que vinha logo depois do asfalto destruído. O rapaz olhou para o lado e viu a montanha com uma faixa de barro e sem árvores ou vegetação. Ela expunha uma ferida em forma de terra vermelha que se alargava, passava pela estrada e descia a encosta até formar um amontoado de barro vinte metros para baixo. Deveria ter toneladas de terra lá embaixo, na clareira.

— Isso é erosão — disse Michel.

Ernestinho olhou para o bento moreno e balançou a cabeça.

— Deve ter caído um baita temporal e o deslizamento levou a rodovia embora.

O rapaz olhava a profundidade da cratera. A separação da pista era de dez metros aproximadamente. Não dava para improvisar nada. A descida era escarpada demais e composta de terra fofa e pedaços de pedra. Fim da linha.

— E agora? — perguntou benta Kelly.

Ernestinho virou-se para o bando.

— Agora a gente anda. Não tem jeito.

— Andar?! Andar para onde?! — indignou-se a mulher.

— A idéia era chegar em São Vítor... mas já que estamos sem o carro, vamos caminhar pra frente e chegar em qualquer lugar. Alguém vai ajudar-nos. O negócio é não ficar parado e continuarmos nos afastando de Cantarzo.

Kelly olhou para o imenso buraco e começou a chorar. Michel abraçou a companheira de jornada.

— Calma, meu. Você tem de ficar calma. Você é uma benta. Não ouviu as histórias do Maciel? Se esse vampiro aparecer na nossa frente, a gente escorraça com ele.

— Ele é feio e monstruoso. Olha pra gente! Cai na real! Somos um bando de peixes fora d'água!

— Calma, Kelly! Calma!

— Se ele alcançar a gente, ele acaba com a gente. Acaba de uma vez!

Ernestinho olhou para o buraco mais uma vez. Só para atravessar aquela escarpa ia levar um tempo enorme.

— Kelly, vamos combinar o seguinte — pediu. — Ajude a gente a juntar tudo que precisamos levar e, do outro lado da estrada, andando pra longe daqui, eu te deixo chorar.

A moça tirou um sorriso pequenininho do fundo do saco e botou no rosto. Enxugou as lágrimas. Compreendia que daquela forma só atrapalharia e que os amigos precisavam agir rapidamente e não ficar assistindo uma patricinha chorando.

— Combinado — respondeu a mulher. — Do outro lado eu abro um berreiro.

— E não chora muito não — rebateu a voz rouca de Alan. — Esqueceu que Maciel nos deu três espadas e dois facões? Aquele vampiro não perde por esperar. Pegando um de cada vez, atordoado, ele foi bom, quero ver pegar nós todos e armados.

O grupo, comandado pelo motorista, retirou tudo do carro-forte. Ernestinho só devolveu para dentro quatro galões de álcool combustível. Aquilo poderia ser útil para alguém necessitado um dia desses. Manteve um para fora, esse seria útil para eles. Entrou no carro-forte e manobrou, colocando-o rente ao barranco. Amarrou uma corda em seu interior e na outra ponta amarrou as mochilas com provisões e o galão de água e o de álcool. Com a ajuda de Michel e do Bê, desceram os mantimentos barranco abaixo. A corda também foi útil para apoiar na descida. Ernestinho ficou impressionado com a agilidade daqueles recém-despertos. Esse mundo novo tinha cada estranheza. Poucos dias atrás eram um bando de farrapos humanos maltratados. Agora os homens mostravam já algum ganho de massa muscular e as mulheres exibiam bem menos ossos. Benta Renata recuperava aos poucos as curvas que tinha atraído muitas vezes os olhos do rapaz para seu busto e seu traseiro. Ernestinho tentava ao máximo se controlar, mas os hormônios do jovem falavam alto.

O rapaz ficou lá em cima assistindo a descida. Rapidamente os treze bentos novos chegaram ao fundo da vala. Ernestinho desamarrou a corda do interior do veículo e atirou-a para baixo. Apanhou um pedaço de barro no chão e voltou para o interior do veículo. Com o barro, escreveu a senha de abertura de seu cofrinho ambulante. Desceu o barranco com ligeireza e de um fôlego só começou a subida. O barro das paredes ainda estava úmido e escorregava bastante. Para descer todo santo ajuda, agora, para escalar... só o diabo... que não é de muita confiança. Talvez por conta dessa sua analogia barata, arrancou duas pedras presas em falso quase fazendo-o despencar de volta ao fundo. Os pés também dançavam. Chegou ao asfalto e procurou onde amarrar a corda. Um tronco de uma árvore atirado ao chão pela avalanche serviria. Deu duas voltas e mandou um nó bem-feito.

— Vocês precisam de mim aí embaixo? — gritou.

Os bentos não responderam. Kelly foi a primeira a agarrar a corda e começar a subir. Levou cinco minutos para transpor os quinze metros de subida que compunham aquele lado.

— Amarre duas mochilas! — gritou o rapaz.

Puxou sem dificuldades, arremessando de volta para baixo.

Bento Michel amarrou os galões de água e álcool dessa vez. Ernestinho começou a içar e acabou sendo ajudado pela benta.

Bê começou a subir por conta.

Depois que todos os mantimentos estavam lá em cima, bento Alan amarrou as espadas e os facões na ponta da corda.

Levaram cerca de uma hora para fazer toda a travessia. Alguns deles mostravam-se ofegantes ao término da escalada. Mesmo assim, Ernestinho insistiu para que começassem a caminhada imediatamente. Teriam de andar o dia todo e, ao aproximar-se do crepúsculo, teriam de encontrar um abrigo seguro e rezar para chegarem vivos ao raiar do sol.

Capítulo 51

Raquel andava sobre o trilho tomando cuidado para não ser vista. No meio da madrugada, tinha encontrado a multidão de peregrinos. Eram milhares, centenas de milhares de vampiros. Traziam bois que tracionavam carroças. Suprimento. Corpos de adormecidos que serviam de comida aos retirantes. Avançavam vagarosamente, mas ininterruptos. Uma massa compacta de viajantes. Milhares. Uma visão impressionante até mesmo para uma vampira antiga como ela. Quando conseguiu posição privilegiada para observar o bando, não conseguiu ver Anaquias nenhuma vez, o que deixou a caçadora de cara amarrada. Também pudera. A multidão era tão volumosa e densa que não conseguiu fugir do lugar comum ao pensar: estou procurando uma agulha no palheiro. Nunca antes em sua vida a criatura tinha visto tantos irmãos juntos. Algo grande aconteceria. Algo fora de série. Isso qualquer babaca poderia deduzir. Ela não era uma babaca e não curtia ficar com informações pela metade. Facilmente se infiltraria naquele aglomerado gigantesco de semelhantes e conseguiria mais dados para entender exatamente o que Anaquias pretendia com aquilo.

Faltando cerca de uma hora e meia para o amanhecer, o grupo parou a marcha. Era justamente isso que intrigava Raquel. À medida que a hora do alvorecer chegava, mesmo ela que viajava sozinha, já teria vasculhado a paisagem em busca de um abrigo seguro ou algo que pudesse transformar-se num. Não por acaso tinha avistado e rapidamente inspecionado um casebre sertanejo que encontrou encravado numa encosta. O dito abrigo estava agora a vinte minutos de caminhada do ponto onde se encontrava.

Raquel acompanhou absorta toda a movimentação. Os malditos tinham-se organizado mesmo nos últimos meses. Quando aproximou-se furtivamente das carroças em marcha, percebeu que não carregavam apenas Rios de Sangue. Algumas delas traziam peças negras que também via nos braços de milhares dos andarilhos. Pareciam escudos. Eram escudos, concluiu examinando de perto uma daquelas peças escuras. Lembravam escamas oblongas. Escamas enormes e côncavas. Ficou boquiaberta com a engenhosidade da massa vampírica. Ao som de uma dúzia de berrantes, como que por encantamento, todos pararam de marchar. Raquel chegou a arrepiar-se com o imperioso silêncio que sucedeu à parada. Nem vozes nem mugidos. Aquilo durou alguns segundos. Depois, com o olho atento acompanhou a interessante movimentação. Enquanto um numeroso bloco de noturnos permanecia imóvel, um número assombroso deles marchou cadenciado formando o imenso círculo qual ela habituara-se a encontrar nas noites passadas. A hora tinha chegado. Iam acampar, ali, debaixo daquele céu estrelado, sem proteção alguma. Raquel não evitou certa aflição mexendo com seus nervos. Sabia que não podia ser assim. Então como resposta, em questão de poucos minutos, pequenos grupos se dividiram, com coisa de quinze vampiros cada um. Muitos convergiram para as carroças e numa forma mecânica e organizada, começaram a distribuir aquelas curiosas escamas negras. Milhares se muniram dos escudos. Também viu surgir longas barras de madeira, que de tão compridas e flexíveis, eram transformadas em arcos. Se tivesse um coração vivo, ele estaria pulsando rapidamente naquele instante. Viu muitas daquelas hastes se cruzarem, formando domos de oito metros de altura. Depois viu os irmãos encaixarem com presteza as escamas, formando ocas instantâneas, tão bem fechadas e lacradas de dentro para fora que não era difícil imaginar o resultado daquilo. Abrigos escuros. Abrigos espalhados no terreno descampado.

Impressionante. Não conseguia encontrar outra palavra para aquilo. Tão embasbacada estava que não se juntou a nenhum dos grupos. Em poucos minutos se viu só, cercada por centenas daquelas ocas. Todos os centenas de milhares de irmãos estavam protegidos do sol. Ela não. Ainda admirada, viu que os bois estavam amarrados, e poços com água para que os bichos fartassem a sede durante a longa espera debaixo do calor que viria já tinham sido providenciados. Anaquias tinha conseguido. Organização absoluta. Obediência e respeito de todos aqueles vampiros. Admirável. Raquel fitou as ocas mais um instante. A cor do céu começa a mudar. A vampira virou em direção ao casebre que tinha ficado para trás e começou uma corrida desabalada, fazendo seu sobretudo e seus cabelos vermelhos esvoaçarem. Tinha tempo para alcançar o abrigo. Isso sabia. Mas nem sequer pensava em sua salvação naquele instante. Agia mecanicamente. Estava intrigada e envolvida por uma torrente infindável de pensamentos. Como? Como e por que Anaquias tinha conseguido aquilo? Seu desafeto tinha ido longe demais. Tinha de encontrá-lo e fazê-lo pagar por Gérson... mas antes queria entender. Queria tirar a prova real. Saber se Anaquias era um louco ou um gênio. Saber se de fato existiria um vampiro-rei. Um mestre.

A vampira ruiva continuou a corrida até o casebre. Quando se lacrou na escuridão, deitou-se debaixo de madeira e tijolos soltos. Baixou a cabeça e mergulhou no transe diurno. O sol brilhava lá fora.

Capítulo 52

Quando o sol começou a baixar, Ernestinho coçou a cabeça. Seria a primeira noite fora do carro-forte ou de uma fortificação e, ainda por cima, sendo perseguido por um vampiro que se intitulava rei. Conferiu a placa que marcava a quilometragem na estrada. Pelos seus cálculos, tinham palmilhado quarenta quilômetros, bem menos do que imaginava que poderiam fazer, talvez por culpa do sol forte, talvez por causa da fraqueza física que consumia os novos bentos, mesmo assim era inegável perceber que era uma marca impressionante levando em conta o grupo que o cercava. Não era para menos que um ou outro dos refugiados começava a gracejar, chamando Ernestinho de sargento Ernestinho.

— Vamos agrupar as coisas aqui na beira da estrada e procurar um lugar seguro para descansar e pernoitar — comandou o líder da fuga.

Enquanto os outros depositavam os pertences no acostamento, Alan, Michel e Bê, que traziam as espadas, mantiveram as armas nas mãos. Não se separariam das lâminas prateadas por nada.

Ernestinho também tinha seu rifle e munição. Isso daria para enfrentar o vampiro-rei, mas não sabia por quanto tempo conseguiria mantê-lo afastado. Só tinha certeza de uma coisa: se ele encontrasse seu grupo, suas horas estariam contadas. Tinha visto com os próprios olhos a astúcia daquele guerreiro vampiro e conhecera o fio de sua espada. Uma arma tão genialmente produzida, que tinha conseguido cortar o cano de várias armas de fogo. No entanto, nem ele nem Caranguejeira poderiam ter-se valido dos bentos naquela ocasião.

Agora, com poucos dias de liberdade, com alimento e água fortalecendo seus corpos, os guerreiros encantados pareciam a cada instante mais prontos para um confronto com criaturas das sombras. Ernestinho rezava para que a mística em torno daqueles sujeitos despertos bastasse para conter o inimigo.

Capítulo 53

Cantarzo aproximou-se do carro-forte com os sentidos à flor da pele. Seus sentidos aguçados logo quebraram a tensão avisando que eles não estavam ali. Tinham abandonado o veículo. E não era problema imaginar o porquê. A imensa vala logo à frente deixava bem clara a situação. Cantarzo começou a rir desbragadamente. Os filhos da mãe estavam a pé. Seriam pegos. Tinham certeza de que os alcançaria. Iria desfiá-los tão logo a bruxa permitisse. O ódio queimava suas entranhas.

Cantarzo soltou o freio de mão do veículo e empurrou-o em sentido à ribanceira. Em segundos, os pneus da frente encontraram o vazio e o vampiro soltou o caminhão que mergulhou abismo abaixo. O barulho foi tremendo e em coisa de quinze segundos o caminhão jazia imóvel no fundo daquele poço. Ninguém teria a chance de se salvar ali dentro uma outra vez.

Capítulo 54

Verônica apertou com toda a força o último parafuso. O novo sistema de aquecimento dos reservatórios de combustível era a última tentativa. As serpentinas extras percorriam as duas imensas asas do Hércules da FAB. Sorte de Thamires e de Davi de terem-na por perto. Os dois tinham sido militares de carreira da aeronáutica, mas nenhum dos dois era engenheiro. É verdade que Verônica não entendia nada de aviões quando chegou àquele hangar perdido no meio do nada, mas era engenheira hidráulica, depois de duas dúzias de manuais e livros de aeronáutica e mais de três anos entre leituras, recapitulações e testes, aparentemente negativos, um atrás do outro, finalmente acreditava que estava chegando no ponto e que aquele trambolhão maravilhoso ia tirar os pneus do chão.

Quem chegasse de repente àquela velha base aérea, quase na divisa do Pará com Tocantins, iria achar que aqueles três tinham uns parafusos a menos na cachola. Não que nunca ninguém tivesse visto um avião voando depois da Noite Maldita, não era isso. Durante alguns anos, era comum ver aviões de pequeno porte cruzando as fronteiras do Brasil numa tentativa vã de manter as nações unidas e em comunicação. O grande problema era que as naves mais modernas não conseguiam sequer ser ligadas completamente, porque seus mecanismos de funcionamento dependiam em muitos setores de tecnologia *wireless*, navegação eletrônica e um sortimento de componentes que dependiam do funcionamento de antenas, radiotransmissores desde os miniaturizados até os grandes elementos, os aviões simplesmente não funcionavam. O jeito foi lançar mão dos aparelhos mais antigos que não dependiam cem por cento das ondas de rádio para levantar vôo e navegar. Com o avançar dos anos e os repetidos ataques dos vampiros aos complexos da Petrobrás em terra e às refinarias, ficou cada vez mais difícil produzir a famigerada gasolina azul, chamada também de gasolina de aviação. O processo para atingir a octanagem adequada e o balanço químico exato para que o combustível cumprisse seu papel era por demais complexo. Por conta disso, e também pela difícil manutenção das naves que funcionavam e a escassez cada vez maior de profissionais adequados, mesmo aeronaves pequenas foram desaparecendo até que um dia virou coisa muito rara avistar um avião cruzando o céu.

Os amigos de Verônica tentavam algo inédito. Normalmente os aeronautas teimosos tentavam fazer decolar coisas pequenas, aviões de silhueta bem menores que a do poderoso Hércules. Thamires e Davi tinham insistido para que a engenheira tentasse colocar um Tucano em funcionamento ou um Bandeirante. A engenheira, antes de gritar vivas e acatar qualquer sugestão, começou a desmontar os três passarinhos. Achou os mecanismos do Hércules mais robustos e maleáveis do que os comparativamente avançados Tucano e Bandeirante. Como qualquer um dos três seria um desafio, abraçou o desafio maior em tamanho, mas, de acordo com seu instinto e seus olhos, o maior em probabilidade de acerto também. O primeiro desafio foi justamente o motor do Hércules. Possivelmente o desse grande cargueiro e transportador de tropas seria menos complicado de fazer aceitar álcool ao invés de gasolina. Esse era o trunfo na manga. Álcool eles tinham de sobra, posto que a cento e sessenta quilômetros poderiam contar com a produção da usina canavieira de Trindade, que ficava ao noroeste de Nova Palmas. Verônica tinha ido cerca de cinco vezes ter com Osório, um engenheiro químico, tentando chegar à mistura ideal do combustível para servir aos propósitos. Verônica destacou a necessidade do combustível ser estável e de difícil congelamento. O grande problema com o combustível era exatamente esse:

quando os aviões ganhavam altitude, praticamente a cada mil pés descia quatro graus na escala termométrica. Verônica procurava minimizar esse efeito reforçando o sistema de aquecimento dos tanques já existente, fazendo com que um reservatório de água fosse aquecido com a energia do motor e que o vapor quente corresse por serpentinas. Talvez desse certo. Outra estratégia que o major Davi tinha sugerido era muito mais simples do que correr com canos e vapores nas asas do Hércules. Davi defendia que simplesmente voassem muito mais baixo do que o avião permitia, mantendo-se em altitude que mantivesse uma temperatura ajustada e que não fizesse o álcool congelar nos reservatórios. Verônica não achava a idéia ruim, mas não gostava de deixar margem pro azar. Com baixa altitude ou alta não queria que seu passarinho caísse por pegar um resfriado. Era adepta dos desafios e das dores de cabeça. Por conta disso, terminava hoje as implementações e fariam em mais algumas horas o teste final com o grande C-130.

Capítulo 55

Ernestinho e seu séqüito de treze bentos fugitivos tinham passado a noite na velha serraria. Tinham-se revezado em quatro trios de vigilância, mesmo assim o rapaz não tinha conseguido dormir bem e via no rosto dos demais que a experiência tinha sido bem parecida. A diferença era que ele sabia por que não tinha dormido, enquanto os demais apenas tinham ouvido o elenco de razões para não pregar os olhos. Pensando melhor, concluiu que não precisavam ter passado por repetidas situações de encontro com vampiros como ele tinha vivido.

O cansaço tinha amainado ao meio-dia e meia, quando uma garoa quente e agradável desceu das nuvens ralas e baixas que corriam rápidas por cima da rodovia. Ninguém reclamou quando Ernestinho insistiu que continuassem a caminhada. O rapaz não contou a ninguém, mas tinha bolhas nos pés e não agüentaria mais tantos dias de caminhada se aquele sol bruto voltasse. Sabia, no entanto, que cada quilômetro vencido significava que chegavam mais perto de uma próxima fortificação. Era só torcer para não se depararem com outros vampiros além de Cantarzo ou de um grupo de mulos. Estavam todos de olhos bem abertos. Ernestinho tinha explicado que qualquer sinal de vida humana deveria ser examinado. Procuravam ver fumaça ou o surgimento de uma fortificação no meio da rodovia. Desviaram-se do asfalto cinco vezes. Se não tivessem ficado na vala da erosão há dois dias de caminhada, teriam ficado nas três imperfeições encontradas na jornada do dia anterior. A chuva tinha sido das bravas naquele verão e placas de asfalto tinham rolado ribanceira abaixo. Os outros dois desvios tinham acontecido nessa manhã, logo após deixarem a pousada. Primeiro viram uma coluna de fumaça subindo a uns dois quilômetros, afastada da estrada. Ernestinho comandou o grupo, abrindo uma picada com um dos facões cedido pela fortificação de Guarnição. O caminho tinha sido difícil e cheio de arranhões. Tudo para nada. Era apenas uma queimada no meio da mata. Ernestinho perdeu um tempão olhando para aquele fenômeno. Como o fogo teria começado? Ficou perscrutando as imediações na vã tentativa de ver algum traço humano. Saiu xingando, nervoso, praguejando. Estavam perdendo tempo. Depois, umas duas horas mais tarde, quando voltavam a caminhar rapidamente pela rodovia, Alan avistara um reflexo na mata. Poderia não ter sido nada e Ernestinho tivesse deixado aquilo passar batido, mas olhando para a direção apontada diante a persistência do rouco Alan e dos companheiros que foram somando, o rapaz parou um instante. O reflexo se repetiu inúmeras vezes. Estavam sinalizando em sua direção. O grupo trocou olhares e por fim miraram o líder da fuga. O rapaz deu de ombros.

— Não, sei. Tá vindo de longe. Vai demorar mais do que de manhã. Deve dar uns dois quilômetros e meio e é só subida. Mata fechada. Vai levar um tempão para chegar lá.

— Mas estão sinalizando pra gente. Estão chamando nossa atenção. Não é um trilho de fumaça que pode dar em coisa nenhuma.

Ernestinho baixou o rosto quando um raio pegou bem em seus olhos.

— Pode ser uma armadilha. Pode ser um mulo atraindo a gente pruma emboscada.

— Ai, Ernestinho! Eu sei que sou nova no pedaço, mas acho que se eles quisessem nos pegar iam agir na miúda. Não iam chamar nossa atenção. Estamos todos marchando, na rodovia. Seria mais fácil emboscar sem se delatar — ponderou Kelly.

Todos ficaram calados olhando para a benta cheia de sardinhas no rosto.

— Se quer saber... eu... é difícil admitir, estou até espantado, mas eu acho que ela está certa dessa vez... — tartamudeou Bê.

Todos riram do comentário do bento e do tapa que a garota deu no parceiro.

Ernestinho coçou a testa. Tornou a ver o reflexo brilhando fugaz. Empunhou o facão e partiu em caminhada.

— Vamos achar o melhor lugar para adentrar essa mata — tinha dito o homem.

Seguiram Ernestinho novamente, que abriu caminho pelo mato fechado. Para grata surpresa do grupo, a floresta se abria numa clareira que facilitou em muito a subida. Como os mantimentos tinham sido deixados na beira da rodovia, conseguiram caminhar com vigor, esquecendo por um instante o cansaço, alimentados pelo néctar da esperança.

Em quarenta minutos, chegaram às cercanias do local. Ernestinho tinha visto o brilho só mais uma vez desde que chegaram à clareira. Cruzaram uma área de sortidas árvores frutíferas. A barriga do rapaz acusou fome, mas não sugeriu a parada para não quebrar o entusiasmo dos bentos. Pediu silêncio conforme se aproximavam. Ficaram quietos por mais de cinco minutos, obedecendo ao rapaz. Ernestinho fez sinal para Alan e Michel.

— Tragam as espadas.

O rapaz destravou o rifle e o trio seguiu adiante.

Ernestinho viu mais uma vez o reflexo de luz, foi rápido e não parecia destinado ao grupo. O rapaz gesticulou para que os homens se distanciassem. Embrenhou-se mais na mata. As árvores voltavam a se juntar naquele ponto e, estranhamente, o reflexo vinha de cima, não havia nenhum platô ou rocha à vista. Talvez alguém estivesse em cima de uma daquelas árvores. Ernestinho andou mais. Ouviu guinchos. Ficou com os olhos fixos num ponto. De novo o reflexo. Andou mais, com cuidado para não fazer barulho. Encontrou uma região de chão salpicado de poças d'água. Olhou ao redor e viu uma pedra escura. Pisou para poder atravessar o estreito alagado. Andou mais quinze metros. Os bentos Alan e Michel vinham devagar e estavam ficando cada vez mais para trás. Ernestinho chegou a uma suave depressão. Tomou cuidado com uma faixa de barro escorregadio. Um regato fino e silencioso descia a encosta suavemente inclinada. Ernestinho abaixou-se junto ao tronco largo de um jequitibá, escondeu-se entre as raízes centenárias e ficou observando. Lá no alto das árvores o reflexo se repetiu. Acurou a vista. O sangue ferveu. Tanto trabalho para nada! Bem que tinha avisado o grupo! Via agora a razão dos reflexos. Um grande macaco de pelagem marrom-clara brincava com os outros. Ele tinha um retrovisor na mão e o espelho fixo na peça tinha emitido o *sinal* que tanto insistiram em seguir. Era um retrovisor de motocicleta. Ele brandia a peça e girava para todos os lados, por isso os raios eram repetidos com insistência. Filho da mãe! Ernestinho chamou os outros e sinalizou para fazerem silêncio. Alan e Michel se aproximaram. Apontou para o trio de macacos. O adulto com o espelho na mão, mostrando para os filhotes. Enquanto Michel fechava a expressão demonstrando derrota, Alan abriu um sorriso e arregalou os olhos.

— Como são grandes! — exclamou o bento, surpreso.

Ernestinho continuou abaixado. Os macacos começaram a descer. O filhote menor ficou agarrado ao colo do maior. Provavelmente a macaca adulta era a mãe. Os animais tinham membros finos e barriga saltada, o rosto era escuro e a cabeça triangular. Chegaram à raiz de outra árvore tocando o solo coberto de folhas. Ernestinho fez sinal para saírem. Já tinham perdido tempo demais com aquele novo desvio.

— Ei, espera. Deixa ver só mais um minuto — pediu a voz rouca de Alan.

Os macacos caminharam até o regato, esticando os braços diante do corpo e com olhares rápidos na direção dos três visitantes.

— Eles viram a gente — murmurou Michel, baixinho.

Os animais beberam bastante água e viraram-se na direção do trio.

Alan soltou a espada no chão tentando reduzir qualquer impressão de ameaça que pudesse passar aos bichos. Virou para os amigos e disse:

— São muriquis. Estão em extinção.

— Estavam — corrigiu Ernestinho.

— ...

— Depois da Noite Maldita, o homem interrompeu a agressão maciça à mãe natureza. Se teve uma coisa de boa com esse cataclismo, foi que o planeta inteiro ficou mais agradável.

— Pode crer — rebateu Michel.

Os homens pararam a conversa quando o trio caminhou em sua direção. O muriqui adulto tinha mais de um metro de altura e, de forma alguma, exalava perigo. O trio de macacos tinha um ar bonachão, camarada. Tanto que quando a presumida mãe dos pequenos muriquis se achegou, estendeu o braço com o espelho para Ernestinho.

— Ela quer te dar um presente — orientou Alan.

Ernestinho estendeu o braço e apanhou o espelho da mão da muriqui.

A macaca ficou olhando os humanos por longo tempo. Só afastou-se quando guinchos vieram do fundo da mata. Ao ouvir os semelhantes, os três macacos viraram a cabeça ao mesmo tempo e dispararam na direção das árvores, voltando às copas e desaparecendo do campo de visão dos expedicionários.

— Esses bichos viviam em Minas e em São Paulo. Estão longe de casa.

— Você entende mesmo dessas coisas, não é, Alan?

— Ah! Eu sou um curioso. Adoro macacos. Adoro estudar primatas. Nada profissional, mas acho esses bichos espetaculares. Esse muriqui também é conhecido como monocarvoeiro.

— Espero que você não seja tão curioso e simpático quando encontrar com os kongs.

— Kongs?! Que raio de macaco é esse?

— São gorilas, *my friend*. Gorilas fortes, chatos e assassinos.

— Não faz sentido. Gorilas não são nativos do Brasil. A maioria das espécies é territorial, sim, mas no Brasil? Como?

— O que você acha que aconteceu com os zoológicos depois da Noite Maldita? Acha que os animais morreram à míngua? Não, senhor.

— Você quer dizer... — tartamudeou o bento, com a expressão facial mudada.

— Que alguns mocinhos libertaram os animais das jaulas. Por isso podemos trombar sem muita dificuldade com fofurinhas predadoras a torto e a direito.

— Tipo gorilas?

Ernestinho olhou para Michel e confirmou acrescentando:

— Gorilas, tigres, lobos europeus, leões... panteras negras.

Alan olhou ao redor.

— Você deveria ter dito isso antes de nos convidar para o meio desse mato, cara? Acho que prefiro encarar o vampiro-rei, do que trombar com um tigre.

Michel e Ernestinho riram da graça de Alan. Os três voltaram com o espelho retrovisor para o grupo que aguardava ao pé do morro, ao lado da rodovia. Apesar do desânimo geral com o novo fracasso, conter os risos e comentários sobre a aventura foi impossível.

Àquela altura o calor insuportável já tinha ganhado um pouco de vento e o tempo mudou rapidamente, evoluindo para aquela agradável garoa que molhava e resfriava seus corpos.

Meia hora depois de seu começo, a garoa virou chuva; mesmo assim o grupo seguiu em frente. Tinham perdido quilômetros e minutos preciosos naquela manhã.

Pararam para uma refeição quando chegavam às duas horas da tarde.

As mulheres não se fizeram de rogadas e em poucos instantes ardia o fogo no acampamento. Tinham escolhido um bosque amplo com árvores altas e de copas robustas. Ali debaixo das folhas quase não havia chuva. Gotas caíam em boa quantidade, contudo o desconforto não era grande.

Ernestinho, sentado nas raízes salientes de um flamboyant, tirou as botas e as meias, torcendo-as ao máximo. As bolhas estavam estouradas e doíam à beça. Sorte que não havia inflamação importante, só o descolamento da pele e ardência.

— "Bendita Noite Maldita!" — brincou em pensamento.

As mulheres conversavam e os homens tinham as expressões bem menos pesadas do que dias atrás. Ernestinho recostou-se ao tronco robusto da árvore e deixou-se observá-los por um instante. Podia dizer que era a primeira vez que os via daquele jeito. Estavam quase felizes. Benta Kelly torcia os cabelos negros, tirando o excesso de água, enquanto a benta Renata mexia os gravetos e atiçava o fogo acendido com um pouco do álcool do galão. Ernestinho respirou fundo e fechou os olhos. Estava exausto, enquanto eles pareciam plenos de energia. Era sempre assim depois que acordavam... a hibernação de décadas funcionava como uma bateria. Levava meses para que sentissem cansaço real e sono indomável.

O rapaz suspirou fundo e fechou os olhos, recostando a cabeça na casca úmida da árvore. Teria feito a coisa certa? A vida deles valeria tanto sacrifício? Sabia que a cada noite passada na mata o maldito vampiro estaria mais e mais perto. Aquela espada dele não era brincadeira. Se encontrasse o bando, reduzi-los-ia a carne moída ou a *carpaccio* de bentos. Suspirou mais uma vez. Talvez o vampiro não matasse os bentos que queria tanto. Sobraria para ele. Só para ele. *Carpaccio* de Ernestinho. Podia muito bem aproveitar uma noite dessas e evadir-se do abrigo. Se se enfiasse na mata, eles nunca mais o veriam. Se ficasse quieto uns dias numa dessas veredas, era bem capaz do vampiro esquecer dele. Especulando possibilidades, Ernestinho adormeceu. A coragem vistosa de dias anteriores murchava conforme o desconforto e a marcha progrediam. O rapaz já não tinha mais certeza de nada.

Foi acordado meia hora depois com Renata passando a mão em seu ombro.

— Ei, Ernestinho!

O rapaz abriu os olhos e fechou novamente.

— Ei, acorde!

Ernestinho sentiu um cheiro bom. A benta segurava uma cuia com comida.

— Você precisa comer. É nosso valente guia e salvador.

O rapaz fingiu um sorriso.

— Anime-se. De hoje a gente não passa.

Ernestinho apanhou a cuia. Tinha arroz e lentilhas, uns poucos pedaços de carne seca, mandioquinha e couve-flor cozidas.

— Apesar da bagunça, esse almoço está gostoso. A Kelly e o Bê apanharam mexerica à beira do asfalto. Está superdoce.

Ernestinho fechou os olhos por um momento.

— Ernestinho...

O rapaz olhou para a benta loira de olhos cor de areia. Como ela era linda!

— Obrigada.

O rapaz continuou mudo.

A mulher aproximou-se dele e beijou suavemente seus lábios. Levantou-se e voltou para o grupo.

O som da garoa desapareceu do ouvido do moço. Ele baixou os olhos para a comida e enfiou uma garfada rasa entre os lábios. A couve-flor estava bem temperada. Apesar da fome, trocaria toda aquela cuia por mais um beijo casto daqueles. Um par de lágrimas singrou a pele do rosto do fugitivo. Como ela era linda.

✠ ✠ ✠ ✠ ✠ ✠

O grupo preparou as coisas para partir uma hora e meia depois de ter parado. O suficiente para tomar fôlego e para sentir o estômago confortado. A bagagem não era muita, ficando praticamente uma mochila para cada um. Ernestinho levava, além da própria mochila, o galão de álcool que já ia pela metade. O transporte desse item pesado era revezado entre os homens.

Kelly levantou-se e jogou a mochila de lona nas costas. Ela e Renata tinha conseguido banhar-se junto a uma bica d'água formada pela água da chuva numa formação rochosa. Por conta disso, sentiam-se muito mais dispostas. Ernestinho tinha dito que enquanto houvesse luz do sol, caminhariam. Torciam para que encontrassem uma fortificação antes do anoitecer. Percebiam que o rapaz estava cada vez mais cansado e lerdo. Kelly tinha notado também que a energia dela e dos bentos parecia não ter fim.

Capítulo 56

Davi sentou-se na cadeira do piloto. As gigantescas portas do hangar foram arrastadas pelos motores e ele teve a visão da pista à sua frente. Estava chateado. O tempo tinha mudado quando o sol chegara ao zênite, primeiro fechando e garoando e agora estava tudo cinzento e com chuva forte. Era imprudente fazer o primeiro vôo nessas condições. Porém nada impediria um teste dos motores e de todo o novo sistema hidráulico e elétrico reestruturado pela engenheira Verônica. As mulheres estavam fora da aeronave. Se o pterodátilo de ferro explodisse, pelo menos sobrariam testemunhas para contar a história e talvez até rir um pouco daqui uns vinte anos, quando o susto e o fedor dos cabelos chamuscados ficassem no passado. O major Davi virou a chave e começou a acionar os botões para o funcionamento dos quatro motores de quatro pás cada um. As baterias recondicionadas por Verônica mostravam-se eficientes, a cabine encheu-se de sons e de sinais eletrônicos. Davi já tinha voado nove missões oficiais num daquele. A grande diferença é que contava sempre com mais quatro tripulantes e nunca estivera sozinho na cabine do gigante C-130. Viu as hélices dos motores um e dois começarem a girar suavemente, depois as dos motores três e quatro. O som agudo que a queima de combustível e o sistema produziam passou para um ronco mais grave e uma seqüência de explosões se seguiu. As hélices perderam o compasso e parecia que tudo ia por água abaixo até que uma explosão maior ecoou no hangar e os motores passaram a rugir harmoniosamente e as hélices ganharam velocidade impressionante.

Thamires agarrou o boné e Verônica pôs a mão em concha sobre os olhos. O vento dentro do hangar aumentou.

Davi aumentou a potência dos motores. O gordo e parrudo Hércules pedia liberdade. O major sabia que se soltasse a máquina o avião iria para a pista. Reduziu um pouco a potência e deixou trabalhar os motores.

Thamires e Verônica correram para a porta do galpão tentando escapar da ventania. Papéis e poeira tinham subido e dançavam à revelia dificultando as passadas. Os turboélices do imenso avião pareciam sugar o ar de fora criando uma corrente poderosa. Thamires recostou-se na alta porta de alumínio e respirou fundo várias vezes, fechando os olhos e recebendo as gotas da chuva no rosto, e sem se dar conta protegia, com uma das mãos, a barriguinha que ganhava volume.

— Adoro esse barulho, sabia? Adoro o ronco das turbinas. Sinto-me no paraíso.

Verônica sorriu para a amiga. Era interessante notar a paixão por alguma coisa não-humana pulsando no peito dos outros. Verônica ampliou o sorriso, imaginando que esse amor deveria ser o mesmo de quando ela se enfiava nos livros e assumia um novo desafio ou igual à satisfação de estar ouvindo funcionar os motores do Hércules perfeitamente por mais de cinco minutos.

As duas guardaram um longo silêncio.

Davi esperou quinze minutos para desligar os motores. Nesse ínterim, verificou o funcionamento mecânico da porta de carga traseira. O funcionamento dos mecanismos de navegação não poderiam ser bem avaliados uma vez que estava estacionado. No entanto, conseguiu ter uma noção de algumas medições como o sistema de arrefecimento, os alarmes de segurança, *flags*, sistema de misturas e toda a nova parte hidráulica implementada pela engenheira parecia funcionar bem. Quando a nave voltou à quietude, o piloto deixou sua cadeira e, antes de sair da cabine de comando, lançou mais um olhar pra trás. Via a chuva forte lá fora e uma quentura no peito. Sentia-se com oito anos de idade, com vontade de desobedecer cegamente as ordens de um pai protetor e sensato e mandar às favas a segurança. Estava ansioso demais! Queria decolar com o C-130 e ver como aquela belezinha se comportaria no céu. Quanto tempo fazia desde o último vôo? Quinze, dezesseis anos? Bastante tempo. Mas, sentia-se inquieto. Louco para puxar o manche contra o peito e fazer o gigante decolar. Como a queima do álcool se comportaria no céu? No chão não mostrara instabilidade alguma naqueles quinze minutos de funcionamento. Deveria deixar mais tempo os motores funcionando, mas também não podia dar-se ao luxo de queimar tanto combustível. O Hércules era um beberrão. Tinham construído uma pista de pouso e decolagem ao lado da usina de cana-de-açúcar de Trindade, especialmente para o pterodátilo. Quando — e se — pousasse lá poderia encher completamente os tanques sob as asas do avião. Aí sim, teria autonomia para testes longos e mais esclarecedores. Cruzava os dedos e rezava ao mesmo tempo. Se aquilo desse certo, talvez a engenheira conseguisse repetir a adaptação em aviões menores. Seria possível pensar em vôos mais longos, em uma conexão mais efetiva entre os outros países. Já era tempo dos seres humanos voltarem ao que eram antes. Davi balançou a cabeça. Seu pensamento ia longe. O que queria agora é que aquela chuva passasse e ele pudesse pôr o Hércules no ar. O resto viria a seu tempo.

Capítulo 57

Raquel tinha acompanhado durante toda a noite o cortejo de vampiros. Dirigiam-se cada vez mais ao norte pelo sertão do estado da Bahia. A vampira não entendia. Assistiu mais de meia dúzia de vezes pequenos bandos vindos de outras áreas convergirem e juntarem-se à imensa migração.

Novamente deixou seu experiente olho de caçadora vaguear pelos vampiros. Havia um grupamento que parecia cercado por espécimes mais fortes, mais preparados e atenciosos, como se fossem guardas. Mesmo atenta àquele grupo singular em momento algum viu Anaquias. Talvez o grande general não trilhasse o mesmo caminho. Talvez estivesse em algum lugar esperando por aquele reforço. Mas pareciam ir para um lugar nada a ver com nada. Raquel olhava a paisagem atentamente. Pelo que se recordava da geografia brasileira, só poderiam estar atravessando agora a Chapada Diamantina, plena em arbustos e vegetação rasteira em grande extensão. Em outros terrenos, não escolhidos pelos peregrinos, podia ver a mata ressurgindo, vigorosa e convidativa. No entanto, o grande êxodo parecia preso àquele caminho, evitando as árvores que tanto agradavam os de sua espécie e arriscando-se em terreno aberto. Raquel sorriu do próprio pensamento. Quem estava arriscando-se? Nenhum ser humano em são juízo enfrentaria aquele contingente vampírico. Só aquele grupo continha dezenas de milhares dos da sua espécie. Reconhecia que nunca tinha visto tantos vampiros juntos. Vampiros vagando por um lugar quente e deserto. Há muito os humanos tinham desistido daqueles rincões onde a sobrevivência, desde tempos imemoráveis, fora difícil e incerta, mais acentuada nas últimas décadas com o advento dos vampiros e de toda a sorte de desfavorecimentos.

Raquel escalou uma escarpa de rocha e estabeleceu-se em cima de um platô. A noite chegava em seu último terço e o sol da manhã viria em poucas horas. Durante a escalada da imensa protuberância geográfica mantinha o olho no volumoso grupo que marchava. Algo peculiar destacava-se naquele cenário. Apesar dos milhares de viajantes, o silêncio era impressionante. Mal se podia ouvir o arrastar dos pés das criaturas contra o chão pedregoso.

Em cima da chapada, a vampira ergueu o nariz inspirando fundo o cheiro da noite. Lufadas velozes de vento cortavam a paisagem e faziam sibilar em seu ouvido. A vampira olhou para trás. Muitos dos irmãos ainda vinham e muitos passariam diante de seu olho único. Via vários pares vermelhos acenderem-se e não raro alguns deles encontravam sua figura no topo da escarpa rochosa. Raquel ergueu o olho mais além, onde via apenas escuridão. Gérson adoraria estar ali com ela, seguindo aquele grupo, ouvindo-a discorrer suas impressões. Gérson fazia falta. Raquel colocou-se de joelhos. Percebia que naquele momento amolecia. Suas forças eram drenadas pela chapada. Estava cansada. Baixou a testa no chão e, quando levantou-se, lágrimas desciam por sua face. Do olho bom vertia uma linha cristalina feito água benta. Do olho cego vertia um fio rubro amarronzado. Ela juntou as mãos como não fazia há décadas e do fundo de seu coração seco e morto escapou uma prece, um pedido. Para que seu amigo ferido suportasse o sofrimento e seu corpo não minguasse antes que ela pudesse voltar com a cura ou com a vingança. Queria contar nos ouvidos do amigo ainda são em seu juízo que seu algoz tinha pagado por aquela afronta. Atingiria Anaquias no peito. Se não fosse com uma lâmina prateada, seria com um golpe que o valesse. Tiraria do antigo pupilo o semblante altivo e seu jeito de pavão.

Raquel colocou-se de pé e voltou a caminhar pela chapada. Depois de minutos encontrou outra borda. Quinze metros de distância de um platô ao outro. Não era muito, mas mesmo assim era um desafio. Retrocedeu alguns metros e correu. Arremessou seu corpo para cima e voou de um platô ao outro. Bateu do outro lado e suas botas se arrastaram levantando pedriscos. Sorriu olhando para trás e vendo a distância vencida. Tornou a caminhar e a saltar para uma terceira chapada. Essa, muito mais longa, levou quase meia hora para chegar à outra borda. Não havia outro platô ao seu alcance. Saltou para o chão, descendo dez metros até alcançar um desnível na rocha e desceu velozmente outros trinta metros até o chão. Olhou para a parede vencida em coisa de segundos. Aquele era um dos maiores paredões que tinha visto até o momento. A ruiva não se juntou aos romeiros que iam ao largo. Correu no meio da vegetação e alcançou outro cânion. Ali a vaga entre os platôs era mais estreita e cânions longos começavam a se formar. Caminhou sobre a chapa e, ao chegar à primeira borda, permaneceu estática e impressionada. Era ali que eles se reuniam, no meio do nada. Viu milhares de irmãos em franco trabalho. Escavavam a rocha formando grutas. Não precisava descer até lá para saber que faziam túneis fundos para servir de guarida nas horas de sol. Isso era óbvio. Entretanto, o trabalho numa gruta com a boca um tanto maior lhe chamava a atenção e despertava a curiosidade. Via chispas iluminando o interior da caverna artificial. Os vampiros estavam soldando barras de ferro em forma de treliças. O que pretendiam? Caminhou na borda do cânion procurando entender mais com a visão do que tinha. No entanto, ao enxergar e perceber cada vez mais o colosso daquela concentração, o espanto tomava seu raciocínio e os pensamentos se perdiam e se confundiam. Quantos irmãos habitavam aquele conglomerado? Duzentos mil? Trezentos? Eram muitos. Eram um verdadeiro exército. Filhos das trevas aguardando de fato um rei. Aguardando o comandante para descer para as fortificações e acabar de uma vez por todas com a organização e resistência humanas.

Raquel continuou hipnotizada por aquela visão. Via muitas das carroças que chegavam tracionadas por bovinos encostar nas paredes dos cânions. Depois, mais que depressa, inúmeros vampiros lidavam com as coberturas de couro e começavam a transportar adormecidos para as grutas escavadas na rocha. Caminhou mais para o fundo do cânion. Estava tão impressionada com o que via, que algo grandioso inacreditavelmente lhe escapou da percepção. Metade do cânion estava coberto por aqueles escudos em forma de escamas negras. Metade do cânion estava protegido contra o sol. Via centenas de vampiros envolvidos no trabalho de recolher os escudos que chegavam em novas carroças e levá-los a outros que escalavam agilmente as paredes das chapadas e continuavam a cobrir aquele imenso covil. Não demorariam mais que um par de noites para cobrir completamente o vão do cânion. Havia estratégia em tudo. Havia energia em tudo. Os vampiros queriam e iriam vencer os humanos e aquela base seria o coração e o símbolo da vitória.

Raquel acocorou-se no platô do altiplano e continuou espiando demoradamente aquela fenda. Tinha de absorver o máximo de informação para levar a cabo sua vingança contra Anaquias. Tinha de descobrir onde o maldito escondia o rabo para, na primeira distração, penetrar o esconderijo e descarregar sua metralhadora com balas banhadas em prata no peito do maldito. Levaria seu sangue para Gérson. Levaria boas novas para Gérson. Anaquias cairia. Raquel apartar-se-ia daqueles malditos e fundaria seu próprio grupo. E todos os vampiros que entrassem em seu caminho teriam o mesmo destino de seu principal inimigo. A vampira ruiva estava decidida.

Capítulo 58

Cantarzo despertou no fundo escuro de uma velha casa. A moradia estava quase no esqueleto, com tijolos e paredes caídas. Do antigo telhado, pouco da armação de madeira existia e muitas telhas forravam o chão. Tinha passado as horas de luz debaixo de escombros e no fundo do assoalho que era dotado de um buraco úmido e malcheiroso. Mal colocou seu corpo para fora, o vampiro olhou para a rodovia metros abaixo. Saltou para o tronco de um eucalipto e escalou quinze metros. Caminhou entre seus galhos e voou para a árvore seguinte. Depois para outra e mais outra. Sua passagem selvagem e surreal era graciosa e precisa. O monstro na couraça negra e de espada nas costas era veloz e certeiro. Sabia que poucos quilômetros o separavam do grupo em fuga. Tinha de manter seus instintos aguçados. Prestar atenção nos avisos das alcoviteiras. Talvez elas soubessem de algum pormenor ou revelassem o todo. No entanto, como que revivendo os dias de caça aos motoqueiros, sentia desejo de encontrá-los com seus olhos de caçador, com seu faro de bicho predador.

Não demorou muito naquela noite para a nova pista chegar. Cantarzo lançou-se por mais uma dúzia de árvores até o cheiro ficar bem forte. Olhou para baixo. O acampamento. Desceu até o chão de folhas molhadas. Tinha chovido o dia inteiro, e embaixo daquelas árvores eles buscaram abrigo. O vampiro caminhou até os restos da fogueira. Circundou as cinzas como se tentasse adivinhar o que tinham preparado naquele fogo. Andou até a árvore onde Ernestinho se recostara. Um jequitibá imenso e centenário. Inspirou fundo, sentindo o cheiro do rapaz. Ali era uma clareira aprazível, convidativa à preguiça e ao descanso. O rapaz perdera mais de uma hora naquele lugar.

— Devia ter-te matado quando tive chance... — balbuciou, olhando para o tronco como se visse o homem ali na sua frente.

Cantarzo caminhou até um grupamento de rochas que distava uns trinta metros da copa das árvores. Ali se abria uma campina verde bem larga. Abaixou-se próximo às rochas e apanhou um punhado de cabelos loiros do chão.

— Estava com saudade de você, mulher — resmungou, inspirando o emaranhado de fios junto ao nariz.

Olhou ao redor. Tinham estado todos ali. Ainda estavam juntos. Bom sinal. Pegaria todos de uma vez só.

O vampiro aproximou-se de uma árvore que tinha um galho decepado a um golpe só. Olhou para o galho no chão, jogado a uns cinco metros dali. Cantarzo passou a mão pela cabeça. Talvez aqueles bentos novatos dessem um pouquinho de trabalho agora. Traziam espadas. Ter-se-iam juntado a bentos velhos? Olhou de novo para o acampamento. Não. Eram só eles. Seus treze bentos mais o motorista fujão.

Cantarzo desceu até o asfalto e olhou para a frente. A pista estava úmida revelando uma tarde inteira de chuva. O céu agora estava descoberto e o brilho branco das estrelas coalhava o firmamento. Certamente a manhã seguinte guardaria um dia de sol intenso. O vampiro-rei abriu um sorriso largo. Faria de tudo para que os malditos não fossem brindados com essa nova manhã.

Capítulo 59

Ana estava de plantão naquela noite. Depois do carnaval destruído pelo ataque dos malditos, as noites voltaram a ser calmas ali em São Vítor. Passou em visita as três gestantes que tinham entrado de manhã com queixa de cólicas intensas e uma delas, para piorar, apresentava perda de líquido amniótico. Graças aos céus, o laboratório do HGSV já tinha conseguido copiar e produzir a fórmula do Buscopan, trazendo alívio para as gestantes. Nem ela se sentia bem naquele dia. Todas que tinham engravidado na semana dos milagres estavam com sete meses completos, encaminhando-se para o oitavo mês. Os bebês moviam-se vigorosos e em todos os exames de pré-natal, tal qual suas mães, pareciam gozar de boa saúde. As ultra-sonografias apresentavam fetos sadios e com boa formação. Eventualmente as grávidas queixavam-se de dor de cabeça e uma ou outra se queixava de "ouvir vozes". Ana não tinha rido enquanto ouvia a primeira reclamação a respeito. Ela mesma tinha essa sensação. Às vezes, estava numa sala com outras mulheres e parecia que dirigiam-lhe a palavra e, quando questionava, a pessoa indagada dizia que nada tinha dito. Era estranho, mas como era eventual, achou que poderia ser alguma coisa ligada ao cansaço excessivo que se apoderava dela naqueles últimos dias. Usou a mesma explicação com as outras mulheres. São Vítor era um lugar quente e o peso extra do final da gravidez exauria as mulheres.

Ana checou cada uma das internas. Conforme andava, a barriga parecia pesar mais e mais. Devia ter escutado Lucas, que antes de partir outra vez para Nova São Paulo tinha recomendado que ela ficasse de repouso. Mas como a médica era ela, não se rendeu aos conselhos do leigo. Tinha dito que ficaria em casa quando achasse conveniente. Agora estava ali, daquele jeito, sentindo-se arrependida. Só não se sentia desprotegida, pois estava rodeada de gente boa e da melhor qualidade.

Como o corpo de médicos previra, o número de gestantes que acorriam a São Vítor não parava de crescer. As mulheres temiam os partos distantes de um hospital equipado e São Vítor era o melhor do estado. Até mesmo médicos ginecologistas e obstetras vinham de longe para acudir a crescente demanda do HGSV.

Doutora Ana parou diante da última paciente e levou a mão ao ventre. Ana dobrou os joelhos e apoiou-se na cama de Fernanda. A paciente, com um tubo de soro atado à mão esquerda, levantou-se cuidadosamente, estava sonolenta, mas percebeu de imediato que a médica não estava bem.

Doutora Ana empalideceu a olhos vistos.

— Credo, Ana! Que aconteceu? Parece até que viu vampiro!

— Está doendo! E muito!

Fernanda sentou-se à beira da cama.

— Não se levante! — gritou Ana, assustando a paciente e amiga.

Fernanda, que estendia a mão, voltou com rapidez. Ficou parada olhando para a médica que ainda se contraía e baixava mais o quadril, parecia que ia cair.

— Deixa-me te ajudar a se sentar naquela cadeira.

— Calma. Já vai passar. É só uma contração mais forte... daquelas... uf... Ai! Você fica deitadinha que ainda não terminou o soro.

As outras duas mulheres acordaram e sentaram-se na cama. Semblantes preocupados.

— Ai! — gemeu Fernanda. — A minha também contraiu forte agora.

— Calma. Já vai passar. Eu também vou precisar de um sorinho, eu acho. Vou chamar o doutor Ferreira pelo rádio.

Ana, que finalmente conseguiu sentar-se na cadeira, fazia força para levantar-se novamente. Não chegou ao meio do quarto, quando o barulho de água caindo no chão chamou a atenção de todas as pacientes. Viam a médica com as pernas abertas e um líquido transparente tinha molhado os pés e o piso.

— Líquido amniótico!

— Sua bolsa rompeu! — gritou Fernanda.

Doutor Ferreira chegou às pressas. A enfermeira Neusa esperava no saguão do prédio. Correram para o elevador, enquanto ela o colocava a par da situação.

— A primeira a ter a bolsa rompida foi a doutora Ana.

— A Ana? O que ela estava fazendo?

— Estava aqui, passando em visita as pacientes.

— Elas nem tem oito meses completos! — falou o médico, passando a mão pela cabeça, visivelmente preocupado.

— Depois estourou a bolsa da Martha e da Fernanda. A da Nádia ainda não estourou, mas ela está tendo perda de líquido desde manhã. Eu examinei a Ana. Ela já está com dilatação, a Fernanda também. Por isso que eu te liguei.

— Elas estão em trabalho de parto...

— Franco trabalho de parto, doutor. Os bebês nascerão nesta madrugada.

O elevador parou no terceiro andar. Logo que desceram, deram num saguão. Um corredor cerrado por uma porta ostentava um letreiro: Sala de Pré-Parto.

Doutor Ferreira foi até a sala dos médicos e paramentou-se para adentrar o ambiente. A primeira paciente que viu foi justamente sua companheira de trabalho.

— Oi, colega. A cegonha resolveu aparecer mais cedo? — disse, passando a mão carinhosamente na cabeça de Ana.

A médica passava por mais uma contração, o que dificultou sua resposta. Sua voz saiu entrecortada junto a respiração rápida e gemidos de dor.

— Tem... tem algo errado, Ferreira. Ainda não... não é a hora... ai, como dói, Ferreira. Putz, eu não sabia!

O médico continuou acariciando a cabeça de Ana. Os cabelos da médica estavam envoltos em uma touca verde, igual ao das outras parturientes.

— Calma, Ana. Calma. Se está vindo agora é porque tem de ser assim. Vou fazer o máximo para tudo correr bem. Seu bebê vai chegar saudável... mais magrelinha do que com nove meses, mas, depois de umas boas mamadas, ele vai recuperar tudinho.

— Promete? — indagou a mulher com lágrimas nos olhos.

— Prometo, Ana. Prometo. Agora deixa-me verificar se não é um alarme falso.

O médico foi para o ventre da mulher. Apalpou a barriga da parturiente, que gemeu no meio de outra contração. Os intervalos eram curtos e o útero contraía ficando duro como pedra.

Ferreira olhou mais uma vez para Ana.

— E o papai? Cadê o famoso bento Lucas?

— Está em Nova São Paulo. Pedi que o avisassem pelo rádio. Ninguém... ah! Ninguém me retornou até agora.

— Vou pedir para a Neusa procurar notícias... primeiro vamos cuidar desse bebezinho.

O médico verificou a dilatação. Infelizmente tudo indicava que nem com medicação aquele quadro seria revertido. As contrações não cessariam e a paciente evoluiria para um trabalho de parto prematuro.

O médico afastou-se e avaliou as outras duas pacientes. A noite ia ser agitada. Teria três partos em um mesmo plantão... plantão uma ova! Era sua folga. Pediu um aparelho para a assistente. O médico voltou para Ana com um aparelho ligado e tocou algo parecido com um estetoscópio na barriga da mulher. Mexeu para lá e para cá e então as três passaram a ouvir o coração vigoroso do bebê.

Repetiu a operação nas outras duas. Em todas pôde ouvir os batimentos cardíacos das crianças. Fernanda estava mais adiantada.

Considerou pedir a Neusa que chamasse o doutor Rubens ou a doutora Kátia, que tinham vindo de São Pedro. Talvez não fosse necessário. Esperaria mais um pouco. Acabava de tomar essa decisão, quando as portas duplas do corredor se abriram. Os enfermeiros de plantão traziam mais quatro macas. Neusa trazia a primeira delas. Estava lívida, preocupação estampada no rosto.

— Esta aqui e a do Arnaldo tão com as bolsas rompidas também. Os pais estão no saguão, querem entrar de todo jeito.

— Não. Só vão atrapalhar.

As macas foram perfiladas. Ferreira viu sete pacientes à sua frente.

— As duas últimas estão com mais de três contrações a cada dez minutos. Também estão em trabalho de parto, doutor.

— Não precisava nem falar. Dá pra ver no rosto delas.

Ferreira passou o dorso da mão enluvada na testa coberta por uma touca azul.

— Neusa...

— Chamar a doutora Kátia?

— Isso. Imediatamente.

Ouviram o "plim" da campainha do elevador. Alguém chegava ao saguão.

— A Kátia e o Rubens. — Ferreira puxou a enfermeira para longe da audição das mães. — Traga quem mais você conseguir contatar, enfermeiros, as parteiras que fizeram treinamento, quero que elas assistam os trabalhos de hoje, pois o bicho vai pegar aqui, é uma oportunidade prática que elas não podem perder.

— Certo.

— Avise também o poderoso Doutor. Acho que ele vai querer ver isso aqui. É muito estranho todas elas entrarem em trabalho prematuramente e ao mesmo tempo. É muita coincidência.

Mal tinha completado a frase, as portas duplas foram empurradas novamente. Mais duas pacientes com contrações. Essas gritavam e choravam desesperadas.

— Vai rápido, Neusa. Voando.

A enfermeira sumiu através das portas e o médico ainda a entreviu abrindo a porta da escadaria. Ela não quis perder tempo aguardando o elevador.

Em menos de uma hora começou um entra e sai frenético de enfermeiros e voluntários na maternidade. O saguão encheu-se de homens que acompanhavam suas mulheres. O número de parturientes chegou a trinta e oito na primeira hora e passou a sessenta e cinco em mais quarenta minutos.

Os voluntários limpavam e verificavam os berçários, os neonatalogistas checavam por segurança os equipamentos. Estes, depois dos obstetras, eram os mais preocupados. Tinham pensado em tudo. Mesmo com o milagre de ninguém adoecer, não deixaram a vinda dos bebês à sorte. Se algum deles precisasse de UTI, banho ultravioleta, encubadeira, tudo estava pronto para uso. Chegaram a simular uma situação de dez partos no mesmo dia, verificando os dados da Organização Mundial de Saúde, a média comum era de dois bebês com necessidade de assistência intensiva a cada trinta partos. Agora, não tinham a menor idéia do que sairia daqueles sessenta e cinco partos em andamento, todas as parturientes em situação prematura. Nenhum bebê com nove meses completos. As chances de necessidade de UTI neonatal eram quase que absolutas. Não estavam preparados para aquilo. Nem de perto.

Neusa tinha corrido até a casa que hospedava os médicos Kátia e Rubens. Depois se encaminhou às pressas até a casa onde viviam duas mulheres inscritas no curso de parteiras. A enfermeira bateu vigorosamente na porta. Um vento frio remexeu seus cabelos. Neusa aprumou-os e voltou os olhos para o campo de futebol de São Vítor. Seus olhos ficaram fixos no que via. Era coisa de cinco ou seis grávidas sendo carregadas por maridos e amigos que as auxiliavam caminhar. Estavam todas tendo seus bebês. Cães vira-latas tinham-se juntado num bando de oito ou nove e acompanhavam o cortejo.

Neusa virou-se para a porta e bateu de novo. Ouviu um "entra" gritado lá de dentro.

A enfermeira girou a maçaneta e deu na pequena sala do casebre. Tinha um vaso caído e os cacos espalhados em direção ao corredor da casa. Neusa ouviu gemidos. Olhou para fora, para os muros de São Vítor. Viu as luzes da lanterna de um sentinela. Esse medo era comum quando se ouvia gemidos e se via coisas quebradas. Mas não eram eles. Hoje não era dia deles. Teria escutado os rojões. Neusa respirou fundo e avançou. Chegou ao quarto e arregalou os olhos. As parteiras seguravam as mãos de uma garota que tinha as pernas abertas.

— Meu Deus! — exclamou a mulher.

As parteiras seguravam firmemente os braços da garota.

— Vai, Letícia. Força!

— Ela tem de ir para o Geral... — balbuciou com a voz sumida.

— Não dá tempo, Neusa. Ela chegou aqui assim.

Neusa baixou os olhos para o ventre da garota.

A cabeça do bebê já era visível.

Neusa, tão acostumada com essas coisas, começou a tremer de nervoso vendo o bebê coroado.

— Ai, meu Deus! Meu Deus!

— Que foi? — perguntou Gabriela, a senhora mais velha. — Que tem de errado com ela?

— Com ela, nada. O bebê é prematuro, isso já é muito... mas vocês não vão acreditar.

— O quê?

— Todas elas estão tendo o bebê agora, na mesma hora.

Os olhos das mulheres arregalaram-se. Letícia soltou um grito longo e sofrido e passou a respirar mais rápido.

Ângela, a outra parteira, apanhou um pano e secou o suor da testa da garota.

— Força, filha.

— Neusa, apara a criança.

— Não posso. O pessoal do hospital precisa de mim. Tem mais mulheres indo pra lá.

Neusa andou de um lado para outro da cama.

— Letícia, filha, segure-se nas barras do encosto da cama, com as duas mãos, faça força — orientou Neusa. — O bebê já está passando. Ângela, deixa a Gabriela cuidando da mamãe e você vem cá pra baixo e ampara o bebê. Vocês foram as que mais treinaram. Vão tirar isso de letra.

— Depois que ele descer... o que a gente faz?

— Faz tudo que o Ferreirinha ensinou, Ângela. Não pode ter branco agora. Pegue o quite de primeiros-socorros das parteiras. Pegue a apostila, se precisar. Quando o bebê nascer, corte o cordão umbilical. Prendam o cordão do bebê com o grampo que puseram no quite de vocês. A Gabriela fica com a Letícia e você faz ele chorar, faz ele respirar. Respirando bem, você o enrola bem enroladinho numa manta e corre com ele para o hospital. Não vá se assustar com o tamanho. Noventa por cento dos bebês prematuros nascem bem mirradinhos, bem pequenininhos. Leve-o o mais rápido que puder até o hospital, bem protegido do vento. Os pediatras estão todos lá. Vai ser um perereco aquele berçário.

— Etiqueta... — murmurou a mãe gemendo.

— O que ela disse? — perguntou Neusa, arqueando as sobrancelhas.

— Ela disse etiqueta.

Olharam para a gestante novamente.

— Põe... põe uma etiqueta nele. O nome dele é Heitor.

As três sorriram. Entenderam a preocupação da mulher.

— Não... não percam meu filhinho no meio dos outros...

Neusa despediu-se com votos de boa-sorte e voltou correndo para o HGSV.

Mal a enfermeira saiu, Ângela viu a cabeça do bebê apontar ainda mais para fora. A mãe forçou o abdômen e Gabriela ajudou com as mãos empurrando a barriga proeminente. De repente aquele calombo desapareceu e a parteira aos pés da mãe arregalou os olhos e num instante tinha o pequenino nas mãos.

Letícia passou a respirar profundamente repetidas vezes, desfalecendo sobre o colchão. Gabriela, atrapalhadamente se levantou às pressas e apanhou o quite fornecido pelo doutor Ferreira. Abriu a carteira de couro e tirou uma pinça esterilizada. Ângela rejeitou.

— Me dá a tesoura primeiro — pediu.

Gabriela obedeceu de pronto.

— Cuida da Letícia. Fala com ela. Não a deixe apagada.

Ângela cortou o cordão umbilical e rapidamente apertou o apêndice preso ao bebê com uma pinça cirúrgica e logo prendeu o grampo. O bebê resfolegou engasgado. A mulher, ainda nervosa e sentindo-se insegura, agarrou o pequeno pelos calcanhares e deixou o líquido amniótico escorrer pela boca e nariz. O bebê não chorou. Deu um tapinha no bumbum como o médico tinha ensinado. Nada. Ele estava ficando roxo.

— Ai, meu Deus, Gabriela! O que eu faço?

— Corre, Ângela! Corre!

A parteira enrolou o pequeno bebê em um lençol e depois o envolveu numa manta que a Letícia trouxera. Correu do quarto, passou pela sala como um foguete e chegou à rua. Não demoraria a chegar ao hospital. Seus olhos estavam cheios de lágrimas. Não queria que o pobre Heitor morresse em seus braços. Deu o máximo que suas velhas pernas permitiram.

Capítulo 60

Davi ligou os motores do Hércules. A máquina rugiu deliciosamente quando aumentou a potência. As hélices ficaram invisíveis nos quatro Allison T56A-7 e o empuxo começou a arrastar a aeronave para fora do hangar. As mulheres estavam do lado de fora, aguardando o imenso avião fazer o trânsito até a cabeceira da pista, quando cruzariam os dedos e assistiriam o vôo de testes do cargueiro militar.

O major conduziu a aeronave suavemente. Normalmente contaria com a ajuda de tripulação para a leitura de instrumentos e a verificação de outros tantos itens. No entanto, achara mais seguro para sua querida Thamires que ficasse no solo em companhia de Verônica. Teria de fazer aquele primeiro vôo sozinho. Decolaria da base e voaria por cerca de quinze minutos. Além de poder fazer um novo reconhecimento aéreo das redondezas, mataria as saudades de conduzir aquele trambolho pelos céus do Brasil. Se todo o mecanismo funcionasse bem, as duas não perdiam por esperar. Fariam uma visita a cada estado que possuísse uma usina de álcool capaz de alimentar os tanques daquele bichão.

Davi deixou o Hércules com os motores trabalhando na cabeceira da pista. Tinha de esquentá-los antes de dar o torque total.

Thamires e Verônica olhavam extasiadas para o avião em funcionamento. Correram para a porta do hangar onde tinham montado o rádio de comunicação com Davi.

Thamires e Davi começaram uma conversa empolgados. Thamires perguntava sobre leituras, redobrando os cuidados préteste.

Vinte minutos depois de Davi posicionar-se na cabeceira da pista, o major soltou o freio da aeronave. O trambolhão começou a percorrer a pista de terra batida. Em questão de segundos a velocidade aumentou incrivelmente. Davi estava tranqüilo. Até ali as respostas da aeronave estavam sendo as melhores. Tinha dois terços de pista na sua frente, chegaria fácil à velocidade necessária para tirar aquelas vinte e uma toneladas do chão. O ronco dos motores continuou estável. Davi ouvia a voz de Thamires pelo rádio. Ela gritava de alegria. O major sorriu feliz. O coração batendo disparado era normal, em toda decolagem sentia aquela boa sensação, aquela tensão. Fumaça na janela direita. Na seqüência, uma explosão. O Allison número três parou de funcionar. Davi reduziu toda a potência. A nave começou a virar perigosamente para a direita. Acionou o freio. Não podia permitir que o C-130 saísse da pista. A fumaça branca continuou escapando em grande profusão. Os gritos de Thamires foram substituídos pela voz de Verônica que pedia que parasse o avião. Era óbvio que ia parar... quando pudesse, quando os comandos obedecessem. O Hércules estancou. Davi bateu o peito no manche. Derrota. Mais uma derrota.

Thamires e Verônica correram na direção do avião. A fumaça branca subia alto e o vento ajudava a encobrir a aeronave como se uma bruma sobrenatural tivesse sido trazida para a pista naquela manhã. Thamires, mais cansada, ficou um tico para trás.

— O que aconteceu, Verônica? — perguntou a colega, correndo, ofegante.

— Não sou adivinha, mas parece que é algo com o sistema hidráulico que adaptei. Alguma conexão não suportou a pressão.

Continuaram a corrida em silêncio até alcançar o avião.

Davi abriu a porta lateral. A fumaça entrou na aeronave. O medo era que o combustível inflamasse e a explosão acabasse com o trabalho dos últimos três anos e até mesmo com sua própria vida. Olhou irritado para trás, fitando a cabine de comando. Tossiu sufocado.

Uma lufada de vento limpou a fumaça que escapava por baixo do motor Allison. O aeronauta teve uma boa visão da área danificada, por alguns segundos. O suficiente para perceber que não havia chamas. Menos mal. Desistiu de apanhar o extintor. Até sorriu da própria idéia. Um extintor inoperante há trinta anos; muito provavelmente o avião iria pelos ares se realmente dependesse do funcionamento do artigo de segurança. Caminhou apressado para o fundo da nave e acionou a porta que servia para descarregar cargas em pleno vôo e até mesmo para o salto de pára-quedistas. A porta desceu do bojo do avião e revelou o céu azul. Em poucos segundos os olhos do major encontraram a pista de poeira vermelha. Desceu apressado e afastou-se caminhando ao encontro das mulheres que vinham em desabalada carreira. Elas estavam ainda a uns trezentos metros da nave. Ele parou e voltou-se para o Hércules. A fumaça era bem menor agora e certamente extinguir-se-ia espontaneamente em mais alguns minutos.

Verônica chegou e encheu-o de questionamentos. Davi deu de ombros dizendo que não sabia o que tinha acontecido. A única coisa que se lembrava era de uma explosão mais forte que o ronco dos quatro motores juntos, depois a fumaça tomou conta de todo o lado direito da aeronave preocupando-o verdadeiramente.

A engenheira voltou a correr e seguiu sozinha para o Hércules. Contornou-o pela lateral. A envergadura daquele colosso era impressionante, tão largo que mesmo tendo trabalhado com ele praticamente todos os dias nos últimos três anos, virava e mexia ela sentia-se uma formiguinha. Eram quarenta e dois metros da ponta de uma asa à outra. Verônica olhou para o motor número três. Ainda escapava um pouco de fumaça. Olhou para o hangar há mais de um quilômetro de distância e lamentou por não ter trazido a escada na caçamba do jipe. Foi para a traseira do Hércules e subiu, indo parar na porta lateral aberta por Davi. O motor estava um pouco para a frente e não tinha como alcançar a asa e encarapitar-se lá em cima. Não via muitos detalhes. Ao menos a explosão ouvida pelo major não resultara em danos externos, nem tinha danificado a carenagem do motor. Não tinha remédio. Teria de voltar ao hangar e trazer a escada ou aguardar que o major taxiasse de volta ao pátio. Pensou um momento. Achou melhor apanhar a escada. Esforçar o Hércules antes de uma verificação básica não seria prudente. Não agora que estavam tão próximos de conseguir a primeira decolagem do gigante.

— E aí? O que você acha?

— Menos mau do que parece — rebateu a engenheira ao major. — Só abrindo pra saber.

— E...?

— Vai demorar, Davi. Vai demorar pra caramba — resmungou Verônica, começando a correr em direção ao hangar.

Davi resmungava algumas coisas, mordido pelo incidente. Sentiu-se um egoísta sem tamanho quando percebeu que Thamires chorava. Um gelo percorreu sua coluna quando percebeu mais. Ela chorava e alisava a barriga. Quando a alcançou, a mulher acabava de sentar-se no chão da pista.

— Que está acontecendo, querida?

Thamires abriu um berreiro descontrolado e deitou no chão empoeirado. A fumaça que escapava do Hércules passava bem longe, acima de suas cabeças.

— Que foi?

— Os bebês... algo está acontecendo...

— Bebês. Tem mais de um aí?

— Não, não! — respondeu quase gritando e passando ainda mais rápido as mãos sobre o ventre.

Davi ficou parado, neutralizado. Simplesmente não sabia o que fazer. Preferia encarar um *stall* a três mil pés do que aquela situação de inércia e despreparo.

— Não é o nosso bebê... ele está bem... é alguma coisa de fora...

— ...

— Tem alguma coisa acontecendo com os outros. Eles estão chorando no meu ouvido! Faz isso parar, Davi. Faz parar.

Davi ajoelhou-se ao lado da parceira e colocou a cabeça dela sobre suas coxas grossas. Acariciou o cabelo da mulher. Aquele seria o melhor remédio para Thamires.

Capítulo 61

A planície logo à frente era desanimadora. As provisões estavam no fim e o rapaz preocupava-se em encontrar outra fonte de água doce, posto que os reservatórios estavam chegando ao fim.

O sol ia descendo rumo ao horizonte, calculava faltar umas três horas para o pôr-do-sol. Tinha puxado o bando o dia todo, evitando as paradas e desvios de qualquer natureza. Seus pés doíam à beça e por duas vezes foi tentado a pedir que os bentos parassem a marcha. Não podia dar-se ao luxo. Com pé sangrando, em carne viva, do jeito que fosse, tinha de continuar estugando aquele bando. Fazendo com que valesse a pena seu rompante moral e valente. Já era o quarto dia fora do carro-forte e a cada noite que chegava seu coração se apertava mais, temendo a proximidade do caçador-vampiro. Sabia que ele estava vindo em seu encalço e sabia que o ser da noite podia viajar muito mais rápido do que eles em bando. Além de estar sozinho e ser uma fera mágica e dotada de poderes das trevas, o maldito podia viajar pelas árvores em grande velocidade. Tinha hora que cria no poder de resistência e vitória dos treze bentos juntos, depois sentia essa certeza esfriar e cair por terra temendo ser pego na noite escura e repartido sem piedade pela espada afiada de Cantarzo. Essa incerteza marcava sua alma, enchendo-o de terror e fazendo-o abandonar a vontade de sentar-se e tirar as botas. Não tinha feito a coisa certa. Droga de vida e de cabeça fraca! Por que sentia tanta pena dos outros? Sempre fora assim, desde pequeno. E ter pena dos outros era uma merda. Deixava o espírito fraco. Só se lascava. Os outros tiravam proveito sempre, sendo taxado de bundão. Era triste, mas era verdade.

Preferia ter nascido um estúpido inescrupuloso. Se tivesse o coração mais duro não estaria ali, no meio da estrada, fugindo do vampiro-rei.

✠ ✠ ✠ ✠ ✠ ✠

Anoiteceu. Ernestinho ouvia as queixas dos companheiros, pedindo descanso e que montassem acampamento. O rapaz, empertigado e impaciente, só dava negativas, sendo áspero até mesmo com as mulheres. Mancava, deixando patente seu sofrimento.

— Calma, Ernestinho. Calma, cara. Eu só tô com os pés me matando. Você também não tá legal. Tá branco que nem fantasma — a benta inspirou e bufou.— E estou cansada. Cansadaça.

— Cansado estou eu dessa ladainha. A gente não está atrás de uma muralha para deitar sossegado. Temos de continuar andando até achar um abrigo.

Os bentos se entreolharam.

— Mas para tudo tem limite, Ernestinho — insistiu Kelly. — Não agüento mais andar.

Ernestinho parou e olhou para a garota.

— Não agüenta? Não agüenta andar? Então senta aqui na beira da estrada em cima da sua mochila e descansa o quanto quiser. Eu e os outros vamos seguir em frente. Não queremos terminar com as tripas pra fora nessa noite. Ele está chegando perto da gente. Dá pra sentir o cheiro do maldito. Vocês são bentos e têm de farejar melhor que eu. Não sentem o cheiro da morte? O cheiro da espada daquele desgraçado?

Novamente o bando trocou olhares. Kelly ficou com os olhos rasos d'água.

— Eu não tenho culpa de ter acordado nesse mundo cão! — gritou a benta. — Quando dormi, eu tinha casa, tinha família e amigos! Eu ia pro Objetivo, eu estava pra entrar na faculdade, tá bom?! Não tinha de fugir de vampiro! Eu não tenho culpa dessa merda de estrada não ter um lugar pra gente ficar! Eu tô cansada!

— Então fica cansada sozinha! — rebateu o rapaz, rispidamente. — Eu já estou nesse mundo faz tempo e devo isso a não ficar chorando na beira da estrada e andar quando tenho de andar! Nesse mundo não adianta ter ataque histérico!

— Eu não tenho culpa desse louco estar atrás de nós!

Ernestinho fechou mais ainda a cara e olhou cada um deles nos olhos. Parecia que ia ter um ataque.

— Eu vou andar! Eu vou em frente!

— Vai! Vai mesmo! Seu cagão! — gritou a benta, ficando de pé.

— Calma, gente... — intrometeu-se Renata, apaziguadora.

— Calma o escambau! O caralho! Esse filho da puta é que ajudou o desgraçado do vampiro a nos pegar! Ficou com peso na consciência e soltou a gente!

Foi tão rápido que a maioria só percebeu quando Kelly pendeu o rosto. Todos tinham escutado o slap soando alto. Agora a benta tinha uma impressão em vermelho da palma da mão de Ernestinho no meio de sua bochecha.

Todos ficaram calados.

Kelly virou-se rapidamente e tirou a espada da bainha de Alan. Ergueu a lâmina e desceu em direção de Ernestinho. Parou o golpe próximo ao rosto do rapaz que nem piscou, não movendo um músculo.

Michel agarrou o braço da mulher que chorava e tomou-lhe a arma.

Ernestinho virou-se e apanhou a mochila do chão, dando as costas para o grupo.

Alan recolocou a espada na bainha.

Renata olhou nos olhos de Kelly e disparou:

— Você é ridícula!

Renata também ergueu seus apetrechos e seguiu atrás de Ernestinho.

Kelly virou o rosto ao ouvir a voz rouca de Alan dirigindo-se a ela.

— Segundo o que ouvi lá atrás em Guarnição, se esse vampiro pega a gente, o único sangue que ele vai beber será do cara que você chamou de filho da puta e cagão.

A maioria deles voltou a caminhar, seguindo o rapaz.

— Vamos, menina. Ninguém tem de ficar para trás — incentivou Bê. — Você não gosta de escuro, que eu tô ligado. Vamos andar. Me dá a mão.

Kelly não impôs resistência alguma. A única diferença antes da parada para agora é que, além de cansada fisicamente, sentia-se cansada mentalmente. O tapa ainda ardia em seu rosto e as lágrimas não paravam de cair.

Caminharam mais três horas. Já passava das nove da noite. Ernestinho, que não tinha amaciado o passo até o momento, surpreendeu a todos quando estacou no meio do asfalto.

— Que foi? — perguntou Renata, alcançando-o.

— Estou delirando ou aquilo são luzes! — berrou o jovem, apontando para a frente.

Estava muito escuro para avaliar o que seria aquilo, mas Ernestinho não estava delirando. Renata também as viu. Elas piscavam como estrelas. Pareciam correr em trilhos. Estavam distantes.

— Vêm ver! — gritou a benta loira para os colegas.

Um a um pararam ao lado de Renata e Ernestinho, e fitaram boquiabertos a descoberta.

— O que é aquilo? — perguntou bento Narciso.

— São luzes elétricas... — murmurou Alan.

— Isso dá pra ver, ô, galego. O que eu quero saber é se é uma fortificação?

Os olhares convergiram para Ernestinho.

— Não sei. Essas luzes piscando são estranhas... elas parecem mover-se. Não parece uma fortificação.

Continuaram olhando para o estranho fenômeno.

— Mas é coisa de humano — juntou Ernestinho. — Vamos para lá.

Continuaram na rodovia. Dois quilômetros para a frente começou uma descida suave. Apesar da escuridão, podiam perceber que as árvores ao redor estavam rareando, a mata densa dava lugar a clareiras amplas e campinas de vegetação rasteira. Grandes eucaliptos, de troncos e galhos frondosos espigavam-se contra o céu noturno. As estrelas salpicavam a Terra com seu brilho eterno. Muitos dos novos bentos ficavam com os olhos pregados no céu, impressionados com a mudança brusca da atmosfera passados esses trinta e um anos de novo ritmo do planeta.

Com menos árvores no caminho, puderam ver melhor as luzes. Ernestinho notou que eram duas extensas faixas que corriam paralelas. Difícil precisar a distância entre as duas e sua extensão, precisavam chegar mais perto. O curioso é que elas acendiam em seqüência, lembrando um imenso enfeite de natal, com as luzes acendendo numa ponta e percorrendo todo o comprimento, cadenciadas, hipnóticas.

— Sabe o que isso tá parecendo? — indagou Michel.

O bando continuou andando, aguardando o palpite do amigo.

— Alguém já voou de noite? — tornou o bento com nova pergunta.

— Eu já — disse benta Kelly.

— Isso aí parece as luzes da pista de um aeroporto. Elas ficam piscando assim. Não sei por que é assim, mas é assim.

— É mesmo — concordou a benta.

— Vamos apertar o passo que logo a gente descobre.

— A que distância aquilo está?

Ernestinho deu de ombros.

— Um quilômetro, mais ou menos — arriscou bento Alan.

✠ ✠ ✠ ✠ ✠ ✠

Cantarzo desceu do eucalipto e foi até o acostamento. Lá estava a pista de que continuava na trilha certa. Tinham parado ali há pouco. Uma hora, meia hora... Cantarzo inspirou fundo. Um cheiro marcante de mulher. Um coração raivoso e envenenado. Não era a loira. Era a outra. Seus olhos vermelhos e iluminados rastrearam o chão. Um deles mancava gravemente. Abaixou-se. Cheiro de sangue. O humano. Era o humano quem claudicava. O vampiro sorriu. Pousou a mão em seu peito de aço negro. Os fujões não se desviaram da rodovia principal, sempre rumando ao sul em busca de uma fortificação. Para sorte do vampiro, os miseráveis não tinham conseguido refúgio até então e Cantarzo sabia que daquela noite não passariam, em questão de alguns instantes tê-los-ia sob o jugo de suas garras. Recuperaria seu tesouro e arrastá-los-ia de volta rumo à ilha de Marajó.

Cantarzo saltou para cima de uma árvore e galgou seus galhos, saltando uma vez mais e alcançando agora uma árvore mais alta. O vampiro agarrou-se ao tronco fino no alto do vegetal e tirou do bolso de seu sobretudo o punhado de cabelos que encontrara na noite passada. Inspirou fundo, reavivando o cheiro em suas narinas. Ergueu as ventas para o céu e inspirou fundo, inspirou com força. O vento vinha do sul. Vinha suave. Vinha com ele a combinação. O mesmo perfume. O mesmo aroma. A mesma vítima. A benta de cabelos loiros. Rugiu ferino e seus dentes brotaram extravasando os lábios inferiores, pontiagudos e perigosos. Seus olhos acenderam-se prontos para a guerra. Outro rugido, mais alto dessa vez. Iriam pagar a afronta. Cantarzo voltou aos saltos rasgando a noite. Rápido como um felino mágico, que preferia os galhos à terra. Um monstro noturno, sedento por vingança.

Davi deu partida nos motores Allison do Hércules. Estava decidido a fazer aquele vôo mesmo de noite e mesmo sobre protestos cerrados de Thamires e Verônica. A segunda chegou a fazer uma cena, ameaçando até de atirar contra o Hércules, resmungando que já que era para dar fim ao projeto, ela mesma daria com as próprias mãos e não ficaria assistindo um louco decolar no escuro e na incerteza de que tudo sairia bem. O major insistiu e, como a curiosidade era incontrolável no trio, seus argumentos, mesmo que fracos, acabaram por arrefecer os ânimos. Davi voaria. Custasse o que custasse. Lembrou que Verônica tinha dado um jeito na iluminação da pista e que aquela preocupação toda não tinha evoluído para reparos a fim de servirem meramente de enfeite.

Soltou os freios do Hércules e taxiou para fora do hangar.

— Ai, eu não agüento mais. Sinceramente, gente. Não consigo dar mais nenhum passo — queixou-se Kelly.

A turma olhou sem paciência para a garota. Estavam cansados da queixa constante.

Ernestinho parou. O suor pingava de sua testa. Os pés irradiam dor intensa a cada pisada.

— Vamos parar um segundo. Só tempo de eu fumar um cigarro. Depois andamos sem parar.

— Parar? Agora?! — espantou-se Alan. — Olha lá. Já estamos quase chegando. Fuma quando chegar lá.

Ernestinho riscou um fósforo e acendeu o cigarro.

Cantarzo voou para a árvore seguinte. Em menos de três segundos passou por mais cinco espécimes arbóreos. Estacou no alto de um jacarandá. As árvores tinham rareado. Olhou para a rodovia. Um pontinho vermelho. Inspirou fundo. Alguém tragava fumo caseiro. Rugiu enraivecido. O vampiro tinha finalmente encontrado seu cenário.

O rapaz deu uma baforada longa.

— Alan tem razão. Vamos continuar. Eu te levo nas costas se você quiser — ofereceu Michel, aproximando-se de Kelly.

— Olha que eu vou me apaixonar.

— Estão ouvindo esse barulho?

Todos olharam para Bê, apurando os ouvidos.

— Parece um motor — falou Ernestinho, pondo-se de pé.

Todos olharam na direção das luzes. O som vinha de lá. E era um motor mesmo! Não conseguiam ver muita coisa por conta da escuridão. Parecia existir um hangar.

— Vamos logo, gente! — gritou Kelly, começando a correr diante do olhar incrédulo dos demais.

Todos saíram pegando seus pertences e dispararam atrás da mulher.

Bê deixou cair uma camiseta da mochila sem se dar conta.

Ernestinho buscou no fundo de seus pensamentos forças e concentração para não ceder ao suplício dos pés estourados a cada passada pesada empregada na corrida. Arfava e clamava por resistência. Acreditava que ao final daquele esforço colossal, estariam mais próximos da salvação e mais longes do vampiro-rei.

Thamires e Verônica assistiram Davi colocar o Hércules na cabeceira da pista. Ele repetiria a operação conforme fizera pela manhã, deixando os Allison de quatro pás cada um esquentarem até dar a propulsão total e disparar pela pista para a decolagem. Não agüentavam mais esperar em terra. O som do bicho metálico voador em funcionamento enchiam-nas de puro deleite e infestava suas veias e artérias com adrenalina. Por conta delas, estariam na cabine com Davi, mas o major fora curto e grosso rechaçando todas as investidas e fez prevalecer a segurança. Bastava um louco na cabine, tinha dito. Tentaria o primeiro vôo sozinho. Se desse tudo certo, pela manhã os três voariam em direção ao sul e finalmente conheceriam São Vítor.

Cantarzo saltou para o asfalto quando viu o objeto. Agarrou-o e cheirou fundo. Uma bolsa d'água. Espremeu-a nas garras, fazendo-a estourar. Deu mais dois passos e apanhou uma camiseta no chão.

Seus olhos perscrutaram a escuridão. Lá estavam eles. Correndo. Desvairados. Começou a correr pelo asfalto, sem precisar das árvores que estavam cada vez mais distantes umas das outras.

Ernestinho, quando o grupo esgotou as energias para continuar a corrida de um fôlego só, também parou. O som do que parecia um motor à explosão ficava cada vez mais alto e grave. O escuro da noite não deixava entender muita coisa, mas sentiu um frio na barriga ao imaginar o que encontraria naquele lugar. O barulho daquele motor lembrava, e muito, o de um avião. Somando aquelas luzes piscando e dispostas paralelamente, só podia ser uma pista de pouso e decolagem. Um avião! Nem dava para acreditar. Encurvado e arfando, viu os companheiros prosseguirem, Michel corria de novo, os outros iam em marcha mais acelerada enquanto os esgotados, igual a ele, permaneciam recurvados, recuperando o fôlego. Ernestinho enxugou o suor da testa e olhou para trás, para a rodovia. Seus olhos arregalaram-se surpresos e engoliu em seco levando a mão à metralhadora.

— Puta merda! — gritou o rapaz, chamando a atenção do grupo.

As mulheres gritaram e os homens parados junto dele voltaram a correr.

Duas brasas fantasmagóricas vinham ligeiras sobre o asfalto. Era o vampiro-rei!

Ernestinho engatilhou sua metralhadora e disparou na direção dos olhos vermelhos. Sem verificar o resultado, deu as costas e zarpou na direção das luzes que piscavam.

Cantarzo tombou ouvindo o ricochetear das balas contra seu peito de aço. Duas atingiram seu braço esquerdo, uma na altura do ombro e outra quase na junção com o cotovelo. Urrou de dor e estremeceu. Apertou os olhos e passou a bufar. Segurando o ferimento próximo ao cotovelo. Seu corpo estava curando as feridas. Tinha sido ele. O motorista insolente e fujão. O mortal iria pagar por mais essa afronta!

O grupo chegou a um alambrado de três metros e meio de altura. Alan tirou a espada da bainha e fez um corte em direção à grade. Faíscas saltaram com o atrito da lâmina contra o ferro. Nada aconteceu.

— A gente vai ter de pular!

Os homens ergueram as mulheres sobre os ombros. Num instante Renata e Kelly despencavam do outro lado. Começaram a escalar desesperados.

Ernestinho olhou para trás. O vampiro voltava à carga, vindo correndo com os olhos vermelhos acesos. Daria tudo para ter o seu carro-forte a um passo de distância. Sabia que aquela hora chegaria cedo ou tarde... mas, do fundo do coração, não queria que sua hora fosse agora.

Ernestinho jogou a metralhadora por cima do alambrado e escalou rapidamente. Projetou o corpo por cima da cerca e caiu. Tateou o chão, procurando a metralhadora. Levantou-se e fez mira. As explosões repetidas ecoaram até que o cão batesse surdo quando a munição acabou. O vampiro mais uma vez tinha tombado.

— Acabaram as balas! — gritou o rapaz. — Minha mochila ficou pra trás.

Alan olhou para a rodovia. O vampiro se levantava.

— Corre gente! — gritou a voz rouca.

Thamires e Verônica, próximas do hangar, foram pegas de surpresa com o som dos disparos. Viram um bando de gente correndo na direção delas. Verônica disparou para dentro do galpão e apanhou sua pistola.

Thamires sentiu o sangue gelar nas veias quando viu longe na escuridão um par de brasas vindo em direção à base. Um vampiro! Novamente, sem perceber o ato involuntário, a mão direita foi para o ventre. Sentia-se ameaçada. Sua cria estava em perigo.

Todos corriam rumo ao hangar. Longe, rapidamente iluminado quando as luzes próximas acendiam, puderam ver um imenso avião em funcionamento.

— Corram para o avião! — gritou Ernestinho.

Alan virou-se para trás.

O vampiro estava parado em cima da cerca. Os olhos vermelhos olhando diretamente para ele.

Ernestinho virou-se e viu o vampiro saltando para dentro da base.

— Não vamos conseguir! — gritou o rapaz. — Ele vai pegar-nos. O avião está longe!

Ernestinho parou de correr. Alan, vendo o amigo parar, escorregou no chão de terra e parou também.

— Eu vou pará-lo — disse. — Tirando uma pistola da cintura. Essa aqui tem bala de prata.

Alan desembainhou a espada.

— Isso aqui também é prata pura. Protege o resto que eu o atraso.

Ernestinho olhou incrédulo para o bento.

Os olhos de Alan brilharam amarelos quando uma lufada de vento trouxe o cheiro do vampiro-rei para seu nariz.

— Corre! — bradou para Ernestinho.

O rapaz não discutiu e disparou no encalço do bando.

Alan ficou com os olhos fixos na criatura.

Verônica apontou a pistola para a mulher que vinha na frente.

Kelly derrapou na terra fofa e caiu de joelhos.

— Não atira, moça! Tem um vampiro atrás da gente.

— Vocês são humanos?

— Somos bentos!

Thamires correu de volta ao hangar e agarrou o rádio. O major respondeu.

— Abra o compartimento de carga. A gente vai subir junto!

— *Negativo!*

— Tem um vampiro aqui, Deus do céu! Você não vai querer deixar a gente pra trás, vai? Tem um nenê na minha barriga! Esse desgraçado quer pegar-nos!

Sem esperar resposta, a co-pilota sentou-se no jipe e deu partida, ressurgindo diante dos olhos do bando a bordo do veículo da base.

— Subam! — berrou.

Ernestinho, enquanto se agarrava na traseira do veículo olhou para Alan. O bento não ia conseguir sozinho.

Tentou subir, mas, ao firmar o pé no engate traseiro para içar o corpo, a dor foi tão grande que caiu sentado no chão, urrando. Bê e Michel ajudaram o motorista de carro-forte a ficar de pé. Kelly e Renata tomaram lugar na traseira do jipe e olhavam aflitas, ora para Ernestinho, ora para a silhueta solitária de Alan, empunhando uma espada e esperando corajosamente a aproximação do vampiro-rei.

Um vento forte varreu toda a base. Os homens colocaram Ernestinho no jipe.

As bentas se levantaram.

Thamires olhava para o avião e não tinha visto aquilo. Já Verônica recuou dois passos assustada. Já tinha ouvido falar daquele fenômeno na rádio de São Vítor. As mulheres... elas tinham os olhos amarelos.

Os onze bentos no asfalto igualmente irradiavam aquela fantasmagórica luminescência de seus globos e olhavam na direção do par de brasas vermelhas que se aproximava.

— Não vamos deixar ele sozinho — disse Bê.

Ernestinho segurou as roupas de Renata e Kelly.

— Fiquem no jipe! Fiquem calmas! — berrou para as mulheres.

Os olhos de Renata voltaram ao normal e a mulher sentou-se ao lado de Ernestinho, acariciando-lhe a face.

— Fiquem comigo. Vocês estão desarmadas.

Renata olhou para Kelly. Ela continuava compenetrada, fixa no vampiro que ainda não alcançara Alan.

— Kelly! — berrou a mulher. — Sente-se.

Kelly obedeceu, mantendo os olhos amarelos e praticamente hipnotizada pelos olhos vermelhos do inimigo.

Os homens correram na direção de Alan. Os que não tinham armas cerravam os punhos ou, ao verem barras de canos de ferro soltas no chão, se apoderavam delas para enfrentar o inimigo.

Cantarzo veio certeiro para cima de Alan. O bento se posicionou bem, mesmo sem nunca ter feito aquilo, conseguiu aparar o golpe do vampiro, manejando bem sua espada. Cantarzo, de certa forma surpreso com a firmeza do oponente, reergueu a katana e saltou dois metros para trás. Descreveu um arco de cima para baixo, com toda a sua força.

Alan ouviu outro clangor metálico. Sentiu um baque. Sua lâmina partiu-se à metade. O terceiro golpe do vampiro foi ligeiro. Alan não sentiu dor.

Cantarzo apontou a espada para o lado, temendo o sangue que impregnara a lâmina. Aos vampiros o sangue dos bentos era puro veneno.

Deixou o inimigo vencido para trás, ouvindo os gemidos que foram ganhando volume. O corte da lâmina era tão afiado que não machucava instantaneamente. O ardor vinha segundos depois, trazendo junto o desespero em descobrir profunda ferida. Cantarzo não se virou para conferir o resultado do primeiro embate. Seus olhos encaravam dez guerreiros bentos que corriam em sua direção. Fungou empertigado. Ergueu a katana novamente. Dois vinham com espadas de prata e dois traziam facões. Novatos malditos. Tinha de imobilizá-los sem tirar-lhes a vida. Não podia mais subestimá-los. O primeiro tinha conseguido aparar dois golpes. Um recém-desperto, saído do lodo do sono dos adormecidos. Em poucas semanas aqueles desgraçados botavam suas garras de bentos para fora.

O vampiro-rei viu-se cercado. Estava perdendo tempo precioso. Ouvia o ronco do motor do avião. Um jipe ia ao encontro do aparelho.

Poderia ter problemas. O insolente mortal estava a alguns metros de escapar de suas garras levando consigo duas peças de seu tesouro. Teria de burlar aquele cerco de bentos. Olhos amarelos e agressivos encaravam os seus. Três deles traziam barras de ferro e outros três vinham com as mãos limpas. O jipe se afastando. O som do motor do avião ficando mais potente. O primeiro deles investiu com a espada erguida. Cantarzo desviou-se do golpe de Michel e aplicou-lhe uma rasteira. O bento tombou de costas no chão asfaltado. Foi a vez de Bê aproximar-se, brandindo o facão. Tentou três vezes acertar o vampiro, que se movia mais rápido do que ele podia acompanhar. Sentiu uma fisgada em seu punho e, incrédulo, viu o sangue jorrar da extremidade de seu braço. Sua mão rolava no chão ainda agarrada ao facão. Os outros quatro avançaram de uma vez. Cantarzo amparou o outro facão e deixou passar um golpe de espada. A prata encontrou sua providencial couraça negra. Moveu-se agilmente agarrando o braço do bento que manejava o facão e quebrou-lhe o braço. Atravessou sua katana na perna de outro agressor. Apesar da selvageria de seu ataque, nenhum deles retrocedeu. Estavam possuídos por aquela energia que fazia com que os bentos lutassem até a morte. Cantarzo não queria matá-los. Não podia dar-se ao luxo. Tinha de juntar trinta deles. Trinta bentos. Assestou a lâmina no braço de outro contendor. Machucá-los-ia. Feridos, teriam de arrefecer, parar o combate. Cantarzo saiu do meio da roda, enquanto os guerreiros experimentavam os dissabores do primeiro confronto. Olhou para o jipe. Olhou para os guerreiros. Com o cabo da katana, feriu a cabeça de três deles, fazendo-os tombar desmaiados. Cruzou a lâmina com presteza, varrendo os flancos e abrindo novos cortes na carne inimiga. Abandonou o grupo que gritava e se contorcia no chão. Nenhum deles ferido de morte. Tinha de alcançar as duas mulheres e drenar o sangue do imbecil motorista fugitivo.

Incrédulo, ao longe, Ernestinho percebeu o vampiro livrando-se do bando. Ao passo que as brasas amarelas desapareceram, aquele pavoroso par vermelho vinha em direção ao jipe. Ernestinho gritou e conteve, depois de muita insistência, as duas mulheres bentas. Os olhos das duas perderam a luminescência amarelada e finalmente elas se sentaram, com o semblante entristecido, percebendo que tinham perdido os amigos de jornada. Vendo o vampiro no encalço do jipe, Ernestinho sacou novamente a pistola com balas de prata e disparou na direção do inimigo. A distância era grande, dando a Cantarzo a chance de desviar-se facilmente dos projéteis. Ernestinho berrou para a motorista, pedindo que freasse com tudo. O jipe derrapou no chão de asfalto. Cantarzo, tomado pela fúria e sanha de apanhar o rapaz, não percebeu a manobra, aproximando-se mais. Ernestinho empunhou a pistola e fez mira. Dois disparos na couraça de aço ricochetearam soltando faíscas. Ernestinho maldisse a criatura. O peito de ferro era blindado. Mirou na perna do vampiro. A bala de prata cravou no joelho do maldito, que tombou imediatamente e urrou com ferocidade.

— Vai! Vai! — gritou o rapaz.

Verônica acelerou, arrancando com tudo. O ronco dos motores do Hércules ficava cada vez mais alto. A motorista adentrou o avião com jipe e tudo. Pelo *walkie-talkie* ordenou que Davi partisse.

Às suas costas os passageiros ouviram a grande porta traseira do avião soltar ruídos, movimentando-se para fechar o bojo da nave. Mesmo antes da porta ter-se fechado completamente, os passageiros sentiram o deslocamento veloz da aeronave. O Hércules acelerava para tentar a decolagem. Thamires abriu a porta e correu na direção da cabine. Auxiliaria Davi no que pudesse. Tirando a fé de seu coração, nada comprovava que aquela decolagem aconteceria. Não tinham feito o teste final por conta do tempo ruim. Agora era a hora.

Ernestinho deixou os olhos colados na pista. Não via Alan, nem Michel nem nenhum dos outros. O vampiro tinha acabado com os onze bentos. Um turbulento nervosismo desencadeou-se na mente do rapaz. O vampiro tinha acabado com eles. Não podia ser. Todo seu trabalho e sofrimento tinha sido em vão. O rapaz controlou-se para não juntar mais lágrimas à bordo da aeronave. O rosto lindo e luminoso de Renata estava apagado e nublado pelo choro. Kelly também se mostrava lacrimosa, com dois fios prateados descendo sua pele queimada de sol. Uma mulher aproximou-se deles e levou-os para a lateral do bojo do avião. Nesse lugar era onde havia os assentos. Ernestinho passou o cinto sobre o abdômen e continuou fitando a pista. O avião afastava-se muito rápido do ponto onde tinham embarcado com jipe e tudo. Os amigos e companheiros de jornada ficavam cada vez mais distantes. Tinha falhado como protetor daquelas pobres almas. Tinha-lhe faltado coragem no momento decisivo. Era mais experiente que eles em combates contra vampiros. Deveria ter saltado do jipe com os bentos. Deveria tê-los ajudado no confronto. Não via mais o brilho amarelo dos olhos dos guerreiros. A poeira que subia misturava-se ao negrume da noite e levantava uma cortina densa para trás. Para trás. Para trás. Repetiu-se inúmeras vezes no pensamento. Tudo tinha ficado para trás. Ernestinho baixou a cabeça e guardou no coldre de couro a pistola que ainda vinha na mão. Kelly e Renata gemiam angustiadas. Estavam salvas das garras do vampiro-rei, mas o preço cobrado por aquele tíquete aéreo tinha-lhes sido caro demais. O avião tomou mais velocidade ainda e o som dos motores virou um rugido. Para Ernestinho, sobrava o consolo do brilho vermelho do demônio vampiro também ter-se apagado. A fera tinha tombado na pista com o tiro no joelho. Prata na bala. Sabia que o filho da puta iria moer-se de dor.

O rapaz ergueu os olhos e ouviu a voz da mulher mais baixa gritando. Ela atravessou o compartimento, abandonando sua poltrona recostada à fuselagem e veio auxiliar Renata, que, aparentemente, não tinha conseguido ainda prender o cinto de segurança. Ernestinho olhou para o lado. Rangidos. A porta continuava fechando-se e em segundos lacraria o bojo da colossal aeronave.

Davi repetia uma reza, misturada a pai-nosso com ave-maria, até agora tudo bem. Nada de espocos ou explosões. Os motores tinham aquecido e o reparo providenciado pela engenheira não decepcionou. Puxou o manche de encontro ao peito. O pesado Hércules ergueu seu bico e o céu de estrelas tomou todas as janelas das cabines. Thamires adorava aquela sensação, de colar no banco e afundar no estofamento. Todos os instrumentos operavam em ordem. Sem *flags* e sem alarmes sonoros. Olhou para o lado, vendo o chão distanciar-se. Davi começou a descrever uma curva e em poucos segundos os olhos da mulher alcançaram o hangar iluminado e a pista com as luzes piscantes. Eles foram diminuindo de tamanho, conforme o aparelho ganhava altitude.

Ernestinho apertou os olhos, sendo capturado novamente pela lembrança tão recente da demonstração de bravura daqueles guerreiros destemidos. Mesmo sabendo que não eram páreo para o vampiro-rei, uma força maior os dominava e fortalecia aquela lenda. Sabia que seria quase impossível os bentos escaparem das garras do vampiro-rei. Tinham dado suas vidas para que todos os outros escapassem. Era por isso que eram chamados bentos. Um bento era um cavaleiro nobre. Um homem escolhido entre mil homens. Aqueles ali, certamente não faziam parte daquele monte de gente despertando com olhos amarelos. Se não houvesse acontecido os quatro milagres de Lucas, aqueles onze teriam despertado bentos do mesmo jeito. Só agora se dava conta de que tinha convivido com bravos heróis em seus derradeiros dias.

Capítulo 62

Neusa e mais duas amigas estavam paradas no meio do berçário. Estavam com os olhos esbugalhados tamanha a surpresa diante daquele inusitado cenário. Não entendiam como aqueles bebês poderiam ser tão quietos. Eles mexiam os bracinhos e perninhas, sem nunca entrar num berreiro. Não choravam nunca.

— Nunca vi isso em toda a minha vida. Olha que tive mais de doze anos de Santa Joana na Velha São Paulo. Nunca vi um berçário tão cheio e tão quieto ao mesmo tempo.

As enfermeiras contavam com a ajuda de voluntárias. Nem nas mais racionais ou rocambolescas e mirabolantes previsões lançadas pela equipe de Dr. Ferreira e Dra. Ana chegaram a supor que cento e oito bebês estariam internados ali, no mesmo dia, vindos à luz na mesma hora, como se fossem filhos do mesmo instante.

Berços foram improvisados e as trocas de fraldas, banhos e cuidados com os curativos do umbigo tomavam a maior parte do tempo daquelas boas mulheres. Nenhum bebê chorava. Nenhum deles. Nunca. Tinham as expressões serenas e, quando não dormiam, mexiam-se docemente e o repetir de erguer bracinhos e perninhas era o único indicativo de que algo acontecia: a fome. Eram levados para as mamães e delas sorviam o leite materno. Sempre no mais calmo e absoluto silêncio.

As novatas e as voluntárias achavam aquilo o máximo. Diziam que dentro do berçário sentiam uma paz que nunca tinham experimentado desde a Noite Maldita. Mergulhavam num tipo de redoma de quietude e paz. Uma eletricidade sutil percorria incessantemente o corpo daqueles que adentravam o berçário. Era como olhar para dezenas de ramos de rosas donde desabrochavam novos botões. Aquela eletricidade tênue, contudo perceptível, era a esperança vicejando poderosa. A certeza da continuidade. Para Neusa, porém, aquele imenso berçário submerso no mais absoluto silêncio era motivo de arrepios. Tinha alguma coisa errada com aqueles bebês. Algo muito estranho e muito errado.

Pais, amigos e parentes tinham começado uma constante procissão em frente à janela de vidro do berçário. A janela, apesar de dois metros de comprimento por um e meio de altura, ficou pequena para tanta gente. As enfermeiras procuravam revezar-se em frente ao vidro para apresentar aos curiosos os recém-nascidos.

Pediatras entravam e saíam a todo instante, fazendo os exames neonatais obrigatórios, colhendo sangue e buscando uma explicação para aquele silêncio conjunto. Estavam aturdidos. Ao que parecia, todos os bebês tinham chegado à luz com algum problema congênito. Alguma má-formação nas cordas vocais que impedia que emitissem sons vindos da garganta. O máximo que se ouvia deles era o barulhinho do ar entrando e saindo do peito quando o colostro de alguma forma bloqueava suas vias aéreas ou parava em suas gargantas ao regurgitar ou o som de suas perninhas em atrito com calças plásticas caseiras preparadas por voluntários para a ocasião da chegada dos bebês.

Especialistas em fonoaudiologia eram requisitados pela rádio de São Vítor e promessas de visitas começavam a chegar. Talvez algum deles pudesse explicar o que se passava com os bebês. Afora essa inusitada situação, as crianças pareciam gozar de plena saúde.

Capítulo 63

Lucas entrou no quarto do hospital. Ana estava ressonando sob um grosso cobertor verde. Tinha o rosto cansado. Lucas meneou a cabeça, acenando para as outras duas mulheres que ocupavam o quarto.

O rapaz caminhou para o lado da esposa e, com presteza, desvencilhou-se do par de luvas de couro. Suas botas e a cota de malha de prata fizeram barulho ao seu vigoroso movimentar. As mulheres acordadas impressionaram-se com o garbo do trigésimo guerreiro. Enquanto Lucas andava, sua vistosa capa vermelha com barra de couro oscilava graciosamente. Lucas tocou a mão nua na testa de Ana, que acordou de pronto do sono leve. A mulher soltou o nome do amado e abriu um sorriso largo e transbordante de alegria.

Lucas ajudou-a a se sentar.

— Quando te avisaram?

— Na mesma noite. Montei o cavalo e vim pra cá assim que fiquei sabendo. Nem esperei o sol raiar.

— Meu Lucas! — murmurou a mulher, passando a mão pelo rosto barbado do marido.

— Minha Ana! Cadê nosso bebê?

— A Neusa já deve trazê-lo para mamar. Já faz tempo a última mamada. Um gulosinho.

Lucas passou repetida e carinhosamente a mão pelo cabelo cor de areia da mulher, fitando seus olhos cinzas. Estavam cansados. Uma ponta de culpa por não ter estado ao lado dela na hora mais importante fez seu rosto sério.

— Coitada da Neusa — disse a companheira. — Ela está aqui desde ontem à noite. Não sei se voltou pra casa desde os partos.

— Eu ouvi rumores na cidade. Todos nasceram na mesma noite?

— Incrível. Eu estava sossegada... cansada, mas sossegada. Vim aqui ver minhas meninas que estavam internadas, quando minha bolsa se rompeu.

— Falei para você tirar uns dias para descansar. Deu no que deu.

— Não teria adiantado nada, Lucas. Foi até melhor assim.

O homem manteve silêncio, agora acariciando o rosto da mulher.

— Se eu estivesse sozinha em casa... a dor era tanta. Nem sei. O bom é que já estava aqui. O Ferreira me atendeu rapidinho e o Jordão chegou ao mundo sem dificuldade.

— Só veio antes do esperado.

— Como todos os outros.

— E como ele é? Parece mais com você ou comigo? Tem os olhos cinzas iguais ao seu?

— São. Os seus olhos são lindos também, Lucas... mas os do Jordãozinho saíram os da mãe, cinzinhas. A Neusa disse que às vezes a cor muda. Vamos ter de esperar. Só tem uma coisa...

— O quê?— preocupou-se o pai.

— Não tem nada conclusivo ainda, dado o inusitado de tudo isso...

— Pára de falar igual médica e fala igual mãe! — exclamou o bento.

— Os bebês... eles não choram... eles não fazem barulhos guturais... eles não...

— Está dizendo que eles são mudos?

Ana balançou a cabeça negativamente e levou a mão ao rosto do marido.

— Ainda estamos perdidos. Achamos que é cedo para afirmar. Só sabemos que estamos vivendo um surto anormal. As pessoas hoje em dia não desenvolvem doenças.

— Mutismo não é doença...

— É cedo para sabermos, mas estou angustiada. Meu coração bate apertado quando penso no meu bebê.

— Acalma-te, Ana. Acalma-te. Quero vê-lo. Cheirá-lo e apertá-lo nos meus braços. Não importa se os olhos são cinzas, se a pele é azul e se o pequenino não faz barulho.

Ana olhou para as outras mulheres. Elas também tinham o semblante preocupado. Estavam todas perdidas e zonzas, sem respostas dos médicos para aquele caso excepcional.

Depois de muito conversar com a esposa, finalmente o guerreiro viu Neusa aparecer com o bebê. Seu coração disparou mesmo somente podendo ver as pequenas mãozinhas de Jordão para fora de um lençol branquinho a envolvê-lo. Lucas, decidido, tomou o filho nos braços. A enfermeira até arregalou os olhos. Normalmente os homens fugiam dos recém-nascidos, com medo de apertá-los e machucá-los. Lucas, ao contrário, mostrara-se afoito e sequer esperou que o bebê fosse aos braços da mamãe para o aleitamento.

Os olhos do trigésimo guerreiro brilhavam por efeito da emoção. Não era o brilho amarelo e mágico que um bento lançava pelas órbitas na hora de confronto. Era o brilho do amor paternal. Um olhar cheio de luz e curiosidade acompanhado do mais perscrutador silêncio. Era um pedacinho de gente. O pai ficou com os olhos vidrados sobre a pele alva da criança. O pequeno estava com os olhos fechados e dormia placidamente. Lucas trocou olhares em silêncio com Ana. Trouxe o bebê até perto de seus lábios.

— Não vá beijá-lo no rosto, Lucas. Vai empipocar todo o rostinho dele.

Lucas pareceu não ouvir Ana e seu protesto ou simplesmente não conseguiu impedir aquela demonstração de afeto. Beijou Jordão com doçura e longamente. O bebê estremeceu e balançou a cabeça.

— Tá vendo? Incomodou o meu bebê — disse Ana, em tom de brincadeira e estendendo os braços para apanhá-lo.

Lucas depôs o bebê no colo de Ana. O pequeno abriu a boquinha e nenhum som escapou.

— Ele está com fome.

— Como você sabe? — perguntou o pai.

— Eu sei. Só isso. E basta — disse Ana, sorridente, passando o dedo indicador com leveza da testa ao nariz do filho, acariciando-o repetidamente.

O bebê agitou-se todo mais uma vez e tornou a abrir e fechar a boquinha.

Ana baixou o canto esquerdo da camisola e, com uma pequena toalha de pano, limpou o mamilo, levando o bebê até a mama. Jordão não demonstrou dificuldade e logo estava alimentando-se.

Lucas afagou os cabelos da esposa e depois os do pequeno Jordão. Seus olhos ainda brilhavam, vivos e emocionados. Por aqueles instantes mais nada no mundo existia. Admirou a cabeleira escura do filho. Nenhum pensamento ruim embotando sua mente. Jordão. O pequeno Jordão.

Neusa entrou novamente no quarto trazendo mais dois bebês. Lucas viu o rosto feliz das mulheres ao receberem seus rebentos. Poucos instantes depois, um mulato entrou e dirigiu-se ao leito de uma morena de cabelos cacheados. Esse era o companheiro de Fernanda, a paciente pela qual Ana desenvolvera mais simpatia e proximidade durante todo o acompanhamento pré-natal. O homem beijou a mulher e só depois olhou para o lado do quarto amplo. Arregalou os olhos ao ver o trigésimo guerreiro.

— Bento Lucas! — exclamou o soldado.

Lucas acenou para o homem.

— Você, nosso herói salvador, bem aqui, do nosso lado! — tornou o homem emocionado.

Ana sorriu para o marido.

— Calma. Não precisa tanto espanto. Sou de carne e osso como você.

— Mas você é o Lucas! Você trouxe os milagres. E graças a você, hoje eu sou pai. Hoje eu conheci meu bebê. Eu te agradeço do fundo do coração, bento Lucas. Agradeço muitíssimo, santo milagreiro.

— Calma. Assim eu fico embaraçado.

Lucas, Ana, Fernanda e seu marido, de nome Luís Rogério, conversaram por mais alguns minutos. O trigésimo guerreiro despedia-se de Ana e de seu Jordão quando ouviu o barulho. Era estranho. Podia jurar que estava ouvindo um avião. Um ronco de motor. Lucas e o soldado acorreram à janela do quarto simultâneos. Uma imensa aeronave se aproximava. Lucas olhou para Ana, com olhos aflitos.

— Pode ir — respondeu a mulher ao olhar do marido. — Cuida das coisas.

Lucas e o soldado deixaram o quarto correndo. Subiram pelas escadarias. Mais soldados estavam tomando a mesma providência e, logo, cerca de quinze homens chegaram ao telhado do Hospital Geral a tempo de ver o gigantesco Hércules passar por cima do hospital, descendo mais e mais.

— Vai cair! — gritou alguém.

Lucas buscou a nave com os olhos e fixou-os no bojo. O trem de pouso estava abaixado. Ele não estava caindo. Estava aterrissando!

Lucas voltou para o interior do hospital, descendo os primeiros lances de escada até alcançar o elevador. Desceu ao térreo e cruzou o saguão às carreiras. Ao passar a porta, bento Vicente, providencial, chegava cavalgando, trazendo Tião pelo arreio. Lucas montou o eqüino e disparou ao lado de Vicente, cruzando São Vítor às pressas. O alvoroço no muro era visível a distância. Pessoas e soldados corriam em direção da estrada e os portões encontravam-se abertos. Lucas e Vicente trocaram um olhar ligeiro. Lucas bateu mais no cavalo, fazendo o animal dar mais velocidade. Passou a galope pelos portões de São Vítor. O corpo acusava o cansaço da viagem feita às pressas de Nova São Paulo até São Vítor, no entanto não poderia ter dado descanso aos ossos sem antes bater os olhos em seu filhote e nem conseguiria ir para cama tendo visto um avião descendo nas cercanias da fortificação! Cruzou o asfalto que singrava o areião com sua capa rubra esvoaçando. Olhou pra trás e viu Vicente, Amintas e Francis no encalço. Sempre podia contar com a persistência de seus homens. Tinha a impressão de que aqueles bravos guerreiros poderiam segui-lo até o inferno caso isso a eles fosse requisitado. Lucas gritava "iá-iá", instigando o tordilho. Olhou para o lado. As sentinelas desciam das torres. Todos estavam curiosos com o ocorrido. Uma pick-up passou em alta velocidade ao seu lado. Lucas fez a curva da estrada. Viu uma nuvem de poeira tomando o céu. O avião parecera tão baixo quando o observava do alto do hospital que era inacreditável que tivesse pousado tão longe. Continuou incitando o cavalo e não diminuiu o ritmo. A aeronave tinha pousado a cerca de três quilômetros do muro de São Vítor. Temeu que não tivesse conseguido fazer o pouso e que talvez quem quer que fosse que estivesse a bordo pudesse precisar de socorro médico imediato. Puxou o rádio preso à cintura e solicitou uma ambulância ao HGSV.

O trigésimo guerreiro adentrou a campina. O avião estava estacionado a trezentos metros, onde a vegetação da clareira rareava e transformava-se em chão de terra, tendo longa extensão e regularidade de nível. Lucas viu uma rampa metálica descer do fundo do avião. Reconheceu aquela aeronave como um daqueles cargueiros enormes de filmes de guerra e dos comerciais das Forças Armadas. A pick-up de São Vítor chegou primeiro ao pé da nave, transformando-se num artigo miniaturizado em comparação ao imenso avião. Lucas reduziu o trote e deixou seus olhos maravilhados percorrerem o objeto, que chegava engraçadamente a parecer-lhe alienígena. A extensão das asas era impressionante. Caberia um acampamento inteiro ali debaixo e outro dentro. Antes de chegar ao avião, viu três pessoas descendo. Parecia um par de mulheres mais um rapaz que mancava, deixando claro que tinha os pés feridos. Logo em seguida, um jipe desceu rapidamente pela rampa e estacionou há uns cinqüenta metros da nave, levantando bastante poeira. E por falar em poeira, Lucas admirou-se com a larga faixa de pó levantada pelo gigante voador. Era admirável. Olhando ao longo da campina, não viu árvores quebradas nem terra revolvida. Tudo indicava que o piloto tinha feito um pouso exemplar, mesmo longe de uma pista apropriada. Com certeza tratava-se de um aeronauta experiente.

Lucas ignorou o jipe e passou diante o olhar atônito de todos.

Ernestinho disse a suas resgatadas que aquele era um guerreiro bento bem como os outros dois que vinham a cavalo. Os olhos arregalaram-se ainda mais olhando para as capas esvoaçantes e as armaduras prateadas. Mesmo ouvindo os contos de Ernestinho todos esses dias e tendo escutado as descrições que o líder de soldados Maciel havia feito na última e única fortificação pela qual passaram, os olhos dos novatos não conseguiam desgrudar daquelas figuras. Era como olhar para cavaleiros medievais. Como retroceder séculos e séculos e descobrir-se vivendo numa passado tão distante e improvável após dois segundos de desembarcar de um avião.

Lucas subiu com cavalo e tudo pela rampa. Apeou e caminhou até a cabine de controle. Uma mulher surgiu à porta e logo franqueou passagem. Ela sorriu para Lucas. O guerreiro viu um homem pressionando botões e dando atenção aos comandos da aeronave. Era o piloto. Apressou-se em tirar sua luva direita e cumprimentá-lo.

— Bom dia, senhor. Sou Lucas.

— O Lucas? O bento Lucas?

O trigésimo sorriu.

— Esse mesmo.

Davi levantou-se e abraçou o guerreiro.

— Obrigado, Lucas. Obrigado por tudo que tem feito por nós — o homem soltou o guerreiro e olhou-o nos olhos. — Meu nome é Davi. Sou major da Força Aérea Brasileira.

— Deixa disso. Estamos todos no mesmo barco. Não poderia fazer diferente. — Lucas deixou os olhos passearem pelos comandos da nave. — Desde que acordei, nunca vi um avião no céu. Como vocês conseguiram esse feito, major?

Davi apontou para a porta e ambos deixaram a exígua cabine. Thamires esperava do lado de fora. Bento Vicente e seu cavalo também estavam a bordo. O grandalhão desmontava quando Lucas chegou ao amplo compartimento.

— Devo esse milagre à nossa querida Verônica. Ela é engenheira e, depois de tentar adaptar alguns aviões menores, conseguiu colocar esse colosso no céu.

— É um Hércules?

— Isso mesmo.

— O que aconteceu? Por que resolveram pousar aqui, mesmo sem termos pistas de pouso nos arredores?

— Essa história tem de ser contada por aquele rapaz com o pé machucado. Foi ele quem salvou aquelas bentas novas. Teria salvado mais bentos se não fosse o vampiro-rei.

— Você viu tal criatura?

— Eu não. Estava decolando o Hércules, quando, de repente, esse grupo fugitivo surgiu. Mas o rapaz do pé machucado, o Ernestinho, conheceu bem ele.

Lucas, Davi e Vicente seguiram para a rampa. Os passageiros do avião estavam agrupados ao redor do jipe. Francis conversava com o bando de bentos novos.

A ambulância chegou ao local da aterrissagem e por lá ficou a equipe, mesmo sem que houvesse necessidade aparente de atendimento.

O major apresentou Thamires, que trazia uma barriga que começava a se pronunciar, revelando uma gravidez que ia pelo quarto mês, a engenheira Verônica e finalmente o Ernestinho. O pessoal de São Vítor ouviu atentamente a história contada pelo fugitivo durante meia hora. Fizeram perguntas e tentaram explorar ao máximo toda a informação e recordações que o bravo jovem possuía. Ao final da narrativa, bento Vicente olhou para Lucas. Os bentos antigos sabiam o que aquilo significava. As conclusões de Lucas se confirmavam. Os vampiros tinham adquirido cérebro. Tinham adquirido uma liderança. Alguém que se intitulava "vampiro-rei".

— Esse demônio novamente — resmungou Lucas.

— Temos de nos precaver contra esse ser, amigo Lucas — disse bento Francis. — Se os vampiros voltarem a nos atacar com tanta organização, nossa boa vontade e fé não bastarão para contê-los.

— A maior precaução que passa pela minha cabeça é encontrá-lo o mais rápido possível e retalhá-lo. Antes que ele o faça conosco — rebateu Lucas.

O rapaz andou encarando as bentas novas, olhando-as demoradamente nos olhos. Kelly e Renata. Tinha decorado seus nomes. Eram belas e viçosas. Mas traziam medo no fundo dos olhos. Lucas sabia bem traduzir aquilo. Era o pavor do mundo novo que ainda encharcava seus peitos.

— Ele disse quantos bentos queria juntar? — questionou o trigésimo já montando uma nada agradável suspeita em sua mente.

— Ele queria treze, mas disse que tinha mais em Marajó. Ouvi falar com o Caranguejeira que ia juntar um bando de novos bentos.

— Trinta?

O rapaz meneou a cabeça afirmativamente.

— É isso aí.

— Qual é sua suspeita, Lucas? — perguntou Francis, arqueando a sobrancelha.

— Os vampiros... de alguma forma os vampiros estão tendo as visões... igual o velho Bispo tinha antes de ser morto naquela explosão. Os vampiros querem repetir o feito dos milagres. Querem juntar trinta bentos e, de alguma forma, obter milagres... só que para o bem deles, dessa vez.

Vicente arregalou os olhos.

— Isso não pode ser verdade, Lucas. Eles não têm tanto poder. Eles são só vampiros, bichos que pulam de galho em galho...

— Esse vampiro é diferente, Vicentão. Esse vampiro tem crânio. Ele quer acabar com a nossa raça. Ele tem peito e carisma. Ele consegue controlar os demais.

— Isso não pode acontecer! Ainda nem começamos a viver e a aproveitar os milagres! Temos de caçar esse filho duma égua e acabar com ele.

— É exatamente isso que vamos fazer — afirmou Lucas, com a voz quase murmurada, com um tom sombrio. — É isso que tenho de fazer. Derrubar esse rei.

— Você sabe exatamente onde ele está? — perguntou Francis.

Dessa vez Ernestinho balançou a cabeça em sinal negativo.

— A última vez que pusemos os olhos naquela figura foi durante a decolagem do Hércules — disse benta Renata. — Ele matou nosso amigo Alan... e deve ter acabado com todos os outros.

— Não sei... — murmurou Lucas. — Não sei.

— Nós vimos ele golpeando Alan e indo para cima dos outros.

— Ele precisa daqueles bentos. Ele quer os bentos novos para realizar alguma maldade. Acho que não os mataria.

— O vampiro-rei deve estar vagando pelo norte do Tocantins. Como é certo que fugimos de suas garras, vai começar a caçar bentos novos de novo, para completar os trinta. Tenho certeza — tornou Ernestinho.

— Depois vai levá-los para a ilha de Marajó — concluiu Lucas.

— Provavelmente — arrematou o rapaz. — Quando tiver seus bentos, vai voltar para a tal da bruxa que lhes contei.

— Preciso de mais detalhes dessa figura também. O que sabe da bruxa? Quem é essa Tereza?

— Mais nada, Lucas. O vampiro-rei conversava mais com o Caranguejeira. No entanto, sempre foi lacônico com tudo, prepotente. Ele fala cifrado, em códigos que só ele entende. Ele só lança ordens e não presta esclarecimentos.

Após essa rápida entrevista, todos foram conduzidos para São Vítor. Bento Vicente solicitou que dois dos soldados que tinham vindo na pick-up ficassem guardando o avião. Davi relutou em acompanhar o grupo. Tanto ele quanto Verônica queriam avaliar os danos causados pela aterrissagem naquele terreno. Argumentaram tanto que acabaram convencendo os bentos. Thamires, que não se sentia muito bem e tinha fome, seguiu com Lucas e Francis para a fortificação.

Lucas solicitou uma reunião de emergência com todos os participantes do Conselho de Segurança. Ele tinha vontade de fazer aquele Hércules decolar imediatamente e seguir direto para onde tinham avistado o vampiro pela última vez. Não obstante, já tinha tido tempo de aprender que sempre que um grande problema era exposto aos membros do Conselho, não raro idéias interessantes eram lançadas e estratégias melhores eram orquestradas.

Capítulo 64

O sentinela da torre fumava um cigarro enrolado em palha de milho. O cheiro forte do fumo de corda alastrava-se pelo cômodo, fazendo seu parceiro encobrir o nariz, incomodado com o odor. Apesar das diferenças "tabagísticas", estavam relaxados. Há meses os vampiros pareciam simplesmente ter desaparecido das matas. Segundo comentavam em Santa Maria, isso se repetia de norte a sul do Brasil. Mensagens transmitidas por São Vítor davam conta de que os vampiros pareciam hibernar ou teriam migrado para algum rincão desconhecido de nossa terra. Diziam também que a mesma sorte não recaíra sobre os países vizinhos. Relatos de ataques vampíricos persistiam na Argentina, Chile e Uruguai. Tinham ouvido de São Vítor relatos de ataques em Portugal, Espanha e Inglaterra, além de Rússia, Israel e Estados Unidos. Mas ali, ao norte de Salvador, estava tudo barra limpíssima. Nenhum maldito por meses a fio. O sorriso tinha voltado aos lábios dos moradores e se alargado ainda mais nos últimos dias com o nascimento de sete bebês dentro dos muros da cidade. Os bebês eram a promessa da nova vida, da nova safra, a nova leva de humanos a caminho. Os vampiros não procriavam, exceto quando transformavam humanos cativos em monstros da noite, o que era raro. Algo de muito diferente acontecia no Brasil. Uma esfera quente de esperança crescente parecia pairar no céu do país, aumentando a temperatura e suas dimensões. Algo de diferente estava para acontecer. Algo que se esparramaria para o mundo inteiro.

Marcelo tirou o lenço do nariz e pôs a cara para fora da janela, irritado e verdadeiramente incomodado com o cigarro do seu Fazendinha. Começou a tossir.

— Ô, seu Fazendinha! Essa pinóia tá poderosa hoje. Apaga isso, pelo amor de Deus!

O velho senhor tragou mais uma vez e soltou a fumaça na direção do rapaz.

— Quando eu era menino da sua idade, lá na fazendinha do meu pai, aí de mim se pedisse pra um jagunço mais velho apagar o cigarro.

Marcelo tossiu de novo.

— Aposto que você não tinha de ficar fechado num cubículo desses com nenhum jagunço.

Seu Fazendinha deu de ombros.

Marcelo esfregou os olhos e mirou a estrada. Estava escuro mas podia ver um vulto se aproximando. Alguém, vindo em boa marcha, montado a cavalo. Acima da cabeça do cavaleiro uma mancha branca, como a de um fantasma dançando no ar.

— Fazendinha, apaga essa porra. Agora é sério.

Marcelo, acocorado, foi até um interruptor. Estava curioso e ressabiado. Acionou e nada. Resmungou irritado.

— Cacete! O débil mental do Otacílio não consertou essa merda. Não dá pra contar com ninguém mais. Quando tinha vampiro vindo todo dia, essa porcaria de muro funcionava feito relógio suíço. Agora descambou. Puta merda!

Marcelo pinçou com os dedos o par de fios vermelhos que sumia para dentro do interruptor. De repente uma faísca espocou, assustando tanto o rapaz quanto o velho Fazendinha. Fora o susto, o resultado tinha sido o de um holofote derramando sua luz sobre a estrada e o areião que a margeava.

Fazendinha ficou olhando para o cavaleiro distante. Tirou o cigarro da boca, afinando os olhos. Estava certo aquilo? Cutucou o rapaz.

— Vem ver, guri — chamou o velho.

Marcelo apertou-se contra o fétido Fazendinha, dividindo a janela e olhou pra baixo. Era uma cavaleira. Uma mulher de corpo bem feito em cima de um cavalo árabe de pêlo negro. O rapaz tirou um binóculo da bolsa de pano pendurada na parede de tábuas.

— O que você está vendo? — perguntou seu Fazendinha, atropelando, assustado. — O que está vendo? Fala, menino!

Marcelo observou a forasteira. Uma mulher de pele alva. Um tapa-olho sobre o globo direito. Veias e artérias enegrecidas à flor da pele. Dentes pontiagudos extravasando os lábios inferiores. O coração acelerou cheio de medo e um calafrio abateu seu corpo.

— É uma vampira, seu Fazendinha! — gritou o rapaz, rolando no chão, desequilibrado ao tentar ir para trás.

Marcelo alcançou o rádio *walkie-talkie* e chamou o guarda do muro.

— *Manda, torre um. O que tá pegando?*

— Tem uma vampira na estrada, Ramon. Acorda o Fernando.

Fernando era o novo líder de soldados de Santa Maria. Tinha sido empossado há poucos meses, quando Carlão foi encaminhado pelo Conselho de Segurança para tomar conta da Barreira do Inferno.

Marcelo nem esperou resposta. Voltou a enfiar a mão no saco de lona e retirou um rojão de um tiro.

— Pita essa porcaria de cigarro, velho. Finalmente isso vai valer pra alguma coisa.

Fazendinha deu uma tragada, atiçando a brasa na ponta do cigarro de palha. Marcelo encostou o pavio do rojão, que logo incandesceu, e apontou a extremidade aberta para fora da janela. O tiro único riscou o céu e explodiu ribombando.

Raquel chegou aos limites de Santa Maria. O cavalo roubado do imenso covil demonstrava cansaço. Seu galope já não era tão vigoroso. A vampira mirou os muros. Tinha caçado todos esses dias um rádio no fito de estabelecer contato com São Vítor ou com a fortificação mais próxima. Busca inútil. Depois que os bentos libertaram os milagres, os aparelhos em funcionamento tinham virado raridade.

Apesar de nenhum rádio ter sido achado, ao menos tinha feito uma refeição descente para conter seu ímpeto assassino durante essa audaz investida que relutara aceitar. Nunca em toda a vida, após a Noite Maldita, tinha ouvido coisa igual e, por essa mesma razão, fora convencida por ela própria a seguir em frente. Audaz e confiante, Raquel decidiu ir em frente.

A vampira de tapa-olho bateu com os calcanhares no ventre do animal e fê-lo seguir vagarosamente. Ela se manteve no meio da pista de asfalto e olhou para cima a fim de confirmar se a bandeira estava lá. Tinha apanhado um galho seco, refilando-o com uma faca, transformando-o numa haste com três metros de comprimento. Ele vinha fincado na sela, trazendo ao alto um trapo branco. Um símbolo universal. Uma bandeira de paz.

Ouviu um estalo forte e viu uma brasa rasgando o manto negro, subindo em direção às nuvens. O rojão explodiu.

Raquel abriu um sorriso tímido. Quantas vezes tinha ouvido aquilo? Quarenta, cinqüenta vezes? Talvez até mais. Sabia o que isso significava. O rebuliço ia montar-se na vila. Estavam todos sendo avisados de que ela, a vampira, estava ali. Soldados se perfilariam naquele muro. Duas dúzias de rifles com balas de prata seriam apontados para seu peito. Instintivamente ela estufou o tórax. Deveria mostrar garbo. Postura de uma amazona. De uma vampira guerreira. Não se intimidaria com o muro. Não tinha cruzado o sertão baiano para acovardar-se na última hora. Se atrevessem a desonrar o significado daquela bandeira, sobreviveria para dar o troco. Era uma fera da noite. E uma das poucas que pensava.

A vampira ruiva conteve o cavalo e olhou para o alto, fitou longamente a janela por onde o disparo de rojão escapara há poucos instantes. Havia dois homens ali. O cheiro do medo chegava-lhe às narinas e a excitava. Olhou para o muro a seiscentos metros de distância. Como seria fácil subir até a cabana do vigia antes que alguém do muro pudesse impedi-la. A morte daqueles dois seria rápida e violenta.

Drenaria o sangue dos dois e esquentaria seu corpo morto-vivo. Tinha de conter sua sanha por sangue. Não viera em busca de banquetes. Estava ali para conseguir aliados. Aliados do outro lado do muro. Aliados num ninho de inimigos. Queria que eles fossem contra Anaquias. A piração do velho companheiro tinha extrapolado. Anaquias conseguira o inimaginável. Tinha juntado quase todos os vampiros do Brasil num único ponto, tornando toda a nação vulnerável. E ia mostrar isso a ele, tão logo conseguisse reunir apoio suficiente. Mostraria o quão imbecil fora em fazer aquilo. A aglutinação não seria tratada como uma ameaça. Seria tratada como vulnerabilidade, como oportunidade. E era ela quem traria o açoite. Ia mostrar a ele quão errada e perigosa era aquela manobra. Raquel suspirou. Tinha clara noção de seu sentimento ambíguo. Preocupação *versus* vingança. Tentara encontrá-lo no imenso covil e até chegou a ter uma boa idéia de onde o maldito tinha escondido o rabo, mas Anaquias tinha-se cercado de guardas. Uma aproximação furtiva seria difícil. Teria de usar um ataque maciço. Até agora, mesmo tendo estado presente ao seio do gigantesco covil montado na Chapada Diamantina, não entendia como todos aqueles vampiros quedaram-se aliados daquele pateta enfeitiçado. Feitiço. Feitiço. Pegou-se repetindo essa palavra mais de uma vez. Isso não entrava em sua cabeça. Uma estupidez monumental. Teria de buscar ajuda no reduto mais suspeito. Atiçaria os humanos. Entregaria o imenso covil de mão beijada. Um troféu em homenagem ao seu parceiro. Gérson pereceria, mas sua desgraça custaria um preço muito, muito alto à comunidade das trevas. Anaquias estava enfeitiçado e não dava ouvidos à razão. Tinha de aprender assim. Com violência e perdas. Perdas hercúleas.

Fernando chegou ao muro. Ainda estava com os olhos vermelhos e os cabelos desgrenhados por causa do despertar urgente e repentino. Galgou os degraus com rapidez e postou-se ao lado de um *sniper*. Levou o *walkie-talkie* até a boca e falou com Marcelo.

— Tem certeza de que é uma vampira?

Um segundo de silêncio. Então veio a resposta:

— *Absoluta, Fernando. Ela tá parada aqui há cinco minutos. Dá uma olhada na figura.*

— Certo.

Fernando olhou para o lado e apanhou o rifle do atirador. Através da mira telescópica observou a inimiga. Não levou muito tempo para concordar com o sentinela avançado. Era uma vampira. Uma vampira, um cavalo e uma bandeira branca. Nunca tinha visto tal conjunto. A imagem de Don Quixote lhe veio à mente. Estariam todos delirando? Uma vampira sussurrando paz...

— *O que eu faço? Você viu a bandeira branca?*

— Vi — respondeu o líder. — Dá um tempo que eu estou pensando.

Fernando olhou para os homens ao redor. Estavam todos esperando uma resposta.

— Armem-se até os dentes. Vou trazê-la aqui.

— O quê?! Pirou?! — explodiu um dos soldados.

— Ela tem uma bandeira de paz. Não veio atacar-nos.

— Sozinha é que ela não viria — emendou outro. — Só se fosse louca também.

— Se eu fosse você, eu não traria ela aqui. Os bentos estão na Barreira do Inferno. Estamos sozinhos. Não pira, Fernando. É uma vampira, homem de Deus. Uma vampira.

— Estamos em cento e vinte soldados, armados até os dentes. Ela é uma só — rebateu o líder.

— Não sei, não.

Fernando olhou para o soldado.

— Você é um homem ou um saco de batatas? Vá acordar os outros soldados. Fiquem todos de prontidão. Eu vou até lá, com mais doze de vocês. Alex, fique aqui e esteja pronto pra atirar. Coloque balas de prata nessa sua arma — orientou, entregando o rifle de longo alcance ao amigo.

— Deixa comigo, Fê. Se ela piscar aquele olho esquerdo toma uma bala na testa.

Fernando desceu e montou um cavalo. A dúzia de guardas que faria a escolta abriu uma porteira e liberou mais animais de montaria. Rapidamente selaram os cavalos e puseram-se ao lado do cavaleiro.

O líder pediu que abrissem os portões, gesticulando para o sentinela em cima do muro.

Lentamente as grandes portas de metal se abriram e os holofotes do muro foram acesos.

Raquel encobriu um pouco o olho bom. Fez seu olho tornar-se mais escuro ainda, bloqueando parcialmente a passagem de luz. Percebeu os portões se movendo e quase chegou a sentir felicidade cruzando seu corpo. Seu plano estava em progresso. Estava funcionando. Viu a comitiva deixando os muros de Santa Maria. Treze homens. No caso da necessidade de um revide imediato derrubaria primeiro o líder, o destemido que vinha à frente. Usaria seu cavalo para bloquear disparos à queima-roupa e deflagraria duas granadas de fumaça. Um tiro no holofote da torre de vigia, depois disso era só se encarregar da dúzia atrapalhada de soldados. Fácil, fácil. A vampira escondeu o sorriso rapidamente. Não era para isso que estava ali. Teria de seduzi-los, de convencê-los. Alertá-los e pedir ajuda. Anaquias estava tramando, e isso há muito deixara de ser brincadeira.

Os cavaleiros se aproximaram. Fernando ainda à frente. Quando chegou a cinco metros da vampira, parou. A dúzia de soldados cercou a vampira pelos lados. Ela não conseguiria seguir em frente, só tinha as costas livres.

O líder dos soldados ficou em silêncio demorado. Olhava para a mulher de cabelos ruivos e tapa-olho. Depois fitou demoradamente a bandeira branca que tremulava ao sabor do vento, hasteada numa vara longa.

Um ponto vermelho surgiu na testa da vampira. A mira laser provinha do rifle nas mãos de Marcelo, dentro da torre de vigia.

Os doze soldados qüe ladeavam a maldita noturna empunharam suas armas e sucedeu uma série de barulhos metálicos de travas sendo desarmadas e balas engatilhadas. Do muro, o *sniper* colocou a mira centrada no meio da testa da mulher pálida. Um movimento em falso e pumba! Ela, literalmente, cairia do cavalo.

— Desculpe a falta de cordialidade, vampira, mas o retrospecto das visitas de seus companheiros à nossa cidade não inspira hospitalidade.

A vampira soergueu os olhos mirando a bandeira.

— Mesmo com esse seu sinal tão claro, não arrisquei vir aqui sozinho, despreparado.

— Muito sábio de tua parte, mortal. É justamente isso que procuro. Gente inteligente.

A voz da vampira chegou doce aos ouvidos dos homens. O tom era agradável e sensual. Parecia uma bruxa-sereia cantando para marujos.

— Estou curioso — pausa. — É muita audácia de sua parte bater aos muros de nossa cidade com uma bandeira de trégua. O que quer de nós?

— Venho de longe. Descobri os planos de um certo vampiro chamado Anaquias. Ele obedece a uma entidade que os meus estão chamando de vampiro-rei.

Fernando franziu a testa. Olhou rapidamente para seus homens e logo voltou os olhos para a vampira. São Vítor já tinha alertado sobre a ameaça desse líder vampiro. De imediato, tentou limpar seus pensamentos e ouvir aquela estranha figura. Estava pisando em terreno perigoso.

— Eles tramam algo grande e seria prudente de vossa parte tomar providências imediatas.

— Até onde sei, os vampiros desapareceram completamente da face da terra.

— Até onde você sabe é pouco, caro soldado. Nem todos se foram, prova disso é minha figura aqui na sua frente.

— E por que vem você até aqui nos dar conta dessas coisas? Você é uma vampira e de igual deveria estar junto dos seus. É você uma traidora?

Raquel empertigou-se. Ergueu os ombros, revelando sua larga compleição.

Quatro dos cavaleiros recuaram e fizeram as montarias agitar-se. Tinham a exata noção de estar a menos de cinco metros de um ser extremamente perigoso.

— Não sou traidora. Traidor é o maldito que tudo isso começou. Prefiro que me chame de justiceira. Anaquias me provocou. Mexeu com a pessoa errada. Traiu primeiro minha confiança e danou meu companheiro.

Fernando balançou a cabeça em sinal afirmativo..Olhou mais uma vez para os homens ao seu redor.

— O que quer exatamente de nossa vila?

— Quero expor tudo o que sei. Houve um êxodo dos vampiros. Sei onde eles estão. Perceberam que não rondam mais os muros das vilas?

— Há meses não recebemos visitas. Há muito percebemos essa singularidade.

— Eles tramam um grande ataque. Maciço. Decisivo. Esperam a ordem do vampiro-rei. Preciso que me coloque em contato com bento Lucas. Preciso falar com São Vítor.

— Posso te colocar em contato com bento Lucas. Isso vai ser fácil e poderei até mesmo deixar que use nosso rádio e fale diretamente com ele. Mas que garantias eu tenho de que não fará mal ao meu povo? Como saberei que não é um engodo?

Raquel ergueu alto a haste e desceu com força, fincando-a num buraco do asfalto. Tirou a metralhadora de dentro de seu sobretudo e jogou-a ao chão.

— Te dou minha palavra de que vou me comportar dentro dos muros de Santa Maria. Não permitam que mulheres sangrando e pessoas feridas cheguem perto. Facilitem as coisas. É duro lutar contra trinta anos de instintos.

Fernando tirou o *walkie-talkie* da cintura e pressionou o botão.

— Quem está na escuta?

— *Eu, Ramon.*

— Prepare a sala de rádio. Vou entrar com a vampira.

— *É... deixa ver se eu entendi direito? Você vai trazer a vampira cá pra dentro?*

— Isso. Ela pediu para que mulheres de chico e gente com feridas sejam afastadas. Caso tenha alguém nessas condições, manda pro refeitório enquanto ela estiver na vila. Separe vinte soldados para vigiar o refeitório.

— *Você vai trazer a vampira cá pra dentro?!*

O líder bufou, irritado com a insistência e respondeu:

— Tá ficando, surdo, Ramon? Estou levando a vampira. Ela vai se comportar. Só quer falar com Lucas. Prepare tudo ligeiro. Quando estiver pronto, faça com que se abram os portões.

Fernando olhou para seus companheiros e depois mirou o olho bom da mulher.

— Não sei por que, mas creio que irá se comportar, vampira. Nunca vi coisa mais estranha, mas vou franquear passagem e serei pessoalmente responsável por seu bem-estar.

— A mim será uma honra ser sua protegida.

Fernando adiantou o cavalo até ficar lado a lado com a criatura. Era mais pálida que o brilho branco da lua. Seus cabelos vermelhos desciam pelas costas em madeixas ordenadas. A roupa surrada pelos anos de uso contava um pouco do seu modo de vida. Um arranhão aqui, um corte ali. Os ombros largos deixavam saber que a criatura exercitava-se bastante. O rosto da mulher era atraente e ela exalava sensualidade. Mas num piscar de olhos aquela impressão ia embora e os sentidos voltavam a tomar tento das veias escuras e dos dentes salientes apontando sobre os lábios inferiores. Não era uma mulher.

Era uma vampira. Um bicho assassino. O alimento daquele povo pálido era o sangue quente que corria em suas veias e artérias. O sangue quente que passava pelo seu coração.

— Estenda os punhos, vampira. Deixe-me ver.

Raquel, mesmo sem entender o pedido do mortal, obedeceu de pronto. Ouviu um estralo e som de catracas metálicas ajustando. Com presteza o soldado tinha prendido seus pulsos em um par de algemas. A vampira arregalou o olho bom e aos poucos o ar de espanto deu lugar a um sorriso cínico.

— Melhor assim — disse a vampira.

— Melhor assim — repetiu Fernando.

O líder estugou o cavalo e tomaram rumo dos muros de Santa Maria. Ao chegarem ao pé do muro, receberam um aviso pelo rádio de que deveriam aguardar um instante. Enquanto isso, no interior da muralha as mulheres que estavam em seus dias foram encaminhadas para o galpão-garagem que servia de base à soldadesca. Cerca de vinte homens ficaram lá, armados até os dentes e prontos para confronto. Apenas um hortelão encontrava-se ferido e de bandagem no pé. Mesmo sem sangramento, sua família insistiu para que fosse levado ao galpão.

Fernando impacientou-se com a demora, mas, quando ia tomar o rádio à mão, ouviu o agudo ranger do portão sendo arrastado e suas folhas abertas. Raquel, ainda montada, olhou para o alto. Era um portão com pouco mais de dez metros de altura. Era a primeira vez que aquilo acontecia em sua eternidade. Os portões abrindo sem guerra para que ela entrasse. A vampira ergueu a haste, mantendo a bandeira branca erguida. Seu cavalo acompanhou o cavalgar lento dos demais. Apesar da insistência dos soldados, um bando de quarenta pessoas curiosas demais e assustadas de menos quis testemunhar a inusitada visita. Cavalgavam mansamente, tomando rumo da sala de rádio, abrindo passagem dentre os curiosos.

Raquel olhou para o grupo que ladeou o caminho, formando um curto corredor a certa altura. A escuridão era quebrada por tochas que vinham com os moradores. Estavam todos os olhos colados em seu rosto. A vampira notou que era um grupo formado por jovens e só poderiam estar curiosos com sua passagem por Santa Maria. Aquela seria uma noite que ficaria gravada na memória daquela vila. A vampira inspirou fundo. Veio-lhe o cheiro inebriante do medo. Quase tão excitante quando o cheiro do sangue. Aquele odor era um convite à caçada, um convite ao jogo de morte. Seu sorriso voltou aos lábios, enquanto seu olho bom valsava pelas jugulares dos jovens e dos soldados ao seu redor. O que pensavam eles? Que ela era coisa fácil de conter? Fácil seria saltar da sela e liquidar com o cortejo para depois refestelar-se daquele Rio de Sangue. Era uma guerreira por causa disso. Quando entrava num ambiente, enxergava os caminhos e meandros para triunfar no caso de embate. Ao cruzar os portões, levou coisa de poucos segundos para ver a escadaria que dava ao corredor de manobras do muro. Contou os sentinelas, os soldados espalhados pela várzea aberta diante do caminho. Percebeu que dentre o grupo de curiosos dois rapazes traziam armas. Sabia qual era a arma de cada um dos soldados que faziam sua escolta e o tempo que levaria para que eles a pusessem em funcionamento. O mais difícil era justamente o líder Fernando. Estava o tempo todo com a mão no cabo de um facão. Prata na certa. A arma de fogo vinha displicentemente pendurada, atada ao coldre, mas a mão não saía do cabo do facão. Ele a sacaria e num traçado perfeito arrancaria sua cabeça de vampira. Caso tivesse de combater, daria cabo dele primeiro, num piscar de olho, sem sombra de dúvidas. Tomada essa cautela, o resto seria diversão, meramente passatempo.

Raquel voltou a prestar atenção no grupo de curiosos, quando percebeu um rapazinho colocar a mão no cinto. Viu os dedos do moleque escorregando para a coronha de um revólver. Olhou-o fixamente. Ele, de igual, a encarava. A vampira leu nos olhos do rapaz o medo crescente. Ela deixou o olho cintilar vermelho rapidamente e franziu o cenho exibindo seus dentes. Bastou para que os dedos do rapaz se afastassem da arma e a coragem minguasse de vez. A vampira tirou o olho de cima do rapaz e passou a olhar o grande prédio para o qual dirigiam seu cavalo. Era uma igreja. Uma igreja com uma torre altíssima, com cerca de vinte e cinco metros. Uma cruz de madeira decorava o telhado. A mulher baixou os olhos para a sela do cavalo. Lembrou-se repentinamente da última vez em que estivera numa como humana. Baixou ainda mais a cabeça, lembrando-se com vivacidade do passado... o rosto de Helen, sorridente e cativante, com o rostinho encovado e os dentes pueris alvíssimos, mexia os bracinhos enquanto a água do sacramento escorria de sua testa para o pescoço. Raquel baixou ainda mais a cabeça, crispando o queixo contra o colo, e apertou os olhos. Mesmo o olho morto se contraiu com a careta. Abriu o olho bom e voltou a fitar o campanário. Seu olho perdeu o viço e o brilho e então a noite, como aos olhos humanos, tornou-se escura. A luz da lua cambiou para um tom azulado. Uma tristeza mal curada abocanhou seu coração. Às vezes era assim. O passado esquecido assaltava a mente dos vampiros sem prévio aviso, sem rodeios ou permissão. Uma lágrima vermelha desceu pelo rosto da criatura e, antes que os humanos notassem, ela passou o dorso da mão algemada na pele, removendo rapidamente a mácula deixada pela abrupta tristeza. Depois veio a lembrança da última vez que pisara numa igreja santa após a vida negra tomar suas células, seus desejos e seu arbítrio. Lembrou-se da espada de prata voando em sua direção, das dezenas de refugadas e do erro fatal. Seu olho contraiu-se agora em ódio, depois arregalou-o e fitou com raiva a cruz de madeira. O bento tinha-lhe estocado o olho direito com a lâmina aguda. Um fio negro desceu por baixo do tapa-olho. Raquel repetiu o esfregão com a outra mão. Ao contrário do primeiro, um movimento brusco e impregnado de ódio e rancor. O líquido escuro e fétido que raramente era expurgado pela ferida foi removido. Mas a mácula maior criada por aquela lembrança não podia ser retirada de seu rosto. Aquela cicatriz horrenda ficaria em seu olho seco e seu coração morto até o dia de seu extermínio. Tão absorta, nem percebeu o líder dos soldados apear.

Fernando fez um sinal para que seus soldados não descessem da montaria. Estendeu a mão para ajudar a vampira a desmontar. Ela estava distraída, olhando para o campanário da igreja.

— Vampira. Desce, chegamos.

Raquel saltou e ficou de pé na sela. Os curiosos que ousavam manter-se próximos afastaram-se assustados, seis deles rolaram no chão no afã da fuga. A vampira saltou ao chão dispensando a ajuda do líder dos soldados.

— Vamos entrar nisso aí? — perguntou, erguendo o queixo pálido para a igreja.

— É. Nossa sala de rádio fica na sacristia da Igreja Nossa Senhora Santa Maria. Não se refira a esse lugar como "nisso aí". Nossa trégua poderá se tornar mais curta do que precisamos.

Raquel nada respondeu. Seus cabelos vermelhos feito fogo foram revoltos por uma súbita rajada de vento.

— Vem chuva, humano. Chuva pesada.

Fernando ergueu o nariz, respirando fundo o ar da noite. Fez um sinal para dois guardas que se postavam à entrada da igreja.

— Conduza-a ao altar. Fique de olho nela. Ela não é nenhuma madrinha de noiva ou daminha de honra.

O líder dos soldados desceu as escadas e foi ter com a dúzia de homens que permanecia montada a cavalo.

— Dividam-se em três grupos de quatro. Levem tochas e rádio. Campeiem os cantos conhecidos, os velhos esconderijos dessa raça. Qualquer coisa estranha, chamem reforço pelo rádio. Vou deixar duas unidades de prontidão. Se essa vampira estiver de armação, quero descobrir antes de tomarmos a bordoada. Entenderam?

Os homens menearam a cabeça e estugaram os cavalos, disparando rumo ao quartel para apanhar as tochas antes de bater para fora dos muros.

Fernando voltou à igreja e encontrou Raquel aguardando no altar. Uma noiva de negro e cabelos vermelhos. Uma noiva de contos de terror ao estilo Edgar Allan Poe. Uma noiva que devoraria o marido na noite de núpcias. Uma viúva negra, incisiva, venenosa e sedenta de sangue.

— Venha — chamou o lider, indicando a porta da sacristia, aos fundos do altar.

A vampira galgou os degraus e olhou para trás. Encontrou os robustos bancos de madeira enfileirados como em toda igreja. Voltou a olhar na direção do líder de soldados. As algemas começavam a incomodar. A vampira parou à porta. No interior, uma sala grande, com cerca de vinte metros quadrados, havia três mesas e cadeiras de assento forrado em couro bege. Em cima de uma das mesas, um grande aparelho de radiocomunicação. Mais oito soldados aguardando e um operador. A vampira olhou para as paredes. Seis basculantes largos, de vidro e batentes em metal. Fáceis de arrombar em caso de necessidade. Ainda estava no controle da situação. Caso fosse necessário, liquidaria com aquela dúzia de homens e ainda beberia o sangue de Fernando, o único que lhe parecera interessante até agora.

O operador, que atendia ao nome de Cássio, tentava contato com São Vítor. A vampira foi acomodada numa cadeira na extremidade da mesa e mantiveram-na vigiada de perto por quatro dos soldados. Mais de dez minutos se passaram até que São Vítor respondeu.

— *Prossiga, Santa Maria. Estou na escuta* — ordenou a voz vinda do sul do país.

— Temos aqui em Santa Maria uma visita inesperada. Precisamos falar com bento Lucas. Ele está em São Vítor?

— *Afirmativo, Santa Maria. O trigésimo guerreiro está aqui.*

— Precisamos colocá-lo em contato com nossa visitante. Temos notícias não muito boas a passar.

— Quem é a visitante?

Cássio olhou para a vampira. Encarou seu olho frio e engoliu em seco.

— Seu nome, senhora? — indagou o operador.

— Raquel.

Cássio sentiu os pêlos dos braços arrepiarem-se. A voz da vampira era penetrante e assustadora.

— São Vítor... o nome da visitante é Raquel... ela é... ela é uma vampira.

Um momento de silêncio. Cássio olhou para os soldados. Todos olhavam para ele, inclusive a pálida criatura.

— *Santa Maria... eu posso ter entendido errado? Não copiei. Pode repetir a última mensagem?*

— Você ouviu bem, operador. O nome da visitante é Raquel. Ela é uma vampira.

— *E... essa... essa vampira quer falar com bento Lucas?*

— Afirmativo, São Vítor. Desejamos a presença de Lucas. A vampira quer falar diretamente a um membro do Conselho de Segurança, solicitou nosso honorável trigésimo guerreiro.

— *Aguarde um momento, Santa Maria. Caraca! Espere um momento. Isso não é brincadeira, não é? Eu vou ter de localizá-lo, muito provavelmente acordá-lo e trazê-lo para cá. É bom que não seja piada!*

— Vai por mim, São Vítor. Queria que fosse uma brincadeira, mas não é. A vampira está sentada aqui na minha frente e não arreda o pé enquanto não falar com Lucas.

— *Houve um ataque? Quantos vampiros?*

— Não houve ataque. Ela veio sozinha. Chegou aqui empunhando uma bandeira branca... uma bandeira de paz.

Mais um longo período de silêncio. Cássio sabia o que estava acontecendo. O amigo tinha ligado os aparelhos de gravação. Estava gravando em fita magnética ou direto a um computador. Deveria estar certificando-se de que tudo fora adequadamente arquivado. Ninguém ia acreditar se ele apenas contasse a história.

— *Entendido, Santa Maria. Aguarde. Câmbio e desligo.*

Lucas despertou com as batidas na porta. Levantou-se assustado e a primeira coisa que lhe veio à cabeça foi a imagem do velho

Bispo. Podia jurar ter ouvido a voz do finado profeta. No meio do corredor, seu coração apertou pensando que poderia ser alguma coisa com Ana ou Jordão, que ainda estavam no hospital. Abriu a porta de supetão. Dois soldados do lado de fora, um jipe ligado.

— Senhor Lucas, o senhor está sendo chamado na sala de rádio.

Lucas passou a mão pela cabeça.

— Desculpe-nos acordá-lo desse jeito, mas parece que o negócio é sério — disse o outro. — Pra lá de sério.

O segundo soldado, Lucas conhecia bem e tinha carinho especial pela figura, chamando-o pelo nome.

— O que foi agora, Carlos? Por que é tão sério?

— Alguém em Santa Maria quer falar com o senhor.

— Santa Maria? Não é aquela fortificação em que estivemos a caminho da Barreira do Inferno?

— Exato.

Lucas apertou os olhos.

— Já vou me aprontar.

Lucas deu as costas quando Carlos emendou:

— É uma vampira.

O trigésimo virou-se e encarou o soldado com as sobrancelhas arqueadas.

— Uma vampira?

— É. Uma vampira quer falar com o senhor.

— Ela está dentro de Santa Maria?

O soldado apenas aquiesceu com a cabeça.

— A cidade foi derrubada? Quando os vampiros voltaram a atacar? Tem mais reportes vindo da Bahia? Do nordeste?

— Calma, Lucas. Pelo que contaram não houve ataque algum. A vampira entrou escoltada na cidade. Ela trazia uma bandeira branca. Uma bandeira de paz.

Lucas arregalou os olhos estupefato.

— *Santa Rita, bento Lucas está aqui. Vou colocá-lo para falar.*

Fernando olhou para a vampira e apontou a cadeira de frente para o rádio. Cássio adiantou-se em desocupar o lugar e instruir rapidamente a criatura para que ela operasse o equipamento. O soldado sentiu um cheiro desagradável subir dos cabelos da vampira. Um cheiro de bicho selvagem, algo que embrulhou seu estômago.

Raquel sentou-se e ficou olhando para o rádio. Os indicadores do equipamento mostravam a posição de sintonia de São Vítor. Decorou o referencial. Outros dois indicadores tinham agulhas que vibravam de instantes para outro. Olhou para o microfone metálico e para as paredes da sala. As algemas incomodavam mais que nunca. Jamais fora dominada por humanos e a situação, apesar de ter sido ela mesma a responsável, se tornava cada vez mais desagradável.

— *Boa noite, Santa Rita. Aqui é Lucas. O que está acontecendo aí?*

Raquel olhou ao redor.

— *O que essa vampira faz em Santa Rita? Como ela entrou na cidade?*

A ruiva pressionou o botão do microfone.

— Vim em paz, guerreiro. Meu nome é Raquel.

Lucas sentiu os pêlos arrepiarem-se quando ouviu a voz da vampira. Baixou a cabeça e seus olhos brilharam amarelos. Os soldados ao seu redor afastaram-se dois passos assustados. A voz da vampira penetrou seus ouvidos e seus tímpanos. Mesmo sem sentir o cheiro da criatura, percebeu seus sentidos natos de bento aflorarem. Agarrou com força o cabo da torre do microfone, apertando-o com vontade.

— *Como você, sou uma guerreira. Uma guerreira da noite. Como você, luto para que minha raça prevaleça...*

Lucas respirou fundo. Clamou por lucidez. Não poderia perder o controle numa oportunidade como aquela. Uma guerreira do lado da escuridão vinha e fazia contato. Poderia ser uma ótima oportunidade se informações interessantes fossem obtidas.

— O que pretende com essa intrusão?

— *Minha raça está sendo usada por um louco. Um louco chamado Anaquias, que auto-intitula-se comandante do exército dos vampiros.*

Mesmo sem ter ouvido o vampiro declamar seu nome no funesto encontro dentro dos muros da Barreira do Inferno, Lucas viu a imagem de Anaquias montado num cavalo e cruzando o chão molhado por água benta. O vampiro tinha falado como um líder, como o comandante dos malditos que tinham invadido o CLBI. Conhecia Anaquias.

— *Ele se diz servo do vampiro-rei. Esse Anaquias conseguiu reunir quase todos os vampiros dos quatro cantos do Brasil e orquestrar um êxodo jamais visto.*

— Por isso não os encontramos nos covis e nem sofremos mais ataques.

— *Não sofrem ataques por enquanto, guerreiro bento. Anaquias só espera o comando do vampiro-rei para descer com fúria e organização, varrendo tudo o que encontrar pela frente. Eles estão decididos a terminar com os bentos de uma vez por todas. Num golpe só.*

— E por que uma alma bondosa feito a sua se abalou até Santa Maria? Por que está nos contemplando com essas informações?

— *Anaquias é uma besta. Perdeu escrúpulos e honra totalmente dominado por essa premonição perversa que chama de vampiro-rei.*

Lucas continuou calado, aguardando as explicações da vampira.

— *Anaquias me tirou um grande amigo. Não sairá impune dessa contenda.*

— Finalmente, o cheiro da desforra, vampira Raquel. Se quer chicotear seu amigo e levar-nos a confrontar sua raça em seu novo ninho, dê-nos as coordenadas. Garantirei pessoalmente que beba fartamente do cálice da vingança se jurar fidelidade a mim, a meus homens e à nossa luta.

Raquel abriu um sorriso sinistro e exibiu as pontas de seus caninos. Cássio afastou-se da criatura ruiva, enquanto Fernando aferrou os dedos ao cabo do facão prateado. A vampira apertou o microfone. Seus olhos lampejaram vermelhos, sanguinolentos. A sacristia foi banhada por um espectro rubro. Todos se empertigaram, confusos e amedrontados. Finalmente a vampira abriu a boca e sua voz de sereia do inferno escapou de sua garganta.

— Eu juro.

De volta em São Vítor, Lucas olhou para os lados. Tanto ele quantos os soldados que se mantinham na sala de rádio permaneceram momentaneamente imóveis, chocados com aquela promessa. Uma vampira fazendo juras de fidelidade ao trigésimo guerreiro. Uma noite histórica. Uma noite inacreditável.

— Terá sua vingança, vampira. Honre tua jura e verá a queda de Anaquias.

— Perfeito! — exclamou a vampira, estalando a língua.

— *Deixe-me falar com o líder dos soldados.*

Fernando fez um sinal para os soldados que seguraram a vampira pelos braços e a conduziram de volta à mesa ao lado.

O líder sentou-se de frente ao aparelho, desligou as caixas acústicas e colocou grandes fones de ouvido.

— Prossiga, Lucas. Líder Fernando na escuta, fechado.

— *Interrogue a vampira. Descubra onde é esse covil e investigue. Não vamos dar ponto sem nó. O que ela diz faz sentido. Chegaram ao meu conhecimento outras informações. Essa ordem de ataque maciço não vai tardar. O vampiro-rei é um perigo real.*

— Você está falando sério?

— *Sim. Recebemos hoje em São Vítor pessoas que estiveram em contato com essa entidade nas cercanias de Santarém. Não está tão longe assim de Santa Maria. Santa Maria pode tornar-se um alvo estratégico para esse monstro.*

— Santa Maria ou novamente a Barreira do Inferno, onde temos grande quantidade de soldados e bentos servindo o Conselho de Segurança.

— *Extraia o máximo de informação. Falarei com o Conselho de Segurança. Assim que você terminar o interrogatório, volte a me chamar, não importa a hora. Estarei esperando. Preciso de mais dados para zarpar de São Vítor e descer o relho nessa raça.*

— Você também confia nela, Lucas?

— *Nela... não sei, Fernando. Mas confio no sentimento dela. Ela quer vingar-se de Anaquias... e está disposta a pagar qualquer preço por isso. Nisso a gente pode acreditar. E você, Fernando? Você confia nela?*

Fernando calou-se e olhou para Raquel. A criatura estava de cabeça baixa, com os cabelos vermelhos cobrindo parcialmente seu rosto. Ela ergueu os punhos algemados e ajeitou as madeixas lisas penteando-as com os dedos. As unhas eram escuras, tingidas por sangue parado, como quando nos ferimos com algo pesado.

— Apesar dela me parecer um escorpião grande e perigoso... acho que confio nela... confio em meu julgamento ao menos. E posso te assegurar que não desgrudarei meus olhos do olho dela.

Em São Vítor, Lucas anuiu com a cabeça.

— Se pensa assim, fique com Deus meu amigo baiano. Cuide para que sua vila permaneça em segurança até o sol raiar. Volte a chamar assim que ela te contar tudo o que sabe. Câmbio, desligo.

Fernando deixou a mesa do rádio, puxou uma cadeira e virou o encosto para a frente, sentando-se de pernas abertas. Mirou a vampira e arqueou as sobrancelhas.

— Raquel, Raquel...

A vampira ergueu a cabeça e fitou o líder.

— Se quer nossa ajuda, agora é a hora. Conte o que viu, e passarei a Lucas as coordenadas; antes do sol nascer, teremos um bom plano.

— A conversa será longa.

Fernando olhou para um soldado.

— Traga água, Chico. Estou com sede. E você? Bebe alguma coisa além de sangue? — perguntou o soldado, verdadeiramente preocupado.

Raquel encarou-o silenciosa, depois abriu um sorriso e em seguida caiu em gargalhada. O riso sinistro da visitante durou cerca de meio minuto diante do olhar nervoso dos soldados.

— Falei sério, vampira. Não precisa rir, se não tem o que responder.

— Desculpe-me, mortal. Mas é curiosa a sua preocupação. Parece sincera. Se soubesse que tratavam com tanto tato seus prisioneiros, teria vindo antes.

— Você não é nossa prisioneira. Daqui pra frente você será minha parceira e amiga. Buscou-nos como aliada. Sendo vampira ou cadela do inferno, não me interessa. Se de fé quer ajudar-nos, sê bem-vinda. Não ria de nossa hospitalidade. Serei teu cão de guarda e protetor. Pergunto se bebe alguma coisa além de sangue.

Raquel encarou por um instante aquele interessante ser humano. Sentiu-se incomodada com aquela franqueza. Não esperava, jamais, tornar a sentir simpatia por um mortal. Franziu o cenho, não por fúria, mas por total assombro.

— Não bebo nada além de sangue, mortal. E isso você não me dará de graça. E nem quero. Em minha sociedade, sou conhecida como caçadora. Sou mestra na arte de emboscar e evadir. Ensino os novatos da noite a encurralar seus homens, degolá-los e refestelarem-se em sangue humano. Ensino a localizar um bom Rio de Sangue e suprir o covil. Não preciso de caridade e conforto de tua parte, não vim até sua vila para receber esmolas...

— Cordialidade é diferente de esmola.

A vampira respirou fundo.

— Essa conversa não nos vai levar a nada, mortal. O tempo urge. Vou revelar a localização do imenso covil e em quantos eles são.

Raquel passou a falar e contou tudo o que vira nas semanas passadas, narrando toda a sua viagem buscando a trilha dos vampiros até o encontro com o imenso covil formado entre os planaltos recortados da Chapada Diamantina. Lugar surpreendente e inesperado para a fixação de um conglomerado tão numeroso de vampiros. Perante as perguntas intrigadas levantadas pelo líder de soldados, explicou em minúcias como os vampiros conseguiam mover-se em número tão grande e como conseguiram fixar residência em um local deserto, desprovido de uma gruta grande o suficiente para comportar tantos malditos.

Fernando escutou atento, fazendo anotações eventuais e, conforme a vampira ia revelando os pormenores, tentava tramar um meio de enfrentar aquela gigantesca ameaça. O líder dos soldados fazia toda sorte de perguntas, tentando cercar todas as possibilidades. Os soldados ao redor também puseram questões na mesa e, à certa altura, pareciam conversar descontraídos, como se tivessem diante deles uma mulher qualquer encontrada na mata e cheia de boas novas.

Depois de horas revelando o que tinha visto, Raquel ergueu os olhos para os vidros da sala de rádio.

— Espero que a conversa tenha sido proveitosa, senhores. O sol vem chegando, preciso de uma boa gruta pro meu repouso.

— Não temos grutas aqui dentro, vampira — adiantou-se um dos soldados.

— Eu imagino.

A vampira puxou o bloco de papel para si e manteve a cabeça baixa. Com a mão direita escreveu sobre o papel. Fernando chegou a levantar os olhos tentando ver o que ela escrevia ou desenhava.

Os soldados ouviram um baque, de algo pesado caindo no chão. Raquel chutou o cilindro com o pé. Aturdidos, os soldados afastaram-se. Dois tropeçaram em cadeiras e caíram de costas. Era uma granada!

A vampira estendeu os braços e quebrou o par de algemas com facilidade diante dos olhos assombrados e aturdidos dos presentes. Grunhiu como um gato selvagem e chutou a mesa onde estivera sentada pacificamente por horas a fio, só fazendo aumentar a confusão. O tampo da mesa derrubou dois soldados. Da granada escapava um chiado forte e uma língua grossa de fumaça branca começou a inundar o recinto.

Fernando arrancou o facão da bainha e descreveu um arco para a frente, mais no intuito de afastar do que o de cortar a vampira. Raquel tirou duas pistolas das costas. Os idiotas em momento algum a revistaram. A granada por fim explodiu, enchendo de fumaça todo o cômodo. Fernando ficou estático. Uma seqüência de disparos espocou dentro da sala. Barulho de vidro quebrado. Fernando manteve-se no mesmo lugar, tentando conter a fumaça com a barra do jaquetão de lona. Alguém abriu a porta. Eram seus soldados, tossindo freneticamente, evadindo-se do cômodo enfumaçado.

Demorou dois minutos até a fumaça arrefecer e a brancura descortinar-se. Fernando ainda tossia e tinha os olhos vermelhos. Olhou para um dos basculantes. Arrombado. Viu os vidros quebrados e o ferro retorcido. Raquel era ágil e forte. Olhou para o chão. O bloco de notas estava num canto da sala. Olhou para trás. Quatro disparos tinham feito buracos ao redor de sua cabeça. Igualmente acontecia onde cada um de seus homens estiveram posicionados no início do incidente. Ela, propositalmente, não havia atingido nenhum deles.

O líder dos soldados passou a ouvir uma balbúrdia do lado de fora e eventuais chamados pelo rádio. Os soldados do muro já sabiam que a vampira tinha escapado. Fernando ajeitou os cabelos e caminhou até o bloco de notas. A letra de Raquel era bonita, tinha um traçado firme e bem-feito com uma ponta de feminilidade revelando que já fora uma mulher forte no passado.

"Não gostei das algemas. Comportei-me bem durante todo o interrogatório. Espero receber tratamento condizente a uma guerreira da minha classe no encontro de amanhã. Mui respeitosamente, Raquel. P.S.: Poderia ter matado todos vocês se quisesse."

Fernando destacou a folha, dobrou-a e colocou no bolso de trás do *jeans* com um sorriso largo no rosto.

— Guerreira filha duma puta — disse, rindo para si mesmo em meio a um novo acesso de tosses.

Capítulo 65

Amanhecia quando o Conselho de Segurança rodeou a mesa do galpão de São Vítor. Lucas expôs a nova situação. Estavam presentes, além dos conselheiros habituais, Ernestinho, Verônica, Davi, a gestante Thamires e as novas bentas resgatadas pelo rapaz. Havia também uma conexão via rádio com Fernando que poderia fazer observações e complementar qualquer esquecimento relevante.

Duas mesas de dez metros estavam ocupadas e ainda alguns soldados e líderes ficaram em pé. Por sorte o grupo de Adriano estava em São Vítor e pôde participar da reunião. Quando se discutia os preparos para um grande confronto, a mão guerreira dos motoqueiros de Nova Luz sempre ajudava.

Depois de muita argumentação, de se discutir tudo o que foi dito e consideradas as novas informações, ficou decidido que combateriam em primeiro lugar o imenso covil revelado pela vampira visitante de Santa Maria. Apesar de perigoso, o vampiro que se autointitulava rei era um inimigo único, isolado e de paradeiro desconhecido. Sem dúvida nenhuma, era uma mente perigosa. Lucas ressaltou diversas vezes o risco dele estar tentando reunir trinta bentos como uma fórmula, um antídoto contra os quatro milagres proporcionados aos humanos. Houve quem dissesse que aquilo era balela e pessimismo exagerado, aventar que aquele feito seria impossível, mas Lucas rapidamente retrucou que impossível nada era naquele novo mundo recheado de misticismo, magia e premonições. Talvez, ao unir trinta bentos sob seu jugo, o vampiro conseguisse algum efeito, conseguisse despertar algum mal ou mesmo anular coisas boas que os humanos tivessem conquistado. O Conselho guardara grande silêncio após esses argumentos, mas foi o próprio trigésimo guerreiro que salientou que o vampiro levaria semanas para conseguir reunir um número grande de bentos, mesmo com a facilidade de agora todo desperto se tornar um guerreiro abençoado, o tal vampiro-rei, também chamado de Cantarzo, precisaria de sorte. Pelo que Ernestinho e as guerreiras resgatadas haviam explicado, o vampiro tinha levado dois meses para agrupá-los. Se tivesse sorte, levaria metade do tempo para conseguir juntar os bentos que ainda lhe faltavam em terra tão escassa de gente e centros fortificados. Portanto, Lucas também concordava e incentivava um ataque imediato, sem vacilo ou dúvida, ao imenso covil localizado na Chapada Diamantina no interior do estado da Bahia. Livros e mapas que descreviam bem a região foram trazidos da biblioteca de São Vítor, e Lígia, uma jovem que aparentava algo em torno de trinta anos de idade, disse poder levantar dados em computadores recuperados, guardados sob sua responsabilidade ali na fortificação. Davi, Thamires e Verônica colocaram o Hércules à disposição para uma arrojada e surpreendente investida. O avião cargueiro, apesar de não estar provido de canhões e metralhadoras, poderia ser uma arma fundamental para levar os guerreiros e garantir fuga ligeira no caso de necessidade. Verônica lembrou que até mesmo os cavalos usados pelos guerreiros poderiam ser transportados no bojo do Hércules.

Esse novo aliado animou ainda mais Lucas e o Conselho de Segurança. Foi decidido o ataque ao Covil Diamantina, como passou a ser chamada a aglomeração de vampiros.

Pelo rádio, o líder de soldados da Bahia pediu a palavra. Tinha ouvido atentamente todos os argumentos mas queria colocar algo em consideração. Todos ouviram Fernando falar de sua conversa com a vampira, que tinha dito que o número de vampiros reunidos sob o comando de Anaquias era algo fantástico e temível. Raquel, até o momento de sua presença misturada aos noturnos, calculava que nada mais nada menos que cerca de seiscentos mil vampiros habitavam o imenso covil de Diamantina. Fernando especulava que o número poderia crescer dia a dia e que talvez pudessem enfrentar algo beirando a casa de setecentos mil vampiros, coisa jamais vista ou esperada.

— Tenho plena ciência da vantagem numérica de nosso inimigo, Fernando. Inclusive, se me dá licença para uma brincadeira, acho que chamar essa superioridade de "vantagem numérica" é até um eufemismo de minha parte. Acontece que eles são vampiros, são nossos inimigos, juntados e aglutinados num mesmo local. Não permitirei retração por parte de meus homens bentos nem soldados nem voluntários. Precisaremos de tantos braços quantos pudermos reunir. Cada espada, cada arma fará a diferença no final. Só não quero que o medo trave nossas ações. Se vim ao mundo para combatê-los, combatê-los-ei. Seja um grupo de cinco ou uma turba de cinqüenta mil. O medo não travará minha espada nem meus olhos nem meu espírito. Temos de ter fé em Deus, fé nas armas e mostrar valentia.

— *Mas estamos falando de seiscentos mil vampiros... é bem diferente de cinqüenta mil, senhor Lucas.*

— Mas o que espera que façamos, Fernando? Cruzemos os braços e aguardemos que o vampiro-rei venha e nos faça a todos de escravos?

— *Não. Em absoluto, senhor Lucas. Só temo que não haja sequer um fio de esperança de vitória...*

— Bem, Fernando... isso é outro assunto. Se sairemos vitoriosos desse confronto ou não, isso já é outra discussão. É bem provável que não voltemos. Chapada Diamantina é o maior covil que já existiu e liquidar com todos os vampiros pode ser impossível... mas guerrearemos. Ergueremos nossas espadas e iremos ao bom combate, sem medo e sem pensamentos. Não deixaremos o vampiro-rei com seu exército intocado vir para as vilas e fortificações com risos no rosto, alimentado por nossa covardia.

— Não há como vencê-los de outra forma? Quero dizer... sem um combate direto, corpo a corpo? — perguntou um dos presentes.

— Bem, a dona Lígia fará pesquisas nos computadores, o Conselho há de se reunir mais vezes, mas a cada hora parada é uma hora a mais para a organização dos vampiros, é uma hora a mais para o vampiro-rei. Temo que contra esse inimigo e esse covil não tenhamos escolha senão o ataque direto.

— *Mas como pretende vencê-los, Lucas?*

— Atacaremos de dia. O sol será nosso mais forte soldado. A vampira disse que eles criaram um grande domo... certamente este domo não é indestrutível.

— Com o sol entrando no covil, milhares deles morrerão — reforçou bento Vicente. — O que sobrar, a gente cata.

Capítulo 66

Cantarzo seguia uma trilha aberta na mata. Nos últimos meses, tinha percebido que na região era comum encontrar velhas madeireiras, campos de extração de minério de ferro e gigantescos galpões, onde um número considerável de adormecidos tinham sido deixado para trás. As cidades estavam sempre desertas e esporadicamente encontrava um maluco ou outro que, igualmente ao seu ferreiro, fizera questão de permanecer no meio da mata em casebres afastados tocando a vida como se nada acontecesse ao redor. De fato, nada acontecia ao redor. As únicas visitas que essa gente recebia era a de animais silvestres e cães perdidos que vinham dar em sua propriedade buscando alimento. Pelo que observara, aquela gente, como não poderia ser diferente, vivia de caça e criações e também do plantio de vegetais de fácil manejo.

O vampiro-rei resolvera investigar a região ao redor do hangar abandonado às pressas pelos fugitivos. Eles traziam água limpa de um riacho a trezentos metros da base. Uma bomba alimentada a álcool puxava a água por um cano de duas polegadas que enchia uma cisterna de seis mil litros que ficava ao lado do hangar. Muito mais que o suficiente para o consumo daquela gente.

Logo após Ernestinho e o bando lograrem seu ataque e conseguirem escapar de suas garras, o vampiro-rei teve ímpetos de furar o tanque de álcool e incendiar toda aquela base e arremessar para o meio das chamas os onze malditos que ousaram afrontá-lo. No entanto, a razão gritou mais alto e, antes que acabasse com tudo e com todos, resolveu que aquele lugar lhe serviria de pousada até que agrupasse o número necessário de vítimas para cumprir seu intento.

Olhou para seus cativos, amarrados e jogados ao chão do hangar. Sorriu exibindo seus dentes. O maldito e venenoso sangue bento se esparramava pelo chão. Talvez dois deles estivessem mortos. Durante a contenda, estava furioso e não conseguiu conter a katana em alguns de seus golpes. Os onze valentões tinham perdido o viço e a bravura. Pareciam bebês chorões amedrontados. A analogia bizarra fez o sorriso da fera alongar-se. Bebês. Estavam todos carecas. Cantarzo, no auge de sua fúria, impingindo doloroso castigo, havia escalpelado os guerreiros. Agora um manto de cabelos e couros cabeludos rudemente costurados uns aos outros formava o começo do que seria um manto de escalpos que repousava nos ombros do rei dos noturnos. Cantarzo tinha intenção de completar seu manto, arrancando o tampo da cabeça de cada bento valente que cruzasse seu caminho.

Paradoxalmente, cuidara das feridas dos prisioneiros para que não perecessem hemorrágicos. Carga valiosa. Era como Caranguejeira se referia aos cativos. Andou dentre os bentos caídos no chão. Recuperavam-se lentamente. Verificou as amarras de um a um. Apanhou uma longa corrente e passou pela garganta dos prisioneiros, acorrentando-os feito bicho. Tinha de voltar a Marajó o quanto antes. Esses guerreiros novos eram piores que os bentos de sempre. Apesar de aparentarem um maior autocontrole na presença de um noturno, eram mais fortes, eram mais rápidos e tinham uma força de vontade incrível. Naquela noite, o imenso avião só tinha decolado por culpa da interferência daqueles onze homens. Tudo tinha começado com o magricela. Cantarzo lançou um olhar para Alan. O bento estava desmaiado, exausto de tanto lutar contra as amarras, coroado por um capacete negro de sangue coagulado. Não parecia a sombra daquele que o enfrentara nos arredores do hangar. O vampiro-rei lembrava que no terceiro golpe conseguira varar o oponente, mas também se lembrava da bravura e da firmeza na resistência do guerreiro. Para alguém que nunca tinha empunhado uma espada de prata contra um vampiro, ter bloqueado dois golpes do mestre dos noturnos já era grande coisa. Que dizer do que se seguiu? Depois que o primeiro tombou, mais dez deles vieram ao seu encalço fechando a passagem como uma nuvem de moscas agitadas e de olhos amarelos. Rápidos. Eram rápidos. Uns conseguiam desviar-se de sua lâmina, outros quase conseguiram acertá-lo com lâminas e porretes apanhados no chão. No entanto, um a um, foram tombando. Cantarzo, sem chance de conseguir alcançar, viu o imenso avião verde-oliva ganhar o céu e distanciar-se levando em seu bojo as duas mulheres e o merdinha que começara todo aquele alvoroço. Um dia trombariam novamente. O vampiro não tinha pressa com o motorista de carro-forte. Tinha pressa com a demanda de Tereza. A ela, sim, tinha de atender prontamente. Ter recuperado onze dos fugitivos já valeria tempo valioso. O mortal teria descanso por hora, mas seu dia chegaria.

As noites que se seguiram só fizeram aumentar a urgência e o enervamento do vampiro. As caçadas estéreis enchiam de ódio os olhos e os pensamentos do vampiro. Como resultado, a fúria causada pelo fracasso era descontada nos cativos. Cantarzo deixara-os sem alimento e sem água por dois dias. Muitos permaneciam prostrados no chão, outros com as carcaças tão imóveis que pareciam já sem vida. Na verdade, os bentos não se mexiam economizando a minguada energia. A fome não era o maior flagelo. A agonia maior sufocava seus corpos com a sede insuportável. O corpo urrava por um gole d'água. O céu da boca, a língua e a garganta estavam tão secos que doíam. Sem forças, não ousavam mais lutar contra as correntes e as amarras. Cantarzo, desafiador, andava próximo a eles. Os olhos amarelos e combativos não mais acendiam. Estavam derrotados. Estavam a seus pés. Não haveria melhor recado para aquela raça do que aquele. Esse seria o fim de todos os bentos que ousassem cruzar seu caminho.

Não por pena, mas por prática, Cantarzo deu trégua ao martírio, abrindo uma torneira do hangar e deixando a água esparramar-se pelo chão. A poça d'água começou a inflar e se estender pelo assoalho. Os que tivessem sorte teriam o chão molhado diante de suas bocas e que sorvessem o líquido como lhes fosse possível. Não ficaria ali para auxiliá-los. Nem mesmo queria assistir aquele engraçado e interessante espetáculo de bentos amarrados contorcendo-se para lamber o chão que ele tinha pisado. O vampiro tinha pressa. Com a chegada da nova noite, vasculharia outros cantos em busca de um Rio de Sangue. Depois rastrearia sinais de gente desperta. Tinha de encontrar mais bentos e logo. A bruxa tinha pedido trinta exemplares. Trinta filhos duma égua, assassinos de noturnos. Ela não tinha contado tudo. Nem mesmo o sangue do Bispo correndo em suas veias revelava o resultado daquela jornada. As alcoviteiras estavam caladas. Negavam relâmpagos premonitórios. Deixavam-lhe cego, como se fossem arredias e não mais quisessem cooperar. Cantarzo virou-se com raiva e, praguejando, caminhou até a porta do hangar. Seus movimentos faziam o sinistro, sombrio e ainda incompleto manto de escalpos voltear e balançar sobre seus ombros e parte das costas.

Após uma nova noite de busca por traços de novos despertos, Cantarzo voltava mais uma vez com as mãos vazias. Ali, parado na mata à beira de um riacho, tinha tomado a decisão de arrastar a corrente de bentos cativos estado acima, voltando para o ponto de partida e tornar a visitar os locais onde encontrara os bentos novos. Estava prestes a tomar a cabo tal pensamento, quando elas voltaram a povoar seus pensamentos. Cantarzo estava à beira do riacho próximo da base quando as alcoviteiras vieram soprar. Malditas! Tão caladas nas últimas noites, o vampiro chegou a sentir um arrepio cruzando-lhe o corpo. Elas tinham novidades. Sempre com signos e trechos, nunca com a fofoca inteira. Cantarzo ouviu um chiado de rádio. Vozes de bentos. De gente perdida pedindo ajuda. Viu todos sob seu olhar. Ia acontecer. Cantarzo tinha caído para trás e seu corpo arrastara-se sobre as folhas secas das árvores. Ouviu choro e viu sangue. Seu amuleto de caçar bentos ficaria maior. O manto bateria no meio de suas costas. O vampiro alisou o cabo da faca que vinha em sua cintura. Cheiro de sangue venenoso. Sangue bento. Elas não mostraram onde. Não mostraram quando. Só mostravam que assim seria.

Cantarzo voltou até a base tomado por grande emoção, seus olhos cintilavam e seus sentidos tinham aflorado. Tinha de ficar atento, prestar atenção a tudo. Deveria achar o fio da meada embolada que as alcoviteiras acabavam de lançar aos seus pés.

Percebendo o vampiro de volta ao hangar, Bê, Alan e mais dois lançaram olhares curiosos para a agitação do monstro que os acorrentara.

Diante o olhar silencioso dos cativos e da curiosidade estampada na face dos que podiam encará-lo, Cantarzo ligou o rádio mantido por Verônica. Ainda de pé girou o dial. Só estática. Ficou parado na frente do aparelho três horas preciosas. Então, quando o raiar do dia pincelou o horizonte, o mutismo do aparelho foi quebrado. Cantarzo eriçou-se. Segurou o grande aparelho entre as mãos. Seu sorriso não cabia em seu rosto. Estava escutando a voz de um homem pedindo ajuda.

Cantarzo pressionou o microfone.

— Olá! — disse o vampiro, tentando ser cordial.

— *Ó! Graças a Deus! Uma resposta!*

Cantarzo olhou para Alan que o encarava boquiaberto.

— *Achávamos que não tinha mais ninguém nesse mundo de Deus! O que aconteceu com as cidades? O que... tá...?*

— Onde você está?

A estática voltou às caixas acústicas. Cantarzo olhou para a porta escancarada do hangar e viu o céu tingindo-se de vermelho. A luz do sol viria. A voz do sujeito do outro lado chegou entrecortada, incompreensível. Era a primeira vez desde que a bruxa o despertara que o vampiro inflamara-se de ansiedade e apreensão.

Alan tinha percebido o sol chegando. Pelo que sabia, todo vampiro morria quando o sol lhe batia em cheio. Tinha reparado na agitação da criatura ao ver o horizonte escarlate.

— *O que... teceu? Pare... sadelo. Estamos perdidos! Não... parece um campo de bata... oi uma guerra?*

— Foi uma guerra — afirmou o vampiro. — E ela ainda não acabou. Diga onde estão e quantos são.

— *Estamos ao sul de Altamira. Estou conduzindo nosso grupo para o sul. Estamos com medo, queremos cruzar para o Tocantins, mas não sabemos o que aconteceu com o mundo. Andamos nessas terras por mais de oito dias e não achamos sinal de vida, nosso combustível está acabando novamente... vamos ficar perdidos no meio da estrada.*

— Diga onde estão e quantos são.

— *Estamos com fome. Estamos em seis pessoas.*

Cantarzo abriu um sorriso largo.

— Diga onde estão! — gritou.

Alan olhou para o céu e cutucou com os pés Bê, que também estava virado para a porta do hangar. O vermelho se esparramava revelando nuvens e escondendo estrelas. Iria amanhecer e o vampiro não saberia onde procurar aquele grupo de incautos viajantes. Se mantivessem a boca fechada, teriam chance de escapar daquele fim pavoroso. Poderiam salvar-se.

— *Estamos beirando o rio Xingu. Logo chegaremos a São Félix do Xingu. Sabe onde é?*

Cantarzo sentiu um arrepio pelo corpo. Elas sopravam novamente. Ele viu claramente em sua mente um caminhão de faróis acesos rasgando a estrada. O caminhão ficou pequeno e o horizonte ficou grande. Viu o rio serpenteando, largo, caudaloso. Viu uma cachoeira. Viu o céu ficando vermelho e a manhã chegando.

— Eu sei. Eu vou te encontrar. Eu sei onde. Desça mais vinte quilômetros, vai chegar a um vilarejo onde tem um mercado abandonado. Haverá muito barro pelo chão e o caminhão terá dificuldades de passar uma ponte de madeira. Tome cuidado. Espere-me em frente ao mercado.

— *Entendido, amigo. Qual é seu nome?*

O vampiro olhou para fora mais uma vez. A luz estava chegando. Não teria tempo de deixar o hangar e buscar abrigo na mata como toda alvorada. Olhou ao redor.

— *Qual é seu nome?*

— Cantarzo, meu amigo. Cantarzo.

— *Quando você vem?*

— Logo... — o vampiro viu a luz do sol avançando pela pista de pouso e decolagem. Amanhecia. — Câmbio e desligo.

Alan, num esforço frenético e carregado de esperanças, tinha-se desvencilhado das amarras nos pés, levantado e andado em direção à porta o máximo que a corrente permitiu. Chegou até mesmo a sorrir ao perceber que o selvagem vampiro-rei seria fuzilado pela luz solar. Que aconteceria? Ele explodiria? Incendiar-se-ia? Passou as mãos amarradas em seu corte abdominal. O sangue escorria mais uma vez. Olhou para Bê, que era o irmão mais próximo, preso na corrente. O amigo parecia desmaiado. E se o vampiro pegasse fogo e viesse ao encontro de um deles num último e vingativo ataque? Não teria como se defender e nem como impedir tal maligna atitude contra nenhum dos companheiros. Olhou de novo para fora. O horizonte rubro ampliava-se. A hóstia incandescente levantava-se. Os olhos de Alan brilhavam. Seu olhar convergiu para o inimigo. Viu o vampiro abandonar a mesa e, de fato, correr em sua direção. Alan deitou e encaracolou-se no chão de cimento queimado. O corte na barriga doeu e o fez gemer. Seu couro cabeludo ferido começou a sangrar em três pontos por culpa do atrito com o chão.

Cantarzo passou ao lado do bento aturdido e foi até o fundo do hangar, lançando-se enlouquecido dentro de uma grande caixa metálica. A porta do esquife improvisado desceu e bateu, pesada e retumbante, lacrando o esconderijo.

Ouvindo o estrondo e ainda tendo tempo de ver a caixa balançando em efeito da brusca entrada do vampiro, Alan esmoreceu. O maldito tinha encontrado um abrigo. Iria safar-se. O bento ajoelhou-se e rastejou na direção do caixão. Fim da linha. O peso de Bê e de mais nove de seus companheiros não deixavam que avançasse nem mais um centímetro. A barriga voltou a doer forte por conta do esforço. Cerca de doze metros o separavam do vampiro. Se conseguisse abrir aquela caixa, ele morreria. Só poderia ser assim. Tão real quanto a dor de suas feridas era a lenda de que o vampiro perecia com o sol. Ele não fugiria da luz se não fosse verdade. Alan ficou caído, sangrando e chorando. Sua cabeça doía, seus olhos doíam. Sabia que sua vida maldita estava para acabar, mas antes queria mandar aquele filho duma mãe para os infernos.

✠ ✠ ✠ ✠ ✠ ✠

Quando o sol desceu, Cantarzo chutou o tampo da caixa. Levantou-se e aprumou-se, reassumindo a postura que um rei deve apresentar. Como não poderia ser diferente, as grandes portas do hangar ainda estavam escancaradas. Estranhou o silêncio. Seus olhos brilharam vermelhos e a escuridão desvaneceu. Olhou para o rádio e sorriu. Tinha de ser rápido. Quanto tempo levaria para chegar a São Félix do Xingu? Não fazia idéia. Ao menos tinha visto e gravado o caminho. E como faria com os bentos prisioneiros? Buscou-os com os olhos e, para sua surpresa, não os encontrou de pronto. Seus lábios torcidos num sorriso ficaram retos. Cantarzo andou até o meio do hangar. Uma coluna escondia os procurados. Parte deles parecia desmaiada. Estavam sofrendo com a abstenção de alimentos, com o sangramento de algumas feridas e os machucados internos produtos da sova que tinha dado naquele bando. Cantarzo ainda tinha vontade de deixá-los morrer à míngua. No entanto, eram carga preciosa, não deveria darse ao luxo. Caminhou até a torneira e novamente abriu-a. A água tornou a empoçar no chão, correndo na direção dos cativos. Com água para hidratar o corpo, não morreriam. Não naquela noite.

Agora o vampiro saltava sobre as árvores, seguindo uma trilha. Ainda estava longe do destino, mas a energia empregada nos saltos velozes, na tentativa de chegar ao caminhão com os seis bentos novos, fizera a fera despender suas reservas. Não conseguia mais a velocidade sobrenatural, seus saltos não ultrapassavam dez metros de distância. Estava ficando cada vez mais lento e pesado. Seu estômago queimava e até a visão vampírica fraquejava, escurecendo o céu e a floresta de vez em quando. Cantarzo saltou para o chão e jogou seu pedaço inicial de manto para trás. Os cabelos costurados dos bentos tamparam seus ombros e o começo de suas costas. Voltou a inspirar profundamente. Nenhum humano em quilômetros. Olhou ao redor, buscou pistas no chão. As aves não dariam nem para o começo. Sangue de bicho não era a mesma coisa, mas tinha um deles que já lhe tinha ajudado em horas de sufoco. Não funcionaria como o sangue de gente, isso o vampiro-rei sabia, mas descia saboroso e recarregava parte das forças. Seria um paliativo até encontrar um desavisado, um casebre perdido na mata. Aflorou seus instintos de caçador. Caminhou uma hora até encontrar o rastro. O cheiro da fera estava enchendo seu nariz. Igual ao vampiro, ela era uma caçadora da noite, que espreitava sua presa e num bote preciso, num átimo de morte, as garras fechavam-se arrancando a vida. Cantarzo cruzou com os olhos da onça-pintada. Felino traiçoeiro e perigoso. Bicho maldito e malvado. O felino franziu o cenho e rugiu tomado de surpresa. O vampiro arrastou as botas sobre folhas secas e curvou-se. A onça bateu com a pata da frente. Cantarzo desviou-se apenas o justo para escapar das unhas afiadas. A fera ficou em pé, em duas patas, tentando amedrontar o vampiro. O próximo passo, sabia o caçador, seria o salto felino e mortal. Cantarzo desembainhou a espada e rasgou o peito da onça. O felino apagou os olhos, e os movimentos rápidos e selvagens desapareceram. A fera da mata murchou e seu rosnado calou-se. Cantarzo limpou a lâmina no couro do bicho e, antes que esfriasse, cravou seus caninos no pescoço da onça. Drenou o sangue do animal e ao final rugiu, imitando o timbre e a ferocidade da vítima.

Cantarzo acalmou-se. Sentiu-se revigorado. Tanto pelo prazer da ingestão do sangue quente quanto pelo instante de caçada e perigo. Cravou suas unhas na casca de uma seringueira, subindo rapidamente, deixando para trás as lágrimas brancas e viscosas da leitosa seiva vegetal. O vampiro postou-se no alto da copa e retomou os saltos em direção ao objetivo. Queria encontrar logo aquele caminhão. Tinha de botar as mãos naquele grupo de bentos e tocar de volta para a ilha de Marajó.

Capítulo 67

A barriga de Benito roncava. Foi a trilha de fumaça cruzando o azul do céu que lhe chamou a atenção. Estava tão paranóico com o estado deplorável do Fusquinha que tinha recebido, que tinha medo de desligar o motor e o carro nunca mais funcionar. Tinha sido muita sorte o pessoal da vila ter-lhe dado aquele carro para a sua jornada. Queria ir para bem longe de Marajó, para longe de tudo que lhe lembrasse o encontro com aquela bruxa e com o seu ex-amigo de viagem, Lúcio. Do encontro, o que mais lhe trazia memórias ruins eram as noites frias que faziam sua fratura mal curada doer à beça. Benito enrolava compressas quentes no cotovelo e torcia para a dor ir embora sempre que era invadido por aquele desconforto. Nessas horas, o rosto da bruxa cantando e falando na sua cabeça assaltavam-lhe os pensamentos e faziam com que o homem tremesse de horror.

Benito fixou os olhos no trilho de fumaça. Era fininho. Com certeza, de uma fogueirinha. Uma fogueirinha para assar comida. Calculou o melhor lugar para cruzar a floresta que beirava a estrada e freou com tudo, levantando pedriscos do asfalto. Desligou o motor, xingando adoidado, e puxou o freio de mão. Levou a chave para o bolso da velha calça *jeans* e foi entrando na mata. Em cinco minutos, encontrou uma clareira onde um sujeito permanecia acocorado junto ao fogo. O rapaz tinha colocado uma vara numa única forquilha para que uma caça queimasse sobre as chamas. Benito, que vivia sozinho em seu sítio e vivia catando bichos no mato, calculou que aquele assado tivesse sido um gorducho coelho. Torceu o nariz. Era difícil achar coelhos. Foi-se aproximando sem ser notado. O cara na beira da fogueira tinha cabelos loiros e franjas compridas caindo na testa. As roupas estavam pra lá de encardidas e esfarrapadas. Benito ergueu os olhos. Nenhum povoado à vista nem cabana, nada. O cara deveria ser um andarilho. O homem o viu. Benito estacou e acenou. O rapaz ficou também imobilizado, como que capturado pelo medo.

— Sou de paz! — berrou Benito, querendo acalmá-lo.

O rapaz continuou imóvel.

— Estou com fome. Pode me dar um pedaço dessa carne?

O loiro olhou para os lados, parecia procurar alguém. Olhou para a carne assando no fogo.

— Não sei se dá. Tenho meus amigos.

Benito olhou para as árvores no fundo da clareira onde começava um aclive. Não viu ninguém. Quantos amigos teria o rapaz?

— Só um pedacinho para eu não morrer de fome antes de chegar em Nova Natal.

— Vo... você está indo para Nova Natal? — perguntou o rapaz com uma emoção patente em sua voz.

— Estou. Devo chegar lá amanhã... se eu achar mais combustível.

— Você tem um carro? Um carro mesmo?

— Tenho, xará. Você nunca viu um carro.

O rapaz correu na direção de Benito. O homem sobressaltou-se, assustado com a reação. O rapaz colocou as mãos em seus ombros e olhou fundo nos seus olhos.

— Se você me levar para Nova Natal com você, eu deixo você comer o gato inteiro.

Benito ergueu um canto dos lábios apanhado de surpresa pela reação do sujeito.

— Tá. Eu levo. Mas e os seus amigos? Não vão ficar com fome?

— Meus amigos foram assassinados pelos filhos da puta dos noturnos. Estou perdido nessa droga de floresta, com medo até da minha sombra.

— Qual é o seu nome, amigo?

— Franjinha. Marcos Franjinha.

Benito andou até a fogueira e, tirando uma faca da cintura, cortou um pedaço do gato. Estava sem sal, mas muito gostoso para uma barriga vazia.

— Prazer, Franjinha. Eu vou comer o gato. E te levo até Nova Natal ou algo que o valha.

Marco Franjinha caiu de joelhos e enterrou os dedos nos cabelos lisos. Estava feliz demais para acreditar naquele resgate trazido pela Providência. Só podia ser isso. O Destino a mexer seus pauzinhos.

— Valeu, cara. Você não tem idéia do quanto está me ajudando.

Benito ergueu um pedaço de carne e enfiou na boca.

— Tenho, sim. Pode apostar.

Capítulo 68

Magda, uma das bentas novas que aguardavam Cantarzo surgir em São Félix do Xingu, estava impaciente com a demora. Apesar da advertência do chefe do grupo, deixou o caminhão. O dia tinha passado lento e já era fim da tarde quando chegaram à vila. A noite já tinha entrado e nada do tal Cantarzo dar as caras na vila para resgatá-los. Estavam todos famintos, maltrapilhos e malcheirosos e, sobretudo, cansados de aguardar. Por outro lado, que remédio? Sérgio vinha tentando há dias contato pelo rádio. Só o sujeito de nome estranho tinha dado resposta. Ninguém mais sabia da existência e da urgência deles. O homem não tinha dito quantas horas levaria para chegar lá nem mesmo onde estava quando fez contato. Só dissera que viria. E todos sabiam que estavam onde Judas perdeu as meias, pois as botas já tinham ido para a lama fazia tempo. Magda bufou. A noite quente não ajudava nada com a paciência. O suor descia de sua têmpora, uma aflição crescente queimava-lhe os pensamentos. Prendeu o cabelo com um pedaço de barbante que encontrou na boléia do caminhão e resolveu explorar aquela vila da cidade de São Félix do Xingu. Estava acostumada ao barulho do rio correndo. O rio era largo e vigoroso naquele trecho. Talvez pela proximidade da água, a pernilongaiada não estava dando trégua. A mulher benta ouviu Sérgio gritando para que não se afastasse muito. Não deu ouvidos. Ele não era seu chefe nem seu pai, muito menos marido. Que fosse gritar com a mãe Joana. Ia andar. A lua clareava um tanto o solo e era possível caminhar sem perigo de topar numa pedra ou cair num poço. Tinham discutido muito naqueles dias. Precisava afastar-se do grupo, pensar tranqüila.

Julgava-se uma mulher de caráter forte e temperamento difícil, sabia que muitas vezes isso não ajudava, principalmente quando ela queria defender um ponto de vista. Por ela, não teriam seguido aquela rota. Agora ficava mordida com os amigos comentando que, se não tivessem ouvido Sérgio, não teriam feito contato com Cantarzo e não seriam salvos e levados a algum lugar civilizado onde aquela bagunça toda pudesse ser explicada.

Magda sentou-se nos degraus da frente de um estabelecimento que fora uma farmácia em algum tempo remoto. Viu a trinta metros de onde estava os contornos de uma velha igreja. Os prédios tinham suas fachadas cobertas, quase em sua totalidade, por uma poeira vermelha e espessa. Aquele lugar deveria estar abandonado há muito e muito tempo. Mais de dez anos. E onde ela estivera esse tempo todo? Como sobrevivera? Pelo que tinha podido perceber, Sérgio e Talita tinham acordado poucas semanas antes. Como ela mesma, ficaram uns dias feito baratas tontas, zanzando sem rumo. Estavam todos magérrimos, parecendo gravetos ambulantes. Bastaram alguns quilos de frutas e um bom churrasco de capivara para que a carne começasse a rodear os ossos e as vertigens rareassem cada vez mais. Os outros três que vinham com eles, apelidados de Alemão, Morena e Índia, não se lembravam dos seus nomes. Tinham uns piripaques às vezes quando recordavam algum detalhe empolgante da vida pregressa, mas, identidade, nenhum deles tinha encontrado até agora. Os seis tinham passado por três cidades. Na primeira delas, como que caído do céu, encontraram o caminhão. Ele estava estacionado dentro de um armazém, com as portas abertas. Sérgio relutara em pegar o caminhão e tocar pra estrada, mas Magda tinha-se incumbido de convencê-lo, atazanando com toda a sorte de terríveis hipóteses do que poderia acontecer caso não pegassem aquele caminhão naquele momento. Sérgio preferia esperar o dono do caminhão aparecer e se apresentar, então perguntariam o que estava acontecendo. Magda foi eficiente em contaminar o pensamento de todos com o medo. Nenhum deles sabia o que se passava no mundo nem fazia idéia de como foram parar naquelas bandas, abandonados como cadáveres ao relento, que acabavam de ser cuspidos para fora da boca da Dona Morte.

A mulher caminhou até a igreja. As portas frontais pareciam trancadas. Mesmo empurrando com força e torcendo a maçaneta com insistência, a porta de madeira não se abriu. Rodeou o prédio. Aquela poeira vermelha e antiga também tinha aderido às paredes da construção sacra. Magda assustou-se ouvindo barulho às suas costas. Virou-se rapidamente. Era um animal passando na rua. Ficou estática. Era grande. Parecia um cão. Seu coração disparou. Um cão magro e faminto. O bicho andou em sua direção. Magda passou a caminhar lateralmente, bem devagar. Tentava fingir que não estava com medo, tinha lido em algum lugar que aquilo era meio caminho andado para não chamar a atenção de um cão. Só que aquilo não era um cachorro. Pensando bem, o animal parecia-se com um lobo. Um lobo-guará.

Tateando a parede, Magda alcançou uma porta lateral entreaberta. Esgueirou-se para dentro da igreja. Continuou caminhando pé ante pé, roçando a parede para servir-lhe de guia naquele ambiente escuro. A mulher tremia. Queria gritar por socorro, mas reprimiu instintivamente esse pensamento. O grito só ia deixar o bicho mais arisco. Talvez ele desistisse dela. Talvez nem quisesse nada com ela. Magda sentiu os cabelos arrepiarem-se quando viu o focinho do lobo surgir pela fresta ralamente iluminada. Ouviu o som característico de um cão farejando, inspirando e expirando repetidas vezes. Magda afastou-se devagar. O bicho não entrou. A mulher agradeceu a Deus mentalmente. Se tinha uma coisa que a deixava com medo, eram cães grandes. Que dizer de um lobo? O bicho não parecera agressivo em nenhum momento e só não entrou porque não quis. Ou talvez tivesse sido culpa daquele cheiro familiar. Um cheiro azedo, desagradável, todavia familiar. Ali dentro estava escuro. Tirou do bolso um isqueiro encontrado no porta-luvas do caminhão. Girou a pedra rapidamente e acendeu uma chama. Continuava escuro. Divisou um banco de madeira.

Aproximou-se. Levou a mão à boca. Não tinham mais bancos no meio do salão. Eles tinham sido todos empilhados às pressas junto às paredes do pequeno templo e no meio do salão tinham juntado uma porção de gente que se encontrava ressequida. Era gente que estava no estado em que ela despertara. Seca e, inexplicavelmente, viva. Seu dedo vacilou e a luz apagou. O cheiro azedo que tinha chegado a suas narinas... era isso! Era o cheiro exalado por aqueles corpos surreais. Tinha mais alguma coisa. Um fedor diferente que eventualmente se sobrepunha ao azedume. Era cheiro de carniça. Alguns deles estavam realmente apodrecendo. Girou agoniada a pedra do isqueiro até que a chama se refez. Outro estremecimento. Um dos seres assemelhados a cadáveres tinha erguido o braço. Um dedo apontando para o teto. Sabia o que significava. Ela mesma tinha usado a mesma estratégia. O corpo desperto estava pedindo ajuda. Viu uma cabeça seca com olhos sulcados virar-se para o seu lado. Estremeceu. Lembrava um morto-vivo daqueles filmes antigos que passavam na tevê.

— Eu vou buscar ajuda! — gritou Magda para quem quer que fosse.

A mulher voltou por onde tinha entrado. Os olhos procuraram o lobo-guará. Para sua felicidade, correra o caminho todo sem dar com o animal. Chegou ao caminhão resfolegando. Explicou a situação, e então Sérgio e Alemão correram com ela até a igreja. Magda achou um trapo no chão e enrolou-o num galho improvisando uma tocha. Fez o que pôde para iluminar o interior da igreja.

Os homens começaram a lançar exclamações ao ter as narinas infestadas por aquele odor nauseabundo. A chama bruxuleante deixava o cenário ainda mais funesto, assombrado. Com a chegada das vozes, o braço ergueu-se mais uma vez, facilitando a busca dos homens.

Sérgio e Alemão tiveram de pisotear um ou outro adormecido para alcançar o desperto. Conforme se enfiavam naquela pilha de corpos, o odor acre aumentava e ficava cada vez mais difícil respirar. Puxaram o sujeito pelo braço. Era um homem e estava nu. Seus olhos reviravam nas órbitas e um hálito pútrido escapava de sua garganta. Alemão conseguiu segurá-lo no colo. Apesar de parecer um homem alto, pesava pouco por conta da desnutrição. Ele tinha cabelos longos e a cabeça parecia grande demais para aquele corpo.

— Meu Deus... — balbuciou Magda, olhando para as centenas de corpos.

A tocha consumiu-se toda e a igreja voltou à penumbra. Magda tornou ao auxílio do isqueiro e liderou o caminho para fora. Sérgio teve de livrar o chão cheio de entulhos para abrir melhor a porta e dar passagem ao frágil corpo do desperto. Do lado de fora, com a ajuda da luz da lua, voltaram sem demora ao caminhão.

As mulheres, vendo que o trio trazia alguém debilitado, abriram o baú do caminhão e providenciaram uma cama com cobertores. O homem foi depositado ali e foi coberto. As pessoas se entreolharam, preocupadas com o estado do sujeito.

Sérgio correu até a frente do caminhão e espetou um longo fio branco nos pólos da bateria. A lâmpada diminuta que tinha encontrado na caixa de ferramentas foi levada ao compartimento de carga.

Índia passou a mão nos cabelos do rapaz. Seu rosto cadavérico estava tão deformado que era difícil adivinhar sua idade. Ele abriu a boca e tentou falar. Apesar do fedor insuportável que vinha de sua garganta, Índia não o soltou.

— Tragam água. Ele precisa ser hidratado — pediu a mulher.

Magda correu com Morena para a boléia e trouxeram a bolsa d'água que tinham reabastecido no rio Xingu. Quando voltaram, viram Índia cortando um pedaço de sua camiseta, improvisando um lenço. Morena subiu no compartimento e mirou o gargalo da bolsa na boca do enfermo.

— Não faça isso! — protestou Índia, duramente.

A mulher tomou a bolsa de couro e derramou uma porção d'água no retalho. Primeiro umedeceu a boca do rapaz e tornando a molhar o pano, apertou o tecido fazendo umas poucas gotas cair dentro de sua boca. O esqueleto vivo passou a respirar mais rápido. Índia colocou a mão na testa dele. Não estava quente. Os globos oculares estavam amarelados e ressequidos. Umedeceu o pano novamente e passou sobre os olhos do rapaz. Depois, sempre molhando o pano, procurou limpar os dentes também amarelados. Tirou-o de suas pernas e repousou a cabeça num cobertor dobrado. Todos estavam ao redor, assistindo os cuidados prestados pela colega de viagem ao enfermo. Sérgio, com o braço erguido, tentava manter a lâmpada mais alta que todos e em posição que favorecesse os cuidados oferecidos pela morena de traços indígenas. Foram minutos longos e mudos, carregados de uma atmosfera interessante. Pela primeira vez, desde que se juntaram, não havia discussões nem discórdia ou palavras atropeladas. Estavam calados. Hipnotizados. A união desencadeada pela fraterna e incontinenti assistência para com aquele homem, com aquele ser vivo, parecia ter juntado os cacos daquele grupo e tornado-o tão homogêneo, fazendo que pensassem uma coisa só. Ajudar. Ninguém disse palavra. Estavam tocados pelo carinho com que a mão de Índia tratava do pobre coitado. Viam-se ali, deitados no baú do caminhão. Viam-se esqueléticos atirados num bolo de cadáveres. Sabiam o que era aquilo. Era assim que tinham chegado ao mundo. Dessa vez não houvera escorregão abrupto para fora do útero nem tapinha na bundinha para chorar. Não tinha vindo à luz. Não tinham recebido o colo da mãe nem o leite materno. Tinham chegado. Abruptos. De supetão. Chegado num mundo escuro e sem assistência. A ficha parecia cair para todos ao mesmo tempo. Tinham de ficar juntos. Unha e carne. Não tinham a menor idéia do que acontecera com o velho mundo. Agora eram aquilo ali que a Índia cuidava com afeto avassalador. Eram caveiras vivas, oriundas das brumas da inconsciência. Eram coisa nova que precisava de união e ajuda. Eram irmãos na desgraça. Eram irmãos.

Depois de muito perdurar aquele silêncio, que foi ficando incômodo e insuportável, Índia desceu do veículo e recostou-se ao lado do caminhão. Baixou a cabeça e seu rosto molhou de lágrimas. Alemão foi o primeiro a ir atrás da companheira. Agora ela chorava copiosamente, um gemido dolorido vinha de dentro da mulher, como se um espeto invisível lhe ferisse a alma. Alemão, meio sem jeito, abraçou a mulher buscando confortá-la.

— Calma, Índia. A culpa não é sua. Ele está mal, mas você está ajudando.

A mulher chorava e soluçava com os gemidos aumentando de volume. Não demorou para que todos a rodeassem olhando quietos sem saber como tranqüilizá-la.

— Por que você está tão triste? — perguntou Morena.

Índia, ainda muito perturbada, caiu de joelhos e continuou a prantear, meneando a cabeça negativamente.

Alemão ajoelhou-se ao seu lado e passou a alisar as costas da mulher.

— Que aconteceu, Índia? Se abra, mulher! Essa agonia tá matando a gente! — exclamou Magda. — Você cuidou tão bem dele... Parecia uma mãe... O que tá te agoniando tanto?

Índia, com o rosto todo molhado e o nariz escorrendo, recostou-se no pneu do caminhão.

— Meu nome é Rita de Cássia. Rita de Cássia. Morava no Rio de Janeiro. Vim visitar minha mãe no interior, numa cidade afastada um dia de Altamira. Minha família toda era daqui. Meus filhos estão no Rio. Meu marido! — outra sessão de choro e soluços, ela deitou-se no chão. — Eu sou enfermeira. Dou plantão no Miguel Couto. Essa foi a primeira vez que viajei pra cá nas minhas férias. A primeira. Minha Ana! Meu Caike! O que aconteceu? O que aconteceu comigo? O que aconteceu com a gente? — ela se levantou de repente e ficou olhando para o céu. — Ah! Meu Deus! Meu Deus! Por que me fez lembrar? — gritou a plenos pulmões. — Me perdoa pensar isso, Senhor, mas olhando pro céu eu fico triste porque parece que você não está mais aí. Está tudo tão vazio aqui dentro — gemeu a mulher, esmorecendo e baixando a cabeça até o chão.

— Não fala isso, Índia — murmurou Sérgio, abraçando a mulher. — Você está aqui, está viva. Enquanto tiver um ser humano vivo neste planeta, Ele vai estar lá em cima, olhando por nós.

Rita de Cássia afastou-se com um repelão.

— Ele não está lá em cima! Eu sinto isso! Cadê meus filhos? Cadê meu marido? Minha Aninha... é muito pequena... é muito pequena. Ahhhhh, meu Deus do céu! Por que aquele cara tá vivo daquele jeito? Eu sou enfermeira, eu já vi muita gente daquele jeito! Ninguém vive assim! Ninguém! Isso é um tipo de feitiço, coisa que a minha mãe falava quando eu era pequena. História de pajé para curumim! Isso é feitiço! Bruxaria!

— Calma!

— Eu não quero calma! Eu quero saber! Eu quero ir para o Rio! Eu preciso ir para o Rio. Caike! — os olhos dela pararam no nada. Ficou muda. Depois voltou murmurando. — Gente assim morre num estalo. Tinha de estar numa UTI para sobreviver. Mas ele tá um esqueleto, sem beber água não sei há quanto tempo e ainda tá respirando! — os soluços voltaram. — Eu lembrei. Eu lembrei minha vida — chorava a mulher, misturando as frases e sentimentos e voltando a roçar a testa no chão de terra.

Todos se entreolharam preocupados. O desabafo da mulher tinha tocado a todos. Muitas hipóteses tinham sido lançadas em conversas anteriores sem jamais chegar a uma resposta ou a admitir o fato de que deveriam estar todos mortos dado tamanho abandono e extremo absurdo da situação. Não faziam idéia de quanto tempo tinham ficado naquele estado. Magda dissera que provavelmente fora muito tempo, posto que nunca tivera unhas tão longas. Mesmo assim ela não sabia que suas unhas tinham crescido em velocidade muito reduzida nas últimas décadas e seus cabelos crescido em ritmo menor ainda. Aquela não seria a última surpresa a cercar o grupo.

✠ ✠ ✠ ✠ ✠ ✠

Quando amanheceu, Sérgio foi o primeiro a despertar. Tinham dormido com uma porta do baú aberta por conta do mormaço, mesmo com o tormento dos pernilongos rondando seus ouvidos a madrugada toda. Por conta disso, o homem coçava duas picadas próximas ao cotovelo. Desceu procurando não fazer barulho. Devia ser bem cedo ainda, coisa de sete horas da manhã. Olhou para o homem tirado da igreja. Estava vivo ainda. O abdômen subia e descia rapidamente indicando a respiração. O cheiro ruim tinha diminuído mesmo sem que ele tivesse tomado um banho. Sérgio rodeou o caminhão. Ouvia o intenso chilreio dos pássaros amarrados ao som contínuo da correnteza do rio Xingu. Subiu na boléia e cutucou Alemão. O amigo levantou-se do banco com um fio de baba colado no rosto, caindo do queixo ao peito.

— E aí, Alemão? Nada?

O rapaz olhou o rádio e bocejou longamente, espreguiçando-se.

— Nada, meu amigo. Nada. Nem um pio.

Sérgio bateu a cabeça no vidro da porta repetidas vezes, demonstrando sua consternação.

— Que horas são?

Sérgio colocou a chave na ignição e girou no miolo sem dar partida, apenas para ativar a parte elétrica do painel do veículo.

— Se essa pinóia estiver certa, são cinco pras sete.

— Ele deve aparecer, logo. Disse que vinha — disse Alemão, tentando animar o colega.

Sérgio meneou a cabeça negativamente.

— Não vão querer ficar outro dia plantados aqui nesse cafundó-do-judas.

— E o que eles têm de melhor pra fazer? Vão pra onde? Fazer o quê? Quem quiser ir embora, que vá. Eu não tenho mais ninguém pra esperar, só esse cara do rádio.

Desta vez, Sérgio aquiesceu.

— Vamos apanhar umas mangas pro café da manhã?

— Vamos.

Às oito e meia todos já se tinham fartado com as frutas conseguidas por Sérgio e Alemão. A dupla tinha encontrado a mangueira que viam de perto da igreja ao final da rua de terra e, bem ao lado, melancias silvestres cresciam em ramas esparramadas pelo chão. Essas frutas não eram tão grandes e vistosas como as que se encontravam nas feiras-livres, em contrapartida seus miolos eram vermelho-vivos e ricamente adocicados, um deleite.

Rita de Cássia era a única a permanecer no compartimento de carga do caminhão. O sol esquentava o ar e sua testa começava a ficar salpicada de suor. Ela deslizava um pano umedecido sobre a pele do homem cadavérico. Ele parecia adormecido agora, quieto, sem gemer e sem chorar. Seu crânio enorme e sulcado pela falta de carnes deixava seu rosto ainda maior. Quando estava acordado, era quase impossível encará-lo. Parecia um cadáver animado por magia negra. Parecia um esqueleto encapado. No entanto, a mulher de traços índios persistia em cuidar daquele pobre moribundo que parecia agonizar. Deu-lhe mais água quando amanheceu e um pedaço pequeno de manga. Apesar da melancia ser adocicada e hidratante, preteriu a fruta. Sabia que o bagaço da melancia era de difícil ingestão.

Do lado de fora, os despertos estavam meio letárgicos por conta da barriga cheia. Alemão brincava lentamente com um grosso cabo de enxada que tinha encontrado ao lado da igreja. Magda andava com um galho seco na mão, arrastando a ponta no chão e fazendo desenhos nos grãos de areia. Sérgio estava com os olhos semifechados, quando reparou naquele vulto subindo a rua da igreja. Levantou assustado e apontou.

Talita levou a mão até a boca, sobressaltada.

Um homem com uma capa vermelha caminhava cambaleante, apoiando-se num cabo que fazia as vezes de bengala.

— Olhem! — gritou Sérgio para os demais, que ainda não se tinham dado conta.

Alemão franziu a testa.

— Que diabos!...

O homem continuou subindo e não se intimidou com a presença de tanta gente.

— Ele tem uma capa... — murmurou Talita.

Magda andou de encontro ao sujeito. Só nessa hora ele parou e ficou encarando a mulher.

— Não é capa — emendou Sérgio. — É só um... um lençol... um pano.

De fato, conforme o homem se aproximava, viam que era um tecido leve e esfarrapado pelo tempo, cheio de furos e retalhos mal costurados.

— Quem é esse? — perguntou Morena.

— Sei lá! — Magda deu de ombros. — Tomara que não seja o tal do Cantarzo.

— Esse aí é o Quinho — completou Alemão.

Todos olharam para o companheiro, surpresos por ele reconhecer alguém naquele lugar.

Alemão, não agüentando sustentar os olhares, caiu na gargalhada.

— Que é isso? — quis saber Rita de Cássia, que tinha descido do caminhão e se juntava à turma.

— Apresento a vocês, meu amigo Quinho, Louquinho.

Magda meneou a cabeça não achando a menor graça na brincadeira do amigo.

O homem tinha uma placa metálica presa no peito. Deu mais dois passos claudicantes e desembainhou uma espada.

Magda, a mais próxima, assustou-se e recuou uns três metros.

Todos entraram em estado de tensão.

— Calma, aí, Quinho! Calma, aí! — berrou Alemão. — Entrem no caminhão, meninas — sugeriu.

O manco continuou avançando, vagarosamente. Tinha o rosto sujo de barro e as roupas não passavam de andrajos. Um pé vinha num tênis monobloco rasgado e com os cadarços subindo pelas canelas, fazendo uma dúzia de voltas até terminar num nó cego. O outro pé, mais torto que conta bancária de político, causava o caminhar estranho. Quando abria a boca e franzia o cenho, exibia dentes amarelos como grãos de milho de estourar pipoca. O hálito não deveria ser dos melhores.

As mulheres não obedeceram. Ficaram ao lado de Sérgio. Só Alemão tinha-se adiantado.

— Abaixa essa espada, moço. A gente é do bem.

O Quinho saltitou mais um pouco e apoiou-se na bengala. Foi aproximando-se da mesa do café dos viajantes e enfiou meia dúzia de mangas no embornal que trazia atravessado no pescoço. Passou a afastar-se e a olhar para trás. Quando afastou-se uns dez metros de Alemão, embainhou a espada prateada. Levantou a bengala na direção do bando e uma voz rouca escapou da garganta.

— Cês não são do capeta. Cês não são.

O sexteto de viajantes trocou um olhar rápido.

— Cês são do dia. Senão, tavam no chão.

— Como é o seu nome? — indagou Talita.

— Cês cuida da alma! De noite eles vêm. Eles vêm chupá sangue. São tudo do capeta.

Morena sentiu um arrepio subindo pelo braço. Quem eram esses "do capeta".

— Cadê todo mundo? — perguntou Sérgio. — O que aconteceu aqui?

O homem se virou e tomou o rumo da igreja mais uma vez.

— Não adianta. O Quinho só fala o que quer.

Sérgio olhou para Alemão e ficou calado.

— A gente pode seguir ele. Talvez ele more com alguém que fale lé com lé e cré com cré.

Sérgio aquiesceu, concordando com o amigo.

Magda ofereceu-se para ir no lugar de Sérgio.

— Tem de ficar algum homem aqui pra cuidar da mulherada — emendou a benta.

Sérgio ainda estava atônito demais para concordar ou discordar. Não se opôs desta vez e viu Alemão e Magda deixarem as redondezas indo atrás do manquitola.

— Quinho... — murmurou. — Essa é boa...

Capítulo 69

Débora torceu mais a manopla. A moto empinou tendo a velocidade aumentada abruptamente. A garota desceu rasgando a deserta avenida dos Autonomistas. Sua jaqueta colorida de motociclista brilhava com os raios de sol batendo em suas costas. Num piscar de olhos, estava cruzando o viaduto metálico após o Wall-Mart. Freou a máquina e derrapou com a roda traseira. Tocou a bota no asfalto e ficou olhando para a moto de Pedro estacionada ali, no meio do nada. Olhou para cima. Não era difícil achar o amigo quando sua moto estava ali. Ele adorava escalar as estruturas do viaduto e ficar no ponto mais alto da construção. Débora olhou ao redor. O chão da ponte era cheio de crânios secos. Sempre era hipnotizado por eles. Enquanto Pedro ficava lá em cima, Débora andava entre os restos de ossos que enfeitavam o asfalto e ficava tentando adivinhar que tipo de vida tinham tido aquelas criaturas. A maioria dos crânios era dotada de dentes prolongados na arcada superior. Vampiros. Ouvia as histórias da boca de muita gente. Ali tinha sido cenário de um grande combate entre homens e vampiros antes da população toda abandonar Osasco. Olhou para as construções ao redor. Restos de vida. Pistas para aqueles que esqueciam os velhos dias, quando os centros eram povoados. Autonomista's Grill de um lado. Wall-Mart, Supershopping e Carrefour do outro. VM, uma agência de carros gigantesca e, ao lado, um dos maiores templos da Igreja Universal do Reino de Deus. Tudo deserto e abandonado. Débora suspirou. Lembrava-se de quando andava ali com a sua turminha. Seus amigos de rua, igual Pedro, o único que restava. Quantas vezes não tinham passado ali altas horas da noite depois de rangar no Tchê's Burguer? Olhou para sua moto. Sorriu lembrando que o dono da famosa lanchonete era também um fanático por motociclismo e as paredes do estabelecimento eram forradas de fotografias dividindo temas do Rio Grande do Sul e passeios com bandos de motoqueiros pelo Brasil todo.

Débora assoviou, chamando a atenção do amigo.

Pedro começou a descer e em cinco minutos estava no asfalto.

— Vamos lá? — perguntou para a amiga.

— Vamos.

Tinham decidido dar umas bandas pela velha Osasco. Fazia muito tempo que não botavam os pés na cidade natal e queriam, juntos, matar saudades antes do anoitecer.

Pedro vestia uma jaqueta preta dos Corvos, o grupo de motociclismo mais tradicional da cidade, mais conhecido e mais descontraído do pedaço. A turma dos Corvos ainda existia, fazendo travessias loucas e tentando ajudar como podiam as fortificações.

O rapaz pressionou o *start* do motor e deixou a bichona roncar um pouco antes de partir atrás de Débora que já passava o cruzamento da Autonomistas com a Dona Primitiva Vianco, sumindo de sua visão ao passar em frente ao Hospital Cruzeiro do Sul. Ia alcançá-la antes do Hospital das Damas. Torceu o cabo e disparou com a Valkyrie no encalço da amiga e num piscar de olhos já estava colando em sua traseira. Débora passou a segui-lo e só pararam já quase no final da Autonomistas, em frente aos portões do quartel de Quitaúna.

A dupla avançou lentamente com as motocicletas, passando pela linha do trem e chegando aos portões retorcidos e escancarados do quartel. Os sinais de abandono estavam por todos os lados. As plantas tomavam as paredes dos prédios e onde antes vicejava um vistoso gramado, agora touceiras indomáveis tapavam a visão, subindo coisa de dois metros e meio.

Débora e Pedro foram seguindo em frente por onde o chão calçado de paralelepípedos permitia. As motos roncavam cadenciadas, rodando vagarosamente. Os raios de sol refletiam nas partes cromadas das motocicletas, jogando raios de luz sobre as pedras e paredes mais próximas.

Débora distanciou-se coisa de dez metros de seu amigo. Parou em frente a um dos tantos galpões. Uma das folhas das portas corrediças frontais tinha ido ao chão. Grafites se espalhavam com palavrões e desenhos em toda a dianteira daquele prédio. A garota apeou da moto, desligando o motor e tirando a chave do contato. Sempre fazia isso, irritando Pedro. Por que tirar a chave do contato? Ela não dava bola para os siricuticos do colega de asfalto. Não fora ele quem tivera de andar trinta e dois quilômetros depois de perder a moto com a chave no contato. Repetia essa história toda vez que bebiam em grupo em torno de uma fogueira. Todo mundo ria. Débora tirou o sorriso do rosto quando entrou no galpão. Lugar imenso e empoeirado. Andou pelo chão de pedra. Cheiro de coisas velhas. Papéis amarelados e com as letras apagadas jogados em diversos pontos. Que diabos teria acontecido naquele cenário nos últimos dias pré-Noite Maldita? Seus olhos foram para os tanques de guerra. Gostava das máquinas. Nunca tinha visto aquelas ali. Três gigantes de ferro. Traziam letras e códigos gravados em tintas brancas em suas laterais e transpiravam imponência. Imponência encalhada. De que adiantavam se estavam ali, enferrujando e esquecidos?

— Uau! — exclamou Pedro, chegando atrás.

Pedro rodeou o primeiro dos tanques.

— Isso não deveria estar aqui.

Débora olhou para Pedro estranhando o comentário.

— Desde quando você é *expert* em assuntos de tanques de guerra?

Pedro encarapitou-se sobre o gigante de metal e ensaiou equilibrar-se no canhão a noventa graus.

— Desde que eu fiz um trabalho de escola aqui, antes de cair no sono profundo.

Débora tirou um cigarro de corda, e enrolado à mão, do bolso da jaqueta. Acendeu-o com um isqueiro e sentou-se no chão de pedra.

— Tinhamos de fazer um trabalho de Língua Portuguesa, não lembro exatamente o quê, mas meu grupo acabou se metendo com tanques de guerra. Viemos todos felizes da vida em Quitaúna para tirar umas fotos, mas tacaram um balde d'água fria na nossa cabeça. Aqui só tinha infantaria leve. Os tanques e veículos pesados de transporte tinham sido levados para Pirassununga e a vaquinha que fizemos não dava pra chegar lá.

— He, he, he. Vaquinha! Há quanto tempo eu não escutava essa parada.

— Então, o soldado explicou que não iríamos encontrar nenhum tanque de guerra aqui. Logo, deduzo que esses trambolhos não deveriam estar aqui. A Noite Maldita mudou muita coisa.

Débora levantou-se repentinamente.

— A Noite dos Milagres também! De repente esses bichos estão funcionando. Se estão parados aqui é porque antes dos milagres eles estavam inutilizados. Agora, com sorte, vão funcionar.

Pedro, balançando-se no canhão, lutando para não cair, arqueou as sobrancelhas.

— Funcionar pra quê? Deixa de viajar, Debi.

— Acorda, Pedro! Já pensou enfiar um canudo desses na boca de um covil? O arregaço que isso aí não ia fazer?

Pedro pulou para perto da escotilha do tanque de guerra e riu antes de responder.

— Ia voar pedaço de vampiro pra tudo que é canto.

— Demorou. Vamos chamar alguém. Vamos avisar São Vítor.

Os dois correram do galpão e voaram para suas motos. Em poucos segundos, subiam como mísseis a deserta avenida dos Autonomistas.

Capítulo 70

A visão oferecida pelas alcoviteiras mostrava que ele estava perto de seu destino. O barulho do rio Xingu rodeava todo o ambiente. O vampiro saltou mais sete árvores, perfazendo mais de cem metros em questão de segundos.

Passou mais uma hora até que chegasse às cercanias de São Félix do Xingu. Tinham colocado uma vila em sua mente e agora via claramente os sinais de sua aproximação. Uma igreja azul coberta de pó. Passava das três da madrugada. Cantarzo sabia que precisaria agir rápido para localizar e subjugar o grupo.

Cantarzo saltou ao chão, bateu com as mãos em suas calças e alinhou as tiras de couro que prendiam seus cabelos longos. A couraça negra de aço protegia-lhe o tórax e emprestava-lhe um garbo ainda mais intimidador. A corrente fina prendia o sombrio manto de escalpos, que era mantido sobre os ombros e início das costas do vampiro. Adentrou a vila, caminhando pela estrada de terra batida. O cricrilar dos insetos vinha dos dois lados da estrada. Passou à frente de duas bodegas abandonadas. Viu um grande cartaz de Pirassununga 51 pregado na primeira e um de Dreher na segunda. Estavam parcialmente encobertos por poeira vermelha. Na segunda bodega ainda existiam cadeiras e mesas de ferro bastante corroídas por ferrugem. Uma delas estava quebrada e seus pedaços esparramados pelo chão. Cantarzo viu pegadas ao redor. Eram deles! Os bentos perdidos. Continuou caminhando lentamente com um sorriso nascendo em seus lábios pálidos. A praça da vila surgiu. A igreja caiada e azulada coberta por poeira que se tinha agarrado a suas paredes nos últimos trinta e um anos, o mercado e, estacionado à sua frente, um caminhão. Uma das portas do baú estava aberta. Cantarzo apagou seus olhos vermelhos. A noite ficou escura e o vampiro teve a ajuda da lua para melhor enxergar. Mesmo sem os olhos cintilantes, um vampiro tinha a visão dezenas de vezes mais arguta que a dos humanos, a falta de iluminação não consistiria problema em sua abordagem. O vampiro-rei aproximou-se com os passos ecoando pela praça. Queria ser notado. No entanto, quando chegou à boca do baú, todos dormiam. Nenhum sentinela. Nenhum cuidado. Cantarzo sorriu. Poderia ser diferente? Talvez não. Para sua sorte e por capricho do destino eram seis novos bentos desavisados. Gente que acordava assim, nos rincões desabitados do Brasil. Quando conseguiam sobreviver para tanto, tomavam um choque ao alcançar uma fortificação. Tinha gente que vagava meses achando que estava presa a um pesadelo sem fim ou que o mundo tinha passado por uma guerra horrível e que uma arma de destruição em massa ou artefato de ação biológica tinha arrasado com praticamente toda a humanidade. Já os despertos próximos aos grandes centros eram dragados para o fundo das cavernas, engrossando os Rios de Sangue dos vampiros, ou eram transportados para São Vítor ou outros centros onde eram zelados pelos mortais.

O vampiro contou seis corpos deitados em cobertores e trapos amontoados. Eram obedientes aqueles ali. Estava surpreso em terem sido tão pacientes, esperando de verdade sua chegada e resgate. Riu baixinho e circundou o caminhão. Para sua surpresa, tinha mais um homem na boléia. Sete no total. Ao rádio, tinham informado ser um grupo de seis. Cantarzo coçou o queixo. Ergueu o nariz. Aquele cheiro acre. Talvez isso explicasse. Tinha um Rio de Sangue por perto. Olhou para o mercado e para a igreja. O cheiro vinha do segundo prédio. Voltou a olhar para dentro do caminhão. O radiocomunicador estava ligado. Estavam aguardando um sinal de vida. Cantarzo desceu do apoio do caminhão e andou até a rua, depois do mercado. Era uma vila pequena. A cidade de São Félix do Xingu não se resumia àquilo, com certeza. Deveria estar afastado do centro. Olhou para os postes da rede de energia. Escalou um deles e, com as garras, cortou alguns cabos. Era o suficiente. Prenderia todos eles e os encerraria no baú do caminhão. Depois do amanhecer, recolher-se-ia e, ao cair da noite, voltaria à jornada. Levaria todos direto para a bruxa Tereza. Não podia perder mais tempo. O maldito fugitivo do bando de Caranguejeira tinha atrasado seu retorno triunfal. Precisava estar com Anaquias. Queria seu exército pronto para a retomada do Brasil. Os humanos cairiam por terra e seriam tratados como gado. Ernestinho pagaria com sangue por sua afronta. Veria do que um rei era capaz. Todos os bentos virariam pó perante sua força. Nem um milhão deles seria suficiente para detê-lo, depois de juntar seus próprios bentos e desencadear o contra-ataque prometido pela bruxa, unindo a magia maldita da mulher, o ódio pela vida que Tereza trazia e sua legião de vampiros aglomerados na Chapada Diamantina.

Dentro da boléia do caminhão, Alemão levantou-se sobressaltado. A noite estava diferente. Havia luz. Uma luz amarelada. Abriu a porta e desceu aturdido. O que estava acontecendo? E aquele odor fétido? O que era aquilo? Um cheiro ruim, que entrava e se enraizava. Sentiu o corpo quente, como se ardesse em febre. Foi até o compartimento traseiro. Quando abriu a porta, caiu sentado. Índia e Sérgio estavam de pé, parecendo assombrações! Estavam com olhos cintilantes, como se duas bolas de fogo amarelo tivessem tomado suas órbitas!

Sem dizer nada, os dois desceram. Sérgio abaixou-se e cheirou o chão. Índia Rita de Cássia olhou para cima, como se procurasse alguma coisa no céu.

— Estão sentindo esse cheiro? — perguntou Alemão.

Sérgio fungava fundo.

— Claro.

— O que está acontecendo?

Índia olhou para Alemão sem saber o que responder.

Um vento gelado cruzou a vila. Um sujeito apareceu na esquina. Um sujeito alto, de cabelos longos e estranhos, com um treco pendurado no pescoço e nos ombros. Parecia um cachecol... um cachecol de cabelos. O trio de olhos amarelos grudou os olhos na figura, sentindo um desconforto sobre-humano tomar suas entranhas. O visitante tinha uma armadura no peito. Uma armadura negra e reluzente.

O homem parou.

— Não é o Quinho — disse Índia.

— Decididamente, não é — respondeu Alemão, passando a mão pela coxa, como se procurasse alguma coisa que deveria estar ali.

— Boa noite! — gritou o visitante ainda afastado.

Sérgio levou as mãos aos ouvidos. A voz do estranho "doía" em seus tímpanos. Sujeito desagradável. Fedorento.

— Quem é você? — perguntou Índia.

— É assim que recebem um amigo?

O trio trocou um olhar. Algo de muito esquisito estava sucedendo ali. Estavam ansiosos por encontrar alguém com juízo que pudesse explicar o que estava acontecendo com o mundo. Aquela parecia ser a primeira oportunidade, a chance ideal, no entanto pareciam os três dispostos a cair de pau em cima do pobre coitado sem motivo algum. Além do estranho fato de verem um ao outro com os olhos brilhando amarelos, da noite ter ganho uma luz especial e sombria, parecia que mutuamente nutriam um ódio irracional pelo sujeito que se aproximava. Índia foi a primeira a recorrer à razão. Fechou os olhos e começou a clamar por controle. Não entendia o que estava acontecendo. Então, tão súbito como começou, seus olhos apagaram-se e a noite voltou à escuridão comum. A mulher chegou a sentir uma tontura e cambalear para o lado, sendo amparada por Sérgio.

Alemão olhou ao redor. Tinha brincado com aquele cabo de enxada a tarde toda. Viu onde o tinha largado e apanhou o pedaço de pau.

— Calma! — gritou a mulher. — Calma!

Sérgio respirava rapidamente, tendo o peito subindo e descendo, demonstrando nervosismo, olhou para a mulher. A voz de Rita de Cássia foi entrando em seus ouvidos. Ele ouvia a palavra calma sendo repetida. Arrefeceu. Seus olhos voltaram ao normal.

— Ele pode saber o que está acontecendo. Pode ajudar-nos — insistiu a mulher.

Alemão deu alguns passos para trás. Não queria ouvir a voz de Índia. Não queria voltar ao normal. Alguma coisa dizia que não estavam a salvo na presença daquele homem. A pele dele era branca como leite e seus olhos traziam uma carga demoníaca. Era um bicho, não era gente! Era um monstro com cara humana.

— Quem é você? — tornou Índia.

— Sou Cantarzo. Conversei com vocês pelo rádio... Eu disse que viria buscá-los.

— Cantarzo... — balbuciou Sérgio.

Sérgio e Índia trocaram um olhar preocupado. Não podia ser mentira dele. Não tinham falado com ninguém sobre aquilo. Se bem que tinham transmitido em freqüência aberta. Algum espertalhão poderia estar ouvindo a conversa. No entanto, não tinham muito o que exigir. Estavam perdidos, confusos e submersos num rio de perguntas sem fim. O que tinham a perder deixando o estranho aproximar-se? Só não entendiam por que cargas d'água sentiam-no tão repulsivo. Tão daninho. Perigoso.

Cantarzo andou em direção ao trio. Estava espantado com o fato deles terem-no detectado tão rapidamente. Num instante atrás, todos estavam adormecidos, profundamente. Agora, ao menos três deles estavam ali, alertas. Esses bentos novos realmente eram diferentes. Eram uma nova raça, trazida ao mundo por conta dos quatro milagres. Parou, lutando contra um sutil desejo de lançar mão ao cabo da espada, mas dominou essa fraqueza fugaz. Mesmo tendo sido breve e facilmente apartado, aquele sentimento significava algo. Pensava justamente nisso quando voltou a caminhar lentamente. Medo? Medo de bentos recém-despertos? Seria possível traduzir aquela vontade daquele modo? Seus olhos passearam pelos combativos seres.

Um vento leve cruzou o chão que os separava. Os grãos de poeira se arrastaram, como que compelidos pela gigantesca energia que transitava entre os protagonistas daquele encontro.

— Ele tem uma espada nas costas... — falou baixinho Alemão, alertando os outros.

Sérgio e Índia viram um cabo saindo da nuca do sujeito. Realmente parecia uma espada. Carregava-a bem ao estilo japonês. Uma katana.

— Alto, lá, Cantarzo!

O vampiro parou sob o comando.

— Por que essa espada?

O vampiro sorriu.

— Não é muito seguro andar desarmado na mata nos dias de hoje.

— Por quê?

— Porque estamos no meio de uma guerra.

— Quem iria entrar em guerra contra o Brasil? Nossa história é de paz — tornou a perguntar Sérgio, agora genuinamente curioso.

— Iiii, essa história é longa senhores. Terei o prazer de esmiuçá-la mais tarde.

— Ora! Fale logo! — bradou Alemão, impaciente, ainda com os olhos amarelados fulgurantes.

Cantarzo aproximava-se cada vez mais. Aprumou o corpo, aumentando seu tamanho e envergadura. Cada vez mais fazia emanar um espectro de perigo e habilidade, fazendo seu porte aumentar hipnoticamente. Sua couraça negra e lustrosa refletia o brilho da lua.

Alemão, olhando para a armadura, deu um passo para trás.

Índia piscou os olhos, achando que estava vendo coisas. Além da palidez cadavérica do sujeito, podia jurar que tinha visto caninos salientes em sua boca, enquanto ele falava.

Cantarzo riu.

— Do que ri, homem? Queremos explicações? — tornou Alemão, mais ríspido ainda.

— Vejo logo que não aprenderam nada desse novo mundo nesses últimos dois dias.

Rita de Cássia andou pra trás, afastando-se do sujeito. O cheiro que vinha dele era pavoroso. Um cheiro de bicho do mato. Muito pior do que o odor do resgatado da igreja. Índia viu a noite mais uma vez tingir-se de luz amarela. Assim podia enxergar bem melhor e dessa forma teve certeza, realmente o homem tinha dentes compridos... feito um... um vampiro!

— Contra quem o Brasil está em guerra?

Cantarzo olhou firmemente para Alemão.

— Humanos estão em guerra conosco...

— Humanos?

— Eles lutam contra nós, os vampiros — tornou Cantarzo, aproximando-se ainda mais e muito lentamente.

— Nós lutamos contra vocês?

— Tsc, tsc. Eu disse, os humanos.

O trio trocou um olhar ligeiro. O que ele queria dizer com aquilo?

Cantarzo postou uma perna à frente e ficou ligeiramente de lado para o trio, aprontando-se para o enfrentamento. Sacudiu o manto incompleto em suas costas, para que não atrapalhasse o movimento de seus ombros.

Sérgio apertou com maior firmeza o cabo de enxada na palma de sua mão.

Rita de Cássia, a Índia, disparou contra Cantarzo, correndo e surpreendendo o vampiro. Apesar do vampiro esperar o ataque, nunca tinha visto uma mulher benta em ação anteriormente. Desembainhou ligeiro sua espada e repeliu a guerreira acertando-a na canela com o lado cego da arma. Um som seco encheu a noite e a mulher caiu, urrando de dor sob o olhar cintilante e o sorriso presunçoso do visitante.

Antes do vampiro-rei retomar sua postura, Sérgio e Alemão correram pra cima dele. Cantarzo não entendia como eles podiam ser tão rápidos. Mais rápidos que os bentos normais. Tinha de se adaptar àquele novo ritmo de combate ou estaria em apuros. Sérgio jogou-se de ombros na criatura, tentando desequilibrá-la, enquanto Alemão desferiu um golpe de bastão na mão que levava a espada.

Cantarzo rodopiou e manteve-se de pé. Não largou a arma, apesar de um corte ter-se aberto em sua pele cor de marfim. Dor. Bento duma figa! Com um ataque idiota, tinha conseguido fazê-lo sentir dor. Cantarzo franziu o cenho irritado e urrou bestial.

Despertos pelo barulho e pelo cheiro ruim que vinha em seus narizes, Morena, Magda e Talita deixaram o caminhão com os olhos amarelados e, como feras irracionais, simplesmente voaram na direção da criatura que confrontava seus amigos.

Ainda no baú do caminhão, tomado por força sobre-humana, o enfermo desperto na igreja arrastou-se para a porta do compartimento. Seu corpo era pura pele e osso, contudo, encontrou energia, não se sabia de onde, para empurrar-se para fora do veículo. Caiu no chão de terra, com a cabeça esquelética e os olhos amarelos, foi arrastando-se, no fito insano de alcançar o inimigo.

Sou o vampiro-rei! Pensava Cantarzo, olhando para aquele bando patético de bentos recém-despertos, que nem sabiam por qual causa arregaçavam as mangas. Cantarzo era muitas vezes superior a todos eles. Não queria perder tempo com aquela gente, mas a irracionalidade trazia perigo à contenda. Não se cobriria de soberba e menosprezaria seus inimigos. Não. Um rei deveria sempre ser assaz, precavido. Daria a eles tratamento adequado. Iria derrubar um por um, sem clemência. Todavia, o grande problema, era que precisava dos malditos vivos. Precisaria do sangue abençoado para os desígnios traçados pela bruxa Tereza. Ela faria deles algo mais que guerreiros de olhos amarelos. Faria deles nova coisa. Cantarzo atacou primeiro aquele com o bastão. Embainhou a espada e, num movimento ligeiro, aplicou uma rasteira no homem, fazendo-o cair com os pés para o ar e mirar as estrelas por instantes. Tomou-lhe o bastão e o primeiro golpe que varreu sua frente acertou a fronte de Sérgio que cambaleou, tropeçou na mureta do mercado e caiu desacordado na calçada. Cantarzo sorriu. Com os dois homens caídos, seria dois palitos dar cabo das mulheres. Abaixou-se, acocorando-se e esperou que uma incauta viesse ao seu encontro. Magda foi a primeira. O vampiro saltou com força, subindo coisa de quatro metros no ar, fazendo as mulheres erguerem as cabeças, atentas e perplexas ao mesmo tempo. Desceu nas costas de Magda e girou com o bastão acertando-a de lado. Ouviu o claque gostoso de três costelas quebrando ao golpe da madeira. Agarrou-a pelos cabelos, antes que fosse ao chão. Cheirou as madeixas da mulher, imaginando que aqueles cabelos seriam uma interessante aquisição para aumentar seu manto de rei. Talita, selvagem, saltou e fechou as mãos sobre a garganta de Cantarzo. O vampiro soltou Magda que rolou no chão. Mesmo com as costelas doendo terrivelmente, colocou-se de pé e avançou para ajudar a amiga. Índia, de pé e mancando, aproveitou a distração e arrancou a espada da bainha do vampiro.

— Minha espada não! — urrou o guerreiro, livrando-se num safanão de Talita.

Índia empunhou a espada e ergueu-a para golpear o inimigo na cabeça. Cantarzo desviou-se do golpe da benta. Desviou-se da segunda e da terceira tentativa. Fechou o cenho, quando a mulher cravou sua katana na mureta do mercado. Bateu com o bastão no braço da estúpida. Elevou o cabo de madeira e mirou a testa da inimiga, mas para sua total surpresa, a morena defendeu o golpe com a espada e revidou, descrevendo novo arco com a lâmina. Cantarzo sentiu o rilhar da lâmina contra sua couraça metálica. Abaixou-se para se livrar de novo golpe. Benta desgraçada! Mal tinha acordado e manejava feito guerreira velhaca a droga da espada! Cantarzo abaixou-se e, com a ponta do cabo de enxada, estocou a barriga da mulher, que cambaleou para trás. Rapidamente deu uma paulada na mão de Índia. Viu sua espada voar para o alto e, antes que caísse no chão, tornou a empunhá-la. Agora tinha em uma mão a katana e na outra mantinha o cabo de enxada.

Índia voltou à carga, mas, dessa vez, antes de atracar-se com o vampiro, soltou um grito de dor. A espada inimiga atravessara sua coxa. Cantarzo arrancou a lâmina rapidamente, para que não fosse quebrada pelo movimento dos músculos da mulher. Viu a benta mancando e caindo sentada no chão com um jato de sangue lavando sua perna.

— Sangue venenoso... — murmurou a criatura da noite, afastando-se velozmente dois passos para trás. — Não morra princesa. Vou precisar de você viva.

Morena saltou nas costas de Cantarzo e tentou envolver o pescoço do vampiro-rei em seus braços. Com um movimento forte de ombro, o monstro conseguiu derrubar a mulher, trazendo-a para a frente de seu corpo. Ergueu a espada e golpeou-a na testa com força espetacular. Tinha usado novamente o lado cego da lâmina. Mesmo assim o sangue brotou e desceu farto, enquanto a mulher resistia um segundo para tombar inconsciente no outro.

Talita, destemida, correu de encontro ao vampiro. Cantarzo descreveu um arco com o cabo da enxada e afundou a boca da mulher. Talita rodopiou ao ser contida com tanta brutalidade, caiu de cabeça e ficou desacordada.

Magda, ferida, claudicou para perto do vampiro. Cantarzo voltou a atingi-la nas mesmas costelas feridas, somente para comprazer-se da expressão de dor que a benta produziu. A mulher gemeu e urrou, e lágrimas brotaram em seus olhos.

Cantarzo cuspiu no rosto da mulher, soltou o bastão e agarrou-a pelo pescoço, jogando-a ao chão. Aquela ali tinha um cheiro diferente. Cheiro de briguenta. Seria uma delícia poder deixá-la levantar-se e reparti-la ao meio com a espada.

O vampiro caminhou até o punhado de fio arrancado do poste e passou a amarrar um a um, primeiro unindo os calcanhares, depois os punhos, como fizera com os prisioneiros do hangar. Apanhou primeiro Morena, que tinha um fio de sangue minando em sua testa. Cuidou para não tocar no líquido vermelho. No trajeto ao caminhão, desviou-se de um patético bento esquelético que rastejava pelo chão de terra e rosnava querendo alcançá-lo com movimentos frenéticos dos braços. Cantarzo soltou a benta no compartimento de cargas e voltou até o esqueleto ambulante.

— Tu tá feio, hein, rapaz! — brincou Cantarzo, abaixando-se ao lado dele. — Mas não importa essa sua cara de caveira. O que eu quero é teu estado, não tua aparência — emendou, agarrando com firmeza o braço magro do homem e levando-o às costas, dando duas laçadas com o arame. — Vai ficar amarrado também.

Jogou todos no baú. Depois usou um grande pedaço de fio para amarrar um ao outro, dificultando ainda mais as chances de fuga.

Cantarzo subiu na boléia do caminhão e deu partida no motor. Voltou para a estrada, tomou rumo do norte. Em breve, estaria de volta ao hangar e de lá partiria para a foz do rio. O retorno à ilha de Marajó se aproximava.

Capítulo 71

A bruxa estava com os olhos virados. Dois globos brancos e horripilantes tomavam suas órbitas, fazendo desaparecer suas íris verde-esmeralda. Seu corpo parecia rijo feito mármore e um gemido cadenciado escapava-lhe da garganta. A bruxa abstraiu-se da realidade circundante e imediata para participar de outra realidade. Ela via guerreiros bentos marchando. Guerreiros e soldados mobilizando-se. Ela pairava sobre suas cabeças como uma gigantesca nuvem malévola percebendo toda a trama. Ela ouvia as vozes. Ela descobriu que era hora. Que eles marchavam rumo à Bahia, que encontrariam Anaquias e seu poderoso exército. Que atacariam de surpresa e que sonhavam obter vitória contra o imenso covil.

A bruxa encheu-se de risos. A bruxa encheu-se de alegria. Seu plano, depois de décadas, começava a entrar nos eixos. Só faltava Cantarzo retornar com o ingrediente principal de seu feitiço derradeiro, então estaria completo. O esboço do término da vida naquele planeta maldito e desumano seria concluído e o fim viria, fluindo naturalmente, como se o próprio Deus tivesse escrito aquela sentença e desejasse aquele encerramento.

A bruxa sorriu com vontade, gargalhadas eclodiram de sua garganta e seus olhos voltaram ao normal. Duas esmeraldas satânicas cheias de rancor e mágoa. Olhos que assistiriam a vingança final. A desforra contra os invasores de seu mundo e assassinos de seu povo.

Capítulo 72

Apesar do alvo ter sido definido no primeiro encontro do Conselho de Segurança, a preparação para a viagem levou mais tempo do que o imaginado. Como o avião Hércules acabou virando um elemento-chave para o ataque ao grande covil, posto que poderia transportar tropas inteiras até Santa Maria em questão de horas, perderam dias para adequar o álcool produzido na usina mais próxima de São Vítor, distante cerca de cento e noventa quilômetros. Verônica colocou o pessoal da usina de São Paulo em contato com a usina de Trindade, no interior do Tocantins. O engenheiro químico de Trindade conseguiu passar as especificações do combustível apurado em suas instalações e em nove dias a usina de São Paulo repetia a fórmula. Também instruíram de antemão a usina próxima a Santa Maria. Assim, o Hércules teria ao menos três pontos no Brasil onde suprir sua sede implacável de combustível. Mesmo com nove dias de espera, Lucas e seus homens sabiam que estavam no lucro. Se estivessem subindo o litoral a cavalo, levariam semanas até chegar a Santa Maria, que dizer para localizar o imenso covil. Quanto a isso, sabiam que já estavam em vantagem novamente. A vampira Raquel, que continuava visitando Santa Maria, tinha feito um mapa preciso. Com essa dica, Fernando e seus soldados tinham encontrado o acampamento em meio à Chapada Diamantina. O tempo de espera também serviu para que homens próximos a São Vítor e Santa Rita, bem como bentos novos, incluindo ainda um bom número de mulheres bentas, fossem deslocados para as fortificações. Todos tiveram tempo de se preparar materialmente para a partida e começam a forjar o espírito para a grande batalha que aconteceria em, na melhor das hipóteses, duas semanas. Em grande assembléia, os bentos antigos deixaram saber aos soldados e novatos que empreenderiam a maior campanha já desenhada desde a Noite Maldita. Era óbvio dizer que aquele não seria um ataque simples e, mesmo que atacassem durante o dia, nem todos poderiam ser deslocados a tempo para longe do alcance do covil até a chegada da noite. Era certo que haveria vampiros sobreviventes e a retaliação não tardaria. A vampira Raquel tinha dito que muitos dos irmãos da noite cavavam na rocha, criando e ampliando grutas que dariam guarida a milhares de vampiros. Esses entocados não seriam pegos pelo sol e muitos viriam ao anoitecer em busca de vingança. Lucas deixava claro que era um remédio amargo que, em conjunto, teriam de tomar. Se quisessem erradicar o mal vampírico daquelas terras, essa era a oportunidade. Lucas garantiu que ele e os veteranos não deixariam o grupo no primeiro vôo e ficariam com os soldados até que o último fosse tirado das cercanias do grande covil. Diante de tamanha confiança passada pelo trigésimo guerreiro, o entusiasmo espalhou-se feito fogo e o desejo de vitória e bom combate foi o combustível para derramar o calor daquela chama em todos os envolvidos. Bentos e humanos confiavam em seu líder.

As mulheres, cozinheiros e voluntários que se apresentaram contribuíram na cozinha, preparando alimentos e doces em conserva. Toda a vila, apesar de apreensiva pela segurança dos combatentes, encheu-se de alegria e civismo, empenhando-se em suavizar a jornada dos guerreiros.

O alfaiate Paulo também arregimentou um batalhão de auxiliares e senhoras voluntárias e passou a produzir uma série de agasalhos para a jornada dos combatentes. Todos na comunidade, que não queriam ou não podiam lutar, desejavam ajudar de alguma forma aqueles que partiam para tão sombrio destino.

✠ ✠ ✠ ✠ ✠ ✠

Lucas procurou Davi, depois que o combustível foi finalmente acertado. O trigésimo guerreiro queria saber das reais condições da aeronave para perpetrar com sucesso aquela missão. Junto com Thamires e Verônica, reunidos no galpão do conselho, tentavam visualizar com exatidão quantos vôos seriam necessários para que todos os soldados fossem colocados em campo de batalha. Fernando não tinha conseguido responder se havia na região do covil lugar adequado para que o Hércules praticasse pouso e decolagem. No entanto, tinha prometido nova expedição na manhã seguinte com o exclusivo objetivo de ter essa questão sanada. Tinha adiantado que a região era muito acidentada de grandes porções rochosas e que, se fosse encontrado terreno em condições, seria afastado seis quilômetros minimamente. Isso só saberiam de fato depois da investigação do líder de soldados da fortificação baiana.

Pelo que especulavam, o Hércules, só com a finalidade da transferência dos homens e do equipamento, teria de fazer ao menos dezessete vôos entre São Vítor e Santa Maria. Oito idas e voltas e um retorno a Santa Maria, quando ficaria lá para os vôos de ataque. De acordo com Davi, em boas condições, o vôo de São Vítor a Santa Maria levaria cerca de três horas. Ida e volta, contando todos os procedimentos de segurança e reabastecimento, tomaria no mínimo nove horas, podendo chegar a até onze horas no total. Já o trecho de Santa Maria à Chapada Diamantina era bem mais curto, Davi chutava algo em torno de uma hora e meia de vôo. Tendo isso considerado, Davi e Thamires alegavam que o transporte de todo o exército até Santa Maria poderia facilmente passar de uma semana. Com muita sorte, com tudo correndo bem, carregando o máximo de pessoal e equipamento, seis dias seria o mínimo necessário. Santa Maria já se preparava para mandar sua primeira leva de soldados para que preparassem um posto avançado fazendo com que o mínimo de organização e conforto fosse encontrado pelos expedicionários ao desembarcarem no sertão baiano.

Davi disse que já tinha feito missões mais longas e complicadas com o aparelho, mas nunca tinha voado tantas horas seguidas numa máquina tão velha, essa era a sua principal preocupação. Ao primeiro e único vôo o avião se comportara muito bem. Até mesmo a aterrissagem em campo rústico tinha sido bem-sucedida. O Hércules era um avião parrudo, robusto, desenhado para a guerra. Tinha grande potencial de sair vitorioso da campanha, mas, acender uma ou duas dúzias de velas para rezarem pelo sucesso da missão aérea não seria má idéia, tinha brincado o major.

No meio dos intensos preparativos, Davi foi abordado por um sujeito que fora aeronauta na vida antiga. Tinha terminado os dias como soldado da Aeronáutica e oferecia-se para a tripulação do Hércules. Depois de conversar com Thamires, o novo tripulante, chamado Peterson, foi aceito e passou por um treinamento relâmpago a respeito do avião.

Dias mais tarde, quando as primeiras remessas de álcool tratado para o Hércules começaram a encher os galões da usina, Lucas e Vicente prepararam dois caminhões-pipas para trazer o combustível. O trajeto de cento e noventa quilômetros até Pirassununga foi feito nas horas de sol. Apesar dos vampiros terem desaparecido da região, não poderiam contar com o apoio de TUPÃ, que, desde o grande ataque à base, continuava inoperante e Lucas duvidava ver aquilo de volta à atividade sem a presença do saudoso Marco Franjinha, que permanecia desaparecido.

Em Pirassununga, tiveram grata surpresa. O grupamento de soldados que guarnecia a usina canavieira tinha colocado à disposição da campanha contra o grande covil duas dúzias de veículos de infantaria pesada do Exército Brasileiro. A base do Exército de Pirassununga sediava blindados de alta tecnologia, quando acontecera a Noite Maldita, e por conta de aparelhos de navegação e demais componentes dependentes de tecnologia *wireless*, tinham permanecido inoperantes em sua grande maioria até o acontecimento da Noite dos Milagres, quando Lucas e os demais bentos desencadearam o retorno do funcionamento das ondas de rádio.

Lucas e Vicente ficaram impressionados com o porte dos veículos de Pirassununga. Dezoito blindados de transporte de tropas dotados com metralhadoras no topo e mais seis tanques de guerra. Mesmo que a meia dúzia de tanques não contasse projéteis em condições de funcionamento, a robusteza dos veículos poderia ser usada tranqüilamente para invadir o covil, levando com segurança um tanto de guerreiros em seu bojo. Sabiam também que alguns garotos motoqueiros tinham encontrado mais três tanques de guerra em Quitaúna, Osasco. Ao menos um deles deveria estar em condições de combate.

✠ ✠ ✠ ✠ ✠ ✠

Avizinhando-se as horas da partida para a campanha, os bentos veteranos se reuniram. Vicente, Amintas, Francis, Dimas e Ulisses prepararam juntos seus cavalos, como num ritual. Lentamente acariciaram os tordilhos com suas luvas de couro, acalmando-os, e juntos foram ter com o ferreiro para que ele desse um trato final em suas espadas antes de embarcarem.

Lucas e os soldados que tinham tido a graça de ver seus filhos nascerem no último mês foram para suas respectivas casas e alojamentos, a fim de almoçar em família e despedirem-se de suas esposas e bebês.

Lucas mal comeu, ficando o máximo de tempo possível com Jordão em seus braços. Ana revelou até certo ciúme, pois o colo do bento até um mês atrás era exclusividade sua, agora tinha de dividi-lo com o pequeno. Lucas divertia-se com o sorriso do filho e os olhinhos que se moviam ligeiros. Ana abraçou o marido e nada disse por um bom tempo. Parecia existir um pacto mudo para aquela despedida. Sabiam que essa batalha seria diferente, maior do que todas em que os humanos já se teriam envolvido contra aquela raça. Sabiam que aquele singelo almoço de despedida poderia ser o último almoço reunindo os três. Para não aumentar o pesar no peito e as dores da espera, permaneceram em silêncio. Lucas beijou os lábios da mulher e a testa do filho antes de sair. Parou à porta e olhou para os dois:

— Até daqui a pouco — despediu-se acenando.

Ana retribuiu o aceno e, quando Lucas desapareceu sob a luz forte do sol, cerrou a porta. Ela secou rapidamente a lágrima que descia de seu rosto. Olhou para Jordão, que permanecia mudo e sereno, e abraçou-o, começando a soluçar.

Às quatorze horas o primeiro grupamento embarcou no Hércules e decolou rumo a Santa Maria, ao norte da velha Salvador.

Capítulo 73

Cantarzo alcançou a foz do rio Tocantins. Arrastava pela mão a fila de bentos cativos. Estavam apáticos e desprovidos de energia, feridos no topo de suas cabeças e sem olhos amarelos para combater o inimigo. Eram meramente puxados pelo vampiro, como uma fita de caranguejos vivos. Não tinha sido fácil para nenhum deles aqueles últimos dias nas mãos do vampiro. O manto de escalpos de Cantarzo já passava do meio das costas e o vampiro-rei não o considerava terminado, ainda. Caberia ali mais uma dúzia de escalpos de bentos. Seria criterioso nas próximas escolhas. Deixaria lugar para os guerreiros de São Vítor.

Cantarzo alegrou-se ao mal tocar as margens do rio e ver os búfalos atravessando a água, vindo para encontrá-lo. A bruxa sabia fazer o serviço bem-feito. Ambos, bruxa e rei dos noturnos tinham pressa. Era preciso entregar os cativos para que a bruxa dos infernos cumprisse o prometido. Precisava da magia da mulher. Bruxa maldita! Até ele, o rei dos vampiros, sentia coisas quando encarava aqueles olhos verdes. Mulher dos infernos. Usaria seus dotes para ter vantagem sobre a resistência dos humanos, mas depois se distanciaria daquela bruxa. Não era certo um rei ter calafrios ao olhar uma humana... se é que podia chamar aquilo de humana. Parecia mais fria que ele próprio. Ele próprio. Expressão inquietante nesses dias. Desde seu despertar, Cantarzo não se sentia meramente "ele próprio". Acordar sob o signo do líder de toda uma espécie mudava as coisas, mudava a visão do mundo e até a visão dele sobre ele mesmo. Ele não era mais um. Cantarzo enxergava-se como dois. Sentia-se o velho Cantarzo, vestindo o manto de um outro Cantarzo por cima dos ombros. Havia o Cantarzo antigo e o Cantarzo vampiro-rei. Quando se juntasse aos seus servos, teria uma postura diferente. Era necessário exalar o poder, não somente proclamar um título e esfregar em suas caras uma coroa de ossos e um manto de escalpos de bentos azarados. Demonstraria sabedoria e honradez com sua gente e seus servidores vampiros. Tinha de erigir uma corte. Tinha de levar sua missão a cabo. Só se sentiria um rei de verdade quando estivesse no meio dos seus e eles o olhassem como rei, com deferência, respeito e devoção. Por isso açoitaria os humanos sem dó nem piedade, em toda e qualquer oportunidade. Para que todos os vampiros enxergassem de pronto a que veio o rei e por que era ele o mais poderoso dentre os vampiros. Um rei que não teria misericórdia dos vivos e seria um guia para os mortos. Não teria remorsos nem laços com o passado. Coisas do passado perdiam o viço e um novo horizonte brotava no peito daquele ser das trevas.

Ainda submerso nesses pensamentos de reinado, o vampiro assistiu a manada vencer a correnteza e as centenas de metros que separavam uma margem da outra. Aos poucos, foram saindo para a areia e circundando o noturno. Cantarzo colocou primeiro os sete bentos apanhados às margens do Xingu no lombo dos bovinos enfeitiçados e depois colocou os onze bentos recuperados no hangar, amarrando a todos com firmeza para que nenhum fosse perdido na travessia. Subiu no costado do maior dos búfalos e assim que o bicho entrou na água, seguido pelas dezenas restantes, o vampiro colocou-se de pé no lombo da criatura. A água corria forte, mas os búfalos eram mais fortes ainda, hábeis e enfeitiçados o suficiente para vencer a prova. Cantarzo virou-se e vigiou os prisioneiros. Nenhum deles escaparia agora que a jornada chegava ao fim. Apesar de seu rosto sério e seu olhar firme sobre os cativos, Cantarzo sentia certa felicidade. Era incrível que estivesse retornando a Marajó! A sensação de ansiedade que burlava sua frieza e eventualmente lhe embotava a mente deixava transparecer seu desejo, sua vontade de logo descobrir o que seria quando pusesse trinta bentos nas mãos da bruxa. Seus olhos noturnos enchiam-se com a paisagem perfeita. Trovões roncavam sobre Marajó e relâmpagos ligeiros clareavam o céu por milésimos de segundo, tornando a um breu descomunal quando as centelhas elétricas desapareciam. Olhou para trás. Mesmo com o privilégio de seus olhos de besta da noite não conseguia mais ver a margem continental. Escuridão. Parecia transpor um véu fechado. As águas pardas da foz do rio Tocantins pareciam paralisadas, tendo movimento somente quando da passagem da enorme manada de búfalos. À frente, Cantarzo via a margem da ilha quando o céu tornava a lançar raios no horizonte. Sentia-se chegando em casa. Sentia-se um cavaleiro que voltava de longa campanha, trazendo a notícia da vitória para o seu reino. Trazendo como troféus dezoito almas que seriam ofertadas ao inferno, ao destino. Outras se juntariam àquelas dezoito e formariam trinta. O número mágico que as alcoviteiras cantavam desde o começo do fim. As sacanas do universo que não ligavam para quem falavam. Bastava falar para quem tinha o sangue escolhido envasado no corpo. O velho Bispo tinha sido o premiado. Tinha aprendido a ouvi-las e Cantarzo tinha roubado esses ouvidos abençoados e agora era o portador da agonia e dos presságios. O vampiro riu. Cavaleiro do inferno com ouvidos roubados. Sangue roubado. Cavaleiro do inferno com escravos escalpelados e amarrados. Seria ele um rei de fato? Ou seria ele um demônio encarnado? De pé, nas costas do búfalo maior, Cantarzo balançou seu manto e gritou para o animal.

— Vai rápido, cria ruim! Vai rápido, que quero descobrir o que tua mãe fará com esses pobres coitados. O sol brilha para todos. É hora de descobrir o que essas putas faladeiras querem dizer com isso.

✠ ✠ ✠ ✠ ✠ ✠

Passaram cerca de três horas no lombo daquelas criaturas, num sacolejar monótono e cansativo, mas finalmente o vampiro-rei viu despontar as torres do templo levantado pela magia de Tereza. Cantarzo passou a mão pela testa, livrando-se do excesso de água. Desde que os búfalos alcançaram a ilha, a garoa assombrada não dera descanso. Quando a garoa intensificava-se, era possível ver ondulações nítidas provocadas pelas rajadas de vento, como se um manto d'água se agitasse dando passagem à manada. O céu negro e cinza chegava a parecer palpável, como se fosse possível tocar e descortinar esses mantos. As plantas e árvores ao redor balançavam, rendidas pelo vento e pelo acúmulo de água, chorando copiosamente, prevendo e temendo o desfecho da missão daquele cortejo maldito. O mundo mudaria depois do próximo encontro do rei e da bruxa. Coisas novas surgiriam na terra e no curso da vida. Eram forças que iam além dos olhos de qualquer um. As alcoviteiras não davam nenhum pio, como se algum ser maior houvesse tapado suas bocas e prometido uma sova daquelas se abrissem o bico nessas horas derradeiras.

Os búfalos começaram a subir um morro gramado. Havia uma ampla área de pasto verdejante. Pasto molhado pela garoa. Logo, toda a visão do vampiro foi tomada por aqueles animais incríveis, que eram carregados por rédeas invisíveis para o caminho certo. Eram tão numerosos que fizeram desaparecer toda a porção verde notada pelo vampiro um instante antes. Cantarzo levantou-se e, mais uma vez, ficou de pé sobre o dorso do búfalo. Os animais chegaram ao topo do morro e o pasto adiante foi novamente tomado pela grande quantidade de bovinos. Com o insistente relampejar, os contornos do templo se fizeram visíveis no horizonte. Mais uma vez, como se fosse um menino, Cantarzo não conteve o sorriso. Depois daquela noite, sim, poderia proclamar-se aos quatro cantos o legítimo vampiro-rei, o salvador da raça que poria os mortais onde mereciam. Quando desceram todo o pasto, chegaram em áreas alagadas. Os búfalos afundaram até a metade de sua altura, obrigando o vampiro a conferir a carga, cuidando que suas cabeças não caíssem para baixo d'água e não morressem afogados. Seu sorriso demorou a sumir do rosto pálido. Quando chegasse a Tereza, juntaria seus dezoito bentos à meia dúzia aprisionada nos fundos do templo da bruxa. Logo teria em suas garras os trinta bentos para os vampiros. Faltavam apenas seis. Seis bentos, novos ou veteranos. Fossem o que fossem. Precisavam ser bentos. A bruxa prometera milagres, como o velho Bispo havia prometido aos humanos. Isso aconteceria. Cantarzo sabia. Os milagres aconteceriam.

Depois de mais meia hora, quando chegaram aos altos e imponentes portões da fortificação de Marajó, a manada parou, movendo-se apenas o grande búfalo que trazia Cantarzo e aqueles que vinham com os bentos novos presos ao couro. A garoa incessante intensificou-se e mais trovões roncaram, ribombando nos ouvidos sensíveis do ser das trevas. Cantarzo não cansava de admirar aqueles muros gigantes e os portões enormes, feitos em toras de madeira postas lado a lado e lindamente amarradas por cipós grossos. Ao aproximar-se, os portões começaram a se abrir, sem que mãos humanas tocassem as travas e o obstáculo. Negro, o búfalo maior, avançou. Cantarzo contemplava os muros recobertos por barro e cheios de figuras. Dragões magros enrodilhando suas vítimas feito serpentes. Línguas aguçadas que avançavam de suas bocas de feras e prendiam os incautos pelo pescoço. Gravuras sombrias e agradáveis para aqueles olhos de vampiro. Fogo e fumaça. A marcha rumo ao templo continuou.

O rei dos noturnos notou que naquele momento a maioria dos cativos estava desperta, olhando ao redor com dificuldade, tentando identificar onde estavam. A mulher de traços índios chorava alto, espalhando seu lamento pela planície.

O conjunto menor ia destacando-se mais e mais da manada e seguindo em frente. Cantarzo mirou os degraus frontais do templo. Viu a bruxa sensual aguardando sua chegada ao lado de Lúcio, seu vampiro lacaio.

Os búfalos pararam quando chegaram à mureta de pedras negras. Cantarzo desmontou e agarrou um bento de cada vez, arremessando-os para dentro da mureta, deixando-os dentro do campo de poder maior da bruxa.

Benta Magda gritou ao bater no chão. Suas costelas fraturadas doíam barbaridade. Ela ergueu a camiseta e olhou o tórax. Estava roxo, sem inchaço, porém. Seus olhos foram atraídos por algo mais assustador que seu ferimento, fazendo-a congelar os movimentos. Além do muro, continuava vendo o vampiro, os búfalos e seus parceiros que ainda estavam em cima dos animais, contudo uma espécie de cortina surgia acima de uma mureta de pedras negras e lustrosas e subia ao céu. Ela não conseguia ver o final daquela energia. Apertou e esfregou os olhos. A parede azul, que parecia uma parede d'água, ainda estava lá. Não era alucinação nem delírio algum.

— Você está vendo isso? — perguntou para Sérgio, que estava deitado de costas para a grama, de pés e mãos amarrados.

O homem soergueu a cabeça e mirou mudo o muro de pedras negras.

Índia foi arrancada do búfalo e jogada no gramado.

Alan foi o seguinte. Seu abdômen doía, mas ao menos a ferida tinha-se fechado e o sangramento alarmante tinha desaparecido. Os olhos do bento bailaram pelos companheiros atirados ao chão. O vampiro, incansável, repetia paciente a operação. Logo, todos estariam ao seu lado. Seus olhos tristes umedeceram-se. Estavam todos horríveis, amarrados, arranhados, com sinais de sofrimento e com o topo das cabeças feridas. Das mulheres, alguns tufos de cabelo remanescente deixavam suas silhuetas ainda mais repugnantes. Tinha gana de estraçalhar o infeliz, mas seu corpo enfraquecido pela hemorragia e pela estratégica supressão alimentar não tinha forças para mais lutas. Reparou que o chão seco ia encharcando-se com o escorrimento da água da garoa que descia de sua pele e restos de roupa. Todos experimentavam o mesmo. Barro ia colando-se em seus cotovelos, queixos e pernas. Olhou para o céu negro. Nenhuma nuvem. Nenhuma estrela. Nenhuma gota de chuva. Parecia um recanto. Uma região desligada do mundo. Alan virou-se de costas e, com dificuldade, sentou-se. Boquiaberto, admirou aquela cortina de luz que subia das pedras justapostas e ia perdendo-se no firmamento. Inexplicável. Ficou zonzo por manter a cabeça erguida por tanto tempo e baixou-a rapidamente, escondendo-a entre os joelhos.

Cantarzo pisou na mureta e olhou para trás. Os búfalos caminhavam rapidamente, voltando para a manada. O vampiro-rei desceu ao gramado verde. Olhou mais uma vez para o muro. A cortina azul continuava lá.

— Finalmente retorna, vampiro! — gritou a bruxa.

Magda ficou de bruços e olhou na direção da voz. Não sabia se era impressão sua, mas parecia que depois de terem cruzado a mureta, a noite lhe parecia menos escura. Ela podia ver vários metros para a frente e a garoa não mais caía sobre seu corpo. Associou logo o fenômeno à estranha cortina d'água que subia viva para o céu.

Cantarzo sustentou o olhar incisivo da bruxa. Caminhou com o bento mais fraco em seu ombro por todo o percurso da mureta à base do templo e subiu alguns degraus.

— Se fui demorado, bruxa, trabalhe rápido agora que minha raça precisa dos feitos. Os guerreiros bentos terão uma surpresa amarga assim que me juntar a Anaquias. Meu exército negro me aguarda.

Lúcio desceu os degraus até Cantarzo e beijou-lhe a mão. O vampiro não recusou a demonstração de respeito e olhou para o criado.

— Prepara-te, Lúcio, que agora, sim, conhecerás esse trilho maldito. Far-te-ei meu melhor guerreiro contendor para honrar o sangue que corre em tuas veias.

— Anaquias chamou-te ao rádio por várias noites, senhor meu rei. Ele parece amedrontado. Teme os humanos.

Os olhos de Cantarzo tornaram-se vermelhos e brasis, seu rosto transtornou-se.

— Anaquias comporta-se como um tolo, se demonstra medo. Nunca cometas o mesmo erro que ele. Jamais temas um humano, nenhum deles. Nem que teus adversários te deitem olhos esmeraldas e sejam capazes de tanto — redargüiu o vampiro-rei, passando a fitar os olhos verdes da bruxa.

Tereza sorriu para o rei. Sabia que ela fora incluída naquela advertência. A bruxa tirou os olhos do vampiro e observou os dezoito desafortunados bentos que continuavam caídos no chão. Seus olhos chegaram a brilhar. Os ingredientes preciosos que faltavam à sua receita final. O destino conspirava a favor de sua vingança. Ela sabia que a Terra queria aquilo. Queria aquela pausa na devastação provocada por aquela raça cruel e predadora. Seus lábios cingiram um sorriso ao rosto da mulher. Não poderia pensar diferente. Do contrário, as forças do destino não teriam feito acordar mais seis bentos nas últimas semanas no fundo da caverna. Nem cinco, nem sete. Exatamente mais seis. Com os dezoito de Cantarzo e agora a dúzia que ela mantinha aprisionada, os trinta bentos estariam em instantes dentro de seu templo. Assim que os pusesse em sua sala de preparos e desse seguimento aos rituais contra aquela gente podre que exterminara seu povo e quase aniquilara com as forças da natureza, os dias deles estariam contados.

— Do que sorri, bruxa do inferno? Gostou tanto assim das minhas crianças? — perguntou o vampiro, enquanto fingia acariciar a cabeça do esquelético aos seus pés. As unhas afiadas da fera noturna fizeram sangrar a ferida do bento. O vampiro tirou a mão rapidamente, temendo o contato com o sangue detestável da criatura.

— Eu sorri porque nem imaginas a boa nova que tenho para ti.

O rei levantou-se e encarou novamente a bela mulher de olhos verdes e pele morena.

— O quê?

— Com teus dezoito bentos o número está completo. Temos os trinta para meu próximo e crucial feitiço.

Cantarzo também abriu um sorriso. A notícia era deveras oportuna. Isso adiantaria ainda mais seus planos. Correria em socorro de Anaquias tão logo se desembaraçasse daquela entrega e visse com seus olhos o feitiço da bruxa. Ela prometera milagres. Ela prometera mudança e vantagens para a raça da noite. Ela prometera morte.

Cantarzo e Lúcio se encarregaram dos bentos e arrastaram-nos para dentro do templo. Foram todos conduzidos, sem descanso ou preâmbulos, para o salão onde a bruxa sacrificara humanos para o banho de sangue que despertara o vampiro-rei. Todos estavam ansiosos e tinham pressa.

O vampiro surpreendeu-se com a disposição da sala. Não mais havia ali a grande pedra nem a grande banheira onde seu corpo fora depositado. A sala tinha sido ocupada em sua amplitude com aparatos que lembravam instrumentos de tortura medieval. Cada um deles tinha duas colunas de madeira maciça escurecida e eram dotados de grossas correntes e grilhões contando com três metros de altura. Numa contagem rápida, Cantarzo viu que eram trinta e se destinariam aos bentos cativos. Embaixo de cada um daqueles travessões, via-se uma armação de ferro e tábuas onde se poderia deitar um corpo e amarrá-lo com firmeza.

Enquanto Lúcio descia com Magda, Talita e Índia, Cantarzo arrastava pela escadaria de degraus largos os bentos Sérgio, Michel, Morena e o esquelético. Novamente tinha atado um ao outro e o cuidado dispensado no manuseio dos prisioneiros era o mínimo, para que se mantivessem vivos até cumprir seus papéis.

Tereza entrou pela passagem atrás de onde mantinha seus vampiros-feras acorrentados. Ela, com ajuda de outros vampiros, trazia os bentos que foram mantidos escravos nas profundezas de suas masmorras subterrâneas. Dois bichos vampiros e mais quatro vampiros não modificados pela bruxa lidavam com os prisioneiros. Os cativos vinham trazidos em grandes carrinhos de mão, onde cabiam quatro deles em cada. Igual aos carregados por Cantarzo, estes estavam fracos e subnutridos e, apesar de sofrerem e tentarem a todo custo lutar contra as reações naturais da presença dos inimigos noturnos, suas energias não duravam o necessário para fazer diferença, para causar qualquer dano ou atraso. Eram açoitados a todo instante e tratados com risos e covardia por aquela meia dúzia de vampiros.

Talita e Índia, vendo cena tão bizarra, agarraram-se e aumentaram o coro de choramingos e preces. Aquela sensação de estarem vivendo um pesadelo sem fim crescia em seus corações e o desejo de um novo despertar, longe daquela realidade sombria, fazia arder seus olhos e seus corações desesperançados.

Tereza comandava seus bichos vampiros e, como se tivessem sido treinados durante toda a existência para aquela tarefa, foram tirando os bentos um a um dos carrinhos e os amarravam de ponta-cabeça com grande presteza. Em resposta aos gemidos e às queixas, desferiam golpes fortes em seus rostos.

— Calma! Bichos do inferno! Não lhes batam nos rostos! Filhos de umas vacas chupadoras! — esbravejou a bruxa, tomando uma chibata e golpeando um dos bichos que burramente permanecera ao seu alcance.

Tereza aproximou-se da última mulher que tinha apanhado. Ela não sangrava.

— Se uma gota desse sangue cair nesse chão sagrado, tudo irá por água abaixo. Não ousem feri-los aqui dentro.

Até mesmo Cantarzo escutou atento aquela recomendação. Olhou para as feridas no cocuruto de seus dezoito prisioneiros. Nenhum deles sangrava no momento. O que teria em mente aquela bruxa dos infernos? O que ela faria com aqueles trinta sofredores? Se seriam mortos de vez, por que não poderiam ser machucados? Como ainda desconhecia a resposta e não queria um confronto inútil naquele momento, apenas arrastou seus cativos para próximo das colunas e travessões de madeira que os aguardavam.

Logo os bichos-vampiros vieram a seus bentos e sob os olhos do vampiro-rei arrastaram-nos cada qual para seu grilhão. Todos terminaram dependurados de cabeça para baixo. O salão ficou cheio de gemidos, xingamentos e prantos. Uma sinfonia adequada para o fim que se aproximava.

O ambiente, todo iluminado a velas e tochas, teve a luz agitada por uma forte corrente de ar. A bruxa tangia por outra porta, até então oculta, um grupo de vampiros escravos que ainda não se tinham tornado bichos. O total dessas criaturas era de vinte e três, que foram deitados nas cadeiras logo abaixo dos bentos dependurados e acorrentados. Somaram-se a estes os outros quatro vampiros ajudantes da bruxa, restando livres apenas os dois vampiros bichos e cegos dos olhos carnais, que, com notável presteza, fechavam as amarras de couro e correntes sobre os braços, tórax, pernas e calcanhares dos vampiros, prendendo-os às espreguiçadeiras de ferro.

Tereza trajava agora uma túnica branca, que destacava ainda mais sua pele morena e seus olhos verdes. A bruxa caminhou lentamente para o centro do salão e admirou o feito. O cenário estava quase completo. Acariciou os cabelos de vampiros atados e bentos presos, como se houvesse por parte dela verdadeiro carinho por aquelas coisas. Talvez até existisse esse cuidado, admiração, afinal eram peças-chave para cumprir seus desígnios, seu desejo mais íntimo. Todo guerreiro que se preza tem fascínio e apreço para com suas armas. Todo médico cuida de seus instrumentos de trabalho. A bruxa também haveria de ter admiração e respeito por suas coisas. E era isso que eram para ela; coisas, instrumentos, importantes ingredientes.

Tereza virou-se para os três lugares vazios e passou os dedos pelas cadeiras desocupadas. Olhou para seus dois bichos vampiros e chamou-os com os dedos de longas unhas.

— Venham, meus queridos. Venham para seu lugar.

A bruxa atou-os cuidadosamente, levando tempo considerável em cada, olhando-os com carinho e tocando as ataduras que cobriam seus olhos cegos.

— Esses serão seus melhores soldados — disse, virando-se para Cantarzo.

Olhou para o último lugar e depois olhou para Lúcio.

— Vem, lacaio. Vem e honra teu dono. Tem sangue de rei correndo em suas veias. Seria tu o príncipe das trevas? — perguntou com um sorriso charmoso.

Lúcio manteve-se imóvel ao pé da escadaria. Seus olhos arregalaram-se e depois de um instante olhou para Cantarzo.

— Vai, lacaio.

Ouvindo a voz fria de seu mestre, Lúcio não mais hesitou e caminhou até a bruxa.

Tereza, antes de fazê-lo deitar-se, deteve-o com uma mão no peito.

— Vou sentir falta desse seu rosto bonito, Lúcio — disse a bruxa, beijando o lábio do vampiro.

Quando Lúcio afastou a boca, viu o sorriso da bruxa. Ela deveria estar de brincadeira. Lúcio sentiu seu corpo frio e morto esquentar. Os olhos de Tereza eram lagoas profundas, donas de correntes misteriosas que dragavam seus desejo e vontade para o fundo. Não conseguia desviar seus olhos dos da bruxa. Ela era linda demais.

Tereza indicou a cadeira de ferro ao vampiro e este deitou-se, submisso. Tereza prendeu seus punhos e tórax e depois todo o resto. Afastou-se e subiu em seu púlpito de pedra colocado ao meio daqueles tantos pares de bentos e vampiros. Seus olhos viraram-se nas órbitas, perdendo o brilho e tornando-se brancos. A bruxa começou a entoar palavras em língua indígena que Cantarzo não compreendia nem distinguia. Um vento forte encheu o salão, fazendo as tochas e velas bruxulearem novamente. Então, inesperadamente, Cantarzo sentiu gotas caindo em sua cabeça. Estava garoando dentro do salão! Cantarzo ergueu os olhos. O teto do grande salão estava sendo removido de maneira mecânica ou mágica, o vampiro não podia responder e também não queria arredar o pé dali para descobrir.

Tereza foi aumentado sua voz. Relâmpagos e trovões encheram de barulho e luz o salão. Nuvens negras e densas como um corpo físico flanavam no alto do templo. A bruxa desceu do púlpito e muniu-se de um instrumento feito de ossos e um punhal. O instrumento feito de ossos era na verdade um grande funil que afundou-se na boca de Lúcio, chegando até sua garganta. O vampiro debateu-se com o desconforto e com a intrusão súbita. Como se fossem um espelho daquele vampiro, todos os outros atados às cadeiras de ferro também ficaram com as bocas abertas e foram invadidos pela mesma sensação ruim, debatendo-se como se o longo cano do funil também estivesse entrando por suas gargantas. Ficaram os trinta na mesma posição. Bocas abertas e cabeças levantadas e retesadas para trás. A bruxa ergueu o punhal e mirou o bento esquelético que estava preso acima da cabeça de Lúcio. Antes que o golpe atingisse o alvo, a mão forte de Cantarzo fechou-se sobre seu pulso.

Tereza, ainda de olhos brancos, encarou Cantarzo.

— Como ousa, vampiro?!

Cantarzo, de olhos ardentes feito fogo e dentes expostos, demonstrava prontidão para o confronto.

— O que vai fazer, mulher duma figa?! Quer matá-lo?!

— Não! Nunca!

— Se sabe que o sangue bento é ácido para o organismo vampiro, por que ousa derramar esse veneno garganta adentro de meu lacaio?

Com um repelão potente, a bruxa livrou o braço da mão do vampiro. Cantarzo olhou para a palma e viu o rasgo produzido pela bruxa.

Tereza encarou o punhal. Cantarzo não tinha maculado o instrumento. Contudo a bruxa surpreendeu-se ao ver que os trinta vampiros grunhiam de dor e cada qual erguia sua mão direita até onde as amarras permitiam e contorciam os rostos tentando conferir o corte aberto. Todos, feridos igual a Cantarzo. Seu feitiço tinha força e a dança de Gaia tinha começado.

— Confia em mim, que serás lembrado como o rei mais poderoso que já andou sobre esta terra.

A bruxa riu alto e voltou a entoar as palavras em língua indígena. Os trovões e relâmpagos voltaram a roncar e iluminar o salão sagrado e a voz da bruxa subiu cada vez mais e mais e as palavras viraram um canto, um canto triste e lamurioso.

Cantarzo foi pego pela canção. Sentiu os pêlos de seu corpo eriçarem-se, coisa que não acontecia com facilidade. Uma imagem formou-se diante de seus olhos, como se as alcoviteiras quisessem soprar um novo aviso. Mas aquela visão não vinha das alcoviteiras! Vinha da canção. Fogo e fumaça! Uma boca cheia de dentes e olhos amarelos. Olhos de bentos! Dentes de vampiros! Uma criatura assassina, um bicho inexistente! Viu a bruxa rindo e comprazendo-se de seu triunfo. Cantarzo tapou os ouvidos e tornou a enxergar o salão. Tereza segurava firmemente o funil. Ela ia fazer aquilo que ele evitara. Ia jogar sangue de bento na garganta de seus vampiros. Ia matá-los!

Tereza ergueu o punhal e descreveu um arco, abrindo um corte profundo na garganta do bento esquelético. Os choros e gemidos cessaram imediatamente. Os corpos pendurados começaram a estrebuchar. Todos eles tinham as gargantas cortadas. O sangue de bento caiu pelo funil e passou a encher a garganta de Lúcio. Os trinta vampiros também começaram a se debater, lutando contra o veneno do sangue bento que invadia suas entranhas.

— Bebam, filhos da noite! Bebam cada gota! Cada gota! Não deixem nenhuma para trás! Não ousem cuspir nem rejeitar! Lutem, filhos de umas putas chupadoras! A partir de hoje vocês serão a raça mais forte do planeta! Serão mais fortes que esses merdas acima de suas cabeças!

O sangue que vertia da ferida de todos os outros bentos pairava no ar logo acima da garganta dos vampiros e descia em forma tubular, como se acima da boca de cada um deles houvesse um funil igual ao que invadia a boca de Lúcio.

A bruxa, vendo que tudo corria sob controle, soltou o funil. Lúcio não lutava mais contra a invasão. Estava à mercê do destino. Estava aceitando o sangue tido como venenoso. Os olhos da mulher desviraram e as duas vívidas esmeraldas tornaram a ocupar as órbitas. Tereza desceu do púlpito e dirigiu-se a Cantarzo. A testa da índia estava tomada por suor e sua feição parecia cansada.

O vampiro meneou a cabeça ora encantado ora consternado com a imagem diante de seus olhos.

— Vai acabar com eles. Se pudéssemos beber o sangue dessa raça...

— Podem beber, Cantarzo! Sempre puderam. O problema é que vocês nunca souberam bebê-lo. Nunca tomaram ele todo.

— ...

— Vocês furavam a garganta do bento e sorviam pequenas porções, abandonando a vítima ao primeiro sinal de desconforto. Desistiam da magia contida no sangue desses imbecis. Então o sangue do guerreiro de luz infestava seus corpos e a força vital de seu dono o consumia...

Cantarzo ainda não tinha entendido a bruxa.

— Abra os olhos, vampiro-rei! Um soberano feito tu deveria ser mais inteligente!

— ...

— Vê o que é feito diferente! Eu estou fazendo com que bebam TODO o sangue dos bentos, nem uma gota a menos!

— Dessa forma...

— Dessa forma faço com que toda a energia vital do guerreiro bento passe para o vampiro. Sem quebra, o sangue não é veneno.

— E o que acontece?

— Ah! Ah! Ah! Ah! Em breve você verá! Ah! Ah! Ah! Seus olhos se encherão de prazer, posso garantir.

Cantarzo levou os olhos para o palco sinistro. O sangue ainda vertia com força para os funis espectrais. Cada gota vermelha escorreu para a boca dos vampiros. Os noturnos tremiam e abriam e fechavam as mãos, mas não conseguiam mais oferecer resistência alguma.

Passados quarenta minutos, as últimas gotas escorriam dos corpos mortos. Tereza desceu ao terreno sagrado e passou entre os postes e os corpos exangues. Tocou a cabeça de alguns dos bentos novos. Estavam gelados e sem mais energia vital. Tinham escorrido com o sangue para outro plano de consciência. Para uma costura inexplorada do manto da morte. Eram prisioneiros dos novos cálices. O trabalho chegava ao final. Foi até Lúcio e tirou o funil de sua garganta. Desamarrou o vampiro, deixando-o livre para sair da cadeira de ferros. Tereza afastou-se e olhou para Cantarzo.

Lúcio balançou-se sobre a cadeira e abriu os olhos. Eram duas bolas negras-avermelhadas que ocupavam as órbitas totalmente. Ele grunhiu e, de repente, soltou um urro poderoso que fez todo o ar vibrar. Grande quantidade de poeira desprendeu-se das paredes do templo.

Cantarzo, surpreso, arregalou os olhos.

O urro incomum retumbou novamente. Em instantes, mais cinco dos vampiros começaram a urrar também. Quando mais dez juntaram-se aos primeiros, Cantarzo deu um passo para trás e tapou os ouvidos. Os gritos ferozes estavam machucando seus tímpanos! Seria possível que estivesse vivendo uma alucinação? Cantarzo olhou para Lúcio, que agora estava de pé. Seu corpo... seu corpo estava mudado. Lúcio parecia três vezes mais forte. Os músculos estouravam em suas vestes fracas. Lúcio encarou-o e urrou novamente. Deu um passo para a frente e caiu de joelhos. O lacaio abaixou a cabeça e encostou o nariz no chão do templo. Parecia tomado por uma dor infernal. Os outros vampiros amarrados foram arrebentando as correntes e tiras de couro e igualmente a Lúcio iam ao chão, arfando e urrando. Cantarzo olhou para um dos bichos-vampiros de Tereza. Ele também estava mais forte. As tiras de tecido que tapavam seus olhos rasgaram-se repentinamente. A criatura exibia um par de globos brancos, mas havia um minúsculo ponto vermelho bem no centro. A fera cega foi a que urrou mais alto. Se o vampiro-rei tivesse um coração, ele estaria pulando acelerado. As bestas transformadas começaram a rastejar em sua direção e, aos poucos, foram encurralando-o contra a parede. Tomado de horror, Cantarzo viu a pele das costas de Lúcio estourar e sua massa muscular aumentar ainda mais. A bruxa tinha transformado a todos em monstros, gigantes insanos. As garras de Lúcio cresceram e o novo monstro ergueu os olhos para Cantarzo. O vampiro-rei sentiu novo frio cruzando a espinha. Os olhos eram bolas vermelhas e a boca da fera exibia dezenas de dentes pontiagudos e aguçados que foram vistos quando emitiu novo urro encarando Cantarzo. Lúcio levantou-se. Tinha agora quase três metros de altura. Braços de musculatura assustadora e um tórax que pareceu um muro aos olhos do diminuto vampiro. Os outros vinte e nove vampiros também se levantaram e caminharam aos urros para perto de Cantarzo. O vampiro-rei fez seus olhos cintilar e preparou-se para o combate. Levou a mão ao cabo da katana e curvou o corpo. Olhou para o pescoço largo de Lúcio. Suspirou duas vezes.

— Meu rei! — urrou Lúcio. — Nada tema, meu rei!

Cantarzo viu o gigante Lúcio ajoelhar-se. A voz não era mais a de seu lacaio, mas um pouco de sua fisionomia ainda era distinguível.

Os outros gigantes, de pé, avançaram mais um passo. Lúcio virou a cabeça parcialmente e urrou enfurecido. Os vampiros imitaram-no, prostrando-se de joelhos e prestando submissão ao rei dos vampiros.

Lúcio ergueu a cabeça e tocou com um dedo de unha longa a couraça negra de Cantarzo.

— Meu rei.

Cantarzo admirou os soldados à sua frente, todos ajoelhados, nus. Todos submissos, todos transformados naquelas criaturas fascinantes.

Tereza moveu-se até o meio dos novos vampiros e caminhou entre eles aproximando-se de Cantarzo.

— Essa é a realização do primeiro milagre que te prometi, vampiro — disse a voz sedosa da encantadora de homens.

O rei olhou para a bruxa, e ela lhe disse:

— Apresento-te tua guarda pessoal. Teus guerreiros.

Cantarzo abriu novo sorriso, admirado e feliz com o presente recebido. Acabar com as fortificações seria muito mais fácil agora.

— Vamos até a frente do templo. Tenho um presente ao teu bando.

Cantarzo e a bruxa, seguidos dos trinta soldados, foram para a porta principal do templo. Desceram os degraus de mármore e caminharam até a mureta guarnecida lindamente pela energia. Tereza cruzou a mureta, tocando o barro externo com os pés. Tirou de sua túnica um pequeno chifre retorcido e soprou. O instrumento fez som semelhante a um berrante de boiadeiro.

O vampiro-rei olhava-a atentamente. Do lado de fora da mureta, a bruxa tinha perdido o viço. Até mesmo sua túnica tão áurea parecia velha e encardida. Tinha rugas e cara de velha de mais de noventa anos. Após o toque do instrumento, Cantarzo desviou os olhos da mulher e olhou para o chão lamacento que ia juntar-se ao pasto logo adiante. Viu surgir mais uma vez os búfalos. Dessa vez vinham quatro pares atrelados a três carroças presas em linha, feito comboio de trem. Vinham cobertas por grossas lonas escuras e, na da frente, o vampiro viu um homem. Era Venâncio, o ferreiro!

— Venâncio! — exclamou surpreso.

— Ele traz algo para teus guardas.

Cantarzo lembrou-se imediatamente do tórax de ferro que viu sobre a mesa do ferreiro naquela noite em que visitou a forja do homem.

O tempo que demorou para as carroças chegarem junto à mureta foi guardado com silêncio. Cantarzo eventualmente lançava olhares para trás, admirando a exuberância física de seus soldados. Já podia até sentir antecipadamente o adocicado cheiro do medo vertendo dos olhos humanos.

Finalmente Venâncio encostou. O ferreiro trajava um manto grosso, do qual fazia parte um capuz largo que o protegera o tempo todo da garoa encantada que cerrava a ilha de Marajó. Apeou com presteza e com igual agilidade dirigiu-se à primeira carroça, desforrando-a por completo.

Tereza olhou para trás, chamando com o dedo o novo Lúcio. O gigante musculoso caminhou até a bruxa e foi direcionado à carroça.

Venâncio, de olhos arregalados ao aproximar-se do monstro, apanhou uma parte da couraça de aço enegrecido e colocou no peito do vampiro. Lúcio urrou, assustando tanto o mortal que o ferreiro caiu sentado na lama.

— Prossegue, Venâncio. Prossegue. Ele nada há de te fazer — instou a bruxa. — Aquieta-te, Lúcio. Venâncio é nosso amigo.

Venâncio ficou olhando para aquele gigante ferino. Só não estava gritando de medo porque em seus sonhos repetidos, nos quais tivera a premonição de construir aqueles trajes de guerras e espadas apropriadas para a envergadura daqueles colossos, tinha visto muito bem a cara das feras e sabia com o que lidaria cedo ou tarde. Mas o medo era algo que não se podia controlar. Estava ligado ao instinto primitivo de autoproteção e aquelas feras pareciam capazes de acabar com qualquer um com um golpe só ou valendo-se de uma única mordida.

Lúcio, sentindo o cheiro de medo do homem, arfou agoniado. Olhou com seus globos vermelhos para Cantarzo, como que suplicando por autorização.

— Aquieta-te, lacaio. Aquieta-te.

Lúcio fechou a boca recheada de dentes branquíssimos e afiados e curvou-se um tanto, como que simplesmente relaxando toda a musculatura.

Venâncio tomou a mão da fera e fez com que o animal segurasse a parte da frente sobre o peito de metal enegrecido. Tornou até a carroça e apanhou a parte de trás. Movia-se com cuidado, pois o peso das peças da couraça era enorme até mesmo para os braços treinados e acostumados daquele trabalhador. Ajustada a parte traseira, Venâncio apanhou uma bolsa de couro, donde tirou ferramentas e com elas selou as duas partes do peito de aço. Foi até a segunda carroça e desforrou-a. Apanhou um saiote de grosso tecido preto, ornado com placas de aço que terminavam em pontas agudas, lembrando espadas que circundavam toda aquela peça emitindo um ciciar metálico agradável. Voltou até Lúcio e contornou-lhe a cintura atando com nós a vestimenta. Feito isso, foi até o terceiro e maior carroção, abriu a traseira e puxou uma espada tão grande e pesada que só poderia ser carregada e manejada apropriadamente por um titã. Um homem comum não conseguiria golpear três vezes com aquela ferramenta. Com muito custo, o ferreiro arrastou-a até o soldado todo de negro. Lúcio apanhou a arma das mãos do ferreiro e, com facilidade, tirou-a do chão, erguendo-a acima de sua cabeça. A peça tinha coisa de dois metros de comprimento, contando a lâmina e o cabo. Falando na lâmina, aquela poderosa arma deveria ter uma de duas polegadas ao menos, coisa rara em qualquer espada, uma vez que a maioria dessas armas deveria ter peso moderado para que o espadachim pudesse manejá-la com velocidade, repetição e grande poder de dano. Outra característica que a deixava bastante distinta, era o seu formato curvo, tendo a ponta convexa um tanto mais larga que o restante do corpo, clamando claramente o desenho de uma cimitarra, as belíssimas espadas orientais. O fio formado por dois chanfros parecia pronto para partir até mesmo concreto. Nas mãos de Lúcio, parecia ter sido feita sob medida. O cabo era trabalhado em couro marrom escuro e terminava numa cabeça de ferro, lembrando os contornos de um dragão enrodilhado. O guerreiro espichou-se empunhando a cimitarra e sua silhueta se alongara para o alto, tendo agora, junto com a impressionante arma, mais de quatro metros de altura. Os demais monstros híbridos brilharam os olhos doidos por vestirem-se como Lúcio. A fera armada e paramentada com a couraça e o saiote negros ergueu a espada curva e moveu-a com facilidade e imponência. Virou o corpo faceando a carroça e desceu a cimitarra no lombo do búfalo mais próximo. O bicho não teve nem tempo de urrar, caindo repartido em partes. Lúcio urrou com um sorriso grotesco estampado no rosto. Ergueu a cimitarra tingida de sangue acima da cabeça novamente e urrou olhando para os semelhantes. Os outros vampiros também urraram extasiados. Lúcio virou de novo para a carroça e partiu um segundo búfalo.

A bruxa guardou silêncio vendo os outros animais serem abatidos. Assistiu com seus olhos brancos feitos o de um cego a cena macabra que se desenrolou. Lúcio, eufórico com o novo brinquedo, atirou as grandes e pesadas bandas de búfalos repartidos para o bando de vampiros que transformou aquela carne e sangue quentes em banquete.

Lúcio acalmou-se vendo seus amigos se refestelarem com os bovinos e caminhou sereno em direção a Cantarzo.

Venâncio correu até o último carroção e, novamente com dificuldade, arrastou a bainha que guarneceria aquela impressionante arma. Atou o cinturão de couro à cintura da fera que, instintivamente, embainhou a espada.

Lúcio parou em frente a Cantarzo e, mui respeitosamente, flexionou um joelho.

— Meu amo, estou pronto — proferiu a fera, com voz algo que gutural e muito mais grossa do que quando era meramente um humano.

Mesmo com um dos joelhos no solo, Lúcio permanecia mais alto que Cantarzo.

O vampiro-rei mantinha o sorriso no rosto tremendamente espantado e maravilhado com tudo aquilo.

A bruxa aproximou-se do rei e olhou-o nos olhos antes de começar a falar.

— Hoje és o rei dos vampiros do Brasil. Amanhã serás o rei de todos eles. Quando começar a estender teu manto de poder, não mais serás um rei e passarás a ser um grande, único e imortal imperador. Eis que te libero de minha ilha, guarnecido por teus pretorianos.

— Pretorianos?

A bruxa apontou para Lúcio, trajando uniforme negro e portando espada afiada.

— Na Roma antiga os imperadores eram protegidos pela temida guarda pretoriana. Quero que saias daqui não só fortalecido espiritualmente. Tua empreitada será grande. Os humanos se aproximam do covil de Anaquias. Grandes provações hão de suceder. Dei-te os teus trinta pretorianos para que partas daqui também fortalecido fisicamente. Os humanos hão de temer mais a teus guardas do que a teu próprio nome.

Um a um, os vampiros novos foram paramentados com as couraças negras e os singulares saiotes. Logo, todos tinham cimitarras iguais à de Lúcio em suas bainhas. Perfilaram-se como um batalhão em revista diante do vampiro-rei. Cantarzo sentia-se inebriado. Sentia-se orgulhoso e mais poderoso do que nunca. Cantarzo cedia aos primeiros encantos da vaidade.

Capítulo 74

Lucas ficou parado por mais de dois minutos admirando o grande caixão encerrado no quarto escuro do líder Fernando. Mesmo estando fechada dentro daquela caixa, Lucas sentiu o cheiro da vampira e seus músculos começaram a se enrijecer. Clamou por seu autocontrole e logo seus instintos arrefeceram, deixando a razão no comando de seus atos. Mesmo assim, seus olhos não conseguiram desgrudar-se daquela peça. Que criatura misteriosa era aquela! Uma vampira sozinha, vinda da floresta com uma bandeira de paz, ajudando de alguma forma a vitória dos humanos. O ineditismo daquela atitude era uma brasa que ardia na mente de todos que assistiam àquele ato. Lucas tinham escutado até mesmo certos comentários entusiasmados e cheios de admiração para com a visitante, por parte de alguns moradores de Santa Maria. Era estranho. Estranho e audaz. Lucas suspirou fundo e olhou para o líder da soldadesca.

— Assim que ela despertar, quero falar com ela.

Fernando anuiu de pronto e completou:

— Minha confiança nessa criatura cresce a cada dia, senhor Lucas.

— Isso não a faz menos vampira aos meus olhos. Ela está traindo sua gente. Está traindo sua raça. Bom sangue não tem.

— Se é inimiga de seu povo, é nossa amiga.

Lucas, que andava até a porta, dignou-se a parar para rebater aquela última observação.

— Aos meus olhos, Fernando, ela continua sendo um escorpião.

Lucas não esperou novas defesas por parte do líder da soldadesca baiana e retirou-se da casa. O ar quente da tarde ia perdendo a força e o disco vermelho tocava o horizonte. Era questão de minutos para que a noite tomasse o estado da Bahia. O Hércules deveria estar a caminho, trazendo o segundo batalhão de São Vítor e cercanias. Os preparativos para o ataque seguiriam noite adentro e pela manhã partiriam para o posto avançado. Depois de ver com os próprios olhos o grande covil em Diamantina, a estratégia de ataque seria adequada e transmitida a todos os comandantes da manobra. O grande confronto ia chegando. Os olhos dos soldados iam mudando a cada hora que passava. As conversas diminuíam e cada qual parecia mergulhar em seu próprio mar bravio de reflexões. As horas derradeiras para muitos, sabia parte deles.

Em contrapartida, a confiança dos homens crescia à medida que soldados e voluntários chegavam à fortificação de Santa Maria. Sinatra emprestara sua bela voz para cantar e ler os comunicados redigidos por bento Francis. Os pedidos lançados da rádio de São Vítor tinham tocado o coração de muitos homens e mulheres de valor. Muitos deixaram o conforto de suas pequenas vilas envoltas em muros e rumaram para Santa Maria. Se perguntassem a muitos deles, a maioria responderia que fazia aquilo justamente para um dia verem-se livres daqueles muros de uma vez por todas. Eram homens de coragem que tinham cegado o medo com uma centelha de esperança e enfrentado a estrada, alguns em bando, outros sozinhos, por conta dos apelos.

Escureceu aquele dia. Lucas e seus seguidores tinham ido até a pista de pouso providenciada nas redondezas da cidade. Não havia instalação elétrica ali e o jeito foi improvisar para sinalizar a pista. Com a ajuda dos soldados, vários tambores foram dispostos dos dois lados em duas fileiras de oitocentos metros de extensão cada uma. Através de um rádio, acompanhavam a aproximação do C-130. Ao sinal de Lucas, o combustível dentro dos tambores foi inflamado, formando duas colunas, dois rastros de fogo. Era o melhor que podiam fazer para indicar a Davi onde aterrissar o Hércules. Teriam de confiar na habilidade do major para que a aeronave não fosse danificada e para que tudo corresse bem.

Lucas estava entretido com a tarefa, quando ouviu o trotar de dois cavalos. Deu uma olhada rápida e não se prendeu, afinal de contas soldados montados a cavalo era o que mais se via naqueles dias de preparativos intensos. Contudo, aquela dupla vinha em sua direção. A escuridão não tinha permitido que reconhecesse as feições de imediato, mas o cheiro chegou na frente. Antes que pudesse fazer qualquer coisa, seus olhos brilharam amarelos e sua luva correu ao cabo da espada. Era uma vampira. A vampira. Não desembainhou a lâmina, mas os dedos ariscos mantiveram-se apertados ao cabo. Lucas conteve-se e conseguiu controlar-se. Não foi tão difícil e isso lhe agradou. Ficava claro que a vampira avançava em sua direção, mas não trazia o desejo de atacá-lo. Os outros bentos ao redor também sentiram o cheiro e foram aproximando-se de Lucas. Os novatos, como Marcela e Rogério, tinham os olhos amarelos, prontos para o combate.

— Acalmem-se! — bradou o trigésimo guerreiro.

À sua voz de comando, os ânimos amainaram.

Fernando parou o cavalo de frente a Lucas, desmontando agilmente e apressando-se para dar sua mão para que a vampira ruiva descesse do cavalo.

Lucas encarou-a em silêncio. Ela era alta e esguia, tinha os cabelos vermelhos e um tapa-olho! Foi como se Lucas fosse lançado ao passado. Como se tomasse um choque. A imagem do velho Bispo, atarracado na cadeira de rodas em sua sala cheia de quinquilharias, veio-lhe à mente. Bispo fazia um alerta. Inconsciente, Lucas levou a mão ao cabo da espada mais uma vez. A vampira de tapa-olho! A vampira da advertência. *Sai de retro Satanás!*

Raquel caminhou ao lado de Fernando e aproximou-se do trigésimo, o tão famoso guerreiro salvador dos humanos. Aqueles poucos dias que convivera com o povoado de Santa Maria, mesmo tendo ficado à distância da maioria dos habitantes, tivera a oportunidade de escutar muitas conversas com seus ouvidos aguçados. O amor e respeito ao guerreiro salvador era enorme e seu carisma era perceptível até mesmo através dos relatos verbais. Crescera a admiração da vampira guerreira pelo humano guerreiro. Não fosse a separação das raças, de verdade gostaria de travar convivência com aquele mortal e talvez com ele aprender um ou dois truques de liderança.

Lucas ainda ouvia ecoar em sua mente as palavras do Bispo. Não havia uma preocupação exagerada para com a inimiga, mas as palavras do ancião não poderiam ser mais específicas. "*Rezarei por você, Lucas. Vocês têm de ganhar. Têm de vencer os malditos. Eu nunca botei os olhos num dos bichos, mas dizem que são feios. Nos meus sonhos, são como o capeta, tenho uns arrepios, acordo gritando 'Sai de retro Satanás', principalmente quando sonho com aquela de tapa-olho. Tome cuidado com ela. Uns irmãos teus já viram essa peçonhenta na floresta. É bem perigosa.*"

— Essa é Raquel, Lucas. A vampira que tanto nos tem ajudado — apresentou Fernando.

Lucas apenas meneou a cabeça em aceno, sem estender a mão para a vampira.

— Espero que esteja sendo tratada a contento, vampira. Agradeço a colaboração.

A vampira repetiu o aceno cordial, sem também dar a mão para Lucas. Não sabia qual seria a reação do líder moral e guerreiro da raça humana. Ele poderia negar-se a um contato mais expansivo, o que aumentaria seu constrangimento.

Os bentos novatos foram aproximando-se. Marcela ainda respirava fora de compasso, como se não fosse suportar a gana de estrangular aquela criatura. Rogério, bem mais controlado, observava atentamente a inimiga. Via que ela estava armada, o que representava perigo iminente. Não acreditavam no que viam. Uma vampira e um bento conversando. Esse dia haveria de entrar para a nova história da humanidade.

Bento Vicente e bento Francis aproximaram-se de Lucas, ficando alguns metros para trás. O bento médico também se mostrava boquiaberto. Era inacreditável. Uma vampira, ali, na frente deles, como se fosse um soldado, colaborando com a batalha!

— Ela fede... — tartamudeou Vicente, sendo ouvido apenas por Francis.

— Maldita, vampira! Quantos humanos já não matou?

Vicente olhou para Francis.

— Vamos deixar esse troço barato?

— Calma, Vicentão. Calma. Temos de ver até quando dura essa trégua. Um deslize dessa vagabunda e arrancarei o olho bom que lhe resta — completou Amintas, sendo o último bento a se juntar ao grupo. O veterano desviou os olhos da vampira e manteve-se vigilante na figura de Marcela. Sua adorada guerreira parecia elétrica. Um deslize da criatura noturna e todos os bentos sacariam suas espadas e pouco sobraria daquela valente invasora para mostrar às gerações vindouras.

Lucas manteve-se por um longo tempo mirando o rosto da vampira, sustentando seu olhar.

— Está ciente de que em poucos dias daremos início ao ataque que selará o destino de seus semelhantes?

A vampira digeriu a pergunta do trigésimo guerreiro antes de responder. O momento era delicado para qualquer resposta brusca.

— Sei bem o que farão amanhã, líder mortal. Pois bem fui eu quem procurou esse destino. Estou entregando Anaquias e seu covil de mãos beijadas.

— E o vampiro-rei? O que sabe dele?

— Como tu, ele é a promessa para a vitória dos vampiros sobre a face da terra. Ele será o que trancará sua raça feito gado em curral. Contudo, vejo que você respeita seu povo e em nenhum momento soube de clamores lançado por ti para submissão total e idolatria.

Lucas olhou para Fernando. Andavam conversando bastante aqueles dois.

— Já esse nosso rei, mesmo antes de estar presente em carne, clamou por idolatria e apoiou barbaridades. Feriu amigos e fez general um fraco. Não posso compactuar com semelhante criatura nem sendo ela um rei. Sou à parte e não tenho mais lugar naquele covil.

— E por isso nos busca?

— Busco seu apoio. Busco essa trégua. Por quantos anos isso vai durar, não estou apta a prever. Ofereço meu braço e minha força em aliança para obter a vingança contra aqueles que não souberam me dar valor nem respeito.

— Palavras perigosas as tuas, vampira — arrematou bento Francis, finalmente aproximando-se.

Raquel ergueu o olho bom para o bento médico.

— Há perigo em todo canto por esses dias, bento. Eu atacaria sozinha aquele general idiota tamanha é minha raiva. Ele tirou de mim meu último amigo. Meu único amigo... não vou deixar que ele prossiga. A preço algum.

Lucas não ofereceu censura. Continuava encarando a vampira.

Vicente se postou ao lado direito do trigésimo guerreiro.

O rosto de Raquel mudou rapidamente.

Um ronco forte encheu o céu e os homens em terra se agitaram.

Todos miraram as nuvens e o potente facho de luz que apontava naquela direção.

— É o Davi! — gritaram alguns.

— O Hércules está voltando!

Francis estugou o cavalo e partiu para a cabeceira da pista. Bento Vicente acompanhou-o galopando logo atrás. Uma agitação animada e gritos e vivas escaparam da garganta de muitos soldados.

Lucas não se rendeu à animação e ao agito, pois continuava olhando firme para Raquel. A vampira tinha-se transtornado por um segundo, breve e fugaz, lutando para voltar à estudada feição tranqüila. Ela percebeu que Lucas a observara por aquele instante. Simplesmente esquivou-se olhando para o céu. Novamente seu rosto se transformou, agora para uma expressão surpresa. Luzes cortando as nuvens como uma imensa nave espacial. O tão famoso avião de guerra estava chegando!

Lucas caminhou até um dos latões flamejantes e apanhou o estribo de seu cavalo, montando-o rapidamente. Açoitou levemente a montaria e tomou o sentido oposto de Vicente e Francis, indo para o final da pista.

Os turboélices do Hércules emitiam um rugido avassalador. O avião chegou perdendo altitude e diminuindo a velocidade. Os homens mais próximos à pista afastaram-se assustados, procurando uma distância segura.

O avião tocou o solo e o arrasto da massa de ar fez com que alguns dos tambores virassem esparramando o líquido inflamável por vários metros. A quantidade de poeira que se levantou chegou a eclipsar por alguns instantes a visão de alguns dos soldados ao redor.

— Uau! — gritou um deles, que não tinha assistido à primeira aterrissagem.

— Massa!

Lucas viu o bico da máquina se aproximar. Sabia que não precisaria sair da pista, pois no vôo de chegada tivera a honra de pousar sentado no cockpit e ouviu Davi dizendo que a pista era mais que suficiente para o trambolhão.

O C-130 fez uma ligeira curva e estacionou. O som metálico e grave da porta do compartimento de cargas descendo encheu a noite.

Lucas olhou novamente para a vampira. Ela estava silenciosa, em cima de bela montaria, fazendo o animal avançar gentilmente. Fernando, também montado, permanecia ao lado da vampira. Lucas deixou um sorriso leve ganhar seu rosto. Até que os dois formavam um casalzinho simpático.

Lucas conduziu Tião para o fim da aeronave. Potentes motores produziam um ronco contínuo. Lucas olhou para as hélices do Hércules. Elas diminuíam de velocidade e parecia que os motores tinham sido desligados, sobretudo sabia que aquele ronco não era do Hércules. O som dos motores Allison era diferente. Quando Lucas postou-se ao pé da rampa, seus olhos arregalaram-se. Sabia que eles viriam naquela última viagem. Eram admiráveis! Os roncos aumentaram e um barulho metálico se fez assim que os comandantes dos tanques puseram as lagartas para rodar. Eram três tanques de guerra extremamente robustos, com canhões longos e de grosso calibre apontando para a frente. Um deles vinha de Osasco e dois de Pirassununga. Os outros encontrados e trazidos previamente não tinham condição de combate. Seus motores foram reparados e conseguiam deslocar-se, mas os canhões e metralhadoras estavam inúteis. Além de servirem de fonte de peças para que aquelas três maravilhas desempenhassem bom papel na luta que chegava, ao menos serviriam de barreiras móveis de aço para os soldados dentro do covil Diamantina. Toda e qualquer manobra era considerada naquele combate, o mais importante da história. Os motores bebiam o diesel escasso, especialmente reservado para as feras blindadas. Colunas negras saíam pelo escape e infestavam o ar com aquele cheiro característico do combustível. Desceram com estardalhaço pela rampa de desembarque e tomaram a pista de terra preparada para a aeronave. Desfilaram com imponência diante dos olhos espantados dos soldados. Lucas sabia que os tanques de guerra não salvariam a pátria na peleja que se aproximava, mas sabia o efeito moral que teria sobre seus comandados. Ajudaria os homens a sentirem-se mais protegidos e sobraria mais espaço em suas mentes para pensarem no bom combate e não serem dominados pelo medo. Lucas começou a cavalgar ao lado dos blindados e sacou sua espada, levando-a ao alto. As centenas de soldados que circundavam a pista começaram a gritar, empolgados com a liderança do trigésimo guerreiro. Lucas partiu, guiando os blindados para o acampamento.

Capítulo 75

Benito olhou para seu novo parceiro. O rapaz estava agoniado. Era a terceira vez que o fusquinha quebrava no meio da estrada e, dessa vez, Benito não tinha a menor idéia do que pudesse ter acontecido. Verificou as velas, combustível, bateria. Cabos de vela, alternador. Tudo parecia estar em ordem, mas o maldito do veículo não pegava e o motor não dava partida.

Dessa vez Franjinha entregara-se ao mutismo. A viagem que na promessa duraria um dia, já ia para o seu terceiro dia. Queria chegar logo em Nova Natal. Não sabia o porquê, mas pressentia que lá encontraria o seu passado. O passado esquecido. A única coisa que se lembrava e contara ao Benito é que seus dois salvadores, que o tiraram de dentro de um rio bravio, tinham sido mortos por vampiros há cerca de duas semanas. Ele e seus dois amigos, Tânia e Everton, foram emboscados. Os vampiros queriam o seu *laptop*. Tânia dizia que o computador portátil deveria ser defendido a todo custo. Por isso Benito começou a correr feito cachorro louco. Embrenhou-se perigosamente na mata e escondeu-se debaixo de um amontoado de pedras. Agora até suava frio, rememorando aquela madrugada. Loucura! Quando amanheceu, viu bem onde tinha se entocado. Ao deixar o buraco escolhido e olhando para trás, notou ovos quebrados em algumas reentrâncias da pedra e viu esparramadas ao sol uma dúzia de serpentes. Tinha se escondido num ninho de cobras. Vagueou pela mata, tentando rememorar o caminho. Rememorar. Aquele era o problema. Todo dia Everton e Tânia tentavam fazê-lo rememorar. E ele se recusava. Não aceitava o que eles diziam. O que eles diziam? Nem se lembrava mais. Diziam que Franjinha era importante e que o computador também era. O computador salvaria os humanos. Como ele poderia ajudar a salvar os humanos se sua cabeça tinha entrado em parafuso? Franjinha voltou até o casebre que lhes servia de abrigo. Seus olhos marejados ficaram grudados nos olhos de Tânia. Tânia, a morta. Everton também estava pálido, sem sangue no corpo. Morto. Paradão. De olhos abertos e boca aberta. Franjinha tinha fugido dali, ouvindo a boca morta repetir incontáveis vezes: Lembre! Lembre! Lembre!

Franjinha andara errante por dias e dias. Até ser encontrado, fazendo churrasco de gato. Já mal lembrava o nome de seus amigos, quando aquele Benito surgiu com o fusquinha azul. Mas quando o inesperado viajante mencionou Nova Natal, ele finalmente se lembrou dos amigos. Lembrou deles falando: Lembre! Você é o cara! Lembre!

Era por isso que ficava furioso e perdido. Não lembrava. Não lembrava. E queria lembrar. Queria saber para que serviria aquele *laptop*. Porque estava perdido no mundo. Queria saber de tudo isso. Os amigos, antes de ser mortos, estavam levando-o de volta para casa. Tinham falado um bilhão de vezes o nome do lugar, mas agora era incapaz de recordar. Diziam que lá ele lembraria de tudo. Que essa amnésia era obra de um choque pós-traumático. Os olhos mortos de Tânia encarando-o não o tinham ajudado muito a sair daquele choque. Na verdade, ele mal se lembrava do rosto dela. Mas lembrava-se dos olhos pretos encarando os seus. Lembre! Lembrar o quê? Cabeça confusa dos infernos! Uma barreira! Um entrave! Inferno!

Franjinha levantou-se e andou em volta do fusca.

Benito estava suando em bicas. Nervoso e gesticulando. Olhou para o acompanhante abraçado àquele *laptop* idiota.

— Inferno! Droga de carro do caralho! A gente nunca vai chegar desse jeito! Vá à merda. Parece coisa do cabrunhão. Parece uma barreira, um diabo! Um inferno!

Franjinha coçou a cabeça.

Inferno. Cabrunhão. Barreira.

Barreira. Cabrunhão. Inferno.

Barreira. Inferno.

Barreira do Inferno.

— Deus do céu!

Franjinha caiu sentado.

Era esse o nome do lugar que os mortos falavam.

Barreira do Inferno.

— Benito! Você conhece um lugar chamado Barreira do Inferno?

O homem tirou os olhos do Fusca um instante e encarou o loiro de franja comprida. Balançou a cabeça positivamente e voltou para a traseira do carro, mexendo no motor e nos cabos.

— Conheço. Ouvi falar muito desse lugar nos últimos meses. Acho que é perto de onde tamo indo. Perto de Nova Natal.

— Me leva pra lá. É pra lá que tenho de ir. Eu vivia lá. Eu trabalho lá. Esse computador é de lá.

— Lá é onde fica a tal da base do TUPÃ.

Franjinha caiu sentado no matagal da beira da estrada.

— Eu... eu... me lembro desse nome.

Benito ergueu a cabeça do motor e ficou olhando para o parceiro.

— Eu servi ao diabo meses atrás. Não me diga que você... não me diga que você é o cara desaparecido? Se for... santo Deus. É minha hora de reparação.

Franjinha sorriu.

— Repara o motor primeiro. Faz esse bichinho funcionar. Me leva de volta pra Barreira do Inferno.

Capítulo 76

Quando o primeiro raio de luz raiou no horizonte, os motores do Hércules foram ativados uma vez mais. Lucas, em cima de seu tordilho marrom-escuro, passou em revista o contingente de soldados e bentos, veteranos e novos, que venceram seus próprios medos e o acompanhavam naquela homérica tentativa de livrarem-se de uma vez por todas do mal vampírico. Lucas chegou a sentir-se maravilhado vendo todos aqueles homens perfilados, formando uma força de cinco mil duzentos e poucos milicianos e mais cerca de sete mil voluntários. O trigésimo guerreiro estava orgulhoso, especialmente por contar com aquela gente, que não era treinada em armas, mas que, ao perceber a chance preciosa que surgia à frente dos soldados, não aguardou conclamação ou chamado obrigatório para engrossar o número de homens que iriam para a frente de combate. Tinham chegado de todos os lados do Brasil, vindos em caravanas, compostas na grande parte por carros de boi e carroças puxadas por jegues. Não havia armas de fogo em número suficiente para aquele exército repentino. Diante de sua retina, via homens armados com facões, espadas e lanças. Cada grupo de duzentos e cinqüenta homens tinha um comandante encabeçando o batalhão. A maioria desses comandantes eram bentos e soldados que há muito já lidavam com os vampiros.

Mesmo com o alerta da vampira sobre a gigantesca superioridade numérica dos vampiros entocados no meio da Chapada Diamantina, Lucas não esfriava o ânimo e dizia que tinham de atacar agora ou nunca, posto que estavam todos enfurnados numa espécie de "caverna artificial", estavam protegendo-se da luz do sol sob uma estrutura montada, estrutura que não era exatamente resistente. Lucas tinha chegado a essa conclusão ouvindo as palavras da boca da própria Raquel. Ela tinha dito que as partes daquela cobertura eram móveis, carregadas pelos vampiros por onde quer que se arrastassem. Tinham ainda a vantagem poderosa do sol, da luz do dia. Que adiantariam milhões de vampiros contra o sol? Nada. Atacados de surpresa, nada teriam a fazer além de protegerem-se da luz. Nesse instante, os guerreiros bentos, soldados e voluntários valer-se-iam de toda a coragem que pudessem juntar e desencadeariam golpes contra as feras, franqueando passagem ao sol aliado que daria cabo das feras. Recuariam ao final do dia, quando o céu azul começasse a dar vez ao anoitecer e certamente deixariam uma marca de destruição inesquecível para o povo noturno.

Com a chegada dos voluntários, que vinham em romaria de tudo que era canto, o grande Hércules acabou sendo pouco para a movimentação das tropas. Davi levaria o máximo de homens que pudesse no decorrer do dia, enquanto quatro mil daqueles homens partiriam imediatamente sobre cavalos, caminhões e motocicletas. A previsão de chegada para o grupo de terra era para o anoitecer daquele mesmo dia. E no próximo alvorecer, finalmente o ataque seria lançado.

Lucas, do alto de seu tordilho Tião, olhou para as tropas dispostas no campo à frente de Santa Maria. Seu coração batia acelerado. Suspirou fundo. Não era o medo de perder a própria vida que o incomodava. Era a saudade enorme que já enraizava em seu peito. Gostava daqueles homens. Gostava de sua mulher. E, acima de tudo, desejava voltar para casa para poder conhecer melhor seu filho tão novo, o Jordão. O trigésimo guerreiro baixou a cabeça. Jamais afastaria aquele fardo. Era ele o escolhido para aquela tarefa. Era ele o trigésimo guerreiro. O homem certo para inflamar aqueles corações e derramar coragem no peito daqueles homens.

Ouviu os brados de Vicente comandando uma tropa de cento e cinqüenta homens, colocando-os em filas de trinta homens cada. Vicente cavalgava mansamente ao redor dos guerreiros que estavam no chão. Eram todos voluntários, munidos de espadas e facões e toda sorte de material contundente que puderam deitar as mãos. Mais adiante, bento Teodoro também bradava com um grupo de igual número. Os soldados e voluntários tinham os olhos injetados e prestavam a maior atenção às palavras do bento ruivo. Teodoro tirou o cigarro da boca e arremessou ao chão de areia. Gritava palavras de incentivo e descrevia os ataques das feras.

Mais adiante, os olhos de Lucas encontraram bento Duque e Amintas, cercados por novatos que escutavam suas recomendações.

Eram todos, sem exceção, homens distintos e de bom coração. Bravos guerreiros que também não vacilavam diante de desafio tão sufocante. Lucas ergueu o queixo e orgulhou-se de seus soldados. Terminar o dia seguinte com vida era incerto, mas a certeza de estar prestes a cruzar o manto em tão boa companhia apaziguava a alma e minguava o desespero. Via-se claramente que mesmo sendo um predestinado, Lucas era humano. Seus olhos estavam marejados de lágrimas, admirando os destemidos companheiros. Haveria de sentir falta de tudo aquilo e de todos aqueles admiráveis combatentes.

✠ ✠ ✠ ✠ ✠ ✠

Quando a noite chegou, um mutismo estranho tomou conta de muitos daqueles homens e mulheres que se preparavam para o combate. Os segundos escorriam para o passado lentamente, ao passo que a lua subia no céu. O grande globo pálido refletia a luz solar esparramando um véu de claridade que ofuscava o brilho das estrelas circunvizinhas. Cavalos bufavam e o barulho de muitos pés contra o chão lembravam o som de uma marcha. A maior parte dos combatentes já tinha jantado. Ocupavam aquelas horas derradeiras com algo que lhes ocupasse a mente.

Fernando, o líder de soldados de Santa Maria, afastou-se do acampamento e subiu um morro que ficava nos arredores. Seu coração batia rápido. Apesar de rodeado por milhares e milhares de companheiros, não se sentia aliviado de sua tarefa. Tivesse esse confronto acontecido há um mês e não se sentiria tão aflito como agora. Há um mês não se sentiria perdendo. Sentir-se-ia justamente cumprindo seu dever. Agora tinha aquele peso diferente em sua mente. Caso não voltasse, caso fosse vítima dos malditos inimigos, estaria perdendo. Colocou um cigarro na boca e acendeu. Soltou uma baforada na direção da lua, mantendo os olhos no satélite. Veria aquele halo maravilhoso amanhã? A resposta estava por vir. Olhou para baixo. O acampamento que nascia ao pé do morro espalhava-se por uma área de quinze mil metros quadrados. As barracas, latões com pedaços de madeira e fogueiras perdiam-se de vista. Postos avançados e torres de observação tomavam conta do perímetro, enquanto patrulhas motorizadas faziam varreduras. Esse movimento todo era para assegurar que não seriam pegos de surpresa caso o imenso covil desse por conta da presença humana em seus arredores. Tantos homens. Todos unidos por um mesmo objetivo. Quantos deles estariam respirando àquela mesma hora na noite seguinte? Quantos seriam enterrados no chão da Chapada Diamantina? Fernando repetiu a resposta que dera a si mesmo. Estava por vir. Inspirou fundo e deixou o ar escapar lentamente.

— Preocupado, soldado?

A voz de Raquel fê-lo sobressaltar. Contudo não foi medo a emoção. Foi outra coisa. Fernando virou-se e encarou a vampira ruiva.

Raquel moveu-se lentamente até ficar a um palmo do soldado. Seus cabelos vermelhos e longos dançavam com o vento da noite. Percebendo o olhar insistente do homem, involuntariamente procurou ajeitar os fios.

— Está com medo da alvorada?

Fernando aquiesceu.

— E mesmo assim vai de encontro ao grande covil? — perguntou a vampira, arqueando a sobrancelha.

— Vou.

Raquel aproximou o rosto ainda mais. Cheirou os cabelos do homem e a pele de seu pescoço. Afastou-se alguns passos, de costas, depois voltou a encará-lo.

— Os humanos não valem muita coisa, mas gente feito você, feito esses aí no acampamento... são impressionantes. São cheirosos.

Fernando sorriu.

— Você foi humana também. Não se lembra de seus dias como uma mortal?

Raquel andou para debaixo de uma árvore, ficando na sombra projetada pelo luar. Seu olho brilhou suavemente, vermelho, sanguinolento.

— Depois que fui apanhada por essa maldição... — ela fez uma pausa, lembrando-se de um bebê em seu colo. — Eu não diria que perdi a memória. É algo estranho, mais complicado do que isso.

— Por que odeia tanto os humanos?

— Não odeio. Odeio Cantarzo, odeio Anaquias. Os humanos... são minha comida. Conversar com você é como conversar com um porco que será servido na ceia.

Fernando meneou negativamente a cabeça. Como podia encantar-se com as curvas, com a imponência de uma criatura que o chamava de porco?

— Na verdade, eu desprezo os humanos. Vocês são uma pedra no sapato. Comida arredia. Mas acho que esse é o encanto na coisa toda. Precisamos de vocês. Caçamos vocês. Vocês são expertos. Alguns se reúnem e lutam. Outros sentam e choram. Esses exalam o buquê do medo. A coisa mais enlouquecedora ao olfato de um vampiro, depois do sangue. Não queremos saber o que pensam. Não damos bola para seus pedidos de clemência e misericórdia. Nós saímos do sério. Perdemos a audição. Somos só dente e fome.

Raquel deixou a sombra e voltou a caminhar na direção do soldado, mexendo docemente seu quadril.

— Você é a mulher mais linda que já vi.

Raquel parou. Ficou olhando silenciosamente para Fernando.

— Mas nesses momentos de silêncio e calma, quando meu desejo me alinhou com seu desejo... não posso evitar... tenho de reconhecer... — aproximou-se mais, e mais uma vez cheirou o humano, tocando seu nariz na pele do rapaz. Dessa vez a vampira deixou sua língua roçar o pescoço do homem. — Vocês parecem formidáveis.

Fernando, com força, agarrou a nuca de Raquel e beijou-lhe a boca. Com um braço, tomou a cintura da mulher e o outro roçou as costas da vampira. O beijo prolongou-se por quase um minuto, ardente, cheio de vontade e malícia.

Raquel livrou-se do abraço repentinamente e cambaleou para trás, quase caindo, sendo aparada pela árvore. Respirava ofegante, descontrolada, como se fosse viva, precisando devolver o ar para os pulmões. Levou os dedos aos lábios carnudos. Gosto de sangue na língua.

Fernando cuspiu o sangue da boca. Um fio vermelho descia do canto de seus lábios. Sua língua foi ferida nos dentes da vampira. Arfava excitado. Não acreditava que tinha feito aquilo. Vampira dos infernos! Seria maldita?! Estava enfeitiçado.

Com voz alterada, a vampira tornou a falar:

— Vocês vão morrer amanhã. Anaquias tem seiscentos mil vampiros entocados naquele cânion. Vocês não somam quinze mil. Como ousam ir de encontro ao covil? Nós é que somos filhos das trevas, semideuses. Nós não morremos fácil. Vocês... ao menor desarranjo... perecem. Foge da minha compreensão tamanho desatino.

— Eu não tenho medo de morrer, vampira — bufou Fernando, aproximando-se de Raquel. A criatura recuou um passo, estava confusa. — Eu não tenho medo de ser cortado ao meio por unhas ferinas. Não tenho medo de ter meu sangue bebido por sua gente. Não tenho medo de ir parar debaixo da terra.

Raquel não resistiu ao contato de Fernando. Novamente o homem a abraçava, com força e doçura. Com desejo e hipnótico magnetismo.

— Eu só tenho medo de nunca mais ver você.

Novamente Raquel recebeu o beijo do humano. Fernando dessa vez não se conteve com a demonstração de paixão. Sua mão tirou o sobretudo da vampira e depois puxava os cordões de couro que amarravam o espartilho da noturna. As armas da vampira foram ao chão de terra, bem como sua sanidade. Raquel sentiu-se tonta. Não experimentava coisa parecida há décadas. Tão resoluta e combativa nos assuntos de guerra, sentia-se afundando e sufocando nos braços do desesperado amante. Seus cabelos ruivos espalharam-se no chão e logo sentiu seu corpo todo estremecer ao sentir os lábios do humano experimentando seu colo, seus seios e descendo por sua barriga. Maldito feiticeiro! O que estava fazendo com sua cabeça?

Raquel agarrou os ombros do humano e puxou-o para cima. Encarou-o um instante. Seu olho brilhava vermelho, banhando o tórax nu do soldado.

— Está louco?

— Não. Nem um pouco.

— Me quer de verdade?

— A qualquer preço.

A vampira abriu a mandíbula e cravou seus dentes aguçados na carne do humano.

Fernando repeliu-a empurrando sua testa com firmeza.

— Não. Hoje, não.

— Seja também imortal. Junte-se ao meu mundo.

— Amanhã ao anoitecer. Me encontre aqui. Debaixo dessa árvore. Amanhã meus homens precisarão de mim.

Raquel grunhiu ao ser contrariada. Seus punhos estavam presos nas mãos do mortal. Inexplicavelmente não encontrava forças para se vir livre daquela prisão.

Fernando arrefeceu o espírito da criatura, selando sua boca com um novo beijo.

Capítulo 77

Frio. O bento novo sentia frio. A hora do combate tinha chegado. Era a hora de espremer a alma e extrair toda a valentia que pudesse encontrar dentro daquela carcaça gelada pelo vento cortante da madrugada. Enzo inspirava e expirava longamente. Estava tenso. Longas colunas de vapor escapavam de seu nariz. Igual à grande maioria de seus amigos de batalha. Olhou para a sua direita. Uns cem homens. Olhou para a esquerda. Mais cem. A linha do horizonte começava a tingir-se de roxo avermelhado. Estranhamente nenhuma voz era ouvida, criando um quase silêncio. Quase silêncio porque havia o ruído de armas e pés roçando o chão, o relinchar e os cascos de cavalos, homens que tossiam incomodados com o frio da alvorada. Estendeu a mão à sua frente. Estava tremendo. Seria até natural, levando em conta a temperatura, mas aquilo ali não era por causa do frio. Estava tenso, nervoso, quase que se borrando de medo. Mas tinha prometido a Lucas que estaria ali, empunhando sua espada, disparando com sua arma, combatendo o bom combate. Era um bento novo. Momentaneamente cego e abalado pelo sufocante ambiente ao seu redor. A história toda ainda não tinha descido pela garganta e ficava regurgitando aquela sensação desconfortável dia após dia. Como nunca despertava em sua cama de solteiro no apartamento de seu pai viúvo, aquilo só poderia ser a verdade nua e crua. A verdade absoluta. Era um guerreiro desperto num mundo novo. Tinha ouvido tanto falar de Lucas nos dias que antecederam sua partida para Santa Maria, que, quando o viu em carne e osso a primeira vez, chegou a pensar que todos que tanto tinham falado daquele homem sofriam algum tipo de séria alucinação coletiva, fumavam baseado ou algo que o valesse. Lucas era um rapaz mediano, beirava uma aparência franzina e não condizia nem um pouco com o vulto do guerreiro salvador, o homem que há quase um ano tinha liderado os bentos, quando esses eram bem mais raros, e os juntara no CLBI e lutara contra mais de vinte mil vampiros, armado quase que exclusivamente com um desejo ardente e insano. Estava pensando nessas coisas, tinha até um sorriso besta no lábio, quando aquele rapaz de cabelos castanhos revoltos o olhou nos olhos. Enzo sentiu seu corpo queimar sem conseguir desviar os olhos da figura magnética. O trigésimo guerreiro montava o também famoso Tião, tordilho de garbo marcante, e vinha em sua direção. Alguém gritou alguma coisa e Lucas disparou com o cavalo, desviando-se do novato. Enzo tinha travado contato visual com o trigésimo guerreiro por cerca de quinze segundos. Quinze míseros segundos! O suficiente para o novato sentir um fogo invisível consumir suas entranhas e sentir redobrar a admiração e respeito ao mitológico guerreiro. Enzo viu Lucas cavalgando com a capa vermelha esvoaçando. O novato passou a mão enluvada no rosto, limpando o suor. Bufou. Tinha prendido o ar no peito, tamanha era a tensão. Não entendia como isso podia ser. Tinha olhado para ele por quinze míseros segundos! Repetia isso feito um mantra. Mais tarde, foi ter com o guerreiro e passou vinte preciosos minutos junto de Lucas, observando seus comandos, presença de espírito e grande carinho pelos companheiros e companheiras de batalha. Bastou aquele encontro breve, de apresentações, para que todos os bentos novatos, de igual, se colocassem à disposição de Lucas. Sentissem vontade de lutar em nome daquele homem e por sua causa. E a causa era das mais nobres. Era aplacar a agonia e o medo dos irmãos de sangue. Livrar a terra do mal noturno. Uns poucos minutos e umas poucas palavras tinham transformado cada um deles em devotos daquele guerreiro.

Os preparativos para o confronto começaram oficialmente às quatro da manhã. Na verdade, para a grande maioria dos novatos e dos voluntários, os preparativos tinham começado há muito, há muitas horas e muitos dias. Nunca tinham combatido de verdade. Nunca tinham ido para a frente de confronto por próprio gosto. Aquilo não era meramente defender o muro de um ataque impossível de evitar. Aquilo seria como cutucar um vespeiro. Tinham visto o tamanho da redoma criada pelos vampiros. Tinham idéia do tamanho da encrenca e percebiam um espectro sufocante enrodilhar suas gargantas. Sabiam que muitos deles morreriam. Morreriam e nem todos os vampiros pereceriam. Atacariam o covil para diminuir o poder de destruição daquela massa de noturnos que prometia varrer as comunidades existentes, queimando e destruindo tudo em seus caminhos. Por conta disso, bentos novatos e pessoas voluntárias tinham começado as preces e verificado as armas de que dispunham um bilhão de vezes desde o anoitecer. Levantaram às quatro da manhã com as cornetas e com os urras de bravura dos veteranos. E só pensavam no combate, a todo instante. Enzo visualizava. Antevia o que lhe esperava. Imaginava sua espada zarpando da bainha e varrendo a frente e cortando o pescoço dos inimigos. Imaginava-se escapando das garras de dúzias daqueles monstros ferozes e sua espada golpeando vencedora a todo instante. Isso lhe acalmava. Essas visões, repetidas e repetidas, começavam a parecer o reflexo da verdade vindoura. Do futuro imediato. E os tambores ribombavam. A hora chegava. O sol nascia. Era a hora do bom combate.

Bento Vicente, Ulisses, bento Duque e Amintas foram alguns dos veteranos responsáveis pela organização dos batalhões que partiriam em marcha. Bentos novatos, misturados aos veteranos, foram dispostos em trios, recheando aquela massa de homens, fortalecendo cada bloco de soldados.

A estratégia não era rebuscada. Poderia ser tomada até como uma ação de efeito sintomático. Tinham encontrado o problema e agora deveriam atacá-lo a qualquer preço. Depois que os homens de

Fernando ficaram observando cautelosos aquele grandioso covil, confirmaram que a estrutura era, de certa forma, frágil. Assim que o sol raiasse, um grande objeto seria arremessado de frente à estrutura no fito de estourar e abrir um buraco de tamanho suficiente para a luz do sol penetrar perigosamente e deixá-los todos indefesos. A massa de soldados avançaria e atacaria os vampiros que estivessem desprotegidos, tirando-lhes o fiapo de vida que assombrava seus corpos, fosse com projéteis ou espadas prateadas. Centenas de soldados teriam como objetivo principal ampliar ao máximo possível os rombos naquele casco improvisado pelos vampiros, trazendo abaixo o telhado do covil e deixando mais e mais luz do sol invadir seu bojo. Para tanto, contariam com as armas militares resgatadas de Quitaúna, infantaria pesada vinda de Pirassununga e outros importantes quartéis brasileiros. Depois dos milagres, como Lucas sugerira e aventara, boa parte dos veículos e armas que tinham sido abandonados por estarem inúteis, por conta da inoperância das ondas de rádio e tecnologias *wireless* atreladas, foi recuperada e suas funções testadas. O longo tempo de abandono tinha inutilizado boa parte do equipamento, mas, com a ajuda de mecânicos e engenheiros, pelo menos dezesseis Urutus iriam dar cobertura à manobra daquela madrugada e um bom número de armas de longo alcance, como lança-foguetes teleguiados e explosivos ativados por controle-remoto.

O agito de armas e o burburinho dos homens aumentou quando o ronco do Hércules chegou aos seus ouvidos. O avião perpetraria o ataque inicial. Depois que a aeronave soltasse a carga, os guerreiros correriam em direção ao covil. O som de uma corneta foi o sinal para o início da marcha. Os pelotões começaram a se movimentar. O som dos passos, por instantes, se sobrepôs aos motores do C-130 que se aproximava.

Enzo olhou para o lado esquerdo. Um dos bentos na linha de frente, montado a cavalo, trazia uma bandeirola vermelha hasteada numa vara longa, com a imagem de São Jorge bordada na trama.

A linha de frente deveria manter-se alinhada a ela. Enzo passou a mão enluvada no cabo da espada. Chegava a hora de desembainhá-la, de verdade, pela primeira vez. O coração parecia um tambor acelerado e sentia o suor frio empapando o interior das luvas.

Estavam marchando. Todos marchando. Passos cadenciados, marchando. Avançando. Indo de encontro à bizarra construção. O barulho ensurdecedor. Motores dos blindados. A marcha. Esquerda, direita, esquerda. O pensamento era um só. Marchar. Liquidar. Desembainhar espada. Cortar, furar, matar vampiros. Esquerda, direita. Quase um milhão deles. Apenas doze mil homens do lado de cá. Marchar. Doze mil contra seiscentos, setecentos mil. Desembainhar espadas. Invadir o imenso covil. Marchar. Rezar. Insanidade. Rezar para que sobrevivessem àquela façanha. Àquela loucura. Erguer espadas. Picar, cortar, furar, matar vampiros. Matar vampiros. A cabeça não teria tempo para outros pensamentos. Tinham de avançar covil adentro e aniquilar com tudo que houvesse na frente. Destruir o telhado. Deixar o sol queimar. Não pensar no futuro. Não pensar no instante. Tinham de pensar na briga. Na justa. Na contenda. Os vampiros jamais se esqueceriam daquele dia. Nunca mais considerariam os humanos como gado encurralado. Gado não marcha. Gado não se ergue com bravura e coragem. Gado não desembainha espada nem mata vampiros. Iriam aprender de uma vez por todas que lutavam contra guerreiros. Guerreiros de verdade com fé no peito. Com gana de vitória e com bravura irradiando de seus olhos.

Fernando passou a mão pelo pescoço ferido. Raquel tinha afundado os dentes em seu pescoço e muitos dos companheiros estranhavam aquela ferida estampada no líder, perguntando o que tinha se passado. Fernando desconversava. Ninguém entenderia sua admiração e paixão repentina por uma vampira. Seu cuidado para com a mulher noturna era tão grande que antes de deixarem o acampamento tinha aprontado uma para a vampira. Assim que Raquel recolheu-se ao seu caixão para o transe diurno, Fernando selou-o com grossas correntes e colocou-o em uma pick-up. Destacou um soldado para levar o conteúdo direto para Santa Maria e colocá-lo num galpão escuro. O soldado nem pestanejou. Ficou demasiado contente em receber uma missão que o distanciaria do combate iminente.

Agora, no presente, o motor do Hércules rugia avançando para cima do covil de Diamantina. Fernando assestou o FAL, apoiando-o no ombro. Sua arma predileta para as horas de aperto. Beijou a coronha do fuzil e mirou nas escamas negras.

Dentro do gigantesco covil de forma global, muitos vampiros já sucumbiam ao transe hipnótico que a alvorada trazia. Milhares e milhares deles, em pé, lado a lado, foram se aquietando, fechando seus olhos, caindo em inatividade total, alheios ao perigo que se aproximava. Uma porção reduzida, daqueles que naturalmente resistiam à chegada do sol, escalava as rochas sombrias dos cânions de Diamantina. Gostavam de fazer isso antes de se entregarem ao sono. Gostavam de olhar para aqueles milhares de irmãos adormecidos. Incontáveis vampiros, imóveis, como estátuas. Tomavam todo o leito seco, a longa faixa de terra que separava o corredor formado pelo cânion. Alguns sorriam ao lembrar que aquele mar, aquele conglomerado que lhes enchia os olhos não fazia nem metade das forças reunidas pelo general Anaquias. O general e milhares e milhares de feras noturnas ocupavam grutas escavadas na rocha naqueles últimos dias, e também as antigas passagens abertas por antigos mineiros que um dia extraíram de lá muita jóia. Corredores e grutas intermináveis que formavam um verdadeiro labirinto encravado nas chapadas. O tamanho do exército lhes enchia de orgulho. Tamanha façanha funcionaria como cabresto contra a coragem dos bentos. Humano algum ousaria ameaçar o covil de Diamantina. Humano algum peitaria o general Anaquias. Era impossível chegar até ali e escapar com vida. Os poucos vampiros pálidos e soturnos ainda despertos subiram mais alto na escarpada rocha da chapada e tornaram a olhar para os numerosos irmãos, concentrados naquele antro, aguardando a passagem dos dias e das noites e a tão esperada chegada do vampiro-rei. Um tapete de feras noturnas, mesclado com trajes velhos e negros, contrastando com suas peles pálidas. Anaquias falava todas as noites sobre a chegada do mestre. Alertava que a espera estava por um fio e que todos ali marchariam, seguindo o poderoso rei rumo a todas as grandes fortificações brasileiras, fazendo do povo um imenso Rio de Sangue. Um Rio de Sangue vivo, cheio de energia vital, cheio de força para esquentar seus corpos amaldiçoados. Subjugariam em breve as forças patéticas que Lucas e seus bentos tinham conseguido levantar. Anaquias era eloqüente e sabia fazê-los vibrar. Transformar em poeira a resistência terrena vinha tornando-se uma obsessão para o povo da noite. E havia ainda a promessa. A grande promessa proclamada pelo mestre noturno. O vampiro-rei prometera para todos os vampiros anular os efeitos dos quatro milagres dados aos homens. O exército da noite seria muitas vezes mais forte que o exército dos homens, muito mais poderoso que a providência divina. Não havia nada há temer. Nada.

Os vampiros ainda despertos ergueram os olhos para o domo do covil mais uma vez. Os escudos negros, engenhosamente entrelaçados feito escamas, defendia-os do sol. Galgaram mais para o alto enfiando as garras na rocha. Podiam sentir a temperatura do ar se elevando com a chegada da manhã. Mas uma coisa sobretudo lhes enchia de curiosidade. O que era aquele ronco? Qual era o causador daquele barulho que se aproximava? Alguns trocaram olhares. Deveriam disparar um alerta? Gritar para os guardas de Anaquias? De que adiantaria? A maioria dos irmãos já tinha sido apanhada pelo transe.

Uma vampira mais aflita galgou mais alguns metros. Uma ponta de medo começava a minar em seus pensamentos conforme conjecturas se formavam em seu cérebro. O que seria aquilo? Apurou seu sentido auditivo. Ficou estática.

— Um avião... — tartamudeou Ludmyla.

Tensos, mantiveram os olhos vermelhos-vivos fixos no domo. O som se aproximava cada vez mais e parecia vir direto para suas cabeças.

Davi, da cabine de controle do Hércules, tinha boa visibilidade do alvo. Tinham-lhe dito que a formação era composta de uma sucessão de chapas metálicas negras agrupadas. Ela subia como que arredondada. Tinha os flancos direito e esquerdo apoiados aos términos de formações geológicas altas, os famosos recortes geográficos que formavam a Chapada Diamantina. A circunferência do domo cobria todo o hiato que era deixado pelo cânion. Uma área extensa e de volume impressionante. À primeira vista, lembrou-lhe um dodecaedro. Lembrou-se das palavras da vampira Raquel, que descrevera como aqueles minúsculos escudos negros eram meramente encaixados uns aos outros, formando algo tão engenhoso, tão descomunal. O plano proposto por Lucas frente ao obstáculo era simplório, mas bom o suficiente para ser posto em prática.

Dentro da aeronave iam doze tripulantes. Thamires ao lado do comandante, mais o jovem Peterson, recrutado em São Vítor, completando os operadores de cabine. Nove pessoas vinham no compartimento de carga, responsáveis pelo sucesso do bombardeio improvisado que se daria em instantes. O piloto procurou alinhar o avião de acordo com o alvo, reduzindo altitude e ajustando a velocidade.

Os homens do compartimento de carga tinham os olhos cravados no imenso tanque de combustível, que tinha sido embarcado na barriga do colossal C-130. Era um daqueles tanques de distribuidoras de combustíveis, que vinham geralmente atrelados a caminhões Mercedes-Benz ou Scanias. Não sabiam quantas toneladas aquele bagulho tinha, mas nenhum deles duvidava da eficácia dele contra o domo dos vampiros.

Davi acionou a abertura do compartimento de carga. A "bomba" escolhida estava completamente cheia de álcool combustível. Davi tinha mudado apenas um detalhe no plano instado por Lucas. Primeiro soltaria o tanque preso a um grosso cabo de aço e só depois o soltaria sobre o covil.

Enzo ergueu os olhos quando o Hércules passou sobre o exército em marcha. Ouviu muitos dos companheiros gritando naquela hora. Muitos deles ferviam em euforia. Outros, como ele, gritavam para aliviar o peito. O covil ia ganhando volume e o gigantesco e imponente domo de Diamantina começa a oprimir a coragem de muitos a cada passo que davam.

Assim que o Hércules passou por sobre as cabeças dos soldados, eles viram, do cargueiro, descer lentamente a rampa traseira. Instantes depois a carroceria-tanque despencou do avião. Ele estava longe demais! Sem conhecer as mudanças feitas no plano pelo piloto, Lucas e outros guerreiros chegaram a parar a marcha, perplexos e desapontados. Achavam que Davi erraria de longe o alvo. Só depois, ainda sem entender nada, viram que o tanque ficou suspenso, distante uns duzentos metros do bojo da aeronave, preso a um cabo de aço. Muitos sentiram um frio na barriga quando o peso do tanque balançou perigosamente a aeronave.

Davi, atento à meticulosa aproximação do covil, desceu mais e mais, com todo o cuidado, no intuito de posicionar corretamente sua bomba caseira e causar o maior dano possível ao casco protetor dos vampiros. Os segundos finais se desenhavam em sua retina. O piloto agarrou firme o manche do Hércules C-130. Quando o tanque bateu contra as primeiras escamas negras fazendo centenas delas voar pelos ares, o piloto sentiu um tranco forte e obrigou-se a usar toda a sua experiência para manter a aeronave controlada, seguindo direto para o alvo. Sabia que outro tranco viria quando o tanque repicasse a casca negra do covil e assim foi.

Ludmyla e aqueles que ainda estavam despertos arregalaram os olhos, consumidos em pavor e perplexidade, quando o som se aproximou somado a um silvar assustador. Parecia que um avião gigantesco passava sobre suas cabeças. Temeram que as escamas negras se soltassem por força de magia ou do vento. Para desespero de todos, alguma coisa bateu contra o topo do domo. Escudos-escamas começaram a voar aos montes, sendo arremessados em todas as direções. Havia algo entrando pelo teto do covil. A vampira desceu alguns metros até firmar-se num pequeno platô de pedra. Seus olhos se desviaram da coisa estranha e incidiram no efeito que ela causava. Quanto mais avançava aquele bizarro fenômeno, maior era a faixa de sol que invadia a morada dos vampiros. Os irmãos adormecidos no leito seco do cânion começaram a incandescer. Se nada fosse feito, todos eles morreriam. Desceu o mais rápido que pôde até a entrada de uma das muitas grutas. Apanhou o osso retorcido e soprou para dentro do buraco. Lá em suas entranhas, Anaquias ouviu o som do alarme. O som grave da cornucópia anunciava em tom de réquiem: Os humanos estavam chegando! Os humanos estavam chegando!

Ludmyla olhou para o domo rasgado. Algo caiu para o interior do covil. Algo inesperado. Um tanque de caminhão pipa! A vampira gritou! O tanque mergulhou nas sombras do covil e estrondosamente arrebentou-se no chão. Uma faísca de metal resvalando numa rocha. Uma explosão. A vampira cobriu os olhos e afundou-se na gruta. Seus irmãos estavam morrendo.

Os soldados assistiram maravilhados o tanque bater forte, quase que no topo do covil, fazendo pontos negros voarem ao céu. O rasgo foi crescendo de tamanho conforme a nave avançava e os escudos eram lançados para baixo e para os lados.

— Olhe! — murmurou Lucas para Vicente e Francis, que se mantinham ao seu lado.

O avião começou a descer perigosamente. Só tornou a erguer o bico quando o cabo de aço desprendeu-se de sua parte traseira, fazendo com que o imenso tanque do caminhão-pipa mergulhasse para dentro da morada dos vampiros.

Todos os olhares se convergiram para o Hércules. O avião foi perdendo altitude até, tristemente, desaparecer, eclipsado pelo topo do covil. Alguns se olharam apreensivos. Os soldados com rádio procuravam estabelecer contato com Davi. O drama durou uns vinte segundos de tamanha tensão, que até alguns dos homens interromperam a marcha desfazendo suas formações, desalinhando-se da bandeira de São Jorge, que era empunhada pelo cavaleiro. Não obstante, com grande alegria, viram o Hércules ressurgir, longe no horizonte, muito depois do covil. Urras de alegria escaparam de suas gargantas. Ao mesmo tempo, seus olhos e atenções desceram para o abrigo artificial. O sol, ainda colado na linha do horizonte, proporcionava uma luz lavada e de coloração alaranjada, subia rapidamente, infestando o esconderijo dos noturnos com sua luz bem-vinda. O som da explosão do caminhão tanque chegou a seus ouvidos. Placas metálicas, que lembravam escamas negras, foram arrancadas do lugar, voando para o alto. Porém eram em número bem menor do que o rasgo aberto pelo piloto do C-130. O domo dos vampiros estava ferido, rasgado, ficando vitoriosamente enfraquecido. Tinham conseguido atingir o primeiro objetivo. A marcha foi retomada por ordem dos bentos, que berravam insistentes. A luz do dia se fortalecia a cada instante. Os vampiros estariam completamente indefesos à sua investida em poucos minutos. A quentura do sol fazia o sangue da soldadesca ferver e o vislumbre de vitória incendiar-se. Uma fumaça negra começou a escapar do cume do covil Diamantina. Isso serviu para dar uma idéia aos homens do tamanho gigante do interior do abrigo, posto que mais de três minutos se tinham passado do momento da explosão para o momento em que a fumaça varou o telhado. Um vento entubado pelas formações rochosas da Chapada Diamantina varreu o campo diante dos soldados. Alguns dos voluntários, impressionados com o som da marcha e com a proximidade do covil, que agora estava há um quilômetro e meio, olhavam para os lados. Olhavam para os olhos de outros amigos, buscando amparo. Alguns olhos, negros, castanhos, verdes ou azuis. Olhos que vinham sob capacetes verde-oliva, franjas suadas caídas na testa, olhos que diziam: Força, amigo! Coragem! Vamos conseguir! Depois olhavam o imenso cânion que os cercava. Duas paredes de rocha, altíssimas, uma à direita e outra à esquerda. Caminhavam naquele leito seco. Marchariam até o covil. Do cume deste agora gordas colunas de fumaça branca varavam a ferida. Era a certeza de que muitos dos vampiros foram pegos pelo sol invasor. O novato bento Enzo estava suando em bicas. O calor aumentava a cada minuto. A luz do dia foi perdendo os tons violáceos, o céu azul descortinou-se, brindando o ataque com um sol poderoso, tudo o que precisariam para um avanço e desfecho bem-sucedido.

Muito longe da Chapada Diamantina, onde a serpente parece engolir a tartaruga, Tereza abriu os olhos no fim da madrugada. Seu peito queimava em alegria. Os planos corriam por veios bons e trilhavam da forma que pretendia. Não deixaria tudo ao cabo da sorte. Não deixaria que dados mal lançados escavassem veios indesejados, afastando as correntes da destruição total. Queria que os vampiros acusassem o golpe, que pendessem feridos pelos humanos. Mas não queria que Lucas fosse proclamado o maior guerreiro de toda a humanidade. Se Lucas fosse mitificado após grandiosa batalha, talvez jamais pudesse ser contido caso decidisse cruzar as fronteiras da nação com seus guerreiros brasileiros, arregimentando mais bentos e mais soldados em cada país que passasse. Eles deveriam destruir-se. Humanos e vampiros. Lucas era corajoso demais, destemido demais e de um coração valente e justo. A bruxa queria que no topo dos exércitos ficassem líderes tiranos e sanguinolentos. Precisava de homens com sangue nos olhos, com desejo de morte e não de vida. Tereza queria a morte, o assassínio, os homicidas. Tereza queria exterminar com todos os humanos. Não permitiria que nem um nem outro exército tivesse homens de cautela e com senso de justiça. Lucas teria de cair. E faria com que o vampiro-rei tivesse a chance perfeita de combate, a chance perfeita de cortar-lhe o pescoço. O extermínio espalhar-se-ia.

Tereza acendeu velas em seu altar, depôs ervas em brasas e ajoelhou-se no centro da pedra de mármore. Seus olhos viraram-se, ficando completamente brancos. Iria entrar em sintonia com seus ancestrais, em sintonia com os espíritos da Terra, buscando mais forças e conhecimento para dar seqüência à sua trama diabólica. A natureza lhe abriria o seio poderoso, mesmo contra a vontade e emprestaria à bruxa suas forças. O fim da vida na Terra seria mais uma vez alinhado com os desejos da bruxa-índia.

Enzo era empurrado pelo batalhão. Estava na linha de frente, sentindo a coragem diminuir à medida que se aproximava da imensa edificação vampírica. Olhou para o lado direito. Um bento de pele negra, que chamavam de Duque, incentivava os homens com gritos, incitando-os à batalha, xingando os inimigos. Os homens mais próximos gritavam de volta, entusiasmados, prontos para invadir o covil. Enzo olhou para a esquerda. Uma benta novata, mas não tão verde quanto ele próprio, desembainhava a espada. A essa, chamavam de Walquíria. Era uma mulher mediana, de cabelos volumosos e olhos cheios de viço, foi a primeira guerreira a desembainhar a espada.

Enzo, imitando a mulher, tirou sua arma afiada da bainha e acelerou. Não poderia deixá-los desprotegidos, não poderia desonrar a promessa que fizera a bento Lucas. Iria, com toda a sua gana e todo o seu espírito, de encontro àquele duelo. A imensa parede de metal negro estava há menos de quinhentos metros. A fumaça que saía pelo topo era esparramada e carregada pelo vento. Um bom número de escudos continuavam despencando, implodindo, mesmo depois de tantos minutos passados do golpe com a carroceria-tanque.

Bento Teodoro, a cavalo, ia ao lado de bento Amintas e, ao lado deste, vinha benta Marcela. A marcha aumentou de intensidade e foi progredindo para a corrida, quando o sol batia lateralmente sobre o cume semidestruído do covil.

Os carros de infantaria leve e pesada aceleravam, fazendo poeira levantar. Dentro dos carros, a tensão era quebrada pela punk-rock no último volume transmitido da rádio de São Vítor. Centenas de soldados avançavam no ventre daqueles veículos para desmontar em segurança e com artilharia pesada dentro do covil sob ataque.

Os cavaleiros distanciaram-se da primeira fila, como se não pudessem conter os animais, e um êxtase indômito pelo combate velasse suas mentes. Nos cento e cinqüenta metros finais, gritos começaram a tomar os soldados. Os novatos olhavam para cima e quase não viam mais céu. O domo construído de escudos-escamas subia pelo vão dos cânions em forma arredondada, formando uma muralha e tapando toda a visão. Era assustador.

Os blindados Urutus vinham acelerados, também levantando trilhas de poeira. Preferiam o centro do leito seco, onde a vegetação rareava ainda mais. A nuvem marrom-avermelhada tomou o hiato do exército em marcha e o covil. Veículos e cavaleiros seriam os primeiros a tomar o covil.

Marcela estugou sua montaria. O cavalo abriu vantagem dentre os outros. Ela olhou para o lado e, por um breve momento, olhou para os demais. Lucas vinha ganhando a dianteira, Vicente erguia a espada e berrava incentivando os homens. Amintas, sempre com braço forte, mantinha-se ao seu lado, com o rosto fixo no muro de placas do covil.

Os Urutus, acelerados à toda velocidade, passaram ligeiros pelos cavaleiros. Foram os primeiros em terra a varar o domo dos vampiros. O restante dos veículos de infantaria estava um pouco para trás dos cavaleiros.

Marcela cerrou os olhos e começou com os seus já característicos "iás-iás", fazendo o cavalo acelerar ainda mais. Já era a da ponta e abriu ainda mais. Sorriu levemente vendo os homens para trás. Lembrariam para sempre que a primeira benta a enfiar a espada na garganta dum vampiro em Diamantina tinha sido ela, a amazona com cabelos negros e traços de índia. A garota do Amintas. Benta Marcela. A novata agarrou-se com mais força ainda às rédeas do cavalo e firmou o punho no cabo da espada. Seu animal saltou quando chegou ao muro. Esperava atravessá-lo com facilidade, todos os relatórios recebidos davam conta de escudos finos de metal formando aquele paredão escamoso e encadeado, meramente um encaixado ao outro, sem parafusos e sem amarras. De fato os escudos desmontaram com facilidade, voando para todos os lados, mas na seqüência Marcela sentiu o corpo ser lançado para frente e foi sua vez de voar. Seus pés escaparam dos estribos e sentiu uma pancada forte em sua couraça metálica, deslizou e caiu com as mãos num chão pedregoso, igual ao de fora, deslizando perigosamente pelo chão. Uma armadilha! Ignorando a dor, envolvida por gritos e relinchos de outras dezenas de cavaleiros e seus cavalos, a benta colocou-se de joelhos e arrastou-se até sua espada. Um fio de sangue desceu por sua testa e atrapalhou sua visão. Limpou o rosto com as costas da mão, sentindo o corte arder contra a aspereza da luva e colocou-se de pé cambaleando. Gritos de dor enchiam seus ouvidos. Relinchos nervosos de animais feridos repetiam-se em agonia. Limpou o olho de novo e viu seu cavalo. A visão escureceu por um breve segundo, sentiu tontura e o joelho tocou o chão mais uma vez. Seu cavalo estava trespassado por lanças de madeira. Os malditos vampiros tinham fortificado a beira do covil com paliçadas! Marcela olhou para o interior do imenso abrigo. Os malditos! Os olhos da mulher brilharam amarelos. Quando deu o primeiro passo, novamente bateu o joelho no chão. Estava ferida. Olhou para trás mais uma vez. Seu cavalo parava de se mexer. O olho enorme do animal pesava contra os seus.

— Não... — gemeu a mulher.

Marcela viu outros cavalos presos às paliçadas. Olhou novamente para o antro. Uma massa longa e uniforme ardia sobre o chão. Milhares deles tinham sido pegos pelo facho de luz que vinha do alto. No entanto, muitos mais permaneciam imóveis como estátuas de cêra, resguardados por tanta sombra que a porção intacta do domo ainda fornecia. Seu coração disparado lançava imagens em sua cabeça. A luta não seria fácil. Um mar de demônios. Hibernavam, era verdade, mas isso não fazia deles menos demônios. Lucas tinha dito que muitos dos malditos acordariam e, quando acordassem, viriam feito loucos contra ela e todos os demais. Um oceano de garras e presas. Voltou a olhar para trás. Agonia. Soldados gritando, trespassados por lanças. O cheiro do sangue estava espalhando-se, esparramando, como que vertendo de nascente. Marcela praguejou e soltou palavrões ao vento. Aquilo não tinha começado direito. Não tinha começado como planejado.

Benta Walquíria olhou para o alto do covil. Era imenso, formidável, assustador! O sulco aberto pelo avião de Davi permitia que uma faixa de luz invadisse o interior e iluminasse uma tímida porção da caverna artificial. Onde a luz tinha chegado, brasas e mais brasas se amontoavam. No entanto, nos muros dos morros, nas faces rochosas e internas dos cânions, olhos em brasas vinham em sua direção.

Marcela sentia uma aflição crescente. Sentia-se tonta. A queda brusca do cavalo tinha-lhe debilitado momentaneamente. Aquilo não estava certo. Os capetas com dentes de chupar sangue já tinham os olhos acesos, e uma turba considerável surgia das paredes vindo perigosamente na direção dos invasores. Olhou para seu time. Dois, cinco, dez soldados foram vencendo as paliçadas e entrando no covil. Poucos usavam as aberturas seguras feitas pelos Urutus. Grande erro aos impulsivos feito ela. Queriam obedecer a ordem e ferir com os cavalos a formação de escudos do covil, por isso tantos deles eram vítimas das defesas dos noturnos. Marcela não via Amintas. Olhou para as lanças. Viu o cavalo do guerreiro espetado pelas pontas aguçadas de madeira. Seu coração disparou. Caminhou balançando naquela direção. Viu um homem se arrastando, com a capa vermelha cobrindo-lhe a cabeça. O bento se levantou e arrumou a capa. Os cabelos ruivos de Teodoro não trouxeram alívio para a mulher. Marcela apoiou-se no ombro do bento e desmoronou. O ruivo amparou a amiga. Os olhos da mulher encontraram Amintas. O querido companheiro estava preso a um caibro apontado. Lágrimas encheram seus olhos. Os prejuízos daquele ataque insano começavam a aparecer na lista.

— Não! — gritou a mulher, pranteando.

Teodoro viu as feras de olhos vermelhos descendo as rochas que formavam os cânions ocupados pelo covil da Chapada Diamantina. O som de uma dúzia de berrantes de boiadeiros infestavam a toca ferida. O barulho era como de fantasmas lamentando. Os dois Urutus avançaram mais de sessenta metros, afastando-se dos soldados que tinham sido vítimas da armadilha logo à entrada. Mais cavaleiros invadiram o domo. O som do exército em marcha era audível mesmo lá de dentro. Logo a infantaria pesada também invadia o covil, esmigalhando parte das paliçadas e limpando mais e mais o caminho. Os que tinham vindo mais atrás aproveitavam-se dos buracos feitos pelos blindados. Teodoro voltou os olhos para os muros das escarpadas formadas pelos cânions. Como que ouriçados pelos toques dos berrantes, um número pavorosamente crescente de pares de olhos vermelhos-vivos vinha de encontro aos invasores, protegidos pela sombra projetada pelo domo ferido. Eles eram muitos e escapavam em profusão por largas bocas escavadas e esculpidas diretamente na rocha. Aqueles que se aproximavam da claridade que invadia a toca perdiam o brilho dos olhos e os que eram empurrados pelas turbas, caindo em contato direto com o sol, inflamavam-se rapidamente, tornando-se estátuas secas em poucos segundos. Teodoro conseguiu abrir um sorriso. Os malditos estavam-se matando.

Com ajuda da espada, Marcela abriu caminho até Amintas. Ele estava acordado e ferido.

— Você consegue se levantar? — perguntou a mulher.

Uma estaca atravessava o braço esquerdo do homem. Marcela passou a espada abaixo do braço de Amintas livrando seu membro.

O guerreiro colocou-se de pé. Estava aturdido e olhava para a ferida que rasgara seu músculo. Não conseguiu erguer o braço.

— Minha espada — pediu.

Marcela abaixou-se e esticou-se toda para alcançar o cabo da lâmina. Puxou o cabo e estendeu a arma para o parceiro.

— Você vai continuar? — perguntou a mulher.

— E perder isso aqui? — rebateu Amintas, erguendo os olhos e contemplando os milhares de pares de olhos que desciam pelas rochas, misturado à espessa fumaça branca que subia dos vampiros carbonizados pelo sol e pelo álcool. — Só depois de morto.

Marcela olhou para o membro ferido. O músculo rasgado sangrava em abundância. Ficaria ao lado de Amintas para o que desse e viesse.

Seis portentosos tanques de guerra entraram no cenário. Dentro de um deles o piloto gritava com os tripulantes. Rememorava a última reunião com o Conselho de Segurança. Quando, ao meio de um sorriso, tinha dito que seus tanques entrariam para estraçalhar o telhado de Diamantina, Lucas interrompeu-o dizendo que não fariam isso. Os tanques teriam outro propósito. O piloto levou o tanque de guerra a uma posição favorecida. Ouvia berros chegando pelo rádio de um bento em posição avançada. Deixou as lagartas da máquina deslizar rapidamente e posicionou-se novamente. A grande cabeça com o canhão girou vinte graus e encontrou o primeiro alvo.

Isadora surgiu na boca da caverna. O alerta tinha chegado ao fundo de sua cova. Como os milhares de seus irmãos, suas garras apertavam as rochas e faziam com que pudesse andar pelas paredes de pedra feito aranhas do inferno. Seus olhos viram o número inexpressivo de invasores quando alcançou a parede do cânion. Teve vontade de rir. Havia luminosidade entrando pelo telhado. Aquilo apagou seu sorriso. A luz do sol! Há quantos anos não via aquele filete dourado no céu? Seus olhos arderam e a claridade fez com que escurecessem. Olhou para um veio de vampiros incinerados. Grunhiu raivosa. Mesmo com aquele perigo do domo rachado havia sombra o suficiente para escorraçar com os humanos. O número de vampiros era infinitamente superior. Todos ao seu redor rugiam tomados por ódio. A vampira olhou para baixo, para a borda do covil. Cavalos presos nas paliçadas. Bentos sangrando. Sangue derramado. Abriu mais o sorriso de fera ao ver soldados. Alguns deles também sangravam e não eram bentos! Sangue vivo para ser caçado. Viu seis tanques de guerra entrando no covil. Dividiram-se em três duplas tomando rumos distintos. Ficou paralisada, mordida pela curiosidade. Era impressão sua ou um deles tinha virado na direção dela e de seu grupo. Ainda paralisada, ouviu uma explosão. Seus olhos arregalaram-se. Um projétil incandescente esquentou o ar e veio para o amontoado de vampiros. Isadora, seus companheiros e a boca da caverna desapareceram em uma fração de segundos.

Enzo atravessou o caminho aberto pelos cavalos, desviando das paliçadas e encontrando o chão dentro do covil. A temperatura era bem mais baixa ali dentro. Um foco de incêndio era visto distante, coisa de trezentos e cinqüenta metros da borda por onde entrava agora. Os Urutus tinham suas escotilhas abertas e soldados munidos de fuzis desciam e se protegiam atrás do próprio blindado. Ouviu duas explosões próximas. Eram os tanques de guerra que tinham entrado em ação. Seus olhos buscaram o telhado. Mas, para sua surpresa, não eram as escamas que os blindados acertavam. Os tanques apontavam para as bocas das grutas escavadas nos paredões. Duas delas tinham sido dragadas por fumaça. Corpos de vampiros despencavam das alturas e também muitas escamas desprendiam-se do alto fazendo mais luz invadir o covil. Estas últimas eram arrancadas do lugar por conta do deslocamento brusco do ar, provocado pelas explosões dos tanques. Os olhos do bento novo arregalaram-se mais. Dentro do covil ficou espantado com a altura do teto que se igualava com os morros da chapada. Impressionante.

— Eles estão vindo! — alguém gritou.

Enzo ouviu outra explosão, essa acompanhada de um silvo estridente.

Soldados que assomavam a escotilha de um dos blindados, de posse de uma bazuca, dispararam um foguete na direção de onde a maioria dos vampiros vinha.

O estrondo ribombou no imenso salão artificial. Pedaços imensos de rocha soltaram-se do paredão, trazendo e esmagando vampiros com o deslizamento. O bando de criaturas que se livrou da explosão ficou estático um momento. Não acreditavam no que viam. Um punhado de humanos ousava profanar sua morada e causar estragos avassaladores.

— Neles não! — gritou outro soldado. — Mirem lá em cima. Bazucas no telhado! Tanques nos paredões! Não esqueçam a lição de casa!

O segundo disparo foi na direção do telhado. O foguete subiu, rasgando, e o ponto luminoso encontrou a cobertura. Outra explosão. Peças de metal subiram para o céu e outras tantas choveram para baixo. Um buraco com quinze metros de diâmetro surgiu e um facho de luz atingiu a rocha. Os vampiros pegos de surpresa começaram a gritar. Estavam indefesos! Em questão de segundos seus corpos se queimaram e desprenderam do morro, estatelando-se contra o chão de pedriscos. A fumaça branca que desprendeu de seus restos incandescentes começou a subir, somando-se a uma vasta cortina que começava a dificultar a visão de toda a caverna artificial. Tinham de pôr abaixo todo aquele teto o mais rápido possível.

Anaquias mal fechara seus olhos, quando foi desperto pelo alarme da vampira Ludmyla. Arregalou os olhos. Seria possível? A vampira jamais sopraria a corneta em vão. Seus olhos arregalaram-se mais e brilharam vermelhos.

— Eles vieram! Eles vieram! — rugiu, caminhando pela extensa caverna, despertando tantos quantos pôde alcançar no caminho para a saída. Despertou seus homens de confiança, seus capitães, que, com rapidez, foram despertando mais e mais vampiros para o combate. Sua previsão mais uma vez fora certeira. Os humanos tentariam destruir o covil. No entanto, os humanos não contavam que Anaquias estivesse preparado. O vampiro-general não entregaria sua casa de graça. Não deixaria que derrubassem tudo sem luta. Os malditos humanos tentariam tirar proveito das horas de sol, mas as grutas escavadas nas paredes do cânion dariam abrigo a todos os vampiros. As galerias existentes desde os tempos remotos da extração de diamantes, seriam as defesas de seu exército. Eles teriam de vir combater em seu terreno. As trevas.

Conforme subia pelos túneis de encontro ao covil, ouvia as explosões. A cada uma delas maldizia os inimigos. Uma mais próxima fez as paredes de rocha maciça sacolejar e poeira turvar o caminho. Torcia para que tivesse tempo de salvar seus homens. Torcia para que o vampiro-rei não tardasse e desse fim àquele jogo. O vampiro-rei faria com que se arrependessem daquela ousadia.

Bento Lucas saltou sobre a paliçada. Seu cavalo Tião venceu o obstáculo de forma admirável e surpreendente. Saltos não eram a especialidade do tordilho, por conta disso as lanças eram pisoteadas pelos cascos do animal, que parecia entender a riqueza daquele momento e em poucos segundos deu passagem entre as madeiras amarradas. Com o trilho aberto pelo trigésimo guerreiro, dúzias de soldados avançaram, bem como pelos caminhos traçados pelos blindados. Bento Vicente, tendo o cavalo preso pelas estacas, desmontou. Com a espada, cortou as pontas que feriam seu animal, deixando-o apenas com uma ponta varando sua musculatura, mas livre das outras tantas lanças. Acalmou o cavalo ferido e prendeu a rédea num cavalo morto.

— Depois eu volto, cara — disse o bento, alisando a fronte do animal.

Vicente protegeu os olhos quando outro redemoinho de vento cortou o cânion. O vento aumentava e trazia fagulhas pelo ar. Apesar desse contratempo, o bom era que o vento empurrava para fora grande parte da fumaça branca e fedorenta que escapava das brasas dos vampiros esturricados.

Vicente correu para alcançar Lucas. Não deixaria o trigésimo sozinho. Sua capa esvoaçou com outra lufada de vento. Os soldados iam avançando para o oco sob o domo montado pelos noturnos. Vampiros escapavam pelas aberturas na rocha. Milhares! Vicente olhou para trás. Metade dos soldados já tinha entrado. Mais um foguete atingiu o telhado abalado. Mais escamas negras desceram e uma outra faixa de luz invadiu o covil. No entanto, o covil era imenso e, mesmo com a ferida aberta pelo avião de Davi, a luz deveria estar atingindo no máximo quinze por cento da área escura sobre o domo. Seu coração batia acelerado. De fato, a luz do sol tinha aniquilado com milhares de feras de uma única vez. E cada vez mais e mais deles entravam em combustão. Enquanto via uma porção enlouquecida de vampiros buscando as sombras, o número daqueles que escapavam das grutas escavadas nas rochas e vinham para o confronto era cada vez maior. Lembrava-se dos jogos no Pacaembu, lotados, uma onda de gente pulando e vibrando. O que via à sua frente já podia dar tranqüilamente dois Pacaembus lotados até a boca em final de Brasileirão. E o que era pior: sabia que aquilo era só a ponta do *iceberg* à mostra. A maior parte dos malditos filhos de uma égua estava entocada naquelas grutas do cacete. Eram tantos, mas tantos que chegava a sentir um engulho revolvendo seu estômago. Pela primeira vez o gigante Vicente sentiu-se assustado e seus pensamentos vacilaram diante as feras da noite. Sentia uma garra arrastando seu coração para um desfecho inexorável. Não sairia vivo dali. Não sairia vivo daquele combate. Seus colegas não seriam suficientes para fazer frente a tantas criaturas. Não eram suficientes nem que tivessem metade dos inimigos na frente. Apertou o cabo da espada com vontade. Se fosse seu último dia de consciência sobre o manto vivo da terra, levaria as melhores lembranças para o outro lado. Não deixaria nem Lucas nem nenhum de seus parceiros sem a ajuda de seu braço forte naquele momento decisivo. Era um bento, não era um rato. Cuspiu no chão de cascalho e começou a correr na direção do redemoinho de horror.

— Formar! — gritou Anaquias.

Centenas de vampiros, com força sobrecomum, empurraram uma estrutura metálica. A estrutura corria sobre trilhos, saindo quase do cume da elevação rochosa, escapando por uma das duas maiores aberturas escavadas na Chapada Diamantina. Do outro lado do cânion, sob a proteção do que restava do imenso domo, vinha na mesma altura e na mesma direção, outra estrutura idêntica. Quando as duas se encontraram, batendo num choque metálico, criaturas treinadas, mais que depressa, prenderam grandes parafusos e porcas transformando as peças em coisa única.

O general olhou para o domo. Já eram muitos os buracos, e os escudos iam caindo um após o outro. Perderiam a preciosa proteção em breve. Olhou para cima. Ao menos a estratégica passarela estava sob as sombras. Os humanos receberiam o primeiro castigo por aquela intrusão.

— Atacar!

Lucas, chamado pelo barulho de ferro batendo em ferro, olhou para cima. A fumaça em grande quantidade que subia dos incêndios causados pelo tanque e pela vastidão de corpos vampíricos incinerados atrapalhava um pouco a visão. Mas o que enxergava era incrível. Os vampiros estavam montando uma passarela cruzando o cânion! Ali não havia falha no telhado e os malditos permaneciam protegidos nas sombras. Viu centenas deles se posicionando. O que era aquilo que traziam?

Vicente alcançou Lucas. Seu rosto ficou lívido por um instante. Apanhou uma das escamas metálicas que tinha caído do telhado e ergueu posicionando-se à frente de Lucas.

— Abaixa que lá vem merda!

Anaquias bradou:

— Atirar à vontade!

Os vampiros tesaram os cabos dos arcos. Os mais experientes aguardaram a rajada de vento parar. Tomaram um alvo e abriram os dedos.

Um silvo mortal encheu o oco do covil. Centenas de flechas voaram de encontro a bentos e soldados, fazendo com que muitos fossem ao chão, atingidos mortalmente.

Vicente e Lucas apanharam escudos dos inimigos a tempo de se safarem.

Marcela, alertada pelo bento grandalhão, também rolou e agarrou uma das escamas e levantou-a, dando mais proteção a Amintas do que a ela mesma. Olhou horrorizada para os lados. Tantos corpos caídos, inertes, com hastes de flecha pendendo para cima. Alguns tinham levado cinco, seis flechadas.

— Peguem os escudos! Peguem os escudos! — gritou desesperada.

Bento Rogério só teve tempo de colocar uma daquelas peças na sua frente e deitar-se ao chão. Sentiu três pancadas contra a chapa de ferro e viu pontas de flecha surgirem diante de seus olhos. Teria sido morto caso não tivesse escutado a amiga.

Rogério olhou ao redor. Ao menos sete amigos estavam caídos bem pertinho dele. Não podia respirar aliviado naquela condição. Seria egoísmo absoluto. Tinha de honrá-los. Vingá-los. Usaria sua sagrada habilidade de esgrimir para derrubar tantos vampiros quantos lhe fosse possível.

— Eles vão atacar de novo! — gritou Marcela.

O silvo mais uma vez encheu o covil. A nuvem negra formada pelas flechas precipitou-se sobre os invasores. Mais soldados buscaram proteção nas chapas-escamas e outros tantos tombaram feridos. Com a experiência do primeiro ataque, a maioria dos soldados no alcance dos arqueiros conseguiu safar-se dessa vez.

Os soldados protegidos pela blindagem dos Urutus abriram fogo com fuzis e rifles, metendo balas de prata nos malditos que se empoleiravam na inesperada passarela.

Os vampiros que desciam pelos rochedos laterais viram-se livres para seguir sem medo. Os soldados estavam no meio do leito, acuados pelos arqueiros e dando atenção a esse novo grupo. Poderiam cercar a todos num instante. O que dificultava enormemente o livre avanço desses perigosos vampiros eram os tantos fachos de luz que iluminavam as pedras. Mesmo sem cair em contato direto com a luz solar, a maioria deles tinha a visão comprometida, ficando com os olhos inchados e a pele chegava a fumegar. Alguns apanhavam as escamas caídas para combater a claridade e conseguir chegar cada vez mais perto dos insolentes invasores.

Rogério aproveitou o hiato entre uma saraivada e outra e correu até onde um soldado atingido tinha deixado cair a bazuca. Teodoro veio ao seu encontro com a mesma idéia.

— Rapidinho, rapá. Os caras vão mandar outra chuva dessas flechas.

Rogério colocou a bazuca sobre o ombro.

— Ela está carregada... — gemeu o soldado ferido, ajoelhando-se e tentando orientar o guerreiro.

— Tu sabes o que tá fazendo, meu irmão? — perguntou o ruivo.

O esgrimista mirou na passarela infestada de vampiros.

— Não!

Apertou o gatilho, já ouvindo o silvo da nova leva de flechas vindo ao seu encontro.

O foguete rasgou o interior do covil comendo ar na direção dos arqueiros. Desviou-se para a direita acertando a rocha do cânion.

— Desgraça! — gritou Rogério, furioso por ter errado a passarela.

Virou-se para o soldado ferido, no intuito de perguntar sobre munição. Assustou-se. Tanto o soldado quando Teodoro estavam mortos! Uma flecha tinha entrado pelo olho direito do bento ruivo, tirando-o de combate e outra bem no meio do peito do soldado. Maldição! Se a flecha ao menos tivesse ido ao peito de Teodoro... a couraça de prata haveria de tê-lo salvo.

Rogério perdeu a ação por um instante, tremia. Não sabia se gritava por Francis ou por outro médico que fosse voluntário naquela loucura. Ajoelhou-se ao lado de Teodoro sem buscar proteção contra o novo ataque de flechas e fitou-o longamente, de olhos esbugalhados. Não havia o que fazer. O soldado bonachão e boa prosa estava imóvel. Podia jurar que havia um sorriso na boca do ruivo. O olho bom parecia o de um peixe numa bandeja de açougue e o peito de prata não subia nem descia. O rastafari ruivo e típico daquele valente soldado empapava-se rapidamente de sangue. Tinham perdido um bravo amigo.

Poucos instantes atrás, quando os arqueiros preparavam outra saraivada, o foguete disparado por Rogério explodiu acima da passarela. A explosão arremessou pedregulhos sobre os atiradores, provocando a queda de cinco deles e ainda causou o desprendimento de algumas placas negras do telhado do domo. Uma nova faixa de luz atingiu parcialmente a passarela, provocando tumulto e morte entre os vampiros. Um grupo de doze criaturas foi incinerada instantaneamente, enquanto duas dúzias não viram outro caminho que tentar saltar da passarela, estatelando-se vinte metros para baixo, não morreram de imediato, mas, com múltiplas fraturas, ficaram fora de combate.

— Atirem! Atirem! — bradou Anaquias, recuando para a gruta, fugindo da claridade.

Os poucos que permaneceram, fumegando e começando a arder, conseguiram fazer outro disparo de flechas.

Os soldados que portavam lança-foguetes aproveitaram o hiato dos arqueiros e voltaram a disparar contra o telhado. Mais buracos surgiram e finalmente a cobertura começou a entrar em colapso, despencando muitas de suas partes, mesmo sem novos ataques chegarem ao teto. Era questão de pouco tempo para que desabasse completamente e aquele mar de vampiros, ainda adormecidos sob o domo, fosse varrido da existência.

— Atacar! — vociferou Lucas.

Um bando incontável de vampiros já tinha chegado ao pé do cânion e avançava contra os soldados. Tinham de tomar cuidado com a luz do sol, portanto sua atenção estava dividida e sua combatividade francamente diminuída.

Dentro dos tanques de guerra os soldados municiavam o canhão. A carga continuaria enquanto dispusessem de projéteis. Os três colossais aparelhos de guerra miravam nas grutas escavadas e faziam explodir a rocha soterrando os canais donde fluíam os malditos noturnos feito água dum dique estourado. As grutas eram tantas que a unidade de blindados sabia ser uma força quase que paliativa para aquele tormento.

A onda de vampiros finalmente alcançou os invasores. Gritos de pavor misturaram-se aos urros ferinos dos monstros do covil.

Bentos com espadas e soldados armados atracaram-se contra o imenso bando. O espoco de sucessivos tiros mais uma vez infestou a morada dos noturnos.

Os olhos dos guerreiros do dia arregalaram-se tomados pelo calor da luta. Os vampiros não paravam de convergir contra eles. Nem em seus piores pesadelos havia tantos inimigos. No íntimo, passavam a saber que jamais fariam frente a tantos malditos. Sabiam que, num instante, o exército humano seria engolido pelas falanges inimigas.

Rogério, possuído por uma raiva nunca antes sentida, buscava sempre o pescoço dos vampiros com golpes precisos e ligeiros e, sem descanso, rumava para o próximo infeliz. Faria seu trabalho. Não pensaria em desespero e medo. O fio de sua espada preparada derrubaria tantos quantos Deus lhe permitisse.

Fernando correu até alcançar um facho de luz. Garras afiadas tinham passado a poucos centímetros de seu pescoço. Tinha-se esquivado, saltado e rolado, livrando-se dos ataques. Quando foi envolto pelo calor bem-vindo do céu, ergueu o fuzil e começou a disparar com o FAL apoiado no ombro. Cada disparo, um inimigo ia pro espaço. Balas de prata cravadas no meio da testa. O soldado não pensava em nada. Não existia mais nada. Só seu dedo no gatilho e a cabeça dos noturnos. Prendia a respiração antes de cada explosão. A pontaria do fuzil flutuava, encaixava no meio dos olhos do seguinte e pauuuu! Outro infeliz pro escambau.

O combate foi intenso por pelo menos mais dez minutos. Apesar do número incontável de vampiros que ainda escorriam das paredes do cânion, os humanos tinham a abençoada presença do sol. Foi natural que grande parte dos invasores buscasse refúgio onde os fachos de luz banhavam o covil. Enquanto isso, os vampiros tentavam massacrar aqueles que não conseguiam essa proteção. Os bentos e os comandantes da histórica batalha valeram-se de sua estratégia e com auxílio dos rádios e dos berros a todo pulmão conduziram o maior número possível de soldados para o outro lado do covil, refugiando-se sob a luz amarelada do astro-rei. Muitos tiveram a chance de parar um instante para respirar e retomar o fôlego. Os minutos pareciam uma eternidade. O cheiro de sangue e os corpos de soldados com as jugulares rasgadas começavam a aparecer.

Anaquias, percebendo o rombo cada vez maior no domo do covil e a má sorte de seus soldados, também estugou seus comandantes e reorganizou o ataque. Não chegariam a lugar nenhum daquele jeito. De repente, a franca superioridade numérica tornou-se um revés. Na ânsia de alcançar os bentos e os soldados, os vampiros descontrolados empurravam seus semelhantes para as áreas iluminadas. Era tudo o que o inimigo queria. Desorganização, atitudes parvas e sem controle. No entanto, o general sabia que surpreenderia aqueles malucos que tinham adentrado o covil. Tinham treinado. Tinham escutado. Ordenou que soprassem as cornetas de osso. Os vampiros em franca contenda recuaram. Dezenas de milhares imobilizaram-se para a perplexidade total dos humanos. Centenas deles, próximos às faixas de luz que banhavam as rochas e o chão valeram-se de escudos que tinham despencado do domo e começaram a se fechar em iglus. Os soldados já conheciam aquela manobra. Dentro daquelas ocas de oito metros de altura eles conseguiam escapar dos raios de sol. Os iglus negros passaram a ser alvos da artilharia.

— O que está acontecendo, Lucas? — perguntou o bravo Vicente, com a fronte tomada por suor gotejante.

O trigésimo olhou para a turba inimiga. Os vampiros passaram da imobilidade para a retirada. Milhares de monstros pálidos começaram a escalar as muralhas escarpadas das chapadas e enfiaram-se de volta às covas escuras.

— Estão fugindo, Vicente! Estão fugindo!

Os humanos começaram a gritar, queimando de euforia.

— Fujam, filhos duma puta chupadora! — gritou bento Danilo, brandindo a espada tomada pelo sangue enegrecido das feras.

— Atenção! — bradou Lucas.

Apesar de milhares dos malditos terem atendido ao comando de seu general, um bom tanto permanecia na vala pedregosa do cânion, tomados por ódio e determinados a continuar o ataque.

Lucas, percebendo o descontrole daquelas feras, berrou aos guerreiros que acudissem os soldados que não tinham alcançado as zonas iluminadas pelo sol. Era justamente o pavor e o sangue daqueles infelizes que alimentavam o descontrole daqueles tantos vampiros. Em cima dos Urutus, dos tanques de guerra e dos veículos de infantaria, centenas de vampiros pulavam e atacavam, querendo vencer a blindagem e capturar os soldados que permaneciam em seu interior.

Vendo um soldado com rádio próximo a ele, Lucas apanhou o microfone e acionou. Ordenou que os tanques continuassem com a carga, procurando selar mais cavernas e destroçar parte dos vampiros que debandavam. A resposta foi negativa dos três veículos. Os projéteis tinham chegado ao fim.

Lucas largou o aparelho e, aos gritos, conclamou sua tropa para que abandonasse a segurança da luz do sol a fim de acudir os soldados envoltos pelos endoidecidos vampiros.

Na meia hora seguinte, depois, com mais folga, os bentos viraram o jogo e derrotaram os vampiros que tinham-se aventurado fora das tocas e tentavam drenar o sangue de seus homens. Em conjunto, Lucas e seus guerreiros alcançaram a outra ponta do covil, exterminando a agora minguada resistência dos vampiros e voltando a atenção mais uma vez ao restante dos escudos que formavam os destroços do domo. Aquela extremidade, igualmente ladeada pelos altos paredões das chapadas, também era reforçada com paliçadas que surpreenderiam os possíveis invasores que se tivessem arriscado por lá.

Nenhum vampiro sobrou inteiro sob o que restara do domo. Grandes porções de sombra ainda existiam, mas o telhado já tinha sido reduzido há menos de um terço, deixando a luz entrar em grandes faixas iluminando fartamente as paredes e o chão entre uma parede rochosa e outra.

Com as coisas mais calmas, Lucas ergueu os olhos detidamente para as escarpas. Em uma parte delas, só onde sua visão alcançava, contou vinte e duas aberturas. Do outro lado, a coisa se repetia. Eram buracos e mais buracos escavados na rocha. Ele estava lá. O general que tudo comandava estava lá, entocado, acovardado. Não morrera junto com seus homens. Tinha mandado tocar aquelas cornetas dos infernos e pedido arrego. Aquela raça era inferior em todos os sentidos. De que lhes valeria vida eterna, se jamais pudessem contar glórias aos dias vindouros? Vampiros eram colecionadores de dores, covardias e frustrações. A hora de Anaquias se aproximava. Lucas embainhou a espada e olhou ao redor. O campo de batalhas transmitia uma visão apocalíptica e surreal. Pilhas de cinzas, labaredas aqui e ali, centenas de corpos cravados por flechas. Com a redução do tumulto e da gritaria enfurecida, sobravam os gemidos e lamentos dos soldados feridos, que se arrastavam, tentando alcançar ajuda. Choro e gritos de dor por todos os lados. Seu coração esfriou e ele levantou a cabeça aos céus. Por que tinha sido escolhido para viver aquilo? Por quê? A imagem do velho Bispo veio-lhe à mente. O velho Bispo tinha os olhos vivos e parecia querer falar-lhe. Falar-lhe que aquilo estava longe de acabar. Mas que ele o protegeria. Que ele usaria suas últimas forças para salvar seu povo. Lucas baixou a cabeça. O estresse de tudo aquilo fazia-o ver e ouvir coisas que não existiam. O velho Bispo tinha sido dragado da realidade. O velho Bispo tinha desaparecido de sua mente há muitos meses. Considerou, num breve momento de lucidez, que aquela visão tinha-lhe assaltado a mente por culpa do conturbado e pesado momento. Dá vontade de pedir ajuda a alguém, a alguma coisa superior. A Deus.

— Socorram os feridos. Eles devem voltar ao acampamento e receber atendimento.

Lucas procurou Francis com os olhos. O bento médico estava distante, junto à abertura por onde invadiram originalmente o covil, prestando atendimento aos soldados atingidos em combate.

O trigésimo guerreiro, sempre olhando para os buracos, avançou em passos largos para a entrada do covil. A caminhada era longa. Os malditos tinham montado algo realmente gigantesco. Depois de cinco minutos de caminhada, Lucas conseguiu chegar na entrada do covil. Os gemidos de dor e sons de sofrimento não cessaram durante o caminho até a boca do covil. Seus olhos também não pararam de encontrar-se com outros olhos, esses de homens imóveis, com flechas longas perspassando seus corpos, cessando a vida, fazendo-os guardar um reconfortante silêncio que seria eterno. Apesar de tantas batalhas nas costas, Lucas não se acostumava com aquilo. A perda de homens tão bons, a maioria deles voluntários, vindos de todos os cantos do Brasil, mexia demais com seu humor. Essa sensação de angústia aumentou bem mais quando seus olhos encontraram Teodoro e seus *dreds* ruivos jazendo no chão. Lucas não se controlou e se ajoelhou ao lado do bento. Difícil agüentar tanta dor e angústia.

— Ah, meu Deus! Teodoro, Teodoro... — balbuciou, olhando para o rosto pálido e cinzento do amigo morto.

Disparado, Teodoro era o mais rabugento e mais engraçado dos bentos, sempre com comentários afiados e um sotaque carioca com acento dos mais malandros. Gente boa, sangue bom, deitado nos pedriscos de Diamantina, com uma flecha cravada no olho.

— Francis! — gritou o trigésimo.

Francis aplicava massagem cardíaca num soldado, enquanto Amintas, mesmo ferido, com um braço inutilizado, aplicava respiração boca a boca. O médico olhou para Lucas e meneou a cabeça negativamente.

Lucas abaixou os olhos e ficou sentado um tempo ao lado do guerreiro morto. Lembrou-se dele na pequena igreja da vila do Abraão em Ilha Grande. Do jeito despojado e do apego à mochila de erva. Lucas sorriu. Desprendeu a capa dos dragonetes e soltou o tórax de prata do amigo. Apanhou a espada que jazia ao lado de Teodoro e calou-a em sua bainha. Endireitou as pernas soltas do guerreiro e cruzou as luvas em seu peito. O guerreiro limpou as lágrimas que empapavam seus olhos e criavam uma mancha escura ao se misturarem com a fuligem que empretejava seu rosto.

— Vai em paz, meu irmão. Vai viver sua Aventura.

Outros soldados erguiam a mão e pediam ajuda. Soube mais tarde que os feridos naquele primeiro instante tinham chegado a duzentos e trinta e que os soldados e bentos mortos somavam cento e sete almas.

Tereza continuava seus cânticos em língua ancestral indígena. A velha bruxa de olhos brancos erguia sua voz, que de melodiosa e ritmada passava a um pranto e depois voltava à cadência. A mulher parecia conversar com espíritos ancestrais e fazer louvores a deuses de sua tribo. Espectros em forma de gente e de lagartos rodearam a mulher. Ventos fortes infestaram os salões do templo da bruxa. As nuvens sobre a ilha de Marajó, que provocavam a garoa constante, giraram sobre as torres do templo, cada vez com maior intensidade, altura e velocidade.

O grande búfalo negro, líder de toda a manada, ergueu seus olhos vermelhos para o céu e verteu duas grossas lágrimas de sangue, emendando um mugido longo e lamurioso. Todos os búfalos ergueram suas cabeças e passaram a imitar o líder. Os búfalos começaram a correr em conjunto, formando uma massa escura que contornou inúmeras vezes a mureta de pedras pretas que circundavam o templo de barro da bruxa. As nuvens, repentinamente, desapareceram e um céu azul brilhante bateu em toda a planície e todo o pasto e alagados ao redor do templo.

Cantarzo, que há dias rumava para o sul com seu séqüito de trinta guerreiros negros, abriu os olhos. Havia alguma coisa diferente. A voz de Tereza cantava em seus ouvidos, convidando-o a prosseguir a jornada em busca de Anaquias. Cantarzo deixou brilhar seus olhos. Tinha algo errado naquilo. Estava muito longe da bruxa para ouvir sua voz. Contorceu o rosto. Ela falava de longe. Era magia. Outro problema; ainda estavam sob as horas de sol. Cantarzo rastejou pelo corredor estreito escavado em rocha. Um cântico em seus tímpanos fazia aquela vontade tremenda de olhar para o céu aumentar. Foi lentamente aproximando-se da boca. Estava escuro como a noite. Breu. Estranho. Aproximou-se mais da boca da toca e olhou para fora. Abriu um sorriso exibindo suas presas. Nuvens encantadas fechavam o céu, transformando o dia em noite. Trovões e relâmpagos roncavam acompanhados de uma garoa fina. Cantarzo reconheceu aquele cheiro. Era o cheiro de Marajó. O cheiro do templo da bruxa.

Lucas sabia que a maior parte dos inimigos estava dentro daquelas tocas. Tinham previsto aquela situação, mas não naquela proporção. As tocas eram muitas, os inimigos incalculáveis. Facilmente passariam de cem túneis. Muitos noturnos tinham morrido com as aberturas no telhado e a passagem do sol, no entanto não poderiam dar-se por satisfeitos àquela altura. Tinham de persistir no ataque. Persistir na ação. Aproveitar os ânimos exaltados dos combatentes e as baixas dos adversários. Aproveitar as horas de luz.

Lucas apanhou seu cavalo e montou, passou em cavalgada pelos pelotões dispersos, conclamando que se reagrupassem, que não ficassem dispersos. Tinham de trazê-los de volta para o combate, para a luta.

Os soldados, uma mescla de assustados e ainda eufóricos com o final da batalha no solo, obedeceram Lucas, voltando a formar um grande retângulo junto às paliçadas destroçadas à entrada do covil. Observando a outros, começaram a apanhar as escamas e fazer delas escudos contra eventuais flechadas. Sabiam que seria difícil para as criaturas da noite voltar ao ataque uma vez que o sol brilhava forte no céu e quase nada restara da imensa cobertura. Os olhos dos mais medrosos paravam no rosto dos companheiros mortos ou no sangue que empestava o chão e molhava o solado de suas botas. Tanto sangue vinha das entranhas dos cavalos, vítimas das paliçadas.

— Vamos continuar! — bradou o trigésimo guerreiro para seus soldados de cima de seu tordilho. — Não é hora de medo nem desânimo. Se sairmos daqui com a grande vitória, por muito e muito tempo poderemos dormir mais tranqüilos. Nossos filhos recém-nascidos terão uma terra nova para semear. Poderão voltar a ser livres dessas feras. Eles estão presos em tocas, estão encurralados e sem saída. A única coisa que encontrarão no dia de hoje será a ponta de minha espada. Preciso de vocês para continuar e vencermos de uma vez por todas!

Os homens gritaram urras e voltaram a se inflamar de coragem e desejo de guerra.

Lucas clamou pelos homens que traziam os explosivos. Organizando grupamentos, escalaram a parede de rocha à esquerda indo em direção ao primeiro túnel escavado na rocha. A boca do antro exalava um fedor horrível, que desencorajou os que se postaram na dianteira. Os soldados aguardaram a chegada de Lucas que, espada em punho, foi o primeiro a entrar. Uma tocha foi acesa e levada à sua mão. Avançaram decididos e quatro minutos depois encontraram os primeiros inimigos.

O combate foi fechado e tumultuado. O corredor era estreito, ficando dois guerreiros lado a lado, com suas espadas, perfurando e repartindo os vampiros que surgiam à frente. Um ar viciado e nauseabundo ia cercando os invasores. Aqueles com estômago fraco acabavam vomitando até quase colocar as tripas para fora. Os mais resistentes avançavam com Lucas e Rogério. O bento espadachim não dava folga para o seu sabre e foi, disparado, o guerreiro que mais deitou vampiros naquela batalha.

Os inimigos vinham em ondas, tentando salvar o próprio couro. Estavam lentos por conta da hora inoportuna do ataque e desesperados, posto que muitos deles eram vítimas de uma artimanha pensada por Lucas. Soldados, trazendo cabos finos, mas de grande resistência, aproximavam-se das feras mais afoitas. Esses cabos tinham ganchos de pontas triplas e agudas que eram espetadas na carne dos noturnos. Com um sinal por *walkie-talkie* a armadilha era puxada por outros tantos soldados que estavam do lado de fora. O vampiro, arrastado da toca, caía pela boca da caverna e antes de rolar até o chão seu corpo virava cinzas, queimado pelo sol, espatifando-se contra as rochas e restando só poeira a ser carregada pelo vento.

Os guerreiros que iam na ponta, atracando-se com os vampiros entocados, davam lugar aos soldados que vinham atrás para que tomassem fôlego. Dessa forma, conseguiam instantes preciosos para respirar, descansar a musculatura e tornar à carga. Os soldados que tomavam a frente do corredor de batalha abriam fogo, enfiando balas de prata na cabeça dos vampiros e derrubando grande número de inimigos. Quarenta minutos se passaram até se certificarem de que aquela toca escavada na rocha tinha sido dizimada. Os soldados bateram para fora. Lucas escolheu a próxima caverna e enxugou o suor da testa com as costas da luva de couro. O tilintar de sua cota de malha juntava-se com a de Rogério, Vicente e de outros bentos quando se movimentavam em direção à boca da toca. O caminho era difícil e a cada passo ficavam mais distantes do chão, procurando pedras mais pontudas onde firmar os pés e as mãos. Aquela escalada só era fácil para os monstros da noite. Pior ainda para os bentos paramentados por completo, com armaduras, luvas de couro e todo o sortimento de apetrechos que compunha suas vestimentas. O uniforme só dificultava a subida. À certa altura, Lucas precisou embainhar a espada para prosseguir. Conseguiu chegar na nova toca. Novamente aquele fedor bestial. Dessa vez, com a ajuda de um galho longo, estenderam um fio flexível que trazia uma lâmpada na ponta. Foram passando de mão em mão até que a lâmpada chegasse a Lucas, que a colocou para dentro do covil. Viu uma dúzia de vampiros recuando para a parte mais escura. Malditos! Eram tantos! Se tinham levado quarenta minutos naquele primeiro, gastariam mais de uma hora naquele segundo. Logo chegariam as dez horas da manhã e até o meio-dia teriam lidado, na melhor das hipóteses, com dez por cento das tocas que existiam. Seria tarefa para mais de um dia. Lucas sentiu o perigo tomando forma física. Se não destruíssem metade daquelas tocas até o entardecer, os vampiros teriam coragem de tramar uma retaliação. É verdade que não alcançariam Santa Rita numa noite de caminhada, mas estariam soltos, poderiam dividir-se e atacar. O inferno do terror noturno voltaria para as vilas. Tinham de tirar proveito daquele bizarro e inexplicável êxodo. Daquela aglutinação estranha. Para tanto tinham de destruí-los ali, em seu território. Lucas entrou na caverna. Uma lufada de vento com cheiro de chuva veio lambendo o cânion. O vento serviu para atenuar um pouco o odor do covil. Lucas olhou para o céu. Estava azul límpido. Como aquele cheiro de chuva poderia estar tão forte? Sem mais perder tempo com essa questão, ajudou os amigos a entrar na toca. Tochas vieram e, juntamente com a luz elétrica ligada diretamente na bateria de um caminhão de transporte, que avançara para dentro do covil destruído, fortaleceram a iluminação dentro da rocha. Um vampiro com arco e flecha puxou o cordão e preparou o disparo. Urros dos monstros escaparam pela rocha escavada. Uma centena de olhos rubros acendeu-se na escuridão. Eram tantos! Eram tantos! Uma luz fantasmagórica tomou o corredor. Lucas encheu o peito e gritou transtornado. O monstro abriu os dedos. O trigésimo guerreiro moveu sua espada com ligeireza e a flecha partiu-se em dois pedaços ao bater inócua contra a prata do guerreiro. Lucas gritou novamente e dessa vez seus olhos acenderam amarelos. Vicente gritou enraivecido e partiu à toda velocidade para cima dos inimigos do trigésimo. Rogério, Marcela e Danilo também tiveram seus olhos tomados por aquela luz amarela. Era assustador assistir àquele combate. Dois ou três soldados ficaram gelados e arrepiados, com vontade de correr para fora da toca e largar tudo. Porém o senso de dever pungia seus corações minando rapidamente aquela covardia. Empunharam suas armas e partiram junto com os bentos contra as hostes vampíricas. Gritos e som de armas rilhando. Sangue bento, sangue humano e carne de vampírico. Aquela cova parecia mais combativa. Lucas chegou a pensar, em momentos de lucidez, que ali encontraria o hábil general das criaturas da noite, mas depois de meia hora de carnificina, encontraram o fundo da cova, sem que um líder fosse apresentado. Lucas olhou para seus homens. Iguais a si, estavam exaustos. Respiravam com dificuldade, enchendo e esvaziando rapidamente os pulmões. Suor escorrendo em bicas. O calor era infernal. Retrocederam. Não podiam parar.

Lâmpadas e fios foram arrastados para dentro de outras tantas tocas. Bravamente cada buraco invadido ia sendo vencido, com vampiros arrastados para o sol ou mortos na ponta de espadas de prata empunhadas por bentos veteranos e novatos. Os novatos não precisavam de experiência nem lição para o enfrentamento. Tinham despertado prontos para a guerra. Não faziam mira nem tinham graça em seus movimentos. Eram bárbaros e truculentos. Suas lâminas decepavam braços, cortavam pescoços, reduzindo a pedaços de vampiro todos os inimigos que lhe apareciam à frente. Mesmo com resultados tão rápidos e numerosos, Lucas sempre olhava com preocupação para o cânion toda vez que retornava do fundo de uma gruta. As cavernas intactas ainda eram muitas, mais de cem. Quantos vampiros tinham ali dentro dos paredões da Chapada Diamantina? Numa dessas saídas de uma caverna para outra, Lucas tornou a observar o céu. Estava estranho. A luz parecia esmaecer, difusa. Já não era tão azul, lembrando as manhãs frias de São Paulo. O vento aumentava e, mesmo sem ver nuvem alguma, gotas de chuva esporadicamente salpicavam-lhe o rosto. Era refrescante, de fato, mas perturbador. Tinha algo diferente naquele tempo agourento. O vento trazia o cheiro da chuva e o da morte.

— Que diabos é isso? — perguntou em voz alta.

Um soldado ao seu lado levou os olhos para o alto.

— Não sei, senhor.

— Eu não gosto do que estou sentindo. Se ao menos o velho Bispo pudesse falar-me alguma coisa, dar-me algum alerta.

— Alerta?

Lucas olhou para o soldado.

— Às vezes ele soprava coisas no meu ouvido.

— Dessa vez ele está soprando pra todo lado — rebateu o jovem, apontando para baixo.

Tinham escalado cerca de dez metros. Lucas olhou para os amigos que corriam pela superfície entre um paredão e outro. Os bentos tinham as capas tremulando como bandeiras presas a postes. O vento aumentava de velocidade de forma espantosa. Brasas vermelhas corriam no nível do chão, carregadas pelo vendaval. As brasas brancas resultantes da incineração das criaturas da noite erguiam-se em torvelinhos carregados de presságios indecifráveis, como um logogrifo ambulante.

— Veja! — gritou o soldado, apontando agora para o céu.

Lucas viu diante de seus olhos o céu ficar negro de uma hora para outra. Em segundos, nuvens escuras e baixas lambiam o topo das chapadas, passando ligeiras, de forma assombrada, girando em larga circunferência, tão longas que não saberia medir sua amplitude. Giravam nervosamente, como se um ciclone as tivesse tomado. Em instantes, as nuvens escuras se estenderam tomando todo o horizonte.

— O dia virou noite... — tartamudeou o soldado.

Lucas ouviu aquelas palavras e sentiu um arrepio percorrer os braços. Era isso. Era magia. O dia virara noite diante de seus olhos.

O trigésimo guerreiro levou os olhos para as aberturas na rocha. Em dezenas delas um volume grande de brasas vermelhas se acendeu. Eram os olhos dos vampiros. Os olhos dos inimigos. Eles eram evocados por aquela trapaça. Instados a dar o revide. O açoite. Lucas olhou para seus homens desprotegidos. Seria aquilo obra do cão? Seria aquele manto negro o suficiente para os demônios noturnos abandonarem suas tocas? Aquilo nunca fora visto antes. Nunca fora vivido antes. Algum poder maior jogava com todos eles. Humanos, bentos e vampiros eram marionetes nas mãos de um fanfarrão arrogante.

— Vamos! — gritou Lucas. — Em frente! Não podemos desistir agora!

A maioria dos homens permaneceu imobilizada, travada por aquela visão opressora. Os vampiros estavam deixando as tocas. Saindo de seus buracos escuros como baratas de dentro de um bueiro infestado.

Lucas encarou-os com os olhos injetados. Vicente bradou com os guerreiros, trazendo alguns deles de volta da letargia.

O trigésimo guerreiro olhou para baixo. Estava ficando cada vez mais alto. Suas luvas encontraram rochas salientes e içou o corpo. A próxima caverna estava longe. Coisa de quarenta metros a escalar. O vento fustigou os combatentes. Lucas apertou os olhos incomodado com cinzas e poeira. Abriu os olhos amarelos tomado por apreensão.

O tempo pareceu parar um instante. Não ouvia mais o bulício das tropas. O rosto de Ana encheu sua retina. Apertou os olhos. Jordão. Seu filho Jordão. Ouvia as batidas de seu coração. Os dedinhos do filho enrodilhando o seu dedo de adulto. Lucas soltou o ar do peito lentamente. Teve tempo de inspirar fundo mais uma vez. Queria poder fazer mais.

Ludmyla tensionou o arco. Não sabia quanto tempo duraria aquele fenômeno bem-vindo. Não queria saber quanto tempo as trevas dominariam o dia, só queria que aquele disparo fosse perfeito. Alinhou seus olhos com a ponta da flecha, a ponta da flecha com o tórax do alvo. Um suspiro leve e relaxante. Concentração. Esperou um corte no vento arredio. Abriu as pontas dos dedos. A flecha voou certeira e enterrou-se, vencendo a carapaça prateada do inimigo.

— Consegui! — gritou a vampira, voltando para o fundo da toca e posicionando outra flecha em seu arco, levaria mais bentos para o inferno.

Lucas prendeu a respiração.

— Senhor! — gritou desesperado o soldado.

Uma dor aguda cresceu em seu peito. O trigésimo guerreiro segurou a haste da flecha e puxou-a para baixo, quebrando-a onde sumia para dentro de sua armadura. Via o rosto de bravos soldados gritando no chão. Ouvia o zumbido de outras tantas flechas passando perto de seu corpo. Tudo ficou escuro e sua mão vacilou. Sentiu seu corpo no ar e não percebeu a queda, mergulhando para a inconsciência antes do choque com o chão.

Aproveitando a providencial e inesperada escuridão, vários vampiros surgiram à boca das centenas de corredores trazendo arcos e flechas. Aproveitando a incredulidade, medo e paralisia instalada nos inimigos humanos após a queda do líder bento, dispararam consecutivamente sem ter de se preocupar com contra-ataques.

Bento Vicente, em meio a uma chuva de flechas, correu até onde Lucas havia tombado. Era impossível que isso estivesse acontecendo! Ele estava ao seu lado! Ao seu lado! Vicente gritava desesperado. Era para ele ter tombado no lugar de Lucas. Merda de cão de guarda duma figa! O guerreiro maldizia-se enquanto ajoelhava-se ao lado do trigésimo, chacoalhando-o pelos ombros. Lucas não esboçou reação. Sangue vertia fartamente do pequeno buraco aberto em sua couraça de prata. Flecha maldita! Como podia ter vencido a proteção! Bento Vicente desesperou-se ainda mais, vendo o rosto do admirado amigo tornar-se cada vez mais pálido e sem vida. Inúmeros soldados correram para Vicente e formaram ao redor do bento grandalhão uma proteção, usando os escudos dos vampiros. O barulho das flechas batendo contra as chapas metálicas era constante e os gritos dos soldados aumentavam. Vicente ergueu-se com Lucas nos ombros e pediu passagem aos soldados. Os guerreiros acompanharam o grandalhão, correndo ao seu lado com as chapas de metal erguidas. Dois deles tombaram perfurados por flechas nas pernas. Vicente alcançou as paliçadas e deixou o covil. Um temporal desabou forte, dificultando-lhe a visão.

Vicente colocou Lucas ao lado de um Urutu. Os homens ajudaram a elevar o trigésimo guerreiro, enquanto Vicente agarrava um dos soldados pelos colarinhos.

— Você dirige isso aqui?

— Dirijo, sim, senhor — respondeu, assustado com a brutalidade do guerreiro.

— Leve Lucas direto para o Francis! Não o deixe morrer. Firmeza?

O soldado, lívido e assustado, olhou surpreso para o corpo imóvel do bento deitado sobre o metal do blindado.

— Eu... é. Firmeza, senhor!

— Rapa fora que a chapa tá quente. Leva meu truta com Deus.

Dois soldados feridos nas coxas por flechadas eram trazidos por companheiros. Foram colocados ao lado de Lucas e ajudaram a segurar o corpo do bento.

O soldado subiu no veículo e pulou para dentro da escotilha. Lucas e os feridos também foram introduzidos no bojo do blindado e logo o motorista pisava fundo no acelerador.

Bento Vicente virou-se para o covil. Relâmpagos explodiam sobre o domo destruído iluminando o interior do abrigo. A silhueta sombria de centenas de vampiros sobre as rochas destacava-se a cada clarão. Vicente olhou para o céu. Negro. Breu. A água caía vertiginosamente. Os soldados debandavam de forma vergonhosa, vencidos pela intempérie e tocados pelas flechas cortantes.

Vicente ergueu sua voz, fazendo com que parassem à boca do covil. Tomou um cavalo que corria solto e montou.

— Vamos voltar! Vamos combater!

Vendo a apatia dos soldados e voluntários, Vicente olhou para os guerreiros bentos. Devia haver cinqüenta ainda em condições de combate. Incitou-os a pegar cavalos e voltar a uma formação. Poderiam liquidar milhares de vampiros antes que todos tombassem. Vicente tornou aos soldados com sua voz grossa e agressiva.

— Não dêem uma de maricas, agora! Lucas ainda não está morto!

— Vimos ele caindo.

— Eles são muitos e não vamos dar nem pro começo — gritou outro.

— Ele foi ferido. Foi tirado de combate por esses malditos! Não podemos deixar isso barato. Temos de nos unir mais uma vez e fazer frente a esses sanguessugas. Se batermos em retirada, eles crescerão em moral e virão atrás de nós no acampamento e depois vão para Santa Maria.

Os soldados ouviam calados.

— Se não lutarmos agora, vamos morrer mais tarde. Morte por morte, prefiro a gloriosa! Seremos iluminados e esses malditos virarão pó diante de nossos olhos! Vamos! — bradou o guerreiro, erguendo a espada e rumando de volta ao covil.

Vicente, habilidosamente, pendeu o corpo e apanhou um escudo do chão, levando-o à frente do corpo. Seria o primeiro a retornar e seria o alvo principal dos arqueiros das trevas.

Passou facilmente pela abertura, desviando-se das paliçadas. Mais de meia dúzia de bentos irromperam logo atrás, aos berros, para esquentar o peito e clamar por coragem.

Anaquias assistia a tudo ainda assustado. Por que eles estavam voltando? Por que estavam arriscando suas vidas mais uma vez? Os filhos da mãe estavam desmontando seu covil. Quantos vampiros ele já teria perdido? Dez por cento? Teria chegado a tanto? Seu exército ainda contava com centenas de milhares de criaturas. Algumas delas, vencidas pelo biorritmo, voltaram a jazer no fundo das covas. Aquelas eram as horas de sol. Todos deveriam estar hibernando. No entanto, tinham sido pegos de surpresa e, quando achava que a providencial escuridão mandada por seu rei tinha acabado com as chances dos guerreiros humanos, lá estavam eles novamente se embrenhando no cânion. Tão poucos contra tantos. Queriam o quê? Um milagre? Ao que sabia, a cota de milagres para os humanos já tinha acabado para aquele século.

Anaquias olhou para cima, para o céu negro e viu duas esmeraldas brilharem junto com um relâmpago.

— Eu preciso de mais, meu rei! Mais!

Tereza, sentindo o apelo do vampiro-general, intensificou suas preces e seus cânticos. Nunca tinha ido ao limite do encanto, mas a causa era das melhores. A matança sempre lhe dava forças, que ela mesma desconhecia. A voz da bruxa ficou mais rouca e seus gritos ficaram mais altos. Ela ajoelhou-se sobre o mármore de seu altar. Lágrimas pesadas caíam de seus olhos e murros enraivecidos eram lançados contra o chão. A bruxa parecia possuída por algo maligno. Um espírito ruim. Seus cabelos embranquecidos e de fios longos flutuavam como se a mulher tivesse mergulhado num lago invisível.

Vicente arremessou o escudo contra o primeiro vampiro que encontrou no solo. Centenas deles tinham descido das cavernas vindo ao seu encontro. Milhares estavam sobre as rochas, aguardando a aproximação dos contendores. O bento sabia que não eram mais suficientes para aquele cenário, mas faria o que tinha de ser feito. Lutaria até o fim. Não deixaria Lucas cruzar sozinho aquele manto pesado. Lutaria enquanto seus músculos tivessem força e até que sua pele fosse desfiada pelos inimigos. Chocou-se contra a leva de inimigos. Sua espada não teve sossego. Ao seu lado, viu surgir o novato Rogério. Teria suspirado de alívio se não estivesse tão ocupado debelando os noturnos. Sabia que Rogério era o melhor bento de todos quando se falava em esgrimir. Vicente saltou do cavalo, nivelando-se aos inimigos. Usava seu corpo grande e musculoso para empurrá-los. Os malditos queriam vencê-los com a superioridade numérica e as garras afiadas. Para isso precisariam descascar os bentos primeiro. Vicente girava e sua espada levava dois pescoços de vampiros por vez. Depois estocava quem estivesse na frente. Os ferimentos à prata faziam com que os monstros caíssem berrando de dor. Sentiu uma fisgada na perna. Os malditos eram muitos e seria impossível escapar daquele ataque. O último combate.

Os soldados, encorajados pela atitude do grande Vicente, deram meia-volta e retornaram à carga contra o covil. Vicente tinha usado o argumento certo. Se não morressem agora, morreriam mais tarde. Era certo que os vampiros buscariam retaliação e iriam direto para o acampamento e depois para Santa Rita e, unidos naquela quantidade, nada poderia detê-los. O jeito era tentar terminar o que tinham começado e derrubar o maior número deles para que os outros tivessem alguma chance.

Vicente mais uma vez olhou para cima. Sentiu a pele arrepiar. Podia jurar que tinha visto nuvens verde-esmeralda misturadas à massa negra que girava furiosamente sobre suas cabeças, como se fossem olhos medonhos a lançar ódio sobre os guerreiros do dia. O vento tinha aumentado demais e não bastassem as gordas gotas de chuva também caíam flechas das encostas. Muitos dos vampiros tombavam vítimas dos próprios companheiros. O vendaval vindo com a tempestade assombrada agora parecia ajudá-los naquele instante. Os tiros dos arqueiros saíam imprecisos e muitas das hastes voavam contra as rochas. Uma flechada cravou-se no peito de um vampiro que vinha de frente ao guerreiro.

— Gol contra! — bradou Vicente, erguendo sua espada e afundando-a ao lado da flecha.

O vampiro tombou inerte aos seus pés. Vicente descreveu um arco com a espada procurando criar espaço para golpear. As feras eram tantas. Nem com dezoito braços conseguiria derrubá-las. Em mais alguns instantes, provavelmente estaria submerso num mar de vampiros. Num mar de assassinos. Pessoas que atiravam em caminhoneiros à beira da estrada. Vicente fechou ainda mais a expressão e soltou outro escudo empunhando a espada com as duas mãos. Queria dar golpes mais fortes. A imagem de seu pai caído, executado, veio-lhe à mente. Depois a imagem de Lucas atingido pela flecha. Tudo estava desmoronando. Aquele novo e maldito mundo estava desmoronando.

Um relâmpago brilhante e poderoso explodiu no rochedo ao final do covil. Rochas imensas se desprenderam da parede, trazendo para o chão uma chusma de vampiros. Milhares deles deixaram de existir de uma hora para outra, graças àquela tempestade inesperada. Alguns dos humanos chegaram a sorrir, experimentando certo alívio quando viram que outros tantos vampiros, que estavam no chão, acabaram esmagados por toneladas de pedra. Mas aquela sensação de sorte durou pouco, porque em instantes a muralha rochosa que se formou pelo desmoronamento foi infestada por olhos vermelhos de vampiros raivosos. Eles partiram das rochas como abelhas ouriçadas para cima dos inimigos, como se um dique do inferno tivesse rebentado.

Vicente aliviou-se um pouco do grupo que o circundava, quando os primeiros soldados chegaram e abriram fogo. Os projéteis de prata começaram a derrubar as criaturas.

A nova onda de vampiros atrapalhou o descanso dos guerreiros bentos. Era desesperador. O céu negro e a ausência do sol, somado aos trovões ensurdecedores, que fariam mortos levantarem-se das tumbas, faziam com que mais e mais vampiros escapassem pelas grutas escavadas nos cânions.

Benta Marcela girou com fúria e força, cortando um ao meio. Estava exausta. Não agüentaria mais cinco minutos sob aquela carga. Tinha sofrido arranhões profundos nos braços, e cortes no rosto vertiam sangue. Sua cabeça ardia e seus cabelos longos e negros estavam empapados pela água da chuva e pelo suor. Seus músculos pediam arrego e precisavam de descanso.

Bento Duque era um reforço e tanto para o time dos bentos. O guerreiro era experiente nas armas e cortava e rasgava com ferocidade e rapidez, tirando de combate dúzias de vampiros em questão de minuto. Gritos brutos saíam-lhe da garganta a cada inimigo partido. Era uma forma de extravasar parte da tensão. De igual, tinha o rosto lavado por suor e sangue. A hora final aproximava-se. Cada vez mais perto vinham as garras afiadas dos vampiros. Cada vez mais perto sentia o bafo nauseabundo escapando de suas gargantas podres.

Os soldados não se contraíram com o volume de feras se aproximando. Atiraram como nunca. Sabiam que Lucas não estava ali. Sabiam que dependiam deles mesmos. De seus esforços e seus tiros certeiros. Descarregavam os fuzis contra as feras, derrubando uma após outra, tentando aliviar e adiar o martírio dos bentos. E sabiam. Tinham aquela certeza inexorável e opressora; depois dos bentos, seriam eles.

Tereza, de quatro sobre o altar de mármore, rodeada por vento e magia, levou novamente a mão ao chão com poderoso soco e estrondo. Dessa vez sua expressão revirou-se e a bruxa vomitou sobre a pedra lisa. Seu vômito esparramou-se, encantado, como se fosse feito de luz. As lágrimas não paravam e nem seus gritos. Uma névoa, que de muito rala passou a muito densa, espalhou-se como que formada pelo vômito da mulher bruxa. De igual, as nuvens negras que pairavam sobre Diamantina, aquela névoa começou a girar.

Um novo relâmpago poderoso explodiu às costas dos guerreiros bentos e soldados que se tinham aproximado. Dessa vez, os humanos levaram a pior. Outro pedaço imenso de rocha soltou-se do cânion, deformando a paisagem da Chapada Diamantina, com toneladas de imensas pedras rolando do paredão. Além de centenas de vampiros que caíram rochedo abaixo, centenas de soldados foram esmagados pelo deslizamento. O ribombo do trovão que se seguiu chegou a jogar alguns dos combatentes ao chão. Era um grito vindo dos infernos, misturado a algo tão poderoso quanto um terremoto. A água triplicou em volume, descendo sobre suas cabeças, um temporal, como nenhum deles jamais assistiu, desencadeou-se. Quanto tempo duraria aquele dilúvio? Estavam por volta das dez da manhã e o sol deveria estar ardendo forte e causando desconforto pelo calor. Mas não era isso que acontecia. Rajadas de ventos assustadoras resfriavam o ar e a água gelada fazia com que suas peles ficassem contraídas. Sem contar que a água e o vento atrapalhavam a visão, e, somente quando relâmpagos cruzavam o céu, tinham luz suficiente para assistir ao tétrico espetáculo exibido adiante. Os vampiros amontoavam-se e começavam a fechar o cerco. Vicente rangeu os dentes notando a precária situação. O que estava ruim acabava de ficar pior. Com o desmoronamento da segunda coluna de rochas, o minguado exército de humanos tinha sido repartido. Seus homens, que eram poucos, estavam em menor número agora. Vicente começou a berrar para que, mesmo combatendo francamente, se reunissem. Seus olhos experientes tinham captado outra manobra dos noturnos. Dezenas de milhares deles tinham obedecido à ordem de um superior e não desciam mais ao leito do cânion. Estavam sobre as rochas, assistindo o fim dos poucos guerreiros da luz.

Rogério parou o combate um instante. Tinha derrubado todos os vampiros ao seu alcance. Graças a Deus não havia mais nenhum perto de seu braço. Cada segundo de descanso era precioso quando se combatia nos momentos finais de sua vida. Respirava cansado, puxando fundo o ar, tentando recuperar o fôlego. Estava tão escuro que era difícil ver. Quando relâmpagos estouravam sobre a chapada, melhorava a noção do cenário tétrico que o rodeava, com todos os seus companheiros de morte. Viu Marcela, levantando-se e cambaleando. A valorosa guerreira de traços índios tentava manter-se firme, mas não agüentaria muito. Estava sendo vencida pelo cansaço. O bento olhou para as paredes dos cânions. Havia tantos vampiros. Tantos... A água descia do topo da chapada e vinha lavando as pedras. Via vampiros saltando de rochas que rolavam, derrubadas pela força das enxurradas que se formavam.

Duque também sentia o peso da batalha. Se um milagre não acontecesse, não sairiam vivos dali. Para trás, por onde tinha vindo, havia agora uma alta muralha de pedras. Do lado oposto do corredor de rochas, havia outra. Estavam presos, bem no meio das colunas de rochas que tinham desmoronado. Tinha visto, com os próprios olhos, relâmpagos explodirem contra o cânion e providenciar aquela eficiente barreira. Difícil era crer que aquilo tinha acontecido por acaso. Era como se alguém os servisse numa baixela de prata para aquelas feras.

Vicente olhou para trás. Outro relâmpago. Sabia que estavam perto do fim. A luz deixou ver que a nova parede formada em suas costas vedava qualquer chance de escapada. A situação não deveria estar boa do outro lado, também posto que não via nenhum dos soldados separados surgir no alto do novo muro de pedras. Agora sim, com as tantas armas tendo ficado do outro lado, as chances de sobrevivência minguavam. Um relâmpago ligeiro iluminou o cenário. Os vampiros vinham. Obedeciam uma nova ordem. A ordem de acabar com tudo. Saltavam das alturas, de rocha para rocha com velocidade e desenvoltura. Alguns acotovelavam-se na ânsia de ser os primeiros a deitar as garras em seu pescoço. Vicente respirou fundo. Outro relâmpago, muito mais forte dessa vez. Os vampiros pararam. Até mesmo o bento grandalhão tinha apertado os olhos depois daquele clarão desesperador.

Cantarzo estugou ainda mais o cavalo, acelerando e divisando o terreno à frente. Grande bruxa! Sabia que era dela aquela chuva. Conhecia o cheiro e o sabor daquela água e o movimento das nuvens de Marajó. Bendita bruxa dos infernos! O vampiro riu do próprio pensamento. Olhou para trás, encontrando os olhos vermelhos de seus novos soldados. Não eram simples brasas! Seus olhos emanavam labaredas! Eram a canalização da energia do inferno! Iriam queimar cada bento, cada humano que cruzasse seus caminhos! Fogo e fumaça! Aqueles olhos não ardiam feito brasas, ardiam como lanternas, como labaredas. Cantarzo continuou a cavalgada, rindo e batendo com os calcanhares no cavalo. Atravessou o primeiro cânion da Chapada Diamantina. Sabia que a cada instante chegava mais perto de seu grandioso exército. Assim que juntasse seus novos soldados ao seu exército, não haveria força no planeta capaz de freá-lo.

Anaquias sorriu. Não seria necessário que descesse para liquidar com os guerreiros bentos. Os malditos estavam completamente cercados. Seriam imobilizados em instantes e aprisionados. Queria ver o rosto de Cantarzo quando lhe desse de bandeja tantos bentos de uma vez só. Sabia que o vampiro-rei valorizaria aquele presente. Seria de vez ordenado seu general, seu braço direito.

Outro relâmpago explodiu. Anaquias levou as mãos aos olhos. Maldita claridade. Ficou cego por instantes. Era por isso que seus guerreiros das trevas hesitavam tanto. Sempre que um relâmpago batia em seus olhos, a horda continha-se, terrivelmente incomodada, aguardando que a visão se restabelecesse. Que viessem os relâmpagos! Aquele problema era um detalhe em vista do grande benefício daquelas nuvens encantadas pairando sobre a Chapada Diamantina.

Anaquias observou a chuva torrencial. Era inacreditável. Tão avassaladora, que enxurradas desciam dos rochedos como cachoeiras.

Vicente gritava enraivecido, conclamava todos os bentos e soldados. Só havia uma forma de durarem um pouco mais. A cada relâmpago enviado, agradecia ao Senhor. Tinha percebido que as feras sofriam com a claridade. Era o momento que ordenava aos soldados que disparassem com vontade, pois os vampiros permaneciam imóveis por vários segundos.

Olhou para as encostas num instante de rara folga. Colunas d'água despencavam com a chuva, caindo do alto dos platôs. Lembrou-se imediatamente da imagem bíblica do dilúvio. Era isso que parecia, um dilúvio.

Walquíria e Pietra lutavam lado a lado, uma livrando a outra dos inimigos que encostavam as garras em seus peitos de prata. A água começava a atrapalhar. O líquido descia pelas rochas desmoronadas e em grandes cascatas de cima do platô. Onde havia terreno rebaixado a água empoçava-se e em alguns pontos chegava agora quase aos joelhos dos combatentes.

Graças a Vicente, fecharam-se num grande círculo. Os que estavam nas bordas agarraram escudos e debelavam as criaturas com as pontas das espadas.

— Ai, meu Deus! — gritou benta Kelly. — Quando esse pesadelo vai terminar?

— Agüenta firme, mina. Assim que essa chuva passar esses filhos da puta vão arder no inferno — rebateu Vicente, tentando acalmar os guerreiros.

— Eles são muitos! — gritou o Ernestinho, um dos tantos voluntários, que combatia com duas pistolas e um rifle.

Ernestinho passou a pistola para fora da proteção de escudos e efetuou disparos derrubando vampiros.

Outro relâmpago potente explodiu no alto da chapada. Pedaços de pedra bateram contra os escudos e alguns caíram sobre as cabeças dos soldados e bentos fechados no grande círculo. Por outro lado, os vampiros recuaram um passo e ficaram cegos mais uma vez, maldizendo os clarões. Nessa hora, os soldados e bentos baixaram os escudos e dispararam e golpearam à vontade, retornando segundos depois à brava formação com as escamas negras.

Benta Pietra, exausta, caiu no chão e arrastou-se para o meio da roda. Estava no fim das forças. Seus olhos nublaram e desvaneceu.

— Levante-a! — bradou Duque para o soldado mais próximo. — Ela vai afogar-se!

O soldado desvirou a benta que afundara de bruços. A mulher começou a tossir. Tinha tombado de exaustão. E muitos outros estavam a um fio. O soldado soltou a capa dos dragonetes e depois a livrou da couraça de prata. Ela precisa respirar. Com rapidez, desatou os cordões do colete de couro. Pietra puxou ar para os pulmões.

Bento Vicente olhou para o chão de pedriscos. A água corria rápido sob seus pés, como se tivesse sobre o leito de um riacho. Viu que em uma parte do círculo, onde existiam buracos, a água chegava quase aos joelhos dos guerreiros. As paredes caídas no leito do cânion eram obra do diabo. Queriam matá-los afogados. Vicente começou a rir feito um louco.

Todos olharam para o bento grandalhão. Vicente tinha perdido a sanidade. Estava rindo em momento de grande aflição, quando todos viam água juntando-se ao seu redor e o número de vampiros triplicando fora do círculo só aguardando que caíssem exaustos para acabar com suas vidas. Se não fossem os relâmpagos constantes que causavam desconforto às criaturas, certamente tudo já estaria acabado. E agora aquele novo golpe. O mais experiente e bravo dos bentos perdera o juízo completamente.

Anaquias arregalou os olhos. Os relâmpagos insistentes atrapalhavam o avanço de seus guerreiros. A chuva que viera como aliada passava a bandida. Olhou com desespero para as cachoeiras formadas pela chuva. Elas estavam enchendo o chão do covil d'água. Os inimigos tinham de ser mortos. Agora!

— Ataquem! Ataquem agora! Sem prisioneiros! Matem todos!

A voz do general chegou como melodia aos ouvidos dos vampiros, que circundavam o bolo de soldados e bentos. Esperavam que caíssem de cansados para tirar os bentos e fazê-los todos cativos, como ordenara Anaquias. Com a ordem de matança agora, tudo ficava mais fácil. Era só ir para cima e estrangulá-los, dizimá-los sem piedade e cuidados.

Tereza arregalou os olhos brancos. Uma energia sutil subia da Chapada Diamantina e a atingia através das nuvens. Um broto de esperança vicejando no meio dos sobreviventes cercados. Como isso era possível? Não viam que estavam cercados e liquidados? Como a esperança podia florescer num momento como aquele? Só se houvesse um louco varrido no meio daqueles combatentes! Seu coração esfriou e um arrepio percorreu seu corpo de bruxa. A natureza lhe falava. Eles tinham uma conexão forte com a água. Eles tinham esperança na água. Tereza levou um baque e tirou as mãos do chão ficando de joelhos. Contorceu o rosto e começou a pronunciar outras palavras. Estava mudando o encanto. Tinha de acabar com a chuva! Tinha de acabar com a chuva!

Vicente deitou-se no chão, deixando seu corpo ser completamente molhado pela enxurrada.

— Vocês, bentos novos!

Os novatos olharam para o gigante.

— Façam o que eu faço! Rezem para que baste — murmurou no final da frase.

Trocaram um olhar ligeiro.

— Rápido! Cambada de gente mole! Façam o que eu faço, que sairemos vivo desse vespeiro dos infernos!

Kelly e Renata foram as primeiras a obedecer. Rogério caiu de joelhos como se mesmo sem aquela ordem não fosse capaz de continuar em pé. Benta Marcela, sentindo o coração na boca de tão forte e rápido que ele batia, sentiu tontura ao abaixar-se. Danilo caiu de joelhos.

— Cravem suas mãos nessa terra molhada!

Um instante depois, estavam todos de quatro, imitando Vicente.

Os soldados, únicos a permanecerem de pé e manterem os escudos erguidos, atiravam, procurando resistir. Garras e cabeças de vampiros varavam a proteção. Dentes aguçados tentavam ferir os braços dos homens. Dezenas de milhares daqueles seres circundando o pequeno grupo. Estavam esmagando a resistência humana.

Os rostos dos bentos veteranos iluminaram-se imediatamente. Sabiam o que Vicente queria. A batalha vinha sendo tão raçuda, feroz e sem descanso, que sequer tinha passado por suas cabeças a chance daquele feito. A bênção da água!

Bento Vicente começou a prece olhando fixamente para a água. Os bentos, em voz baixa, cada qual fez sua oração. Ao final, Vicente levou a mão à testa, sendo imitado de igual por todos os bentos novatos. Fez o sinal da cruz.

Escudos começavam a voar e escapar das mãos dos bentos veteranos e soldados, que tentavam em vão manter o cerco. Gritos de horror e dor escapavam das gargantas dos soldados que eram agarrados pela horda vampírica, que avançava esmagando a todos em seu caminho.

Nesse instante, Vicente tocou a água e igualmente fizeram os novatos. Um relâmpago luminoso cruzou o cânion. Vampiros levaram as mãos aos olhos temendo a cegueira.

— Agarrem os escudos! — vociferou Vicente aos que estavam nas bordas.

A água fez uma borbulha rápida e ouviu-se uma explosão estranha, como se algo trepidasse nas entranhas da terra. Um calor maravilhoso subiu do chão para a face dos guerreiros bentos. O mundo pareceu ser dragado por uma bolha de silêncio. Nem a chuva nem os gritos foram ouvidos naquele segundo.

Anaquias, incrédulo, viu seu exército ao redor dos bentos, mais uma vez, levar a pior. Milhares de vampiros incandesceram de uma vez só, fazendo subir uma intensa e insuportável onda de calor. As criaturas que não foram apanhadas naquele átimo, começaram a gritar e tentar fugir, mas assim que os que estavam em contato com a água queimavam e diluíam-se no veneno, seus corpos também tocavam a água benta e começavam a inflamar. Muitos que alcançavam os rochedos e a muralha de pedras eram jogados para baixo por torrentes de água que afluíam dos imensos morros, indo parar de novo em contato com o lago benzido. Outros eram afundados naquela água benta pelos próprios irmãos, que, na ânsia de escapar, esqueciam qualquer hombridade e não estavam nem aí se derrubassem dez ou vinte dos companheiros naquela água. Foram poucos os que conseguiram beneficiar-se do amontoado de semelhantes para galgar até as paredes de rocha e conseguir escapar do fim certo.

Debaixo do cerco de escudos, os humanos e bentos não se sentiam a salvo por enquanto. Gritavam e afundavam-se o máximo que podiam na água da chuva tentando escapar do calor imenso que a reação dos vampiros à água benta provocava. A chuva nunca fora tão bem-vinda naquela manhã. Passaram-se mais de três minutos ouvindo gritos sobrepondo-se ao som estrondoso da tempestade e das cascatas que desciam o cânion.

Bento Vicente colocou-se de pé e admirou o espetáculo. Um círculo, que tinha o centro exatamente onde ele estava, expandia-se rapidamente queimando todos os monstros que estavam com os pés na água. Viu um querendo escalar o outro, tentando fugir da morte mística. Não conseguiu evitar, ergueu sua espada e começou a gritar eufórico. Viu um bando reduzido de malditos rastejar para dentro de uma ou outra caverna. Eram tão poucos! Graças a Deus! Aquele exército de noturnos jamais voltaria a ser o mesmo nem em volume nem em confiança.

Vicente sorriu novamente quando percebeu a chuva parar tão subitamente quanto tinha começado e as nuvens negras e enfeitiçadas interromperem seu assombrado giro demoníaco sobre suas cabeças.

Cantarzo, profundo conhecedor das nuvens de Marajó, não gostou do que viu. Primeiro tinha detectado um clarão na escuridão e depois notou que as nuvens enviadas pela bruxa pararam de circular. O manto negro permaneceu imóvel, bloqueando a luz do sol. O vampiro-rei sabia que aquilo não duraria muito.

— Entocar! — gritou aos pretorianos.

Cantarzo e sua guarda rapidamente galgaram o morro à direita. Estavam tão próximos de Anaquias, que parecia mais uma daquelas brincadeiras sem graça das alcoviteiras, providenciando aquele desfecho ingrato. Em poucos segundos, Cantarzo e seus vampiros monstruosos entraram por grutas e fendas escondendo-se na rocha ao aguardo das trevas.

Bento Enzo olhou sorridente para o céu. Seu braço esquerdo queimava. Achava que estava quebrado. Mas a dor e o desconforto não eram nada agora. Miraculosamente ainda respirava. Sua fé tinha desaparecido no meio da batalha, e não acreditava que aquilo fosse verdade. As nuvens negras que pairavam sobre suas cabeças esfumaçavam-se, ficando finas e deixando grossos fachos de luz descer à terra. Estavam salvos. Milagrosamente salvos.

Benta Marcela respirava com dificuldade, mas também sorriu ao ver as nuvens dissiparem-se e o sol voltar a brilhar forte e glorioso, enchendo todo o cânion com luz, queimando os atrasados e banindo os vampiros para o fundo das tocas.

Os bentos e soldados ao redor do venturoso veterano começaram a gritar eufóricos. Estavam vivos! Vivos!

Os gritos de alegria e contentamento juntaram-se aos vivas da outra porção de soldados que havia sido separada pelo deslizamento de rochas. Boa porção dos homens conseguira escalar as pedras e ver o grupo festejando do outro lado. Pensavam que os vampiros tinham desaparecido por causa do sol que voltava a brilhar, mas assim que os primeiros desceram do obstáculo e contemplaram os milhares de restos corpóreos de vampiros jazendo naquela cela imensa, começaram a entender o que tinha acontecido. Quando os primeiros começaram a narrar o feito de bento Vicente e dos novatos a festa aumentou ainda mais.

— Restaram poucos! Não vamos esmorecer agora! — bradou Vicente. — Vamos de caverna em caverna arregaçando a sobra desse exército duma figa. Eles não terão nem ânimo nem fé suficiente para resistir, já estão derrotados, agora têm de ser mortos na ponta da faca!

Os soldados gritaram, demonstrando concordância.

— Bento Duque e bento Augusto liderarão os grupos. Façam a divisão de nossos homens.

— E você? — perguntou Augusto, surpreso com o destacamento.

— Vou voar até o acampamento. Tenho de contar essa parada para os outros e quero contar para Lucas... — Vicente baixou a cabeça nesse instante. — Se ele sobreviveu, vai ter mais ânimo para lutar, sabendo que nossas vidas foram poupadas e que a vitória beijou os beiços dos bentos.

Os homens guardaram silêncio por uns momentos. Depois começaram com exclamações, afirmando que Lucas não tinha morrido nem morreria. Lucas era um enviado para a vitória sobre os vampiros. Não ia morrer logo agora que parecia que finalmente os malditos noturnos seriam varridos do Brasil. Apoiaram Vicente em sua decisão.

— Amintas, você tá arrebentado, cumpadre. Não continua assim, que não quero ver mais nenhum irmão morto. Volta com tua nega pro acampamento também. — Vicente fez uma pausa e pôs a mão no ombro de Marcela. — Cuida bem do meu velho amigo. Ajunta tudo que é cara machucado e leva pro acampamento. Dá conta do recado?

— Se dou conta de matar vampiros, não vou dar conta disso? Xá comigo, Vicentão — brincou Marcela, guardando a espada na bainha e agitando seus longos e belos cabelos negros.

O bento escalou rapidamente a parede de rochas que impedia o caminho e saltou para o outro lado, onde retomou seu cavalo e disparou em sentido ao acampamento. Lucas tinha de saber da boa nova, antes que fosse tarde demais.

Capítulo 78

Vicente cavalgou direto para o acampamento. Sem interrupções, levou uma hora para chegar ao destino. A distância tinha sido determinada no dia anterior como parte da estratégia de aproximação do gigantesco covil.

O bento desmontou e correu para o grande barracão de lona destinado à enfermaria. Olhou para os leitos ocupados, ouvindo gemidos e lamúrias. Soldados, voluntários e voluntárias andavam atarantados ajudando três médicos. Não viu Lucas nem bento Francis. Ao perguntar deles, soube que estavam na pista sendo embarcados no Hércules. Lucas precisava chegar num hospital o mais rápido possível. Ele, mais um bento e três soldados precisavam de cirurgia e a enfermaria não daria conta do recado. Suas vidas estavam em jogo.

Vicente deixou a enfermeira falando sozinha e disparou para fora, montou no cavalo e de novo galopou o mais rápido que pôde. Cinco minutos até a pista. De longe viu as macas sendo levadas para dentro do C-130 e afligiu-se ao pensar que poderia não chegar a tempo. Lucas não podia morrer. Não agora que a vitória chegava tão perto. Lucas tinha de viver. O bento bateu no cavalo. Sentia-se culpado. Tinha feito uma jura para si próprio ao descobrir o valor daquele guerreiro. Se fosse para morrer, morreria no lugar dele. Lucas tinha de seguir em frente. O homem tinha uma missão nessa vida e não poderia perecer antes da vitória absoluta.

Vicente alcançou a nave quando o compartimento de carga começava a se fechar. Foi o soldado Alex, com o seu inseparável poodle no colo, que viu o guerreiro aproximando-se com sua capa vermelha tremulando ao vento.

— Espera! — gritou, assustando todos ao redor.

— O que é? — inquiriu Verônica, que sempre ia no compartimento de carga, operando os equipamentos e ajustando os passageiros.

Alex apontou para o fim da pista.

Francis abriu um sorriso ao ver o amigo. Provavelmente tudo tinha dado certo já que o bravo Vicente já estava de volta.

Verônica apressou-se em interromper a subida da rampa e reverteu o processo.

Vicente saltou com o cavalo e subiu montado a bordo.

A engenheira fechou o bojo do avião e comunicou a Davi que estavam prontos para partir.

O cavalo foi conduzido por um soldado para longe dos enfermos e seu estribo foi amarrado na lateral da fuselagem.

— O que aconteceu com Lucas? — perguntou Vicente, em tom desolado, olhando para o amigo pálido como um noturno e imóvel feito cadáver.

— A ferida é feia, Vicente. Eu não consigo parar o sangramento. Ele já tomou quatro bolsas de sangue. Trouxe esses doadores a bordo porque ele vai precisar de mais durante a transferência. Estou lutando para mantê-lo estabilizado. Mas...

Vicente olhou para Francis. O rosto do bento médico estava sulcado e visivelmente cansado, os bigodes sempre afilados estavam bagunçados e uma barba por fazer pontilhava toda a sua face. O silêncio de Francis ficou mais dramático depois que Vicente o viu fechar os olhos e abaixar a cabeça.

— Não sei se posso.

Vicente pousou a mão em mais um ombro naquele dia.

— Calma, cara. Calma. Tu não é Deus, mas o Luquinha aí é amigo dele. E Ele pode, cara, tu só não pode desistir. Faz o que só tu sabes fazer. Cuida dele.

Vicente segurou a mão fria de Lucas e abaixou-se até seu ouvido.

— A primeira vez que te vi, pensei que tu fosses um banana, um medroso. Tu mostraste pra meio mundo que tu és o cara. Segura firme nessa aba e fica conosco, irmão.

Vicente levantou-se e saiu de perto de Lucas e Francis. Foi caminhando para a cabine de comando.

Davi e Thamires viraram para trás quando o grandalhão postou-se à porta.

— Senta e firma o cinto, bento Vicente. A gente vai decolar.

— Tamo indo pra onde?

— Francis pediu para irmos a Santa Maria mesmo. Disse que nosso amigo Lucas não vai agüentar uma puxada direto para São Paulo — informou a mulher.

Thamires olhou fixamente para o bento. Podia jurar que ele tinha duas lágrimas descendo pelas bochechas. Talvez fosse água da chuva escorrendo do seu cabelo curto, talvez suor. Ele tinha ficado o tempo todo naquele temporal repentino.

Vicente mal teve tempo de sentar-se e sentiu o efeito do arranque do Hércules. O avião disparou pela pista, ganhando velocidade e em segundos sentia a força da gravidade pender seu corpo. A nave estava inclinada e encetava a decolagem. Do negrume no céu nada tinha sobrado. Agora era um azul imaculado que se via por qualquer uma das janelas. Azul-celeste. Vicente desceu o queixo ao peito, apertou a imagem de São Jorge na mão, fechou os olhos e começou uma prece.

Uma hora depois, o Hércules desceu na pista construída nos arredores de Santa Maria. Uma ambulância já aguardava na cabeceira e rapidamente Lucas foi colocado no seu interior. Os outros feridos foram transportados num ônibus sem bancos e transferidos com presteza para o hospital.

Às duas da tarde, o trigésimo guerreiro entrou no centro cirúrgico, onde Francis e mais dois colegas começaram a reparar os tecidos feridos do paciente. Apesar do estado geral sombrio, Francis tinha muita fé de que conseguiria manter Lucas desse lado do manto, tendo em vista que a parte crítica, que era o tempo de transporte fora de unidade de terapia intensiva, tinha sido vencida.

Vicente acordou sobressaltado. Tinha-se recostado num dos leitos do Hospital Santa Maria. Uma enfermeira simpática tinha insistido para que descansasse e garantiu que o despertaria quando Lucas voltasse da cirurgia para o quarto. No entanto, parecia que tinha dormido horas. Confirmou suas suspeitas quando olhou pela janela e viu que a noite já ia alta. Quantas horas teria dormido? A inquietação voltou rápido assim que seu estado de consciência se reorganizou. Sentia a cabeça doendo. Talvez tivesse recebido um golpe durante a batalha. Sentia-se sujo. Precisava de um banho e de roupas lavadas. Mas só buscaria por conforto depois que soubesse de Lucas. Vicente deixou o quarto e deu no corredor largo do hospital.

— Como foi a cirurgia de Lucas? — perguntou Vicente para o primeiro enfermeiro que viu.

— Ele está melhor do que quando entrou.

— Fala direito! — ralhou o grandalhão.

— Ele saiu vivo da cirurgia, senhor, mas ainda está em perigo... está na UTI.

Vicente murmurou qualquer coisa ininteligível ao enfermeiro. O rapaz, assustado com a bronca do bento, não ousou sair de sua frente sem que ele desse o comando. Vicente pegou a medalha de São Jorge e beijou-a, fechou os olhos e começou outra prece. O rapaz permaneceu o tempo todo parado à sua frente. Vicente finalmente abriu os olhos e encarou o enfermeiro.

— Me leve até a UTI.

Benta Marcela juntou um grupo de dez voluntários que tinham vindo com os batalhões. Eram todos motoristas das pick-ups, caminhões e infantaria motorizada. Conversou com todos a respeito das condições dos veículos e quantidade de combustível. Havia suprimento o suficiente para seguirem para Santa Maria. A viagem de carro, quando feita sem parar, levava coisa de cinco horas. Benta Marcela, conversando com soldados e amigos bentos, decidiu levar os feridos imediatamente para Santa Maria. Não havia previsão de retorno do avião de Davi e provavelmente o Hércules só voltaria na manhã seguinte, tempo precioso demais para alguns dos feridos que tinham sua saúde agravada a cada hora passada. Os veteranos e líderes concordaram com a benta e logo após o anoitecer Marcela, Amintas e bento Rogério partiram em um comboio de quatro veículos rumo a Santa Maria, levando cento e dez soldados feridos.

O líder Fernando destacou dois soldados de Santa Maria, que poderiam guiar Marcela e os feridos de volta à fortificação. Ele próprio decidira ficar para não desfalcar ainda mais o remanescente de combatentes. Apesar do clima alegre que a maioria demonstrava, Fernando guardava certa apreensão. Talvez os vampiros restantes, regidos por ódio e sede de vingança, tomassem o rumo de Santa Maria ao anoitecer. Tinha visto com os próprios olhos e literalmente sentido na pele a perda dos vampiros. O mais provável é que tomassem o caminho da roça e sumissem do mapa por uns tempos novamente, mas um líder de soldados não podia dar-se ao luxo de relaxar numa hora como aquela.

Fernando passou em revista o acampamento. A maioria dos voluntários tinha-se recolhido às barracas de campanha e davam descanso ao esqueleto. Já os soldados conservavam-se em sua maioria despertos e alertas. Conversavam em voz alta. Alguns tomados por assuntos sérios e concatenações a respeito dos próximos passos a ser dados pela resistência humana. Outros preferiam amenidades e algumas rodas relembravam os feitos daquela manhã e tarde, cada qual expondo seu momento de bravura ou de maior temor. Fernando abriu um sorriso largo. Realmente tinham passado um mau pedaço naquele dia e não foram poucos os momentos em que acreditou piamente que seria degolado e bebido por aquelas criaturas dos infernos. Estar vivo naquele anoitecer era uma bênção. Uma bênção devida justamente aos valorosos cavaleiros de peito de prata. Os soldados bentos. Esses destemidos e loucos arrasadores de vampiros. Sem eles, os homens jamais teriam chance contra as feras da noite. Fernando passou ao lado dos Urutus, enfileirados. Aproximou-se de um dos blindados, relembrando que tinham sido de grande ajuda. Ao lado do veículo, encontrou uma dúzia de soldados que recarregavam seus rifles e pistolas. Dois deles davam manutenção em duas deita-cornos que tinham ajudado na invasão do covil Diamantina. Cumprimentou os homens com um aceno de cabeça e ficou contente em ver que tomavam suas precauções. Parou um instante na outra ponta do Urutu e recostou o ombro na blindagem do veículo. A lua estava enorme, subindo ao céu. Fernando tirou um cigarro do bolso e acendeu rememorando seus instantes de loucura da noite anterior. Seu peito esfriava ao lembrar dos contornos da vampira. Não via a hora de reencontrá-la. Ficaria furiosa ao descobrir que tinha sido mandada de volta a Santa Maria.

Assim que o sol se deitou, Cantarzo saiu de sua toca. Durante a manhã, instado pelas alcoviteiras, tinha certeza de que alcançaria o grande covil com a ajuda das nuvens negras de Marajó, mas tão inesperadamente quanto surgiram, elas desapareceram. Agora era noite e tudo estava diferente. Era a sua hora. Seu ambiente. Nada pouparia a vida daqueles que interpusessem seu caminho até o amanhecer. Seria o ferrão da morte. Cantarzo abandonou a toca e rapidamente avistou seu cavalo amarrado à beira de um córrego estreito e quase seco. Seus soldados não precisavam de montaria. Eram rápidos e dotados de membros longos. Acompanhavam sua cavalgada com invejável facilidade. Os trinta ouriçaram-se ao seu redor. Aqueles dois, feitos dos bichos vampiros da bruxa eram os mais barulhentos e afoitos. Tinham os olhos brancos como de gente cega, mas pareciam perceber as coisas ao redor bem melhor do que os outros vinte e oito.

— Vamos! — gritou o vampiro-rei.

Os pretorianos urraram e começaram a perseguir o rei. Seus músculos poderosos e proeminentes destacavam-se com os movimentos ligeiros. Saltavam sobre as rochas e pulavam distâncias impressionantes. Batiam com violência contra pedras e árvores robustas que vergavam à sua passagem.

Tão perto tinham chegado do objetivo daquela manhã, que em poucos minutos alcançaram o gigantesco covil destruído. No meio das encostas que formavam um corredor, uma pilha de rochas impedia o caminho. Cantarzo escalou com facilidade e seus olhos depararam-se com algo que ainda não contava. O domo do grande covil tinha sido devastado e nem sombra de seu grande exército mostrava-se ao redor. O cheiro ruim que emanava de um extenso trecho cercado por rochas provinha do amontoado de vampiros queimados. Vampiros mortos por água benta. Cantarzo rosnou enfurecido. Seu brado rasgou todo o covil e ecoou no cânion. Aos poucos, mais e mais pares de olhos vermelhos surgiram nas bocas das tocas.

Cantarzo encarou aqueles olhos. Eram olhos derrotados. Olhos de vampiros amedrontados. Vampiros que clamavam por ajuda. Cantarzo urrou com ferocidade novamente. Uma ambigüidade incomum rasgava seus pensamentos. Ele era um monstro caçador. Bastava seguir em frente para aplacar o ódio num mar de morte e vingança. Mas seus olhos agora tinham de ser do tamanho dos olhos de um rei. Era o rei daqueles flagelados. O rei dos mortos pela água benta. Era o enviado das trevas para ampará-los. Sentiu-se fraco e confuso um momento.

Seu séqüito de guardas forjados pela bruxaria postou-se ao seu lado, metade à esquerda e metade à direita. Farejavam e rosnavam como cães empertigados. Olhavam para o leito seco do cânion forrado de vampiros extintos e cremados. Lúcio, à direita de Cantarzo, olhou para seu mestre. Viu tristeza emanando das esferas vermelhas de seu rei. Lúcio adiantou-se dos demais guardas e saltou do alto das pedras que fechavam o caminho, caindo no leito seco do cânion. Sua mão enorme pousou no cabo da cimitarra. Eram tantos os mortos.

Anaquias assomou em um dos túneis. Seus olhos de vampiro viram o vampiro-rei e sua guarda. Anaquias arregalou os olhos. Quem eram aqueles vampiros? O que eram aqueles monstros? Colocou todo o corpo para fora da toca e desceu o rochedo aos saltos, agilmente, até tocar o chão, agora seco d'água e forrado por carcaças de vampiros. No chão, permaneceu estático olhando para aquelas feras impressionantes que secundavam seu rei. Eram imensos, contando com mais de dois metros de altura e largos feito touros. Eram monstros, monstros enormes. O vampiro-rei trajava uma couraça de ferro negro e trazia um manto às costas. Os gigantes de dois metros também possuíam armaduras que lhes cobriam completamente o peito e a retaguarda. Na linha da cintura tinham um desenho curvo deixando parte do abdômen livre para movimentos ágeis. Vendo-os metidos naquelas couraças, era impossível não fazer um paralelo com os guerreiros da luz. De certa forma, assemelhavam-se aos guerreiros bentos. Eram impressionantes.

Cantarzo e sua guarda desceu das rochas indo para o leito do cânion. Esqueletos e restos de vampiros forravam o chão como tapete e os ossos secos crepitavam sob seus passos firmes. Seus olhos dançavam pelo cenário tétrico. O cheiro de vampiros extintos era insuportável. Onde estava seu exército? Onde estavam seus homens que desceriam o Brasil inteiro tomando cada centro humano? As coisas não estavam indo como a bruxa prometera. Seus olhos pararam sobre o corpo delgado de Anaquias, seu general. Rilhou os dentes pontiagudos e fez uma careta descontente. Experimentava amargura. Aquele cenário tinha um desenhista, um realizador. Seus punhos se cerraram imaginando onde estaria Lucas, o trigésimo bento.

As feras de olhos brancos caminhavam curvadas, tocando muitas vezes o solo com os braços e as costas das mãos, assemelhando-se a gorilas no modo de caminhar. Grunhiam incomodados, empertigados.

Anaquias surpreendeu-se novamente quando notou o tamanho impressionante das espadas que os trinta guardas negros traziam. Conforme se aproximavam, Anaquias encheu-se de medo. Retraiu-se e seu ar de líder recheado de atitudes prepotentes murchou. O vampiro-rei finalmente chegava ao covil. Justamente no dia em que o covil havia sido vergonhosamente batido e derrotado por uns poucos milhares de soldados humanos comandados por um punhado de bentos. Anaquias tinha até orquestrado resistência brilhante, mas tinha falhado. Retraiu-se ainda mais, temendo qualquer atitude injusta do rei. Estava submerso em sentimentos de culpa e humilhação.

Cantarzo saiu de trás de um de seus guardas corpulentos. Encarou Anaquias diretamente nos olhos.

Anaquias, pela primeira vez, olhou diretamente nos olhos fulgurantes de seu líder. Seu rosto, já consternado, mudou ainda mais. Seus olhos arregalaram-se de forma tamanha, que parecia que seus globos cairiam à frente de seu nariz e rolariam até o chão de cascalhos. Não era possível! Não tinha devotado tanta energia e obediência para ele! Não podia ser verdade o que seus olhos mostravam! Balançou a cabeça em sinal de negação. A vergonha e a culpa deram lugar à agonia, ao medo e à confusão. Aquele vampiro na sua frente não poderia ser seu rei! No entanto, sentia a energia emanando do poderoso líder. A mesma vibração que rondara sua mente por todos aqueles dias. Seus olhos só poderiam estar pregando uma peça. Aquele ali, bem diante de seus olhos.

— Cantarzo! — bradou, incontido, Anaquias.

Cantarzo abriu um sorriso largo e caminhou para perto do general. Rodeou o vampiro e inspirou fundo sentindo o cheiro conhecido do ex-colega chegar a suas narinas.

— Eu... eu não posso crer... você... VOCÊ! — vociferou Anaquias, levando a mão ao facão que trazia na cintura.

Um rugido uníssono fez estremecer o corredor do cânion, tão potente que pedras pequenas soltaram-se e rolaram dos paredões.

O som de espadas desembainhadas em conjunto surpreendeu Anaquias e antes que pudesse arrepender-se e tirar a mão da arma, trinta espadas espetavam seu corpo, a maioria delas ao redor de seu pescoço, peito e costas, deixando-o absolutamente imóvel.

Cantarzo, atrás de sua guarda, olhava para o rosto novamente surpreso de Anaquias. Se o maldito desse um espirro, viraria mortadela fatiada de vampiro.

— Você... — murmurou corajosamente Anaquias. — Suportaria todos, Cantarzo, menos você.

O rei deixou seus olhos vagarem pelos vampiros, que se aproximavam. Eram poucos em vista dos tantos que vagavam junto de Anaquias, em vista das incontáveis caravanas que tinham peregrinado até ali.

Cantarzo sentiu-se bem notando que todos eles desciam ao leito do cânion e se colocavam imediatamente de joelhos, sem esboçar reação ou preocupação com o general aprisionado por trinta espadas. Exalavam devoção e obediência. Anaquias era sequaz, como outro qualquer diante sua presença. Cantarzo voltou sua atenção para seu antigo conhecido.

— Não sei por que tanta surpresa, caro general. Ficamos unidos por tanto tempo... deveria saber no seu íntimo que tramava com um amigo.

Cantarzo fez um sinal com a mão. Os pretorianos afastaram as espadas e seus dentes fenomenais. Mexiam o tronco da direita para a esquerda, balançando e demonstrando agressiva prontidão.

— Cantarzo... — murmurou Anaquias com ressentimento na voz e no rosto. — Sempre tentando fazer-nos de idiotas.

— Tentando? Tentando?! Não me faça rir de sua triste figura! — bradou o vampiro-rei. — Sempre FIZ vocês de idiotas. Sempre que desejei.

— Agora entendo por que poupou Raquel. Você a quer descascar com as próprias unhas.

— De fato. Demonstra que não é de todo um tolo.

O vampiro girou sobre os próprios pés e fez seu macabro manto de escalpos voltear.

— Sempre enxerguei longe, meu amigo. Acha que minha paixão na vida escura eram aquelas brincadeiras com a metida da vampira caolha?

Os olhos de Anaquias esmoreceram. A figura da líder de caçada encheu seu coração. Nostalgia. Com certeza, Cantarzo o tinha enfeitiçado com seus poderes.

— Não ponha suas culpas nos meus ombros, vampiro fraco. Dê-se por feliz de ter sido escolhido meu general.

Cantarzo olhou para os milhares de vampiros ajoelhados. Uma porção de olhos vermelhos cobrindo parcialmente o leito do cânion.

— Mandei-o trazê-los e protegê-los. Onde está o resto de meu exército? Isso não é nem sombra do número que correu para cá.

Anaquias contemplou a sobra deixada pelos humanos. Ainda eram muitos. Coisa de quarenta mil vampiros. Quantos tinham caído com o ataque dos humanos? Meio milhão de vampiros. Talvez mais.

— Eles vieram quando o sol nasceu. Jogaram sujo, quando não poderíamos lutar, revidar à altura.

— Eu pedi que ficassem atentos...

— Eu sei. Eu senti tua aflição, meu rei. Ainda preparei surpresas, construí paliçadas para conter o avanço dos malditos. Construí uma passarela unindo uma plataforma à outra — disse, apontando para os restos de ferro que cruzavam o cânion. — Armei teus soldados com arcos e flechas. Mas eles vieram com um avião e com foguetes, bombas e malditos tanques de guerra. Abriram nosso telhado negro e deixaram a luz entrar. A maioria de teus homens torrou ao sol no primeiro instante.

Cantarzo andou pelo leito do cânion olhando para as rochas. Dezenas de tocas acusavam desmoronamento e indícios de fogo que teria comido suas bocas. Tanques de guerra.

— E as cavernas?

— Estávamos nós que vês aqui. Mesmo assim, mesmo depois do ataque ao sol, eles vieram para as tocas e encheram os corredores de luz e nos mataram com espadas de prata. Bentos filhos duma égua!

— E a tormenta?

— Foi você que a mandou? — perguntou Anaquias com um sorriso nos lábios. — Foi você?

— Não. Foi alguém que me quer bem.

— A tempestade vedou o sol e fez o dia virar noite de um jeito que nunca vi. Foi a hora de nosso grande revide. Matamos muitos soldados e muitos bentos. Milhares. Botamos aqueles insolentes para correr. Mas a tempestade aumentou de intensidade e o que soava aos nossos ouvidos como bonança tornou-se um verdadeiro inferno. Os relâmpagos nos cegavam e impediam o avanço imediato. Eu queria aprisionar os bentos antes de assassinar todos os soldados. Queria ofertá-los ao meu rei.

Cantarzo olhou para Anaquias. O general ajoelhou-se e tomou a mão do rei. A guarda de trinta soldados grunhiu leve, com os olhos exalando chamas vermelhas, as cimitarras colossais bailando rente ao chão.

— A chuva e os relâmpagos formaram um rio — soou a voz baixa de Anaquias, verdadeiramente comovido pela presença do rei. — Cachoeiras inacreditáveis formaram-se e verteram água do alto das chapadas — disse apontando para o alto do morro. — A água... eles transformaram a água em água benta. O cerco foi desfeito e batemos em retirada, meu senhor.

— Quando eles partiram?

— Há muitas horas. Quando o sol ainda era dono do dia.

Cantarzo cruzou o solo do cânion e subiu no outro muro de rochas. Ergueu as narinas e perscrutou o terreno adiante. Viu mais dois cânions em sucessão. Desceu o obstáculo e apanhou um cavalo de um sentinela vampiro. Anaquias seria mais útil vivo do que morto.

Sua vida seria poupada. Tinha apreço por aquela criatura que assistira grande parte do passado. E seu ato seria lido como magnânima demonstração de clemência, o que inflamaria ainda mais a devoção daqueles que se prostravam no leito do cânion.

O vampiro-rei montou o eqüino e bateu com os calcanhares em sua barriga, fazendo o bicho disparar rumo a outro cânion.

Os trinta guardas não aguardaram chamado e partiram atrás de seu rei.

Anaquias, ainda surpreso e imóvel, não deixou sua posição. Eles estavam indo sozinhos para o encontro dos soldados. Trinta monstros e um vampiro contra milhares de soldados e bentos. Anaquias sorriu. O jogo tinha mudado e a vitória flertava com os noturnos.

✠ ✠ ✠ ✠ ✠ ✠

Bento Duque, auxiliado pelo eficiente líder Fernando, havia estabelecido a segurança do acampamento. Àquela hora, a maioria dos soldados festejava com os voluntários e os bentos em grandes barracas que, unidas, formavam um amplo galpão.

Mesmo sabendo que o golpe final com a água benta tinha acabado com a maioria do covil e que a vitória sobre os vampiros estava mais próxima do que nunca, um bocado de bom senso não faria mal. Destacou duzentos homens para guardar o acampamento. Aguardariam naquele posto até que novas ordens do Conselho de Segurança viessem. Duque achava particularmente que não deveriam perder tempo. Assim que o sol nascesse, deveriam voltar aos restos do covil e retomar a empreitada que tinham começado. O clima otimista esparramava uma sensação agradável que acariciava o peito de todos, contudo Duque tentava resguardar-se, mantendo-se vigilante e deixando para saborear desse bálsamo inebriante somente quando o sol raiasse.

Ficou também muito satisfeito com a postura de Fernando, que junto aos soldados escolhidos para vigiar o acampamento pela noite, espalhava ordens e recomendações com energia.

Duque afastou-se das barracas e do barulho que varava noite adentro e procurou um canto mais afastado para refletir sobre os acontecimentos do dia. Olhou ao redor. Tinham-se instalado em uma planície larga, que estrategicamente permitia enxergar longe para qualquer lado que se olhasse. A única obstrução no terreno circundante era uma elevação, um morro com coisa de oito metros de altura, onde uma árvore ocupava o topo. Apesar do obstáculo ser pequeno, ali sempre existia um soldado observando. Também mantivera soldados nos três postos avançados e uma patrulha a cavalo rodeando o acampamento. Caso os vampiros tivessem ânimo para retaliar o ataque matutino, não seriam pegos de calças curtas. Duque observou a vegetação. Em torno do acampamento, era composta por plantas rasteiras e arbustos que mal alcançavam um metro. Apesar da proximidade da mata a cerca de dois quilômetros dos limites do núcleo, tinha-se a impressão de estar no meio da caatinga, pelos grandes hiatos que o verde deixava, sobrando imensos blocos de chão seco e rachado. Assim que terminou a contemplação da paisagem local, Duque viu bento Ulisses postando-se ao seu lado. Os dois bentos negros guardaram silêncio por longo tempo. Ouviam o barulho da música e da algazarra dos homens vindo um pouco mais de longe agora. Depois de um tempo calados, Ulisses disse a Duque que os dois postos de rádio estavam cheios, com voluntários e soldados pedindo para mandar avisos para suas localidades, suas famílias. Todos queriam ser os portadores da boa nova. A derrocada da raça vampírica tinha chegado ao Brasil e, com Lucas saindo vivo desse terrível ferimento, haveria de espalhar a libertação para todos os outros países. Os dois rumaram para o morrinho ao lado do acampamento. Enquanto caminhavam, conversavam. O vento agitava suas capas vermelhas e fazia a touca de cota de malha balançar levemente.

— Você acha que ele escapa dessa?

Duque olhou para o parceiro antes de responder. Tirou um cigarro da luva e parou um instante para acendê-lo numa das tochas espetadas no chão.

— Ele é o cara, não é? — perguntou, soltando uma baforada, voltando a caminhar. — Ele desencadeou os trinta milagres. Ele fez a gente andar esse Brasilzão todo atrás de suas visões pela metade. Fez a gente correr de kongs. Levou a gente pra Barreira do Inferno — interrompeu a fala dando outra tragada, para depois de uma longa baforada, continuar. — Todo mundo fala que, quando ele despertou, era só osso e, no primeiro combate, abateu trezentos e sessenta vampiros. Não acho que uma simples flecha vai tirar o Lucas desse lado do manto.

— Manto?

— É. Manto. É o jeito que eu chamo a vida. Acho que tem coisa do outro lado. Então eu sempre brinco assim, os vivos estão desse lado e quem já passou foi pro outro lado do manto.

Ulisses sorriu para Duque.

— Quer?

Ulisses negou com a cabeça.

— O que você, nessa sua teoria, acha que tem do outro lado do manto? O que vamos encontrar quando formos pro lado de lá? Deus?

Duque deu de ombros.

— Não sei se vamos encontrar Deus. Deus de verdade. Nunca fui de acreditar muito nas coisas escritas na Bíblia.

— Sério? Você não acredita em Deus?

Duque respirou fundo, fazendo sua couraça subir e descer.

— Não acredito naquele Deus que as igrejas pregavam antes da Noite Maldita. Tinha uma igreja em cada canto. Um Deus certo para cada porta errada.

Bento Ulisses balançou seu rosto longo, concordando em silêncio com a observação do parceiro.

— Acho que do outro lado do manto não vamos achar nada daquilo que se lê na Bíblia. Deus existe. Mas não é o bicho-papão do primeiro Evangelho nem deve ser também a imagem criada pelos pastores e padres que sempre usaram o poder que tinham para distorcer as mensagens deixadas por Jesus. Não há o que temer.— Nossa! Falou pouco, mas foi profundo. "Não há o que temer" — repetiu Ulisses.

Mais passos em silêncio. Ulisses retorceu o beiço.

— Duque...

— Fala, negão.

— O que você quer dizer com esse "Não há o que temer"?

Duque sorriu e deu outra tragada valorizando o momento de reflexão.

— Uma das poucas coisas que eu concordava com as igrejas do passado era a frase: Deus é amor.

— Sei. Lembro-me disso.

— Se Deus é amor, logo, não há o que temer. Certo?

Ulisses deu de ombros.

— Escuta, Ulisses... hoje de manhã, você estava com medo de morrer?

— Eu sou um bento, velho. Igual a você. Não existe medo pra gente. Não tem talvez. A gente vai pra cima. É mais forte que nós.

— Eu sei. Eu sei. Mas antes. Antes de você ser tomado. Não ficou pensando que você poderia não estar comigo, aqui, hoje à noite?

Ulisses fez que não com a cabeça.

— Certo. Mas viu o medo nos olhos dos voluntários, dos soldados?

— Vi. Estava em todo lugar.

— Por que estavam com medo?

— Estavam com medo de morrer.

— Medo de morrer. Exatamente. Esse é o medo mais sólido que permeia o coração dos homens. É uma certeza indefectível. A única coisa certa que ganhamos no dia em que nascemos é o saber que um dia expiraremos. Um dia passaremos do lado de cá pro lado de lá.

— Natural.

— Exatamente. Você não podia ter-me dado resposta melhor. Natural. Natural. Todos nós morreremos. Mas muitos deixam essa certeza virar um pavor. Uma coisa que é natural virar um demônio fedorento que fica rondando e norteando seus pensamentos. Gente deixa de viver porque vai morrer.

— Irônico.

Duque riu da observação do amigo.

— Deus é amor. Não há o que temer. Quando passarmos para o lado de lá, vamos nos surpreender — o bento filósofo tragou novamente o cigarro e encarou com firmeza os olhos cor-de-mel de bento Ulisses. – Há uma continuação do outro lado do manto, meu amigo. Não duvide disso. Mas é algo que nos vai pegar de surpresa.

— Putz. Minha mãe é evangélica fervorosa. Se ela me vê dando ouvidos a um perdido feito você, ela me puxa a orelha uma noite inteira.

— Ah, Ah, Ah! Perdido? Eu?

— É.

— Eu sou bento, meu irmão. Esqueceu? — indagou brincando, o negro Duque, batendo com a mão sobre a cruz dourada no seu peito de prata. — Somos escolhidos.

— Taí outro mistério. Por que cargas d'água fomos escolhidos?

— Agora as "abelhudas", como dizia o velho Bispo.

— Alcoviteiras — corrigiu Ulisses.

— Isso. Que sejam, alcoviteiras... agora elas deram uma descambada com esse negócio de milagres. Agora todo nego que acorda é bento.

— E está sendo bom. Nunca vi um combate com tantos bentos.

— É, por esse lado é bom.

— E por qual não é?

— Nas vilas. O povo já não nos olha com tanta deferência. Estamos virando coisa corriqueira nas fortificações.

— Também percebi.

— Os ferreiros andam sobrecarregados. Cê viu o Magal em São Vítor? O cara tá pirando. Até sonho anda tendo.

— Que é?!

— Andou sonhando com umas ferramentas. Cê não viu aquele tridente que o Vicente trouxe.

— Vi. Ele tava mostrando pra todo mundo em Santa Maria. Não vi ele usando na batalha de hoje, aqui no acampamento.

— É esse mesmo. Ele não usou porque a coisa tava feia demais. Me disse que ia se garantir na espada porque estava mais do que acostumado.

— Você tá me dizendo que o Magal sonhou com aquilo?

— Sonhou. Sonhou que os bentos tinham de lutar com aquilo.

— Putz! Muito difícil. Não troco minha espada por nada — rebateu, Ulisses, desembainhando a ferramenta.

— Acho que nós, veteranos, fomos escolhidos sob um código que ninguém decifrou até agora.

— Só.

Duque terminou o cigarro de palha e jogou-o no chão.

— Deve ter um bom motivo pra gente ter acordado bento. Cada um de nós — continuou Ulisses.

— Às vezes não sei o que prefiro. Se é essa nossa vida louca e incerta ou a velha e suja antes da Noite Maldita, mas, de uma coisa eu tenho certeza...

— Do quê?

— Eu adoro ser bento.

Um rojão de tiro único espocou no céu.

Os bentos trocaram um olhar de surpresa.

— Essa merda é o que eu tô pensando?

— Vamos descobrir agora, Duque.

— Hã?

— Vamos descobrir porque fomos escolhidos.

— Deixa de falar besteira, Ulisses.

— Eu senti. Nossa conversa. Esse ataque. Vamos descobrir agora!

Duque correu, descendo o morro para o lado do acampamento de onde veio o disparo de rojão. Antes de alcançar o grupo de oito soldados que ali se amontoava, viu os pares vermelhos cavalgando na direção do acampamento.

Ulisses também correu até os soldados. Sua espada já vinha à mão.

— Vá alertar todo mundo, correndo! — bradou Duque para um soldado.

— Tragam nossos cavalos! — ordenou Ulisses para outro.

Os soldados começaram a se juntar naquela frente rapidamente. Os vampiros aproximavam-se velozes. Bento Duque pediu o binóculo de visão noturna com o qual Fernando observava os inimigos. Colocou o objeto sobre os olhos e viu o grupo atacante. Era estranho. Apenas um vampiro vinha a cavalo. Atrás dele, misturados a uma nuvem de poeira, vinha mais um tanto de criaturas. Contou vinte e oito. Tornou a contar e chegou a trinta. Aquilo não estava certo. Varreu a planície com o binóculo. Era estranho. Tinha sobrado muito mais que aquilo no covil. Falavam em coisa para mais de quarenta mil. Abatidos, combalidos, mas muito mais do que aqueles que vinham em cavalgada. Apenas trinta e um vampiros atacando o acampamento era algo inusitado. Os malditos só atacavam locais com bentos vindo em bando de centenas para mais. Não se arriscariam à toa.

— Preparem as armas. Esses caras são poucos, mas aí tem coisa. Não viriam contra os bentos em trinta, trinta e um combatentes. Pode disparar o rojão de três tiros. Eles não vão parar.

O soldado Matias obedeceu. Tirou do embornal de couro o rojão de três tiros e acendeu-o na tocha que estava espetada no chão à sua direita. O tubo de papelão explodiu e três brasas subiram para o céu. Ribombou três vezes. Os soldados que já estavam a postos começaram a preparar as armas e conferir a munição. Não dariam chance daquele combate durar mais que dois minutos. Trinta e um invasores.

Com a ajuda de tantos bentos, talvez nem desse tempo de disparar contra as feras.

A luz das tochas tremeluziam e agitavam-se com os ventos ligeiros que cruzavam a planície. O rosto de bento Duque estava dourado por conta das chamas. O guerreiro olhava fixamente para os vampiros, que vinham longe. Havia algo de errado naquele grupo. Os olhos vermelhos não eram os mesmos. Eram diferentes. Pareciam maiores, mais cheios de ódio. Não pareciam brasas. Pareciam fogueiras! Achava que isso não era possível, mas pareciam ainda mais demoníacos e assustadores do que os olhos dos vampiros corriqueiros. Eram feras diferentes. Centenas de vozes encheram seus ouvidos. Duque não olhava para o lado, mas sabia que o volume de soldados, guerreiros e voluntários pegando em armas e correndo para aquele local só aumentava a cada segundo. Apanhou mais uma vez o binóculo de visão noturna. Cobriu os olhos com a ferramenta e demorou um instante para ajustar. Encontrou os malditos que vinham a todo galope. Aumentou o *zoom*. Seu coração disparou. Não eram todos cavaleiros. Confirmou que apenas um deles vinha montado a cavalo. Os trinta restantes vinham correndo. Correndo feito bichos. Eram monstruosos, enormes, três vezes maiores que os vampiros comuns. E todos eles, inclusive o cavaleiro, portavam couraças negras. Estavam em armaduras! Tinham espadas!

Duque baixou o binóculo e estendeu a bento Dimas que surgia ao seu lado.

— Olhe — tartamudeou.

Bento Dimas apontou para os vampiros.

— Minha Nossa!

— O que é isso?

— Encrenca, meu companheiro. Encrenca — respondeu Dimas, baixando o binóculo.

— Quero todos os bentos comigo! — bradou Duque, reunindo os guerreiros encouraçados.

Os bentos montaram cavalos e centenas de soldados postaram-se com rifles e fuzis formando uma longa linha, deixando o acampamento protegido.

O líder Fernando, de Santa Maria, também montou em um cavalo e passou a bradar ordens aos soldados.

Todos os homens colocaram armas nas mãos. Sabiam que eram poucos os inimigos, mas não dariam sopa. Talvez, logo depois deles, viesse uma grande leva.

O som do tropel se aproximando começa a ser audível pelos soldados.

Fernando galopou até um dos Urutus. Um homem descia pela escotilha, enfiando-se dentro do blindado. O líder saltou do animal e agarrou-se ao blindado, subindo agilmente no veículo militar. Entrou no Urutu e pediu que o soldado, que parecia ter entrado ali mais para se esconder do que combater, ligasse imediatamente a máquina de guerra.

Duque agitou seu cavalo. O som da montaria do inimigo e dos grandes acompanhantes ganhava volume. Olhou para os bentos e ergueu a espada. A razão sendo suprimida. Encarou os olhos vermelhos do vampiro que vinha no centro. Se tivesse olhado para trás naquele instante, teria visto dezenas de bentos terem seus olhos acesos em brasas amarelas. Duque era um veterano. Não tinha olhos amarelos, mas tinha a fúria. Gritou quando foi tomado. Não queria controlar os instintos. Talvez nem fosse mais possível àquela altura. Seu cavalo empinou e sua capa vermelha agitou-se. Apontou a espada para a frente e estugou o cavalo. Começou a cavalgar velozmente. O tropel às suas costas. Os bentos vinham. Atropelariam aqueles vampiros! Seriam picados!

Duque estava a menos de cem metros do vampiro a cavalo. Ergueu a espada na altura do pescoço do adversário. Iria decapitá-lo numa passada só. Segurou firme, preparando-se para o golpe.

Duque ouviu o barulho de metal e sentiu seu peito sendo empurrado. Seus pés voaram do estribo e seu corpo tombou e rolou pelo chão de pedriscos. A espada ainda estava em sua mão. Parte dela ao menos. Duque olhou incrédulo para a lâmina de prata partida. Estava segurando o cabo e tinha apenas uns dez centímetros de lâmina. Levantou-se aturdido. O cavalo do vampiro líder não fez a volta, continuou marchando em frente, rumo ao acampamento. O vampiro derrubou mais um bento.

Duque virou-se. Aqueles vampiros eram enormes! Tinham mais de dois metros, Santo Deus! Eram largos como touros! E seus olhos eram assustadores. Eram feitos de fogo vivo, era inferno, eram demônios encarnados!

Um deles veio para cima do bento negro. A fera tirou uma cimitarra longa, grossa e encurvada da bainha. Era impressionante. Movia-se rápido a despeito de seu tamanho. A fera ergueu a lâmina diante dos olhos incrédulos do bento. Duque olhou com a boca aberta para aquela imensa lâmina e depois seus olhos pararam na couraça preta da fera. O bicho baixou a espada provocando um zumbido. A lâmina enterrou vários centímetros no solo seco levantando uma nuvem de poeira. Duque não existia mais. Somente dois hemisférios de carne que se dividiram e tombaram, um para cada lado.

Enzo foi com a espada erguida para cima de um dos vampiros gigantes que caminhavam pela areia. Seu coração bombeava freneticamente. O inimigo não estava olhando-o diretamente nos olhos. Os olhos... eram estranhos. Não eram como o dos outros. Eram duas bolas brancas. O bicho... Seria cego? A resposta veio de forma desesperadora. A fera enorme rosnou selvagem. O cavalo do bento foi agarrado pelo pescoço e, surpreso, viu a fera vergar o pescoço do animal e parti-lo, provocando um estralo e som de ossos moídos. Enzo tombou para o lado e colocou-se de pé. O vampiro ainda tinha as mãos no pescoço de seu animal. Enzo partiu para cima do inimigo e desferiu uma espadada contra o ombro encouraçado. O monstro vampiro tornou o rosto para ele. Enzo sentiu um frio percorrer seu corpo. Os olhos não tinham chamas como os demais e por isso eram mais sinistros, horripilantes. A fera abriu a boca e rugiu, exibindo duas fileiras de dentes pontiagudos. Saltou para cima do bento e, com uma mordida precisa, arrancou a cabeça do guerreiro. Mastigou-a de forma grotesca, fazendo o barulho dos ossos da cabeça do guerreiro serem escutados pelos combatentes ao redor. O corpo acéfalo tombou como um fardo de batatas e o sangue borbotou no chão de Diamantina.

Walquíria conseguiu enterrar a espada no estômago do agressor. Fumaça e rugidos escaparam da fera. No entanto, o monstro não se vergou ao golpe e agarrou a mulher, erguendo-a acima de sua cabeça e arremessando-a longe.

Os soldados, à beira do acampamento não acreditavam no que viam. O corpo de uma benta passava por cima de suas cabeças e foi estatelar-se contra uma das barracas. Um deles virou-se fazendo menção a querer sair para ver se havia algo o que fazer pela pobre, no entanto, o líder Amaro gritou que ficasse.

— Ninguém sai daqui! Ninguém sai daqui! — repetiu.

Amaro via o único cavaleiro vampiro se aproximando.

— Matem o desgraçado! — bradou. — Matem!

No meio dos pretorianos de Cantarzo, os bentos lutavam heroicamente, na vã tentativa de conter aqueles novos e surpreendentes inimigos sem conseguir resultados. Ulisses amparou com a espada o golpe de uma das feras. Foi empurrado e rolou no chão. Caído, ergueu novamente a espada na tentativa de conter o segundo ataque da grossa lâmina do inimigo. Dessa vez, sua espada não foi o bastante e viu-a quebrar-se em múltiplos pedaços, e a cimitarra do monstro encontrou sua couraça. Mesmo tendo diminuído a potência do golpe, a arma afundou em seu peito, abrindo um corte extenso. Ulisses girou nos pedriscos e colocou-se de pé. A dor era imensa. Desviou-se do terceiro e do quarto golpe e conseguiu enfiar um soco no meio do nariz do vampiro gigantesco e, com um impetuoso empurrão que surpreendeu a criatura, tomou dele a espada. Era pesada demais para lutar. Conseguiu girá-la lateralmente, mas o golpe saiu débil e ineficaz. O vampiro arrancou-a de sua mão e agarrou seu braço. Ulisses fitou a fera nos olhos de chamas e sentiu o hálito podre do inimigo, quando esse grunhiu furioso. Sentiu uma dor imensa no seu ventre e lágrimas brotaram em seus olhos de mel. Que fera era aquela? Sua mão livrou-se do bandido e cambaleou para trás. O maldito deu dois passos em seu encontro e ficou olhando-o com um sorriso na boca dentada. Ulisses tirou a mão da barriga e fitou seu sangue que tingia a luva de couro. Sua respiração demonstrava todo o estresse a que seu organismo fora submetido. Cambaleou mais para trás e tropeçou no corpo de uma benta morta, tombando de costas. Puxou ar com dificuldade para dentro do peito. A loucura tinha escapado de sua mente e voltava a raciocinar. Estava morrendo. Sabia disso. Não haveria ajuda simplesmente porque eles, os bentos, eram a ajuda com a qual os homens contavam. O avião, nunca mais voaria no avião. Sentiu o peito pesado. Estava exausto. Exausto daquela luta. Finalmente os malditos tinham-no pegado. A boca secou. Sentiu sede. Mais uma vez levou a mão ao ventre e voltou com a luva aos olhos. Ensopada de sangue. Gotas grossas pingando do peito e batendo em seu saiote verde-oliva. Ulisses arrancou a medalha de São Jorge do pescoço e postou-a diante dos olhos. Beijou a imagem e expirou sua última tomada de ar.

Benta Kelly gritava histericamente. Era para saírem vitoriosos daquele embate. Eram poucos os guerreiros de negro, no entanto via seus amigos tombando. Seus olhos já não brilhavam amarelos e sua espada foi ao chão ao desviar-se de uma das feras. Olhou para um cavalo ao seu lado. Correu para montar no animal. Só assim sairia viva daquele embate. Fugindo. Montou na sela e disparou em direção ao acampamento.

Os soldados atiravam contra o cavaleiro solitário sem conseguir derrubá-lo. Os gritos aumentaram de volume; igualmente os disparos.

A guarda de Cantarzo abandonou os corpos dos bentos para trás e partiu veloz na direção do vampiro-rei. Não deveriam deixá-lo descoberto, solitário. Não poderiam deixar vida nos corpos. Aumentaram a velocidade dos passos largos. Alimentaram-se do desespero que emanava daquela parede de homens. Balas batiam em suas couraças. Dois deles caíram com as pernas feridas por projéteis de prata. Mas eram fortes. Fortes demais para serem detidos. Os que recebiam dois ou três disparos nos membros nem mesmo reduziam a velocidade. Aumentavam sim seus rugidos de fera, apavorando ainda mais os infelizes soldados que seriam estraçalhados em questão de segundos.

O gigante Lúcio ouviu o motor do blindado sendo ligado. O robusto Urutu não se moveu cinco metros sequer. O vampiro pretoriano agarrou a frente do veículo de combate e cravou os pés no chão. Os pneus grossos e largos do veículo de infantaria giraram em falso, levantando poeira. Um segundo pretoriano juntou-se a Lúcio. Era uma daquelas feras que tinham os globos brancos. Enfiou as mãos fortes embaixo de um dos pneus e, usando toda a potência de seus braços musculosos, ergueu a lateral do Urutu. Lúcio também fez força e, num instante, o blindado acabou de ponta-cabeça, inutilizado pelos gigantes.

Homens em disparada corriam para tanques de guerra. Lúcio rugiu chamando a atenção de mais três monstros. Correram no encalço daqueles soldados.

Cantarzo desceu a espada, traçando um arco. A cabeça do primeiro soldado despegou-se do corpo e rodopiou até cair. Amaro, que estava mais perto do cavaleiro, ergueu a pistola e descarregou mirando a cabeça do adversário. O cavalo do inimigo tinha empinado e as balas atingiram sua armadura negra e um protetor que vinha em seu queixo. Cantarzo desmontou do cavalo e girou a espada abrindo espaço ao redor. Cortava braços e pescoços dos soldados que começaram a embolar à sua volta. Os tiros ricocheteavam em sua armadura mística e as balas acabavam por atingir os próprios atiradores. Cantarzo parou, com uma perna flexionada à frente e a espada repousando em suas costas. Olhou os inimigos e abriu um sorriso exibindo seus dentes. Eles estavam tremendo de medo. Viu muitos correndo dali, abandonando seus postos.

— Mais rápido! — bradou o vampiro.

Cantarzo moveu-se com maior velocidade, voltando a retaliar os inimigos. Uma nuvem de sangue subiu no local, provocada pelas dúzias de cortes que o vampiro abriu em questão de poucos segundos. Os homens levavam os dedos inteiros às feridas abertas. Era impossível conter a vida que jorrava de suas artérias e veias laceradas. Os soldados gritavam e viam seus corpos cobrindo-se de vermelho. Olhos esbugalhados encontravam-se com olhos imóveis, em seus derradeiros momentos de consciência.

Os soldados procuravam afastar-se para poder atirar, mas o maldito demônio da noite era rápido como um tigre. Muitos deles contiveram os disparos quando o vampiro saltou do cavalo e mergulhou no meio dos combatentes. Temiam atingir os próprios companheiros e, com isso, não faziam mal algum ao vampiro espadachim. Quando muitos deles sacavam de facões e espadas, suas habilidades não chegavam aos pés do guerreiro noturno.

Desespero. O descontrole foi crescendo em proporção à carnificina desencadeada. Um dos soldados em posse da deita-corno ponto cinqüenta abriu fogo varrendo a sua frente. A loucura tinha tomado sua mente. Não tinha morrido no ataque durante o dia e não queria ser levado por aquela dúzia de monstros naquela noite. As balas de grosso calibre penetraram as lonas e derrubaram mais barracas e soldados aliados do que inimigos. Mais dois dos gigantes guardas em couraças negras foram ao chão ao receber disparos nas pernas. As feras urraram de dor e as labaredas vermelhas que escapavam de seus olhos se intensificaram.

O resto dos pretorianos chegaram e massacraram os soldados que tentavam oferecer resistência. A deita-corno foi esmagada por um golpe de cimitarra. A fera ergueu novamente a lâmina e o soldado que abandonou a metralhadora não teve tempo de se colocar livre do alcance da longa espada. A ponta da cimitarra entrou por sua panturrilha e rachou seu calcanhar. A dor foi intensa e o ferido rodou e caiu. A última coisa que viu foi a boca escancarada da fera que rugiu e erguia novamente a espada gigante. A lâmina desceu em direção à sua testa e seus pensamentos desapareceram imediatamente. Uma casca morta e sangrenta ficou caída sobre o chão de terra. O pretoriano desceu sua boca à cabeça hemorrágica e tomou do sangue do morto.

Pânico e medo materializaram-se no acampamento. Os que corriam desesperados viam ossos expostos e corpos decepados. Os que respiravam ofegantes e apavorados sentiam cheiro de sangue e morte por todos os lados. Monstros, que usavam armaduras negras sobre os peitos, saltavam distâncias incríveis e alcançavam os fugitivos, que formavam uma caricatura sombria dos guerreiros bentos, em seus saiotes. Todo ser que se movia era perseguido pelos monstros. Os vampiros transformados desciam suas lâminas grossas com peso e força repartindo ao meio a maioria dos inimigos. Os que eram pegos deitados e trêmulos no chão eram partidos pela cintura; os que estavam de pé, tentando combater, eram cortados ao meio, da cabeça ao reto. O espetáculo sangrento durou exatos doze minutos. Depois disso, o silêncio imperou no que sobrou do acampamento. As barracas caídas, tocadas pelas tochas que também tinham tombado, ardiam em chamas de dois metros de altura. Uma fumaça escura cobria o céu.

O vampiro-rei olhou ao redor e saboreou aquele instante. Tinha sido arrastado pelo país inteiro dentro de uma caixa miserável por seu fiel lacaio. Olhou para Lúcio. O vampiro gigante, de cimitarra embainhada estava em cima do Urutu tombado. Sorriu com aquela cena. Cantarzo virou-se rapidamente, fazendo seu manto de escalpos balançar em suas costas. Olhou para a frente do acampamento. Muitos bentos tinham tombado. Via um ou outro se arrastando, cravando as luvas na terra seca. Seu lacaio tinha conseguido. Tinha entregue seu corpo inerte nas mãos de Tereza para que aquele momento existisse.

As dúvidas que assolavam a mente do vampiro pareciam desvanecer pouco a pouco, conforme inspirava os aromas da vitória. Não era mais Cantarzo, o velho caçador. Era de fato um rei. Tomaria a cabo seu título e sua missão. Tinha sido escolhido pela bruxa para liderar suas feras. Tinha de se fazer digno de sua majestade. Iria conquistá-la daquela forma. Dando vitórias aos seus súditos. Assim seria respeitado por todo ser das trevas e seus domínios não se restringiriam àquelas terras brasileiras. Os vampiros implorariam por sua diretriz. Implorariam por seu poder de visão e liderança. Seus olhos passaram pelas chamas e Cantarzo caminhou entre os corpos, buscando gente moribunda. Em meio a toda aquela carnificina sentia-se rei. Em meio a seus pretorianos, sentia-se rei. Cantarzo estreitou seus lábios e seus dentes pontiagudos extravasaram. Encontrou um soldado tremendo. Estava sem um braço. O vampiro-rei abaixou-se e cravou suas presas no pescoço do rapaz. A pressão do sangue era fraca devido à intensa hemorragia. Encheu a boca com sangue, buscando reabastecer seu corpo maldito. Gargalhou satisfeito, soltando o soldado morto aos seus pés.

Seus trinta soldados fizeram o mesmo. Buscaram as vítimas e arrancaram suas cabeças tomando o sangue direto do pescoço dilacerado.

Cantarzo, com o rosto todo sujo de sangue, levantou os olhos para a lua. Começou a rir extasiado. Assim faria com todo grupo de gente que cruzasse seu caminho e não lhe rendesse obediência e completa submissão. Seriam todos comidos e secos. O ódio e a vingança seriam as marcas de seu reinado.

Cantarzo contemplou, satisfeito, seus pretorianos alimentando-se largamente. Sabia que precisaria deles reabastecidos, prontos para o novo combate. No anoitecer do dia seguinte, tomariam Santa Maria. Tomariam cada cidade até que todos os bentos fossem liquidados, subjugados e mortos. Faria uma reserva de prisioneiros. Bentos prisioneiros seriam levados para a ilha de Marajó e serviriam para a construção de novos pretorianos. Bento Lucas, um dia, lutaria ao seu lado. Transformá-lo-ia em pretoriano e fá-lo-ia ser um guerreiro das trevas.

Capítulo 79

Quando bento Vicente chegou à UTI, notou de longe a correria. Algo ia mal. Viu Francis com o semblante sombrio e preocupado, andando de lá pra cá. O bento médico não estava com sua couraça prateada; trajava uma vestimenta hospitalar, com bata azul, touca e uma máscara cirúrgica que lhe tapava apenas o queixo, posto que estava abaixada. Pela preocupação patente no rosto do médico, logo imaginou o pior. Seu protegido, seu amigo... teria perecido?

— O que há, Francis? O que aconteceu?

— Temos de transportar Lucas para São Vítor. Imediatamente.

Vicente suspirou antes de perguntar:

— Por que esse alvoroço? Qual é o problema?

— O pessoal do rádio acabou de chegar. Disseram que receberam uma mensagem da base avançada. Poucos sobreviveram.

Vicente arregalou os olhos. Como? Os líderes no acampamento não seriam pegos de surpresa. O covil combalido não daria cabo de todos os soldados, voluntários e infantaria que tinham ficado para trás. Franziu o cenho, querendo externar seus pensamentos, mas Francis continuou, aumentando ainda mais o mistério.

— Um soldado sobrevivente disse que estavam sendo atacados. Que os bentos tinham sido mortos por um grupo pequeno de vampiros.

— Como é que é?!

— Disse que o líder era um vampiro com uma espada nas costas e um manto feito de cabelos, de escalpos! Que lutava como um capeta, tão rápido que...

— Lucas falou disso nos seus devaneios, disse que esse seria o rei dos vampiros. O vampiro-rei!

— É isso que pensamos imediatamente. O soldado parou de responder ao rádio. Disse que estava ferido e que tinha perdido muito sangue. Talvez esteja morto a uma hora dessas.

— Ele contou mais alguma coisa valiosa?

— Disse que o vampiro-rei tomou o rumo de Santa Maria. Provavelmente está vindo pra cá. Vindo para matar Lucas, acompanhado de uma dúzia de vampiros largos feito boi, com olhos que cospem fogo e espadas de dois metros de comprimento.

Vicente ficou estático. A imagem dos tridentes veio-lhe à mente. Francis passou a mão pelo cabelo.

— Lucas está péssimo, instável, levá-lo a um avião, subir seis mil metros... totalmente desaconselhável.

— E a estrada? Use uma ambulância UTI.

— Morte na certa. Não tem nenhum centro hospitalar capaz de suportar o estado em que Lucas se encontra.

— Acionem os soldados e os bentos. Vamos fazer frente. O soldado da base disse que eram poucos vampiros. Quantos foram mortos por nossos irmãos? Devem ser menos agora.

— Não, não. Nada disso. O soldado disse que os bentos foram mortos e que eles não estavam conseguindo pegá-los, nem com balas nem na espada. Disse que foi a visão do inferno. Eram poucos. Eram poucos, mas eram imbatíveis.

— Impossível! Impossível, Francis! Poucos vampiros...

— Impossível ou não, parece que é isso que aconteceu. Davi e Thamires disseram que o Hércules pode partir agora. Pedi que ligassem os motores. Vou arriscar levar Lucas para o Geral de São Vítor.

— Estamos fugindo. Isso é palhaçada. Não me desce pela garganta. Temos de ficar e enfrentá-los. Eles não conseguirão chegar durante a noite. Quando amanhecer, Lucas estará a salvo.

— E se acontecer aquilo de novo?

— Aquilo o quê?

— Aquelas nuvens dos infernos. Pode ser que o céu fique negro e que esses vampiros se movimentem durante o dia. Lucas... se ele sentir o cheiro de vampiro, é capaz de sair do coma para querer lutar.

— Coma? O estado dele é tão ruim assim.

— Se fosse ruim eu estaria achando ótimo, Vicentão. O Lucas está por um fio! — lastimou-se o bento médico, segurando o grandalhão pelos ombros.

— E mesmo assim você vai arriscar levá-lo?

— Não temos escolha. Acompanhe o meu drama; se ele fica e os vampiros chegam, já era. Se eu vou, ao menos temos uma chance.

— Você já falou com a doutora Ana?

— Já. Ela consentiu.

— E como ela reagiu?

— Pessimamente. Ela está arrasada. O neném bem nasceu e já corre esse risco de ficar órfão de pai.

— Pare de falar essas bobagens. Eu sei que você é quem é o médico aqui, mas está parecendo um cagão chorão. Tenha fé, homem. Tenha fé — dessa vez, foi Vicente quem segurou o amigo pelos ombros.

Francis não redargüiu. Fitou Vicente nos olhos e balançou a cabeça.

— Posso vê-lo?

— Vem comigo.

Bento Francis conduziu o grandalhão para uma sala contígua à UTI. Fê-lo tirar a indumentária de bento e vestir uma roupa verde. As calças ficaram apertadas e a camisa ficou justa na musculatura peitoral e nos braços de Vicente. Os bentos passaram por outra porta e já estavam dentro da UTI. O ambiente esterilizado e as roupas hospitalares eram um cacoete permanente dos tempos pré-Noite Maldita. Apesar dos médicos saberem que as pessoas não morriam mais de infecção nem de processos inflamatórios ou qualquer doença, ainda obrigavam as equipes e os visitantes a manter a higiene absoluta dentro das UTIs e centros cirúrgicos.

Vicente aproximou-se do leito de Lucas com receio. Uma série de equipamentos monitoravam o estado geral do amigo. Um respirador artificial estava preso à boca do guerreiro e um dreno fino escapava do ferimento aberto pela flecha, rodeado por bandagens que formavam um extenso curativo.

— Ele passou bem pela cirurgia, paramos o sangramento, mas ele ainda está muito mal. Se tivesse sido ferido assim antes da Noite Maldita, acho que não teria suportado. A seta da flecha abriu uma ferida longa e preocupante no pulmão direito. A hemorragia debilitou todo o organismo e a ineficiência respiratória só complica o quadro. Às vezes, seu estado de consciência se eleva e depois se deprime novamente. Não está voltando. Têm flutuações hemodinâmicas incoerentes, tenho medo do tempo total de vôo. É arriscado, mas tenho de tirá-lo daqui assim mesmo. E você, vem comigo?

— Como é?! — espantou-se Vicente.

— Você virou o guarda-costas de Lucas. Tem de vir com a gente.

— E o pessoal daqui?! Santa Maria está sem soldados prontos pra batalha. Os soldados bons tinham ido para a base avançada. Os bentos dentro da fortificação estão aqui no hospital. A população toda está abalada.

Bento Francis guardou silêncio por um instante. A voz de Davi chegou no *walkie-talkie*. Ele passou informações referentes ao vôo e condições da aeronave. Confirmou que havia suportes disponíveis para levar o reservatório de oxigênio e fixar a maca adequadamente. O Hércules era pau para toda obra.

— O pessoal daqui vai ter de dar um jeito. Terão algum tempo. Quem não puder lutar, deverá deixar Santa Maria.

— Isso não está certo. Chegamos há dois dias pedindo ajuda de todo braço que estivesse disposto a lutar, agora não posso simplesmente deixar essa gente pra trás.

— E Lucas? Quem vai protegê-lo?

— Deus vai. Se ele estivesse acordado, pediria para que eu ficasse com essa gente.

Francis anuiu, finalmente concordando e cedendo ao bom senso.

— E, além do mais, você é um bento e tanto, velho. Já lutou em muita briga boa e sempre saiu legal, muito mais inteiro do que eu. Melhor guarda que você eu desconheço.

— Nem parece o velho Vicente falando. Você mudou demais no último ano.

Foi a vez de Vicente ficar calado.

— Bem, se essa é sua posição, melhor você começar a mexer seus músculos. Estamos deficitários em armas e homens. Se quiser defender os muros de Santa Maria...

— Quem disse que eu iria defender esses muros?

Francis soergueu as sobrancelhas surpreso.

— Vou defender a gente daqui. A cidade vem em segundo plano. Não me desce pela garganta essa idéia de fugir com o rabo no meio das pernas, mas essa gente não vai agüentar o tranco se ficar aqui. Salvo a eles, depois me entendo com o maldito vampiro-rei.

Vicente beijou a mão de Lucas e saiu da sala da UTI. Na sala onde trocara de roupas havia um banheiro. Não pensou duas vezes antes de tomar uma ducha. Minutos mais tarde, deixava o hospital em sua roupa de bento. O peito de prata brilhava contra as luzes de Santa Maria. Rumou para o galpão da soldadesca. Tinha de contar quantos homens tinham sobrado e montar sua estratégia. Enquanto falava com Francis, pensando nos contras, tinha chegado a uma conclusão. Caso não recebessem mais notícias do acampamento, caso não conseguissem determinar a força do inimigo com mais precisão, pensaria somente em salvar aquelas pobres almas que habitavam o grande centro de Santa Maria. As derradeiras informações do soldado da base avançada não ajudavam muito. Não sabiam quantos vampiros marchavam ao encontro da cidade. E não eram simples vampiros, disso Vicente tinha certeza. Ao menos sabiam que o famigerado vampiro-rei vinha entre eles e que tinham conseguido pôr abaixo, liquidar bom número de bentos e soldados armados até os dentes. Aquela gente que tinha sobrado em Santa Maria não faria frente aos demônios da noite. Era gente simples e trabalhadora. Na maioria, eram anciãos, mulheres e crianças. Salvar suas vidas seria sua missão.

Lucas foi transportado rapidamente para o Hércules. Só deixou o hospital quando o avião estava pronto para a decolagem. Por conta disso, assim que os aparelhos e seu leito foram acoplados ao compartimento de carga, o C-130 decolou rumando para São Vítor. A sorte do trigésimo bento fora lançada.

Vicente foi até a sala de rádio. Nenhum novo sinal ou nova informação tinha chegado do posto avançado da Chapada Diamantina. Tinham de saber o que acontecera no acampamento. Aquela incógnita incoerente martelava sua cabeça a todo segundo. Como um bando reduzido de vampiros tinha conseguido liquidar com um acampamento inteiro, pronto para a guerra? Um acampamento recheado de bentos? Essa dúvida queimava os pensamentos do guerreiro. Vicente coçou a barba por fazer. Os inimigos tinham outra vantagem. Já tinham partido do acampamento para Santa Rita. Onde estariam a uma hora dessas? Na metade do caminho? Vinham de carro ou cavalgando? Se estivessem vindo a cavalo, talvez levasse mais de oito horas para chegar em Santa Rita. Os vampiros não conseguiriam chegar com a noite instalada. Teriam de passar as horas de sol em algum abrigo. Poderia ir até a sala do líder Fernando e procurar os apontamentos dos esconderijos conhecidos na região. E se não encontrassem os vampiros? E se falhasse? Durante a noite, eles viriam para Santa Rita e matariam a todos. Vicente tinha certeza de que conseguiria acabar com boa parte deles. Era raçudo e malandro com a espada. Balançou a cabeça negativamente. Quantos bentos cheios de marra não teriam deitado na base avançada? Muitos deles eram veteranos bons de briga. Mordeu o lábio. Essa história não fazia sentido. Esse desgraçado só poderia ser mesmo o vampiro-rei. Não tinha erro. Lucas, em uma única conversa sobre o assunto, tinha dito que, quando esse vampiro chegasse, as coisas ficariam difíceis. Por isso tinha optado por destruir o grande covil daquela forma. Teriam de apontar todos os homens e toda a energia para combater esse novo ser. O vampiro-rei era algo mais que um simples vampiro. O vampiro-rei tinha gana pelo combate. Não era um simples sanguessuga. Era um guerreiro. Um líder que tomaria o mundo se não fosse detido. E o que o soldado tinha querido dizer com "largos feito boi"? O homem poderia estar sofrendo algum tipo de alucinação. Não existiam vampiros largos feito boi. Vicente parou. Olhou para trás. E se fossem vampiros diferentes? Só assim poderiam ter surpreendido os bentos. O guerreiro coçou novamente a barba. Estava imaginando coisas. A pressão do momento o levava a isso. Vampiro grande que nem boi! Não existia isso! Continuou parado e olhou para um galpão à sua direita. Olhou para o telhado. Além das questões que pululavam em sua cabeça, feito mico em galho de zoológico, um novo desconforto crescia. Estava sendo observado. Sentia o peso da vigília em sua nuca. Passou os olhos pelas nuvens que salpicavam o céu. Eventualmente via as estrelas que logo eram encobertas por nuvens ralas, velozes e baixas. Entrou na rua de terra à direita. Santa Maria tinha muitos prédios que pertenceram, até antes da Noite Maldita, a uma grande siderúrgica. Era cheia de prédios de escritórios e galpões, estrutura que foi amplamente aproveitada pelos fugitivos da Velha Salvador. O bento estacou. Olhou para os telhados novamente. Olhou para a rua deserta às suas costas. Cheiro de vampiro. Seus pêlos eriçaram. Rodou sobre as botas. Nada via. Não teria dado tempo deles chegarem. A distância de Santa Maria para a base avançada... não eram eles. Só que aquela sensação e aquele odor aumentavam, tirando-o do sério. As dúvidas e preocupações foram afundando em sua mente. Vicente estava perturbado e prestes a perder a razão. Fedor de vampiro. Respirou fundo clamando por clareza nos pensamentos. Não podia perder o foco. A situação era estranha demais. Por mais que seus olhos insistentes perscrutassem a escuridão da rua deserta, nada encontravam.

Vicente chegou ao galpão da soldadesca e encaminhou-se para a sala de Fernando. Tudo parecia deserto. Acendeu a luz elétrica e vasculhou as gavetas de um arquivo. Encontrou a pasta que queria. Mapas e indicações dos covis e esconderijos ao redor de Santa Maria. Os vampiros que vinham para a fortificação escolheriam uma daquelas. Examinando as primeiras páginas, leu anotados cento e trinta e oito pontos. Impossível verificar todos eles e ainda por cima destruir os entocados. Tinha poucos bentos à disposição. Quase nenhum soldado. Vicente enrolou o caderno e enfiou na bainha do saiote. Deixava o galpão alcançando a rua quando foi golpeado no peito. Vicente desequilibrou-se e bateu as costas na parede do galpão. Sua mão, mesmo que surpreendido, foi direto ao cabo da espada. Um novo golpe atingiu seu punho, fazendo a lâmina cair. Vicente girou nos pés. Onde estava o filho da puta? Enfureceu-se. Um olho vermelho surgiu no meio da rua escura. A silhueta da mulher caminhando pelo chão empoeirado. A lua banhou a face da vampira. Raquel! Ela trazia um punhal numa mão e tinha uma metralhadora na outra.

Vicente, descontrolado, avançou com as mãos limpas contra a criatura.

Raquel, habilmente, saltou e bateu com as botas no ombro do inimigo, dando um mortal e caindo do outro lado, enquanto Vicente, desequilibrado pelo golpe, metia o queixo no chão.

O grandalhão levantou-se rapidamente e mais uma vez correu na direção da vampira. Dessa vez, a inimiga não saltou. Raquel, soltando a metralhadora, golpeou três vezes a couraça prateada com socos potentes, fazendo o gigante parar. Virou com as mãos para o chão e enfiou a lateral da bota na fuça do bento. Vicente cambaleou. Raquel avançou e tornou a socar o peito de prata. Os golpes evidentemente não machucavam o guerreiro, mas tiravam-no do sério e causavam desequilíbrio, tamanha a força e eficiência da vampira. Raquel ainda se desviou de quatro socos lançados de qualquer jeito pelo guerreiro. Lançou mão mais uma vez de seus golpes de capoeirista e enfiou a bota no rosto do inimigo mais uma vez. Dessa vez, Vicente bateu contra outra parede e Raquel levantou-se tão rápido que não conseguiu fechar a guarda. No instante seguinte, o guerreiro parou. Raquel mantinha o punhal tocando o olho direito do bento.

Vicente, aos poucos, arrefeceu, clamando por controle. Olhava para a ferina vampira. Ela nem era tão grande, como podia ser tão forte? Tão rápida? A pior vampira que já enfrentara!

— Você não tem idéia de quanto tempo esperei por esse momento.

Do que ela falava? Vicente tentava afastar o olho da lâmina, mas era impossível. Cada centímetro que se movia para trás ou para o lado era acompanhado pelo punhal e maior pressão vinha em seguida. Ela ia furar seu olho.

— Você enfiou sua espada de prata no meu olho, grandalhão. Você acabou com meu rosto.

— Você é uma vampira dos infernos, Raquel. Se fui quem fez esse estrago... não fiz direito.

— ...

— Errei o golpe, pois se você ainda perambula pelas ruas escuras eu não afundei o suficiente. Tinha de ter arrancado sua cabeça fora.

Raquel golpeou o grandalhão.

Vicente gritou e curvou-se levando a mão ao olho. O sangue jorrava de sua face.

— Sorte sua ser um bento. Não posso beber seu sangue.

Vicente não conseguia enxergar. Levou um joelho ao chão. Tudo menos isso. Precisaria estar inteiro ao amanhecer. Precisaria salvar aquela gente. Sua mão enluvada tateava o chão buscando a lâmina. Sua espada estava longe.

— Não precisa de sua arma, seu imbecil. Não vou acabar com sua vida. Nem eu enfiei tão fundo meu punhal. Só quero deixar um lembrete no seu rosto. Não mexa mais comigo e lembre-se de mim toda vez que se olhar no espelho.

— Não espere ter sorte na próxima vez que nos cruzarmos, Raquel. Minha cabeça tá pesada hoje, minhas idéias estão devagar. Por isso acertou esses chutes molóides na minha cara. Amanhã à noite, se eu te pegar na minha frente, acabo com a sua raça — rosnou o grandalhão, colocando-se de pé e mantendo a luva sobre a ferida sangrenta.

Raquel riu.

— Acha mesmo que eu não sei me virar contra você, brutamontes? Você não sabe com quem está falando.

— Eu tô falando com a vampira caolha que traiu a própria raça pra se vingar.

Raquel franziu o cenho.

— Você é parvo por dentro, bento maldito. Você não conheceu Anaquias nem a mente louca que chamam de vampiro-rei.

— Pelo que sei, nem você conhece esse vampiro-rei. Prepare-se, porque ele está vindo.

Raquel parou.

— O que sabe?

— Anaquias provavelmente foi morto essa manhã. O vampiro-rei surpreendeu o acampamento avançado...

— Fernando... — balbuciou a vampira.

— Estava lá.

Vicente baixou os olhos e pressionou mais a ferida. A vagabunda estava caidinha pelo soldado. Todos estavam sabendo do climinha que rolava. Vicente, com um sorriso no rosto, levantou a face. Raquel tinha desaparecido.

— Ei, cachorra! Cadê você? Só estava tagarelando pra te enrolar, pra tomar um fôlego e arrebentar essa sua cara branca de lua cheia.

Vicente não obteve resposta. Raquel tinha disparado em direção à cocheira. Apanharia um cavalo e galoparia até o acampamento.

Raquel sabia que a chegada do sol não tardaria e não conseguiria alcançar o acampamento antes da chegada da luz diurna. Mas iria. Teria de encontrar Fernando com vida. Ou ele ou o vampiro-rei.

Capítulo 80

Com a aproximação do raiar do sol, dois veículos de transporte de tropas rasgaram na direção do acampamento avançado. Dois médicos iam nos transportes com esperança de socorrer eventuais sobreviventes. Graças à última mensagem recebida, tinham uma noção do cenário que encontrariam. Destruição e cadáveres por todos os lados.

Os veículos de infantaria comeram a distância e horas depois, passando por paisagens de caatinga e cerrado, com plantas rasteiras, terrenos de chão pedroso e deserto, chegaram à base avançada.

A visão, à distância de quatrocentos metros, não poderia ser mais desanimadora. Muito antes, viram bandos enormes de urubus em altitude indefinida, tão altos e longínquos que eram pequenos e belos pontos dançarinos no céu. Agora definiam fios de fumaça e pedaços de lona espalhados no horizonte. O vento carregava papéis e fuligem e, com a aproximação, os primeiros corpos foram vistos. O que parecia impossível, aconteceu. O rosto daqueles expedicionários carregou-se com mais tristeza e pesar. Os carros foram encostando e os homens saltando dos veículos. Como se tivessem treinado aquela operação exaustivamente, aos pares, foram ocupando os restos dos corredores do núcleo de soldados, buscando por sobreviventes. Depois de meia hora, setenta e quatro soldados sobreviventes recebiam os primeiros-socorros. A maioria sofria com quadros hemorrágicos, desidratação, fraturas e cortes extensos. Apenas um terço desses homens foi encontrado consciente, mesmo assim, de tão enfraquecidos, nada puderam dizer que ajudasse. Não sabiam se homens tinham deixado o acampamento em busca de ajuda nem se havia algum esconderijo onde outros sobreviventes pudessem ser encontrados.

Os líderes da missão de resgate duvidavam que mais gente viva fosse achada. Seus olhos não cansavam de encontrar corpos despedaçados com marcas de mordidas anormais. Carne e músculos rasgados, sangue coagulado esparramado pelo chão. Pontos de incêndio e fumaça sendo carregada pelo vento para todos os cantos. Muitos dos expedicionários tossiam incomodados pela fumaceira e outros com os estômagos embrulhados e despreparados para o cenário.

Em menos de duas horas, os veículos deixaram o acampamento avançado levando aqueles que tinham sobrevivido ao selvagem ataque. Uma retaliação à ousadia de Lucas em peitar o imenso covil de Diamantina.

✠ ✠ ✠ ✠ ✠ ✠

Bem longe dali, rumando ao sul de Santa Maria, bento Vicente atendia a sugestão de um dos soldados local. A melhor maneira de se refugiar da ameaça iminente do vampiro-rei e colocar toda aquele gente a salvo, seria rumar para a velha Salvador e ir ao porto. Lá conseguiriam uma embarcação para sumir. O soldado dissera a Vicente que o cargueiro que tinha conduzido os bentos à Barreira do Inferno, no passado próximo, estava fundeado lá. Certamente o cargueiro seria grande o suficiente para transportar toda aquela gente. Iriam todos para Nova Natal. Lá estariam a salvo por enquanto. O soldado, com a boa idéia, tinha corrido a meia dúzia de casas confirmando que os marujos necessários para a empreitada estavam em Santa Maria. Com isso, o plano de defesa dos idosos da fortificação seria posto em prática e o sucesso era quase que garantido.

Tão logo Vicente chegasse em Nova Natal, pediria pelo rádio que fosse buscado pelo C-130. Queria voltar para o time de Lucas o mais rápido possível. Sabia que o maldito vampiro-rei caçaria o trigésimo até alcançá-lo.

Capítulo 81

Raquel soltou a égua e montou. Estugou o animal e voltou a galopar. Tinha de ver o acampamento com os próprios olhos. Sua ansiedade era tamanha que ainda sentia o bafo quente no ar da noite. O sol mal tinha caído no horizonte e o céu guardava um pouco do azul escuro que precedia o manto de estrelas.

A égua galopava ligeira. A vampira ruiva ia debruçada, colada à crina da montaria. A paisagem era agora uma planície longa e interminável.

Passadas duas horas e meia, com a égua marrom-clara bufando e acusando o cansaço da cavalgada ininterrupta, Raquel viu fios finos de fumaça riscando o céu noturno. A luz fraca refletida pela lua minguante seria insuficiente para um mortal enxergar mais que dez metros à frente do nariz. Mas ela podia ver mais, muito mais. Via as barracas derrubadas, os restos de lona arrastados pelo vento. Avistou o morro onde fora beijada. A árvore solitária. A silhueta da árvore lembrava sua sina. Imponente, altiva, magnética e sozinha.

Raquel desmontou a égua, que passou a andar solta, procurando água. A vampira embrenhou-se nas fileiras de cabanas. Encontrou os olhos brilhantes de carniceiros que disputavam pedaços mortos de soldados. Aves rapineiras também faziam rasantes e muitas vezes pousavam sobre cadáveres. Cadáveres. Era isso que o olho rubro da noturna via por todos os lados. Espantou-se por conta dos humanos ainda não terem voltado para recolher os corpos. Eram tão apegados àqueles pedaços de cascas apodrecidas que era de se admirar a ausência de soldados zeladores no local. Caminhou examinando detidamente a feição de cada corpo. Não queria encontrar, mas sabia que um daqueles rostos poderia ser de seu querido soldado. Fernando não poderia estar morto. Queria senti-lo novamente, mordendo seus lábios. Senti-lo perigosamente abraçado ao seu corpo. Perigosamente envolvido em seus braços e arrancando seu espartilho de forma ousada. Queria ouvi-lo novamente, falando aquelas insanidades. Era estranho. Era controverso. Como era possível ela enamorar-se de um maldito humano? O que existia naquele homem que a tirasse do sério? Perguntava-se e não vinham respostas. Vinha aquela aflição, de não tê-lo mais. De nunca descobrir o encanto, a macumba que o maldito tinha feito. Amarrado seu nome na boca do sapo. Escrito juras de amor na encruzilhada. Raquel tombou um latão. Um cadáver debaixo. Uma mulher, de olhos abertos e pescoço rasgado. Sangue drenado. Sangue empoçado um metro mais à frente. Sangue morto. Não havia cheiro bom. Não havia fome. Não havia tempo. Só queria saber de Fernando. Vasculhou o acampamento de cabo a rabo. Vidas perdidas. Crônicas não contadas. Nomes que iriam embora com o vento, com a areia. Gente morta numa batalha inglória. A impressão do vampiro-rei em todo canto. Raquel suspirou. O vampiro-rei. Juntaria mais um nome na lista de pecados que o maldito teria de pagar. Primeiro Gérson, um amigo leal. Agora, Fernando... um... humano... um... amante. Relutava em aceitar. Mas, como não admitir? O que estava fazendo ali? Procurando munição para suas metralhadoras? Munição para sua pistola? Não. Chutara caixas e caixas de projéteis. Não pensou em verificar a qualidade de nenhum deles. Só buscava traços de um sobrevivente.

Raquel, depois de fazer uma segunda volta no acampamento, apanhou uma pedra no chão e, sentindo-se frustrada e furiosa, arremessou a pedra contra o Urutu capotado. A pedra bateu na lataria e provocou um ribombo grave. Sentou-se em um tronco e ficou encurvada, buscando idéias, deixando a noite entrar em seu pensamento e falar em seus ouvidos. E ela falou. A noite, como uma bruxa cúmplice, sempre favorecia Raquel. A noite falou. Ela apurou os ouvidos e ouviu a lataria do Urutu repicando. Não era eco, não era engano. Alguém... alguém batia contra a lataria do blindado.

Sem pensar, Raquel levantou-se e agarrou-se ao veículo. Empenhando toda a sua força, fez o veículo deslocar-se. Estava insana. Estava tomada. Transformada. A força empregada não combinava com aquele corpo esguio e feminino. Era como se um capeta dos infernos tivesse injetado poder em seus braços. O Urutu ficou de lado e depois, violentamente, tombou para sua posição original. Raquel balançou a cabeça, lembrando-se do jeito irrefletido de Gérson. Tinha-se comportado igual ao gigante, tinha sido só explosão muscular e nada de cérebro. Se houvesse alguém de fato lá dentro, poderia ter morrido com o sacolejar estúpido que ela tinha proporcionado. A vampira caolha trepou no blindado e esgueirou-se pela escotilha. Seu olho vermelho, aceso, encheu o bojo do veículo com um espectro escarlate. Rastejou entre material atirado que atravancava o compartimento. Seu olho encontrou. Se tivesse coração, ele teria disparado. Um homem ergueu o braço. Estava caído e sangrando. Raquel transpôs a curta distância e olhou para seu rosto. Fernando!

Raquel debruçou-se sobre o humano e beijou seus lábios.

— Raquel... — murmurou o soldado moribundo.

Capítulo 82

Cantarzo e seus pretorianos se aproximaram do limiar da floresta. Um muro extenso com quinze metros de altura descortinava-se após a faixa de areia. Apenas uma torre de vigilância. No muro, vários soldados, armas e duas daquelas metralhadoras infernais. Os soldados seriam fáceis. As metralhadoras preocupavam. Sabia o estrago que as malditas faziam, quando os noturnos iam para cima dos humanos. Dizimavam dezenas de vampiros numa varrida só. Balas de prata. Buracos na cabeça. Cantarzo empertigou-se e agitou seu manto de escalpos ainda mais largo e mais longo. Olhou para o saco de couro que o pretoriano de olhos cegos carregava. Sua mente cintilou com um pensamento. Não deixaria aquela fortificação incólume. Invadiria e mataria a todos os oponentes. Era para isso que tinha recebido seus trinta guardas. E, mais uma vez, sagrar-se-ia um legítimo campeão. Usaria de sua inteligência para combater aquele empecilho. Precisa distrair os sentinelas para vazar os muros e vencer as metralhadoras. Cantarzo pediu o saco de couro ao vampiro e começou a passar as instruções.

Em cima do muro da fortificação de Nova Itacarambi, os soldados andavam nervosos. Tinha chegado pelo rádio a notícia da completa devastação do povoado de Lagoa da Lavagem e por conta da proximidade das vilas, todos os soldados, armas e pessoas dispostas a lutar tinham-se colocado de prontidão. Não tinham a menor idéia se o lendário vampiro-rei de fato viria para Itacarambi, mas ninguém estava disposto a pregar os olhos naquela noite. Estavam todos atormentados pela recente perda de metade dos soldados que tinham rumado ao norte, de encontro a Santa Maria. Ao que souberam, muitos de seus amigos tinham sobrevivido ao ataque do covil Diamantina, mas foram pegos justamente pelo rei dos vampiros ao anoitecer. Estavam tensos, ainda abalados pelas perdas e amedrontados. Os sessenta soldados que tinham restado em Itacarambi estavam nos muros. O melhor que tinham eram as duas deita-cornos, que seriam miradas nas cabeças dos prováveis invasores.

Adiante, no meio do areião, o rapaz de nome Gilvan servia de sentinela. Tinha aparentemente dezessete ou dezoito anos e tinha despertado há um ano e meio, já habituado às rotinas da fortificação, tinha-se prontificado a passar a semana vigiando o areião. De fato, atento, mesmo com o avançado da hora, foi o primeiro a perceber o cavalo rasgando o asfalto. O cavaleiro vinha rápido. Nem pensou em pegar o rojão. Seu consciente e subconsciente não acusavam perigo nem lançavam dúvidas. Apanhou mecanicamente o binóculo para identificar o cavaleiro. A capa vermelha esvoaçando e o peito de prata não deixavam margem para dúvidas. Era um bento. No entanto, mesmo com a ajuda da ferramenta, não conseguiu ver quem era. O guerreiro vinha rápido demais. Com urgência. Talvez trouxesse notícias do vampiro-rei.

Gilvan levou o *walkie-talkie* à boca e pressionou o botão.

— Fala aí, rapaziada. Sangue bom no pedaço. Abram o portão. O maninho tá com pressa.

Cantarzo, aferrado às rédeas da montaria, sorriu agradecido ao ver o largo portão de Nova Itacarambi se abrindo. Estava dando certo. Tinham engolido feito uns patos. Capa vermelha esvoaçante no lugar do manto de escalpos. Armadura prateada invés da negra. Foi tomado como bento e abriam as defesas para a danação. O velho sangue de caçador não abandonara as veias do rei. Estava ansioso para desmontar e mostrar sua face. Mostrar sua lâmina. Chamaria a atenção do muro, das deita-cornos. Quando os soldados menos esperassem, há! Eles estariam em cima dos muros. Gigantes, poderosos. A casa vai cair. Há! Há! Há!

O vampiro-rei atravessou o portão de Nova Itacarambi. Puxou as rédeas com um solavanco, fazendo o cavalo frear e derrapar nos cascalhos da praça principal. A praça estaria deserta não fossem os soldados de prontidão. Os cidadãos estavam recolhidos em suas casas, com medo da visita dos vampiros. Eram velhos, mulheres, crianças e homens impossibilitados de lutar.

Cantarzo saltou do lombo do animal e afastou-se. Os soldados nos muros acenavam eufóricos, felizes. Presumiam que o bento estava ali para ajudá-los. Salvá-los do confronto.

Uma mulher armada com uma escopeta correu ao encontro do guerreiro bento. Seu sorriso desapareceu da face quando ficou cara a cara com o recém-chegado.

— Seu... seu... rosto... — murmurou ela.

Cantarzo, frio, mediu-a dos pés à cabeça. Humana. O cheiro do medo escapou de seus poros. Ela apavorou-se com a alvura da pele do monstro. Os olhos do vampiro encheram-se do vermelho, tornando-se duas esferas vítreas, injetadas de sangue.

Como que capturada por um efeito de câmera lenta, a mulher virou-se lentamente, dando as costas para o vampiro. Começou a correr na direção do muro, sentindo-se presa num pesadelo, daquele que fugimos de um cão raivoso surgido do meio da plantação e que não conseguimos correr, ficamos patinando no mesmo lugar. O coração bombeando forte. Medo. Desespero.

Cantarzo sacou a katana. Passou rápido ao lado da mulher. A capa de bento formou uma parede vermelha ao redor da vítima. Cantarzo abriu a boca num doce sorriso. A mulher, em sua desesperada fuga, cravara em si mesma a katana. O vampiro só precisou segurá-la docemente. A mulher começou a desfalecer. Cantarzo agarrou seus cabelos longos e puxou-a pela nuca para que o encarasse no momento de sua morte.

— Morre, gado! — balbuciou o vampiro, soltando a vítima.

Os soldados nos muros, tomados por surpresa, ainda estavam imóveis quando viram Alessandra tombando.

Levantaram as armas e começaram a disparar.

Gilvan olhava para o muro. Que diacho era aquilo? Disparos? O que estava acontecendo. Um bento tinha entrado em Nova Itacarambi. Um bento. Por que o tiroteio?

O sentinela sentiu um arrepio no corpo. Olhou para a floresta, para o areião. Virgem Santa! O que era aquilo? As feras vinham, correndo, ligeiras.

Gilvan levou a mão à caixa com os rojões. O braseiro. Tinha de alcançar o braseiro. Deu um tapa no bule de café e levou o rojão até a madeira de pinheiro em brasa. Soprou.

Lúcio sentiu o cheiro de medo do humano. Cantarzo tinha dito para correrem direto para o muro. Acabar com os soldados. Destroçar a metralhadora. O monstro deteve-se ao chegar perto da torre de vigia. Um amontoado de tábuas velhas em cima daquele tronco único. Lúcio ergueu a cimitarra e desceu-a em diagonal. A lâmina afiada entrou no tronco feito um machado. A força empregada pela fera foi descomunal. O tronco repartiu-se e a fricção, antes de escorregar para a areia, provocou um macabro estalido. Os cabos de aço arrebentaram e o posto de vigília desabou, destroçando-se contra o areião.

Lúcio foi aos escombros. O cheiro do terror indicou-lhe o caminho. O rapaz estrebuchava no chão. Sangue na areia. Um rojão aceso na mão. O pretoriano apanhou o explosivo e apertou o pavio. Olhou para a vítima agonizante.

— A ajuda não vai chegar — disse com sua voz de trovão.

No instante seguinte, Gilvan era erguido pela mão forte do pretoriano e sua cabeça desapareceu na boca da fera.

A metralhadora repetia a saraivada de balas. O vampiro com roupas de bento desapareceu entre os casebres. Os homens gritavam ordens uns com os outros. Cerca de vinte deles desceram até a praça. Tinham de acabar com o vampiro antes que ele matasse mais alguém.

Foi justamente o soldado que comandava uma das deita-cornos que, meio por acaso, olhou para trás. O sangue gelou nas veias. A torre de vigilância estava tombando. Gritou para os outros. Uns dois viram quando ela bateu no areião. Os outros só viram a areia levantada, formando uma nuvem de poeira.

— Valha-me, São Jorge! — berrou um deles.

Começaram a disparar contra o areião. Eles já estavam tão perto!

Os pretorianos alcançaram o muro de Nova Itacarambi com facilidade.

A deita-corno não tinha funcionado. O soldado berrava com o assistente, pedindo mais munição. A segunda deita-corno disparava contra a praça com o surgimento do vampiro vestido de bento.

As feras escalaram, com três saltos, os muros. Estavam cara a cara com os soldados. A batalha não durou muito. Em menos de um minuto, os soldados foram destroçados pelas cimitarras e os disparos cessaram.

Com os pretorianos distraindo o grosso da resistência, Cantarzo não teve dificuldades em acabar com os que tentavam contê-lo no chão. Sua katana silvou com desenvoltura e cada golpe era dado com precisão. Em um instante, o rápido vampiro parou os movimentos e, com arrogância, fitou longamente os vinte mortos ao seu redor. A praça encheu-se de sangue.

Cinco de seus guardas desceram dos muros e postaram-se ao seu lado.

Cantarzo agora mirava os casebres. Começou a rir. Sua gargalhada espalhou-se pela fortificação.

As pobres almas escondidas nas casas começaram a lamentar. Sabiam que estavam desprotegidos. Sabiam que a hora tinha chegado.

Capítulo 83

Doutora Ana passou a mão pelos cabelos de Lucas. O marido estava num quarto do HGSV, num leito virado para a janela. O sol entrava pelo quarto, amenizando aquela sensação de clausura que os hospitais trazem. Ana estava com Jordão ao seu lado, deitado num carrinho de bebê. O menino tinha chorado por horas a fio por culpa das cólicas e só agora dava sossego para a mãe que afagava os cabelos do marido. Lucas continuava em coma. Apesar de seu estado geral estar dentro da normalidade, a abstenção da consciência persistia, entrando no seu décimo dia. Nem ela nem Francis conseguiam achar resposta para o estado comatoso. O doutor, diretor geral do HGSV, também veio ver o trigésimo guerreiro e tudo que conseguiu foi pedir paciência aos colegas. Nada era comum, ou poderia ser arraigado de razão, depois do despertar de Lucas. O guerreiro tinha conduzido a todos para um mundo mais místico ainda, coisa que parecera impossível.

A princípio, dezenas de pessoas, vindas em caravanas, chegavam todos os dias em São Vítor. Vinham de fortificações próximas e traziam velas e fé, postando-se diante do Hospital Geral de São Vítor em vigília permanente, orando, rezando, clamando pela molhara do guardião dos humanos. Lucas estava sendo elevado a posto de santo salvador por toda aquela gente. Nos últimos dias, o número de romeiros que chegavam a São Vítor passava das centenas e, caso Lucas não despertasse, esse número provavelmente subiria a milhares. Durante a noite, era difícil não sucumbir à comoção. Os moradores de São Vítor e os funcionários do HGSV subiam ao terraço do prédio e ficavam minutos e minutos apreciando o mar de velas sustentadas nas mãos dos brasileiros, que entoavam cânticos e hinos antigos, rogando a melhora do trigésimo guerreiro.

Capítulo 84

Mais dias e noites se passaram. Finalmente Lucas abandonou a inconsciência, abrindo novamente seus olhos. Vivos, carregados e elétricos. Era um milagre cantado em todo canto de São Vítor. Em poucos minutos, a novidade chegou à sala de rádios e foi transmitida para o país inteiro.

— Tragam-me um rádio. Dos grandes — ordenou o guerreiro.

Logo, um dos técnicos da sala de rádio de São Vitor chegou à casa de Lucas e Ana. Lucas, impaciente, explicou que precisava de um radiotransmissor potente. Queria um aparelho que alcançasse o outro lado do Atlântico, se fosse preciso. Disse que fossem rápidos, que não se preocupassem com muitas traquitanas. Em seu sono forçado, havia escutado. De alguma forma tinha visto. O velho Bispo. Cavalgando no costado das alcoviteiras. Longas linhas negras rodopiando. As linhas negras eram demônios e perigo. Mas o velho Bispo, sadio feito moleque de dezesseis anos descobrindo os fatos da vida, galopava como um doido, esporando o vidro. Lucas não entendia. As alcoviteiras tinham bigodes. Fogo e fumaça. E olhos de cobra. E olhos de gato. E olhos de tigre. Fogo e fumaça. O velho Bispo caminhava e ria serelepe. Ele existia. Ele sussurrava: "Apanha o rádio, bichinho. Sela o acordo, bichinho. Tudo tá ferrado, mas tu há de se dar direitinho, guerreiro da gota serena. O sol nasce para todos. Tudo vai ficar vermelho e o cimento vai pegar fogo. Mas, liga não, bichinho. Acelera a caminha, pára de ficar marcando passo. Tu tem de voltar pra água. Perder o medo. Enfrentar o rei." O rei. Lucas tentava repetir. Sabia qual era o acordo. Era justo. Era olho por olho, monstro por monstro.

Os dentes das feras eram enormes. O sangue gelava na veia. Mas não podia dar-se ao luxo de declinar ao pedido das alcoviteiras. Era assim que tinha de ser para terem um chancezinha para ganhar. Chegou o rádio. Lucas apertou o botão para falar. Faltava pouco para amanhecer. Lucas falou:

— Eu quero aquele que chamam de rei.

O rádio ficou mudo. Dois, três minutos. Bento Rogério, Vicente e Francis estavam no quarto com o bento. Ana, com Jordão no colo. Todos pensando. Pensando que olhavam para um lunático. Lucas tinha ficado tantã depois da queda, depois da flechada no peito.

Depois de meia hora, chegando o amanhecer, o rádio rompeu o mutismo do cômodo.

— *Eu quero aquele que chamam de salvador.*

Ana soltou um grito, pega de surpresa ao ouvir aquela voz metálica e distorcida. Os bentos entraram no quarto.

Lucas apanhou o microfone novamente.

— Eu falo com o vampiro-rei?

— *Sim.*

— Obedeceremos às alcoviteiras?

— *Conhece bem essas vadias? Há! Há! Há!* — a risada sombria ecoou na casa.

— Eu ofereço um acordo.

— *Eu nada temo, guerreiro. Eu nado temo.*

— Seus trinta malditos contra meus trinta bentos.

— *Eu contra você.*

— Depois que eu vencer, vocês estarão acabados. Até nosso encontro, nada mais de mortes. Nada mais de vilas.

— *Há! Há! Há!*

— Nada mais de mortes. Nada mais de vilas.

O rádio voltou ao silêncio.

— *Sem gracinha, guerreiro Lucas. Eu fecho com as alcoviteiras. Trinta bentos, trinta demônios. Eu e você. Mais nada e mais ninguém.*

— Nas areias de Ubatuba. É onde elas querem a peleja.

— *Fogo e fumaça!*

— Fogo e fumaça!

A voz metálica cessou. Lucas não rebateu e não inquiriu mais nada. Deitou a cabeça no travesseiro e desmaiou, tomado por cansaço, deixando todos com aquela incógnita na cabeça. O que tinha acontecido? Quando seria o combate? E que raios queriam dizer com aquela lacônica sentença: "Fogo e fumaça?".

✠ ✠ ✠ ✠ ✠ ✠

Lucas parou na frente do espelho. Tocou levemente a ferida em seu peito. O músculo tinha um sulco fundo no lugar onde a flecha fincara e reagia estranhamente ao tato. Uma gotícula de sangue soltou-se da ferida. O trigésimo não entendia aquilo. Parecia curada, mas ao menor esforço, sangrava outra vez. Mirou seu reflexo no espelho por mais um instante. Apesar de estar ainda abatido, Lucas estava feliz por continuar vivo. Lembrava-se claramente do momento do ferimento. Da tontura e do medo da morte. Não era um guerreiro infalível, muito menos um ser humano pleno em sabedoria. Talvez alguém muito sábio e muito iluminado não tremesse às portas da morte. Lucas tinha sentido medo. Medo e um frio na barriga. A queda tinha sido grande. Lembrava de ver as criaturas pálidas com braços erguidos e seus gritos de vitória. Antes de seu último fio de consciência desvanecer, tinha visto mais flechas voando em sua direção, no entanto não encontrava outras feridas na pele.

Quando abriu os olhos no quarto e viu o sorriso do filho Jordão nos braços de Ana, seu coração esquentou. Como teria sido duro partir sem ver o filho crescido. Queria estar com ele quando desse os primeiros passos e quando fosse capaz de erguer uma espada. Queria estar com Jordão e cavalgar ao seu lado. Não para caçar vampiros, mas apenas para passear. Para mostrar ao menino que viviam num mundo bom e que o pôr-do-sol era só mais um pôr-do-sol, só mais um fim de dia. Agora, com os olhos abertos, sabia que esse dia chegaria. O vampiro-rei pagaria por todas as vidas tiradas dentro das muralhas. Pagaria por todo bento morto. Lucas sabia que acabaria com a criatura. Essa certeza aflorava e enraizava em seu peito machucado. Dobraria o vampiro-rei. Acabaria com sua guarda negra. Não importava o tamanho dos soldados do vampiro-rei, derrubaria um a um.

O trigésimo guerreiro vestiu sua indumentária e prendeu a capa vermelha sobre a couraça de prata. A armadura surrada tinha voltado polida, restaurada e lustrada pelo perito Magal. A cruz de ouro em relevo cintilava ao toque da luz. Lucas tirou a espada da bainha e examinou o fio. A arma também tinha passado pelos cuidados do ferreiro e chegava a parecer nova em folha aos seus olhos.

Lucas deixou o quarto e atravessou a sala. Assim que abriu a porta, o sol que brilhava forte incomodou seus olhos desacostumados à claridade. Assim que a visão foi melhorando, procurou seu cavalo Tião. Não foi isso que encontrou. Seus olhos surpresos admiraram uma pilha de flores, muitas delas já murchas e sem cor, mostrando que jaziam ali há vários dias. Viu também um tanto de velas acesas encostadas à parede de sua casa, manchando a pintura caiada. Lucas ergueu os olhos e encarou a multidão. Era como se a população de São Vítor toda tivesse parado para assisti-lo deixar a casa pela primeira vez após seu restabelecimento. Restabelecimento autoproclamado, motivo de discussões tanto com Ana quanto com seu amigo Francis. Ambos queriam que Lucas continuasse em repouso por, pelo menos, mais uma semana. Mas, Lucas relutava em ficar na cama. Sentia forças para se levantar e para tirar a espada da bainha. Isso bastava para uma vez mais levar os homens para a frente de batalha. Se ficasse de braços cruzados, o vampiro-rei viria a São Vítor e, aí sim, tudo estaria acabado.

A multidão à frente estava dividida deixando um corredor aberto para a passagem do bento. Os murmúrios foram num crescendo até transformar-se em franca demonstração de alegria. Gritos e vivas subiram ao céu e Lucas ouviu seu nome ser repetido e entoado em couro por aqueles queridos amigos da fortificação. Um rapaz trouxe Tião pelo estribo e estendeu-o ao cavaleiro. O trigésimo bento afagou o rosto do eqüino e sorriu satisfeito ao reencontrar outro parceiro. Agradeceu ao moleque com um aceno de cabeça e montou prontamente. Bateu com os calcanhares no cavalo e disparou rumo à praça. Seus olhos deram com um batalhão de soldados e o grupo de bentos que o esperava, pronto para partir. Esse grupo tinha mais novatos que bentos experientes e mesmo assim não completavam o número de trinta. Como era o que dispunham de imediato, Lucas não quis aguardar a chegada de homens mais tarimbados. Não havia tempo. Dezenove bentos e mais onze homens comuns, declarados bentos honorários no meio de muita brincadeira entre os bentos antigos.

O trigésimo guerreiro procurou Ana com os olhos. Girou seu cavalo duas vezes. Ela estava junto com outras mães que tinham os filhos no colo. Lucas desmontou e caminhou até a mulher. Foi com o joelho esquerdo ao chão e fitou os olhos claros da amada por um momento. Ana tinha lágrimas descendo no rosto e Jordão mexia-se irrequieto em seus braços. Lucas levantou-se e beijou o rosto de Ana. Não existiam palavras que acalmassem aquela que poderia ser a derradeira despedida. Lucas beijou o filho. O garoto ergueu os olhos e sorriu. Lucas beijou-o novamente e tirou o dedo envolto na luva de couro das mãos do filho. Andou rápido em direção ao seu cavalo e montou-o. Gritou para o grupo e partiu. O tropel dos cavalos encheu a praça de São Vítor e o portão principal foi aberto. Em menos de dois minutos, os cavaleiros desapareceram na estrada, alcançando a pista de pouso e decolagem do C-130 poucos instantes depois.

Davi, avisado pelo rádio da partida dos trinta e seis cavaleiros, já tinha deixado os motores de prontidão, esquentado para o vôo sem escalas para Ubatuba.

Vicente embarcou seus tridentes. Trinta peças, mais a que ia em sua mão. Amarrou-as com grossas cintas de couro e sentou-se ao lado do amontoado de aço forjado por Magal. Recostou a cabeça na fuselagem da aeronave, sentindo a vibração que os poderosos motores irradiavam para o resto do avião. O som dos motores retumbava em seus ouvidos e o guerreiro repassava mentalmente as possibilidades de sucesso. O inseparável e destemido bento Francis sentou-se ao seu lado. Olhou-o demoradamente nos olhos e terminou com um gesto comum naquele guerreiro. Francis cofiou seu bigode, alinhando os fios.

Bento Danilo, seguido de Walquíria e bento Martin foram os primeiros a embarcar. Danilo conversava com os novatos vindos da Barreira do Inferno, apresentando soldados de São Vítor e também os companheiros escolhidos.

Os bentos foram subindo e dividindo espaço com os soldados que dariam suporte àquela decisiva campanha. O cheiro dos cavalos tomou o ar e assim que todos foram embarcados o som já corriqueiro da rampa de embarque sendo recolhida foi percebido. O Hércules começou seu deslocamento e deu-se o empuxo que o fez correr pelo chão de terra. Os passageiros sentiram o sobrepeso em suas carcaças e quem olhava pela janela observou o distanciamento progressivo da nave com relação ao solo. São Vítor foi ficando para trás e em poucos minutos os olhos só viam mata verde e céu azul.

Lucas olhou para o rosto dos guerreiros bentos que dividiriam as areias de Ubatuba com ele naquele combate. Respirou fundo. O fardo das mortes que carregava nas costas já pesava demais. E agora? Quais daqueles rostos seriam sepultados nessa madrugada? O jovem bento Felipe sorria, quase crivelmente descontraído. Seria sua primeira batalha. Lucas encarou-o e aquiesceu quando o rapaz manteve o olhar sobre o trigésimo. Queria poder falar a todos. Dizer que ninguém morreria naquela noite. Lucas baixou os olhos. Baixou a cabeça. Fazia uma oração. Uma prece para que a vida daqueles novatos fosse preservada.

O guerreiro Lucas foi o primeiro a desembarcar. O som da arrebentação chegou aos seus ouvidos, causando-lhe o costumeiro calafrio. A coincidência tétrica do duelo marcado para aquele lugar não fugia de sua cabeça. Sentia como se tudo de ruim que pudesse acontecer em sua vida tivesse um lugar geofísico determinado, as areias de Ubatuba. Um lugar tão lindo e calmo aos olhos de centenas de milhares de paulistanos e tão lúgubre para o seu par de olhos. A cidade, como a avassaladora maioria das outras, estava abandonada e destruída. Contudo, vagueando com seu cavalo pela Rio–Santos reconheceu muitos lugares. Voltando cinco quilômetros, em direção a Caraguá, encontraria a pousada do Franco. Com certeza a vegetação maravilhosa que rodeava o lugar já teria devorado tudo. Quase, inconscientemente, Lucas tomou rumo ao sul, indo em direção ao conhecido estabelecimento. Talvez o desejo mórbido de um reencontro com o passado guiasse as rédeas do cavalo. Um esgar de esperança e um tanto de nostalgia inflavam seu peito. E se encontrasse seu irmão, ali, nas areias de Ubatuba? E se o encontrasse como quem encontra um cão perdido há anos, velho e fiel, deitado na soleira? Na soleira da pousada do Franco. Lucas não sorria. Seus pensamentos viajavam ao encontro do passado. Seu peito gelou. Queria mesmo encontrar o irmão? Queria mesmo? Tinha sido seu objetivo por meses, por anos. Uma luta diária por encontrar o que restara de seu sangue, seu irmão. Tinha valido a pena tanto sacrifício? Não tinha. Definitivamente não tinha. Roberto tinha sucumbido. Sucumbido à loucura. Tinha-se transformado em outra pessoa. Transformando-se num monstro psicótico. Um egocêntrico. Tinha destruído a vida deles dois. As lembranças lhe eram enevoadas. Não se lembrava de tudo que tinha para lembrar. Só sentia um eco voltando da escuridão, uma sensação de que Roberto tinha pisado na bola. Seu irmão lhe tinha dado uma facada pelas costas. Lucas parou no meio da estrada, sem se dar conta disso. Estava tomado pelos pensamentos. Mas, e se encontrasse Roberto nas areias de Ubatuba? Se encontrasse o irmão, exatamente como imaginara absurdamente segundos atrás. Feito cão fiel, esperando na soleira da porta. O irmão desaparecido e dragado pela Noite Maldita. Renegá-lo-ia? Lucas respirava apressado nesse instante. Imaginando Roberto com o rosto envelhecido. Roberto, trinta e um anos mais velhos. Teria sido ele um daqueles que jamais dormira? Teria ele despertado anos e anos atrás e desaparecido nesse mundo? Não cairia nessa armadilha duas vezes. Não perderia seu tempo procurando um fantasma. Um demente. Roberto tinha erguido um muro de duzentos metros de altura e duzentos metros de espessura entre seus corações. Mesmo assim, Lucas comovia-se em imaginar o irmão, sentado na areia, na frente da pousada do Franco, como se um portal para o passado existisse ali e ele nunca tivesse levantado o rabo da areia para dar uma volta de banana-boat. Comovia-se. Abraçaria o irmão e o beijaria e cairia de joelhos, soluçando e chorando. Roberto seria perdoado de seu pecado. Lucas seria liberto daquele passado trágico e estigmatizado. O muro de duzentos metros ruiria em farelos e seus grãos finíssimos se misturariam às areias de Ubatuba. Roberto era seu irmão até o fim do mundo. Lucas manteve o semblante sério e taciturno ao voltar a mover o cavalo.

Os bentos, sem fazer perguntas, desceram junto de Lucas, cada qual mergulhado em seus pensamentos e suas lutas interiores por manter a bravura naquele momento novo, momento determinante e estressante.

De todos os lugares que chegavam notícias de embates de soldados e bentos contra o vampiro-rei e seus guardas pretorianos, sempre vinham contos horríveis sobre a derrota dos humanos, sobre a selvageria empregada no extermínio. O vampiro-rei viera descendo o litoral do Brasil espalhando morte e desassossego por onde quer que tivesse passado. As histórias davam conta de um ser imbatível, cercado por feras gigantes, que nem mesmo Vicente seria capaz de dar conta. Falavam de feras inverossímeis, mais sedentas que os próprios vampiros. As feras de armaduras negras que circundavam e protegiam o vampiro-rei eram monstros que aproveitavam até mesmo o sangue dos bentos. Tomavam o líquido dos guerreiros aos borbotões, sem demonstrar incômodo ou problemas. Os sobreviventes aos ataques diziam que uns poucos bentos eram poupados. Podiam jurar que viam os aprisionados serem amarrados no lombo de búfalos solitários que sumiam na escuridão, apanhados por misteriosas chuvas ou névoas densas e pesadas. Os pretorianos eram feras que traziam cimitarras largas e afiadíssimas em sua parte convexa. Nos restos mortais encontrados após os combates, não eram raros os corpos que tombavam repartidos ao meio da cabeça até a virilha e não era difícil deduzir como tinham chegado àquele estado. Os guardas do vampiro-rei eram tão comentados e temidos quanto o próprio diabo.

Próximo à praia da pousada, Lucas resolveu montar acampamento. Conduziu seus homens ao conhecido torreão dos guarda-vidas. A construção de concreto armado começava na areia, subia para a calçada que margeava a Rio–Santos e terminava num andar superior, acima de quatro lojas que davam frente para o calçamento. Do alto, conseguia-se obviamente boa visão do mar e de centenas de metros da faixa da praia. A meia dúzia de soldados que trazia os rádios e suprimentos para a contenda ficou feliz em tirar aqueles pesos das costas e do lombo dos cavalos. Arranjaram em instantes uma base.

Lucas olhou para a direita. Distante via a pousada do Franco, depois dela umas poucas casas igualmente abandonadas e logo após, em ângulo de noventa graus em relação à pousada, os restos do que fora a badalada e insólita danceteria e bar Next Summer. O terreno de areia era plano e largo. Serviria. Ali se daria o combate.

Lucas percebeu que os homens admiravam a paisagem sem dar muita atenção à sua figura. Curvou o corpo cansado. Levou a mão ao abdômen protegido pela armadura. Sua respiração estava pesada e ouvia os músculos ganindo, implorando por uma cama. Desceu os dedos enluvados até a cintura, onde sentia uma desconfortável umidade. Levantou o dedo. Um pouco de sangue. Muito pouco. Nada grave. Tinha escorrido de sua ferida no peito e certamente empapado a camiseta por baixo da armadura e do colete de couro. Lucas cambaleou e recostou-se na mureta do torreão, sentando-se no piso frio.

✠ ✠ ✠ ✠ ✠ ✠

O sol a pouco se colocara abaixo da linha do horizonte, tingindo o céu de violeta. O céu sem nuvens sucumbia. Lucas recusou descanso a tarde toda. Não conseguia abandonar o estado de alerta. Bento Vicente e bento Francis ficaram o tempo todo ao seu lado, procurando poupá-lo de qualquer esforço antes da contenda. Lucas tinha o semblante cada vez mais pálido e a aparência cada vez mais frágil. Sua saúde não era mais a mesma e o esforço por dar fim àquela saga sangrenta drenava-lhe a vida a olhos vistos. O trigésimo bento tinha escolhido o areião da praia para aguardar os inimigos. Chegassem por onde quer que fosse, seriam vistos com antecedência. Os soldados esperavam no posto dos salva-vidas. Caso notassem algo incomum, avisariam. Olhando para o posto de concreto, Lucas lembrou-se do guarda-vidas ruivo, que tantas informações lhe prestara e por muitos e muitos dias havia acompanhado o seu drama, a sua novela pessoal.

No topo do torreão, os soldados enxergavam longe, mas, com o cair da noite e o céu fechado, o campo de visão foi grandemente reduzido. Mesmo assim, Lucas persistira que ficassem afastados do campo de batalha. Cantarzo e seus trinta guardas chegariam e encontrariam Lucas e seus eleitos para o combate. Lucas sabia que a derrota estava mais próxima naquela noite do que em qualquer outra. A mesma coisa sentia a respeito da vitória. Pelo que se contava, os vampiros tinham, de fato, sofrido grande humilhação e perda no ousado ataque ao covil da Chapada Diamantina. Suas hostes tinham caído a menos de dez por cento do que eram quando os bentos lá chegaram. O número tão reduzido de vampiros, aglutinado, seria facilmente debelado caso os humanos lograssem vitória no combate de hoje. A Lucas interessava a cabeça do vampiro-rei. Precisava apenas estar frente a frente com o guerreiro vampiro. Seu corpo e sua alma estavam prontos para partir para o outro lado da vida, ascender o que é espírito e perecer o que é carne. Precisava apenas de um segundo luminoso, quando seus músculos em sintonia com a batalha empurrariam a lâmina prateada e arrancariam a cabeça do vampiro-rei. Para Lucas, era sua função primaz como líder daquela gente dar um basta à cadeia de mortes e desgraças que aquela criatura esparramava pela Terra. E tinha certeza de que se ficasse frente a frente com o vampiro, esse segundo iluminado se desenharia diante de seus olhos, mesmo que para isso tombasse morto no instante seguinte. Estava resoluto. Era por isso que era um bento. Era para isso que era um bento. Por culpa de sua resolução e persistência, havia sido eleito pelas alcoviteiras o trigésimo guerreiro. O homem que levaria os demais aos quatro milagres. As alcoviteiras sabiam que seu coração era comum. Que seu coração era justo e cheio de fé nos homens. Sabiam que se aquele segundo brilhasse diante de seus olhos, seu corpo e sua mente não vacilariam. O guerreiro tinha desapego. Tinha a noção exata da sua razão de existir. O trigésimo derrotaria as trevas, mesmo que pagasse com seu sangue.

Lucas, que estivera calado e quieto por longo tempo, olhou para os amigos ao seu redor, surpreendendo-os com sua voz.

— Obrigado, irmãos.

Disse isso, olhando principalmente nos olhos de Vicente e de Francis.

Os dois continuaram calados por um instante. Vicente aproximou-se de Lucas, dando cinco passos, e pousou a mão no ombro do amigo.

— Eu dou conta dele, amigo. Vá para o posto dos salva-vidas. Eu acabo com a raça do maldito e te levo a cabeça dele espetada na minha arma.

Lucas esboçou um sorriso. Admirava cada vez mais a coragem do parceiro.

— Eu fiz um trato com Cantarzo, Vicente. Minha cabeça e a dele. Trinta e um homens contra trinta e um homens. Só peço desculpas por ter colocado vocês todos nessa enrascada. Mas precisava disso para acabar com essa matança. Hoje será a última batalha entre homens e vampiros em nossas terras.

— Não diga asneiras, Lucas. Pra mim, mesmo que seja essa noite a noite de minha morte, é uma honra estar ao seu lado. Despertamos todos guerreiros nesse novo mundo. Todos. Morrer na ponta da lança é a morte mais gloriosa para os da nossa laia. Fomos escolhidos pelas alcoviteiras — respondeu Francis.

— Podes crer, Lucas. Dou minha vida pela tua. Se eu tombar morto hoje, tombo por ti, tombo com honra — completou Vicente.

— Antes, eu levo uns dois filhos da puta comigo — emendou bento Amintas. — Já tô velho demais para ficar perambulando por esse Brasil. Espetar vampiros e tombar na guerra é nossa sina.

Marcela deu um passo na direção de Amintas e deu-lhe uma bofetada.

Os amigos, atônitos, caíram na gargalhada. Enfim, uma brisa de descontração naquela hora tensa e angustiante.

— Velho demais, né? Estou vendo! — brincou Lucas.

Vicente riu junto com sua gargalhada grossa. Só parou quando percebeu Lucas encurvando-se um tanto e escondendo uma careta de dor. O trigésimo não estava pronto para aquela luta. Não sairia daquela areia vivo, se tivesse de lutar contando com seus recursos. Vicente, mais uma vez, predispunha-se mentalmente a não tirar o guerreiro debaixo de seus olhos. Não podia falhar como fizera em Diamantina.

O clima descontraído dissolveu-se completamente assim que um rojão de três tiros espocou do torreão dos salva-vidas.

O *walkie-talkie* na cintura de Francis fez um ruído.

O bento apressou-se em apanhá-lo, enquanto a voz do soldado chegava.

— *Contamos exatamente trinta e um pares de olhos, senhor. Eles estão vindo pela areia da praia, desmontados, mas em grande velocidade. Quer que acionemos as metralhadoras?*

Francis julgou que as armas de fogo seriam o melhor recurso. Ia responder, quando Lucas apanhou o *walkie-talkie* e respondeu primeiro.

— Nada de armas de fogo, soldado. Fizemos um trato. Conclamamos uma luta limpa para dar fim a essa guerra. Aguarde ordens.

— *Entendido, senhor bento Lucas.*

Lucas olhou para seus companheiros. O vento soprava mais forte, descolando uma fina nuvem de areia do chão. Lucas apanhou a imagem de São Jorge e beijou-a.

— Valei-me, pai dos guerreiros — murmurou baixinho.

Os guerreiros bentos imitaram Lucas. No instante seguinte, bateram com os olhos nas chamas vermelhas que ardiam e vinham pela areia.

Bento Felipe engoliu em seco. Sua primeira luta. Sua primeira contenda. Não queria, por força nenhuma deste mundo, que fosse essa a última. Apertou o cabo da espada e segurou a respiração.

Marcela sentiu seus pêlos arrepiar-se. Os malditos eram grandes! Assustadoramente grandes.

A voz do vampiro-rei surgiu de surpresa no *walkie-talkie* de Lucas.

— *Estão prontos para o fim?*

Lucas guardou silêncio observando-os aproximar-se. O som da arrebentação repicou forte em seus ouvidos. O murmúrio suave das águas lambendo o litoral ressoou duradouro. Novamente arrebentação.

— *Estão prontos para o fim?*

— Pode vir que a chapa tá quente, malandro! — rebateu Vicente, pressionando o botão de falar de seu aparelho e, em seguida, arremessou-o sobre a areia.

Os olhos vermelhos chamejantes vinham rápidos. Os bentos e soldados gritavam, ansiosos, tentando aliviar a tensão.

Marcela brandiu a sua espada prateada, agitando-a para cima e para baixo. Sua boca estava seca e seu coração disparado. Não via a hora daquilo começar.

Martin também fez sua lâmina retinir ao desembainhá-la. Cortou o ar repetidas vezes.

Bento Rogério, o exímio espadachim, manteve a mão no cabo de sua espada. Não a tiraria até o último segundo. Gostava de fazê-la cantar na hora certa.

O mar urrou com as ondas. O vento apertou, como que participando do combate que tinha iniciado.

Bento Rogério arrastou o pé para a frente, a fim de sentir a haste na areia tocando sua bota. Hora do show.

As feras começaram a urrar furiosas. Estavam a menos de trezentos metros e não demonstravam intenção de interromper a corrida. Viriam daquela forma, feito vacas loucas.

— Perfeito — murmurou Lucas. — Continuem vindo assim...

— Vem, cão! Vem! — berrou Vicente, fechando a expressão e preparando-se para o primeiro movimento.

Cantarzo avistou a linha de guerreiros. Eles mantinham a posição, brandindo suas espadas. Cantarzo corria. Sua armadura negra confundia-se com a noite. Seu manto de escalpos agitava-se com o vento. O vampiro-rei desembainhou sua arma. Encontrou Lucas. Fixou nele o olhar. Desacordaria o inimigo e o levaria a Marajó. Também levaria o grandalhão. As alcoviteiras mostravam o grandalhão. Seriam uma aquisição e tanto para sua guarda pretoriana. O vampiro-rei manteve os olhos fixos em Lucas. Finalmente estaria frente a frente com ele de novo.

Os vampiros cruzavam os últimos cem metros. Do alto do torreão, meia dúzia de soldados armados assistia o começo do combate de olhos arregalados e queixos caídos. Não sabiam quando iriam entrar em ação. Queriam disparar agora, mas Lucas tinha outros planos em mente. Lucas queria um combate limpo... a princípio.

As feras gigantescas vinham rápido, loucas e cheias de gana. E era exatamente dessa foram que o trigésimo queria. Os olhos de Lucas e dos novatos ficaram amarelos. Lucas deu um passo para a frente.

— Agora! — gritou.

Ensaiados, os trinta e um combatentes enterraram as pontas de suas espadas na areia e deram um passo à frente, desarmados, deixando as lâminas para trás.

Vicente foi o primeiro a erguer o tridente, desenterrando-o da camada fina de grãos de areia.

Os pretorianos corriam como cães infernais e não reduziram a velocidade em resposta ao movimento conjunto dos inimigos. Estavam a menos de vinte metros agora. Rugiam ferinos, sedentos e insanos.

Vicente ergueu seu tridente e correu cinco passos para a frente, efetuando um arremesso potente. Os outros bentos e soldados esperaram mais um instante, quando as bestas chegaram ainda mais perto. O bento grandalhão retrocedeu os passos que deu em velocidade fantástica e empunhou a espada. Ouviu o grito do bicho quando o tridente fincou em sua armadura negra. A besta pálida e grande feito um touro continuou correndo, no entanto seu vigor físico murchava a cada passo. Vicente não perdeu tempo. Com espada em punho, voou de encontro à fera e, num golpe poderoso, trespassou o pescoço do monstro com a boca arreganhada e dotada de dezenas de dentes pontiagudos. O corpo acéfalo cambaleou para a direita, enquanto Vicente mantinha-se em guarda indo para a esquerda. A fera caiu de costas de braços abertos, imobilizada. A pele atingida pela prata pura da espada guerreira fumegava, enfeitiçada, destruída.

— Não é isso ainda — murmurou o grandalhão, olhando para o bicho morto e a haste do tridente balançando, cravada em seu peito de ferro. — Não é isso o que eu quero...

Rogério viu o monstro de olhos brancos como os dos cegos desviar no último instante de seu golpe de tridente. A arma lançada cravou na areia. A fera ergueu a cimitarra acima da cabeça e avançou descendo-a velozmente. Rogério desviou a tempo e sentiu o ar deslocando-se quando a lâmina enterrou-se ao seu lado. Deu um giro e tirou sua espada da areia, exatamente como faziam muitos de seus companheiros naquele exato instante. Voltou-se para seu oponente, que já erguia mais uma vez a lâmina exageradamente grossa e vinha em sua direção em novo ataque. Rogério adiantou-se e colou-se junto ao corpo do agressor, que ficou sem espaço para descer o golpe com precisão. Rogério fincou a lâmina no flanco direito da armadura negra. Em resposta, sentiu a enorme mão do adversário acertar um safanão em seu rosto, fazendo-o voar para o lado. Rogério caiu na areia e encarou o bicho. O monstro encouraçado baixou a espada na areia e levou a outra mão ao ferimento lateral que fumegava por conta do contato com a lâmina prateada. A fera encarou-o com a boca aberta, exibindo duas fileiras de dentes imensos e aguçados. O pretoriano soltou um urro monstruoso. Rogério aproveitou o hiato no ataque para se recolocar de pé. Ergueu a lâmina e preparou-se para a nova investida.

Marcela sentiu que o arremesso não fora dos melhores. Ao menos tinha conseguido efetuar em linha reta. A altura não foi a desejada, no entanto o tridente tinha atravessado a perna de um pretoriano, fazendo-o rolar pela areia. Tomou sua espada e partiu direto para a fera. Tinha de ser assim. Aproveitar a surpresa e atacar de imediato. Quando o bicho virou-se, a mulher já estava em cima de seu peito e sentia a espada da guerreira afundando em sua boca. Marcela tirou a espada da cabeça do bicho e pulou na areia. Virou-se trazendo a espada e viu a fera tentar erguer-se, com um rolo de fumaça branca escapando pela boca e pela nuca feridas pela prata. O monstro, abalado, apoiou-se com a cimitarra sobre a areia. Seus olhos vermelhos miraram a mulher. Marcela não perdeu o embalo e desceu sua espada com toda a força que conseguiu empregar, partindo o antebraço do gigante, fazendo com que a mão junto à espada inimiga caísse na areia. A fera passou a estrebuchar sem conseguir colocar-se de pé. Marcela, fria e decidida, buscou outro inimigo com os olhos. Riu percebendo a surpresa estampada no rosto da maioria daqueles brutamontes. Estavam acostumados a vitórias fáceis, mas jamais tinham enfrentado um grupo comandado pelo trigésimo guerreiro.

Bento Célio viu o bicho de olhos brancos feito duas luas desviar-se de seu tridente. O bicho não parou a corrida e desferiu um golpe de espada varrendo da direita para a esquerda. Célio tinha erguido a espada para amparar o golpe. Ouviu o som de sua lâmina sendo partida e sentiu o impacto da arma do inimigo batendo contra seu braço direito. Célio rolou na areia, sentindo a dor consumir seu pensamento. Quando se levantou, buscou com os olhos o inimigo. Abriu a boca, sentindo um arrepio cruzar seu corpo.

Vicente arregalou os olhos ao ver Célio sendo decapitado. Gritou enervado, arrancando o tridente do peito do monstro que jazia aos seus pés. Mesmo pressentindo que a arma elaborada pelo ferreiro não se destinava àquele tipo de combate, investiu contra o assassino de Célio. Correndo e empunhando o tridente pela haste, cravou as pontas afiadas na nuca da criatura. O bicho vampiro cego virou-se para Vicente e livrou-se do tridente com um golpe só. Vicente ergueu a espada e mirou a cabeça do bicho. A criatura amparou o golpe em seu braço e ergueu a cimitarra. Vicente foi mais rápido, desviando-se da arma e aproveitando a força exagerada empenhada pela criatura para feri-la no antebraço. A fera desferiu um golpe com o cabo da cimitarra no peito prateado de Vicente. O bento rolou pelo chão de areia e no instante seguinte sentiu as mãos poderosas do inimigo erguê-lo do chão e arremessá-lo contra as paredes de uma pousada a vinte metros de distância.

Bento Felipe lutava com toda gana que um novato poderia demonstrar. Esquivava-se, batia com a espada, fugia da cimitarra. Cansaço. Golpeava. Acertou o braço da fera. Lamentava-se. Lastimava-se. Não tinha acertado o tridente. O diacho do vampiro tinha aparado a lança de três pontas com sua espada. Tinha vindo à toda carga. Felipe não pensava em desistir nem em fugir. Abaixou-se. A espada da fera passou zunindo sobre sua cabeça. Girou, fugindo de um novo golpe. Desequilibrou-se num instante e voou para a areia. Sentiu falta de ar. O desgraçado do pretoriano tinha agarrado sua capa e o tinha puxado num solavanco que provocara o tombo. A fera levantou-se e puxou a capa novamente fazendo o bento ir para cima. Felipe gritou desesperado. Soltou a espada. Bateu com força na areia. Sentia as costas estalarem. Algo de errado. Uma dor indizível. O maldito tinha afetado sua coluna. Felipe não conseguiu mexer-se. Ficou caído, paralisado pela dor e pela agonia. Levantou as mãos. A cimitarra desceu pesada e certeira. Não sentiu mais dor. Não sentiu mais nada. Bento Felipe morreu.

Lucas praguejou quando o vampiro-rei desviou-se habilmente do tridente. O guerreiro-vampiro acertou um golpe com o ombro em Lucas, deslocando-o para trás. Lucas cambaleou, mas não foi ao chão. Arquejou. O ombro do maldito tinha afundado em seu peito de prata e feito a ferida doer à beça. Sua visão escureceu por um breve momento, mas logo tornou à normalidade. O vampiro vinha em outro ataque com a espada erguida dessa vez. Lucas rolou para o lado deixando o mestre dos vampiros atingir o ar. Desceu com sua lâmina nas costas do adversário, ceifando metade de seu manto de escalpos. Cantarzo acusou o peso do golpe, ao cair no chão, sem largar sua espada. A fera rapidamente virou-se e encarou o oponente. Seus olhos cintilaram ainda mais, consumido por fúria.

— Você! — berrou o vampiro.

Lucas estremeceu. Havia algo que reconhecia naquela voz, naquele grito. Não teve tempo para mais reflexão. O vampiro voltou à carga, levantando areia e girando a espada. O trigésimo guerreiro teve dificuldade em defender-se. Os golpes eram potentes e sempre o deslocavam quando os amparava com sua espada. A força do oponente era extraordinária. Não suportaria muito tempo. Tinha de encontrar imediatamente uma falha na defesa do inimigo para enterrar sua lâmina prateada. Tinha de vencê-lo.

Um dos pretorianos golpeou Amintas com a face cega da cimitarra, fazendo com que o bento rolasse cinco metros na areia. Amintas gritou de dor. Seu braço ferido no covil Diamantina voltava a sangrar e doer, alguns dos pontos estouraram e a carne tornava a abrir. O ombro estralou ao tentar mover o braço. Tinha escutado um "crac". Tinha uma fratura novinha em folha. Velho é uma merda, qualquer vampiro gigante conseguia quebrar-lhe os ossos. Levantava-se com dificuldade, quando o monstro voltou e aplicou-lhe uma joelhada no abdômen, fazendo-o voar novamente.

Marcela não ia muito melhor que isso, tendo de correr para defender-se de cada golpe de espada. O vento agitava sua longa capa vermelha que, ao tremular, emoldurava seus cabelos longos e esvoaçantes. O sorriso que tinha timidamente tingido seu rosto abandonara-lhe. Não conseguia espaço para socorrer seu amado Amintas. As armas dos oponentes eram quase três vezes mais longas que as espadas dos bentos e eram grossas feito caibro, contudo tinha tido a desagradável oportunidade de certificar-se que eram afiadíssimas quando assistiu a cabeça de Célio ser separada de seu corpo. Ofegante, desviou-se de mais uma investida. Tinha derrubado um deles, tinha de derrubar outro. A cada inimigo derrotado a luta ficaria menos impossível.

Rogério, habilmente, amparou novamente o golpe da cimitarra. Lutava agora com seu segundo adversário. A idéia de Lucas de atacarem primeiro com os tridentes não tinha salvado a noite, mas servira ao menos para nivelar um pouquinho as coisas. A maioria dos pretorianos estava ferida pelo tridente. E a velocidade e a agressividade impressionantes tinham-se reduzido. Eram, não obstante, gigantes e muito mais fortes que qualquer um deles, sem falar da resistência absurda aos golpes de espada. Rogério tinha perdido quase cinco minutos para conseguir matar o primeiro, agora, mais cansado, com a respiração pesada, sentia dificuldade em deter o segundo contendor. A fera bateu rápido com a cimitarra. Rogério lamentou o erro de principiante, quando ouviu o clangor das armas se encontrando. Sua espada tinha pegado de chapa na do adversário e agora a lâmina se repartia diante de seus olhos. O monstro, observando satisfeito o resultado de seu último golpe, abriu um sorriso demoníaco, exibindo seus dentes de fera. Rogério deu saltos para trás e levou a mão às costas, tirando uma segunda espada e fazendo o sorriso do bicho desaparecer. O monstro urrou enraivecido e voltou à carga.

No torreão dos salva-vidas, os soldados se inquietavam. Alguns, com binóculos de visão noturna, berravam para os outros.

— Eles estão apanhando! Não podemos deixar assim!

— Os de armadura preta são muito fortes! Eles estão esmurrando os caras! O Célio já morreu e tem mais cinco no chão!

Um dos soldados correu até o saco de fogos de artifício e voltou com dois tubos.

— Lucas pediu para não dispararmos com as metralhadoras, mas não falou nada disso aqui.

Os amigos olharam espantados para o companheiro. Ele tinha preparado o saco com fogos e não sabiam o que ele trazia ali.

O soldado acendeu o primeiro cartucho e apontou para o alto, mas na direção da batalha. O pavio incandescente sumiu dentro do papelão e o disparo veio.

Lucas tinha caído. Arfava e arquejava. Seu peito doía e sentia as forças faltando-lhe. O vampiro-rei olhava-o fixamente, como que hipnotizado pela figura do trigésimo guerreiro.

— Achei que estava errado. Que tinha sido uma impressão traiçoeira, mas aqui, bem de perto, vejo que é mesmo você.

— Meu nome é Lucas.

— Eu sei! Eu sei! — tartamudeou o vampiro-rei.

Cantarzo andou em direção ao guerreiro e ergueu novamente a espada forçando o debilitado bento voltar a lutar pelo fio de vida que sustinha seu corpo.

Vicente recobrava a consciência. Seus olhos encontraram-se com os do bicho, que caminhava lentamente na sua direção. O monstro parou a dois metros de distância e ergueu a cimitarra acima dos ombros. Seria o golpe final.

Uma explosão se fez ouvir acima de suas cabeças. Uma enorme bola de fogo espalhou-se pelo céu infestando a praia com chamas prateadas e vermelhas. A claridade, quase insuportável para os guerreiros bentos e humanos, teve resultado ainda mais perturbador contra os vampiros.

Os soldados no posto dos salva-vidas gritaram eufóricos. Denis, o responsável pela façanha, abriu um sorriso e disse:

— Isso sempre dá certo! Sempre!

Na praia, os monstros contraíram os olhos. Os três com bolas brancas nas órbitas urraram de dor e abaixaram a cabeça até a areia cobrindo os olhos.

Cantarzo, ato reflexo, baixou a cabeça e teve a visão comprometida por segundos.

Lucas aproveitou a providencial interferência para afundar a lâmina que trazia na parte baixa da armadura, ferindo o abdômen do adversário.

O vampiro-rei saltou para trás, livrando-se da ferroada e levando a mão à ferida que fumegou imediatamente. Lucas saltou para a frente e desferiu um golpe visando o pescoço da fera. No entanto, o bicho pareceu sair da letargia e desviou-se a tempo, tendo apenas a proteção de metal que vinha em seu queixo arrancada, descobrindo totalmente seu rosto. Desapareceu da frente de Lucas, entrando numa casa em ruínas.

O trigésimo guerreiro ficou estático. Monstros gigantes urravam ao seu redor, gritando, levando as mãos aos olhos, enquanto outra explosão invadia a noite e perpetuava aquela chuva de luz. Deu dois passos para a frente e apanhou do chão a proteção que tinha arrancado da armadura do vampiro-rei. Lucas caiu de joelhos e levou a mão ao peito. Não podia ser.

Vicente saltou de encontro ao seu inimigo, tombando-o no chão. A fera, ainda aturdida, num movimento idiota, arremessou a cimitarra para o lado perdendo a arma. Vicente sentou sobre o pescoço da fera e começou a socá-la ininterruptamente. Queria amassar a cabeça da criatura até que não sobrasse um pedaço de cérebro inteiro dentro de seu crânio.

Rogério, aproveitando o segundo de imobilidade do adversário, estocou-o no ventre desprotegido. Retirou a espada e saltou para trás. O monstro caiu de joelhos e no instante seguinte não tinha mais cabeça.

As feras, percebendo a momentânea desvantagem, fugindo da paralisia diante do inusitado, começaram a recuar, protegendo os olhos e buscando abrigo.

Lucas levantou-se da areia, assistindo, apático, à fuga dos pretorianos. Seus olhos concentraram-se na porta pela qual desaparecera o vampiro Cantarzo. Antes de caminhar até lá, ainda parado, olhou para a direita. A pousada do Franco estava bem ali, diante de seus olhos. A imagem do bom e velho amigo, e sua esposa, envernizando carinhosamente um berço, veio-lhe à mente. Olhou de novo para a areia escura e para o prédio, coisa de cento e cinqüenta metros à frente. Aquele prédio, onde Cantarzo se refugiara, fora a danceteria Next Summer. Lucas olhou para sua espada. Sua mão tremia. Não era possível. Aquilo tudo era uma grande piada. Olhou para trás. Seus guerreiros ajoelhavam-se na areia, exaustos, tomando fôlego para continuar. Alguns deles, mutilados, jaziam mortos sobre a areia branca. Aquilo tinha de acabar. Custasse o que custasse, tinha de acabar. Caso a maldita assombração que se escondera na danceteria de fato reinasse, a humanidade nunca mais teria sossego. Os guardas daquele vampiro eram monstros. Monstros feitos com magia e com sangue de bentos. Como ele poderia saber aquilo? Lucas não sabia. Talvez um sopro da antiga e quase esquecida voz do velho Bispo. Talvez um último alerta. Lucas levou a mão ao peito dolorido e caminhou com dificuldade em direção à abandonada Next Summer.

Vicente, olhando para o pretoriano aparentemente inconsciente, deu três passos e apanhou a cimitarra da fera. O vampiro pretoriano, de fato, ainda acordado, olhou para o lado e ergueu o tórax. Viu o inimigo aproximando-se de sua espada e abriu um sorriso. Nenhum humano golpeava com a cimitarra. Vicente segurou a grossa lâmina pelo cabo. Era pesadíssima. Inspirou fundo, arfou e berrou. O vampiro abriu mais o sorriso. Nenhum humano lutava com a cimitarra pretoriana! No entanto, seu sorriso presunçoso murchou. Vicente ergueu a lâmina grossa e levou-a acima de sua cabeça. O animal, incrédulo, permaneceu estático. Vicente varreu com a arma para a esquerda e cravou-a no pescoço do bicho. A força não fora suficiente para desmembrá-lo, mas bastou para fazê-lo tombar. Vicente arrancou a lâmina do pescoço do adversário e tornou a erguê-la sobre a cabeça e, dessa vez com ajuda da gravidade, desceu-a com toda a força sobre a vítima, separando a cabeça do corpo. O guerreiro bento caiu de joelhos diante do monstro abatido e puxou a cimitarra mais uma vez.

— Gostei — balbuciou.

Vicente olhou para o pescoço aberto do monstro. Com auxílio das luzes dos fogos de artifício que caíam do céu, seus olhos foram atraídos para a ferida.

— Que merda é essa?!

Levantou-se surpreso e assustado com o coração disparado. Havia alguma coisa saindo do pescoço do monstro e não era sangue!

Andou até perto do corpo do pretoriano abatido por Rogério e fitou o pescoço aberto. Novamente sentiu um arrepio e aquela sensação desagradável. Algo se debatia dentro do corpo do monstro, chegando a acusar movimento no peito e na barriga da criatura que deveria estar imóvel, mortinha-da-silva.

— Olha — disse Vicente, apontando para a coisa.

Rogério reteve o olhar um instante. Seu rosto copiou a expressão espantada e incrédula do bento Vicente. Uma ponta gelatinosa debatia-se e arrastava-se para fora do corpo decepado do pretoriano.

Lucas entrou na boate. Seus olhos zanzaram pela pista de dança e o amplo salão que servira de restaurante.

— Cantarzo! — bradou.

Lucas ouviu barulhos no fundo do salão. Sabia que o adversário estava ferido. Caminhou atento para o meio da pista de dança. Plantas tinham vencido o piso e brotavam das entranhas da madeira, subindo pelas colunas e enrodilhando-se em vigas e balaústres que formavam os dois andares daquele estabelecimento. Parou. Novamente sentiu uma vertigem e sua visão enegreceu. Apertou os olhos e viu Rosana dançando sensualmente no meio de outras pessoas. Ela rodopiou o corpo e os cabelos, e abriu um sorriso gostoso para Lucas. Quando o trigésimo guerreiro voltou a si, estava com a mão estendida. Olhou para os lados e cambaleou. Estava frio. Frio demais. Sentia o suor descendo de sua testa. Baixou a touca de malha de metal. Sombras dançavam pelo chão, projetadas pela queima dos fogos de artifício. Pareciam fantasmas flutuando e movendo-se rapidamente. O brilho prateado salpicava a pista de dança.

— Roberto! — bradou.

Novamente ouviu movimento no salão. Cambaleou para a direita e sentou-se no degrau de madeira que dividia a pista mais funda do que os corredores laterais, cheios de mesas velhas.

— Roberto...

Uma risada gutural e desanimada encheu o salão.

Vicente olhou para Rogério.

— Quantos desses bichos encouraçados nós matamos?

Rogério passeou o olho pela praia.

— Estou vendo vinte e dois caídos. Não sei se estão todos mortos.

— Vinte e dois? Caralho. Então têm mais oito deles soltos por aí.

— É. E o pior é que inteiro só tem você, a Marcela, logo ali, o Francis, perto da água, o Danilo e eu.

— Cinco contra oito. Vamos juntar-nos.

Vicente gritou e agrupou os bentos inteiros para continuar o confronto.

— Peguem os tridentes. Não é para isso que servem, mas vão ajudar-nos com os que estão faltando. Pelos menos, mantê-los-emos longe.

Marcela enxugou as lágrimas dos olhos e obedeceu Vicente, soltando a mão de Amintas, abatido e esparramado no chão de areia, e caminhando na direção do grandalhão e do espadachim.

Viram um dos pretorianos buscando os muros de uma velha casa.

— Ao menos, quebramos o queixo duro desses monstros. Estão separados e com medo — observou Francis ao se aproximar.

— Vamos ver — disse Vicente, tomando a direção da casa.

Marco Franjinha e Benito não acreditaram quando divisaram os portões do CLBI. Franjinha chegou a ficar com os olhos marejados, emocionado com o retorno ao lugar de onde nunca tinha saído desde que despertara nesse novo mundo, a não ser nos últimos meses, por culpa do maciço ataque perpetrado pelos vampiros meses atrás. O único farol aproveitável do fusca 82 desbravava a escuridão corajosamente e avançava sem pausa ao menos dessa vez. Ao chegar aos portões, Benito começou a buzinar frenética e ansiosamente. Estava com fome, com sede e morrendo de vontade de dormir em alguma coisa diferente daquele banco desconfortável. Uma cabeça de soldado assomou a vigia. Franjinha desceu do carro e berrou, pedindo passagem. O soldado voltou para dentro sorrindo e acionou a abertura do portão.

O fusquinha atravessou a estradinha do CLBI parando à frente do prédio principal. Franjinha, incontido, parecia um adolescente. Apanhou seu *laptop* e correu para dentro do prédio. Trombou com dois soldados, enquanto rasgava em direção à sala de controle.

Recostados às paredes do corredor e surpresos com a súbita aparição, os soldados trocaram um olhar.

— Aquele era o Franjinha?

O outro só aquiesceu, confirmando.

Franjinha adentrou a sala de controle, e só no seu interior parou a corrida. Ficou visivelmente abalado, entristecido. O lugar que cuidara sempre com tanto esmero tinha sido devastado pelas criaturas da noite. O grande painel tinha sido partido ao meio e grandes cacos formavam o que fora a tela principal da base de lançamento. Olhou para os monitores. Tudo destruído.

Franjinha adentrou um dos corredores formados pelas mesas, onde deveria existir monitores de acompanhamento da missão. O corredor estava limpo, e boa parte do mobiliário não existia mais. Sentou-se em uma mesa e puxou uma cadeira de um outro box e sentou-se onde costumava ficar. Nesse momento, lembrou-se de Tânia e Everton, os inseparáveis auxiliares paus pra toda obra. Ficou estático um momento longo e depois balançou a cabeça colocando o *laptop* sobre a bancada, ligando o computador portátil o mais rápido que pôde. Tirou do bolso da calça um cabo *fire wire* e espetou no portátil, e depois o conectou na porta correspondente nos terminais de sua mesa. Levantou-se alvoroçado e foi até o computador reserva de comando. Se ele estivesse intacto, tudo daria certo. Entrou na sala do almoxarifado, arrastou a estante de ferro e abriu o alçapão. O computador estava lá. Restava descobrir se estava funcionando. Acionou o botão e uma luz verde acendeu. O pequeno monitor instalado ao lado da CPU passou às leituras. Tudo estava em ordem. Bendita Providência! Tinha feito tudo direitinho.

O vampiro-rei deixou a escuridão, vindo para onde Lucas podia vê-lo. Quando os fogos explodiam, a luz varava a ampla e arrojada clarabóia que guarnecia a Next Summer e salpicava as faces dos dois contendores ali resguardados. Lucas viu o rosto do vampiro tingir-se de um brilho dourado que suavizou sua pele branca. Fixou os olhos nos olhos do inimigo.

— Diga-me que meus olhos estão-me pregando uma peça. Diz-me que tua cara é fruto do capeta! — murmurou o bento, fechando os olhos e levando as mãos aos dragonetes.

Cantarzo desceu até a pista. O chão de placas de mármore alvo tinha sombras que bruxuleavam de acordo com a claridade emitida pelos fogos de artifício. À medida que as brasas incandescentes caíam, faziam com que as sombras caminhassem pelo salão.

O vampiro começou a rir novamente, olhando para o guerreiro combalido.

— Não é irônico, Lucas? Também demorei a deglutir esse imprevisto — disse, gesticulando e apontando para o guerreiro.

Lucas deixou a capa vermelha no chão de mármore. Desabotoou as travas de sua couraça prateada e deixou cair os dois gomos da proteção. Passou a mão, aliviado, sobre a ferida. O metal retorcido pelo golpe do vampiro estava machucando o ferimento. Passou a mão no colete de couro e olhou para a luva. Um pouco de sangue. Sentiu um calafrio súbito. Encarou o rosto pálido do vampiro-rei. Estremeceu mais uma vez. Estava acabado. Não conseguiria matá-lo. Olhava para o rosto de Roberto, seu irmão desaparecido. Lucas soltou sua espada, fazendo o metal retinir ao rolar pelo chão de pedra.

Roberto aproximou-se e levou a mão à nuca, desembainhando a sua. Apontou a lâmina para os olhos de Lucas.

— Impressionante como você, de uma forma ou de outra, seja nessa vida ou na passada, tem a pachorra de entrar no meu caminho e fazer o que bem quer.

— Eu não sabia. Eu não sabia que era você. Eu achei que você estava morto. Eu achei.

— Morto?

— Você desapareceu. O seqüestro...

Cantarzo soergueu as sobrancelhas.

— Seqüestro?

— Seu seqüestro!

Cantarzo andou pela pista de dança. Seria possível que Lucas desconhecesse o final da história?

— Eu te procurei em todos os lugares. Eu conheci gente, eu apanhei, eu vendi meu carro.

Cantarzo sorriu, exibindo os dentes pontiagudos. Lembrava-se disso. O irmão não medira esforços. Sentia-se à altura de tal desdobramento. Lucas tinha feito sua obrigação de irmão mais velho, só isso. As lamentações do irmão não amoleceriam seu coração.

— E vê onde te encontro? Isso não é acaso, Roberto. Alguém sabia o que estava fazendo.

— Não me chame de Roberto. Não sou mais o Roberto. Nem mesmo Cantarzo sou mais. Sou outro. Sou um novo.

Lucas passou as luvas pelos cabelos. Estava aflito. Seu coração estava desmontando e sua mente o infestava de visões do passado. Viu novamente Rosana dançando no salão.

— Vim te encontrar aqui. Na praia onde tudo começou — nesse momento, seu rosto iluminou-se. — Você! Você já sabia quem eu era! Como?

Cantarzo andou pela pista de mármore.

— É difícil de explicar, Lucas. Difícil.

— Diz que não é mais o Roberto, mas escolheu justamente esse lugar para nosso encontro final.

— Sim, Lucas. Não sou mais teu irmão. Sou o vampiro-rei. As alcoviteiras pediram que não te matasse, irmão. Que te preservasse.

— As alcoviteiras... — balbuciou.

— Ô, bichinho, elas falam mais que boca! Uma coisa de louco!

Lucas franziu a testa. "Bichinho"? Conhecia esse sotaque.

— Como? Como você também pode ouvi-las? Elas nos ensinaram as coisas, o quebra...

— Quebra-cabeça! — completou o vampiro-rei.

Cantarzo deu mais um passo para a frente e tocou a ponta de sua espada no queixo de Lucas. Um filete de sangue brotou instantaneamente.

— Elas estavam no sangue, Lucas. No sangue de quem via.

— Bispo? Você é quem matou o velho Bispo?!

— Eu não. Mas fui eu quem mandou matar. Ah! Ah! Ah! Formidável.

Cantarzo retrocedeu dois passos. As luzes dos fogos voltaram a salpicar seu rosto. O vampiro retraiu os olhos, incomodado com a claridade.

— Cedo aprendi que eu tinha uma qualidade, meu irmão. A de absorver os dons e habilidades daqueles de quem eu bebia o sangue. O alimento, além de saboroso, vinha recheado de presentes. Assim me tornei o melhor caçador da minha raça.

Lucas acompanhava os passos do irmão com os olhos.

— Demorou para cair a ficha e eu perceber que estava perdendo tempo. Eu tinha de tomar o sangue do Bispo e acabar com essa festa de uma vez. Era tempo dos vampiros serem os donos da terra. E eu, finalmente, seria reconhecido, finalmente seria mais importante alguma vez na vida. O vampiro mais importante do mundo. O libertador das trevas.

Nesse instante, Lucas reconheceu o timbre e tom de voz das ladainhas do irmão por trás daquele rosto pálido de vampiro. O bicho era Roberto... ou um dia tinha sido.

— Mas, não! Você tinha de aparecer DE NOVO! — vociferou Cantarzo, apontando novamente a espada para Lucas e levando a mão à ferida no abdômen. — Você, sempre querendo dar uma de entendido.

Sempre me enrolando! Relegando-me a um segundo plano! Fui EU, Lucas! EU quem pensou que você estava morto! Eu tinha certeza. Vivi anos nessa vida de trevas, feliz por estar afastado fisicamente e etnicamente de você, miserável! Quando me recuperei daquele tiroteio, vagueei por anos e anos nessas terras buscando respostas. Mas, livre do fardo do meu irmão mais velho. Só existia eu! Cantarzo!

Lucas colocou-se de pé e recostou-se a uma coluna à beira da pista. Trepadeiras subiam do chão ao teto e seu pé enroscou-se nas raízes da planta.

Cantarzo apanhou uma mesa e arremessou-a contra Lucas. O trigésimo inclinou o corpo e viu a peça de madeira esmigalhar-se e partir-se contra a coluna.

— Tantas pessoas poderiam estar na sua posição. Tantos milhões de adormecidos. E logo você, Lucas. Logo você desperta como o bento mais importante para esses miseráveis. Você...

Cantarzo arquejava, fazendo seu peito subir e descer, como se precisasse de oxigênio.

— Eu te procurei, Roberto. Procurei com todas as minhas forças. Eu perdi minha vida tentando te encontrar. Tentando descobrir seu cativeiro.

— Que cativeiro?! Que cativeiro?! Seu palhaço! — gritou, arremessando agora uma cadeira.

Uma das pernas da cadeira bateu na canela de Lucas. O trigésimo guerreiro estava fraco, apenas moveu-se para o lado.

— Cabra da molesta! Bicho da gota serena! — urrou Cantarzo. — Pare de fingir que não se lembra! Não tinha cativeiro nenhum!

Lucas empalideceu ainda mais. Os gritos de Roberto pareciam ter perfurado uma muralha em seu cérebro, libertando imagens novas e lembranças antigas. Não havia cativeiro! Nenhum cativeiro! Uma farsa!

Lucas viu diante de seus olhos, como se tivesse sido teletransportado para o passado, o policial que falava do Disque-Denúncia. Tinham recebido uma ligação e, finalmente, depois de tanto tempo, tinham descoberto o paradeiro de Roberto. Lucas insistiu em acompanhar os policiais na diligência. O grupo especial anti-seqüestro foi acionado. Entraram na favela do Rio Pequeno. A casa indicada. Uma luz. Os agentes foram rápidos. Porta arrombada. Um homem com uma máscara negra de lã cobrindo o rosto. Uma câmera ligada. Reação. Três tiros. O seqüestrador tombou. Com os disparos, Lucas, tomado pelo desespero e ansiedade, desvencilhara-se dos policiais ao seu redor e invadira o cativeiro. Uma casa mal acabada de dois cômodos. Uma sala que servia também de quarto, um banheiro e uma cozinha, até que grande para aquele lugar, cheia de embalagens vazias espalhadas sobre a pia e a mesa velha. Um colchão desencapado, os livros que Roberto gostava de ler. Um caderno. Regras para mestrar RPG. Um nome desenhado numa ficha. Cantarzo. O corpo caído do seqüestrador. Roupas de criança saindo de um saco preto. Nada do irmão. Olhavam todos os cantos. A casa era aquela. Homem de máscara tombado, duas pistolas, fedor de urina. Chamavam uma ambulância pelo Nextel. O seqüestrador baleado ainda respirava. Um agente, sorridente, puxou a máscara. Sangue vertia da boca do meliante. Lucas fixou os olhos no rosto do seqüestrador. Uma aflição igual à que experimentara instantes atrás, quando arrancara a proteção do queixo de Cantarzo e em seguida olhara sua face. Roberto! Roberto era o homem da máscara! Roberto era o vampiro-rei! Roberto era o maldito bandido, o seqüestrador! Por quê? Baleado, ele tinha erguido a mão e chamado Lucas. Os policiais passavam a mão pela cabeça sem entender nada. Não dava para acreditar! História mais maluca. Outra crônica tresloucada para contar na delegacia. Lucas aproximara-se do irmão mais novo e ele tinha falado. Tinha dito que Roberto estava morto. Roberto estava morto. O irmão ferido pendeu a cabeça e fechou os olhos. Uma maca entrou e logo o corpo inerte do irmão foi carregado para fora pelos paramédicos. Lucas tentou alcançar o banheiro, mas não teve tempo. Seu estômago embrulhado pôs tudo para fora. Estava com o coração disparado. Não fazia sentido. As coisas não se encaixavam. Um bilhão de imagens passando diante de seus olhos. Telefonemas. Empenho. Colara aqueles cartazes pela cidade toda. Ódio. De joelhos, as lágrimas vieram. Por que tanto ódio? Por que Roberto aprontara aquela palhaçada? O que significava tudo aquilo. Olhou para os policiais. Mesmo acostumados com o crime, com a violência e com cenas como aquela, pareciam constrangidos. Alguém amparou Lucas. Alguém da ambulância. Não foi com o irmão. Lucas estava tonto. Tomaram seu braço e mediram sua pressão arterial. Ficou zonzo. Não se lembrava de mais nada.

— Você sempre entrou no meu caminho.

— Por quê? Por que você fez isso, Roberto?

Cantarzo avançou para Lucas e golpeou-o na testa com o cabo da espada. Lucas caiu fora da pista, derrubando mesas e cadeiras.

— Porque eu quis. Porque eu precisava livrar-me de você e darlhe uma lição. Vou mostrar-lhe o quanto é bom estar no controle. Eu fazia o que queria com você. Eu o levei pra Bolívia. Lembra-se? Levei-o pro Rio de Janeiro. Lembra-se? Fiz você pagar. Meus padrinhos poderiam ter-me dado uma boa vida.

— Seus padrinhos... do que está falando?

Cantarzo ajoelhou-se em cima de Lucas, fazendo o bento soltar um gemido. Puxou as mãos do irmão para as costas e apanhou um arame do chão para prender seus pulsos. Rapidamente também atou os tornozelos do guerreiro. Fraco como estava, ficaria fora do caminho, preso, imobilizado.

— Você sempre quis comandar minha vida. Não me deixava escolher nada, decidir nada. Você não tinha de estar aqui agora. Estive livre de sua sombra e de sua dominação por trinta anos. Trinta anos livre!

— Tanta raiva, meu irmão. Tanta raiva — Lucas meneou negativamente a cabeça. — Simplesmente não dá para acreditar no seu ódio. Ninguém pode odiar tanto.

Cantarzo apertou o pescoço de Lucas.

— Você vai comigo. Vai virar meu guarda. Um guarda da moléstia, guerreiro da gota serena. Seu sangue vai pra boca dum vampiro. Tem de ser um dos bons. Um vampiro da gota serena! Há! Há! Há!

— Não... — murmurou Lucas no fim de suas forças.

— Sim. Um vampiro vai te beber todinho e tu será meu melhor guarda. Meu lacaio. Meu pau-mandado.

— Não...

Cantarzo levantou-se e olhou para a clarabóia. As luzes dos fogos continuavam caindo, em menor quantidade agora. Tinha de voltar para fora, terminar com os outros bentos para levar Lucas dali. Virou-se para o piso onde o homem que fora seu irmão estava estirado. Andou até poder olhar em seu rosto.

— Eu poderia ter matado você antes, mas eu vacilei. Esse poder que você exerce sobre mim terá fim. — Cantarzo negou com a cabeça e olhou nos olhos do irmão. — Será que estou fazendo a coisa certa? Será que devo mesmo levar você? — Cantarzo sacou um punhal da lateral da armadura. — Acho que devia fatiar você agora. Acho que é isso que as malditas estão mandando. Pra vencer, tenho de matá-lo agorinha — largou a faca, seus olhos dementes fixaram-se nos olhos do irmão moribundo.

Lucas permaneceu imóvel. Cantarzo continuou seu monólogo endoidecido:

— Você foi até o inferno atrás de mim. Teve coragem. Nunca, nunca desistiu. Eu, do meu lado, fui um sádico infinito. Queria ver você dando um braço por minha vida. Um rim. E se eu tivesse pedido, meu irmão, você teria dado. Estou confuso... estou confuso, Luquinha. Há! Há! Há! É por isso que o quero vivo. Quero que veja minha vitória. Primeiro você tem de ver meu triunfo. Depois verá minha espada.

Cantarzo andou perto de Lucas, fitando-o nos olhos imóveis.

— Aconteceram tantas coisas naquela noite, meu irmão. Tantas coisas. Apesar de não ter passado para a vida noturna naquele instante, tenho certeza de que fui escolhido para as trevas no meio daquela tragédia. Fui escolhido para ser o vampiro-rei na Noite Maldita. Fui escolhido por causa da minha determinação. Da minha força de vontade em aporrinhar você. E qual não é minha surpresa ao ver que, para o lado dos bentos, foi você o escolhido. Parece brincadeira...

Cantarzo bufou.

— Acaso? Não, Lucas. Não foi acaso. Elas sabiam o que estavam fazendo. Malditas alcoviteiras dos infernos! Maldito destino!

Cantarzo levou a mão ao abdômen ferido. A prata tinha ido fundo em sua barriga. A dor irradiava para as costas e crescia. Olhou para seus dedos. Estavam infestados de sangue negro. Caminhou para o meio da pista. Tinha de agir rápido.

Franjinha começou a digitar as senhas para acessar o comando de TUPÃ. Agradeceu por sua memória ter voltado integralmente, do contrário levaria dias até lembrar de todos os comandos e facilidades para operar o gigante orbital.

A porta da sala de controle abriu-se com estardalhaço, quando Benito surgiu trazendo um rádio da base. Mais dois soldados ajudavam o homem no transporte do objeto e colocaram-no o mais próximo possível de Franjinha.

— Vamos lá, Benito. Põe isso pra funcionar que o TUPÃ tá quase pronto. Precisamos saber se eles ainda estão lá, em Ubatuba.

Benito e os soldados apanharam uma extensão para ligar o rádio. Conseguiram colocá-lo em operação e passaram a tentar contato com São Vítor e Santa Maria em busca de notícias e informações preciosas.

Franjinha começou a digitar instruções para os satélites. Logo estariam operacionais. Assim que tivesse acesso a todos os comandos e funções daquele sistema maravilhoso, poderia ver com os próprios olhos o que acontecia sobre as areias de Ubatuba.

Cantarzo foi até a porta da Next Summer. Olhou para a praia. Examinou a situação. Poucos bentos restavam. Tinha de dar cabo dos soldados que estavam no torreão do posto de bombeiros. Não queria mais contratempos, mais claridade. Não importava mais nada além de levar Lucas para Marajó. Com o poderoso trigésimo ao seu lado, mesmo que transformado em pretoriano, sua soberania seria avassaladora.

Cantarzo espreitou da porta. Seus olhos encontraram parte de seus pretorianos abatidos e mortos na areia. Arregalou-os surpreso. Uma massa gelatinosa escapava do pescoço de um deles. O que seria aquilo? As alcoviteiras não tinham mostrado nada. A bruxa não tinha alertado nada. Uma peça estranha, sem encaixe. O que acontecia com os guardas mortos? Buscou bentos com os olhos. Encontrou dois deles lutando contra um pretoriano. Os fogos de artifício tinham cessado. Olhou para o torreão. Segurou firme o cabo da espada. Pegaria os soldados. Os bentos certamente seriam contidos pelos guardas negros. Cantarzo deixou a danceteria e começou a correr rumo ao posto dos salva-vidas.

Lucas fechou os olhos, revendo todo o seu esforço naqueles anos distantes, trinta e um, trinta e três anos atrás. Tinha perdido a mulher de sua vida. Tinha perdido o emprego de sua vida. Tinha deixado de viver para reaver o irmão. Tinha ido a lugares que nunca teria visitado. Tinha conhecido gente que nunca teria encontrado. Tinha sofrido coisas que jamais teria sofrido. E nos dia de hoje, tinha lutado todas as batalhas e tinha arrastado seus homens para combates inacreditáveis. Para quê? Para esmorecer e quebrar-se na frente de um rosto? As lembranças do desfecho do caso Roberto formavam-se em sua cabeça. Memória. Devaneios. Roberto tinha-o feito de palhaço. Um doente. Um psicopata. Tinha destroçado sua vida duas vezes. Não era hora de deitar e chorar. Era hora de brigar. Abriu os olhos e brasas amarelas consumiram sua visão. A noite ficou clara e seus braços se separaram arrebentando o arame. As pernas se abriram e Lucas, com certa dificuldade, ficou de pé. Apanhou sua espada e rumou para a porta. O esforço era evidente, mas em nada diminuía a figura destemida do cavaleiro abençoado. Lucas respirou fundo. Não se renderia. Não deixaria seus homens sozinhos. E Cantarzo não queria sua morte. Queria-o como prisioneiro. Queria exibir um troféu. Aquele monstro, debaixo da couraça negra, não era seu irmão. Seu irmão tinha sido cravejado por balas. Seu irmão simulara o próprio seqüestro. E, naquela fatídica noite, tinha morrido em seu coração. Seu irmão tornara-se um vampiro. Um vampiro. Nada mais. Roberto estava morto e enterrado no passado. Aquele inimigo era outra coisa. Era o rei do mal. O rei dos noturnos. Um rei tenebroso. Lucas baixou a cabeça e apertou os olhos. Por isso tinha sido escolhido o trigésimo guerreiro. Por isso tudo, terminava ali em Ubatuba um pesadelo estranho, sombrio e longo demais.

Os soldados esqueceram a ordem de bento Lucas. O vampiro de couraça negra corria em sua direção, com o longo manto de escalpos sacolejando sobre os ombros da criatura. O soldado engatilhou a deita-corno e apontou para o vampiro. Puxou o gatilho e as explosões repetidas retumbaram na noite.

Cantarzo, senhor da situação, saltou desviando-se da saraivada de projéteis e continuou a corrida. Quando o soldado retomava os disparos, buscando corrigir a mira, Cantarzo esgueirava-se novamente.

As balas perdidas acertaram a fachada da Next Summer, no momento em que Lucas assomava à porta. O guerreiro deitou-se na frente avarandada, escapando das balas e recebendo uma chuva de poeira, de lascas de madeira e pedaços de plantas que voaram sobre sua cabeça.

Vicente e Francis conseguiram cravar os tridentes num dos pretorianos acossado a um canto do cômodo. O bicho tinha duas bolas brancas nas órbitas e era terrivelmente assustador. O monstro rugiu e Francis, com rapidez, retirou o tridente de seu abdômen e cravou-o no braço que mantinha a cimitarra. O monstro chacoalhou o tronco derrubando Francis longe. Só Vicente agüentou o tranco e continuou com as luvas firmes no tridente, mantendo a fera presa por um lado. Danilo aproximou-se e cravou seu tridente na coxa musculosa da criatura infernal, enquanto Francis recuperava sua arma e impedia que o monstro levantasse a espada curva. O bicho abriu a boca cheia de dentes e tentou abocanhar bento Rogério, que se aproximava retesado. O bento bateu com a espada no pescoço do monstro. Uma porção de sangue enegrecido esguichou, enchendo o ambiente de um cheiro azedo e apodrecido. Rogério tirou a lâmina do pescoço do bicho e tornou a golpeá-lo no mesmo ponto, desta vez derrubando a cabeça do monstro de cima de seus ombros. O corpo bruto perdeu as forças e os músculos rijos feito ferro amoleceram de uma hora para outra. O corpo bateu pesado no chão.

— Vejam — disse Rogério, com seus olhos amarelos brilhantes olhando para a fera.

Mesmo sem ter os olhos brilhantes, Francis e Vicente puderam ver um apêndice surgindo e esgueirando-se para fora do pescoço do vampiro.

— Que merda é essa? — perguntou Marcela, abaixando a espada.

— Eu não tô gostando disso — resmungou Vicente, baixando a espada com força e cortando um naco da coisa gelatinosa, a lâmina tilintou encontrando um obstáculo. — Parece que tem ferro aqui dentro. Essa merda não morre?

— Tirando esse e o primeiro que pegamos aqui dentro, ainda têm seis desses brutamontes. Acabar com os gigantes é mais sábio do que ficar preocupado com essa gelatina. Vamos pras cabeças, depois descobrimos o que é isso aí.

Os demais obedeceram a Francis e seguiram o bento médico para o cômodo seguinte. Mal adentraram o local, um urro recepcionou-os e Francis se viu atirado por uma janela, estabacando-se na areia do lado de fora. O bento ergueu os olhos e viu as madeiras que formavam a janela explodindo à passagem do vampiro-monstro. A fera urrava e corria em sua direção com olhos brancos e dentes gigantescos. Francis tentou levantar-se mas tudo doía. Tinha perdido seu tridente e, o mais rápido que pôde, levou a mão ao cabo da espada embainhada. A fera parou a dois metros de distância e ergueu sua cimitarra colossal fazendo o ar zunir. Francis, que ainda puxava a espada, ergueu a mão e fechou os olhos, prendendo o ar no peito. Sua hora tinha chegado. Sentiu isso na raiz de cada fio de cabelo. Contudo, a demora em sentir sua carne ferida, repartida pela gigantesca espada inimiga, fê-lo abrir mais uma vez os olhos. O monstro tinha sido paralisado antes de concluir o golpe, três dentes duros e afiados brotavam da couraça torácica do inimigo.

— Cai, filho duma égua! — gritou Vicente, cheio de ódio, empregando toda a força que lhe restava nos músculos, impedindo o pretoriano de golpear seu amigo.

Rogério correu até o monstro e passou a espada em sua perna. A fera urrou e balançou o corpo. Desta vez a haste do tridente escapou da mão forte de Vicente e sua ponta bateu violentamente na cabeça de Danilo que se aproximava.

— Eles são muito fortes! — gritou Rogério, pulando para o lado e procurando um flanco desprotegido para atacar.

Francis, já recobrado da paralisia momentânea, terminou de sacar a espada e feriu a criatura na outra perna. O monstro cambaleou e tentou virar-se, mas terminou por tombar de lado. Vicente avançou e arrancou o tridente de suas costas, enfiando-o na cabeça da fera desta feita. Rogério, o espadachim do grupo, mais uma vez foi quem se aproximou para o golpe de misericórdia.

Tiros da ponto cinqüenta varriam a areia e esburacavam as paredes velhas dos casebres ao redor, fazendo com que os valentes guerreiros se atirassem na areia e olhassem para o torreão.

Cantarzo galgou o concreto com facilidade, escalando o posto de observação dos guarda-vidas e, antes que os soldados conseguissem perceber o que acontecia, já tinha passado a lâmina na garganta de dois deles. Um terceiro tentou tirar a pistola da cintura e teve o coração transfixado pela katana no instante em que a mão tocava a arma. Cantarzo, saboreando o cheiro da morte, puxou ligeiramente a espada do peito do pobre homem. Dos outros três ainda vivos, um pulou do torreão para a areia três metros abaixo. A areia fofa amorteceu sua queda e o soldado se pôs a correr na direção do palco da batalha. Dos dois últimos, um apontou o fuzil para Cantarzo, enquanto o segundo disparou com a pistola. O vampiro foi ágil e aproveitou-se do medo que consumia os pobres homens. Esmigalhou a garganta do homem com a pistola e tomou quatro disparos de fuzil. Um transfixou sua armadura negra provocando um grito de dor. Sua espada moveu-se ligeira e cortou o cano do fuzil. Embainhou agilmente a lâmina na bainha presa às costas e agarrou o coitado. Cantarzo ficou com os olhos tintos e apanhou a cabeça do soldado, batendo-a com violência meia dúzia de vezes contra a parede de concreto. Estava furioso. Não esperava novos ferimentos. Suas forças definhavam por causa da prata no abdômen e agora aqueles tiros alojados no peito, que fumegava. Olhou para o homem com o rosto destruído e cravou os dentes no pescoço da vítima, drenando-lhe o sangue com vontade e gula, fazendo esfriar rapidamente aquele corpo moribundo. Reabastecido com o líquido da vida, com o rosto sujo, virou-se para o campo de batalha. Saltou do torreão e dirigiu-se para a areia. Seus olhos brilhantes viram o que menos queria. Lucas de pé, descendo a varanda da Next Summer. Maldito guerreiro que nunca desistia! Era por isso que estava ali. Para fazer frente ao seu poder. Para coroar o combate final que faria de uma vez por todas Cantarzo o senhor da noite. Maldito guerreiro insistente!

Franjinha sorriu quando viu a mensagem: DISPOSITIVO PRONTO. ENTRE COORDENADAS.

O engenheiro digitou as coordenadas e pressionou a tecla ENTRA. Através da tela de seu *laptop* viu o deslocamento do portentoso satélite buscando a melhor posição para atender a solicitação. Era questão de segundos até que o facho de luz solar singrasse a atmosfera terrestre e banhasse um ponto da costa brasileira com luz quente e viva.

Lucas pulou dois dos monstros abatidos. Seus olhos bateram com as estranhas coisas gelatinosas que escapavam pelo pescoço dos pretorianos mortos. Precisou concentrar-se e virar para Cantarzo e seguir em sua direção. O vampiro-rei não tinha parado de correr e vinha direto para o trigésimo bento. Lucas ergueu a espada, enquanto Cantarzo tirava, mais uma vez, a dele da bainha. As lâminas bateram-se com fúria. Os dois oponentes foram repelidos pela violência do choque e o retinir das espadas chamou a atenção dos cinco guerreiros bentos do outro lado da praia.

— É Lucas! — berrou Vicente, como que despertando de um sono longo. Tinha deixado seu protegido lutar sozinho!

Vicente apanhou novamente o tridente e começou a correr na direção dos dois guerreiros, quando algo surpreendente o deteve. Seus olhos se arregalaram e o grandalhão não conteve o grito de espanto.

— Uou! Caralho! Que porra é essa?!

Os olhares de Marcela, Francis, Rogério e Danilo foram para onde Vicente apontava.

A pasta gelatinosa que escapava pelo pescoço decepado de um dos pretorianos tinha-se arrastado uns três metros para fora. Diante dos olhos de Vicente, a camada gelatinosa espocara espirrando aquela baba grudenta em seu rosto barbado. Vicente puxou o material gelatinoso de sua face, enquanto olhava para o ser que continuava arrastando-se para fora. Livre da capa de gelatina, uma criatura que a princípio lhe pareceu uma cobra, ergueu a cabeça e emitiu um guincho comprido como o de uma ave.

Lucas e Cantarzo trocavam golpes de espada e caminhavam lateralmente pela areia em direção ao mar. Ambos, colados um ao outro, com as duas lâminas separando-os, olharam de esguelha na direção de onde tinha vindo o grunhido tão peculiar. Com um repelão, o vampiro-rei distanciou-se do inimigo e olhou para o corpo morto de seu pretoriano. Um monstro novo escapava pelo pescoço dilacerado. Viu o animal abrir a boca denteada e grasnar mais uma vez. Lucas tomou distância do oponente para também olhar para a fera. Fogo e fumaça! Fogo e fumaça! As palavras repetiam-se em sua cabeça. Viu o rosto do velho Bispo em suas lembranças. Virou o rosto, quando ouviu outro grunhido. Dos corpos dos pretorianos mais três criaturas como aquela erguiam suas cabeças, afastando-se dos vampiros mortos.

Vicente era o que estava mais próximo do animal. Viu os olhos amarelos da criatura virarem-se em sua direção. Eles eram redondos e rasgados no meio, como o das víboras. Todo o corpo era dotado de escamas e moviam-se ondulando. De repente, viu patas. Eles tinham patas! Seis no total. Eram membros longos e musculosos, finos no entanto, terminados em patas de três aretelhos para a frente, com unhas longas e pontiagudas e uma unha voltada para trás, essa como se fosse um quarto dedo. O bicho inspirou ar e bufou roncando. Moveu-se na direção de Vicente. Grasnou como ave e estendeu-se. Deveria ter uns quatro metros de comprimento, contando com a cauda fina terminada em ondas que pareciam feitas de ossos. O bicho roncou de novo e, num átimo, partiu para cima do bento, erguendo o par de patas dianteiras e movendo-se com as quatro patas restantes. Nessa posição a fera ficava com cerca de um metro e meio de altura. Vicente, assustado, saltou para trás e brandiu o tridente.

— Dragão! — balbuciou bento Rogério.

— O quê? — perguntou Danilo, ainda tonto por conta da pancada na cabeça.

— Esse bicho... É um dragão.

A fera deu um bote com a boca e errou Vicente. Ficou estática, como que estudando os movimentos do guerreiro. Vicente, vagarosamente, retrocedia passo a passo querendo afastar-se do bizarro animal. O tridente balança, empunhado. Cada movimento era precioso.

— É um dragão! — bradou Vicente.

— Já deu pra ver! — rebateu Francis, também agarrando seu tridente e indo em direção à fera que circundava o amigo.

Rogério olhou a casa com a parede destruída, de onde tinham voltado para a praia. Outro daqueles dragões saía pelo buraco e, como uma lagartixa gigante, fixou seu sexteto de patas na parede e atingiu o telhado, arrancando lascas de reboco onde suas unhas afiadas fendiam a parede. A fera voltou-se para o bento e seus olhos de dragão tornaram-se amarelos. Começou a emitir um ronco que parecia vir das entranhas e abriu a bocarra dotada de dentes enormes, vergados e pontiagudos. Para piorar, ao lado da casa, reapareceram dois pretorianos, voltando de seus esconderijos por conta da interrupção dos fogos de artifício. A única vantagem que o bento percebeu, é que as criaturas, igualmente a todos naquele palco, observavam estupefatos os novos seres que caminhavam pela areia da praia e aquele que estava no telhado da casa soltando grunhidos e roncos.

Rogério apanhou um tridente do chão e foi caminhando em sentido a Vicente, mas sem tirar os olhos do bicho de cima do telhado e dos dois pretorianos ao lado da casa. A coisa estava ficando pra lá de feia. A promessa de um final tétrico apertava sua cabeça, velando seu raciocínio. Olhou para as casas no calçamento da orla. Quatro pretorianos estavam fora de sua vista e isso não era nada bom. Voltou os olhos para a areia. Mais dois dragões escapavam dos vampiros mortos, começando a infestar a noite com seus guinchos. Já podia ver ao menos dez daquelas criaturas. Pareciam ainda entorpecidas, imputando isso ao fato de estarem despertando naquele instante. Somente duas representavam perigo iminente. A que se aproximava de Vicente e a que se mostrava completamente desperta em cima da casa.

Marcela empunhou o tridente e fechou o rosto. Olhou para Danilo que sangrava no supercílio. O bento tinha perdido a arma de aço, mas desembainhou a espada prateada.

— Temos de agir logo! — berrou Rogério. — Temos de aproveitar que estão tontos.

Francis chegou ao lado de Vicente. A fera movia-se com rapidez e só não tinha abocanhado Vicente ainda porque sua boca não encontrara abertura na guarda do guerreiro. Vicente, mais acostumado com o longo tridente, manejava a arma com segurança.

— Sai de retro, Satanás! — gritava Vicente, estocando com o longo garfo.

O dragão ergueu-se ainda mais na tentativa vã de intimidar Vicente. Ficando sobre as duas patas traseiras, o animal chegava a quase três metros de altura. Vicente, destemido, avançou com o tridente e perfurou o peito do bicho, correndo e prensando-o contra uma parede.

— É pra isso! É pra isso que esse troço serve! — berrou, referindo-se ao tridente.

Francis correu e espetou um segundo tridente no animal que passou a debater-se vigorosamente. As escamas negras do bicho pareciam de vidro negro, de metal luzente. Só não estavam presentes na parte inferior do bicho, a que ficava em contato com o solo, desde o começo de seu pescoço até o final da cauda.

Vicente tinha experimentado uma sensação ruim ao espetar a fera. O bicho tinha as escamas duras e resistentes. Não viu uma gota de sangue. E seus movimentos tentando livrar-se das pontas agudas da arma eram muito mais fortes que os movimentos dos braços dos pretorianos. Eram bichos bonitos e obviamente perigosíssimos.

Rogério corria na direção dos parceiros para acudi-los, enquanto Marcela afastava-se de um terceiro dragão que passou a fungar e olhar em seus olhos. A benta soltou o tridente e desembainhou a espada. Sentia-se mais segura com sua lâmina longa do que com aquele artefato pesado e inconveniente. Se ao menos Amintas estivesse lutando ao seu lado!

O dragão acuado por Vicente e Francis enrolou a cauda na haste do tridente do grandalhão e retorceu-o, enquanto com um sacolejo livrou-se da estocada do bento médico. O bicho saltou para a frente e enrolou-se no tórax encouraçado de Vicente, enquanto o dragão de cima da casa saltou para o telhado do lado, aproximando-se ainda mais dos bentos e, rápido como uma cobra, enrolou sua cauda no pescoço de Francis, que largou o tridente e agarrou o couro escamado do bicho.

Lucas e Cantarzo trocaram um olhar. Cantarzo lançou um sorriso para Lucas.

— Agora vocês estão perdidos, malditos!

— Isso ainda não acabou.

Davi sobrevoava Ubatuba. Os soldados que deveriam estar ao lado do rádio não respondiam. No entanto, no solo, Leandro, o único soldado que tinha sobrevivido ao ataque de Cantarzo, ouvia os chamados do major sem conseguir dar-lhe resposta por conta do equipamento avariado na fuga do vampiro. Com isso, Davi não conseguia encontrar a pista de pouso nem precisar o local onde os combatentes se achavam. Leandro deixou seu vergonhoso esconderijo, os restos do que fora um quiosque na areia, e correu na direção de uma construção de madeira. Leu na placa: Pousada do Franco. Adentrou o ambiente, passando despercebido aos guerreiros na areia. Dirigiu-se para o que um dia fora uma sala de jogos e tirou a mochila das costas. Tinha de ajudar de alguma maneira. Não tinha muita coisa dentro do saco de lona. Seu isqueiro, fluido para o isqueiro, uma garrafa plástica de Fanta com dois litros de álcool, uma blusa de moletom e munição para o revólver trinta e oito. O soldado coçou a cabeça, levantou-se e arrancou um pé de uma cadeira. Nesse pedaço de pau, enrolou sua blusa de moletom, apanhou a garrafa de álcool e o isqueiro e subiu para o segundo andar da pousada. No corredor, olhou para o telhado antigo de sapé. Entrou em alguns cômodos, encontrando a forração parcialmente destruída por mofo e infiltrações, o que tinha rendido imensos buracos. O soldado embebeu o moletom no álcool e ateou fogo. Com o auxílio de móveis velhos, alcançava o telhado e ateava fogo ao sapé que, com facilidade, incendiou-se rapidamente. O soldado derramou no assoalho de madeira do corredor o que tinha sobrado do álcool e tocou-o com a tocha. Uma tímida labareda surgiu mas, aos poucos, foi-se incorporando, atingindo tecidos velhos e rastejando para dentro de um quarto. O soldado, satisfeito, retrocedeu até a escada e voltou ao piso térreo da pousada. Saindo para a praia, olhou para o telhado. Chegou a encontrar paz de espírito para sorrir. Em poucos minutos, todo o segundo andar da pousada ardia e crepitava com línguas de fogo subindo ao céu. Davi veria aquilo.

Francis e Vicente desembainharam suas espadas ao mesmo tempo. Com estocadas violentas, conseguiram que os dragões desatassem o aperto. Francis foi ao chão arenoso com a mão na garganta e sentindo falta de ar. O aperto tinha sido tão poderoso, que seus olhos pareciam a ponto de ser expulsos do crânio. O dragão ferido por Francis tinha desaparecido para cima do telhado, enquanto o que tentava esmagar Vicente tinha tomado distância e voltava a fitá-lo furioso, gingando de forma ameaçadora, balançando o corpo erguido para a esquerda e para a direita feito cobra peçonhenta preparada para o bote.

Rogério estava bem próximo desse dragão e armava o golpe de espada, quando o bicho de seis patas moveu-se agilmente e desferiu-lhe um golpe de cauda, fazendo-o rolar pela areia.

Rogério caiu com a armadura amassada e levou a mão à altura do estômago.

— Isso não está sendo fácil — murmurou baixinho.

Vicente trocou a espada de mão três vezes, olhando fixo para o dragão. O bicho parecia ainda maior agora, talvez com cinco metros de comprimento e diâmetro de um metro. Vicente reparou que os dragões tinham as escamas escuras e grandes, talvez com duas polegadas cada uma, ou mais. Elas pareciam feitas de metal ou vidro e refletiam a luminosidade causada pela pousada em chamas. "Que criatura estupenda", chegou a pensar, zanzando com os olhos vigilantes sobre aquele corpo esguio e maciço. Poderia admirá-la e sagrar-lhe devoção, caso não fosse ele mesmo o prato principal pretendido pela criatura. O dragão guinchou e baixou todo o corpo no nível da areia, ficando como uma serpente gigante. Vicente deu mais dois passos para trás, tentando afastar-se. Francis embainhou a espada e novamente agarrou o tridente. A haste estava torta, mas a ponta continuava afiada. Francis suava em bicas e tinha o cabelo todo empapado. Olhou novamente para o telhado. O dragão ferido tinha desaparecido. Olhou para Vicente e seu oponente. A criatura rastejava na direção do bento, serpenteando, em ziguezague. Sua velocidade aumentou incrivelmente, e saltou sobre o guerreiro. Vicente golpeou em vão. Logo a cauda do dragão prendeu o punho com a espada, e seu corpo forte enrodilhou mais uma vez o tórax largo do grandalhão.

— Me ajuda! — gritou o guerreiro.

Vicente segurou a boca do animal, que veio na direção de seu rosto, e afastou-a com toda a sua força. Suas energias estavam-se esgotando. Repentinamente a língua do animal escapou da boca, como que catapultada por um aparelho, e enrolou-se no pescoço do guerreiro. Vicente começava a sentir falta de ar em razão do aperto em suas costelas e via a situação piorar.

Lucas, que corria em socorro dos amigos, foi detido por um golpe covarde de Cantarzo. O vampiro-rei desceu a espada nas costas do trigésimo, interrompendo sua fuga.

— Onde pensa que vai? Você é meu prisioneiro!

Lucas caiu de costas na areia. O corte extenso era dolorido e sua pele parecia queimar. Bufou enraivecido e, perigosamente, deu as costas novamente a Cantarzo para alcançar a espada que lhe tinha escapado das mãos.

O vampiro-rei olhava para o irmão debilitado e desesperado, e depois olhava para a praia. Os guerreiros companheiros do trigésimo estavam ocupados demais para socorrê-lo. Lucas era todo seu.

Marcela mantinha a espada erguida e fitava o dragão que a cercava. Mais dois bichos vieram para o lado do primeiro. Estavam cercando tanto a benta quanto Danilo, que ainda não parecia recuperado do golpe na cabeça, cambaleando com freqüência e tendo a visão prejudicada. Presos no meio dos três, nada poderiam fazer para ajudar os amigos.

Rogério levantou-se e, mais uma vez, foi golpeado pela cauda do animal. Viu outro emparelhando-se ao primeiro. As feras trocaram um olhar breve. Rogério, gemendo de dor, sacudiu a cabeça e ergueu-se. Viu os dragões separarem-se e, de um jeito perigoso, um ficou à sua frente, enquanto o outro buscava suas costas. Estavam "pensando" o ataque. Estavam organizando-se. Rogério bufou e começou a rezar. Precisava pensar. Precisava do seu tom de esgrimir. Tinha de se safar daquela.

Lucas alcançou sua espada e novamente colocou-se de frente para Cantarzo.

— É estranho eu ter corrido a vida toda atrás de você e agora vê-lo fazendo este papel — disse Lucas, antes de golpear o irmão vampiro.

Cantarzo amparou o golpe e olhou firmemente para o oponente.

Lucas reconhecia sua condição. O rival era forte demais para cair com um ou dois golpes. Já lhe tinha ferido o abdômen com a espada de prata, no entanto o vampiro permanecia na luta. Via que o maldito tinha tomado três disparos na proteção torácica, mas continuava com forças para o combate. Lucas não conseguiria manter-se nesse ritmo até o amanhecer. E seu último comentário parecia ter mexido com os brios de Roberto, que veio feito cavalo doido para cima dele. Defendeu o primeiro e o segundo golpes, tropeçando no corpo do bento Felipe, o novato que perecera no começo do combate. Lucas bateu as costas envoltas pelo colete de couro na areia fofa e ouviu o estrondo das ondas. O mar. O irmão não tinha morrido nas águas. Amparou com a espada o golpe do líder dos vampiros.

— Você não morreu afogado? — gritou para o irmão.

Cantarzo bateu com mais força e Lucas perdeu a espada.

— Eu não. Mas você vai!

O vampiro-rei embainhou sua katana e agarrou Lucas pelos cabelos, arrastando-o para o mar.

— Não! — gritou o guerreiro.

— Vai dormir com os siris essa noite, meu irmão. E, quando despertar, terás os olhos feito os meus.

Lucas debateu-se o quanto pôde, mas suas forças já não eram as mesmas. O contato do ferimento extenso nas costas com a água salgada do mar fez com que gritasse de dor. Seus olhos fixaram o céu por um segundo. Um brilho rápido e diferente chegou em suas retinas. Conhecia aquilo. Conhecia. Seu coração aqueceu-se. Simultaneamente a esse vislumbre, Lucas ouviu os motores do C-130. O Hércules sobrevoava Ubatuba. O incêndio na pousada do Franco! Tinha servido de sinal.

O vampiro-rei também ergueu os olhos e, com sua visão beneficiada por seu estado, chegou mesmo a ver a silhueta do avião cruzando o céu.

— Maldito avião! Detesto essa máquina!

Ergueu a cabeça de Lucas pelos cabelos e continuou fitando a manobra da aeronave.

Lucas ergueu os olhos para o firmamento. Cantarzo teria outra surpresa desagradável em questão de segundos.

Marcos Franjinha desmontou o rosto sorridente, quando a mensagem piscou em seu monitor.

— ERRO NO PROTOCOLO 369. SINAL ZERO.

— O que é isso? — perguntou Benito.

— Eu não sei. Fiz tudo certinho.

— Sua cabeça não tá muito boa. Talvez tenha esquecido alguma coisa.

— Não! — irritou-se Franjinha, quase gritando com o amigo. — Eu não errei. É uma falha que eu nunca vi. Cacete!

Franjinha passou a digitar freneticamente seu teclado e a buscar uma solução para o problema. Não tinha conseguido contato com rádio com o pessoal de Ubatuba, o que indicava que a situação estava degringolando por lá.

— Rápido, rápido, rápido! — repetia Franjinha em voz alta para si mesmo.

— Vai cara! Vai!

— Droga!

— O quê?

— Agora travou.

As pessoas ao redor ergueram os olhos para o teto em sinal de desespero.

Franjinha desligou o computador e religou.

Cantarzo mantinha os olhos voltados para o céu. Estava incomodado com alguma coisa.

Lucas aproveitou a rápida folga para olhar na direção de seus companheiros. As coisas não iam melhor para eles. Estavam rodeados por uma dúzia daqueles dragões. Lucas procurou sua espada com os olhos. Uma onda mais forte balançou seu corpo e gelou sua alma. A água estava fria como a mão da morte enrodilhada em sua nuca.

Vicente agarrou a língua do dragão sem conseguir arrancá-la de sua pele. Uma sensação horrível instalou-se em seu corpo. Sua visão foi enegrecendo. O maldito dragão... vampiro...

Francis conseguiu chegar bem perto e enfiar o tridente através da pele da boca da fera. Assim que Vicente sentiu a língua afrouxar, arrancou-a de seu pescoço num puxão. Vicente cambaleou para trás, sentindo-se tonto e perdendo a visão. Levou a mão enluvada ao pescoço e estendeu-a diante de seus olhos. Estava manchada de sangue.

Sentiu uma tontura ainda mais forte e cambaleou para a frente e depois para trás.

— Francis... — tartamudeou antes de tombar de costas.

O bento médico olhou horrorizado para o pescoço do amigo. Múltiplos cortes riscados sobre a pele de Vicente davam vazão a uma preocupante hemorragia.

O dragão ferido afastou-se, porém mais três surgiram em seu lugar. Dois vinham caminhando rasteiros feito serpentes ouriçadas, enquanto um terceiro vinha erguido em cima das patas traseiras assumindo uma postura intimidadora.

Francis continuou aferrado ao tridente, buscando afugentar os malditos dragões. Isso não iria dar certo por muito tempo.

Ali perto, com água até os joelhos, Cantarzo ainda fitava o céu e rosnava como cão raivoso. Lucas encontrou o motivo de tanta consternação. Pontos retangulares desciam em círculos. Contou. Eram cerca de quatro pára-quedas. Lucas aproveitou um instante de vulnerabilidade do adversário e escapou das mãos de Cantarzo. O vampiro alcançou Lucas com facilidade e dobrou seu braço para trás com violência.

— Você não vai escapar-me agora... irmão. Vem comigo. Para o meu reino ou para o inferno. Tanto faz.

Raquel foi a primeira a tocar o chão. Quando faltavam ainda trinta metros para chegar ao solo, a vampira desatou-se do pára-quedas, descendo em queda livre. Bateu no chão de areia, levantando uma nuvem de poeira feito uma bomba que explodia ao bater no solo.

Cantarzo olhou para o local do impacto e começou a rir.

— É essa sua cavalaria, irmão? São esses seus aparvalhados salvadores? Gente que escapa do pára-quedas e morre feito palhaço?

Lucas olhou e só viu areia.

— O primeiro deles morreu sem que eu mexesse um dedo.

Lucas, que continuava olhando para a areia, abriu um sorriso. Cantarzo, que o encarava, nesse momento não entendeu e desmanchou o seu riso olhando na direção da nuvem de areia. Os grãos tinham dissipado e uma mulher se movia em sua direção. Uma vampira. Ruiva, caolha e armada até os dentes.

Raquel rapidamente preparou suas armas, enquanto caminhava. Então aquele era o vampiro-rei! Armadura negra, cabelos longos, manto de escalpos. Raquel estacou quando descobriu sua face.

— Você! — gritou a vampira ruiva, enquanto erguia as metralhadoras.

— Raquel! — bradou Cantarzo, surpreso e desconcertado por mudar de expressão com a chegada da vampira. — Isso não é local nem hora para nossas diferenças!

A vampira ruiva continuou avançando e ganhou um sorriso largo no rosto. Cantarzo estava tão surpreso quanto ela.

— Essa é a hora, palhaço. Essa é a hora.

O vampiro-rei desembainhou a espada e levou-a ao pescoço de Lucas.

— Pare aí! Eu acabo com ele!

Raquel riu e continuou caminhando decidida, duas metralhadoras apontadas na direção de Cantarzo e seu refém.

A voz do velho Bispo veio à mente de Lucas nesse instante. "Acordo gritando *Sai de retro, Satanás!*, principalmente quando sonho com aquela de tapa-olho. Tome cuidado com ela." Bispo referia-se a Raquel, sem dúvida, e a vampira caolha dispararia em Cantarzo mesmo que para isso corresse o risco de acertá-lo. Lucas não quis esperar para descobrir. Agarrou a mão de Cantarzo e tirou o pescoço do fio da lâmina. No mesmo instante, ouviu as explosões repetidas.

Raquel, no exato instante em que percebeu a luta de Lucas, abriu fogo mirando a cabeça de Cantarzo. Puxou o gatilho das duas metralhadoras ao mesmo tempo e o som repetido da rajada de explosões ecoou em Ubatuba.

Fernando bateu com os coturnos na praia. Se havia um acordo entre Lucas, o vampiro-rei e os guardas pretorianos, ele tinha-se desfeito no momento em que aqueles lagartos gigantes tinham colocado os pés na areia da praia. No combinado entre Lucas e o vampiro-rei, nada havia de dragões no meio. O soldado ergueu o rifle e correu na direção de Marcela e Danilo. Três feras horrendas cercavam os novatos, parecendo brincar com a mulher, lançando dentadas e agitando perigosamente as caudas. Não perdeu tempo e começou a atirar.

Nesse mesmo instante, os quatro pretorianos brutamontes que restavam vivos saíram do lado da casa onde assistiam extasiados ao espetáculo dos dragões. Percebendo que os humanos recebiam reforços, correram para acudir as feras, erguendo mais uma vez suas temíveis cimitarras.

Os outros dois soldados que tinham saltado de pára-quedas também começaram a disparar contra os dragões. Os tiros de fuzis cravavam em suas escamas e mais pareciam provocar dor e desconforto do que um importante ferimento, mesmo assim as feras, enraivecidas, pareceram esquecer os bentos por um instante e passaram a encarar os novos agressores. Esse movimento era recheado de certa indecisão por parte das novas criaturas. Elas olhavam para os soldados e tornavam a olhar para os bentos, como se os guerreiros encouraçados exercessem certa preferência em suas mentes. Estavam momentaneamente confusas e era exatamente disso que os combatentes precisavam. Hesitação.

Cantarzo tombou no mar e desapareceu dos olhos de Raquel e Lucas. O vampiro-rei tinha o rosto ferido e a prata queimava como nunca. Maldita Raquel! Maldita vampira! Iria pagar caro por aquela afronta. Não acreditava que o ódio de intrigas antigas e tolas estava pondo em risco sua gloriosa jornada em momento tão delicado. Não era justo encontrá-la agora. Queria pegá-la sozinha. Sozinhos no meio da mata. Mostraria àquela aleijada caolha como era uma caçada de verdade. Seu corpo foi carregado pelas ondas. Sensação ruim. Não gostava do mar.

Não gostava de águas profundas. Não lhe faltava ar nos pulmões mortos. Não precisava de oxigênio. Rastejou embaixo d'água, fugindo como um cão vira-latas. Não viu melhor estratégia do que recuar. Tinha de alcançar um soldado. Precisava de sangue imediatamente para recuperar as forças. Aqueles filhos de uma mãe não escapariam dessa. Iria juntar-se mais uma vez aos seus pretorianos e regê-los. Juntos tinham capacidade redobrada de destruição. Junto de sua guarda, nem Lucas nem Raquel fariam frente ao seu poder.

A vampira ruiva esqueceu um segundo de seu mais odiado desafeto. Fez uma cara descontente ao perceber que o debilitado humano boiava na água, sem forças para caminhar. Viu de relance Cantarzo deixando o mar. Olhou para Lucas e viu-o afundando. Não acreditava em sua escolha. Tinha passado dias demais dentro dos muros em contato com aquela gente cordial. Ergueu as metralhadoras, para que não se molhassem, e avançou em direção a Lucas. Uma onda grande balançou o corpo do guerreiro e empurrou a vampira que tentava manter as armas fora d'água. Arrastou-o para a areia por seu colete de couro, quando ouviu vozes vindo do mar. Eram vozes ásperas, carregadas de certa rudeza. Não falavam português.

Lucas ergueu a cabeça. O que era aquilo agora? As sucessões de surpresas não teriam fim naquela noite? Primeiro os pretorianos, depois dragões, a chegada da vampira ruiva pelo ar. O que seria dessa vez? O que vinha das profundezas do mar escuro?

O trigésimo guerreiro ergueu-se com o apoio da vampira. Olhou para o mar sem conseguir divisar nada. Tentou acender seus olhos amarelos, mas a visão apenas brilhou por um segundo, voltando à escuridão normal. Fechou os olhos um instante. Cansado. As ondas batendo e as vozes perdidas sendo ouvidas ao longo da praia. Os guinchos dos dragões alternavam com disparos de fuzis e pistolas. Francis, mais uma vez, engalfinhava-se com o tridente em um dos lagartos. Lucas olhou para o céu novamente. Raquel acompanhou seu olhar sem entender o que o bento buscava nas estrelas.

— Acho que consegui! — festejou Franjinha.

Digitou mais uma seqüência e então a mensagem para a entrada de coordenadas voltou à tela. O engenheiro digitou os dados e deu "entra" mais uma vez. TUPÃ corrigiria a posição se a tivesse perdido e então faria seu trabalho.

— Têm coisas que não mudam, nem em dez nem em cem anos. Foi só reiniciar, para ele voltar a funcionar — brincou o engenheiro, suspirando aliviado e quebrando um pouco o gelo daqueles minutos tensos.

Lucas, boquiaberto, viu um largo barco de madeira cortar as ondas e vencer os últimos metros de água até encalhar na areia da praia. Dele saltaram dezenas de guerreiros enfiados em armaduras maravilhosamente reluzentes, a maioria dessas armaduras puxadas para o tom vermelho. Não falavam português. Eram japoneses! Puxaram cordas grossas, garantindo que a embarcação não fosse novamente capturada pelas águas. Outra coisa surpreendeu Lucas; eles estavam tirando hastes de metal e tridentes, atarraxando-os e formando armas semelhantes às que o ferreiro Magal tinha inventado! Gritavam uma palavra repetidamente. Lucas não conseguia entender. Dividiram-se em seis grupos de cinco guerreiros. Outra coincidência! Eram trinta! Cada grupo foi para cima de um dragão, rapidamente imobilizando aquele com o qual lidavam. As feras escamosas, ariscas, levantavam o corpo ficando em duas patas tentando intimidar os guerreiros asiáticos. Os bentos brasileiros voltaram suas atenções para os pretorianos restantes. O reforço não podia ter chegado em melhor hora.

Lucas e Raquel trocaram um olhar.

— Cantarzo! — pronunciaram no mesmo instante, finalmente escapando daquele momento surreal e hipnótico.

O vampiro-rei tinha-se distanciado cerca de quarenta metros, ficando ele mais próximo do barco dos novos personagens. Ele foi arrastado por uma onda, o que denotou sua fraqueza.

Cantarzo levou a mão à cabeça. Balas de prata miseráveis! A visão do olho direito estava turva. Quantas balas tinham-no atingido? Ele não sabia dizer. Só pensava em reunir seus pretorianos e aproveitar a confusão montada pelos bem-vindos dragões. Caso não se julgasse capaz de fazer frente aos guerreiros ali na praia.

— Merda! Vampira desgraçada! — gritou Cantarzo, na direção de Raquel. — Eu devia ter deixado Anaquias acabar com você! Teria sido muito melhor! Inferno! Imbecil!

Cantarzo virou na direção da Next Summer. A pousada ardia em chamas altas e brasas incandescentes, colocando fogo no adjacente barracão de venda de artesanatos. A danceteria ainda estava a salvo. Dentro dela, ele conseguiria um instante de calma para recomeçar seu ataque.

Um dos guerreiros de armaduras vermelhas, recém-saído do barco de madeira, apontou seu tridente rubro na direção de Cantarzo. O vampiro-rei tirou a espada da bainha e desviou a ponta tripla e afiada com sua lâmina. Um joelho foi ao chão, em novo sinal de fraqueza. Mas no instante seguinte, quando o guerreiro estrangeiro deu um passo à frente, Cantarzo golpeou com força e fúria, mutilando o guerreiro nipônico, que tombou amputado em uma perna. Cantarzo urrou novamente e avançou entre dragões e guerreiros, indo direto para as portas da danceteria. Seus quatro guerreiros ainda vivos vieram em sua direção.

— Rasguem, mordam e matem todos que chegarem perto de vocês! Prometo repor seus irmãos assim que voltarmos a Marajó, mas se quisermos ver esse feito realizado, precisamos sair vitoriosos dessa praia!

Os pretorianos postaram-se à frente de Cantarzo, distantes três metros do vampiro-rei e ficando dois de cada lado, permitindo que ele tivesse visão de toda a praia à frente. Os dragões combatiam os guerreiros de vermelho, avançando com mordidas e rabadas perigosas. As feras alternavam em rastejos e em incríveis posturas sobre duas ou quatro patas, que faziam com que os guerreiros se afastassem.

Os dragões mais cercados retrocediam vagarosamente, guinchavam de um jeito diferente dos demais, como se pedissem ajuda.

Vicente, parcialmente refeito, tinha um hematoma em forma de um colar roxo em seu pescoço.

Lucas corria com as reservas de suas forças na direção de Cantarzo. Raquel tinha-se adiantado um bocado, mostrando-se muito mais ágil e cheia de energia. Teria alcançado os pretorianos até mesmo antes que o quarteto de bentos, se um dos guerreiros de armaduras rubras não se tivesse entreposto em seu caminho. O guerreiro apontou o tridente para o peito da vampira, que arregalou o olho surpresa. O guerreiro de olhos orientais, por trás de uma máscara carrancuda de samurai, estocou furiosamente três vezes sem conseguir atingir a criatura. Raquel desviou-se habilmente e ergueu a metralhadora, efetuando disparos contra o peito do guerreiro. O homem tombou ferido e um grito feroz veio de um outro combatente estrangeiro, o maior dentre todos os japoneses. Ele repetiu o grito e todos os outros guerreiros que não tinham seus tridentes espetados nas duras escamas de um dragão correram na direção da vampira, emitindo um grito de guerra conjunto. Lucas finalmente alcançou Raquel, interpondo-se entre ela e a dúzia de tridentes dos japoneses enfurecidos. Lucas ergueu sua espada e impediu o golpe do guerreiro mais afoito. A arma do forte guerreiro de vermelho rilhava contra a espada do trigésimo. Lucas gritava enfurecido.

— Não! Não!

Virou-se para Raquel. Ela apontava a metralhadora para os japoneses e movia-se lentamente, fixando o olho bom em cada um dos guerreiros.

Pressentindo o perigo iminente, os soldados que vieram do mar mantiveram suas posições, atendendo ao grito de seu líder, que abriu caminho rapidamente a tempo de assistir Lucas gesticular para Raquel, fazendo com que a vampira abaixasse as armas.

Lucas olhou para o líder japonês e gritou:

— Amiga! Friend! Amiga!

O japonês tinha uma proteção metálica com contornos, que imitavam os traços de um tigre de dentes de sabre tapando grande parte de seu rosto, mesmo assim Lucas viu a expressão em seus olhos mudar. O líder guerreiro virou-se para seus homens e gritou:

— Sono hito wa tomodati da.

Seus guerreiros deram um passo atrás e baixaram os tridentes.

O japonês voltou a gritar em sua língua e os guerreiros tornaram a se juntar em grupos e voltar a combater os dragões e ajudar os amigos que continuavam atracados às feras.

Lucas e Raquel voltaram a olhar para Cantarzo. Os pretorianos erguiam suas cimitarras e brigavam furiosamente contra Marcela, Rogério, Francis, Danilo e Vicente. Os bentos contavam agora com o precioso reforço do líder dos guerreiros visitantes.

Cantarzo assistia da frente avarandada da Next Summer o embate de seus pretorianos e os bentos remanescentes. Cambaleou para trás, apoiando-se na coluna de madeira. Ao menos uma bala de prata estava alojada em sua cabeça e sua visão do olho direito continuava turva e confusa. A cabeça doía e o topo fumegava como se uma brasa ardesse dentro de seu crânio. Estava sentindo suas energias esvaírem-se. A face de um homem velho surgiu em sua mente. O homem gritou. Cantarzo, assustado, cambaleou para trás mais uma vez. Agora era o vampiro-rei que estava a ponto de perder a consciência.

Lucas caiu na areia. Não conseguia respirar. Estava de costas sobre a areia e seus olhos vagaram pelo céu de estrelas. As mesmas estrelas de trinta e um anos atrás. As mesmas estrelas que admirara com aflição, aguardando notícias do irmão desaparecido no mar. Viu aquele brilho novamente. O brilho das jornadas. Agora tinha certeza de que não se tinha enganado. Virou de bruços e ergueu a cabeça.

— Raquel!

A vampira olhou rapidamente para o trigésimo guerreiro. O que queria ele naquele momento? Não seria uma muleta para o bento o combate todo. Queria picar Cantarzo, trucidá-lo.

— Corre! Esconda-se! — tornou a gritar, apontando para o céu.

Raquel tornou a virar-se para a danceteria. Não buscou entender o que significava o grito de Lucas, simplesmente atendeu novamente ao seu instinto de caçadora e correu o máximo que pôde, desviando-se dos combatentes à frente, atirando-se por baixo de um dos dragões e, finalmente, saltando através da varanda, rolando para dentro da Next Summer no exato momento em que um portentoso e inesperado facho de luz solar atingiu a praia de Ubatuba.

A noite virou dia para a sorte de Marcela, que acabava de perder sua espada, que se partira com o golpe certeiro de uma cimitarra. Os quatro pretorianos não tiveram chance de armar um novo golpe. Levaram as mãos aos olhos, ao mesmo tempo que seus dedos começaram a inchar e rachar sob a luz repentina que cobriu toda a areia. Caíram de joelhos gritando, persistindo em manter as mãos sobre os olhos. A claridade foi tão intensa e inesperada que os guerreiros bentos do Brasil e bentos do Japão também fecharam os olhos e baixaram as cabeças para o chão. A brancura da areia de Ubatuba intensificou-se, rebatendo luz para os que ali estavam. A temperatura começou a elevar-se em segundos. O frio desapareceu e uma sensação térmica desagradável apoderou-se de todos.

Principalmente os japoneses, que jamais tinham visto TUPÃ em ação, assistiram incrédulos aos efeitos causados. As cabeças dos pretorianos restantes explodiram e seus restos flamejantes voaram para todos os cantos. Tão súbito quanto a explosão, do meio de seus corpos esturricados surgiu a grande cobra gelatinosa que, rapidamente espocou, libertando dragões pequeninos de seu interior.

Não bastasse que estivessem todos os presentes boquiabertos com a metamorfose dos pretorianos em feras tão inconcebíveis, não bastasse o tormento de ver claramente que a grande maioria, em pouquíssimo tempo depois de nascidos, tinha passado de três para quase seis metros de comprimento, brigando ferozmente contra os bentos e seus tridentes, esses seres, incluindo os recém-nascidos, protagonizaram outro espantoso e fascinante episódio. As escamas negras dos dragões adquiriram coloração vermelha luminosa e seus corpos passaram a emitir um calor tão intenso que todos os guerreiros à sua volta tiveram de se afastar, a maioria preferindo aproximar-se do mar. Em torno das feras formaram-se vapores de altíssima temperatura. Olhando-se para os dragões, percebia-se a visão enganada, como se fossem visões de demônios do inferno, miragens macabras e abrasadoras.

O poderoso facho de luz emitido por TUPÃ parecia mais forte ainda. Por conta do calor intenso provocado pelo sol repentino, camadas de ar quente e frio começaram a se alternar em vertiginosa velocidade, enchendo de vento a praia, fazendo areia subir e obrigando os guerreiros a proteger os seus olhos. Do mar, longas línguas de vapor subiam ao céu, dançando ao sabor do vento e fazendo curvas longas e belas.

Lucas sentiu o calor do dragão há poucos metros de distância. Lutando para conseguir mover-se, foi ajudado por Vicente. Não conseguia olhar direito para o dragão. O calor e o brilho eram de uma intensidade assustadora. Olhando para as feras, tinha aquela sensação... como se olhasse para uma rodovia sob sol escaldante, a visão distorcia e via-se um horizonte trêmulo, espectral. Lucas conseguiu sorrir. Os malditos pareciam atordoados. Apesar da figura fantástica que eram, não estavam suportando o sol, estavam esquentando demais e logo pereceriam.

A maioria dos dragões se contraiu, ficando rente ao chão de areia, tocando suas papadas longas e suas bocas mortíferas no solo granulado. Quatro deles fugiram, correndo para perto das construções mais próximas, buscando sombra. Quando um deles subiu pela parede de uma casa e atravessou uma janela, a casa incinerou-se imediatamente. Outro tocou apenas a parede de outro prédio e subiu pela parte externa até o telhado. O telhado entrou em combustão e as chamas tomaram os escombros da construção e envolveram a criatura. O dragão guinchava. Mas não era um lamento. Era quase uma gargalhada. A fera estava queimando tudo em seu caminho e se comprazendo da façanha.

Os bentos, hipnotizados por aquele espetáculo surreal, não se moviam. Alguns chegaram a sorrir, como Lucas, crentes que os monstros teriam o mesmo fim que os vampiros pretorianos, mas, no entanto, foram tomados por novo espanto. Os dragões começaram a guinchar em conjunto e, de repente, um deles simplesmente começou a correr pela areia, afastando-se da Next Summer, indo em direção ao torreão dos guarda-vidas. A fera, inesperadamente, começou a saltar. Saltos longos, o primeiro com cinco metros de distância, o segundo com dez, e no terceiro, impulsionou-se com mais força e potência, subindo ao céu como se fosse um jato de lava vulcânica, rasgando o ar ainda iluminado pelo portentoso TUPÃ.

— Deus do céu! Ele está voando! — gritou Rogério, não acreditando no que seus olhos mostravam, dando três passos para trás e caindo sentado nos degraus da varanda da Next Summer.

Os outros dragões imitaram o primeiro, correndo e saltitando até que decolassem e partissem. Alguns deles em vôo reto, outros descrevendo graciosas curvas.

Os guerreiros nipônicos também soltavam gritos de exclamações que eram totalmente incompreensíveis para os brasileiros na praia. A única coisa universal naquele instante eram os olhares de espanto e os corações disparados.

Danilo andou pela praia admirado. Apontou para Marcela o local na areia onde estivera o primeiro daqueles bichos a desaparecer de forma tão inesperada quanto mágica. Grandes placas negras tinham-se formado. Danilo roçou uma delas com o tridente. Sentiu o metal aquecer rapidamente até que não pôde segurá-lo mais, abanando as mãos, donde escapava uma fumaça do couro queimado de suas luvas.

Marcela aproximou-se daquele material. Era reflexivo e vítreo. Lindo.

Lucas parou de acompanhar o vôo dos dragões de Ubatuba. Não podia perder a presença da luz solar em hora crucial. Soltou-se de Vicente e cambaleou até a porta da danceteria, sendo seguido tanto pelo grandalhão, quanto pelo igualmente forte líder japonês. Lucas novamente era invadido pela urgência. Não sabia por quanto tempo o facho de luz se manteria sobre o litoral. O líder japonês virou-se para seus guerreiros ainda parvos com a impressionante fuga dos dragões e estes imediatamente atenderam, cercando, ciosos, a danceteria.

Raquel tinha-se enfiado sob um amontoado de cadeiras e entulho, escondendo-se efetivamente contra a claridade cegante que atravessava a clarabóia da Next Summer.

Cantarzo, ferido pelos novos disparos da vampira, encontrava-se a um canto. Toda vez que tentava mover-se, Raquel disparava com uma das metralhadoras. Cantarzo, tentando sobreviver nas sombras, gritava, seus olhos ardiam e sua garganta parecia pegar fogo. Seu raciocínio começava a embotar por conta da fraqueza e da presença da luz, ali, tão perto.

Lucas, observando o cenário propício, apanhou as partes de seu peito de prata. O soldado que estava ao seu lado ajudou-o prontamente a encaixar as presilhas. O trigésimo olhou para os guerreiros e pediu que recolhessem suas espadas.

Vicente contrariou-se, posto que Cantarzo mantinha a sua empunhada e varria com ela sua frente quase às cegas, com as costas grudadas à parede, no canto mais escuro do salão.

Lucas, cercado pelos seus companheiros remanescentes, foi-se aproximando do vampiro.

Vicente, empertigado, não gostava do que via. Mesmo seu amigo, contanto com tantos guerreiros ao seu lado, parecia debilitado demais para lutar, até mesmo contra aquele maldito moribundo.

O vento aumentou de velocidade do lado de fora. O calor passava dos quarenta graus. Os bentos orientais que permaneciam nas areias de Ubatuba transpiravam, com o suor escorrendo de seus rostos e braços. Graças à ventania, o bafo quente revezava com rajadas mais amenas, evitando que cozinhassem dentro das armaduras. Folhas secas de árvores e mato varriam a praia, misturando-se à areia. O vento começou a invadir o salão da danceteria, revolvendo as capas vermelhas dos bentos e os longos cabelos de Marcela.

Lucas andou para perto de seu irmão.

— Vamos acabar com isso, Cantarzo.

— Não me deixe morrer, irmão.

Os bentos olharam para Lucas.

O trigésimo guerreiro deu mais dois passos para a frente, colocando-se sob os raios de sol. A luz varava a clarabóia suja e refletia em sua armadura de forma tão intensa que a luz banhava quase toda a danceteria. Cantarzo passou a gritar aterrorizado e a tapar os olhos com as luvas, quando os reflexos tocaram sua pele.

— Você mesmo disse que não é meu irmão. Teve sua chance de me chamar de irmão, de me pedir desculpas... mas essa hora mágica passou faz trinta anos.

— Eu sou um rei. Não peço desculpas a ninguém.

Francis e Vicente andaram para o meio da pista, triplicando a intensidade dos reflexos com suas armaduras expostas ao sol.

A pele de Cantarzo começou a fumegar nesse instante.

— Olhe-me, Cantarzo! — bradou Lucas.

— Não posso! — choramingou o vampiro, encolhendo-se num canto. — Saia daqui!

— Olhe pra mim e para meus irmãos de verdade!

— Eles não são teu sangue! Eu sou! Ajude-me e reine comigo por toda a eternidade!

Lucas parou e olhou para os que estavam ao seu lado. Baixou a cabeça e olhou para o vampiro encurralado. Por um instante, a imagem de seu irmão lhe sorrindo e sendo seu companheiro voltou à sua mente.

— Eu não quero ser eterno, Roberto. Eu queria era poder voltar no tempo. Voltar para aquele maldito final de semana e fazer tudo do jeito que você desejava. Você, meu irmãozinho.

Vicente e os demais trocaram olhares preocupados. Que conversa era aquela? Lucas parecia que estava amolecendo.

— Por você, Roberto, eu iria até o inferno, cruzar os campos do demônio e ceifar os chifres da besta. Eu iria. Por você.

Lucas andou em direção ao vampiro agonizante.

— Mas você se mostrou um egoísta. Um egoísta doente. Não me convidou para ser seu cavaleiro nem seu amigo. Você, Roberto, morreu e matou seu irmão Lucas trinta anos atrás.

— Eu não sou Roberto! Sou Cantarzo! Cantarzo! O vampiro-rei! — bradou a fera, saindo do canto, vociferando e ameaçando os guerreiros à sua volta.

Rogério e Marcela somaram-se aos outros. A luz sobre suas couraças prateadas fez até mesmo o guerreiro japonês proteger os olhos com a mão.

— Guerreiros da moléstia! Cabras da gota serena! — esbravejou o vampiro, aprumando-se inesperadamente. — Eu guardei minha última força para este momento.

Apesar de terem ouvido Cantarzo dizer aquelas palavras enquanto se levantavam, a face de outra pessoa surgiu na mente dos bentos veteranos.

— Bispo! — exclamaram em uníssono.

— Eu não andava, mas esse filho duma égua anda que é uma beleza.

Cantarzo avançou para a pista de dança, tomando os raios do sol em seu corpo. Seus passos eram duros, como se quisesse resistir e fosse impelido, como uma marionete dotada de vontade.

— Não! — gritou. — Não!

Lucas e os outros retrocederam. No instante seguinte, o corpo de Cantarzo incinerou-se diante de seus olhos. Cantarzo ergueu os braços e emitiu um urro cheio de dor.

A clarabóia de vidro da Next Summer estourou e cacos voaram para todos os lados, obrigando os presentes a se arrojarem contra o chão.

Um daqueles dragões, agora muito maior, contando com coisa de oito metros de comprimento, ao atravessar a clarabóia e invadindo a danceteria, provocou aquele efeito. Abriu sua boca, com centenas de dentes enfileirados, e engoliu o vampiro de uma abocanhada só. O calor que a criatura exalava era fenomenal.

Vicente, mesmo sem tocar na criatura, teve a capa vermelha incinerada, arrancando-a em desespero.

A criatura, planando, retirou-se lentamente da Next Summer, fazendo uma curva suave e deixando o telhado em chamas.

Os bentos correram para fora, auxiliando Lucas pelos braços.

— Era a voz do velho Bispo? — perguntou Francis, ainda atônito.

— Poderia ser até a Xuxa fazendo bunda-lelê... depois desses dragões, nada mais me espanta — rebateu Vicente.

Já na areia, Lucas não agüentou mais o peso do próprio corpo e caiu sentado.

— Lucas! — bradou Francis, aproximando-se e amparando o amigo.

O líder japonês olhou para o trigésimo guerreiro e soltou a proteção que lembrava um tigre dente de sabre e revelou seu rosto completamente. O guerreiro, de olhos arregalados, aproximou-se de Lucas e repetiu o nome do trigésimo guerreiro três vezes em tom de indagação.

Lucas, esforçando-se para manter a cabeça erguida, meneou a cabeça positivamente.

— Sim. Sou eu.

O líder oriental deixou Lucas e Francis, correu até onde seus homens estavam e gritou vigorosamente, proferindo frases no seu idioma.

Os vinte e oito guerreiros do Japão aproximaram-se e formaram três fileiras atrás de seu mestre. Ao comando de voz do líder, todos endireitaram o corpo e uniram as palmas em forma de prece. O guerreiro com a perna decepada por Cantarzo, mesmo deitado, também uniu as palmas das mãos.

O líder olhou Lucas de forma respeitosa e comovida.

— Arigatô, samurai Lucas.

Todos os guerreiros colocaram-se de joelhos e fizeram uma mesura. Em seguida, colocaram as mãos no chão e baixaram a cabeça quase até tocar o solo. Assim ficaram um breve instante, voltando a endireitar o corpo e sentar-se sobre os calcanhares.

Marcela, Vicente, Rogério e Francis, apesar de não entenderem o que o guerreiro havia dito em japonês, entenderam toda a importância, respeito e deferência contidos naquele gesto e arrepiaram-se de emoção. Eram guerreiros que tinham vindo do outro lado do mundo para juntar-se à luta de Lucas.

Lucas encarou os homens em armaduras vermelhas à sua frente com os olhos trêmulos. Sorriu e respondeu:

— Não há de que, senhores. Não há de que.

Em seguida, Lucas fechou os olhos e desfaleceu sendo amparado por bento Francis.

Vicente levou os dedos aos olhos, como se assim pudesse conter as lágrimas e a vergonha de que os outros o vissem chorando. Marcela também não conteve as lágrimas e afastou-se de Lucas.

Ao redor dos guerreiros, o vento girava poderoso, carregando areia e vapor do oceano para o alto, dando a impressão de que um imenso furacão se formava em Ubatuba. Evidentemente, pela velocidade do vento, não se tratava de um fenômeno dessa magnitude, mesmo assim era de encher os olhos.

Nesse instante, o portentoso facho de luz apagou-se, devolvendo Ubatuba à escuridão. A queda brusca de temperatura foi recebida com alívio. No horizonte, em alto-mar, os olhos de quem ali mirava enxergavam relâmpagos prateados rasgando a escuridão. O vento foi amainando quase de imediato e o frio tomou conta do cenário. Alguns dos bentos movimentavam os corpos buscando aquecê-los. O líder japonês bradou ordens aos seus homens e logo se dividiram em grupos, ficando seis deles sempre ao seu lado, enquanto os outros, divididos, serviam de sentinelas, estabelecendo um perímetro de segurança e iniciando a vigília.

O soldado Fernando correu para Next Summer sem temer o incêndio que tomava o telhado. Atravessou a pista de mármore e subiu ao salão lateral, soltando sua arma e começando a arrancar os escombros de madeira, cadeiras e outras tralhas daquele canto. Dois soldados surgiram para ajudá-lo a remover os obstáculos e, em poucos minutos, alcançaram o fundo daquelas coisas velhas, libertando a ruiva Raquel. A vampira estava encaracolada e assustada. Ao toque de Fernando, ela levantou o braço e apontou-lhe a arma. Dois fios escuros de sangue morto tingiam sua face. Seu olho arregalado denotava todo o seu desespero.

— Acabou, Raquel! Acabou! — disse Fernando, chegando perto da mulher novamente, tentando apaziguá-la.

Um dos soldados, ouvindo o telhado ranger, pediu urgência para que abandonassem o local.

Marcela e Rogério saíram do torpor. Andaram devagar pela areia e contemplaram por longo tempo o funesto campo de batalha. Corpos esturricados de vampiros misturavam-se aos corpos de seus companheiros.

— Olha! — disse Rogério, apontando para a esquerda.

Marcela mirou a serra. Em diversas direções, clarões provocados provavelmente por incêndios eram vistos.

— O que será?

Os soldados japoneses também apontavam para os clarões de fogo e trocavam palavras em sua língua natal.

— Acho que isso aí são os dragões — murmurou a benta.

— Será?

— Eles estavam pegando fogo quando saíram daqui. Devem ter alguma coisa a ver com esses incêndios.

— O que devorou o vampiro-rei também deve ter voado para longe.

— Ô vampirinho indigesto! — brincou Danilo. — Deu uma bela duma queimação de estômago do bichinho. Cês viram?

Rogério riu da brincadeira do amigo com um hematoma na testa.

Marcela baixou os olhos da serra para a areia. O fogo que consumia a pousada e o galpão ao seu lado iluminava o suficiente aquela área para verem o que não queriam. Estavam todos mortos. Marcela caminhou entre os corpos dos bentos, desvirando os que estavam de bruços e fechando suas pálpebras impregnadas de grãos de areia. Não conteve as lágrimas quando chegou em Amintas. Tinha pedido tanto ao cara para ficar em São Vítor. E não seria desculpa. Todo mundo sabia que ele estava com o braço estourado, varado por uma estaca de madeira. Não tinha por que ter vindo a Ubatuba. Marcela, que estava de joelhos, sentou-se na areia e puxou o corpo pesado de Amintas para suas pernas e repousou a cabeça do namorado em seu colo de prata e ouro. Marcela acariciou a couraça de Amintas e tirou dele a imagem de São Jorge. Baixou a cabeça, misturando seus cabelos aos cabelos do namorado durante todo o pranto. Quando ergueu a cabeça, minutos depois, viu o rosto de Amintas salpicado de lágrimas. Marcela secou os olhos e descalçou as luvas para acariciar os cabelos do bento amado. Depôs a cabeça do guerreiro de volta na areia e ficou de pé, fitando longamente o mar.

Bento Rogério também tinha tido suas perdas. Retirou a sobra da espada da bainha. A lâmina tinha sido partida ao meio pela cimitarra do último pretoriano. Gostava daquela. Não era exatamente um florete, mas era leve e afiada, permitindo movimentos muito mais ágeis do que as pesadas espadas ao estilo medieval, carregadas pela grande maioria dos bentos. Guardou a sobra da espada. Pediria mais uma vez ajuda ao ferreiro Magal, para a feitura de um novo sabre.

Marcela deu um passo em direção ao mar, quando deu o passo seguinte, seu pé foi agarrado fracamente pela mão direita de Amintas. A benta abriu um sorriso luminoso e soltou um grito feliz. Seu coração esquentou-se e o frio da noite desapareceu. Ajoelhou-se e viu os olhos abertos do namorado.

— Devolve...

— O quê?

— Meu cordão... devolve.

Marcela apressou-se em tirar o São Jorge do pescoço e retorná-lo ao bento.

— Vaso ruim não quebra — murmurou o homem.

Marcela pediu que não falasse e que aguardasse. Levantou-se e correu para o bento Francis, pedindo atenção ao parceiro.

O bento médico tornou correndo e, com a ajuda de Marcela, removeu a capa, armadura e toda a vestimenta da parte de cima de Amintas. Um corte profundo em sua barriga estava drenando sua energia vital. Era preciso removê-lo para um hospital imediatamente.

Rogério e Leandro, o soldado incendiário, passaram a verificar os corpos estendidos na areia. Com a alegria da esperança brotando no peito, encontraram mais três sobreviventes. Estavam em estado lastimável e pálidos feito os mortos, no entanto guardavam ainda restos de vida no recipiente terreno.

As perdas foram tantas e irreparáveis, mas o gosto doce da vitória difundia-se em todos que tinham participado e sobrevivido àquele combate. Tinham acabado com Cantarzo e sua corja de monstros. Os dragões? Eram um novo problema, mas ao menos não eram mais pretorianos, não eram mais vampiros. Uma energia diferente vibrava no interior daquelas criaturas. Pareciam mais nobres que os vampiros. Mais poderosas. Mas, eram outro problema. Os vampiros? Esses, sim, tinham recebido uma lição e podiam encher a boca para dizer que naquelas terras tinham sido vencidos.

Capítulo 85

Mesmo com a vitória, a noite passou lenta e pesarosa sobre as areias de Ubatuba.

Quando o sol raiou, Francis, com muita paciência e calma, já tinha descoberto que o nome do líder vermelho era Joutaro. Mordido por grande curiosidade, através do uso da língua inglesa, também descobriu que os japoneses tinham um grande navio cargueiro ancorado a meio quilômetro da costa, e que agora podia ser visto pelos bentos e soldados. Descobriu também que os japoneses tinham mais vinte soldados a bordo daquele navio e que, por cautela, permaneceram a bordo por sua ordem. Joutaro revelou ainda que os trinta homens em armaduras que lembravam samurais de filmes eram guerreiros bentos. Não foi grande surpresa, pois disso os bentos brasileiros já desconfiavam. Tanto pela coragem demonstrada contra os dragões e vampiros quanto pelo curioso e coincidente número de trinta combatentes. Joutaro mostrara-se solícito e animado. Livre da armadura, que descartou assim que o sol nasceu, exibia um corpo forte de musculatura bem pronunciada. Não deveria ter mais que vinte e cinco anos, e era pleno em agilidade e energia. Tinha os cabelos negros e lisos, chegando quase aos ombros, penteados para trás. Demonstrava imenso vigor tanto para se movimentar quanto ao falar com seus companheiros de batalha. Nunca parecia agressivo ou desrespeitoso com seus homens, mas sempre se dirigia a eles de modo firme e com poucas palavras. Estes obedeciam e pareciam bastante disciplinados. Tinham um ar superior, marcial, muito mais militarizados que os bentos do Brasil. Francis e Vicente discutiram aquelas e outras curiosas particularidades nos modos de

Joutaro e seus bentos por um longo tempo. Estavam todos cansados e exaustos. Não era para menos que Lucas tinha desacordado. Seu estado já inspirava cuidados muito antes de porem os pés no litoral. Lucas era um teimoso obstinado. Jamais deixaria passar a chance de acabar de uma vez por todas com o rei dos vampiros, caso o destino lhe concedesse o mais fino fio de consciência. Teimoso, turrão e marrudo. Doce, amável e companheiro. Valente, destemido e guerreiro. A mescla dessas qualidades, que por vezes se tornavam defeitos, dava uma pista, aos que não o conheciam pessoalmente, quanto ao seu caráter sólido e sua personalidade magnética e incendiária. Francis cabeceou para a frente, vítima de um cochilo súbito. Levantou-se dos degraus frontais da Next Summer e foi até a beira do mar. Quando uma onda rasteira cobriu-lhe as botas, Francis abaixou-se e encheu as mãos em concha. Espalhou a água fria e salgada pelo rosto e fez uma careta. Não era hora de dormir. Tinha de preparar os feridos para o rápido trajeto até a pista de pousos e decolagens.

Por volta das seis da manhã, Vicente e Fernando conversaram com Francis, que, mais uma vez, usando seu inglês, conseguiu transmitir ao líder japonês o pedido de ajuda do bento grandalhão. Vicente foi até o torreão dos guarda-vidas e nos restos do acampamento dos infelizes soldados encontrou duas pás. Com a ajuda de dez bentos vermelhos e mais quatro soldados, Vicente atravessou a pista da Rio–Santos, encontrou um terreno baldio plano entre o que fora uma farmácia e uma casa de veraneio e começou a cavar o terreno. Precisariam de trinta e uma covas para os corpos de bentos e soldados que tinham tombado naquela guerra.

Da mata serrana escapavam colunas negras de fumaça. O incêndio começado na noite anterior tinha durado toda a madrugada e ganhado força ao amanhecer com a chegada do vento. Da pousada e do galpão vizinho também escapavam fios de fumaça, só que esses de cor branca, advindos das brasas que ainda ardiam, e muito menores em volume.

Leandro, o soldado sobrevivente e operador de rádio, foi levado, a pedido de Francis, que se tornou o intérprete oficial, ao grande cargueiro dos japoneses. Uma vez lá, foi conduzido à sala de rádio e finalmente conseguiu fazer contato com São Vítor. Apesar de abatido, Leandro tentou passar as notícias da última batalha com a maior alegria possível. O número de companheiros, bentos e soldados, mortos era alto e não combinava com festa. Acertou com Davi o vôo para o recolhimento do restante do batalhão e nada contou sobre os dragões. Isso era com Francis e seus amigos.

Por volta das oito da manhã, começaram a marchar rumo ao campo de pouso e decolagens. Fazia poucos minutos que o gigante Hércules tinha passado acima da praia. Com certeza já teria aterrissado. Os vinte soldados a bordo do cargueiro japonês ficariam em Ubatuba e montariam próximo dali um acampamento. Joutaro e seus bentos, inclusive os dois feridos, seguiriam com o grupo de brasileiros para São Vítor. Lucas, ainda inconsciente, ia junto com Francis, montado no tordilho do trigésimo guerreiro. Marcela carregava Amintas da mesma forma, deixando-o sentado à sua frente, apoiando-o em seu peito. Macas improvisadas eram arrastadas pelos cavalos ou carregadas pelos homens plenos em saúde. Dentre os cinco feridos presentes no comboio, um era o japonês que tinha peitado Raquel, outro o infeliz que teve a perna decepada pela katana de Cantarzo. Dos disparos recebidos, apenas um tinha transfixado sua bem-feita armadura e o projétil tinha encravado em sua clavícula direita. Francis tinha removido a bala com certa facilidade e agora o jovem, sem risco de morte, seguia montado em um dos cavalos, com o peito nu e um extenso curativo, feito de faixas e gaze, que imobilizava seu ombro e braço direito.

Encontraram o Hércules pousado e com os motores desligados. Davi e sua tripulação tinham acendido fogo e um bule encontrava-se pendurado acima da chama branda. O cheiro do café chegou com o vento. Tinham feito um desjejum frugal há pouco, mas o aroma forte e gostoso encheu a boca d'água da maioria deles.

Davi, Thamires e Verônica olharam admiradas para o conjunto de guerreiros em armaduras vermelhas. Os bentos japoneses não cobriam o rosto com as proteções que simulavam alguns animais predadores, caso as tivessem ajustadas no queixo, talvez o impacto fosse ainda maior. Os japoneses traziam os tridentes às costas, marchando eretos e incansáveis. Vinham em formação de três em três, com passos iguais. A única coisa descontraída eram seus olhares. Viravam as cabeças e os olhos admirados com a paisagem costeira exuberante e com a diversa quantidade de aves de cores e tamanhos e raças diferentes. Conversavam animados e eventualmente riam.

Verônica viu Joutaro à frente dos japoneses, caminhando ao lado de bento Rogério. Não era porque vinha à frente, mas quando bateu os olhos naquele homem, soube que ele era o líder de todos os outros. Era lindo e robusto. A pele clara contrastava com os cabelos e olhos negros. Exalava determinação e perigo. Era mais alto que Rogério, quase da altura de Vicente. Se aquele grupo estivesse presente à gigantesca batalha do covil da Chapada Diamantina talvez a história fosse escrita de forma diferente. Apesar de considerarem a batalha vitoriosa para os humanos, o ataque do vampiro-rei à base avançada tinha conferido um gosto amargo e uma lembrança ruim sobre aquele dia, que deveria ser marcado como um dia de grande glória na crônica atual.

Davi não esperou que chegassem. Sabia do transporte dos feridos e, com pesar, tinha visto quão poucos eram os sobreviventes daquele triste combate. Entrou pelos fundos da aeronave e assumiu seu posto de comandante piloto. Acionou os motores e iniciou os preparativos para a decolagem. O céu limpo e livre de nuvens dava pistas de um vôo seguro e sem contratempos até São Vítor, onde os feridos gozariam de melhor assistência e maior chance de sucesso, para saírem livres de mais uma daquelas. As únicas máculas que manchavam o azul-celeste profundo eram as extensas colunas de fumaça negra provenientes dos incêndios na serra.

Davi acelerou a máquina e, assim que atingiu velocidade segura, puxou suavemente o manche, fazendo o bico do C-130 apontar para o céu e dar início ao processo de decolagem. Bento Rogério, sentado até aquele momento, levantou-se e caminhou inclinado, com dificuldade, buscando assento na cabine de comando. Um minuto e meio após a decolagem, começaram a passar entre as colunas de fumaça negra.

— O que são essas queimadas, bento? Teve alguma coisa a ver com a batalha da noite?

Rogério olhou para fora. A mata atlântica tinha grandes bolsões negros fumegantes e anéis amarelos de fogo esparramavam-se quase que geometricamente.

— Acho que foram os dragões.

Os três tripulantes da cabine olharam para o bento.

— Quê?!

Rogério contou as colunas de fumaça. Vinte e duas estavam ao alcance de sua visão. Apertou os olhos e baixou a cabeça. Estava cansado. Em sua mente voltou a visão do vampiro-rei correndo na direção de Lucas, ladeado pelos trinta pretorianos.

— Ontem foi um inferno. Começamos até que bem o combate... mas quando começamos a matar a guarda do vampiro-rei... — Rogério fez uma pausa e baixou a cabeça.

— Olha lá! — gritou Peterson, entusiasmado, apontando para um navio longo e de casco negro.

— É o navio dos japoneses — completou Thamires.

Davi olhou ligeiramente para a embarcação. Não dava para pousar o Hércules no convés. Talvez um pequeno Cesna. Um helicóptero seria moleza.

Thamires voltou os olhos para Rogério. Ele tinha lágrimas nos olhos.

— Ei, carinha... calma lá. A gente só queria saber o que é esse trem de dragão. É figura de linguagem?

Rogério começou a rir.

— Figura de linguagem! Essa foi ótima!

— Ao menos fez você rir.

— Quando conseguíamos matar um daqueles gigantes de armaduras negras... uma massa gelatinosa escapava de dentro deles. A maior parte saía pelos pescoços e gargantas abertas, mas onde havia um buraco tinha aquela gelatina saindo.

Todos ficaram quietos acompanhando a narrativa.

— Com a chapa quente, o bicho pegando, não dava tempo de parar para entender o que era aquilo... mas ninguém imaginava que iria dar no que deu. Continuamos encarando os gigantes pretorianos do vampiro-rei.

— Pretorianos?

— É. Era assim que o cara chamava seus guardas. Eram vampiros com três metros de altura. Pô, davam dois de nós.

Nesse instante, o C-130 atravessou uma nuvem de fumaça extensa. Tudo ficou negro por quatro segundos. Era impressionante.

— E as espadas dos caras! Já falei?

O trio de tripulantes fez que não com a cabeça.

— Cimitarras de duas polegadas de largura, feitas com aço especial. Eu, que vivi no meio de espadas minha vida toda, nunca vi nada igual. Primeiro que nenhum ferreiro em sã consciência faz um negócio desses. Além de ficar pesada e de difícil manejo, ela, por incrível que pareça, fica mais frágil também. Uma batida errada, uma chapada com maior força, estilhaça igual vidro. — Rogério fez nova pausa. — Mas aquelas ali, não. Queria conhecer o mestre espadeiro que construiu aquelas maravilhas.

— E como vocês conseguiram vencer esses gigantes?

— Fui uma idéia que Lucas teve. Como Vicente nos fez trazer também os tridentes, começamos o combate com essas armas longas. Montamos um estratagema. O vampiro-rei podia ter os brutamontes, mas nós tivemos a presença de espírito de Lucas. Com ele, não sentimos medo.

— Mas, como foi? Como conseguiram superá-los? — inquiriu Thamires, aflita.

Quando a palavra "superá-los" chegou a seus ouvidos, Rogério fechou os olhos e viu o momento em que se deparou com um dos pretorianos erguendo um dos bentos com a cimitarra, enfiada em seu abdômen e varando as costas da vítima. Como se não bastasse, o guerreiro das trevas enterrou a boca cheia de presas no ombro do guerreiro bento e arrancou-lhe um naco de carne no meio de um grito desesperado de dor. Ninguém tinha superado ninguém naquela noite.

— Deixamos os tridentes deitados na praia, encobrimo-los com areia.

— A paliçada!

— Exatamente. Foi como um revide — completava Rogério. — Deixamo-los virem correndo, feito cães raivosos. Quando restavam cinqüenta metros para atropelarem nossa fila de bentos, retiramos os tridentes da areia, como ensaiamos à exaustão, e arremessamos quase que mecanicamente. A maioria dos bentos atingiu o alvo, mas o que vinha ao meu encontro, diferente dos outros com olhos de fogo... tinha olhos brancos, parecendo gente cega, sabe?

— Credo. Dá calafrios só de pensar.

— Ele se desviou no último segundo, ágil, esperto. Livrou-se por coisa de centímetros... parece ter sentido o tridente indo direto pra cabeça dele. Só tive tempo de sacar minha espada e me defender. Eles eram fortes e manejavam bem aquelas espadas encurvadas, mas eu era muito, muito mais rápido — disse Rogério, rememorando o instante em que enterrou o sabre na barriga da fera e retirou-o para defender-se e esquivar-se dos golpes da criatura, terminando por abrir um tremendo corte profundo no pescoço do vampiro de olhos cegos.

— Eu já vi você lutando na TV. Achava muito louco — revelou Peterson.

Todos concordaram e fizeram comentários.

— Aquela final nas olimpíadas no Rio de Janeiro. Cara! Eu fui! — continuou Thamires. — Eu era aquela louca que gritava "Brasil! Brasil! Brasil!". Lembra-se?

— Você e mais um milhão — brincou Davi.

— Faz tempo — murmurou Rogério, baixando a cabeça mais uma vez.

— E os dragões? — perguntou o piloto.

— Pois é. Quando achávamos que estávamos tomando o controle daquele combate, aquelas gelatinas que escapavam dos pretorianos começaram a espocar. Abriam feito... feito... sei lá! Estouravam!

— Estouravam, e...?

— E saía uma coisa negra... uma cobra. O primeiro que eu vi, achei que era uma cobra negra. Só que gigante. Muito mais grossa que uma sucuri, que uma jibóia. Tinham o quê? Um metro de diâmetro, para mais.

— Um metro! — exclamou Davi, endireitando o avião e fixando-se no teto do vôo.

— Um metro de largura e cinco de comprimento.

— Putz! É maior que um carro.

— Depende do carro — brincou Peterson.

— E esse fogo na floresta? Eles são que nem naquelas histórias de São Jorge? Naquelas histórias de cavaleiros? Cospem fogo pela boca?

— Não. Nada disso. É a coisa mais louca que eu já vi. Estávamos enrolados, cercados por essas feras e ainda tinha quatro ou cinco daqueles pretorianos brutamontes à solta. Aí, como um dos milagres do Lucas, a coisa toda virou bonita pro nosso lado. Primeiro a vampira e mais quatro soldados chegaram armados até os dentes e conseguiram dar um refresco, atirando contra os dragões e fendendo os cercos que pareciam indefectíveis. Depois, esses japoneses surgiram do nada, do meio das águas, como espíritos mandados do outro lado pra cá. Eles nem perguntaram nada. Já tinham tridentes e disposição. Logo na seqüência, o Franja conseguiu sapecar o TUPÃ lá pra Ubatuba. Cara!

Foi magnífico. Os pretorianos que restavam fritaram na hora, enquanto Cantarzo e a vampira ruiva correram para dentro da danceteria.

— Danceteria?

— Depois eu explico isso, mas o mais louco foram aqueles dragões. Quando o sol bateu neles, primeiro parecia que iam virar pó igual aos vampiros. Eles se encolheram. Abaixaram-se assim, como tigres preparando-se para um salto. Como serpentes preparando-se para um bote — disse o esgrimista, abaixando o tórax. — Então eles foram passando do preto para o vermelho-vivo, vermelho-fogo. Pareciam aço em ponto de malha. O ar que já tinha ficado quente, começou a ficar insuportável, precisamo-nos afastar para não morrer de calor. O suor descia em bicas da minha testa e dos meus cabelos. De repente, um deles começou a correr, saltou e voou.

— Opa! Peraí? Você não falou nada de asas?

— E não disse mesmo, rapaz. O que eu estou falando é isso. Esses bichos não têm asas. Foi só bater a luz de TUPÃ na cabeça deles que esse revertério aconteceu. Fiquei de queixo caído. Parecia um feitiço. Todos eles, incandescentes, parecendo lava de vulcão viva, correram pela areia e saltaram para o céu desaparecendo de nossas vistas, voando como chamas oblongas... lindos. Inexplicável!

— Putz!

— Por isso é que eu acho que essas queimadas são frutos desses dragões. Eles devem ter perdido a propriedade de voar quando o TUPÃ apagou. São conjecturas, eu sei... não conhecemos esses seres. Mas, na minha cabeça, martela essa lógica doida. Quando o sol surgiu, eles acenderam; quando apagou, eles apagaram e caíram, em chamas na mata.

— Será que ainda estão vivos? No meio daquele fogo todo?

Rogério olhou pela janela lateral. Já não podia ver as colunas de fumaça. Talvez, se fosse para trás, pudesse dar mais uma olhadinha naquilo.

— Acho difícil que tenham sobrevivido... mas o que é impossível depois de tudo o que vi e vivi?

Capítulo 86

Três meses se passaram até que Lucas se recuperasse dos ferimentos profundos da batalha contra seu próprio irmão. Os danos não tinham sido apenas em seu corpo físico, mas também em seu psiquismo. O trauma abrandado pelo hiato de décadas em completa inconsciência tinha aflorado forte naquela noite. Refletindo, Lucas ainda não sabia de onde tinha tirado ânimo e forças para combater Roberto como um inimigo. Talvez as centenas de histórias que tinha ouvido de parentes que tinham perdido seus entes após a Noite Maldita, vendo-os tornar-se crias da noite, tivesse atuado sobre sua razão e também operado em seu inconsciente. Imaginava essas coisas, pois não conseguia encontrar melhor resposta. Tinha tido Roberto diante de seus olhos e tinha conseguido manter a espada erguida. Ana só reforçava a nobreza de seu caráter forte, que tinha colocado o bem de todos acima dos laços de sangue. Mas não era isso. Lucas sabia que se tivesse tido tempo de avaliar friamente, ter-se-ia entregado ao irmão. Sua alma tinha sido tão fragilizada por aqueles anos de busca sem resultado, que se sentia até então em débito com Roberto, apagando da memória, por alguma razão descabida, a ocasião em que o investigador o levara até o cativeiro fictício do irmão e feito a máscara e o engodo caírem por terra. Roberto, seu irmão mais novo. Cantarzo, o vampiro-rei. Tinha ajudado a acuar e exterminar o segundo. Seu irmão tinha morrido naquela noite, na favela da velha São Paulo. Cantarzo tinha perecido com a ajuda dos bentos brasileiros, com a ajuda dos bentos japoneses e a providencial intervenção de Franjinha, finalmente de volta ao comando da sala de controle da Barreira do Inferno.

E também não poderia esquecer-se da curiosa interferência do velho Bispo. Cantarzo, ao ingerir o sangue poderoso do profeta de São Vítor, jamais contara com esse efeito. Conversando com os envolvidos e os mais chegados, tinham montado a seguinte hipótese: Cantarzo tinha enviado um pau-mandado, que ter-se-ia infiltrado em São Vítor. Francis lembrou do socorro a um maltrapilho que tinha sido expulso anos atrás da fortificação. Justamente nessa época, a inesperada explosão levara pelos ares o casebre de Bispo. Encontraram seus ossos queimados na cadeira de rodas, mas quem poderia garantir que o tal infiltrado não tinha assassinado o velho durante a noite e teria drenado todo o seu precioso sangue? Poderia tê-lo colocado num pote e levado ao vampiro. Isso era o mais provável. Cantarzo, de posse do sangue, ingeriu cada gota e, de forma sobrenatural, absorvera o poder do Bispo em ver o futuro, em conectar-se com as alcoviteiras. Achavam que, por conta desse poder de Cantarzo, os vampiros tinham-se organizado de uma hora para outra, resolvendo agir em conjunto, tornando-se inúmeras vezes mais letais, mais perigosos. Os vampiros tinham conseguido invadir os principais centros humanos e impingir dano moral e físico a seus moradores. Os vampiros tinham organizado um êxodo, abandonando aquela forma selvagem de viver, formando um núcleo conciso, que foi atacado na hora certa, de maneira surpreendente e em momento de patente vulnerabilidade. As digressões e palpites abordaram também os eventos da tempestade que se abateu sobre a Chapada Diamantina e também o fantástico surgimento dos dragões. Desses últimos, mais oito aparições tinham sido reportadas. As aparições concentravam-se na faixa entre a ilha de São Sebastião e a ilha Grande. Eventualmente recebiam notícias de grandes colunas de fogo subindo das matas e marcando o céu. Só podiam ser as feras da noite. Sim, feras da noite. Todos os reportes coincidiam nesse ponto. Os dragões derivados dos guardas pretorianos eram vampiros. Tinham sobrevivido a TUPÃ e vinham na madrugada. Invadiam com facilidade as fortificações, e as pessoas pegas de surpresa eram engolidas por inteiro. Os bichos alimentavam-se de carne de gente, voltando para o mato em seguida. A predileção notada era por adultos, bentos. Atacavam em bandos de cinco, seis dragões. Se, porventura, o sol raiasse durante suas invasões, infelizmente não tinham o mesmo fim dos pretorianos e dos vampiros. Os dragões tornavam-se rubros e incandescentes, e ateavam fogo onde quer que suas escamas inflamadas e patas tocassem, desaparecendo em seguida, em magnífico e inexplicável vôo. Era dever dos bentos, de agora em diante, elaborar um plano para combater essa nova raça de criaturas noturnas. Isso seria feito assim que cuidassem de um primeiro assunto. Cantarzo tinha dito de própria boca a Lucas que os vampiros pretorianos tinham sido criados com sangue de bentos. Como aquilo tinha sido possível, continuava um segredo. A resposta provavelmente estaria ligada ao surgimento das nuvens negras na Bahia. A bruxa Tereza. A bruxa da ilha de Marajó. Esse seria o próximo destino do avião Hércules verde-oliva da FAB.

Capítulo 87

Ana, trazendo Lucas pela mão, levava Jordão no colo para passear. O filho do trigésimo guerreiro, igual a todos aqueles que nasceram repentinamente e aniversariavam no mesmo dia e ano, continuava com sinais de mutismo. Os únicos sons que escapavam da boca do bebê eram gemidinhos estralados, quando estava excessivamente irritado com alguma coisa, tendo fome, cólicas ou outro desconforto. Todos os bebês de São Vítor e do mundo completavam cinco meses de vida naquele dia e a comunidade fervia em animação, posto que preparavam uma festa para aquela tarde. Comemoravam o fortalecimento da esperança com as crianças que, apesar da adversidade vocal, eram robustas, sorridentes e plenas de vida, conseguindo transmitir simpatia e alegria a qualquer um que as rodeasse e fizesse contato com seus olhos. Eram crianças para lá de especiais.

Andando pelas ruas de São Vítor, Ana e Lucas viam uma mulher ou outra com a barriga volumosa, o que revelava e fortalecia a certeza de que os humanos não seriam estéreis. Ana comentava com Lucas que agora as coisas pareciam entrar nos eixos com relação a essas gravidezes. Os bebês tinham idades gestacionais diferentes, impossível aquele parto coletivo colossal se repetir. A médica recebia em seu consultório mães com três meses de gravidez, outras já mais avançadas, entrando no sexto mês e mulheres com os sintomas iniciais e clássicos que indicavam uma provável gestação.

Outra coisa perceptível eram as ruas mais calmas de São Vítor, que tinham entrado em ebulição quando as primeiras grávidas da nova era acorreram ao Hospital Geral em busca de melhores condições para trazer seus filhos ao mundo. São Vítor tinha ficado sobrecarregado de gente, vindo até mesmo médicos de outros lugares e visitantes curiosos que queriam ver aquele alvoroço de perto. Agora as ruas tinham voltado à normalidade, e como em nenhum parto houve complicação, a notícia correu de vila em vila e a ansiedade das novas grávidas era bem menor, muitas delas agora permaneciam em suas vilas, quando essas contavam mesmo com um pequeno hospital e uma equipe resumida de médicos e enfermeiros.

Ana percebia também o humor alterado na comunidade. O ar de vitória e sensação de liberdade, que vicejava desde que Lucas guiara os bentos aos quatro milagres tinha aumentado ainda mais quando do êxodo das criaturas para o interior baiano. Depois das duas últimas vitórias consecutivas, uma sendo a derrocada do grande covil de Diamantina e a outra o combate entre Lucas e Cantarzo, as pessoas acreditavam estar livres de uma vez por todas dos noturnos. A rádio de São Vítor voltara a ter seus noticiários diários, sendo um pontualmente ao meio-dia e outro às dezenove horas. Não por coincidência, muitas vezes o noticiário noturno era aberto com a composição O Guarani, enchendo os brasileiros de nostalgia e arrepios quando rememoravam o antigo "A Voz do Brasil", só faltando a famosa frase de abertura: "Em Brasília, dezenove horas". Nesses noticiários, ficavam sabendo de ataques que os vampiros sobreviventes perpetravam contra vilarejos no Nordeste, mas tornavam-se cada vez mais raros à medida que a cada semana mais adormecidos despertavam para a vida na pele de bentos novos, e logo que se adaptavam à nova vida, sentiam crescer em seu interior a gana por luta. Por conta desses bentos novos, a forja de Magal não parava de crescer, ganhando um complexo além muros e sendo a construção que mais crescia em todo o estado nos últimos tempos. A prata começava a rarear e grupos de mineradores e "caçadores" de prata espalhavam-se pelo interior, para poder suprir as necessidades dos guerreiros bentos. O noticiário também relatava as raras aparições de dragões nos povoados, resultando na morte de alguns bentos novos.

Ana afugentou todos esses pensamentos voltando os olhos para Jordão e para Lucas. O dia era deles, não desses outros. Abriu um sorriso de felicidade e apertou o pequerrucho contra o peito.

Lucas também sorriu percebendo a alegria que transbordava da mulher. Alegria essa que ele sabia que não perduraria muitos dias, uma vez que a cada dia se sentia mais forte e confiante para partir para Marajó e tirar a limpo de uma vez por todas essa história de bruxa. A vampira de um olho só não foi muito útil nesse ponto. Sabia tanto quanto os bentos a respeito dessa misteriosa mulher que tinha ajudado Cantarzo. Encontraram informações preciosas no lugar mais insuspeito. O homem que havia encontrado Marcos Franjinha e o levado de volta ao CLBI tinha estado na ilha de Marajó e dizia ter fugido daquele lugar cheio de demônios e energias ruins. Tinha visto o ritual de despertar do vampiro Cantarzo e não quis tomar parte naqueles fatos. Vagou por dias a esmo, afastando-se de Marajó, ferido e faminto, achando que cairia morto antes de cada pôr-do-sol que viveu até afastar-se uns duzentos quilômetros dali e encontrar um recanto para recuperar-se de toda aquela aflição. Dias mais tarde, quis o destino que encontrasse Marco Franjinha e que seu coração o fizesse buscar redenção dos pecados que julgava possuir tomando como missão devolver o atordoado jovem de volta aos seus amigos da Barreira do Inferno. Lucas encontrar-se-ia com o tal Benito e colheria o máximo de informações possível. O templo da bruxa iria cair aos pés dos bentos a qualquer custo.

Thamires foi uma das primeiras mulheres a se sentar à mesa destinada à comemoração dos bebês. Estava com um barrigão enorme. Chegando quase no nono mês de gravidez. As mamães com os bebezinhos começaram a se postar junto à mesa. Thamires estava distraída, quando sentiu seu bebê mexer-se com força. Sentiu uma pontada incômoda e alisou a barriga. Olhou para o lado. Um bebê de cinco meses brincando no colo da mamãe. Ouviu o bebê rindo. Olhou para a frente.

Seu bebê mexeu-se na barriga. Thamires alisou novamente o ventre proeminente. Seus pés estavam inchados e o calor incomodava. Ouviu de novo as gargalhadinhas do bebê ao lado. Depois o bebê da frente também começou com as risadinhas pueris. Era tão gostoso ouvi-los. Seu bebê deu outro chutinho na barriga. Thamires arrepiou-se da cabeça aos pés. Sentiu uma tontura repentina. Ouvi-los! Reparou nos bebês que riam alto. Nunca tinha escutado um barulho sequer escapar de suas gargantas! Ficou olhando para o bebê moreno ao seu lado. Tinha os cabelos cacheados e olhos espertos. Ele olhava para a sua barriga. Riu e gargalhou. Seu bebê moveu-se no útero. Thamires sentiu um calafrio. As mães não estavam ouvindo aquelas risadas? Não estavam! Se estivessem ouvindo as gargalhadas dos dois bebês, estariam dando uma festa. Thamires passou a mão na testa. Estava ficando louca? Levantou-se atordoada. Seu bebê mexeu-se mais uma vez, depois de outra sessão de gargalhadas. Cambaleou e foi amparada por duas mamães. Interpelada, disse que era um mal-estar. Foi conduzida a uma enfermeira e carregada até a enfermaria. Estava assustada e confusa. Thamires não disse nada sobre as risadas. Chamá-la-iam de louca.

Capítulo 88

— Há uma formação nebulosa cobrindo toda a extensão da ilha, comandante. Há relâmpagos e ventos rápidos. Nenhum programa ou modelo meteorológico do CLBI consegue explicar a razão disso aí — disse Marco Franjinha, tamborilando um lápis Faber-Castell no tampo da mesa, enquanto passava as leituras que via em seu *laptop* para Davi, na base aérea de São Vítor. Como o major guardou silêncio, Franjinha continuou a falar tamborilando com o lápis. — Só me cabe concordar com as testemunhas que estiveram na Chapada Diamantina. Esse temporal é obra do tinhoso. É coisa encantada. Se eu fosse o senhor, não entrava com o seu pássaro nesse ninho de mafagafos.

— Mesmo que eu não encontre um campo de pouso adequado às margens do Tocantins, sei onde descer esse menino. Quero deixar os bentos o mais próximo possível da ilha.

— Boa sorte, comandante. Não vou sair do lado desse rádio a partir do momento em que essa missão começar.

— Estou contando com isso, Marco. Câmbio e desligo.

Davi repousou o rádio em seu respectivo aparador no painel de controle e ficou a pensar um instante. Faria escala na usina de Trindade, no Tocantins, e de lá teria autonomia suficiente para chegar na ilha de Marajó e perder até uma hora de vôo procurando o terreno mais próximo apropriado para a aterrissagem. Se falhasse na busca ou não ficasse convicto o suficiente para pousar nas cercanias de Marajó, retrocederia até a base aérea também em Tocantins, e os bentos subiriam a cavalo até a ilha. A marcha levaria dias, mas seria muito melhor do que a expedição de semanas caso tivessem de subir o Brasil todo no lombo de cavalos. A estratégia era essa. Sabia que Lucas iria de qualquer jeito, com avião, sem avião, com navio, sem navio. Navio! Davi sentiu um estalo na cabeça. Essa era a idéia. Bento Vicente tinha-se valido desse meio de transporte para socorrer o povo de Santa Maria. Podia ser a saída ideal para o impasse. Apanhou um Atlas Geográfico que estava ao lado. Conferiu as distâncias. As melhores opções eram Nova Belém ou alguma fortificação nos arredores da velha São Luís, que não fosse distante da faixa costeira. Pediu ao operador de rádio que tomasse a cargo aquele contato. Resolveria o problema dos bentos.

Graças aos esforços de Verônica, mais duas aeronaves tinham tido seus motores adaptados para o motor a álcool. Eram dois King turboélices, que serviriam para o transporte de pessoal, liberando mais espaço no gigantesco Hércules para o transporte de carga. Armamento nesse caso. Levariam artilharia pesada para o confronto. Não esperavam moleza em Marajó. Benito, que tinha estado lá, não tinha visto nenhum exército guardando o templo da bruxa, no entanto tinha relatado muros altos e um fortificação espantosa guardando os caminhos de Tereza. Tinha descrito um enorme portão que dava entrada a uma vila morta. Adiante, depois de um chão de lama encharcado pela constante garoa, vinha o templo de Tereza. Falara mais de dez vezes de uma mureta de pedras pretas, sucedida de uma força espectral que não conseguia descrever. Só olhando para chegar a alguma conclusão. Olhando assim, de forma simplória, o caminho não tinha mistérios. Ao que parecia, era só chegar e encarar a bichona. No entanto, não esperavam facilidades naquela terra. Tereza era uma bruxa poderosa. Facilmente poderia ter produzido mais daquelas feras que tinham auxiliado Cantarzo. Os temidos pretorianos.

Em menos de uma semana, uma base avançada foi feita em Trindade. Lucas e mais cento e cinqüenta homens aprontaram-se para a investida contra o templo de Tereza. A semana de espera também tinha dado tempo mais que suficiente para que duas escunas motorizadas fossem conduzidas de São Luís a Nova Belém. A travessia seria feita em barcos caso o Hércules não vencesse o mau tempo.

O esquema estava montado. Era hora de rolar os dados. Bentos jogam.

✠ ✠ ✠ ✠ ✠ ✠

Vento e chuva. A poucas horas do ataque, deparavam-se com aquele empecilho. As nuvens de Marajó. Ventos intempestivos, rajadas furiosas, visão prejudicada. Tudo contrário ao ataque do Hércules. Davi lutava com o manche. Peterson gritava com dois soldados que auxiliavam no cockpit. O imenso Hércules rugia contra as nuvens. Davi tinha arregalado os olhos. Relâmpagos longuíssimos cruzavam o céu às onze horas. Trovões falavam mais alto que as vozes no rádio e os potentes motores Allison. O Hércules sacolejou, pego pela turbulência. Peterson buscou nos olhos de Davi respostas para o impasse.

Escuridão. Davi puxou o manche para trás, levando o bico do Hércules para cima, ganhando altitude. Não conseguiria penetrar aquele vespeiro dos infernos. Se quisesse pôr um fim naquele feitiço maldito, Tereza tinha de ser vencida. Para tanto, era melhor não insistir mais. O experiente major passou instruções aos homens do cockpit e começou a girar a nave para o sul. Afastar-se-ia das cumulus nimbus, buscando ares mais tranqüilos. Seguiria para sudeste e pousaria no velho aeroporto de Belém. Soldados armados guardavam as escunas e estavam de prontidão. Mesmo com a mudança de curso, chegariam em Marajó com a luz do dia. No entanto, todos tinham visto o céu encoberto da ilha. O sol de nada valeria. Nem mesmo TUPÃ seria capaz de varar nuvens tão densas e carregadas de magia.

No bojo da aeronave gigante iam sessenta bentos. Os vinte e nove orientais, mais Lucas e seus companheiros velhos de guerra e duas dúzias de bentos novatos. O restante da tropa, noventa soldados, vinham como um valoroso e potente apoio, armados até os dentes.

O Hércules aterrissou sem novidades no antigo aeroporto de Belém, onde caminhões aguardavam o batalhão. Foram transportados até Nova Belém, onde fizeram uma frugal refeição e partiram para o porto. As escunas balançavam mansas sobre a água do rio. O tempo fechado e carregado de nuvens escuras tapava o horizonte e formava um cenário antagônico. Um azul exuberante e pacífico sobre suas cabeças. Escuridão e incerteza na outra margem. Tão largo era o rio que impossibilitava ver o outro lado, enxergar a ilha de Marajó.

Os motores a diesel das escunas começaram a espocar e bater cadenciados. Os marujos chamaram os soldados a bordo. Lucas lamentava a impossibilidade dos dois Urutus serem transportados para Marajó. Marchariam quando chegassem ao outro lado. Talvez se tivessem pedido um navio mais robusto. Mas não era hora de dúvidas. Aqueles homens precisam do líder destemido de sempre. E Lucas só precisava da confiança deles para mais uma vez triunfar.

Conforme as escunas avançavam, as águas se agitavam mais. Caíram na escuridão e no mar revolto. Os mais assustados e aqueles que nunca tinham estado num barco começaram suas rezas. Olhando para aquele mundão de água ao redor, ficavam imaginando que a aventura poderia terminar ali mesmo, nas águas turvas e bravias dos rios paraenses, que se misturavam ao Atlântico. Olhos cheios de terror viam a escuna vizinha subindo, a proa erguida vencendo uma marola, depois descendo, afundando a frente e tornando a subir, marola após marola. Os mais valentes e acostumados à intemperança das águas tentavam acalmar os amigos fazendo pouco do sacolejo e berrando piadas para os lados.

Três turbulentas horas avançaram sem que o mau tempo desse trégua. Quanto mais se aproximavam da ilha, mais as águas jogavam e as lufadas de vento açoitavam o convés. Os guerreiros tinham vestido coletes salva-vidas com o fito de boiarem e viverem, caso o barco adernasse em demasia ou mesmo naufragasse de vez. Ninguém escondeu o alívio quando os marujos anunciaram a aproximação do porto de Camará. A escuna balançava tanto que soldados cruzavam o convés, escorregando sobre a madeira molhada pela chuva.

Com muita perícia os capitães atracaram as escunas. A água batia com ferocidade no cais e às vezes parecia que o casco de madeira ia arrebentar a cada pancada. O cais era provido em toda sua extensão de largos pneus amarrados em trios justamente para amenizar esse impacto das embarcações. Marujos com braços musculosos atracavam as amarras, tentando manter as escunas o mais estáveis possível para que os guerreiros saltassem para terra firme. O vento constante e as pancadas de chuva intimidavam os mais temerosos. Mas, instados por berros e pela necessidade de rapidez, pulavam para o atracadouro, rolando no chão.

As dezenas de bentos e soldados passaram a tirar os coletes salva-vidas alaranjados e a ajudar os marujos com as amarras e também com as roldanas, equipamento auxiliar para tirar as pesadas caixas de armamento das escunas. Aqueles barcos estavam longe de ser os ideais para o transporte de tropas e equipamentos, mas tinham servido e cumprido seu papel. Com as escunas atracadas e fundeadas, a tripulação passou a ajudar os soldados nos preparativos de partida.

Há mais de quatro horas e meia os homens e bentos marchavam sobre Marajó. Liderados por bento Francis e Lucas, que tinham estudado os mapas impressos na Barreira do Inferno por Franjinha, guiados por bússolas, andavam sem descanso em passo acelerado. Bento Vicente e Rogério, o terceiro e quarto homens à frente, respectivamente, traziam grandes aparelhos de rádio às costas. Eventualmente, através deles falavam com Nova Belém ou com a Barreira do Inferno, passando e recebendo informações.

Ao final da terceira hora, a chuva amainou, tornando-se uma leve e refrescante garoa. Gotículas finas caíam do céu, formando lindos mantos d'água, perceptíveis graças à rala luminosidade que varava as grossas nuvens. Com o volume d'água reduzido, os homens conseguiam ver melhor essas nuvens. Negras, cinzentas e revoltas. Às vezes, braços de vapor lançavam-se para o chão, formando colunas de quarenta, sessenta metros. Movimentos raros e de beleza incomum.

Chegaram à beira de um rio. Não muito largo, coisa de dez metros. Águas calmas e rasas. Francis à frente inspecionou o caminho. Logo a fila de soldados atravessou no mesmo ponto. Subiram uma colina longa e de inclinação moderada. Chegando ao topo, as árvores desapareciam e um terreno plano e de pasto verde e rente ao chão se estendia feito um carpete. Bem longe, quase na linha do horizonte, divisaram uma construção. Algo reto e largo... feito um muro.

Franjinha, Benito e aqueles que não arredaram o pé da sala de controle da Barreira do Inferno, que estavam de ouvidos colados nas caixas acústicas do rádio, prenderam a respiração com a chegada da nova mensagem. A voz de Francis chegou metálica e entrecortada por chuviscos e interferência. O bento dizia que avistavam um muro. Um muro largo e alto. Dizia que a garoa não cessava e que a maioria dos homens estava exausta. Fariam uma pausa antes de invadir a fortificação da bruxa.

Tereza, novamente em seu salão de feitiços, estava debruçada sobre a laje de trabalhos. Seus olhos virados e brancos faziam-na ver. Ela falava dos bentos. Falava dos soldados. Ela entoava cânticos e lamentava. Preparava o terreno e preparava as horas. A hora de sua luta chegava. Novamente o homem branco vinha à sua aldeia para desterrá-la. Novamente o homem branco queria o mal de sua gente e vinha derramar sangue em sua terra. Tereza conclamava os ancestrais. Tereza pedia ajuda da terra para banir aquela gente. Tereza ria.

— Descansem. Descansem cães. Vão precisar de toda energia para combater. Vão precisar de todo o fôlego para correr para longe daqui.

Peterson e os tripulantes do Hércules tomavam um café quente. Tinham ouvido a mensagem de Francis e ficariam também colados no rádio para escutar o avanço daquele histórico capítulo. Conjecturavam, tentando prever o que os expedicionários encontrariam além dos muros da terra da bruxa. Estavam animados, debatendo o assunto e, por causa do afinco, foram pegos de surpresa, quando ouviram os motores Allison do C-130 estourando e ganhando força. Peterson agarrou o *walkie-talkie* e pressionou o botão de falar.

— Major, major... é o senhor que está na cabine?

— *Correto, Peterson. Estou fazendo a belezinha funcionar.*

— O que está fazendo, senhor?

— *Não sou homem de sentar e esperar. Voei demais com esses homens para deixá-los sozinhos em Marajó. Sei que vão precisar de ajuda. Vou até lá para resgatá-los.*

— Mas, senhor... a tripulação está toda aqui. Vamos com você.

— *Peterson... tomem café e escutem o rádio. Essa missão é de vôo solitário.*

Os rapazes trocaram um olhar mudo. Ninguém discutiria com Davi. Todos sabiam as condições climáticas no céu adiante. Nada favorável. Sabiam porque ele queria ir sozinho. Davi era nobre demais para colocar suas vidas em risco.

Enquanto os soldados descansavam em barracões erguidos com agilidade, buscando uma trégua da chuva, deixando a pele enrugada enxugar um bocado, Lucas, Rogério, Vicente, Marcela e Amintas caminhavam na direção do muro. Examinavam o terreno. Era estranho. A ilha parecia deserta. Nem as centenas de búfalos comentados por Benito tinham sido encontradas. O homem advertira que a bruxa tinha total controle sobre a manada, e que se comandasse os bovinos a atropelar o batalhão, não seria surpresa alguma.

— Não estou gostando nada disso — disse Lucas.

Amintas aproximou-se de Lucas.

— Também tô sentindo um troço ruim olhando pra esse pasto. Já tive aqui nessa ilha umas cinco vezes.

Lucas olhou curioso para Amintas. Agora se lembrava. O bom e velho guerreiro tinha morado em Belém do Pará.

— Quando eu era leão-de-chácara, nas minhas férias eu vinha com minha bailarina pra cá, esquecer do mundo, montar em búfalo. Esse lugar tinha um cheiro bom. Um céu bonito — Amintas suspirou fundo, invadido por lembranças, olhou para a valente Marcela ao seu lado e segurou a mão da guerreira. — Agora tá tudo estranho. Muito estranho.

Bento Vicente aquiesceu, olhando para o pasto. Passou o dedo sobre a cicatriz em seu olho machucado pela vampira. Cuspiu no chão e pousou a haste do tridente no gramado.

— Esquisito ou não, estamos aqui e não vamos arredar o pé sem uma boa peleja. Essa bruxa tá atrás desse muro e hoje ainda hei de espetar seu rabo nesse tridente.

Todos riram olhando para o grandalhão. Sujeito espirituoso e engraçado. O valente dos valentes.

Vicente olhou para Lucas e pousou a mão livre no ombro do amigo.

— E te digo uma coisa, amigão. Quero ver eu desgrudar os olhos de você... pra te arranhar, terão de me pegar primeiro.

Lucas riu.

— Você só promete, grandão. Muita garganta e pouca atitude. Só me lasquei nas últimas.

— Hoje vai ser diferente. Hoje, eu primeiro, depois você.

Lucas cortou o sorriso e olhou para Vicente.

— Velho, cuida do teu couro e eu cuido do meu. Pra sair vivo daqui, temos de ser ligeiros.

Foi a vez de Vicente rir.

— Sem chance, meu irmão. Sem chance. Hoje eu SOU teu cão de guarda.

Vendo que a conversa não evoluía, não importasse o argumento que lançasse, Lucas não discutiu mais. Mirou novamente o muro de Tereza.

— Mais meia hora de descanso pro esqueleto. E é só. Vamos acabar com essa bruxa dos infernos.

Francis pressionou o botão de falar. Os homens marchavam decididos, ultrapassando sua posição.

— Francis para Barreira do Inferno, câmbio.

— *Escutando, Marajó. Escutando, câmbio.*

— Só para registrar. Estamos levantando acampamento e vamos direto para a fortificação. No primeiro exame, campo limpo e nem sinal de inimigos, câmbio.

— *Entendido, Marajó. Campo limpo. Não dêem moleza. O Benito tá dizendo para ficarem de olhos bem abertos* — recomendou Franjinha. — *Após cruzar os muros, estarão próximos do templo. Câmbio.*

— O próximo contato será para informar nossa vitória. Câmbio.

— *Toda sorte do mundo, irmãos. Toda sorte do mundo. Câmbio.*

— Quem precisa de sorte, Barreira? Com o Lucas por aqui, quem precisa de sorte? Câmbio e desligo.

Francis acoplou o microfone ao aparelho e respirou fundo. Começou a marchar normalmente, depois, vendo Lucas e os seus velhos companheiros bem adiantados, apertou o passo. O bento médico não queria ficar para trás.

Lucas foi o primeiro a chegar ao muro. Olhou para cima. A garoa insistente. Gotas d'água descendo de seus cabelos, caindo sobre os olhos. O muro alto, vinte metros, parecia intransponível. Os portões, de troncos grossos, amarrados com cordas e cipós, firme e ainda cheio de varas entrelaçando as toras, pesava toneladas. Lucas susteve o olhar para o alto. As nuvens cinzas giravam rapidamente. O vento cortava o pasto verde. Olhou para seus homens, que se dividiam em três colunas, tomando sua visão.

Lucas voltou-se para o muro e andou até o colossal portão. Fechou o punho e bateu forte contra a madeira, como quem bate à porta dum vizinho. O pesado bloqueio nem acusou o toque. Não fez barulho. Não se mexeu. Lucas suspirou. Ergueu novamente a cabeça ao céu e encheu o pulmão.

— Tereza! Bruxa do inferno!

Andou até o meio dos homens e olhou para Vicente e Francis.

— Vamos ter de pular essa merda. Idéias?

Vicente passou a mão sobre o couro cabeludo raspado e balançou a cabeça.

Ainda tentavam digerir o problema quando começaram a ouvir rangidos e estalidos. Os bentos ali na frente arrepiaram-se. Os portões! Estavam abrindo-se. A maldita bruxa sabia que eles estavam ali. Sabia e estava dando passagem. Ela queria enfrentá-los.

— Não sei se isso é bom ou ruim — murmurou benta Marcela.

Adriano, o líder Nova Luz tinha-se aproximado dos guerreiros e dardejou:

— Isso a gente vai descobrir agorinha mesmo.

Os homens de Adriano se aproximaram. Sinatra tomou a frente de todos e, como não poderia ser diferente, começou a cantar uma do seu infinito e variado repertório. Começou direto no refrão de Knocking, Knocking on Heaven's Door, mas substituindo toda vez a palavra "heaven's" por "hell's".

Joutaro, ouvindo e reconhecendo a melodia e o trocadilho improvisado pelo soldado brasileiro, chamou seus guerreiros nipônicos. Todos sorriram para o brasileiro e começaram a balançar a cabeça, acompanhando a melodia.

Lucas fitou o campo que surgia após os portões da fortificação de Tereza. Um imenso descampado tomado por lama por toda a extensão.

Umas poucas casas simples e, naturalmente, abandonadas. Adiante, o templo marrom de três torres. Subia com a mesma cor do chão enlameado parecendo ser uma coisa só.

— Avançar! — bradou, Lucas.

Joutaro, percebendo a energia na ordem do trigésimo, também gritou com seus homens, entrando em formação. Era a hora dos bentos. A hora do confronto. Os vinte e nove samurais empunhavam os tridentes vermelhos, caminhando com olhos atentos.

Lucas e Vicente encabeçaram o time de invasores. Seus olhos iam para os detalhes que surgiam na face interna do muro. As botas afundavam no chão lamacento. A caminhada seria difícil naquele terreno.

Os cento e cinqüenta guerreiros cruzaram os portões, seguindo Lucas. Olhavam para os muros. As gravuras esculpidas no barro seco causavam aflição. Dragões lançando suas línguas compridas contra as vítimas. Bento Vicente passou a mão pelo pescoço, lembrando o desconfortável episódio quando fora capturado daquela forma. Quase tinha desfalecido. O maldito tinha engolido um bom tanto de seu sangue... mas como vaso ruim era duro de quebrar, Vicente estava ali, de pé, firme e forte para outro encontro.

Dois homens escorregaram no barro liso e ficaram com as costas marrons, servindo de chacota e alívio da tensão que crescia. Talvez por conta daquela distração, nenhum deles notou o movimento de apêndices pontiagudos surgindo e recobrindo todo o muro.

Lentamente os portões começaram a se fechar.

Lucas olhou para a passagem que se reduzia.

— Vamos ficar presos — sentenciou bento Francis.

Lucas olhou para o templo. Relâmpagos dançavam no céu, parecendo prestes a atingir as torres da construção.

Os portões bateram, provocando um estrondo grave. Os homens trocaram olhares. O caminho à frente era deserto. Estava fácil. Fácil demais.

Davi estava com a ilha à sua frente. O céu e o mar se confundiam saturado de nuvens negras. A escuridão era total. Raios e trovões enchiam o coração daquele experiente aeronauta com temor. Mas Davi não desistiria. Estaria lá na hora que os bentos mais precisassem. O Hércules abriria o bojo novamente e tiraria todos de lá. Salvaria todos. Davi segurou firme o manche, brigando contra o ar turbulento. Tinha de encontrar o templo. Tinha de resgatá-los.

Tereza continuava seus cânticos, mas agora mudava o tom, fortalecendo a entonação de lamento. Parecia chorar no meio das rezas. Sua face iluminada por velas estava lavada de suor. Ela riscava no chão e brincava com as mãos, afundando-as em um nevoeiro que percorria sua laje de trabalhos. Ela cantava para a terra. Pedia aos seus antepassados que intercedessem. Os inimigos estavam ali, estavam entrando, querendo fazer o povo de Tereza sangrar uma vez mais. Tereza queria a morte. A morte de tudo e de todos. E vibrava. No meio do canto lamurioso escapavam risadas intensas. Ela vibrava. Seus antepassados estavam conseguindo. A força da terra lhe acudiria. Far-lhe-ia os desejos.

As portas frontais do templo se abriram. Lucas chamou os soldados. Clamou por atenção. Barulho vindo dos casebres dos lados. Portas velhas caindo na rua. Eles surgiram primeiro nas escadarias do templo. Pretorianos. Imensos. Paramentados com cimitarra e armadura negra.

— Calma! Calma! — reclamou.

Mais uma dúzia daquelas feras surgiu das casas ao lado. A maldita bruxa continuava com suas feitiçarias. Os bentos que foram feitos cativos tinham perdido a vida. Tinham sido convertidos naquelas feras.

— Preparar armas! — gritou Vicente.

— Eles são poucos, homens! Acabamos com trinta deles em Ubatuba. Vamos acabar com esses também.

De fato Lucas falava a verdade. Contando a dúzia de pretorianos que vinham pelos lados, mais os dez que desciam pelas escadarias do templo, tinham vinte e dois inimigos contra os cento e cinqüenta e um do lado de cá. Franca vantagem para Lucas e seu batalhão.

Os pretorianos começaram o ataque, correndo cegos para cima dos homens.

Vicente, cumprindo sua promessa, correu para a frente de Lucas e baixou o tridente, preparando-se contra a aproximação dos inimigos.

Os soldados abriram fogo. A rajada de disparos foi poderosa. Mas, mesmo sob fogo tão intenso, as feras continuavam avançando, ferozes, agitando as cimitarras acima de suas cabeças.

A bruxa, debruçada sobre a laje, soprava a névoa. Chorava e cantava. Seus cabelos negros dançavam, mais uma vez em conexão com aquele cenário mágico, pareciam flutuar, como se a bruxa tivesse afundado num lago místico. As palavras escapavam ininteligíveis da boca da bruxa. Tereza pedia ajuda. E a Terra iria ajudar.

Lucas sentiu o chão enlameado sacudir. O olhar de outros tantos homens buscando o seu mostrava que ele não era o único a ter tido aquela sensação. Ouviu o berro das feras. Eram trovões que caminhavam. Sacou sua espada. Seus olhos amarelos brilharam em conjunto com os dos novatos. Lucas não clamou por razão. Correu em direção ao que vinha mais perto. Vicente avançou, mantendo-se na frente. A fera musculosa baixou a cimitarra e com velocidade a ergueu, fazendo o tridente de Vicente voar para o alto. O guerreiro não pestanejou e sacou a espada. A fera deu três passadas para a frente e desceu com fúria a grossa arma de aço. Vicente desviou-se. A cimitarra afundou na lama, esparramando barro para os lados, chegando a provocar uma onda marrom. Lucas pisou na larga cimitarra, usando-a de trampolim, e saltou com a espada acima da cabeça. Quando desceu o golpe, a lâmina cravou no pescoço da criatura.

Dos lados, cinco soldados voavam contra os casebres, arremessados pelos vampiros pretorianos que tinham alcançado o grupo.

Onze das feras tinham ido ao chão, entupidas de bala de prata. Seus corpos crivados pelos projéteis fumegavam e estrebuchavam.

Lucas arrancou a lâmina do pescoço da criatura, que levou a mão ao ferimento, urrando de dor. Vicente, sem titubear, avançou e desceu o corte de sua espada, decepando a mão que empunhava a cimitarra. Aquele ali não mataria nenhum dos humanos. Lucas caiu no chão de barro e patinou no chão liso. Vicente deu um segundo golpe, abaixo do joelho da fera. Não conseguiu repartir a perna do monstro, mas o golpe surtiu o efeito esperado, o monstro, urrando mais uma vez, caiu para a frente. Foi a vez de Lucas dar seu segundo golpe, acertando novamente o pescoço da fera, decapitando o monstro.

— Vicente, assim que o dragão sair do pescoço dele, mate-o antes que cresça! — ordenou o trigésimo, virando-se e partindo para cima do segundo pretoriano que digladiava com Amintas e Marcela.

Os bentos japoneses estavam dando conta de mais quatro daqueles monstros que se tinham embrenhado no meio do time. Eventualmente um ou outro humano era arremessado a metros de distância quando os pretorianos golpeavam com as mãos limpas, dando socos poderosos. Quando a cimitarra encontrava espaço na defesa, era fatal. Os cortes eram profundos e avassaladores. Os disparos de armas de fogo não pararam até que todos os gigantes fossem ao chão.

Os bentos, em posse dos tridentes, cercaram os corpos das feras abatidas, enquanto os soldados socorriam os parceiros feridos. Os bentos queriam liquidar com as sementes de dragões assim que dessem o ar da graça. Muitos dos pretorianos já apresentavam os espasmos característicos que antecediam a expulsão do dragão germinal. No entanto, antes que se aferrassem com as ferinhas, sentiram novamente aquele baque na terra. Apreensivos, trocaram olhares e buscaram na paisagem ao redor resposta para estranho fenômeno.

Bento Rogério viu algo incomum e apontou. Vindo do lado do templo, uma grossa coluna de água, girando feito ciclone. Ela vinha na direção dos contendores.

— Cuidado! — gritou.

O tubo de vento veio rápido, pegando muitos deles de surpresa. Açoitou primeiro o grupo de japoneses, capturando quatro deles e lançando-os para o céu, fazendo-os cair cerca de trinta metros de distância.

O chão sacolejou mais uma vez.

Rogério, vendo o furacão sobrenatural convergindo em sua direção, começou a correr, ou melhor, tentou correr. O vento era tamanho que suas botas deslizavam na lama. Sua capa, empapada de barro e água pesava nas costas. O bento caiu e foi arrastado pelo chão.

Marcela e Amintas tiveram o mesmo destino. A coluna de vento, com coisa de cinco metros de largura, bem delineada, movia-se velozmente e veio na direção do casal.

— Olhe! — gritou Marcela.

Amintas olhou para o furacão. Arrepiou-se da cabeça aos pés. No topo... era difícil de acreditar... parecia que havia algo vivo ali.. um ser... pequeno, negro e de olhos estalados.

— Que merda é essa?!

O vento jogou os dois, um para cada lado. Marcela, desesperada, soltou o tridente e tentou aferrar as luvas no chão para evitar o deslocamento.

Amintas, mais espirituoso, fincou o tridente no chão, conseguindo manter-se no lugar por mais alguns instantes.

Adriano e Paraná também enfrentavam problemas. Traziam bazucas que disparavam foguetes. De nada valeriam contra a coluna de vento. Tinham de buscar abrigo. Começaram a gritar para que os soldados ao redor corressem para um dos casebres. Muitos foram pegos pela coluna de vento e arremessados para o chão, deslizando dezenas de metros sobre o barro liso.

Lucas, com angústia, viu mais duas daquelas colunas vindo dos flancos do templo. Eram altas, coisa de vinte metros. E largas, definidas. Tinham os corpos escurecidos pela presença de lama e das gotas de garoa. Lucas olhou para o céu escuro. Não havia esperança lá em cima. A noite já tinha caído. E mesmo assim... a bruxa não era vampira. De que adiantaria o sol? Nada. Seus olhos foram capturados por uma visão sombria. Apontou para um dos furacões.

— Olha aquilo! — gritou para Vicente.

O barulho dos ventos e dos trovões tinha triplicado com a chegada daqueles furacões encantados. Era quase impossível escutar a voz de alguém bem ao lado.

Vicente acompanhou o dedo estendido de Lucas. Viu e seu queixo caiu. Cutucou o ombro de Francis que estava ao seu lado e apontou também.

— Valha-me, São Jorge! — exclamou o bento médico.

No topo daqueles furacões, encobertos pelo vento e difíceis de ver e distinguir plenamente por conta da lama que voava e dos escombros que subiam, todos que fixassem a visão veriam a sombra de um ser. Um bicho pequeno, negro, e que parecia rir da desgraça que trazia. O que era aquilo?

Dessa vez o chão sacudiu com mais violência.

Lucas foi ao chão. Seu braço escorregou e bateu a nuca na lama. Sua cota de malha estava imunda e seus cabelos se empaparam da lama.

Ninguém entendia. Não eram os furacões que provocavam aquele tremor.

Joutaro, que fugia do furacão, parou quando um de seus guerreiros pôs a mão em seu ombro. Seus olhos arregalaram-se. A coisa de quinze metros à sua frente, o chão de lama estava agitado, girava como um redemoinho em alto-mar. Os guerreiros nipônicos frearam a corrida e muitos foram ao chão, tomados por escorregões desconcertantes. Os mais sabidos fincavam os tridentes no chão e evitavam a queda.

Incrédulos, viram do meio do redemoinho de lama uma gigantesca e bestial fera surgir, saltando para o céu, subindo cinco, seis metros, depois batendo pesadamente no chão. A criatura parecia uma cobra gigante! Um monstro gigante! Diferente das serpentes, parecia ter boca. De repente, dois globos de fogo surgiram na cabeça da fera. Joutaro deu as costas ao monstro e começou a correr para a frente do templo. O redemoinho de vento ainda vinha na direção de sua tropa, mas era melhor enfrentar o vento do que aquele monstro que saía da terra. Gritou com seus homens.

Um dos japoneses manteve os olhos fixos nos globos de fogo. Começou a gritar e caiu de joelhos, levando as mãos aos olhos que queimavam.

O imenso corpo do animal abandonou o buraco pelo qual saiu e serpenteou velozmente pelo chão enlameado. Assim que tocou o guerreiro caído, o corpo do pobre homem entrou em combustão.

Incrédulos, os soldados brasileiros viram o japonês correr com o corpo em chamas, caindo na lama e debatendo-se até a morte.

Bento Francis apanhou o rádio e começou a transmitir um pedido de socorro para Nova Belém. Dizia que estavam travando guerra com seres inacreditáveis. Que uma enorme cobra tinha surgido à frente do templo, bloqueando o caminho. A gigantesca criatura tinha olhos de fogo e tinha queimado um homem simplesmente tocando em seu corpo.

Em Nova Belém, os soldados na sala de rádio ouviam incrédulos aquela narrativa.

— Essa descrição... não pode ser... ele, ele... — gaguejou um soldado. — Ele tá falando do Boitatá!

Os homens arregalaram os olhos. Era isso! Só podia ser. A maldita da bruxa controlava um Boitatá.

O soldado do rádio olhou para Cicinho, o que tinha lembrado da lenda da cobra gigante.

— Eu não vou perder tempo pensando se acredito ou não no que cê disse. Só me fala o que eles têm de fazer pra se livrar desse bicho.

Cicinho fechou os olhos tentando rememorar. Era uma criatura folclórica. Tinha de lembrar mais da sua infância. Das histórias do seu avô.

— Meu vô dizia que o Boitatá era um bicho que defendia a floresta dos incêndios. E que seus olhos botavam fogo em tudo. Dizia para nunca olhar nos olhos do Boitatá.

O operador de rádio não perdeu tempo.

— Nova Belém para Marajó. Nova Belém para Marajó.

— *Prossiga, Nova Belém. Bento Francis na escuta.*

— O Cicinho tá dizendo que essa cobra é o Boitatá. Tem os olhos de fogo. Tá dizendo para não olhar nos olhos do Boitatá! Não olhe nos olhos do Boitatá.

— *Entendido, Nova Belém.*

Boitatá? Do que estavam falando? Do Boitatá do folclore, da escola? Não podia ser. O bento médico olhou para a fera que rastejava atrás dos soldados. Francis, por mais inacreditável que fosse, transmitiu o recado para os amigos ao lado, que foram propagando para tantos quantos alcançaram.

Os soldados atiravam no monstro.

Lucas olhou ao redor. Desgraça! Os redemoinhos e o Boitatá tinham uma razão. Estavam dando cobertura para aquelas feras. As sementes de dragões tinham abandonado os corpos dos pretorianos. Em breve os dragões estariam crescendo em velocidade vertiginosa e seriam um problemão naquele chão enlameado.

Adriano e Sinatra pegaram o disparador de foguetes e apontaram para o corpo do Boitatá. A fera incendiava outro coitado.

— Tá pronto! — berrou o cantor.

Adriano apertou o gatilho. O foguete explosivo voou rente ao chão. A maldita cobra desviou-se a tempo. O explosivo bateu contra o muro de pedras que precedia o templo da bruxa. Pedras negras voaram para o céu e caíram feito chuva.

Adriano e Sinatra preparavam um segundo disparo, quando um dos furacões atingiu-os em cheio, jogando um para cada lado. Sinatra bateu contra um rocha e desmaiou.

Adriano gelou quando conseguiu parar e enxergar o amigo. Sessenta metros de distância. E o maldito Boitatá indo na direção de Sinatra. O amigo ia ser queimado.

Tereza gritou quando "sentiu" o muro atingido. O muro de pedras negras. O anel de proteção de seu templo e sua magia. Não podia ser rompido. Não podia ser atingido. Os olhos da bruxa desviraram-se voltando à normalidade.

— Não! — gritou a bruxa, possessa.

Seus olhos viraram mais uma vez, expondo os globos brancos. Ela voltou aos cânticos. Tinha de agir rápido.

— *Nova Belém para Marajó, Nova Belém para Marajó.*

— Na escuta, Belém. Adiante! — berrou Francis.

— *Cicinho tá dizendo para fecharem os olhos, sentarem no chão e ficarem quietos até ela desaparecer. O Boitatá não vai atacar quem não se mexer!*

— Entendido!

— *Nova Belém, Cicinho diz que nas histórias do avô dele, ele dizia que se você arremessar um objeto de ferro no Boitatá, ele vai embora!*

— Entendido, Nova Belém!

Francis refletiu um segundo. Os tridentes, as espadas, as balas. Tudo era de ferro, de metal. Tinha as ferramentas para combater aquele bicho encantado.

Virou-se para os companheiros bentos.

— Arremessem os tridentes nessa cobra desgraçada!

Vicente foi o primeiro a obedecer.

— Espera! Vicente! — gritou Francis.

Inútil, o bento, decidido, corria na direção do Boitatá.

— Disseram que é para ficar de olhos fechados e quietinho quando o Boitatá vier para cima. Ele não ataca o que não se mexe.

O Boitatá virou-se para Vicente.

O grandalhão aproximou-se o máximo que pôde e ergueu o tridente. Não queria arriscar um arremesso inútil. Espetou o monstro que estava ao alcance do tridente. Afundou o imenso garfo e segurou a haste com força. Ficou no lado direito da fera, no meio do corpo, evitando os olhos do monstro. No entanto, um dos malditos redemoinhos de vento veio ao seu encontro. Vicente agarrou-se com toda a força à haste, mas foi em vão. Seu corpo foi lançado para cima e voou sobre a mureta de pedras, caindo perto da escadaria do templo. O gigante guerreiro bateu as costas e abriu os olhos. Ainda gemia de dor, quando se surpreendeu mais uma vez naquela batalha. Era inenarrável o que tinha diante dos olhos. Ali, do outro lado do muro, não havia garoa, não havia ventania nem lama. Estava protegido. O manto de luz e água espectral contado por Benito a todos, antes, na preparação para o confronto, de fato existia e era mais belo do que na narrativa do homem. Vicente levantou-se levando a mão às costelas feridas. Doía para respirar. Olhou para o céu escuro, salpicado de estrelas, e depois para o chão debaixo de suas botas. Novamente o pasto verde. Do outro lado, os primeiros dragões levantavam e começavam seus movimentos rápidos na direção dos bentos, ignorando os soldados. Vicente também viu o Boitatá indo para cima de homens que disparavam com armas de fogo. Olhou para trás. Podia galgar aqueles degraus e acabar com a bruxa de uma vez por todas. Lutou contra seu ímpeto. Hoje não seria comandado por sua afoiteza. Dardejaria sua audácia contra o que estivesse indo para cima de Lucas, o salvador. Atravessou os muros, sentindo uma certa eletricidade ao cruzar o manto de luz. Boitatá rastejava agora na direção de Lucas, que corria junto de Rogério, Danilo e Francis, com os tridentes em punho. Iam ferir a cobra maldita no mesmo flanco que ele o tinha feito. O trio arremessou suas armas. Os tridentes descreveram um arco e cravaram-se no dorso da cobra. O Boitatá levantou a cabeça com os olhos de fogo gigantes. Ele emitiu algo como um mugido, que parecia sair de seu corpo inteiro. De repente, seus olhos de fogo lançaram chamas contra os guerreiros. Lucas livrou-se por centímetros do disparo flamejante. Foi salvo por Vicente, que se arremessou feito aríete contra seu corpo. O grandalhão levantou e apanhou um tridente dos japoneses largado no chão. Intempestivo, ousado e destemido, Vicente começou a correr na direção do Boitatá. Ergueu o tridente vermelho e aferrou-se à sua haste. O bicho lançou outro daqueles mugidos infernais. Lucas, Danilo e Francis não acreditaram no que viram. Vicente afundou o tridente num dos olhos da cobra gigante. No segundo seguinte, a fera lançou outro despejo de fogo. Viram chamas e viram Vicente ir ao chão com sua capa vermelha sendo consumida pelas labaredas. Dessa vez foi a vez do trio perder a lucidez. Simplesmente correram em socorro do amigo. Rolaram o gigante no chão, enquanto o maldito Boitatá erguia seu corpo para o céu. Seu olho ferido tinha apagado, ficando negro e vítreo, enquanto o segundo lançava um arco de fogo na direção dos soldados que se reorganizavam.

— Arrastem-no! — comandou Francis.

O médico examinou o amigo desfalecido.

Puxaram Vicente pelas pernas até perto do muro.

A bruxa gargalhava. Comandava suas feras vindas das forças da Terra como um titereiro animando fantoches. Via Vicente caído. O valoroso combatente tinha levado a pior.

Franjinha entrou com as coordenadas. Ouvia pelo rádio a troca de informações. Vasculhando o banco de dados, por mais absurdo que fosse, descobriu mais informações acerca do Boitatá. Como os vampiros, esse bicho temia o sol, perdia suas forças. Era também uma cria da noite. Se TUPÃ vazasse as nuvens de Marajó, Franjinha poderia ajudar os companheiros de batalha isolados na ilha.

Francis congelou. Vicente estava afundando. Estava indo. Pressionou o peito do valente. Tirou-lhe a armadura, enquanto Danilo abanava o rosto do amigo fazendo uso da barra da capa.

Lucas levou as mãos à cabeça. A desgraça tinha chegado e tomava conta de todos. Desespero. Bruxa dos infernos! Estava sendo pior lidar com ela do que lidar com o maldito vampiro-rei. Estava perdendo mais amigos, mais homens. Os soldados atiravam contra o Boitatá e os furacões tinham-se afastado, com se fizessem uma curva longa, mas sabia que eles voltariam para atormentar o campo de batalha. Lucas desembainhou a espada e partiu para cima do Boitatá. Tinha de acabar com aquilo.

Outro soldado, ao encarar o olho chamejante da cobra, caiu no chão com as mãos encobrindo os olhos.

— Estou cego! Estou cego! — gritava desesperado.

Sinatra socorreu-o antes que fosse alcançado pelo bicho.

Bentos de armadura vermelha se engalfinharam com o monstro. Alguns se valendo de seus tridentes, outros partindo com suas katanas para cima da pele negra do Boitatá. Todos evitavam os olhos da fera.

Francis continuou a massagem cardíaca em Vicente. Abriu a boca do gigante para iniciar a respiração boca-a-boca. Vicente engasgou-se com o dedo enluvado de Francis em sua boca e, antes que o médico soprasse seus lábios, empurrou-o para o lado.

— Que é isso? Tá querendo me dar um selinho? Sai pra lá! — brigou o brutamontes, empurrando o médico para o lado.

Francis, feliz, gritou e sorriu.

— Bicha louca! Agora vai ficar com gritinhos?

Marcela bateu na cabeça de Vicente e ralhou:

— Você tava morto! Francis ia te reviver!

— Com beijo? Prefiro ser queimado por aquele trem ruim. Sem chance.

Vicente se levantou.

— Cadê Lucas?

— Foi pra cima do Boitatá.

O gigante encontrou-se com a silhueta do rapaz correndo na direção do monstro. Os tornados tinham chegado ao muro imenso e distante, e voltavam. Uma dúzia de dragões com quatro metros de comprimento se juntavam ao Boitatá no ataque aos soldados e bentos.

— O bicho vai pegar de novo. Aqueles furacões do capeta tão voltando — disse Danilo.

Vicente tirou a espada da bainha e correu na direção de Lucas.

Lucas, cego de raiva, saltou no couro do Boitatá. Usou a espada para apoiar-se, enterrando-a até o cabo no corpo da cobra. O couro molhado e liso do monstro impedia que fosse escalado. Encontrou uma reentrância no couro grosso do monstro e agarrou-se. Fincou a espada mais para cima. Firmou o pé no couro do bicho. Conseguiu. Passou a golpear Boitatá no alto, mas ainda longe da cabeça. Afundou a espada umas oito vezes. A fera acusou o golpe e levantou-se arredia. Lucas foi lançado sobre a lama e escorregou pelo chão liso. Levanta-se e, irado, preparava-se para atacar novamente. Tão tomado que não viu o dragão chegando à sua esquerda. Quando se virou, foi tarde. O rabo terminado em ondulações ósseas atingiu sua mão. A espada voou. Lucas ficou alerta, olhando o bicho nos olhos. A fera deu o bote e, antes de alcançar seu alvo, abriu a bocarra, lançando a língua que enrodilhou o pescoço do bento. Puxou a língua trazendo Lucas perigosamente para perto de sua boca. Teria engolido o homem, não fosse a espada de Vicente que partiu sua língua. Lucas livrou-se do músculo incômodo ao redor de seu pescoço e caiu sentado, com falta de ar.

Vicente bloqueou o caminho do dragão ficando na frente de Lucas. O bicho levantou as patas dianteiras e grunhiu enervado. Seus olhos eram vermelhos e rasgados como os de felinos. Golpeou com o rabo, acertando o punho de Vicente e fazendo a espada do bento voar longe. Fechou a mandíbula e desceu a cabeça para perto de Vicente. Não se fazendo de rogado, o bento fechou o punho e desferiu um potente soco cruzado no meio da cabeça do dragão. O bicho cambaleou para o lado, dando tempo aos bentos de recuperarem suas lâminas. Nesse instante, Francis, Marcela e Danilo alcançaram os amigos e partiram com as espadas para cima do combalido dragão.

Boitatá lançou outra cobra de fogo contra os soldados, apanhando meia dúzia deles dessa vez.

Lucas, agoniado, olhando para aquele cenário, pela primeira vez em sua vida aceitou a derrota momentânea. Os homens seriam destruídos e de nada valeria aquele ataque. Tinha de pesar tudo e enxergar à frente.

— Retirar! — bradou. — Retirar!

Vicente arregalou os olhos. Seria possível? Seriam vencidos? Estavam tão perto. Ele estivera na escadaria do templo!

— Retirar! — repetiu Francis, berrando.

Francis correu para o grupo dos bentos orientais e transmitiu a mensagem para Joutaro.

Adriano, ouvindo os brados de Lucas, Marcela e Amintas, começou a gritar com seus homens. O campo enlameado, os monstros e o vento podiam mais que os bentos e suas armas. Bater em retirada não era má idéia.

Correram para os muros.

Tereza soprou sobre a laje, afugentando parte da névoa mística que cobria o chão de trabalho. Ria, tomada de êxtase e alegria. Seria vitoriosa. A Terra lhe tinha coberto a porta e cerrado o caminho feito soldados selvagens. Boitatá e os sacis podiam mais que os bentos. Tereza gargalhou vendo a fuga inútil daqueles homens.

— Vão para os muros, malditos. Vão para a morte.

Os sobreviventes chegaram perto do muro. Maldição. Os portões cerrados!

— Teremos de escalar!

— Espera! — gritou Adriano.

O líder de Nova Luz apontou a bazuca para os troncos que selavam o caminho, enquanto a arma era carregada por Raul. Adriano puxou o gatilho. O foguete foi ligeiro para os portões. A explosão levantou fumaça, enquanto alguns dos soldados vibravam com a boa idéia de Adriano. Estavam salvos.

Lucas olhou para trás. O Boitatá tinha parado. Seu olho de fogo ainda lançava chamas no caminho, incendiando os casebres próximos. Os dragões caminhavam lentamente, vindo na direção do ajuntamento de soldados. Tinham de ser rápidos, se quisessem escapar com vida.

— Isso não estava aqui quando chegamos! — alertou Amintas, apontando para o muro.

Longas pontas, feito agulhas grossas, escapavam das paredes, deixando o muro mais perigoso que um porco-espinho.

— Fiquem longe dessas pontas!

A fumaça desapareceu e com ela também um pouco da esperança. O explosivo não tinha sequer arranhado as madeiras dos portões.

— Reagrupar! — bradou, Lucas, sem perda de tempo. — Armas de fogo ao centro, bentos divididos nos flancos!

Os homens obedeceram. Joutaro sacou a estratégia sem que ninguém precisasse instruí-lo em inglês. Seus homens foram divididos, fortalecendo as laterais do grupamento.

Os disparos começaram, visando os dragões que se aproximavam. Os bentos foram-se afastando, formando um linha longa, dando uma perspectiva maior para o bando acuado. Os dragões veriam muitos alvos e não seriam objetivos no ataque.

Contudo, os furacões voltaram. Os ventos velozes e insuportáveis foram aumentando de intensidade. Dois deles se aproximaram tanto que seus corpos de ventania se entrelaçaram.

Marcela sentiu um engasgo ao olhar para o cume da ventania. Não restavam dúvidas. Um monstrinho negro, de olho de fogo, estava pairando acima do redemoinho. Infernal, risonho e mortal.

Os ventos poderosos começaram a fazer vítimas. Os soldados mais leves e apanhados pelos vendavais descolaram do chão e voaram fatalmente contra a muralha da bruxa. Seus corpos foram transfixados por inúmeros daqueles espetos, e para terror dos combatentes, antes que morressem, ainda gritando de dor e pavor, seus corpos esfarelaram, virando grãos de areia.

A ventania aumentou. Desesperados, os soldados pararam de atirar e procuraram fincar-se no chão.

Os bentos usaram suas espadas e tridentes para não escorregar de encontro ao muro.

Mais seis soldados voaram com o furacão. Seus corpos bailaram no céu, rodearam o furacão e bateram nas agulhas dos muros. Também, enquanto gritavam, tiveram seus corpos transformados em areia.

Lucas começou a sentir os pés arrastando na direção dos muros.

Viu um soldado, bem próximo, também escorregar na lama lisa. O rapaz não conseguia firmar-se no chão. Lucas deitou de bruços estendendo a mão. Não alcançou o garoto. O rapaz bateu com as botas no espeto. Sentiu as agulhas finíssimas penetrando no solado da bota. Ao menos conseguiu manter-se longe do muro. Olhou para Lucas e sorriu.

— Tá tudo bem! Tá tudo bem!

Lucas sorriu aliviado. Talvez fosse aquela a saída, colocar a sola das botas contra o muro e esperar aquele vento se afastar. O rapaz ainda lhe sorriu quando o viu perder a alegria do rosto. O rapaz olhou para os pés. Ergueu as mãos pedindo auxílio e granulou, desaparecendo diante dos olhos de Lucas, sobrando de sua existência apenas as botas presas nas agulhas e as roupas que cobriram seu corpo.

O vento aumentou. Mais soldados foram arremessados contra o muro, esfarelando em seguida. Danilo começou a gritar ao ter o corpo arremessado ao ar. O jovem bento gritou a plenos pulmões, girando no ar. Quando voltou na direção do muro, foi jogado no chão e deslizou mortalmente em direção às agulhas enfeitiçadas. Aferrou-se ao tridente e sentiu um golpe brutal quando a haste bateu contra o muro. Não ia conseguir segurar-se por muito tempo. Tanto as luvas quanto a haste da arma estavam sujas de lama e escorregadias. Os amigos gritavam para que ele lutasse, continuasse aferrado ao tridente. Os gritos eram recheados de desespero. Danilo via com horror sua luva deslizar milímetro a milímetro em direção às agulhas. Estava chegando perto demais. Logo seu rosto encontraria com aquelas pontas malditas.

Os dragões deitaram-se sobre o chão, feito serpentes, para não serem também arrastados pelo vento.

Lucas escutou um rugido acima de sua cabeça. Olhou para o céu. Deus do céu! O que mais faltava acontecer?

Davi gritava tomado de raiva. Já podia ver o templo. Sabia que os irmãos estavam sendo exterminados pela maldita bruxa. No entanto, não conseguia dominar o gigante Hércules. Não podia falhar. Tinha de ser certeiro. Não conseguiria pousar. Não conseguiria trazer para o cargueiro seus amigos. Por isso não podia errar. Só teria uma chance. O manche parecia um touro bravo e indomável. Tinha de escapar daquela ventania e erguer o bico. Não conseguiu. Um dos motores entrou em colapso. A nave descompensou. O templo estava ali. Passou com a fuselagem ralando sobre o muro. A nave bateu no chão. O que era aquilo? Seria o tal Boitatá que ouvira no rádio? Deus do céu! Fica comigo! Davi puxou uma última vez o manche. Deus do céu! Pensou em Thamires e no seu filhote na barriga da mulher. O avião ia explodir!

Admirados, viram o Hércules passar sobre o muro. Estava muito baixo e muito rápido! As duas coisas nunca combinavam! O avião bateu a barriga no campo enlameado, esmagando o Boitatá. A nave ergueu uns poucos metros e voltou a cair. Afundou-se na lama e arrebentou a mureta negra que circundava o templo de Tereza. A asa em contato com o muro produziu fagulhas e o combustível inflamou-se. A explosão na seqüência foi surpreendente. O deslocamento de ar foi tamanho que os furacões se dissolveram num instante. Mais três soldados, importunamente, foram arremessados de encontro às agulhas, tendo o fim já sabido.

Para surpresa geral dos presentes, dos três furacões desfeitos caíram três seres pequenos, coisa de setenta centímetros de altura. Os monstrinhos negros equilibraram-se e balançaram as cabeças, parecendo tontos.

Joutaro, livre da ventania, partiu para cima das criaturas com o tridente em punho.

Os bichinhos saíram saltitando em fuga e logo cada qual formou novamente seu redemoinho, mas dessa feita em magnitude muito inferior àqueles colossos originais.

Tereza levantou-se da laje. Seu rosto estático não fez movimento por muitos segundos. Levou as mãos aos cabelos e arrancou inúmeros tufos negros do couro cabeludo.

— Filhos duma puta! Desgraçados!

Tereza correu da sala de feitiços. Sua corrida desesperada tinha um endereço. As escadarias do templo.

As nuvens sobre a ilha de Marajó foram desvanecendo. E com o enfraquecimento brutal daquela barreira, Franjinha conseguia seu intento. O facho de luz enviado por TUPÃ atingiu a frente do Templo.

Lucas e os demais já sabiam o que fazer. Tinham de se afastar dos dragões. Em questão de segundos seus corpos de fera ganharam a coloração vermelha. Esse era o efeito que o sol causava em suas escamas. Os dragões se entreolharam e, com os corpos superaquecidos, bateram em retirada. Alguns deles repetiram os saltos vistos nas areias de Ubatuba e alçaram vôo. Contudo, não buscaram o céu, como os demais, tomaram o rumo do templo de Tereza, refugiando-se em seu interior.

A bruxa parou de correr quando alcançou o imenso e austero salão de entrada. Os dragões brasis passaram pelo salão. Tudo que não era barro se incendiava com o toque dos monstros. Tereza desviou-se dos malditos, temendo a elevada temperatura. Parou nas imensas portas à frente da escadaria principal. Levou a mão ao coração. Garoava nas escadarias de seu templo! A cortina encantada não existia mais. O muro negro tinha sido destruído em mais de um terço. O avião tinha o bico afundado na terra e pegava fogo. Adiante, os bentos caminhavam na direção do Hércules. Tereza enfiou-se na escuridão de seu templo. Puxou outro tufo de cabelos, tomada pelo ódio e lançou um grito ao olhar para os fios. Não estavam mais negros. Estavam brancos feito leite. Estava acabado. A magia sangrava com o muro destruído. Os filhos duma cria ruim tinham conseguido vencê-la. Tereza correu para as escadarias que davam em sua prisão de vampiros e humanos e nas galerias de cavernas. Tinha de se esconder. Tinha de fugir.

— Negro! — berrou a bruxa, evocando seu fiel búfalo. — Negro!

Formando uma escada humana e evitando as línguas de fogo que escapavam da asa incendiada do C-130, os soldados acudiam a cabine do avião. Encontraram apenas Davi, desmaiado, com a testa sangrando e com o braço formando um "s". Era um milagre estar respirando. Depuseram o piloto na escadaria do templo e deixaram-no a cargo de bento Francis.

Lucas, Vicente, Marcela, Amintas, Danilo e mais meia dúzia de guerreiros trocaram um olhar. Da entrada do templo, longas labaredas escapavam. Sabiam que o perigo escondia-se nas entranhas daquele castelo maldito, mas não tinham chegado ali nas escadas para não concluir o que tinham vindo fazer. Sem titubear, invadiram o templo de Tereza. O fogo restringia-se aos móveis e à escassa tapeçaria tocada pelos dragões incandescentes. As paredes, chão e teto que tinham sido tocados pelas feras tinham trilhas vermelhas, ainda afogueadas, quentes feito carvão em brasa. Buscariam a mulher feiticeira em todos os cômodos daquele lugar.

Capítulo 89

Dias mais tarde, Anaquias e o resto de seu exército marchavam sob a luz da lua. Seus batedores garantiam ter encontrado um recanto seguro para se reorganizarem e se fortalecerem. De boca em boca, corria entre os vampiros que o novo covil se chamaria Forte da Expiação. Ficariam no sertão de Minas Gerais até terem condições de voltar a danar os humanos com força e poder.

Quando chegou à fortificação, Anaquias deixou seus olhos examinarem o lugar. Tudo ao redor era seco e desprovido de vegetação, com imensas crateras escavadas por máquinas de grande porte. Certamente tinha sido ali uma zona de extrativismo mineral. Anaquias sorriu. Via exatamente o que fazer para tornar aquela base uma lar sólido para seu exército de vampiros. Como general de Cantarzo, tinha aprendido muito e a experiência vinha-lhe infestando a mente com cuidados. Estava claro para ele que a história dos vampiros não tinha chegado ao fim. O que era verdade é que levariam anos e anos para se fortalecerem a ponto de voltar a fazer frente aos bentos. Mas o que era o tempo para um vampiro? Nada mais do que uma entediante sucessão de dias e noites. Os imortais saberiam tirar proveito disso. Anaquias faria com que grutas fossem ligadas e, tendo dezenas de áreas de escape e incontáveis esconderijos, jamais seriam feitos de idiotas novamente.

Continuando a caminhada, com os vampiros dispersando-se e para tomarem ciência da paisagem ao redor, Anaquias dirigiu-se a um galpão de grandes proporções. Estava ali o maior tesouro encontrado por seus caçadores. Um belo, gordo e farto Rio de Sangue. Certamente mais de mil corpos de adormecidos dispostos lado a lado e algumas porções até mesmo empilhadas, que foram deixados para trás. Corpos que seriam a refeição diária de suas crias.

— E quando um deles acordar? Como vai ser?

— Temes porque despertam bentos? — inquiriu o general.

O vampiro aquiesceu, olhando nos olhos de Anaquias.

O vampiro virou a cabeça antes de responder.

— Serão degolados e sacrificados. Não despertarão todos ao mesmo tempo.

O vampiro continuou próximo a Anaquias e aquiesceu novamente, olhando para os corpos em suspensão.

Anaquias foi até a porta do galpão. Estava no fundo de uma daquelas imensas crateras e a escarpada de terra e rocha subia mais de vinte metros, lembrando imensos muros.

— Não é irônico estarmos montando um centro para nos defendermos dos humanos? — perguntou ao seguidor.

O vampiro deixou os olhos vaguearem pelas ribanceiras. A luz da lua banhava o fundo da cratera, projetando uma sombra suave em uma porção do buraco.

— É, senhor. É irônico. Deveríamos montar torres de vigias, igual aos malditos mortais.

— Se nos atacarem, não farão isso durante a noite. Farão durante o dia — disse Anaquias, afastando-se mais ainda do galpão e olhando para o céu salpicado de estrelas. — O que eu temo durante a noite é aquele maldito fogo de Deus. Pensei que tínhamos aniquilado aquele lugar.

— Podemos refazer o domo, senhor. Ao menos, durante a noite não seremos pegos de surpresa.

— Tem razão, vampiro. Tem razão.

— E o que faremos agora, senhor?

Anaquias caminhou mais um pouco, mantendo-se calmo e pensativo.

— Cresceremos. Cresceremos e faremos tudo de novo. Meu exército não morreu, vampiro. Ainda iremos à forra.

— E quando descobrirem que estamos aqui?

— Por sorte temos muitos irmãos que ainda vivem próximos às fortificações humanas. Esses serão procurados primeiro. Teremos tempo de nos prepararmos para a hora da briga.

— E nosso rei?

Anaquias parou de caminhar e fitou o vampiro por longo momento, voltando a caminhar e se aproximar deste.

— Não ouviu a rádio dos humanos?

O vampiro baixou os olhos.

— Eu... eu...

— Cantarzo está morto. Agora eu, Anaquias, sou o novo vampiro-rei.

O vampiro acompanhante arregalou os olhos sem esconder a surpresa estampada em seu rosto.

Ao mesmo tempo, um terceiro vampiro aproximou-se. Chamou a atenção de Anaquias.

— Diga.

— Venha ver, senhor.

Anaquias, caminhando com vigor e agilidade, acompanhou o vampiro. Viu os semelhantes sinalizando lá de cima, no alto das escarpas. O novo rei dos vampiros saltou de rocha em rocha chegando ao alto da ribanceira. Chegou ao terreno plano e olhou na direção que o branco braço estendido apontava. Anaquias fez seus olhos cintilarem, a noite cobriu-se de suave claridade. Sentiu sua pele contrair e os pêlos arrepiarem-se. Era ela. Ela vinha. Uma velha de cabelos longos, lisos e brancos. Uma velha numa túnica alva que refletia a luz da lua. Uma velha esquelética e à beira da morte. Montada em um enorme búfalo negro. Balançando junto com o movimento dos quadris do ruminante. Anaquias abriu um sorriso largo, deixando suas presas apontarem nos lábios.

— É ela. A bruxa Tereza.

Capítulo 90

Lucas, Vicente e Francis disputavam sobre o asfalto quem chegaria primeiro aos portões de São Vítor. Os três tordilhos galopavam vigorosamente. Francis liderava a corrida, com o quadril levantado, longe da sela, gritando e incentivando o cavalo. Sua armadura reluzia ao sol e distanciava-se dos demais. Francis era o único que não usava capa, enquanto Lucas e Vicente tinham as suas capas levantadas pelo vento.

Do portão, o sentinela viu a aproximação acelerada dos guerreiros e comandou pelo rádio a abertura da passagem.

Os cidadãos de São Vítor tinham preparado uma grande recepção para os guerreiros que tinham conquistado outra brava e importante vitória.

Lucas atiçou ainda mais seu animal e alcançou Francis, faltando poucos metros para cruzar o portão, bento Vicente também emparelhou sua montaria e passaram praticamente juntos pela entrada da muralha.

Em poucos minutos, todos os guerreiros bentos e soldados que tinham participado da derrubada do templo da bruxa estavam na grande praça de São Vítor, desmontando e desfazendo-se de suas mochilas e armas.

Lucas apeou do tordilho e procurou Ana com os olhos. Não demorou muito até ter nos braços o filho Jordão. Ana beijou-o desesperadamente e abraçou-o com força por cima da couraça aquecida pelo sol. Apesar do cansaço avassalador, tanto ele quanto os outros guerreiros conseguiram ficar, sorrir e participar da festa.

A recepção alegre seguiu para um disputado almoço comunitário em que as estrelas não poderiam deixar de ser os protagonistas da última batalha. Dispostos intercaladamente nas grandes mesas de madeira, narravam animados os pormenores do encontro com Tereza e a fantástica batalha que sucedeu para a derrubada do templo daquela inimiga. A informação de que ela era uma índia anciã que nutria ódio mortal contra toda a humanidade encheu a todos os ouvintes com espanto. Raul, com ascendentes pataxós, arregalou os olhos e fez uma piada qualquer com sua visível aparência indígena. O soldado de Nova Luz não era o único na mesa. Sinatra, Adriano com a esposa e Paraná também estavam ali, em São Vítor, para a celebração daquele dia abençoado. Apesar de todas as nuvens carregadas que surgiram no caminho dos bentos, a profecia, mais uma vez, mostrara-se certeira. Lucas realmente era o homem. O guerreiro capaz de juntar todos os demais e levar os humanos para a vitória sobre os vampiros. Lucas, hoje muito mais desanuviado, permitia que até ele próprio enchesse o peito de descontração e desfrutasse gratamente daquela reunião. Sabia que naquela noite vampiro algum surgiria aos muros de São Vítor. Era do conhecimento de todos que os malditos noturnos não tinham sido batidos em sua totalidade, que um bom número de criaturas da noite tinha escapado ileso ao ataque da Chapada Diamantina, mas eles tinham desaparecido e se refugiado no sertão, com os rabos entre as pernas. Seriam encontrados e combatidos em seu tempo certo. Sabiam também que nem todos eles tinham atendido ao êxodo invocado por Anaquias e alguns milhares deles permaneciam escondidos nas matas, mas eram poucos, comparados ao crescente exército de bentos e tecnologias restabelecidas para a sua detecção. Lucas tinha prometido a si mesmo e principalmente para sua amada esposa que, caso retornasse com vida do embate com Tereza, tiraria um necessário e merecido período de férias para curtir seu filho e sua companheira.

Usando de seu resumido conhecimento da língua inglesa, divertiu-se com Joutaro, o líder dos guerreiros orientais. A mesa também era ocupada por bentos vindos do Chile, da Argentina e da Espanha, que se esforçavam para compreender o português dos guerreiros brasileiros.

Não houve barreira lingüística que impedisse os risos e a confraternização. Notícias da Itália, da Índia, Inglaterra, Estados Unidos, Austrália e todos os cantos do mundo começavam a chegar com freqüência. O surgimento dos bentos novos começa a equilibrar a longa guerra entre homens e vampiros no mundo todo. Lucas prometia expandir sua batalha para além das fronteiras do Brasil e fazer vicejar a esperança em outras terras.

Repentinamente, um soldado adentrou o salão com grande estardalhaço. Foi impossível não notar seu ar esbaforido. O soldado correu até ficar de frente para Lucas.

O trigésimo guerreiro passou o filho para Ana e encarou o rosto tenso do rapaz.

— Senhor Lucas.

— Acalme-se, rapaz.

— Não dá tempo, senhor Lucas.

— O que há?

— Estava no plantão da sala de rádio, senhor. Recebemos uma mensagem das cercanias da velha São Paulo...

Ana agitou-se na cadeira. Esse tipo de interrupção era a única coisa que não queria naquele dia. Lucas não tinha um dia de descanso.

— ... eles dizem ter localizado três focos de incêndio na serra da Cantareira. Como viram dragões dois dias atrás, têm certeza de que o fogo é obra das feras.

— Quantos mortos até agora?

— Nenhum morto, senhor Lucas.

O trigésimo guerreiro levantou-se e levou a mão ao cabo da espada. Incontinenti, Vicente e Francis imitaram o líder, seguidos por outros homens.

Ana, com tristeza estampada na face, mordendo os lábios para não interferir na decisão do marido, baixou a cabeça resignada e claramente entristecida.

— Soldado, neste ano, matei mais de trezentos mil vampiros. Neste ano, matei um rei. Neste ano, destruí os planos de uma bruxa diabólica e acabei com seu templo de maldades. Neste ano, iluminei a vida de muitos dos homens que aqui estão... se não estamos tratando de um caso de morte, meu caro soldado, pela primeira vez você e todos que aqui estão verão esse guerreiro declinar de importante combate. Minha nobre missão é livrar os humanos de todo flagelo causado pelos vampiros e sua prole medonha. Essa missão corre em minhas veias e certamente voltarei ao combate em breve. Essa é minha sina. Sentir-me-ei honrado e dormirei em paz, se meu digno irmão de luta, bento Vicente, acompanhá-lo até a sala de rádio e instruir os homens que estão na velha São Paulo quanto à forma de procedimento caso os dragões dêem em sua vila. Hoje eu me sentarei com minha família e meus amigos e, apesar de meu coração ser prisioneiro de meu dever, tentarei alegrar-me e viver mais uma tarde agradável e uma noite feliz. Não façam mau juízo desse guerreiro, só quero estar aqui ao lado de Ana quando nosso pequeno Jordão der seus primeiros passos.

Espantado, Lucas viu todos se levantarem e saudá-lo com uma salva de palmas.

O soldado da sala de rádio reclinou-se, fazendo uma mesura, e, na companhia de Vicente, que já se havia prontificado e postara-se ao lado do rapaz, partiu de volta ao seu posto.

Retardou o rapaz com um último pedido:

— Soldado, transmita minhas sinceras desculpas aos homens de São Paulo. Vicente saberá como fazê-los sentirem-se confiantes e amparados.

Depois dessa última interrupção, Lucas voltou-se para os convivas no salão comunitário. Fitou longamente o semblante da maioria dos presentes. Seus olhos se encontraram com os de seus guerreiros, com os olhos dos bentos estrangeiros, com os simplórios cidadãos de São Vítor. Apanhou sua taça da mesa e elevou-a acima da cabeça.

— A caçada aos dragões de Ubatuba começará daqui a vinte dias!

O salão quase veio abaixo com os gritos entusiasmados de soldados e guerreiros. Mais vivas, assobios e gritos encheram os ouvidos dos presentes. Os guerreiros bentos trocaram olhares e exclamações. Lucas era incansável e tenaz. Sabiam que os dias das feras de escamas negras estavam contados e que finalmente o pesadelo da Noite Maldita teria fim, justamente no ano um da nova era. Sim, o ano um. Um novo calendário surgiu depois das sagas homéricas do trigésimo guerreiro. Agora a história seria datada com Antes de Lucas e Depois de Lucas. O trigésimo guerreiro e seus parceiros seriam conhecidos para todo o sempre. E seus feitos, suas energias e valores seriam imortais, feito bentos.

FIM

fale com André Vianco: andrevianco@gmail.com.br

Conheça outros livros do Autor...

O vampiro-rei vol. 1

Lúcio, o escravo de Cantarzo, carrega seu mestre vampiro encerrado numa caixa de madeira. Sua missão é levá-lo até Tereza, uma bruxa que vive ao norte do Brasil, que fará com que Cantarzo desperte e se torne o rei dos vampiros. Com poucas pistas sobre o real paradeiro da tal bruxa, o lacaio do vampiro começa uma jornada que trará resultados nefastos caso alcance seu objetivo.

Do lado dos humanos, bento Lucas faz crescer em seus semelhantes a chama da esperança, empurrando-os pelos trilhos da reconquista do país até então assolado pelos inimigos noturnos. Os destinos de Lucas e de Cantarzo estão a ponto de se cruzar e nas páginas de O Vampiro-Rei vol.1, o leitor se encontrará com um mundo fantástico e assistirá de camarote todo o desenrolar dessa saga inigualável, imaginada e conduzida por André Vianco, o talentoso contador de histórias que vem se destacando no campo da literatura fantástica brasileira.

Os sete

Sete corpos cadavéricos são encontrados dentro de uma caixa de prata a bordo de uma caravela naufragada no litoral brasileiro há mais de 500 anos. Apesar das advertências grafadas no objeto de prata, a equipe do Departamento de História da Universidade Soares de Porto Alegre decide violar a caixa para estudar os cadáveres. Quando os pesquisadores abrem a caixa acabam despertando Inverno, um dos mais temíveis vampiros que já existiu. O best-seller *Os Sete*, encanta o leitor com sua originalidade e ritmo do começo ao fim. Um passeio empolgante e inesquecível pelo mundo dos vampiros do Rio D´Ouro.

Sétimo

O vampiro Sétimo surge na continuação do magnífico *Os Sete*, revelando toda a frieza e o poder do mais temido vampiro de todos os tempos. Sétimo assume a forma de um adolescente de dezesseis anos, e ergue uma verdadeira legião de vampiros para dominar o Brasil e o mundo de forma sangrenta e apavorante. Elege, então, um vampiro para servir-lhe como guia, general e pupilo. Com sua sede por sangue e conquistas, proclama-se a criatura mais poderosa da terra, atraindo, além dos vampiros, inimigos deste e do outro mundo, que despenderão de esforço sobre-humano para combatê-lo, empregando, além de armas carregadas com balas de prata, dentes pontiagudos e poderes paranormais. Um thriller de encher os olhos e acender a imaginação do leitor.

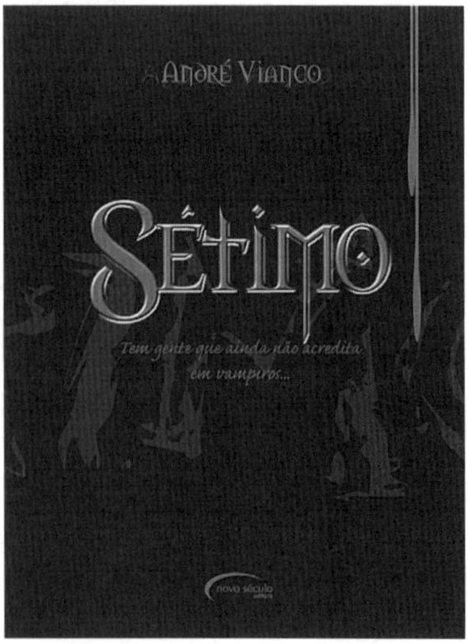

O senhor da chuva

Um anjo tentando salvar a alma de um mortal, acaba quebrando uma das mais importantes regras que rege o mundo dos anjos e dos demônios. Tal fato permite que as criaturas das trevas conclamem a "Batalha Negra", o que poderá desencadear a destruição de todos os anjos de luz da Terra. Agora, os dois exércitos estão furiosos, transformando as tranqüilas pastagens de Belo Verde em um funesto campo de batalha, onde as espadas se parecem chamas e os olhos se parecem brasa. Essa misteriosa aventura sobrenatural orquestrada pelo mestre da fantasia e do terror nacional, André Vianco, está repleta de batalhas do mundo dos anjos, dos vampiros e dos demônios tendo como cenário uma pequena cidade do interior do Brasil.

Bento

Uma noite começada como outra qualquer entra para a história da humanidade quando metade dos seres humanos adormece de forma inexplicável. O pesadelo parece não ter fim quando os humanos, livres do sono, descobrem que dividem a noite com os demônios da escuridão. Nessa atmosfera de horror e de tensão, surgem criaturas que poderão lutar contra o mal e o terror: os Bentos. Seres abençoados que têm a missão de combater os vampiros a qualquer custo. Para tanto, precisarão se unir ao último Bento, que desperta de um sono de trinta anos... E ainda não imagina o que o espera fora daquela cama de hospital, onde tudo parece muito confuso. Vianco desafia o leitor a conhecer esta saga vigorosa, cheia de mistérios e a apaixonar-se por suas passagens arrebatadoras e seus personagens poderosos.

Sementes no gelo

Em *Sementes no Gelo* o autor volta a explorar o sobrenatural. Um detetive depara-se com o caso mais estranho de sua vida. Uma cliente surge queixando-se de estranhas aparições em seu apartamento. Quando começa a investigar o fenômeno bizarro, o detetive chama a atenção de espíritos furiosos, impedidos de reencarnar, que lançam sua fúria sobre todos os que lhe chamam a atenção e que interpõem seus caminhos. Muitos sustos e situações sombrias conduzirão o leitor até o final mágico desse misterioso romance.

A casa

Os protagonistas desse agradável e emocionante romance transitam pelo mundo do sofrimento, do remorso e da solidão. O que está em jogo é a vida de quatro pessoas. Caminham cadenciados para um desfecho sombrio, sem esperança e sem paixão. Contudo, deparam-se com um estranho que lhes traz um misterioso cartão de visitas. Aqueles que seguirem o coração e buscarem "A Casa" encontrarão uma porta aberta para o perdão e para uma segunda chance com aqueles que já partiram desse mundo. Esse é o primeiro livro de Vianco que segue a linha espiritualista, despertando a reflexão em torno do sentido máximo da vida.

INFORMAÇÕES SOBRE NOSSAS PUBLICAÇÕES
E ÚLTIMOS LANÇAMENTOS

Visite nosso site:
www.novoseculo.com.br

NOVO SÉCULO EDITORA
Av. Aurora Soares Barbosa, 405
Vila Campesina - Osasco/SP
CEP 06023-010
Tel.: (11) 3699-7107
Fax: (11) 3699-7323

e-mail: atendimento@novoseculo.com.br

Ficha Técnica

Formato	16x23
Mancha	11,4 x 20cm
Tipologia:	ClassGarmond BT
Corpo	11
Entrelinha	14
Total de páginas:	512